HENRIETTE DZEIK

FLAME

FEUERMOND UND ASCHENACHT

LOOM LIGHT

»When you feel my heat
Look into my eyes
It's where my demons hide«

Imagine Dragons, Demons

Prolog

ERDE UND FEUER

Mein Name ist Flame. Ich lebe im Jahr 2999. Ich fürchte mich vor Feuer und Hitze und davor, was mein Name bedeutet. Vor 200 Jahren hat die Erde gebrannt. Es gab nichts als rote und orangene Flammen, die alles verschlangen, den Menschen die Luft zum Atmen nahmen. Wir bezahlen bis heute dafür, was damals geschah und auch davor. Was die Menschen der Erde antaten, dass sie schlussendlich so brennen musste.

Es grenzt an ein Wunder, dass es uns überhaupt noch gibt. Es stand so schlimm um uns, dass die Götter vom Olymp hinabstiegen, um einzugreifen. Bis zu diesem Zeitpunkt waren sie immer nur Mythen und Legenden gewesen, die man den Kindern als Gutenachtgeschichte zum Einschlafen erzählte. Doch an diesem Tag, vor 200 Jahren, da wurden sie alle wahr.

Nicht jeder Gott kam, um zu helfen. Zeus tat sich mit Chaos und einigen niederen Gottheiten zusammen, um uns endgültig zu vernichten. Die Menschheit war ihm ein Dorn im Auge, seit Prometheus uns das Feuer gebracht hatte. Poseidon hingegen kämpfte gemeinsam mit Okeanos. Sie vereinten ihre Kräfte und löschten die Brände, kühlten die Erde und das Klima ab.

Doch tief im Inneren, da bin ich mir sicher, dass sie noch existiert, diese unsagbare Hitze. Deshalb leben die Menschen seit diesem Tag in ständiger Angst, dass die Flammen zurückkehren, um zu beenden, was sie einst begannen.

Kurze Zeit nach dem heißen Krieg kamen neue Gottheiten auf unsere Erde, von einem anderen, fernen Planeten. Bis heute ist es für uns ein ungelüftetes Geheimnis, warum sie sich gerade für diese Welt entschieden. Warum sie ihre Heimat verließen und sich auf die Seite von Okeanos und Poseidon stellten, deren Unsterblichkeit noch in diesem Krieg erlosch. Gemeinsam mit einigen menschlichen Kriegern kämpften die neuen Götter gegen Zeus und das Chaos und besiegten sie. Noch immer werden die beiden an einem Ort gefangen gehalten, der für keine sterbliche Seele erreichbar ist.

Die Menschenkrieger, die an ihrer Seite kämpften, erhielten das Geschenk des ewigen Lebens und werden bis heute als »Donati« bezeichnet. Sie sind nicht übermäßig stark oder mit besonderen Fähigkeiten gesegnet. Doch uns gewöhnlichen Menschen sind sie trotzdem um Welten überlegen.

Nach der Schlacht nahmen die neuen Götter die Erde ein und teilten sie unter sich in sechs Länder auf. Sie sind nicht unsere Feinde, aber auch nicht unsere Freunde. Sie herrschen über uns, wir sind nicht frei. Sie lassen uns in Ruhe, solange wir nach ihren Vorschriften leben. Diese werden uns eingebläut, seit ich denken kann. Die oberste Regel lautet: kein Feuer.

Kapitel 1

WÖLFISCHES VERGNÜGEN

Ich stehe auf dem Marktplatz und merke, wie die Sonnenstrahlen mir langsam Nacken und Schultern versengen. Ein Schweißtropfen löst sich von meinem Haaransatz und rinnt mir über die Stirn bis zur Nasenspitze, wo ich ihn entnervt wegwische.

Es ist die mittägliche Hitze, die mir so zu schaffen macht. Heute ist sie besonders schlimm. Trotzdem verharre ich reglos, weil ich muss. Es ist meine Aufgabe. Die einzige, die ich verrichten kann. Jeder muss seinen Teil zu unserem Überleben beitragen.

Eine ältere Frau kommt an meinen Stand und betrachtet die ledernen Häute. Mein Gesicht verzerrt sich zu einer Grimasse, als ich versuche zu lächeln. Der Trick ist es, freundlich zu wirken und die Menschen an den Stand zu locken. Aber nicht zu sehr, sonst denken sie, man sei leicht über den Tisch zu ziehen.

Miriam hat auf der Jagd ganze Arbeit geleistet, sodass wir eine große Auswahl zu bieten haben. Eine Weile feilsche ich mit der Frau, bevor sie sich für zwei Häute entscheidet und mir einige Taler in die ausgestreckte Hand drückt. Als sie geht, lasse ich erleichtert die Schultern sinken und fahre mit der Zunge über meine spröden Lippen. Mein Hals ist so trocken, dass ich nicht einmal schlucken kann.

Ich verspüre Durst.

Brennenden, alles verzehrenden Durst.

Eine schwere Hand legt sich auf meine Taille und ich quietsche erschrocken auf. »Cato«, keuche ich, halb belustigt, halb verärgert. Ich lege den Kopf nach hinten, um in seine Augen sehen zu können, die blaugrau sind, wie die stürmische See. Grinsend fährt er sich durch sein kurz geschorenes dunkelblondes Haar, während er meinen Blick erwidert.

»Du träumst. Schon wieder«, stellt er fest.

Ich zucke mit den Achseln und wende mich erneut dem regen Treiben auf dem Markt zu. »Sie wissen, dass ich zu euch gehöre. Sie würden es nicht wagen, etwas von diesem Stand zu stehlen.«

»Trotzdem solltest du aufmerksamer sein.«

Ich höre ein Rascheln, und als ich aufsehe, hält er mir einen Wasserschlauch unter die Nase. »Den hast du heute Morgen vergessen.«

Ich seufze schuldbewusst. Dann trinke ich gierig und genieße, wie das kühle Nass meine Kehle hinabfließt. Schlagartig fühle ich mich wieder wacher, meine Sinne sind geschärft. »Was würde ich nur ohne dich machen?«

»Verhungern und verdursten.«

Ich nicke, denn er sagt die Wahrheit. Es ist kein Geheimnis, dass ich definitiv der nutzlose Part unserer Gruppe bin. Bis heute verstehe ich nicht, warum sie mich bei sich behalten und versorgen. Den Verkauf auf dem Markt kann auch jeder andere übernehmen. Doch ich bin ihnen dankbar und möchte mich nicht beklagen. Außerdem habe ich Pläne. Große Pläne, von denen Cato noch nichts weiß, und bei denen ich mir nicht sicher bin, ob sie ihm gefallen werden.

Mein Leben lang schon bin ich ruhig und zurückhaltend, eben die ängstliche Art von Mensch. In genau sechs Monaten werde ich zwanzig Jahre alt und mir wird immer mehr bewusst, wie kostbar und kurz meine Zeit auf dieser Erde ist. Ich möchte mich verändern. Vielleicht habe ich die letzten zwei Jahrzehnte verschenkt, weil ich mich in meinem Schneckenhaus versteckt habe, doch damit ist nun Schluss. Ich möchte eine andere werden. Ich möchte zu einer Frau werden, die stark ist und mutig. Ich möchte alles entdecken, was die Welt noch zu bieten hat, all die schönen und schrecklichen Seiten des Lebens, weit weg von zu Hause. Denn jedes Abenteuer ist nur eine Entscheidung von mir entfernt, und ich will endlich herausfinden, wer ich wirklich bin. Alles, was ich tun muss, ist, mich zu trauen. Doch ich weiß nicht, wie es weitergehen soll, wenn Cato mich nicht begleiten will. Oder ob es genau das ist, was ich in Wahrheit brauche.

In letzter Zeit habe ich mich mehr und mehr gefragt, ob ich nur mit ihm zusammen sein will, weil Jules, Miriam und Amanda es erwarten. Schon immer mache ich mir zu viele Gedanken darüber, was andere denken, und zu wenig darüber, was ich selbst für das Richtige halte.

»Du sollst nicht grübeln«, mahnt Cato mich. Er fährt sanft über meinen Rücken und ich lehne mich, trotz der Hitze, an ihn. Ich bin mir nicht sicher, was zwischen uns ist. Cato ist stark und gut aussehend, auf eine etwas grobe Art. Die neidischen Blicke der anderen Mädchen im Dorf entgehen mir nicht. Neben ihm sehe ich mit einer Größe von anderthalb Metern aus wie eine Puppe, und jeder, einschließlich ihm, hat das Bedürfnis, mich zu beschützen. Das kann lästig sein, doch in Zeiten wie diesen ist es wohl eher praktisch.

Als ich neun Jahre alt war, hat er mich aus einem heißen Erdkrater gezogen und mich so vor schlimmen Verbrennungen bewahrt. Die Haut an meiner rechten Seite ist bis zum unteren Rippenbogen etwas dunkler und fleckig, doch ich bin am Leben und allein das zählt. Wo ich herkam und wer ich davor gewesen bin, weiß ich nicht, denn es gibt keine Erinnerung. Einzig meine Angst vor Feuer und Flammen hat sich unwiderruflich in meine Seele und mein ganzes Sein eingebrannt. Cato sagt, es ist das Trauma, das mich vergessen ließ und dass es so vielleicht besser sei. Zu meinem eigenen Schutz. Doch ich denke an vielen Tagen, dass ich mich gern erinnern würde. An davor.

Seit er mich gefunden hat, sind wir keinen Tag getrennt gewesen. Er war schon immer mein Retter und mein Held. Doch mir ist klar, dass ich nicht mehr das kleine Mädchen von damals bin. Ich bin neben ihm zu einer Frau geworden. Ich wünschte mir nur, er würde es endlich sehen.

Seine Finger fahren in langsamen Kreisen über meinen Arm und ich muss ein wohliges Schnurren unterdrücken. Ich würde lügen, wenn ich behaupten würde, es gäbe keine Anziehung zwischen uns. Ich weiß nur nicht mehr, ob es genügt.

»Was hältst du davon, heute früher Schluss zu machen?«, fragt er nach einer Weile des Schweigens.

Überrascht mustere ich ihn. »Ist das dein Ernst?« Als er nickt, breitet sich ein Lächeln auf meinem Gesicht aus. In den vergangenen Tagen ist er viel beschäftigt gewesen. Es freut mich, dass er von sich aus auf mich zugekommen ist. »Wer kümmert sich dann um den Stand?«

Er zeigt zum Ende des Marktes, von wo aus sich ein schlaksiger junger Mann den Weg zu uns bahnt. Ein ums andere Mal verheddern sich seine langen Beine miteinander und er stolpert nach vorn. Die anderen Dorfbewohner sehen ihm kopfschüttelnd nach und ich unterdrücke ein Kichern.

»Jules«, begrüße ich ihn, als er endlich bei uns ankommt. Cato nickt ihm ebenfalls zu.

»Hi, Flame«, erwidert er etwas atemlos und rückt sich seine verschmierte Brille auf der Nase zurecht.

Jules, der eigentlich Julius heißt, ist zwei Jahre nach mir zu unserer Gruppe gestoßen. Er hat hellblondes, etwas zotteliges Haar und große vertrauenerweckende, braungrüne Augen mit goldenen Punkten. Begleitet wurde er damals von Miriam. Da sie dieselbe ungewöhnliche Augenfarbe wie Jules hat, glaube ich, dass die beiden miteinander verwandt sind. Geredet haben sie nie darüber.

Jules mag zwar etwas tollpatschig sein, doch er ist eine Bereicherung für uns, da er sehr bewandert im Umgang mit diversen Heilkräutern ist. Miriam dagegen ist eine ausgezeichnete Jägerin und vermutlich noch nie in ihrem Leben über ihre eigenen Beine gestolpert. Sie verkörpert nichts als pure Eleganz und Selbstbeherrschung. Pfeil und Bogen, mit denen sie jagt, scheinen wie eine Verlängerung ihres rechten Armes zu sein.

»Du kommst zurecht?«, fragt Cato, schon halb im Gehen, während er nach meiner Hand greift.

Jules nickt eifrig und winkt uns zu. »Genießt euren freien Nachmittag. Miriam hilft mir nachher beim Abbauen.«

Ich will ebenfalls etwas erwidern, doch wir sind schon zu viele Schritte entfernt und die Nebengeräusche des Marktes sind so laut, dass ich nur zurückwinken kann.

»Du hast es aber sehr eilig«, stelle ich fest und streiche mir eine meiner widerspenstigen Locken aus der Stirn.

»Ich habe eine Überraschung für dich. Und ich kann kaum erwarten, sie dir zu zeigen«, erwidert er und umfasst meine Hand noch etwas fester.

Aufregung durchfährt mich, und meine Wangen werden heiß. Es ist schon eine Weile her, dass Cato sich so aufmerksam verhalten hat. Früher brachte er mir fast täglich von der Jagd Geschenke mit oder schnitzte mir kleine Figuren aus Holz. Bedauerlicherweise ist er seit jeher ziemlich zurückhaltend und unser Körperkontakt geht nicht über Händchenhalten oder flüchtiges Streicheln hinaus. Es gibt Tage, an denen ich mich frage, ob jemals mehr zwischen uns sein wird. Mehr als das Beschützen und die innige Freundschaft, die uns verbindet. Cato ist schon mit anderen Frauen zusammen gewesen, doch es war nie etwas Ernstes.

Vielleicht sollte ich den ersten Schritt wagen. Weniger schüchtern sein. Seit ich den Unterschied zwischen Mädchen und Jungen kenne, wünsche ich mir nichts sehnlicher, als von ihm geküsst, von ihm richtig berührt zu werden. Ich warte schon so lange, und meine größte Angst ist, dass es womöglich vergebens ist. Miriam meint, ich solle mir die Zeit mit anderen jungen Männern aus dem Dorf vertreiben, denn Konkurrenz belebe das Geschäft, doch so bin ich einfach nicht. Ich habe die absurde romantische Vorstellung, dass ich mich nur einmal richtig verliebe und dann ist es für immer. Nur mit dieser großen Liebe möchte ich zusammen sein, ihr alles von mir geben. Deshalb halte ich mich zurück, obwohl ich mich nach Nähe und offener Zuneigung sehne.

Sofort spüre ich, wie meine Wangen noch heißer werden. Möglicherweise hat Miriam recht und ich bin wirklich ein wenig altmodisch und verklemmt. Und vielleicht ist es tatsächlich lächerlich, mit neunzehn Jahren vollkommen unberührt zu sein, nur wegen ihm. Nur weil ich denke, dass er womöglich der Richtige ist.

»Woran denkst du schon wieder, Prinzessin?«, neckt er mich, doch ich weiche seinem Blick aus. Cato kennt mich besser als jeder andere und kann in mir lesen wie in einem offenen Buch. Und für gewöhnlich vertraue ich ihm alles an – nur eben diese eine Sache nicht.

Wir gehen die unebene Straße entlang, die Geräusche vom Markt verklingen langsam. Die wackeligen Häuser, welche die Straße säumen, schießen aus dem Boden wie Unkraut. Die meisten von ihnen sind klobig und nicht besonders hübsch anzusehen, da sie aus grobem Stein gebaut sind. Die Wenigsten wohnen noch in Hütten aus Holz. Vermutlich nur diejenigen, die eine gewisse Todessehnsucht hegen.

Seit dem heißen Krieg hat die Erde sich verändert. Die Erdplatten hatten sich schon vorher stark verschoben, doch nun ist auch das Wasser der Meere extrem zurückgegangen. Das Dorf, in dem wir leben, ist eines der größeren in der Umgebung und liegt direkt zwischen dem Land der Angst und der Finsternis und dem Land der Wahrheit und der Wirklichkeit an einem Gebirgshang. Durch das Gebirge ist es bei uns nicht so heiß wie beispielsweise im Land der Hoffnung und des Lichts. Wir leben ganz im Norden. An das Land der Angst und der Finsternis grenzt im Südosten das Land der Vergangenheit und des Vergessens. Direkt daneben, nur getrennt durch den Indischen Ozean, oder besser gesagt das, was von ihm übrig ist, befindet sich das Land der Hoffnung und des Lichts. Im Südwesten liegen der Atlantik sowie das Land der Fantasie und der Träume. Dorthin wollte ich schon immer einmal reisen. Ich stelle es mir schön, lebendig und voller Farben vor, nicht so eintönig und grau, wie es bei uns ist. Ganz im Westen ist der Pazifik, und das Land der Zukunft und des Lebens bildet das Zentrum unserer Erde. Vom Mittelmeer ist auch noch etwas übrig – ein kleiner Klecks zwischen dem Zukunftsland und dem der Wahrheit und Wirklichkeit.

Besonders viel wissen wir leider nicht über die Zustände der anderen Länder und Erdteile, es gibt keine Nachrichten und keine Kommunikation. Ab und an durchqueren Reisende unser Dorf, bringen Neuigkeiten mit und berichten von ihren Erlebnissen. Doch das geschieht nur sehr selten. Die meisten sind froh, wenn sie eine feste Bleibe finden. Mein ganzes Wissen stammt daher aus Jules' wenigen Büchern, die er hütet wie einen wertvollen Schatz. Doch manchmal, zum Beispiel zu meinem Geburtstag, gewährt er uns Zugang.

Die Bücher, die er besitzt, haben so vergilbte Seiten und verblichene Buchstaben, dass man kaum etwas entziffern kann. Ich liebe ihren Geruch, alt und geheimnisvoll, der von tausend verschiedenen Leben erzählt. Sobald mich der Zauber ihrer Worte in den Bann zieht, vergesse ich alles um mich herum und verspüre nichts als Geborgenheit und Glück. Mag sein, dass es eine Flucht vor der Realität ist, doch ich genieße sie in vollen Zügen.

Manchmal rätseln Cato und ich darüber, wie viele Besitzer sie schon hatten und an welchen Orten sie gelesen wurden. Und manchmal erlaube ich mir, davon zu träumen, wie ich meine ganz eigenen Abenteuer erlebe.

»Wohin gehen wir?«, frage ich neugierig, als wir den Dorfkern hinter uns lassen und auf den Wald zusteuern, der rechts von den Gebirgsfelsen liegt, in dessen Höhlen wir leben.

»Nicht mehr weit.« Wir schweigen erneut, doch es ist nicht unangenehm. Wenn man sich so gut kennt, bedarf es nicht immer vieler Worte.

Als wir den Wald betreten, wird die Luft kühler und ich atme den Geruch von getrockneten Kiefernnadeln ein. Es ist ein wenig schattig und sofort entspanne ich mich. Soweit ich weiß, wird die klägliche Vegetation nur durch die Magie der neuen Götter aufrechterhalten. Einerseits verspüre ich Dankbarkeit und auch ein wenig Neugierde, andererseits Wut, weil sie nicht mehr tun. Man sagt, dass sie in ihren Palästen hausen, während wir in verfallenen Hütten und kahlen Höhlen leben. In meinen Augen macht sie das nicht zu besonders guten Herrschern. Insgesamt wissen wir kaum etwas über sie. Ja, sie existieren, bewohnen unsere Erde, aber im Endeffekt sind sie trotzdem eine Art Mysterium für uns. Ich habe nie auch nur einen einzigen von ihnen zu Gesicht bekommen und dementsprechend keine Kenntnis über ihr Aussehen oder ihre Namen. *Niemand* aus meinem Umfeld ist ihnen je begegnet. Manchmal denke ich, dass sie vielleicht nur Geister sind. Geister der Vergangenheit, die uns einst vor Zeus' Rache bewahrt haben und dann wieder im Nebel verschwunden – und nie wieder gesehen worden sind. Sie haben dafür gesorgt, dass der Göttervater uns nicht zerstört, doch nun wird uns möglicherweise der Hunger holen. Oft frage ich mich, weshalb sie sich damals überhaupt die Mühe gemacht haben, uns zu retten, wenn sie sich jetzt so wenig um uns scheren.

Heute ist definitiv ein Tag, an dem ich ihnen gegenüber Wut empfinde, obwohl ich weiß, dass sie diese Emotion gar nicht wert sind, sie meine Gedanken nicht verdienen. Sie sollten mir gleichgültig sein, denn wir sind es ihnen offensichtlich auch.

Cato führt mich zwischen den hohen Stämmen hindurch, und als sich eine Lichtung auftut, bleibe ich überrascht stehen. In der Mitte befindet sich ein kristallklarer See. Die wenigen Sonnenstrahlen, die zwischen den Bäumen hindurchbrechen, lassen die Oberfläche glitzern.

»Wie?«, hauche ich überrascht. So viel schönes, sauberes Wasser. Normalerweise waschen wir uns im schmutzigen Fluss, der am Gebirge entlangfließt. Diesen kleinen See habe ich noch nie gesehen.

»Freust du dich?«, fragt Cato lächelnd, ohne auf meine Frage einzugehen.

Ich kann nur sprachlos nicken. Für gewöhnlich ist er weder leidenschaftlich noch besonders romantisch. Doch genau das ist es, was ich will. Ich will es aufregend haben, wenn es um die Liebe geht.

»Dann komm.«

Ohne Umschweife zieht er sein Shirt und die Cargohose aus. Er trägt nichts darunter. Mein Mund ist trocken wie Staub, als er sich in Bewegung setzt und den See betritt. Ein wenig schockiert schaue ich ihm nach. Mit zitternden Fingern streife ich meine kurze Hose und das dunkelgrüne Hemd ab. Ein Unwohlsein überkommt mich und ich betrachte meine Narben, berühre unsicher die unebene Haut. Noch nie zuvor habe ich jemandem so viel von mir gezeigt. Mit meinen Händen am Slip verharre ich und kann mich nicht überwinden, ihn ebenfalls abzustreifen. Ich gebe es auf und folge Cato, versuche, meinen hämmernden, viel zu schnellen Herzschlag zu ignorieren.

Am Ufer bleibe ich stehen und blicke hinab, während die feinen Wellen sanft meine Füße umspülen. Aus dem klaren Nass des Sees blicke ich mir selbst entgegen. Seit Langem nehme ich mir Zeit, mich genau zu betrachten: Mein herzförmiges Gesicht wird von kraus gelocktem Haar umrahmt, das schwarz ist wie die verbrannte Erde, in der Cato mich einst fand. Es lässt mich wild wirken, was ich nicht bin. Meine vollen Lippen sind bläulich, wie fast immer, sodass ich oft gefragt werde, ob ich trotz der Hitze friere. Dann sind da noch meine Augen. Das eine hat die Farbe von Asche. Das andere schimmert in bernsteinfarbenem Gold. Und als ein Sonnenstrahl es erhellt, sieht es so aus, als tanze eine Glut darin, die nur darauf wartet, entfacht zu werden. Mit einem sehe ich, wie in der Abenddämmerung, alles in Schwarz und Weiß, mit dem anderen nehme ich die Welt in Farben wahr. Es mag sonderbar sein und ich erzähle es nur meinen engsten Vertrauten, doch ich kenne es nicht anders. Ich mag den Gedanken an Licht und Dunkelheit und die Vorstellung, dass beides in mir ist.

»Flame«, holt mich Catos Stimme aus meinen Gedanken zurück. Ich schaue auf, direkt in seine strahlenden Augen. Ich verbiete mir, meinen Blick hinabwandern zu lassen, als er meine Hand nimmt, und mich ins Wasser zieht. Das hier ist genau das, was ich immer wollte. Ich sollte überschäumen vor Freude und Glück. Doch etwas nagt an mir, tief in meinem Inneren. Zu diesem Zeitpunkt will ich mir noch nicht eingestehen, dass es Zweifel sind.

Ich schlucke schwer, mein Hals fühlt sich mit einem Mal wie zugeschnürt an. Cato streichelt meinen Handrücken, und während mir das Wasser bereits bis zu den Schultern reicht, sind bei ihm gerade so die Hüften bedeckt. Er hält inne und will mich noch näher an sich ziehen, doch ich zucke zurück. Seine Nacktheit ist mir nur allzu deutlich bewusst. Etwas zu fest beiße ich auf meine Unterlippe, bis sich ein metallischer Geschmack in meinem Mund ausbreitet.

Bei allen Göttern!

»Ich weiß, es ist für dich das erste Mal. Es ist nicht schlimm, wenn du Angst hast«, redet Cato beruhigend auf mich ein. »Aber du kannst mir vertrauen. Hier sind wir ungestört. Und ich werde sehr sanft mir dir sein.«

Eine Gänsehaut breitet sich auf meinen Armen aus, jedoch nicht vor Wohlgefallen. Ich fühle Scham und noch etwas anderes: Wut. Er gibt mir das Gefühl, unerfahren und naiv zu sein. Ich verschränke die Arme vor der Brust und wünsche mir, ich wäre nicht mit ihm in dieses verlockende Wasser gegangen. Ja, er hat recht. Es sollte er sein. Ich habe mir genau das hier erträumt. Niemand kennt mich so gut wie Cato. Wir beide gegen den Rest der Welt, so ist es schon immer gewesen. Und doch ... So habe ich es mir nicht vorgestellt, schon gar nicht so schnell. Als würde man ein Geschäft abschließen. Ich mag unerfahren sein, doch selbst ich merke, dass das hier keine romantische Situation ist.

»Ich bin nur etwas überrascht«, erwidere ich, als ich meiner Stimme zutraue, dass sie nicht bricht. »Wir haben nie darüber gesprochen. Über uns, meine ich. Auf diese Weise. Also, ich war mir nie sicher, ob du auch ... na, du weißt schon. Ob du mich begehrst. Als Frau.«

Cato hebt abwehrend die Hände und unterbricht somit meinen verzweifelten Redeschwall. Nachdenklich sieht er mich an, versucht aber nicht, mich erneut näher zu sich zu ziehen.

»Ich hätte nicht geglaubt, dass das mit uns jemals kompliziert sein würde«, seufzt er schließlich. »Es war nicht meine Absicht, dich zu überrumpeln. Ich dachte, die Sache wäre klar. Du und ich. Für immer. Ich denke, du bist nun so weit.«

»Ich bin so weit? Meinst du nicht, du hättest vorher fragen sollen, wie ich darüber empfinde? Und was soll das überhaupt bedeuten? Ich warte schon seit Jahren auf dich. Seit einer verdammten Ewigkeit, Cato!« Ich hing immer an seinem Rockzipfel. Und er hat es genossen, war sich meiner Zuneigung gewiss, hat nie das Gefühl des Zweifelns verspürt wie ich so oft.

Genervt reibt er sich über die Stirn. »Ich hätte nicht damit gerechnet, dass du abgeneigt bist. Ich dachte einfach, ich gebe dir Zeit, um noch etwas zu reifen.«

Ich schnaube verächtlich. Er spielt auf meinen kindlichen Körper an und hat vermutlich vergeblich darauf gewartet, dass mir irgendwann doch noch Brüste wachsen. »Trotzdem haben wir nie darüber geredet. Aber das sollten wir. Wir sollten über uns reden und darüber, wie wir uns die Zukunft vorstellen. Bei der ersten Verabredung hätte ich mich über einen Kuss gefreut, nicht über das, was du hier vorhast.«

Unruhig reibe ich mir über meinen Nacken. Ein angespannter Ausdruck liegt in Catos Gesichtszügen. Und Unglaube. Offensichtlich ist ihm nie in den Sinn gekommen, ich würde mich ihm nicht auf der Stelle hingeben. Zugegeben, ich habe es ihm in der Vergangenheit vielleicht zu leicht gemacht, nach jeder Berührung von ihm gelechzt. Trotz der warmen Außentemperatur friere ich, spüre kaum noch meine Zehen.

»Flame«, sagt er bittend. »Mach es mir nicht so schwer. Wir gehören zusammen. Du weißt es. Ich weiß es. Jules, Miri und Amanda wissen es. Wir werden heiraten. Wir werden wundervolle Kinder haben. Wir werden eine Familie sein. Ich werde für euch sorgen. Du musst dir keine Gedanken machen.«

Ich betrachte meine Hände, die langsam durch das Wasser schrumpelig werden. Mir gefällt das festgefahrene Bild nicht, das er von Mann und Frau hat. Cato ist mir gegenüber noch nie zuvor laut geworden, doch ich sehe, wie er die Fäuste ballt, versucht, seine aufkommende Wut zu zügeln.

»Und wäre es immer so?«, will ich wissen. »Dass du entscheidest und meine Gedanken dazu keine Rolle spielen? Wer sagt, dass ich überhaupt Kinder will? In einer Welt wie dieser?« Ich stampfe wütend mit dem Fuß auf, was albern und zudem ein sinnloses Unterfangen ist, da das Wasser meine Bewegung dämpft. »Ich kann nicht glauben, dass wir von vorsichtigen, wie zufällig wirkenden Berührungen zum Thema Familiengründung gekommen sind. Und dass du offensichtlich denkst, alles für mich entscheiden zu dürfen.« Mit diesen Worten drehe ich mich um und wate aus dem Wasser, meine bereits steif gewordenen Glieder wollen mir kaum gehorchen. Ich höre Cato, wie er mir folgt.

»Was ist nur in dich gefahren? Warst du zu lange in der prallen Hitze anstatt unter dem Schirm am Stand? Du hast doch sonst nichts dagegen einzuwenden, wenn ich dich beschütze und für dich sorge. Du kannst mir unmöglich weismachen wollen, du hättest andere Pläne außer uns.«

Nun bin ich diejenige, die ihre Hände zu Fäusten ballt. Meine Nägel graben sich in die Handinnenfläche und ich spüre, wie heißes Blut gemächlich an meiner Haut hinabläuft. »Du bist mein Freund«, schreie ich ihn aus voller Kehle an.

Ich weiß selbst nicht, was ich damit ausdrücken will. Vielleicht, dass Freunde nichts dergleichen sagen, den anderen nicht so sehr herabsetzen, wie er es gerade bei mir tut. Zum ersten Mal in unserem Leben brülle ich ihn an. Ich kann nicht glauben, dass er so wenig von mir hält, dass wir überhaupt in diese Situation geraten sind. Er zuckt nicht zurück. Sein Blick wird hart. In diesem Moment zerbricht etwas in meinem Inneren, der Traum eines kleinen Mädchens, der niemals wahr werden wird. »Du darfst mich beschützen, wenn es notwendig ist. Aber du darfst nicht über mein Leben herrschen. Das ist bestimmt nicht, was ich will.« Ich warte seine Antwort nicht ab, haste weiter.

Plötzlich ist mir die Idylle zuwider. Als ich das Ufer erreiche, streife ich nur das weite Hemd über und raffe die restlichen Sachen in meinen Armen zusammen. Was habe ich mir nur dabei gedacht? Aus den Augenwinkeln sehe ich, wie Cato ebenfalls hastig die Hose anzieht. Ich bin so abgelenkt, dass ich das riesige schwarze Tier erst sehe, als es kaum drei Meter entfernt von mir stehen bleibt. Ganz langsam lege ich meine Habseligkeiten auf den Boden zurück und richte mich vorsichtig auf.

»Nicht bewegen«, mahnt Cato leise, der längst neben mich getreten ist.

»Ein Wolf«, hauche ich. Ich habe nie zuvor einen gesehen, doch ich erkenne ihn aus einem von Jules' Büchern über die Pflanzen- und Tierwelt. Auf Papier hat er allerdings nicht so riesig gewirkt, seine Statur ist weniger muskulös gewesen.

Der Wolf gibt ein Knurren von sich, und nun *sehe* ich ihn. Sehe sein Fell, das schwarz ist, noch schwärzer als die Nacht, die alles verschlingt, sogar schwärzer als mein Haar, welches die Farbe von Rabengefieder hat. Sehe seine Augen und seine Iriden, die wie flüssiges Silber beide Pupillen umfließen. Ich bin gefangen in diesem geheimnisvollen Strudel, unfähig, den Blick abzuwenden.

Cato versucht, mich hinter sich zu schieben, doch ich weigere mich, will noch ein wenig länger dem Blick des Wolfes standhalten. Mein Leben lang bin ich ängstlich gewesen, habe mich hinter Catos starkem Rücken versteckt, meine kleine Hand in seiner, so schwach und zerbrechlich, und trotz all der Schrecken dieser Welt bei ihm immer in Sicherheit. Doch genau in diesem Moment, im Angesicht dieses riesigen Tieres, fühle ich mich tatsächlich stark und mutig und frei.

In diesem Moment fürchte ich mich vor niemandem.

»Bleib zurück«, mahnt mich Cato erneut und der Wolf knurrt, lauter dieses Mal.

»Er wird mir nichts tun.«

»Sag das noch einmal, wenn du wimmernd am Boden liegst«, erwidert er zwischen zusammengebissenen Zähnen – doch ich lasse mich nicht zurückhalten, gehe einfach weiter auf die majestätische Gestalt des Wolfes zu.

Erneut nehmen mich seine Augen gefangen, alles, was ich höre, ist das Rauschen meines eigenen Blutes in den Ohren.

Nichts.

Nichts, außer meinem pulsierenden Blut und meinem heftigen Herzschlag.

Die Zeit steht still.

Poch. Poch. Poch.

Es gibt nur mich, diese silbrigen Augen und diesen wunderbaren Duft, der von dem Wolf ausgeht. Er riecht nach Wald und Kiefernnadeln und Schnee, so wie ich ihn mir vorstellen würde, wenn es noch welchen gäbe. Meine größte Sehnsucht – einmal im Leben diese eisblauen Kristalle zu sehen.

Zwei Schritte entfernt bleibe ich stehen. Schlucke schwer. Mein Herzschlag setzt eine Sekunde aus, nur, um noch schneller als zuvor weiterzustolpern. Nun gänzlich eingehüllt in seinen Duft, fühle ich mich seltsam beschwingt, es ist wie verreisen und heimkommen, alles zusammen. Auch wenn meine Hand zittert, bin ich nicht zaghaft, als ich sie ihm entgegenstrecke. Er ist riesig, sein Kopf ist so groß wie mein gesamter Oberkörper, mit einem Bissen könnte er vermutlich meinen Arm verschlingen. Der Boden bebt, als er den letzten Meter zwischen uns überbrückt. Meine Handinnfläche trifft auf seine warme Stirn, es ist wie ein Stromschlag, der mich durchzuckt.

»Wunderschön«, flüstere ich.

Keiner von uns bewegt sich. Wir stehen auf der Lichtung, unsere Köpfe nur wenige Zentimeter voneinander entfernt, sodass sein Atem überraschend kühl über meine Haut gleitet. Vorsichtig streiche ich durch sein Fell, das gepflegter und weicher ist als erwartet.

Aus dem Nichts knackt ein Ast, und plötzlich dreht sich die Erde wieder. Erschrocken trete ich einen Schritt zurück und sehe über die Schulter. Dort steht Cato. Ich habe ihn komplett vergessen. Wie lange war ich in Gedanken versunken? Alles ist möglich. Drei Minuten oder auch eine halbe Stunde.

»Nein«, keuche ich, als ich das gezückte Messer in seiner Hand entdecke. »Das wirst du nicht tun!«

»Was erwartest du? Dass ich ihn laufen lasse? Er könnte das Dorf überfallen! Willst du die Verantwortung dafür tragen?«

Hinter mir stupst mich der Wolf spielerisch an. Er scheint nicht beunruhigt zu sein. »Er wird niemandem etwas tun«, erwidere ich energisch. »Du wirst ihn in Frieden lassen, es sei denn, du willst endgültig zerstören, was zwischen uns ist.«

»Du meinst das wirklich ernst«, erwidert er gepresst. »Verdammt! Was zum Hades ist nur los mit dir? Dein seltsames Verhalten, und jetzt auch noch dieser Wolf, der offensichtlich denkt, er sei ein Hund.«

Mit einem Satz springt der Wolf mühelos über mich hinweg und landet katzengleich vor Cato. Er gibt ein Brüllen von sich, welches die Bäume um uns herum erzittern und meinen Freund in die Knie gehen lässt. Es ist das erste Mal, dass ich sehe, wie Cato vor Furcht erbebt.

»Das genügt«, rüge ich den Wolf, wenn auch nur halbherzig. Für gewöhnlich bin ich kein Mensch, der vorschnell Vertrauen fasst, doch in seiner Gegenwart fühle ich mich sicher. Nicht in Sicherheit, sondern einfach nur sicher, was mich selbst betrifft.

»Niemand tut hier irgendwem etwas.« Ich atme tief durch. Das ist so was von verrückt. Vielleicht habe ich tatsächlich einen Sonnenstich und halluziniere nur. Plötzlich kann ich die angenehme Kühle des Waldes nicht mehr genießen und all meine Sinne sind auf Flucht ausgerichtet. »Lasst uns heimgehen.« Mit diesen Worten drehe ich mich um und laufe los. Wie selbstverständlich gehe ich davon aus, dass er mir folgen wird. Als hätte er mich nicht eben erst gefunden.

Die Sonne steht bereits tief am Himmel. Der Wolf macht sich erneut mit einem Stupsen in meinem Rücken bemerkbar. Dann kommt er neben mich und ich sehe, dass er in seinem Mund meine Stiefel und die Hose trägt. Ich lache. Es ist ein heller, viel zu fröhlicher Ton nach allem, was heute mit Cato passiert ist. Schnell presse ich meine Lippen wieder aufeinander.

»Wehe du sabberst meine Sachen voll«, mahne ich ihn.

Er schnaubt und bleckt die Zähne. Der klägliche Versuch eines Grinsens, bei dem er eine beeindruckende Zahl wirklich scharf aussehender Beißer präsentiert.

Ich schüttele den Kopf und blicke nach vorn. Tiere machen nichts dergleichen, sage ich mir im Stillen. Sie transportieren nicht deine Kleider oder lächeln. Doch was ist schon unmöglich in einer Welt voller Götter und Magie? Ich kann jemanden wie ihn gebrauchen. Keinen Beschützer, sondern einen treuen Gefährten. Ich werde herausfinden, ob dieser Wolf so etwas für mich sein kann. Ich glaube nicht an Zufälle. Ich glaube an das Schicksal und daran, dass eines Tages alles so kommt, wie es kommen muss.

Wir benötigen mehr Zeit als erwartet, in der Dämmerung sieht das hoch in den Himmel ragende Gebirge bedrohlich aus. Der Wolf trottet weiterhin gelassen neben mir her und ich entspanne mich wieder. Vorsichtig werfe ich einen Blick über die Schulter. Von Cato fehlt jede Spur. Obwohl ich sauer bin, keimt Sorge in mir auf. Bei Nacht sollte man den Wald meiden, denn keiner von uns kann mit Gewissheit sagen, welche Wesen dort noch in der Dunkelheit hausen. Kreaturen, die uns weit weniger gut gesonnen sind als der schwarze Wolf.

Schon von Weitem sehe ich die Leuchtkäfer, die den Eingang zu unserer Höhle umschwirren. Normalerweise haben wir immer ein Glas von ihnen dabei, damit uns die Nacht nicht überraschen kann, doch ich habe meines wohl am Marktstand vergessen. Eine schlanke, gut trainierte Gestalt kommt uns entgegen. Die fein geflochtenen Zöpfe wippen um ihr Gesicht und ihre braune Haut verschmilzt beinahe mit der beginnenden Dunkelheit.

»Flame, du kleines Luder! Wir haben uns schon Sorgen gemacht«, ruft sie vergnügt.

»Das ist Amanda«, raune ich dem Wolf beruhigend zu. Ist es sonderbar, dass ich sie ihm vorstelle? Vermutlich schon. Ich habe keine Ahnung, wie er auf die anderen reagieren wird. Unsicher betrachte ich ihn von der Seite, doch er nickt nur, als würde er verstehen. Ich lache erstickt auf.

Amanda ist eindeutig die Verrückte in unserer Gruppe. Sie war schon vor mir bei Cato, mehr weiß ich allerdings nicht über sie, denn sie spricht nicht gerne über die Vergangenheit und ich akzeptiere ihren Wunsch. Ihre eigene Schweigsamkeit hält sie jedoch nicht davon ab, mich über alles auszuquetschen.

»Ich habe gehört, du bist mit Cato losgezogen, um endlich deine Jungfräulichkeit zu verlieren, und kommst nun mit diesem Prachtexemplar zurück«, neckt sie mit ironischem Unterton.

Ich ziehe die Nase kraus und gebe einen warnenden Laut von mir. Amanda verfügt über keinerlei Schamgefühl, genauso wenig wie über einen gesunden Selbsterhaltungstrieb, denn sie kommt ohne Scheu auf uns zu. Als sie den Wolf tätscheln will, weicht er zurück. Mit einem diebischen Grinsen im Gesicht fordert sie mich dazu auf, ihr alles zu erzählen.

Ich verdrehe die Augen. »Lass uns doch erst einmal ankommen. Es war ein verdammt langer Tag.« In Wahrheit ist mir einfach nicht nach Reden zumute.

»Höre ich da etwa einen Fluch aus deinem Mund?«

Ich lächle müde. »Möglicherweise.«

Am Höhleneingang werden wir von Jules und Miri erwartet. An ihrer Haltung erkenne ich, dass sie alles andere als erfreut sind.

»Du hast noch nie Unsinn angestellt, und nun bringst du uns einen Wolf nach Hause.« Der bemüht fröhliche Ton, den Miri anschlägt, klingt schrill und falsch in meinen Ohren.

»Cato ist kurz vor euch eingetroffen«, bemerkt Jules. Ich frage mich, wie er das angestellt hat. Andererseits kennt er die Umgebung in- und auswendig.

»Er ist äußerst schweigsam«, wirft Amanda amüsiert ein, die sich über die Aufregung zu freuen scheint.

»Das wird nicht nötig sein«, ist das Erste, was ich zu Miriam sage, und meine damit den gespannten Bogen, dessen Pfeilspitze auf den Wolf neben mir gerichtet ist.

»Wir werden sehen. Tiere sind unberechenbar«, erwidert sie knapp, macht auf dem Absatz kehrt und geht bestimmten Schrittes hinein. »Er wird draußen bleiben.« Jules dackelt ihr mit einem entschuldigenden Schulterzucken hinterher, und auch Amanda folgt ihr. »Rein mit dir. Bevor du festfrierst«, wirft Miri mir noch über die Schulter hinweg zu.

Ich reibe mir über die Arme. So unerträglich heiß die Tage auch sind, bei Nacht ist es bitterkalt. Ich seufze. »Das lief doch gar nicht so schlecht«, sage ich zu dem großen Tier neben mir. Der Wolf verdreht die Augen und ich schüttele darüber erneut den Kopf. »Warte hier.« Ich nehme meine Habseligkeiten, die er noch immer in seinem Mund verwahrt, und stelle zu meiner Erleichterung fest, dass sie sich nur leicht nass anfühlen. Anschließend schiebe ich den Vorhang aus geflochtenen Gräsern beiseite und schlüpfe in die Höhle. Die anderen sitzen in einem Halbkreis am Boden. Es riecht nach selbst gekochter Kräutersuppe von Jules.

»Wir müssen reden«, kommt es von Cato, der mit dem Rücken zu mir sitzt.

»Wir haben heute genug geredet«, erwidere ich stur.

»Er kann nicht bei uns bleiben. Ich werde mich darum kümmern, wenn du mich lässt.«

Die Wut von vorhin kocht erneut in mir auf, siedend heiß fließt sie durch meine Adern und lässt mich innerlich brennen. Stöhnend greife ich mir an die Stirn, und sofort springt Jules auf, um mir einen Becher zu bringen. »Du hattest heute noch nicht deine Medizin.«

Ich rümpfe unwillkürlich die Nase. Jules besteht darauf, dass ich regelmäßig aufgekochte Lindenblüten in stark dosierter Form zu mir nehme, weil ich seit meinem sechzehnten Lebensjahr häufig unter Fieberattacken und Kopfschmerzen leide, wenn ich den Trank nicht einnehme. In einem Zug kippe ich die bitter schmeckende Flüssigkeit herunter und unterdrücke meinen Würgereflex. Auch nach all der Zeit kann ich mich nicht damit anfreunden. Ich habe nie kontrolliert, ob es tatsächlich nur Lindenblüten sind, die er mir verabreicht. Aber es sorgt dafür, dass es mir besser geht und ich hinterfrage es nicht, da ich Jules vertraue.

»Halte dich von ihm fern«, zische ich in Catos Richtung, während ich zu meinem Lager gehe, eine raue Wolldecke schnappe und wieder zum Ausgang eile. Ich muss hier raus, bevor ich etwas sage, das ich im Nachhinein ernsthaft bereuen würde. Nie zuvor habe ich mich weniger zugehörig zu der Gruppe gefühlt, die wir schon seit so langer Zeit sind.

Amanda versucht mich noch einmal aufzuhalten. »Mich würde wirklich brennend interessieren«, setzt sie an, doch ich unterbreche sie mit einer unwirschen Handbewegung. »Morgen«, sage ich und zwinge mich zur Ruhe. »Morgen ist auch noch ein Tag.«

Sie mustert mich misstrauisch, bis sie schließlich beiseitetritt. Es ist offensichtlich, dass die anderen mein Verhalten seltsam finden.

An der frischen Luft atme ich erleichtert auf, als ich den Wolf sehe, der mir gegenübersteht. Für einen kurzen Moment hatte ich Angst, er wäre fort. Kurz streiche ich über sein weiches Fell, bevor ich neben dem Eingang nach links die Gebirgswand entlanglaufe, bis ich eine größere Einbuchtung im Felsen finde und dort die Decke platziere.

»Ich werde die Nacht bei dir hier draußen verbringen«, informiere ich den Wolf, der mir beinahe lautlos gefolgt ist. Er schaut einen Moment zu mir hinab, dann legt er sich neben mich, sodass ich zwischen seinem weichen Fell und der kühlen Felswand liege. Ich schiebe beide Hände unter mein Gesicht, suche eine bequeme Position und atme die kühle Nachtluft ein, die auf meiner Zunge nach Freiheit schmeckt.

Aus mehreren Gründen sollte diese Situation merkwürdig für mich sein, doch dem ist nicht so. Beinahe fühlt es sich so an, als hätten wir schon Tausende Male zusammen unter dem Sternenhimmel verbracht.

Irgendwann durchbricht meine Stimme die Stille. »Du brauchst einen Namen.« Nachdenklich betrachte ich ihn. Einige frei umherschwirrende Leuchtkäfer werfen Licht und Schatten über uns. Sein großer Körper strahlt Hitze aus, schürt das Feuer in meinem Herzen und wärmt meinen ausgekühlten Leib. »Ich bin Flame«, hauche ich schließlich. Er neigt den Kopf noch ein wenig näher, bis meine Stirn an seiner lehnt. »Ich bin Flame und du bist Dark.«

Kapitel 2

SEHNEN NACH MEHR

Ich habe einen ziemlich verkorksten Traum. Unmengen an Bildern und Szenen stürmen auf mich ein. Da bin ich, wie ich meine Hose abstreife und über meine narbige, fleckige Haut streiche. Vor mir ist ein See, gefüllt mit dem schönsten und klarsten Wasser, das ich je gesehen habe. Plötzlich wird die Umgebung düster. Cato und ich streiten, obwohl wir das sonst nie tun. Es werden hässliche Dinge gesagt. Ich will davonstürmen und treffe auf einen riesigen Wolf, der mich vermutlich zum Abendbrot verspeisen wird. Mit einem Mal spüre ich etwas Schweres, das scheinbar quer über meinem Oberkörper liegt. Ich schlage die Augen auf. Das Erste, was ich wahrnehme, sind waberndes Silber und zwei große schwarze Pupillen. Schwach stoße ich den angehaltenen Atem aus. »Dark«, seufze ich. »Ich habe also nicht geträumt.« Er grummelt. Zustimmend, würde ich meinen.

Ich betrachte die Position, in der wir uns befinden. Wir liegen noch immer seitlich, genau wie wir eingeschlafen sind. Jedoch befindet sich mein Kopf nun auf seinem linken Vorderbein, als wäre es ein Kissen. Sein rechtes Vorderbein liegt über mir, die riesige Tatze bedeckt fast gänzlich meinen Rücken. Ich schmiege mich enger an sein samtig weiches Fell und er schleckt mir über die Wange. Ich quieke erschrocken auf. »Das ist ja ... ekelhaft!«

Erneut zeigt er seine beeindruckend spitzen Zähne. Ich

will die Augen wieder schließen, diese wohlige Wärme und Geborgenheit genießen.

»Denk nicht mal dran«, vernehme ich Amandas Stimme, die durch das Wolfsfell gedämpft klingt. »Die Sonne ist schon vor einer Stunde aufgegangen, aber dein Schoßhündchen lässt mich nicht an dich heran.«

Ich stöhne. Langsam erinnere ich mich auch wieder an das späte Gespräch mit Jules, Miriam und Cato. Eine Erinnerung, die ich lieber verdrängen würde.

»Es hilft nichts«, murmele ich, und obwohl es mir widerstrebt, schiebe ich Darks schwere Pfote vorsichtig von mir herunter, bevor ich mich aufrichte und auf Amanda zulaufe. Hinter mir kommt Dark ebenfalls auf die Beine und schüttelt sich kräftig. Als ich einen Moment später seine Schnauze im Rücken spüre, muss ich unwillkürlich grinsen. Es ist so verdammt vertraut.

Amanda lächelt, doch es erreicht ihre Augen nicht. »Gehen wir zum Fluss?« Ich nicke zustimmend und folge ihr. Von den anderen ist nichts zu sehen.

Wir gehen gen Osten, wo sich der Fluss befindet, der aus den Bergen bis ins Dorf fließt. Die Stelle, bei der wir uns immer baden, ist verlassen. Außer uns wohnt niemand so nah am Gebirge. Die Menschen bevorzugen es, dicht an dicht beisammen zu leben, fürchten den dunklen Wald, den niemand außer Cato, Amanda, Jules und Miriam so tief erkundet. Ich weiß nicht, ob unsere Höhle im Gestein schon immer da gewesen ist oder ob Cato sie erbaut hat. Unvorstellbar, welche Kraft man für so etwas aufwenden muss. Früher bin ich sehr neugierig gewesen, habe eine Menge Fragen gestellt. Oft habe ich mich damit beschäftigt, wie viele Geheimnisse die anderen tatsächlich vor mir hüten.

Doch es hilft einem nichts, wenn man nie eine Antwort erhält. Als könne er meine Gedanken lesen, stupst Dark mich aufmunternd an, was mir ein Lächeln entlockt. Das ist das Gute an Tieren. Sie sind treu und würden dich nie hintergehen oder belügen.

Amanda räuspert sich vernehmlich, sodass ich meinen Blick von dem Wolf losreiße. »Es wäre mir lieber, wenn er uns nicht beim Baden beobachten würde.«

Ich runzele die Stirn. »Macht er überhaupt nicht.«

»Ich finde nicht, dass er sich besonders wölfisch benimmt«, bemerkt sie skeptisch.

Ich schaue zu Dark, dessen Augen intelligent funkeln. »Warte hier«, bitte ich ihn. Er verharrt einen Moment, dann schnaubt er, dreht sich um, und trottet einige Schritte zurück. »Zufrieden?«, frage ich Amanda.

Sie nickt knapp. »Sei vorsichtig. In einer Welt wie dieser ist nichts, wie es scheint.«

»Und was soll deiner Meinung nach nicht mit ihm stimmen?«

»Ich weiß es nicht. Das wirst du wohl herausfinden müssen.«

»Vielleicht bist du auch einfach nur paranoid.«

Sie mustert mich mit schief gelegtem Kopf, während wir unsere Kleider abstreifen und in den Fluss waten. Ich betrachte die bräunliche Suppe und denke wehmütig an das klare Wasser von gestern.

»Also«, sagt sie schließlich gedehnt, »du und Cato, kein Happy End und glücklich bis ans Ende eurer Tage?«

Sofort versteifen sich meine Schultern. Ich zögere, wäge meine Worte ab. »Er war gestern in einer seltsamen Stimmung. So habe ich ihn nie zuvor erlebt.«

»Heißt?«

»Schätze, er wollte den nächsten Schritt wagen. Und hat dabei einige Dinge, die vorher angebracht gewesen wären, übersprungen.«

Sie sieht mich abwartend an, während sie ihre Arme abschrubbt, und so spreche ich weiter: »Er hat von dem vollen Programm geredet: Heiraten, Familienplanung und so weiter. Es hat mich einfach überrumpelt. Mal ehrlich, wir leben in verrückten Zeiten. Ich habe nicht vor, meine Kinder in einer Höhle großzuziehen, ohne zu wissen, ob wir täglich für ausreichend Nahrung und sauberes Wasser sorgen können. Ich meine, dafür bin ich nicht bereit. Es ist nicht das, was ich mir vorgestellt habe. Eigentlich habe ich mir nur eine einzige Sache von ihm erhofft.«

»Was hätte er sagen sollen, um dich zu überzeugen?«

Ich schlucke, mit einem Mal brennen meine Augen. Energisch versuche ich, die Tränen zurückzudrängen. »Er hätte sagen sollen, dass er mich liebt. Dass es ihn schmerzt, wenn wir nicht zusammen sind. Dass die Welt untergehen könne und doch alles gut wäre, weil wir einander haben.«

Nun ist es Amanda, die schwer seufzt. »Flame, es ist sehr selten, dass man jemanden findet, mit dem es so ist, wie du beschreibst. Ich bin mir sicher, dass Cato nur das Beste für dich im Sinn hat. Du bist ihm wichtig. Du bist uns allen wichtig.«

»Ihr seid mir auch wichtig«, flüstere ich nach einer kurzen Pause. »Es ist nur ...« Kopfschüttelnd räuspere ich mich. »Ich zweifle schon länger. Es ist nicht von heute auf morgen geschehen. Ich weiß einfach nicht mehr ...«

»Du weißt nicht, ob es genügt«, beendet sie meinen Satz.

Ich nicke, lasse mich in dem flachen Fluss treiben und

stütze mich auf den Händen ab. »Tief in mir ist schon immer dieses Sehnen nach etwas, das ich nicht benennen kann.«

»Das Sehnen nach mehr? Niemand will dieses Leben, Flame. Jeder wünscht sich, etwas Besonderes zu sein.«

»Das ist es nicht.« Ich fahre mir durch mein kurzes Haar. »Ich suche nach etwas, das mich komplett macht. Schon immer fühlt es sich an, als würde etwas fehlen, als hätte ich etwas Wichtiges vergessen, als hätte ich etwas verloren, das mir viel bedeutet hat. Etwas, das ich unbedingt finden muss. Doch mir will nicht einfallen, was es ist. An manchen Tagen löst dieses Gefühl in mir eine düstere Leere aus, die so schwer ist, dass ich nicht weiß, ob ich sie je wieder abschütteln kann.« Amanda reicht mir ein Stück der Seife, die Jules hergestellt hat, und ich beginne mich einzureiben. »Ich dachte, dass es ausreichen würde, wenn Cato und ich endlich zusammenfinden. Dass er die Leere füllen könnte.«

»Es reicht dir also nicht, die Frau an Catos Seite zu sein?«

Gestern habe ich mir etwas eingestanden, was ich eigentlich schon die ganze Zeit über gewusst habe. »Vor einigen Monaten hätte meine Antwort auf diese Frage vermutlich Ja gelautet.« Tatsächlich würde es genügen, die Frau an Catos Seite zu sein. Doch das bin ich nicht, bin ich nie gewesen und werde ich auch niemals sein. Ich befinde mich in seinem Schatten, immer einige sichere Schritte entfernt, lechze danach, dass auch mich endlich einmal ein Sonnenstrahl trifft und in helles Licht hüllt. »Es genügt nicht mehr. Ich weiß nicht, wer ich bin. Aber ich muss es herausfinden. Cato würde mir diese Freiheit nicht geben. Ich kenne ihn lang genug, um das einschätzen zu können. Er hat einen festen Plan und er kann nicht loslassen.«

Amanda schüttelt ungläubig den Kopf. »Das war es nun

also für dich? Nach all der Zeit? Du wirst nicht für euch kämpfen und das, was ihr habt?«

Ich reiche ihr die Seife zurück und spüle den Schaum ab. Langsam bin ich genervt davon, dass sie offensichtlich so sehr auf Catos Seite steht. »Was ist es denn, was wir haben? Ich habe jahrelang zurückgezogen gelebt, für ihn. Ich habe mich aufgespart, für ihn. Ich habe mich selbst aufgegeben, nur für ihn. Es ist nichts mehr übrig. Ich kann ihm nicht noch mehr von mir geben. Dieser Moment mit ihm im Wasser hat mir die Augen geöffnet. Ich war blind, doch jetzt sehe ich. Ich habe mich geirrt. Auch wenn ein Teil von mir ihn immer lieben wird. Cato ist nicht, was ich brauche.« Ich sehe ihr fest in die Augen, will ihr zeigen, wie ernst es mir ist. »Ich will nicht mehr diese ängstliche, feige Person sein, die nur von euch über Wasser gehalten wird. Ich muss meinen eigenen Weg finden. Das kann ich hier nicht. Und ihr werdet mich nicht aufhalten. Niemand kann das.« Als der große schwarze Wolf in mein Sichtfeld getreten ist, da wusste ich, dass ich so sein will wie er. Ungebunden. Unerschrocken. Ich will endlich mein eigenes Abenteuer erleben.

Eine Weile sagt keine von uns etwas. Wir waten aus dem Wasser, setzen uns, um unsere nasse Haut von der Sonne trocknen zu lassen, die zu dieser Tageszeit noch angenehm und erträglich ist.

»Ich glaube dir, dass du deine Wahl getroffen hast und dass du nicht leichtfertig entschieden hast. Du warst in den letzten Monaten sehr in dich gekehrt und bist zu einer cleveren jungen Frau herangewachsen«, sagt Amanda schließlich warm. Ich kann sie nur mit offenem Mund anstarren. Ihr kühler Tonfall von vorhin ist verflogen.

»War das eine Art Test?«, frage ich sie ungläubig.

Amanda lächelt zwar nicht, doch in ihren Augen erkenne ich ein amüsiertes Funkeln. »Ich werde dir nun etwas erzählen, Flame. Und du wirst ganz genau zuhören.«

Ich kann sie nur ansehen und nicken.

»Cato hat dich gestern nicht grundlos ausgeführt. Als ihr weg wart, kam hoher Besuch ins Dorf. Unangekündigt, aber wir wussten trotzdem davon. Die neuen Götter sind unter uns.«

Scharf ziehe ich die Luft ein, doch kein Wort verlässt meine Lippen. Meine Gedanken rasen. Die neuen Götter? Hier? Und immer wieder: Warum? Was führt sie an einen ärmlichen Ort wie diesen? Sind sie sich nicht zu fein dafür?

»Jules hat dir die Geschichten zum Lesen gegeben, von den Spektakeln, die vor langer Zeit zur Jahrtausendwende stattfanden?« Ich nicke mechanisch und sie fährt fort. »Früher noch, sehr lange vor dem heißen Krieg, bevor die Götter in Vergessenheit gerieten, wurden im ganzen Land zu diesem Anlass rauschende Feste gefeiert. Diese Tradition wollen die neuen Götter wieder aufleben lassen, jetzt da die nächste Jahrtausendwende bevorsteht. Es war zudem Brauch, dass im Frühling vor dem Ereignis ein Turnier veranstaltet wird, an dem zwölf Frauen teilnehmen. Dieses Turnier ging drei Monate. Die Teilnehmerinnen bekamen für jede bestandene Aufgabe ein Stück der Gabe eines Gottes geschenkt. Diejenige, die es bis zum Schluss schaffte, erlangte Unsterblichkeit und durfte auf dem Olymp mit den Göttern leben. Einige von ihnen verliebten sich auch und nahmen einen der Götter zum Gemahl.«

»Warum nur Frauen?«

»Sie galten früher als das starke Geschlecht. Dem ist noch immer so, wenn du mich fragst.«

»Was passierte mit den elf Frauen, die nicht gewonnen haben?«, frage ich mit einem unguten Gefühl in der Magengegend.

»Sie starben«, erwidert Amanda schlicht. »Die wenigsten kehrten lebend nach Hause zurück. Die Turniere waren damals wohl sehr blutrünstig.«

»Das heißt, sie gaben alles auf – sogar ihr Leben –, nur weil die Möglichkeit bestand, mit den Göttern zu leben?«

»Sie ließen ihr altes Leben zurück für die Chance auf mehr. Sie alle waren auf der Suche, und eine von ihnen hat es bekommen.« Sie sieht mich bedeutungsvoll an, und ich verstehe.

»Und was hat das mit Cato und mir zu tun?«

»Ist das nicht offensichtlich? Er hat Angst, dass sie dich erwählen könnten. Angst, dass du ihn verlassen wirst, für dieses Mehr.«

Ich schüttele den Kopf. Das hatte es also gebraucht, um ihn den ersten Schritt machen zu lassen. Mit einem Mal erfasst mich eine tiefgehende Traurigkeit.

»Man merkt erst, wie wichtig einem etwas ist, wenn die Gefahr besteht, es zu verlieren«, sagt Amanda.

Vor meinem inneren Auge sehe ich Cato, seinen stürmischen Blick, seine starke Haltung. »Ich glaube eher, dass er den Gedanken nicht ertragen kann, etwas zu verlieren, von dem er annimmt, dass es sein Besitz ist. Von dem er denkt, dass er schon immer Recht und Anspruch darauf hatte.«

Amanda verzieht amüsiert die Mundwinkel. »Ich sage doch, aus dir ist eine schlaue junge Frau geworden. Lass dich von niemandem zurückhalten.«

Zögerlich rücke ich an sie heran und schließe sie in meine Arme. Nach einem Augenblick erwidert sie die Umarmung. »Danke. Danke, dass du mich verstehst.«

Sie tätschelt meinen Rücken. »Du kannst immer auf mich zählen.«

Ich schniefe, drücke sie noch etwas fester. »Also, was muss ich noch wissen?«

»Im Prinzip erfüllst du alle Anforderungen. Das Mindestalter beträgt siebzehn Jahre. Man muss gesund sein und darf keine chronischen Leiden haben. Und man muss die Aufgabe bestehen, welche die Götter zur Aufnahme stellen.«

»Was ist das für eine Aufgabe?«

»Das wollten die Sahneschnitten nicht verraten.« Amanda seufzt. »Sie sind wirklich sehr gut aussehend.«

Verlegen schlinge ich die Arme um die Knie und fahre durch meine Locken. Die Sonne hat sie schon beinahe getrocknet.

»Wird jeder der neuen Götter anwesend sein?«, hake ich mit einem mulmigen Gefühl in der Magengrube nach.

»Davon gehe ich aus. Gestern waren im ganzen Land die Ankündigungen, heute sind bereits die Auswahlen im Land der Fantasie und der Träume, im Land der Hoffnung und des Lichts sowie im Land der Vergangenheit und des Vergessens. Morgen sind wir dann dran, zusammen mit dem Land der Wirklichkeit und dem Land der Zukunft und des Lebens.«

»Schon morgen?«, rufe ich bestürzt aus und springe auf.

Amanda lacht.

»Warum rückst du erst jetzt damit raus?«, frage ich vorwurfsvoll.

Nachdenklich zwirbelt sie ihr Haar zwischen den Fingerspitzen. »Nun ja, als Cato dich mit zur Lichtung genommen hat, war ich mir sicher, dass sich dein sehnlichster Wunsch erfüllt. So lange, wie du ihn schon anschmachtest. Ich dachte, dass die Anwesenheit der Götter überhaupt keine Rolle spielt, wenn er dir endlich gibt, wonach du dich so lange gesehnt hast. Und als du wiedergekommen bist, war dieser Wolf bei dir. Er wirkte etwas einschüchternd, und ich wollte nicht zerfleischt werden, indem ich mich zwischen euch stelle.«

»Er würde dir nie etwas tun.«

»Möglicherweise.«

Schweigend ziehen wir uns wieder an. Die Kleidung kratzt und riecht nicht mehr besonders gut.

Währenddessen frage ich mich, wie es wohl ist, bei den Göttern zu leben. Ausreichend Nahrung, immer etwas Neues zum Anziehen, sauberes Wasser. Im nächsten Moment schelte ich mich selbst, schäme mich für meine teilweise oberflächlichen Wünsche. Als Amanda in die Hände klatscht, schrecke ich zusammen.

»Da nun geklärt ist, dass du morgen teilnimmst, haben wir eine Menge zu tun. Komm raus, du böser Wolf, wenn du uns begleiten willst.«

Das mulmige Gefühl in meiner Magengrube ist noch immer allgegenwärtig und meine Brust zieht sich schmerzhaft zusammen. All das geht mir viel zu schnell. Seit den Ereignissen am See hatte ich keine Sekunde zum Nachdenken und ich habe das Gefühl, mein Leben würde im Zeitraffertempo an mir vorbeiziehen. Ja, ich will ein Abenteuer erleben und nicht mehr in Catos Schatten leben, wo ich mich nicht frei entfalten kann. Aber ist dieses Turnier wirklich die Lösung? Kann ich dort finden, wonach ich mich sehne?

»Was ist los?«, fragt Amanda, die mein Zögern bemerkt hat.

Ein wenig hilflos zucke ich mit den Schultern. »Dieses Turnier klingt aufregend und auch verlockend, doch ... ich bin mir nicht sicher, ob das der richtige Weg ist. Schließlich bin ich nicht auf der Suche nach Macht und Unsterblichkeit. Ich würde niemals einen Platz finden oder hineinpassen in die Welt der Götter.«

»Aber das kannst du doch gar nicht wissen, ehe du es nicht versucht hast. Nimm wenigstens an dem Auswahlverfahren hier im Dorf teil. Was gibt es schon zu verlieren?«

Ich runzele die Stirn und mustere meine Freundin. »Warum liegt dir so viel daran, dass ich an diesem Turnier teilnehme? Willst du, dass ich euch verlasse?«

Amanda nimmt meine Hand und drückt sie fest. »Natürlich nicht. Du bist unser Küken, Flame, aber auch die beste Freundin, die ich in diesem Leben habe. Der Gedanke, dass ich bald vielleicht nicht mehr jeden Tag mit dir sprechen kann, schmerzt mich sehr. Dennoch habe ich bemerkt, wie du dich in den letzten Wochen verändert hast. Du warst so ruhig und in dich gekehrt und es ist nicht zu übersehen, dass du hier nicht mehr glücklich bist. Es kommt mir vor, als wärst du eine Blume, der ich jeden Tag dabei zusehen muss, wie sie ein wenig mehr vertrocknet.«

»Das ist jetzt kein besonders netter Vergleich«, werfe ich ein.

Sie lacht und knufft mich spielerisch in die Seite. »Du verstehst doch, was ich meine. Um wachsen zu können, muss man auch mal ins kalte Wasser springen. Wenn du hier bei uns bleibst, wirst du dich nicht weiterentwickeln und zu dir selbst finden. Möglicherweise sollte dieser Ort auf lange Sicht gesehen nie dein Zuhause sein – vielleicht bist du sogar von Anfang an nur eine Durchreisende gewesen. Und wie du vorhin schon sagtest, solltest du dich nicht von uns zurückhalten lassen.«

In einer mütterlichen Geste streicht sie über meine Wange und ich schmiege mein Gesicht gegen ihre Hand.

»Du hast recht«, flüstere ich. »Und trotzdem habe ich Angst.«

»Ich weiß, dass das Turnier überraschend für dich kommt. Aber die Möglichkeiten in dieser Welt sind begrenzt. Es ist ein großer Zufall, dass diese Chance sich dir genau jetzt bietet, wo du dich nach Veränderungen sehnst«, sagt Amanda.

Es ist das erste Mal, dass ich heute lächle und mich dabei vollkommen frei im Herzen fühle. »Ich glaube nicht an Zufall.« Ich atme tief durch und nicke schließlich. »Du hast mich vorerst überzeugt. Ich werde an der Auswahl teilnehmen.«

Amanda grinst mich zufrieden an. »So mag ich deine Einstellung gleich viel lieber. Nichts ist schlimmer, als sich im Nachhinein zu fragen, was wäre gewesen, wenn ...« Sie will weitersprechen, doch im nächsten Moment sehe ich Dark auf uns zukommen. Sofort schnellt mein Puls in die Höhe. Das kann unmöglich gesund sein. Sobald ich sein weiches Fell und die von ihm ausgehende Körperwärme neben mir spüre, entspanne ich mich. Das Gefühl der inneren Unruhe, welches sich ausgebreitet hat, als er nicht bei mir war, ist verschwunden. Als meine Gedanken allerdings erneut zu dem Turnier abdriften, werde ich schlagartig wieder nervös.

»Was genau müssen wir noch alles erledigen? Weißt du wirklich nicht, was mich morgen erwartet? Sollte ich vielleicht trainieren?«, bestürme ich Amanda mit den Fragen, die mir auf der Zunge brennen. Allein bei der Vorstellung von Pfeil und Bogen und anderen Waffen in meinen Händen schüttelt es mich vor Ablehnung. Meiner Freundin geht es scheinbar genauso, denn sie lacht laut auf, während sie den Weg ins Dorf einschlägt.

»Nein, ich bin mir ziemlich sicher, dass es für diese Aufgabe keiner körperlichen Anstrengung bedarf. Doch wir müssen die Schneiderin aufsuchen. So kannst du den Göttern morgen unmöglich gegenübertreten.«

»Ich habe keine Münzen bei mir.«

»Mach dir keine Sorgen, ich kümmere mich darum.«

Ich stelle mir vor, wie wir auf Außenstehende wirken, ein ungleiches Gespann. Sie ist groß und athletisch und bewegt sich mit einer anmutigen sowie selbstbewussten Körperhaltung fort. Ich dagegen tapere unbeholfen neben ihr her, den Blick konzentriert auf den unebenen Boden gerichtet, während mein Bestes zu geben allein darin besteht, nicht über die nächste Wurzel zu stolpern.

»Und sie kommen ganz sicher her?«, frage ich nach einer Weile erneut. Irgendwie kann ich es mir kaum vorstellen. Es ist so surreal – die neuen Götter, hier. In diesem ärmlichen Dorf. Das nichts zu bieten hat außer Sand und Staub, die steinernen Hütten, schief gebaut, dass man Angst hat, sie könnten demnächst zusammenbrechen, und den Markt mit seinen wenigen Ständen, an denen kaum Ware liegt.

»So warst du schon immer. So grüblerisch. Sorg dich nicht mehr als nötig. Sie waren gestern hier und werden auch morgen kommen.«

Als die ersten Hütten vor uns auftauchen, bin ich plötzlich unsicher, ob ich Dark tatsächlich bis ins Dorf mitnehmen soll. Ein riesiger Wolf. Die Leute werden in Panik verfallen. Ich bleibe stehen und lege eine Hand in sein Fell. Als hätte er gespürt, dass ich ihm etwas sagen möchte, neigt er seinen Kopf zu mir und ich atme erneut seinen Duft ein, der frisch und herb zugleich ist und so gar nicht hierherzupassen scheint.

»Ich glaube, es wäre besser, wenn du nicht mitkommst«, flüstere ich, und alles in mir sträubt sich gegen diese Worte, die über meine Lippen kommen. »Bleib in der Nähe. Es wird auch nicht lange dauern. Versprochen. Es tut mir leid.«

Dark grollt leise, berührt mit seiner Schnauze meinen nackten Hals, sodass ein Schauer meine Wirbelsäule hinabjagt. Ich blicke in seine Augen, die mich sofort gefangen nehmen, und denke an Amandas Worte. Ich frage mich, ob ein Tier solch wissende Augen haben darf.

»Nicht lange«, versichere ich ihm, als Amanda hinter uns hüstelt. Dark grummelt leise, als wir unseren Weg ohne ihn fortsetzen, doch er bleibt zurück wie geheißen. Bevor wir bei der ersten Hütte ankommen, drehe ich mich um und sehe, wie sein schwarzer majestätischer Körper rechts im angrenzenden Nadelwald verschwindet. Es fühlt sich an, als würde er einen Teil von mir mit sich nehmen. Als ich den Blick meiner Freundin auf mir spüre, reiße ich mich zusammen. Mir ist bewusst, dass es auf sie seltsam wirken mag. Bei allen Göttern, auch ich finde es sonderbar.

Wir erreichen das Haus der einzigen Schneiderin im Dorf ohne Zwischenfälle. Beim Betreten des Ladens klingelt eine Glocke. Ich frage mich, was diese ausgelöst hat, denn es gibt keine Tür. Nur wie bei uns einen Vorhang. Dieser hier ist jedoch aus einem Stoff gefertigt, der bereits ein wenig müffelt. Die gebückt gehende Schneiderin kommt aus dem hinteren Teil der Hütte. Obwohl es hellichter Tag ist, wirkt der Raum schummrig und schwach beleuchtet.

»Guten Tag«, sagt Amanda neben mir, und somit ist klar, wer von uns beiden die besseren Manieren hat.

Die alte Frau ist mir schon immer unheimlich gewesen. Ihr Haar ist bereits ergraut, und ihr Gesicht weist tiefe Furchen des hohen Alters auf.

Ich war bisher nur wenige Male mit Cato hier, um Bestellungen abzuholen, und erst jetzt fällt mir auf, dass ich noch nicht einmal ihren Namen kenne.

»Hallo Mädchen«, krächzt sie, und ich zwinge mich zu einem Nicken und zu einem Lächeln.

»Wir brauchen ein Kleid«, sagt Amanda kurz angebunden.

Ich schaue sie überrascht an.

»Ein schönes, vorzugsweise«, fügt meine Freundin hinzu.

Die Alte lacht. Es klingt, als hätte sie Schmirgelpapier verschluckt. »Schöne Kleider? Hier gibt es keine schönen Kleider. Nicht nur ihr seid auf die Idee gekommen, mich heute aufzusuchen. Alle wollen sie den Göttern gefallen.«

Unbehaglich trete ich von einem Fuß auf den anderen, während Amanda mit den Augen rollt. Sie hält die Schneiderin vermutlich für verrückt.

»Dann eben etwas anderes, das ihr hierhabt.« Sie wirft mir einen Blick zu. »Es wird alles besser sein als das, was du am Leib trägst.«

Meine Wangen werden heiß, und ich zerre beschämt an dem abgetragenen Hemd. »Die andere Hälfte gibt es, wenn deine Arbeit fertig ist«, sagt Amanda und lässt einige silberne Münzen in die faltige Hand der Schneiderin fallen.

»Einverstanden«, schnurrt die Alte nun mit blitzenden Augen und nähert sich mir. Flinker, als ich es ihr zugetraut hätte, zerrt sie mich in ein Nebenzimmer, welches von Leuchtkäfern erhellt wird. Stoffreste liegen in unordentlichen Haufen auf dem Boden. »Dünnes Ding«, murmelt sie und schlingt ein Maßband erst um meine Hüften, dann um meine Arme, Oberschenkel und sogar um meinen Hals. Schließlich humpelt sie zu einem kleinen Tisch und notiert die Zahlen. »Kommt heute Abend wieder«, sagt sie, ohne sich zu uns umzudrehen.

»Ich weiß schon, warum ich ihr so selten wie möglich einen Besuch abstatte«, murrt Amanda, sobald wir zurück in die Sonne treten.

Erst als wir einige Schritte von dem Laden entfernt sind, atme ich erleichtert auf. »Sie ist wirklich unheimlich gruselig.« Ich blicke zum Wald und glaube, dort einen schwarzen Schatten wahrzunehmen. Dark. Ich spüre ein Ziehen und will automatisch in diese Richtung laufen, doch Amanda hakt sich bei mir unter.

»Nicht so schnell. Das hier ist womöglich unser letzter gemeinsamer Tag.«

Sofort habe ich ein schlechtes Gewissen. So habe ich das noch gar nicht gesehen. Fest umfasse ich mit der freien Hand die ihre. Abschied ist etwas, das vollkommen neu für mich ist. Und zum jetzigen Zeitpunkt habe ich den Gedanken, welche Konsequenzen diese Entscheidung nach sich zieht, nicht an mich herangelassen.

»Das wissen wir nicht«, sage ich. »Warum bist du dir überhaupt so sicher, dass ich genommen werde? Zwölf Mädchen aus der gesamten Welt. Ich meine, das ist doch verrückt. Die Wahrscheinlichkeit ist schwindend gering.« Je näher wir dem Marktplatz kommen, desto reger wird das Treiben, das um uns herrscht.

Amanda bleibt stehen. »Flame«, erwidert sie lächelnd und streicht mir beschwichtigend über den Arm. Vermutlich merkt sie, dass ich kurz davor bin, durchzudrehen. Ich will endlich mutig sein, und dennoch bin ich mir nicht sicher, ob ich den richtigen Weg einschlage, wenn ich Amanda und die anderen hinter mir lasse, um an einem Turnier teilzunehmen, von dem ich nicht einmal weiß, ob ich es überhaupt gewinnen will.

»Du kannst alles schaffen«, beschwört sie mich. »Alles,

was du willst. Glaub an dich und deine Träume. Nichts ist wichtiger als das. Irgendwann wirst du zurückblicken und sagen können, dass du es geschafft hast. Dass du dich nicht hast unterkriegen lassen. Dass du dich getraut hast und nicht vor dem Unbekannten zurückgeschreckt bist.«

Langsam setzen wir uns wieder in Bewegung. »Ich hätte dir öfter sagen sollen, wie absolut großartig du bist.« Ich wünschte wirklich, ich wäre von diesem Vorhaben genauso überzeugt wie sie. Aber so ist Amanda schon immer gewesen – eine unerschütterliche Optimistin.

In diesem Moment grinst sie mich breit an. »Ich weiß.«

Beim Markt angekommen, bleibt mir beinahe die Luft weg.

»Es sieht alles sehr verändert aus, nicht wahr?«, stellt Amanda neben mir fest. Ich kann nur sprachlos nicken.

Der sonst so staubige Marktplatz ist in einen kleinen Garten verwandelt worden. Etwas Grünes, gut Duftendes übersät den gesamten Boden. Ich habe davon gelesen. »Ist das Gras?«, frage ich Amanda, und kann meine Aufregung kaum zurückhalten.

»Ja. Sie scheuen keine Mühe, die *guten* Götter …«

Ich werfe ihr einen vorwurfsvollen Blick zu.

»Was?«

»Sie könnten uns hören!«, erwidere ich aufgebracht.

Meine Freundin lacht unbeeindruckt. »Manchmal bist du wirklich niedlich, Flame.«

Am Ende der Wiese befindet sich eine Art Tribüne, die von Blumenranken geschmückt wird. Ich atme tief durch die Nase ein und genieße diesen unglaublich sauberen und frischen Duft. Erst dann erkenne ich die grimmig dreinblickenden Männer, die offenbar dahinter arbeiten.

»Donati«, flüstert Amanda.

»Wow«, bringe ich hervor. Bisher war Cato in unserem Dorf der einzig gut aussende junge Mann gewesen – zumindest in meinen Augen. Er hat Konkurrenz bekommen. Das finden wohl auch einige der anderen Frauen, denn es haben sich kichernde Grüppchen gebildet, die sich ganz in der Nähe aufhalten.

»Erbärmlich«, schnaubt Amanda, doch ich erwische sie dabei, wie ihr Blick etwas zu lange an einem Donati mit kastanienbraunem Haar hängen bleibt, der gerade eine riesige Strebe aus einem durchsichtigen Material in den Boden wuchtet.

Den restlichen Nachmittag verbringen wir damit, umherzuschlendern, in Erinnerungen zu schwelgen, den Tee zu schlürfen, den Amanda an einem der Stände gekauft hat, und das Treiben auf dem Markt zu beobachten. Meine Freundin tut weiterhin erfolglos so, als würden sie die fremden Männer nicht interessieren. Ich spinne derweil Geschichten darüber, wie alt sie sind und welches Leben sie geführt haben, bevor sie in den Krieg gezogen sind und schließlich die Unsterblichkeit erlangten. Ich frage mich, wie es wohl sein mag, niemals krank zu werden und ewig existieren zu können. Ob man Wünsche, Hoffnungen und Träume hat. Ob man sich nach etwas sehnt, wenn man schon alles hat. Und ob man sich nicht selbst sogar irgendwann verliert, wenn nichts mehr endlich ist.

Als der Tag sich dem Ende zuneigt und es Zeit wird zu gehen, wirft Amanda dem Donati, den sie die ganze Zeit über im Auge gehabt hat, einen letzten Blick zu.

»Du könntest ihn ansprechen, weißt du«, schlage ich vorsichtig vor.

Amanda schüttelt vehement den Kopf. »Was soll das bringen? Schon morgen Abend sind sie wieder fort. Und ich werde hierbleiben. Für mich wird es weitergehen wie bisher.«

Wir laufen eine Weile schweigend zurück zur Hütte der Alten. Vor dem Eingang halte ich sie kurz zurück. »Ich glaube«, sage ich und denke dabei an Dark, »dass manche Begegnungen einfach alles verändern.«

Dann betrete ich vor Amanda den Laden. Ich bin froh, dass der Raum mittlerweile von zahlreichen Leuchtkäfern erhellt wird, sodass es nicht mehr so gruselig wie heute Mittag wirkt.

»Da seid ihr ja«, sagt die Alte, die wie aus dem Nichts vor uns aufgetaucht ist.

»Bei allen Göttern«, schimpft Amanda neben mir und greift sich empört ans Herz.

»Du bist noch jung, Mädchen, du wirst es überleben«, sagt die Schneiderin listig. Dann hält sie ihr eine der schrumpeligen Hände unter die Nase und meine Freundin lässt kopfschüttelnd die restlichen Münzen hineinfallen. »Folgt mir«, schnarrt die Alte und humpelt voran.

»Nach dir«, sagt Amanda zu mir und schiebt noch etwas hinterher, das verdächtig nach »verrückte Schnalle« klingt.

Erneut führt sie uns in den hinteren Raum mit den vielen Stoffen. Auf einem wackeligen Tisch hat sie meine Sachen bereitgelegt. Ich trete näher und schnappe nach Luft.

»Das sieht wirklich nicht nach einem Kleid aus«, stellt Amanda nüchtern fest.

»Lederne Hosen«, stoße ich empört hervor, als wenn es ihre Schuld wäre.

»Es wird dir ganz ausgezeichnet stehen, Kind«, schnarrt die Alte. »Probiere es an.«

Ich verkneife mir die Antwort, dass ich mit neunzehn Jahren keineswegs mehr ein Kind bin, schnappe mir die Sachen und verschwinde in ein abgetrenntes Abteil. Sobald ich allein bin, ziehe ich meine schlichte Kleidung aus und schlüpfe in die neue. Zugegeben, die lederne Hose lässt sich nicht so einfach überstreifen, doch angezogen schmiegt sie sich wie eine zweite Haut an meine Beine. Das Oberteil hat nur zwei dünne Träger und ist ebenso schwarz wie die Hose. Die Stiefel bestehen aus einem leichten, angenehmen Material und durch die hohe Sohle fühle ich mich gleich ein wenig größer. Zuletzt streife ich das Cape darüber und seufze wohlig auf. Der Stoff ist ungewöhnlich weich und das strahlende Weiß bildet einen starken Kontrast zu dem dunklen Rest der Kleidung. Ich setze die Kapuze auf und trete vor Amanda und die Alte, die sofort beginnt, an mir herumzuzupfen.

»Geheimnisvoll, aber nicht zu unauffällig.« Amanda nickt anerkennend. »Du hast gute Arbeit geleistet.«

Da es keinen Spiegel gibt, muss ich auf das Urteil der beiden vertrauen. Trotzdem sehe ich ein wenig zweifelnd an mir herab. »Wird es denn angemessen sein? Für die Götter, meine ich.«

»Papperlapapp. Sie werden die Augen nicht von dir lassen können. Hast du noch ein Paar solcher Schuhe?«, fragt Amanda an die Alte gewandt.

Diese schüttelt den Kopf und scheint wieder genauso mürrisch wie vorhin zu sein. Amanda schaut ein wenig beleidigt drein und scheucht mich anschließend aus dem Laden. Kurz bevor wir nach draußen treten, sehe ich in einer hohen Blumenvase das Spiegelbild einer atemberaubend hübschen Frau. Als ich mich jedoch umdrehe, steht nur die Schneiderin hinter uns, mit krummem Rücken und faltiger Haut.

Ich blinzele. Einmal, zweimal. Das muss ich mir eingebildet haben. Kein Wunder, bei allem, was momentan passiert.

»Kommst du?«, vernehme ich plötzlich Amandas Stimme, die bereits aus der Hütte getreten ist, und ich folge ihr eilig. Unter dem weichen Stoff des Capes hat sich auf meinen Armen eine Gänsehaut gebildet.

Die Sonne steht bereits tief am Himmel und die Umgebung wird in ein rötliches Licht getaucht. Unschlüssig bleibe ich stehen. »Ich will nicht zu den Höhlen«, sage ich unvermittelt zu Amanda.

»Das dachte ich mir schon«, erwidert sie. »Ich habe uns sicherheitshalber ein Zimmer bei Archie reserviert.«

»Danke.« Und ich meine es aus tiefstem Herzen. »Ich kann gerade keine weitere Konfrontation mit Cato gebrauchen.«

Wir schlagen wieder die Richtung zum Dorfkern ein. Archie besitzt die einzige Unterkunft, die Zimmer vermietet, üblicherweise an Durchreisende. Zwei Frauen kommen uns entgegen, die vorhin die Donati angehimmelt haben. Offensichtlich sind sie mit ihren Arbeiten fertig geworden, und am liebsten würde ich jetzt schon nachsehen, was sie aus unserem Marktplatz gemacht haben.

Anders als sonst ist *Archies Stube* heute gut besucht. Die Meute hat etwas zum Tratschen bekommen und der Alkohol fließt in Strömen. Bei dem Geruch, der uns entgegenschlägt, würde ich am liebsten wieder umkehren. Doch Amanda hält mich eisern fest und zieht mich zur Bar. Archie, ein bärtiger stämmiger Mann in seinen Vierzigern, hebt kurz die Hand zur Begrüßung und wirft ihr den Schlüssel zu. Eilig durchqueren wir den Schankraum und gelangen durch eine Tür neben der Küche zur Treppe, die nach oben zu den Zimmern führt. Erst als Amanda die Tür unseres Zimmers zuwirft, atmen wir erleichtert auf. Größere Menschenansammlungen sind uns nicht geheuer.

Der Raum ist karg eingerichtet. Es gibt nur ein Bett – das nicht so aussieht, als würde es Platz für zwei Personen bieten –, einen Tisch, zwei Klappstühle sowie eine Waschschüssel. Seufzend lasse ich mich auf die Matratze sinken und frage mich, ob das alles hier vielleicht doch keine so gute Idee gewesen ist. Beinahe vermisse ich die kühlen Höhlenwände, und wenn ich ganz ehrlich zu mir selbst bin, dann versuche ich tatsächlich, einem letzten Gespräch mit Cato zu entkommen.

Amanda zieht sich einen Stuhl zu mir heran und legt auf dem anderen ihre Füße hoch. »Also, was geht dir durch den Kopf?«

Ich zucke mit den Schultern und ziehe mein Cape aus. »Ich habe ein schlechtes Gewissen. Vielleicht hätte ich Cato doch mehr anhören müssen.«

»Er hatte ganze zwölf Jahre Zeit, sich über seine Gefühle klar zu werden. Und jetzt, wo die Götter auftauchen, hat er auf einmal Angst, dich zu verlieren. Ich denke nicht, dass er dir guttut. Du hast dich all die Jahre so sehr zurückgenommen, um ihm zu gefallen. Niemand sollte das für den *richtigen* Mann erdulden müssen.«

»Ich weiß. Es gab so viele Chancen für uns, die er einfach nicht genutzt hat. Und doch fühle ich mich schuldig, dass es mir gestern so leichtgefallen ist, ihn stehen zu lassen. Der Gedanke daran, ihm morgen endgültig den Rücken zu kehren, löst Enge in meiner Brust aus.«

Amanda überschlägt die Füße und lehnt sich ein Stück weiter im Stuhl zurück. »Darf ich ganz ehrlich mit dir sein?«

Ich nicke.

»Meiner Meinung nach warst du ein verschrecktes Küken, das niemanden hatte – halb verbrannt in einem Erdkrater zum Sterben zurückgelassen. Du bist so liebebedürftig gewesen, dass du alles genommen hast, was Cato dir als dein großer Retter angeboten hat. Du denkst, dass du ihm zu ewigem Dank verpflichtet bist, doch dem ist nicht so. Er hat dich so sehr eingeengt, dass es kein Wunder ist, dass du nun den starken Drang verspürst, in die Welt hinauszugehen. Dass du das unbändige Sehnen in dir hast, frei zu sein.«

»Aber wird das je einer von uns sein? Frei, meine ich?«

»Liebes, nichts ist unmöglich ...«

Ich lächle. »Du schaffst es immer wieder, meine dunklen Gedanken zu vertreiben.«

»Ich weiß«, sagt sie erneut und ist dabei kein bisschen bescheiden. »Niemand kann das so gut wie ich.«

»Warum wirst du nicht bei der morgigen Auswahl für das Turnier teilnehmen?«

»Das kommt für mich einfach nicht infrage. Aber du wirst sie umhauen, das weiß ich.«

Ich will zu einer Antwort ansetzen, weil ich das Gefühl habe, dass sie mir wieder einmal ausweicht, doch in diesem Moment ertönt ein Klopfen von der Tür. Amanda springt auf und öffnet sie. Davor steht Jules, der den Kopf einziehen muss. Er hält einen Stoffbeutel in der Hand und grinst uns schief an. »Darf ich reinkommen?«

Nun bin ich ebenfalls auf den Beinen und eile auf ihn zu, um ihn in eine feste Umarmung zu ziehen. »Ich dachte, du wärst schrecklich sauer auf mich! Und woher weißt du, dass wir hier sind?«

»Wer könnte auf dich denn böse sein?«, neckt er mich.

»Ich habe ihm schon heute Morgen erzählt, dass wir bei

Archie übernachten, wenn wir abends nicht heimkommen«, sagt Amanda, während sie sich gierig das Bündel aus seiner Hand schnappt und den Inhalt auf dem Tisch ausbreitet. »Ich bin am Verhungern. Du bist unsere Rettung«, sagt sie stöhnend und bricht ein Stück von dem Brot ab.

Auch mein Magen grummelt fordernd bei dem herrlichen Duft, den das Essen verströmt. Ich setze mich zu meiner Freundin an den Tisch, während Jules auf dem Bett Platz nimmt. Hastig schiebe ich mir Brot in den Mund und beiße dann von einem Stück Obst ab. Es schmeckt ein wenig säuerlich, doch das macht mir nichts aus.

»Du weißt nun also Bescheid«, sagt Jules nach einer Weile.

Fragend sehe ich ihn an. »Über das Turnier?« Ich kaue und schlucke schnell herunter. »Amanda hat mich aufgeklärt«, erwidere ich und weiß nicht, was ich noch dazu sagen soll.

»Dann verlässt du uns morgen wirklich?«

Verlassen. Ein vorwurfsvolles Wort.

»Es liegt nicht ganz in meiner Hand«, erwidere ich. »Mädchen und Frauen aus dem ganzen Land werden es versuchen. Vielleicht werde ich morgen Abend auch immer noch hier sein.« Jules beginnt zu lächeln. »Was ist?«

»Deine Bescheidenheit ist eine deiner besten Eigenschaften. Du bist schlau, Flame. Du hast alle Bücher gelesen, die ich dir je mitgebracht oder für dich ausgeliehen habe. Du hast ein ausgezeichnetes Gespür für Menschen und ihre Absichten. Du wirst dich gut schlagen.«

So viel Lob wie heute habe ich wohl noch nie zuvor in meinem Leben bekommen. »Danke, dass ihr zwei so sehr an mich glaubt. Das werde ich euch nie vergessen.«

»Das will ich auch hoffen. Sobald du die Gemahlin eines mächtigen Gottes bist, werde ich vielleicht einen Gefallen einfordern«, mischt Amanda sich nun ein. Trotz der ernsten Stimmung von eben prusten wir los und können uns bald vor Lachen nicht mehr halten.

»Eher wird die Hölle gefrieren, als dass ich das Anhängsel eines Gottes werde.«

Kapitel 3

WAS IN UNS WÄCHST

Wir werden von dem unsäglichen Krähen eines Hahnes geweckt, und ich ziehe mir die muffelige Decke komplett über den Kopf.

»Kann das bitte jemand abstellen?«, beschwert Amanda sich neben mir.

Ich will nicht wahrhaben, dass bereits Zeit zum Aufstehen ist. Jules ist lange geblieben, und so ist es ein richtig schöner Abend geworden. Trotzdem hatten alle Worte und Gesten den bitteren Beigeschmack von Abschied. Beim Gehen hat Jules mir noch versprochen, mir zur Auswahl meine wenigen Habseligkeiten mitzubringen, genauso wie meine Kräuter. Für gewöhnlich reicht es, wenn ich diese alle paar Tage zu mir nehme.

Weder Cato noch Miri sind gestern vorbeigekommen. Laut Jules hält Cato mein Verhalten nach wie vor für eine Trotzreaktion, als wäre ich ein kleines Kind, und da Miriam sich prinzipiell auf seine Seite stellt, würde ich sowieso nicht auf sie zählen können. Außerdem denkt er, dass ich ohne ihn nicht überlebensfähig wäre, was mich in meiner Entscheidung, an der Auswahl teilzunehmen, noch mehr bestärkt.

Obwohl ich furchtbar müde war, wollte der erholsame Schlaf nicht kommen. Mindestens eine Stunde stand ich am Fenster und starrte in die Dunkelheit, sehnte mich nach Dark und seiner beruhigenden Nähe. Irgendwann gab ich es auf.

Um allein die Schenke zu verlassen, war ich definitiv nicht mutig genug, Amanda wollte ich nicht wecken.

Als der Hahn das nächste Mal kräht, quälen wir uns endgültig aus dem Bett. Rasch säubern wir uns in der Waschschüssel und erleichtern uns auf der Toilette hinter dem Haus. Aufgrund des Geruchs schwöre ich, mir für den Rest des Tages weitere Gänge dorthin zu verkneifen. Anschließend überrede ich Amanda dazu, mit mir in den Wald zu gehen. Ich will endlich zu Dark. Wir haben ihn gestern vor dem Dorf stehen lassen, und aus irgendeinem Grund fühle ich mich deshalb schuldig. Überhaupt habe ich ziemlich oft ein schlechtes Gewissen.

Wir laufen tief in den Wald, ich rufe immer wieder seinen Namen, aber er kommt nicht.

»Ein Wolf ist eben doch kein Hund«, murmelt Amanda irgendwann neben mir. Da ich mittlerweile kurz davorstehe, ernstlich in Panik auszubrechen, versetzen ihre Worte mir einen Stich.

Sie muss die Angst in meinen Augen gesehen haben, denn sofort streicht sie mir beruhigend über die Schultern. »Mach dir keine Gedanken. Ich bin mir absolut sicher, dass er zurückkehren wird. Er ist sicher nur kurz ein paar ... äh ... Dinge erledigen. Was Wölfe eben machen.«

Ihre Worte entlocken mir ein Grinsen. »Ich hoffe, dass du recht behältst.«

Da wir beide noch nichts gegessen haben, sammeln wir Pilze und Kräuter, und ich grabe ein Loch in die Erde. Mit der Hitze, die vom Kern ausgestrahlt wird, kann man problemlos Mahlzeiten garen. Während Amanda alles auf einer kleinen Steinplatte zubereitet, starre ich weiterhin in den Wald, warte noch immer darauf, dass der riesige Wolf zwischen den Bäumen hervortritt. Anschließend sitzen wir nebeneinander an einen Stamm gelehnt und verschlingen das Essen. Nachdem unsere Bäuche halbwegs beruhigt sind, dösen wir in der Sonne, die zwischen den Bäumen hindurchdringt, vor uns hin. Langsam kehrt meine Aufregung zurück, die nicht gerade besser wird, da noch immer jede Spur von Dark fehlt. Ich kann es mir selbst nicht erklären, doch ich vermisse ihn, so sehr, dass sich meine Brust schmerzlich zusammenzieht.

Als die Sonne langsam verschwindet, beschließt meine Freundin, dass es an der Zeit ist aufzubrechen. Ich klopfe den Staub von meiner guten Lederhose und ärgere mich, dass ich nur noch die Kleidung besitze, die ich am Leib trage. Das weiße Cape habe ich sicherheitshalber in dem gemieteten Zimmer gelassen. Sobald wir zurück sind, zwingt mich Amanda zu einer erneuten Katzenwäsche, dieses Mal mit einer Seife, die sogar ziemlich gut durftet. Anschließend drückt sie mich auf den Stuhl und bringt meine sturen Locken mit etwas Olivenöl in Form. Danach widmet sie sich meinem Gesicht, umrandet meine Augen mit schwarzem Kohlestift und färbt meine Lippen blutrot.

»Du siehst umwerfend aus«, ruft sie schließlich. »Verrucht und geheimnisvoll.« Ich will ihren Enthusiasmus teilen, doch die Nervosität hat mich fest im Griff.

Während Amanda fröhlich plappernd meine Schuhe putzt, trete ich ans Fenster und betrachte die mittlerweile dunkle Umgebung und mein eigenes Abbild, das sich in dem Glas spiegelt. Was tue ich hier nur? Warum um alles in der Welt sollten die Götter mich auswählen? Ich bin niemand. Der Mut, den ich in Darks Gegenwart verspüre, ist nicht mehr da. Ich fühle mich wieder allein. Und vielleicht hat Cato sogar recht. Möglicherweise bin ich nicht fähig dazu, mich allein durchzuschlagen, weil ich mich zu lange darauf verlassen habe, dass andere mich über Wasser halten. Wie sollte ich nur eine einzige Aufgabe in diesem Turnier bestehen? Was weiß ich schon vom Kämpfen und Überleben? Mein Körper ist viel zu zart, zerbrechlich, wenn es nach Cato geht, und selbst meine Handinnenflächen sind weich und von keiner einzigen Schwiele gezeichnet.

Seufzend schüttele ich den Kopf und zwinge mich dazu, die negativen Gedanken zu vertreiben. Für einen Moment schließe ich die Augen, atme ganz tief ein und aus. Dann öffne ich sie. Schaue in meine ungleichfarbigen Iriden.

»Ich bin Flame«, sage ich mir im Stillen und recke das Kinn nach vorne. Wie von selbst straffen sich meine Schultern. »Ich bin Flame – und ich werde mich und dieses eine Leben niemals aufgeben.«

Mit diesem Versprechen im Herzen, drehe ich mich um und gehe zurück zu meiner Freundin, schlüpfe in die Stiefel und werfe mir das Cape über. Ich will nicht mehr zögern. Ich will mich nicht mehr klein fühlen. Ich will mich nie wieder in Catos Schatten verstecken, der denkt, dass ich verbrenne, sobald ich einen Schritt ins Licht mache. Der glaubt, dass ich niemals zu mehr in der Lage sein kann. Amanda hat recht. Auf lange Sicht würde ich in seiner Gegenwart vertrocknen wie eine arme Blume, die schon seit langer Zeit nach Wasser lechzt. Ich habe keineswegs vor, wie diese Pflanze zu enden.

Als wir durch die Schanktür nach draußen treten, lasse ich die Zweiflerin, die so lange in meinem Inneren gewohnt hat, hinter mir. Es ist der erste Schritt in Richtung meiner persönlichen Freiheit.

Wir erreichen den Marktplatz, der noch stärker als gestern besucht ist, und ich bin regelrecht verwundert über diesen ungewöhnlichen Andrang.

»Wo kommen die alle her?«, raune ich Amanda zu.

»Viele sind aus den umliegenden Dörfern angereist.«

»Bist du sicher, dass man sich für die Teilnahme nicht anmelden musste?«

»Das habe ich schon vor zwei Tagen erledigt.« Verblüfft sehe ich sie an. »Ich dachte, du bist davon ausgegangen, dass ich Catos Charme erliegen würde ...«

»Reine Vorsichtsmaßnahme. Ich habe immer eine Ausweichlösung parat«, gibt sie ungerührt zurück.

Gerade will ich zu einer Antwort ansetzen, als plötzlich etwas ganz anderes meine Aufmerksamkeit erregt. Abrupt bleibe ich stehen. Das, was ich sehe, lässt mich nach Luft schnappen. Vor mir entdecke ich Fackeln, die den Weg und den gesamten Marktplatz umsäumen. Das lodernde Feuer züngelt mir entgegen, als wolle es mich bei lebendigem Leibe verspeisen. »W-was ist das?«, bringe ich stotternd hervor.

»Keine Sorge, es ist kein echtes Feuer«, beruhigt Amanda mich. »Nur Magie.« Erleichtert atme ich aus und lasse meine Schultern sinken, während sich mein Herzschlag, der für einige Sekunden in die Höhe geschnellt ist, langsam beruhigt.

Amanda wendet sich mir zu und zieht mir das Cape tiefer in die Stirn. Dann schreiten wir den Gang entlang, und je mehr wir uns der Tribüne nähern , desto lauter höre ich die Musik. Es sind schwere Rhythmen, die einen geheimnisvollen Takt vorgeben, sodass dieser Augenblick im Schein der Fackeln tatsächlich magisch auf mich wirkt. Irgendwann wird es immer schwieriger, die Menschenmassen zu durchdringen, und ich bin so klein, dass ich hinter all den Köpfen nicht einmal das Podium erkennen kann.

»Teilnehmerinnen hierher, bitte«, vernehme ich eine sanfte und trotzdem laute Stimme.

Sofort schnappt Amanda sich meinen Arm und zieht mich in die Richtung, aus der die Stimme kommt. Geschickt schlängelt sie sich durch die Massen und scheut dabei auch keinen Körperkontakt, wenn sie *versehentlich* jemanden aus dem Weg schubst und ich den Betroffenen eine leise Entschuldigung zuraune. Vermutlich wäre es nützlich, wenn sie mir ein Stück von ihrer Durchsetzungskraft abgeben könnte. Vor einem abgegrenzten Bereich kommen wir schließlich zum Stehen.

Meine Augen werden groß, als ich die wunderschöne, engelsgleiche Frau erblicke, die uns dort erwartet. Ihr Haar hat die Farbe des Mondes, ihre Haut ist so glatt und rein wie Alabaster und ihre Gliedmaßen sind so grazil, wie die einer Elfe. Amanda stolpert immer wieder über ihre eigenen Worte, als sie mich als eine der Anwärterinnen für das Turnier vorstellt.

»Dein Name, Schätzchen?«, wendet sie sich mit ihrem melodischen Akzent an mich.

Ich räuspere mich. »Flame«, erwidere ich schlicht. Erstaunlicherweise klinge ich dabei nicht einmal verängstigt.

»Ah, hier haben wir dich!« Eifrig streicht sie meinen Namen auf der Liste durch.

»Du bist die Letzte«, kommt plötzlich hinter ihr eine Stimme aus der Dunkelheit. Ich zucke zusammen. »Die anderen Schäfchen warten alle schon brav hinter dem Vorhang auf die große Show des Abends.«

Neben mir versteift sich Amanda, und auch die schöne Frau verzieht das Gesicht und wirft ihre Haare über die Schulter.

»Ich bin Apollo«, klärt mich der Neuankömmling auf.

»Wenn du mir bitte folgen würdest«, sagt er und tritt einladend beiseite. Er ist riesig, mindestens so groß wie Jules, nur noch um einiges muskulöser. Sein Haar ist von einem hellen Braun, und seine Iriden werden von smaragdgrünen und goldenen Sprenkeln geschmückt. Als ich tief einatme, strömt der Geruch nach Erde und frischem Gras in meine Lunge.

Hinter ihm tut sich ein dunkler Gang auf, den ich zuvor gar nicht bemerkt habe.

Leicht benebelt starre ich wieder den Mann vor mir an und versuche meine sich überschlagenen Gedanken unter Kontrolle zu bekommen. »Wie der Gott Apollo?«, piepse ich ihn an.

Er hebt einen Mundwinkel, als würde meine Ehrfurcht ihn amüsieren. »Der einzig Wahre.«

Rasch drehe ich mich zu meiner Freundin um und werfe ihr einen bittenden Blick zu. *Lass mich nicht mit diesem Fremden in den dunklen Tunnel gehen. Womöglich ist das eine Falle und ich werde als sein Abendessen enden.*

Sie grinst breit und drückt sachte meine Hand. »Viel Erfolg, Flame. Ich glaube an dich.«

Als sie sich abwendet und in der Menge verschwindet, fühle ich mich tatsächlich wie ein Küken, das ins kalte Wasser geschubst wird. Ich atme zweimal tief durch, bevor ich mich Apollo widme: »Können wir dann?«, frage ich in einem möglichst unaufgeregten Ton.

»Benimm dich!«, ruft die engelsgleiche Frau ihm nach, als er mir seine große Hand an den Rücken legt und mich in die Dunkelheit führt.

Schnell rufe ich mir ins Gedächtnis, was ich über ihn gelesen habe. Denn anders als die neuen Götter, sind die alten kein Mysterium für uns Menschen. Über sie gibt es eine

Menge Informationen und in manchen Dörfern sogar Statuen und Tempel. Apollo ist der Zwillingsbruder der Artemis und stammt aus einem Verhältnis von der Titanin Leto mit Zeus. Ich frage mich, ob er – ebenso wie Phoibe – jetzt für die neuen Götter arbeitet. Das wäre irgendwie schräg.

»Glaub kein Wort von dem, was Phoibe erzählt«, bricht er unvermittelt unser Schweigen. »Sie ist immer noch eingeschnappt, weil ich ihr damals das Orakel von Delphi weggenommen habe. Wirklich sehr nachtragend. Heiß, aber eindeutig durchgeknallt. Wie die meisten Göttinnen übrigens, also sieh dich vor, Kleine.«

»Äh, okay?«, gebe ich etwas überrumpelt und wenig geistreich zurück. Über Phoibe habe ich noch nichts gelesen. »Und von wem stammt sie ab?«, frage ich ihn etwas schüchtern.

»Sie ist die Tochter der Gaia und des Uranos und somit die Göttin des Mondes und der Morgenröte. Phoibe sieht Visionen, Anzeichen und Träume. Ihre Gabe ist es, die richtigen Schlüsse zu ziehen.«

»Ihr hattet mal was miteinander, oder?«, rutscht es mir so plötzlich heraus, dass ich mir erschrocken die Hand vor den Mund schlage. Doch zu spät – die Worte sind schon raus.

Apollo mustert mich von der Seite. »Du hast diese Fähigkeit offensichtlich auch.« Dann schiebt er mich wieder ins Freie, und ich muss für einen kurzen Moment die Augen schließen, weil die Helligkeit, die dort herrscht, mich blendet. »Wir befinden uns hinter der Tribüne«, informiert Apollo mich. »Das sind die anderen Kandidatinnen.« Er nickt in Richtung einer riesigen Sitzecke, in der sich mindestens dreißig junge Frauen befinden. Sofort liegt ihre ungeteilte Aufmerksamkeit auf mir, und ich hebe eine Hand, winke ihnen leicht befangen zu.

Keine von ihnen reagiert.

Überhaupt nicht unangenehm.

Einige sind groß und trainiert, genauso wie Amanda, die, wie ich finde, viel besser in das Bild gepasst hätte als ich. Andere hingegen sind dürr und verhungert, tragen geflickte Baumwollkleider und sehen nicht so aus, als wären sie gut auf all das hier vorbereitet. Das beruhigt mich ein wenig, wobei ich gleichzeitig Mitleid mit ihnen empfinde. In gewisser Weise hatte ich Glück, dass Cato mich fand, sonst stünde ich hier vielleicht ebenfalls in Lumpen.

»Du kannst loslegen, Prom! Das letzte Schäfchen ist im Stall«, ruft Apollo nun einem Mann ganz in unserer Nähe zu.

»Prom wie –«

»Prometheus«, beendet er meinen Gedanken. Dann klopft er mir auf die Schulter, es soll wohl freundschaftlich sein, doch es fühlt sich eher an, als würde man tonnenweise schwere Mehlsäcke auf mir abladen. Nur unter größter Anstrengung kann ich verhindern, in die Knie zu gehen. Im nächsten Augenblick ist er schon verschwunden, und ich sehe nur noch Prometheus, der durch den Vorhang an der linken Seite auf die Bühne tritt.

»Willkommen, liebe Gäste, willkommen!«, ruft er mit unnatürlich lauter Stimme in die Nacht hinein.

Es brandet Jubel auf. Ich ziehe erstaunt die Augenbrauen nach oben. So euphorisch habe ich die Menschen in unserem Dorf noch nie erlebt.

»Ihr alle«, beginnt Prometheus dramatisch, »habt heute die Ehre, der Auswahl zum 181. Turnier der Götter beizuwohnen, das zur Jahrtausendwende veranstaltet wird. Eine von euch, eine junge Frau, aufgewachsen in euren Reihen, bekommt die

Chance, unermessliche Macht, unglaubliche Fähigkeiten und womöglich das Herz eines Gottes zu gewinnen!«

Die Menge tobt und ich presse beide Hände gegen die Ohren.

»Wie klingt das für euch?«, heizt er die Menschen weiter an.

»Er liebt das Spektakel. Ein elendiger Angeber, wenn du mich fragst.« Wie aus dem Nichts ist Apollo neben mir aufgetaucht und ich zucke erneut heftig zusammen.

»Wie zum Hades machst du das?«, fluche ich.

Er lacht leise, gibt mir jedoch keine Antwort, und dann schaue ich hoch in seine Augen, kann sie zum ersten Mal von Nahem betrachten. Die Iriden sind von einem tiefen Braun, die Farbe der smaragdgrünen und goldenen Sprenkel wirkt noch intensiver als aus der Ferne. Irgendwie erinnern sie mich an jemanden.

Ehe ich den Gedanken fortführen kann, unterbricht mich Prometheus' Stimme: »Und hier sind sie für euch, die einzig wahren neuen Götter: Hale, Yasar, True, Lost uuuuuuuund Dream!«

Nun flippt die Menge komplett aus und mir wird noch mulmiger zumute. Von einer Sekunde auf die andere ist es totenstill, kein Geräusch von der Tribüne oder von davor dringt mehr zu uns heran. Fragend sehe ich zu Apollo.

»Ein Zauber. Damit keine Teilnehmerin einer anderen gegenüber im Vorteil ist. Ihr sollt nicht hören, was die Aufgabe ist.«

Ich atme tief durch und versuche mich zu beruhigen. »Du wirst dich nicht blamieren«, murmele ich immer wieder vor mich hin.

Die erste Kandidatin wird von Phoibe aufgerufen, die

sich nun ebenfalls bei uns befindet, und tritt selbstsicher an den Vorhang heran. Sie sieht ganz entspannt aus, als wüsste sie genau, was zu tun ist. Ich kann ihr Gesicht nicht erkennen, doch ihre roten Haare bedecken ihren kompletten Rücken und fallen weich in großen Wellen hinab. Selbst aus dieser Entfernung bin ich mir sicher, dass sie unbestreitbar schön ist.

»Willst du dich nicht setzen?«, fragt Apollo mich.

Ich werfe einen Blick zur Sitzecke. Einige der Mädchen funkeln mich böse an. Vermutlich nehmen sie es mir übel, dass Apollo sich mit mir unterhält. Schnell schaue ich weg. Ich habe keine Ahnung, wie ich mit dieser offensichtlichen Feindseligkeit umgehen soll.

»Nein«, sage ich nach einer Weile, als mir klar wird, dass ich noch nicht auf seine Frage geantwortet habe. Er nickt verständnisvoll, und wir versinken in einvernehmlichem Schweigen. Ich weiß wirklich nicht, warum er bei mir bleibt, doch seine stumme Gesellschaft tröstet und rührt mich auf eine ungewohnte Art und Weise.

Ein Mädchen nach dem anderen verlässt den Bereich, um sich der Aufgabe zu stellen. Einerseits bin ich froh, dass mir noch Zeit bleibt, andererseits beneide ich sie, weil sie es vor mir hinter sich haben werden. Sie scheinen alle ungefähr in meinem Alter zu sein. Trotzdem strahlen die meisten von ihnen Selbstbewusstsein und Ruhe aus, ganz im Gegensatz zu mir. Inzwischen bin ich ein einziges Nervenbündel, weil das Warten und die Ungewissheit mich verrückt machen. Doch dann ist es endlich so weit.

»Flame«, holt Phoibes sanfte Stimme mich zurück ins Hier und Jetzt.

»Viel Glück, kleine Flamme«, vernehme ich Apollos Stimme

hinter mir, als ich der engelsgleichen Frau wie in Trance zum Vorhang folge.

Das Herz schlägt mir bis zum Hals und ich balle meine Hände zu Fäusten, um sie am Zittern zu hindern. Ehe ich mich sammeln kann, werde ich nach draußen geschoben, mitten auf die beleuchtete Tribüne, wo mich alle sehen können. Automatisch richten meine Augen sich auf meine Stiefelspitzen, denn das Letzte, was ich jetzt gebrauchen kann, ist, Catos vorwurfsvolles Gesicht in der Menge zu erblicken.

»Meine Damen und Herren, begrüßen Sie mit mir die letzte Kandidatin des heutigen Abends«, vernehme ich Prometheus' Stimme. Sie klingt verwaschen, als würde ich sie durch eine dicke Schicht Watte hören. Plötzlich steht er neben mir, spricht mich direkt an: »Deine Aufgabe, bezaubernde Flame, lautet: Löse das Rätsel der Sphinx!«

Mein Herz setzt einen Schlag aus, als ich mich dem riesigen Wesen zuwende, das nun vor mir thront, und ich frage mich, warum um alles in der Welt ich es nicht schon früher bemerkt habe. Das scheint der Grund zu sein, weshalb die Menge deutlich zurückgewichen ist und nur noch verhalten applaudiert. Trotzdem spüre ich ihre sensationslüsternen Blicke, die sich in meinen Rücken bohren. Ja, das hier ist tatsächlich ein großes Spektakel für sie.

An diesem Abend frage ich mich zum ersten Mal, welchem Zweck dieses Turnier tatsächlich dient.

»Ich werde mich und dieses Leben niemals aufgeben«, wiederhole ich mein stilles Mantra wie ein Gebet, bevor ich dem Wesen endgültig ins Gesicht sehe.

Vor mir sitzt ein riesiger geflügelter Löwe, der die komplette erste Hälfte des Marktplatzes einnimmt, doch sein Kopf ist der einer Frau. Ich schlucke hart. Rechts im Schatten des

Wesens nehme ich die Umrisse weiterer Gestalten wahr. Ich kann nicht genau ausmachen, wie viele es sind, doch ich würde mein vernarbtes Bein darauf verwetten, dass es die neuen Götter sind.

»Bereit, Mädchen?«, fragt die Sphinx mich mit ihrer dröhnenden Stimme und lenkt die Aufmerksamkeit wieder auf sich.

Mit einem Mal ist es so still auf dem Platz, dass man selbst einen Kieselstein fallen hören könnte. Ich blicke zu der Sphinx auf, in den goldenen und braunen Strudel, der ihre Augen bildet, und nicke. Meine Fähigkeit zu sprechen scheine ich vorübergehend verloren zu haben.

»Gib acht und lass dir gesagt sein, dass ich dir nur eine Chance auf die richtige Antwort gewähre.«

Ich nicke erneut, wische meine schwitzenden Handflächen an dem weißen Cape trocken. Dann lausche ich dem Rätsel der Sphinx:

Eine kleine Blume,
die in uns allen wächst,
entweder sie ganz erblüht,
oder im Keim erstickt.

Meine Gedanken rasen, überschlagen sich, versuchen den Sinn der Worte zu ergründen. Die Aufregung macht es mir nicht gerade leicht, einen kühlen Kopf zu bewahren. Doch dann werde ich ganz ruhig, horche in mich hinein, überlasse meinem Instinkt die Kontrolle und werfe die Logik über Bord. Die kleine Blume ist eine Metapher. Es muss so sein. Ich schließe die Augen und schicke ein Stoßgebet zu allen Göttern und zu Jules, der mir Lesen und Schreiben beigebracht hat.

Ich kenne die Antwort.

»Hoffnung«, flüstere ich.

»Die richtige Lösung lautet Hoffnung«, sage ich dieses Mal lauter, sodass es nun meine Stimme ist, die über den Platz fegt.

Bis auf den Nachhall meiner Worte herrscht nach wie vor absolute Stille. Ich wende mich dem Platz zu, lasse meinen Blick schweifen. Ich bleibe an dem Waldstück hängen, das sich westlich von der Menge befindet. Und dort sehe ich ihn. Seine große schwarze Gestalt, stark und verlässlich.

»Dark«, wispere ich und spüre, wie eine einzelne Träne meine Wange hinabfließt. Eine echte Freudenträne. Das Gefühl, ihn wiederzusehen, ist, als würde ich langsam wieder zusammengesetzt werden. Als käme endlich alles an seinen angestammten Platz. Nur mit Mühe unterdrücke ich ein Schluchzen, weil sich in diesem Moment *alles* richtig anfühlt. Unsere Blicke verhaken sich ineinander, und ich bin außerstande wegzusehen.

Plötzlich ertönt ein Aufschrei aus der Menge, unterbricht die Magie zwischen uns. Die Menschen haben den Wolf entdeckt. Sie realisieren, dass er, anders als die Sphinx, offenbar nicht zum Programm gehört.

Dann bricht das Chaos aus.

Einer der neuen Götter löst sich aus dem Schatten. Seine Augen leuchten hellgrün auf, als er meinen Arm packt und die Welt um uns herum sich auflöst. Mein Sichtfeld ist verschwommen, ein Wirbel aus Nebel und Farben. Ich habe das Gefühl zu fallen. Viel zu schnell zu fallen. Mit einem Mal durchfährt ein kräftiger Ruck meinen Körper. Fast geben meine Beine unter mir nach, doch zwei starke Hände stützen mich, bis ich mein Gleichgewicht wiedergefunden habe.

Ich sehe erneut die leuchtend grünen Augen und weiche zurück. Doch dann spüre ich eine weiche Schnauze im Nacken.

Keuchend fahre ich herum, noch immer leicht benommen von dem, was gerade passiert ist, und finde mich Angesicht zu Angesicht mit dem großen Wolf wieder, vor dem die Menschen panisch fliehen. Ohne zu zögern, werfe ich mich ihm entgegen und versuche seinen Hals zu umschließen, obwohl meine Arme nicht einmal annähernd herumkommen.

»Du schuldest mir was, Mann«, ertönt die Stimme des Unbekannten hinter uns. Gerade will ich ihn fragen, was er meint und wie bei allen Göttern er uns innerhalb einer Sekunde hierherbringen konnte, als ich Amanda auf uns zueilen sehe. Ihr folgen Jules und Cato. Schwere legt sich über mich, und ich schlucke angestrengt.

»Was für ein Auftritt!«, bringt Amanda japsend hervor, als sie vor uns stehen bleibt und mich in eine Umarmung zieht. »Ich wusste, dass du es schaffst!«

Noch immer überrumpelt von den Geschehnissen, lasse ich ihre Berührung steif über mich ergehen, als wäre ich kurzzeitig zu Stein erstarrt. Nur langsam begreift mein Verstand das eben Gesagte.

»Ich ... habe es geschafft?«, wiederhole ich zögerlich ihre Worte.

»Aber ja, und du warst einfach großartig!«, bestätigt nun auch Jules.

Wahrscheinlich sollte ich außer mir vor Freude sein, stattdessen breitet sich ein ungutes Gefühl in meiner Magengegend aus. Denn gleichzeitig bedeutet es, dass der Moment gekommen ist, in dem ich meine Freunde, die Menschen, die ich am längsten kenne und die für mich gesorgt haben, hinter mir lassen werde.

»Schätze, wir haben nicht viel Zeit«, sagt Jules mit einem Blick über die Schulter und drückt mir einen kleinen braunen Lederrucksack, der an einigen Stellen schwarz und abgenutzt ist, in die Hand. Ohne Widerworte schlüpfe ich hastig mit den Armen durch die Schlaufen, die er anschließend enger einstellt. Dann zieht er mich in eine feste Umarmung, wobei meine Füße für einen kurzen Moment den Kontakt zum Boden verlieren. Meine Nase kitzelt und meine Augen brennen, während ich hektisch blinzele – alles gebe, um nicht die Kontrolle zu verlieren. Er drückt mich ein letztes Mal, ehe er mich loslässt.

Danach tritt Cato vor mich. »Flame«, sagt er eindringlich und sucht meinen Blick. »Ich verstehe, dass du sauer auf mich bist. Das habe ich verdient. Aber dieses Turnier ... das willst du doch nicht wirklich. Es ist zu gefährlich. An meiner Seite kannst du ein Leben in Sicherheit führen. Wir werden glücklich sein. Ich verspreche es dir.«

Ich lache laut. Es ist ein kaltes, raues Lachen, das so gar nicht zu mir passt. Als käme es wieder aus diesem dunklen Ort meines Seins. Vielleicht werde ich es später bereuen, in diesem Moment des Abschiedes so harsch gewesen zu sein, doch es bricht einfach aus mir hervor und ich kann es nicht zurückhalten.

»Wenn wir zusammen sind, Cato, dann habe ich das Gefühl, auf der Stelle zu treten, nicht weiterzukommen. Als würde ich feststecken, in meinem eigenen Leben, und denselben Tag immer und immer wieder erleben. Du denkst, du beschützt mich, doch in Wahrheit ist es, als würdest du mich unter Wasser drücken, mir jede Luft zum Atmen nehmen. Sicherheit ist nicht mehr, wonach ich mich sehne.«

»Du weißt doch gar nicht, wovon du da sprichst. Und ich

versichere dir, dass ich mich bessern werde. Es ist normal, dass man auch mal eine schlechte Phase durchmacht. Aber wir stehen das durch. Gemeinsam«, sagt er beharrlich.

Ich schnaube. Mir ist klar, dass er nicht ganz unrecht hat, und dennoch ... Es gibt eine Sache, die mir fehlt, und mein Herz sagt mir, dass ich sie in ihm niemals finden werde.

»Liebst du mich?«, frage ich unvermittelt. »Denn das suche ich. Diese einzig wahre Liebe, die alles andere nebensächlich erscheinen lässt. Nenn mich naiv, wenn du magst. Doch ich werde jemanden finden, an dessen Seite ich das Gefühl habe, ich könne alles schaffen, alle Hürden gemeinsam meistern. Auf Augenhöhe. Ohne, dass jemand den anderen zurücklässt, weil er schwach ist. Nie wieder möchte ich schwach sein. Es tut mir leid. Du bist nicht die große Liebe, nach der ich suche. An deiner Seite kann ich nicht zu dem Menschen heranwachsen, der ich sein möchte.« Ich habe so schnell und aus tiefster Seele gesprochen, dass ich kurz nach Atem ringe. »Ich weiß, dass diese Welt gefährlich ist. Der Tod kann uns jeden Tag holen. Aber ich weigere mich, deshalb auch all die schönen Dinge zu verpassen. Ich muss endlich das Nest verlassen, um mich selbst zu finden.«

Wir starren einander noch einen Moment an. Es fühlt sich an wie eine halbe Ewigkeit.

»Viel Glück«, stößt er schließlich mit rauer Stimme hervor, dreht sich um und geht. Einfach so. Ich würde lügen, wenn ich nicht zugeben würde, dass es mich schmerzt. Ich habe gerade meinen besten Freund verloren.

»Das wünsche ich dir auch«, flüstere ich schließlich, auch wenn er mich längst nicht mehr hören kann.

In meinen Kopf wird alles still. So still wie noch nie zuvor.

»Es wird Zeit«, spricht nun der Unbekannte, den ich schon beinahe wieder vergessen hatte, und irgendwie habe ich das Gefühl, dass er es zu Dark und nicht zu mir sagt. »Bring sie zum Treffpunkt. Macht keine Rast, ehe ihr dort seid.«

Bevor ich widersprechen kann, umfasst er meine Hüfte und wirft mich regelrecht auf Darks Rücken. Ich keuche erschrocken auf, kurz darauf spüre ich eine kleinere Hand an meinem Fuß und schaue auf Amanda hinab. Ich lehne mich weit nach vorn, sodass unsere Fingerspitzen sich berühren können. Amanda sieht mich ernst an.

»Höre auf dein Herz und es wird dir den Weg weisen, den du gehen musst. Höre auf dein Herz, Flame, und alles wird gut werden. Fürchte weder das Feuer noch die Dunkelheit in dir. Doch behalte immer im Hinterkopf, dass nichts ist, wie es scheint.«

»Danke, dass du mir eine wahre Freundin gewesen bist«, schluchze ich nun laut.

»Ich bin es noch. Werde es immer sein.«

»Ich wünsche dir alles Glück, das diese Welt zu bieten hat«, erwidere ich, ohne dass meine Stimme bricht. Ein letztes Mal berühren sich unsere Fingerspitzen, dann macht sie auf dem Absatz kehrt und verschwindet mit Jules in der Dunkelheit. Ich schlucke. Es fühlt sich endgültig an. Und trotzdem hoffe ich, dass ich sie eines Tages wiedersehen werde.

Der Unbekannte gibt Dark einen Klaps auf die Flanke, das Zeichen zum Aufbruch. Erst jetzt höre ich die Rufe der Menge, doch irgendetwas scheint sie zurückzuhalten. Und plötzlich setzt sich der Wolf unter mir in Bewegung.

»Festhalten, Flame«, ruft der fremde Gott mir hinterher.

Ich kralle meine Hände in Darks Fell und versuche einen Rhythmus mit ihm zu finden, während die Bäume des Waldes immer schneller an uns vorbeiziehen. Aus irgendeinem Grund kommt mir dieser Moment bekannt vor, fast wie ein Déjà-vu.

Mit meinem rechten Auge sehe ich gut bei Nacht, dem Wolf unter mir scheint es ähnlich zu gehen, da wir bisher mit nichts kollidiert sind, was mich ungemein erleichtert. Irgendwann werde ich mutiger, und so werfe ich den Kopf in den Nacken und stoße ein Jauchzen aus. Dark stimmt mit einem Heulen in meinen Freudenschrei ein. Wenn mir jemand vor einigen Wochen erzählt hätte, dass ich mit einem riesigen Wolf bei tiefschwarzer Nacht mein altes Zuhause hinter mir lassen würde, dann hätte ich denjenigen für verrückt erklärt. Die letzten beiden Tage sind wie im Rausch an mir vorbeigezogen, fühlen sich noch immer beinahe an wie ein Traum.

Ich spüre den Wind, wie er mir übers Gesicht und durch die Haare fährt. Als ich tief einatme, schmecke ich wahrhaftig Freiheit auf der Zunge. Unter mir jagt Dark weiter durch die Dunkelheit. Und auch ich blicke nicht zurück, nur nach vorn, bereit für alles, was noch kommen mag.

Dark wird zu keiner Sekunde langsamer, und ich verliere den Überblick, wie viel Zeit verstrichen ist, seit wir aufgebrochen sind. Die Landschaft verändert sich, irgendwann sind wir nicht mehr von Bäumen und Felsen umringt. Als wir uns in eine Senke begeben, kann ich von Weitem Lichter erkennen. Beim Näherkommen verfällt Dark in einen leichten Trab und wir erreichen ein Zeltlager. Zwei Gestalten erwarten uns. Es sind Apollo und der grünäugige Gott, dessen Namen ich noch immer nicht kenne. Knapp vor ihnen stoppt Dark, und erst jetzt, ohne den kühlenden Wind, merke ich, wie verschwitzt wir beide sind.

»Hast du mich schon vermisst, kleine Flamme?«, neckt Apollo mich, während er mir beim Absteigen hilft.

Ich lächle schwach, die Anstrengung des langen Ritts fordert ihren Tribut. Ich fühle mich unsicher und wackelig auf den Beinen. Als die beiden mir einen Wasserschlauch reichen, trinke ich hastig und gierig, sodass die Flüssigkeit mir am Kinn hinabrinnt. Nur mit Mühe und Not schaffe ich es, die Augen offen zu halten.

»Wir bringen dich zu deinem Zelt«, sagt der andere Gott bestimmt, und so bugsieren sie mich in das Lager. Bei meinem Zelt angekommen, legt Dark sich davor und deutet mit einer Bewegung seines Kopfes an, dass ich hineingehen soll. Doch ich weigere mich, rolle mich dicht an ihn gekuschelt wie in unserer ersten Nacht zusammen. Jegliche Anspannung weicht von mir, als ich seinen wunderbaren Duft nach Wald und frisch gefallenem Schnee einatme.

»Wie lange willst du eigentlich noch so herumlaufen?«, glaube ich Apollos spöttische Stimme zu hören, aber vielleicht spielen mir meine Sinne und die Erschöpfung auch nur einen Streich.

Kapitel 4

AUFBRUCH UND ANKUNFT

Ich erwache, weil mir der Geruch von Pfefferminze in die Nase steigt. Meine Lider fühlen sich schwer an, und nur mit Mühe schaffe ich es, sie aufzuschlagen. Im nächsten Moment schrecke ich auch schon zurück. Tief über mich gebeugt schaut mich ein sommersprossiges Gesicht an. Langsam richte ich mich auf und wende mich dem Mann zu, dessen Kopf ich nun beruhigenderweise nicht mehr falsch herum sehe.

»Du bist also Flame«, stellt er fest und streckt mir seine Hand entgegen. Zögerlich ergreife ich sie. Sein Händedruck ist warm und fest. »Mein Name ist True. Ich bin der Gott der Wahrheit und der Wirklichkeit. Und das scheue Rehlein da drüben«, an dieser Stelle zeigt er auf einen groß gewachsenen Mann mit blondem Haar, das ihm bis auf die Schultern reicht, »ist Yasar. Mein Partner und Herrscher über das Land der Zukunft und des Lebens.«

Yasar verdreht die Augen, nickt mir aber halbwegs freundlich zu. Im Gegensatz zu True scheint er nicht besonders gesprächig zu sein.

»Freut mich, euch kennenzulernen«, sage ich, um die Stille zu durchbrechen. Ich fühle mich noch immer schläfrig. True, der offenbar nicht vorhat, mich in absehbarer Zeit wieder allein zu lassen, setzt sich neben mich und lehnt sich mit dem Rücken gegen die Zeltwand. Dann hält er mir eine dampfende Tasse entgegen. Daher also der Pfefferminzgeruch. Dankend ergreife ich sie und wärme meine Finger, die trotz Darks Hitze ausstrahlendem Körper kalt geworden sind. Nachdem ich einen Schluck genommen habe, beginnt er wieder zu sprechen. Aus den Augenwinkeln sehe ich, dass Dark wach ist und uns träge beobachtet. Er hebt seinen riesigen Kopf und bettet ihn auf meinen Schoß.

»Ich war furchtbar neugierig auf das Mädchen, über das alle sprechen. Das Mädchen, das den bösen schwarzen Wolf gezähmt hat.« Er mustert mich ungeniert, wie ich durch Darks Fell streiche. »Wie außerordentlich ... ungewöhnlich.«

Ich zucke mit den Schultern. »Er ist mir zugelaufen. Sozusagen.«

True wirft den Kopf in den Nacken und lacht schallend auf. »Ich mag dich, kleine Flamme.« Apollos Spitzname für mich hat offenbar schon die Runde gemacht.

»Wo sind denn alle anderen?«

»Beim Frühstück. Beschnuppern sich.« Er rümpft die Nase.

»Wie viele Mädchen haben es geschafft?«

»Achtzehn insgesamt, du mitgerechnet.«

»Das sind nicht besonders viele. Was ist mit denen passiert, die das Rätsel nicht lösen konnten?« Ich muss an die Sphinx denken, an den hungrigen Ausdruck in ihren Augen, und umklammere die Tasse ein wenig fester.

»Nichts, wir sind doch keine Barbaren. Jedenfalls nicht, solange das Turnier noch nicht einmal begonnen hat«, erwidert True, der meinen Blick wohl richtig gedeutet hat. Seine Worte beruhigen mich eher weniger. »Lost hat die letzten zwei Stunden in ihrem Gedächtnis gelöscht, und das war's auch schon.«

Ich reibe mir über die Stirn und weiß nicht so recht, wie ich es finden soll, dass die Götter Erinnerungen nehmen können. »Passiert das auch, wenn man ausscheidet? Dass man alles vergisst, was hier geschieht?«

»Ganz schön schlau für ein Menschlein«, erwidert True lediglich. Auf meinem Schoß brummt Dark, als ob er seinen Worten zustimmen wollte.

»Wie geht es nun weiter?«

»Ihr werdet zu dem Ort gebracht, der für die nächsten Monate euer Zuhause sein wird. Da die Sache mit dem Durch-den-Nebel-Gehen ziemlich anstrengend für uns ist, sobald wir mehrere Personen mitnehmen, werden wir euch in zwei Schüben rüberbringen. Die ersten neun werden heute gebracht, die anderen morgen früh.«

»Durch den Nebel gehen?«

»Den Ort wechseln. Mit einem Wimpernschlag. Du bist auch schon in den Genuss gekommen. Und hast dich nicht einmal übergeben, hab ich gehört. Die meisten kotzen beim ersten Mal.«

Ich frage mich, ob das ein Kompliment sein soll.

»Wer ist der Grünäugige, der mich zu Dark gebracht hat?«

»Ah, ich habe schon darauf gewartet, dass du nach ihm fragst, mein Täubchen. Da hast du die Bekanntschaft von Hale gemacht. Er ist der Gott vom Land der Hoffnung und des Lichts. Unser Frauenschwarm ...« Bei diesen Worten knurrt mein Wolf. Ich würde gern wissen, ob er ihn nicht mag, und wenn ja, warum.

»Du nennst ihn also Dark?« Ich nicke, wundere mich gar nicht, woher er das weiß. »Wie außerordentlich ungewöhnlich«, sagt True erneut.

»Findet hier etwa die richtige Party statt?«, ertönt plötzlich eine neue Stimme. Es ist Prometheus. Mit großen, selbstsicheren Schritten kommt er auf uns zu. Apollo ist ihm dicht auf den Fersen. »Wir haben uns einander noch gar nicht richtig vorgestellt.« Er streckt mir die Hand entgegen und ich ergreife sie. »Ich bin Prometheus. Meine Freunde nennen mich Prom. Einst habe ich deine Vorfahren aus Ton geformt.« Er mustert mich eindringlich und ich bin mir unsicher, wie viel ich von dem glauben kann, was er mir erzählt. »Wow, deine Augen sind echt unheimlich!«, fügt er noch hinzu.

»Wie ... nett von dir?«, ist alles, was ich hervorbringe. Kann dieser Tag eigentlich noch seltsamer werden?

»Ah, sieh mich nicht so an«, ruft er entsetzt aus und schlägt sich eine Hand vors Gesicht. Offenbar mit zu viel Schwung, denn im nächsten Moment jault er auf und reibt sich über die leicht gerötete Nase. Yasar verdreht die Augen und vergräbt seine Hände noch etwas tiefer in den Hosentaschen.

»Ja, ich weiß. So war ich schon immer. Viel zu nett«, erwidert Prometheus schließlich. Offenbar hat er seine Plauderlaune schnell zurückgewonnen.

»Komm zur Sache, Prom«, mischt Yasar sich zum ersten Mal ein.

»Eigentlich schaue ich nur vorbei, weil wir die erste Ladung rüberschaffen wollen.« Bei seiner Wortwahl verschlucke ich mich, und True klopft mir hilfsbereit auf den Rücken.

»Wollte dein Bruder uns nicht helfen?«, will Apollo wissen.

»Oh, bitte nicht«, stöhnt Prometheus. »Du musst wissen«, spricht er weiter und wendet sich wieder direkt an mich, »dass mein Name *der Vorausdenkende* bedeutet. Der Name meines Bruders, Epimetheus, bedeutet hingegen *der danach Denkende*. Und das merkt man auch, wenn du mich fragst. Allein diese peinliche Geschichte mit Pandora. Das wäre ihm nicht passiert, wenn er vorher gründlicher überlegt hätte.«

Ich nicke etwas perplex, vollkommen überrumpelt von seinem Redeschwall.

Neben mir erhebt sich True und klopft sich die beigefarbene Hose ab, auf der kein Staubkorn zu sehen ist. Dann hilft er auch mir auf die Beine. »Wir alle kennen die Geschichte, Prom.«

»Wir bringen die ersten neun Mädchen jetzt rüber und sind am Nachmittag zurück«, teilt Apollo mir mit. »Mach dich derweil ein bisschen frisch. In deinem Zelt liegt neue Kleidung für dich bereit.«

Einen Wimpernschlag später, genau wie True es beschrieben hat, sind alle Götter verschwunden, und ich stehe allein neben Dark, der sich langsam aufrichtet. Reflexartig streiche ich über sein weiches Fell. In all diesem Irrsinn hat es eine beruhigende Wirkung auf mich.

Nachdem ich ihn noch eine Weile hinter den Ohren gekrault habe, betrete ich zum ersten Mal das Innere des Zeltes. Es befinden sich ein Bett, eine kleine Kommode, auf der Kleidung liegt, sowie eine Waschschüssel darin. Alles ist sehr sauber und in der Luft liegt ein zarter blumiger Duft. Es ist mehr Komfort, als ich gewohnt bin. Ich kontrolliere, dass der Vorhang richtig zugezogen ist, dann entkleide ich mich und beginne, meine Haut mit Seife und einem Schwamm, so gut es geht, zu reinigen. Zu gerne möchte ich ein Bad nehmen, um den Schmutz und Schweiß des letzten Tages und der Nacht komplett abzuspülen.

Als ich fertig bin, betrachte ich, was für mich ausgewählt wurde. Es ist ein hübsches Kleid dabei, doch ich entscheide mich für Hemd und Hose, weil es mir praktischer erscheint. Mein Cape ist leider längst nicht mehr weiß, sodass ich es liegen lasse. Dann entdecke ich meinen braunen Rucksack am Boden neben dem Bett. Ich lasse mich auf die Matratze sinken, die himmlisch weich ist, und hebe ihn auf meinen Schoß. Er verströmt den Geruch von Lindenblüten. Weiterhin befindet sich ein kleines Büchlein und ein Stift – Jules weiß, dass ich meine Gedanken gerne aufschreibe – sowie eine Kette im Inneren des Rucksacks. Erleichtert greife ich nach dem Medaillon und bin froh, dass er daran gedacht hat. Ich besitze es schon, seit ich klein bin. Jedenfalls habe ich es um den Hals getragen, als Cato mich damals gefunden hat. Das Medaillon ist aus grünem Turmalin und wie ein Schmetterling geformt. Wenn man es aufklappt, kann man die feine Membran von zwei geschwungenen Flügeln betrachten. Der eine ist aschgrau, der andere bernsteingold. Ich fühle mich immer ein wenig melancholisch, wenn ich es betrachte. An vielen Tagen stelle ich mir vor, dass es ein Geschenk gewesen ist. Dass es dort draußen jemanden gibt, dem ich die Welt bedeute. Vielleicht sogar jemanden, der wirklich meine Familie ist. Und plötzlich sehne ich mich noch mehr danach, mich zu erinnern.

An davor.

An alle Puzzleteile.

Ich muss weggenickt sein, denn als ich die Augen wieder aufschlage, ist es draußen bereits stockdunkel. Lediglich eine magische Fackel spendet etwas Helligkeit in meinem Zelt. Ich kann nicht glauben, dass ich den kompletten Tag versäumt habe. So lange, tief und fest habe ich schon seit einer halben Ewigkeit nicht mehr geschlafen. Es ist kein Geheimnis, dass ich in der Dunkelheit für gewöhnlich keine Ruhe finde. Erst seit ich Dark getroffen habe, denke ich manchmal, dass die Nacht auch sehr sanft sein kann.

»Bist du wach, kleine Flamme? So ein wilder Ritt kann

kräftezehrend sein«, erklingt eine Stimme von draußen. Die Antwort ist ein gereiztes Knurren.

Ich verdrehe die Augen und schwinge die Füße über die Bettkante. Als ich vor das Zelt trete, entdecke ich Hale, den grünäugigen Gott der Hoffnung und des Lichts. Sein Gesicht halb in die Schatten getaucht, hat er etwas Verwegenes an sich – sein Titel will nicht so richtig zu ihm passen.

»Nur die Ruhe, alter Freund«, sagt er nun zu Dark. »Ich habe sie schließlich zu dir gebracht, schon vergessen?«

Unruhig glätte ich mein Hemd. »Woher kennst du diesen Wolf?«, frage ich misstrauisch. Schon Trues Bemerkungen am heutigen Morgen haben mich etwas stutzig gemacht.

»Aus längst vergangenen Zeiten«, erwidert er vage und mit einem schiefen Grinsen.

Er riecht nach Sonnenschein und Salz und Meer. Genauso intensiv, wie Dark nach Wald und Kiefernnadeln und Schnee riecht. Bevor ich weitergrübeln kann, streckt Hale mir die Hand entgegen und ich ergreife sie. Langsam geht mir das Händeschütteln mit Gottheiten richtig ins Blut über. Trotzdem warte ich noch immer darauf, dass mich jemand kneift und ich feststellen muss, dass nichts hiervon real gewesen ist.

»Wir sind uns noch nicht offiziell vorgestellt worden. Ich bin Hale.«

»Flame.«

»Ich weiß.«

Ich starre zu ihm auf. Er ist groß, wie die anderen auch, und stark, durch sein Shirt zeichnen sich Muskeln ab, aber nicht ganz so viele wie bei Apollo. Vermutlich ist es ein ungeschriebenes Gesetz, dass Götter heiß aussehen müssen.

Ich schüttele resigniert den Kopf. Dark schubst mich von

der Seite an und will offensichtlich gestreichelt werden. Oder es gefällt ihm einfach nicht, wenn ich Hale anstarre.

»Wo sind all die anderen?«, will ich wissen.

»Sie sind am magischen Feuer versammelt und lauschen gezwungenermaßen den verrückten Geschichten von Prometheus.«

In diesem Moment gibt mein Magen ein sehr lautes Knurren von sich. Schnell drücke ich die Hand darauf und beschwöre ihn, ruhig zu sein. Doch er scheint sehr aufgebracht und macht einfach weiter. In meinen Ohren klingt es noch lauter als zuvor. Nun bin ich dankbar für die Dunkelheit, denn wenigstens kann Hale so die Röte nicht sehen, die sich unweigerlich in meinem Gesicht breitgemacht hat. Wenn ich eine Göttin wäre, dann die der Peinlichkeit.

»Wann hast du zuletzt gegessen?«, fragt Hale, und ich wundere mich über den ernsten Tonfall.

Ich denke nach. Gestern Mittag scheint so unendlich weit zurückzuliegen. Ich zucke mit den Schultern. »Alles okay. Das bin ich gewöhnt.« Und das stimmt. Nicht immer ist die Beute gut und reichlich gewesen, die Cato, Amanda und Miriam von der Jagd mitgebracht hatten. Irgendwann hörst du auf, den Hunger zu fürchten, denn er zerrt gefährlich und schleichend an deinen Kräften. Mit der Zeit bemerkst du ihn gar nicht mehr, weil er dein ständiger Begleiter ist. Hale scheint das jedoch anders zu sehen, denn er legt eine Hand auf meine Schulter und schiebt mich vorwärts.

Ich werfe einen Blick zurück und stelle erleichtert fest, dass Dark uns ebenfalls folgt. Mir fällt außerdem auf, dass sich unser Lager verkleinert hat und dass einige Zelte verschwunden sind. Plötzlich höre ich immer lauter werdende Stimmen und dann stehen wir vor den anderen. Sie sitzen auf

Steinen in einem Kreis, in dessen Mitte bläuliche Flammen züngeln, die tatsächlich Wärme abstrahlen, obwohl ich nun weiß, dass es sich nicht um echtes Feuer handelt. Um genau zu sein, habe ich noch nie richtiges Feuer gesehen. Höchstens für eine Minute, und ich glaube, dass es eher rötlich gewesen ist. Ich habe ein Buch gelesen, in dem stand, wie man Feuer macht. Es stammt aus Jules' Sammlung. Und ich habe ihn so lange angebettelt, bis er meinem Flehen nachgegeben hat. Es ist ein unglaubliches Gefühl gewesen, etwas Verbotenes zu tun. Doch leicht hat es sich nicht gestaltet. Erst mussten wir eine Holzspindel spitzen, diese in der Einkerbung eines anderen stabilen Astes einführen und mithilfe eines Holzblockes kräftig drehen. Als endlich die ersten Funken sprühten, kam Cato in unsere Höhle gestürmt. Er war ziemlich erbost und rügte uns wie kleine Kinder. Er ist nie für etwas Verbotenes zu haben gewesen, hielt sich stets an die Spielregeln, die diese Welt uns auferlegt hat.

Jemand berührt mich am Arm und reißt mich zurück in die Wirklichkeit. Es ist Hale. Ich blinzle. Erst dann merke ich, wie still es um uns herum geworden ist. Alle starren mich an. Mich und den riesigen Wolf, der meinen Rücken stärkt. Nervös kaue ich auf meiner Unterlippe. Natürlich ist es Prometheus, der die Stille als Erster durchbricht. Er hat es sich zwischen zwei Rothaarigen bequem gemacht, die ihn ganz unverhohlen anhimmeln. Ich muss mich bemühen, nicht die Augen zu verdrehen.

»Das, meine Lieben, ist die berüchtigte Flame. Das Mädchen, das auf dem Wolf angereist ist«, posaunt er ohne Umschweife heraus.

»Guten Abend«, sage ich in die Runde und bin froh, dass meine Stimme nicht versagt.

Die anderen jungen Frauen sehen mir noch immer nicht unbedingt freundlich entgegen, murmeln ein paar unverständliche Worte. Dann entdecke ich das Mädchen mit dem leuchtend roten Haar, das gestern als Erste die Tribüne betreten hat. Ich erkenne es an den perfekten Wellen, die ihr bis zur Hüfte reichen. Überhaupt fällt mir auf, dass sie alle rothaarig sind. Bis auf ein Mädchen mit weißblondem Haar, welches ihr nur knapp über die Schultern fällt. Diese hat sie hochgezogen und die Arme fest um sich geschlungen. Sie scheint ziemlich verängstigt zu sein.

»Setz dich zu mir, Flämmchen«, ruft Apollo mir von links außen zu. Erleichtert eile ich in seine Richtung. Er rückt ein wenig zur Seite, sodass ich neben ihm auf dem Stein Platz nehmen kann. Darks Anwesenheit spüre ich direkt hinter mir. Hale tritt vor mich und hält mir ein Stück Brot und einen Wasserschlauch entgegen. Dankbar nehme ich beides entgegen. Als ich ein Stück für Dark abbrechen möchte, hält er mich zurück.

»Er hatte schon.«

Vermutlich ist Brot nicht die richtige Nahrung für einen Wolf. Ich frage mich, ob er zwischenzeitlich jagen gewesen ist oder ob er die hellen Stunden genauso verschlafen hat wie ich. In den letzten drei Tagen habe ich mir häufig gewünscht, mit ihm reden zu können.

»Okay«, erwidere ich schließlich nur, und dann beiße ich ab, kaue, schlucke und schließe die Augen.

Das Brot ist unglaublich weich und schmeckt ein wenig nach Kräutern. Rosmarin, glaube ich. Es ist nicht zu vergleichen mit den trockenen und staubigen Klumpen, die ich gewohnt bin. Ich trinke einen gierigen Schluck und störe mich nicht daran, dass die anderen mich weiterhin angaffen. Wenn ich eins gelernt habe, dann, dass man sich satt isst, solange etwas zur Verfügung steht.

Derweil beginnt Apollo neben mir, die Anwesenden noch einmal namentlich für mich vorzustellen. Letztendlich merke ich mir nur den Namen der schüchternen Blonden, die Lavea heißt, sowie den der schönen jungen Frau, die ich gestern bereits gesehen habe. Ihr Name ist Candela. Er passt zu ihr. Zu ihrem flammend roten Haar, ihrer selbstbewussten und aufrechten Haltung, die vermuten lässt, dass sie zu der Sorte Mensch gehört, die nicht einen einzigen Schritt von ihrem festgelegten Standpunkt zurückweicht. Von allen macht sie den entschlossensten Eindruck auf mich. Sie ist definitiv nicht hier, um Freunde zu finden.

Außerdem lerne ich Lost kennen, den Gott der Vergangenheit und des Vergessens. Er scheint ein ziemlich zurückgezogener Zeitgenosse zu sein, der einen etwas depressiven Eindruck auf mich macht. Ich schätze, dass es seinem Naturell entspricht, schwermütig zu sein. Dann ist da noch Dream. Er ist derjenige, der neben Lavea sitzt, und ich verstehe langsam, warum sie so verschreckt aussieht. Der Gott der Fantasie und der Träume hat amethystfarbene Iriden, und als er sich einmal zu mir vorbeugt, um eine Frage zu stellen, kann ich seinem Blick kaum standhalten. Seine weißen Haare stehen in einem extremen Kontrast zu seinen Augen. Ich würde lügen, wenn ich nicht zugeben würde, dass er mir unheimlich ist.

Prometheus, der scheinbar nie aufhören kann zu reden, erzählt Geschichten über Titanen, Olympier und Giganten – über Kämpfe um die göttliche Vorherrschaft aus längst vergangenen Zeiten. Meine Lider werden immer schwerer, während ich seinen Worten lausche. Mein Kopf sackt gegen Apollos Schulter und ich drifte davon. Ich träume von violetten Augen, die durch meine Gedanken geistern, von einem Drachen mit smaragdgrünen Schuppen und einem Hund mit drei riesigen Köpfen. Irgendwann merke ich, dass sich Hände unter meine Kniekehlen und Schultern schieben, und ich werde gegen eine breite Brust gedrückt. Ich höre federnde Schritte, die über den Boden schreiten. Und ein nicht sehr erfreutes Grollen.

»Reg dich ab. Ich tue nichts Unanständiges. Oder wäre es dir lieber, wenn Hale sie trägt?« Noch ein Knurren. »Das dachte ich mir. Und du kannst es auch nicht tun. Mit deinen spitzen Beißerchen würdest du sie zerfetzen, noch ehe ihr das Zelt erreicht habt.«

Etwas kitzelt mich an meiner Nase. Ich reibe darüber und muss augenblicklich niesen. Ich öffne die Lider und sehe einige weiße Federn durch die Luft segeln. Schnell verschaffe ich mir einen Überblick über die Lage und halte gleichzeitig erschrocken die Luft an. Dark hat offenbar versucht, in mein Zelt zu robben. Dabei hat er den halben Eingang zerfetzt, und sein massiger Körper nimmt nun so gut wie alles ein. Eine Tatze liegt besitzergreifend über mir, seine Klauen haben sich in das Kissen neben mir gegraben. Daher also die vielen Federn. Seinen Kopf hat er neben mich gebettet, die Schnauze berührt meinen Hals. Der restliche Körper ist in einer recht seltsamen Position auf dem viel zu engen Raum zusammengekauert, und ich beginne unwillkürlich zu kichern. Es dehnt sich zu einem schallenden Lachen aus, das einfach aus mir herausbricht.

Dark hebt verschlafen den riesigen Kopf und ich falle ihm um den Hals. Ich streichle sein Fell und schmiege mich fester an ihn. »So viel Licht bringst du in mein Leben, trotz deiner Dunkelheit«, flüstere ich. Und dann, eingehüllt in seinen Duft, beginne ich zu erzählen.

Von dem Mädchen, das einst in einem Erdkrater gefunden wurde, von meiner Angst vor dem Feuer, von der Frau, die ich heute bin, und wer ich irgendwann einmal sein möchte. Danach fühle ich mich unglaublich leicht. Auch wenn es ihm nicht möglich ist zu antworten, kommt es mir dennoch so vor, als würde er verstehen. Es ist das beste einseitige Gespräch, das ich je gehabt habe. Es ist gut, dass Dark bei mir ist. Es mag egoistisch klingen, doch er ist der Erste, der ganz allein mir gehört. Mein Instinkt sagt mir, dass ich ihn niemals würde teilen müssen.

Schließlich fällt mein Blick wieder auf das Chaos, das er angerichtet hat. »Oh, nein.« Tadelnd sehe ich ihn an, woraufhin er ein Winseln von sich gibt. Es hört sich beinahe wie eine Entschuldigung an. Wären da nicht seine Augen, die mich schelmisch anblitzen.

Wenig später steckt Hale seinen Kopf herein. Er betrachtet uns beide und schüttelt den Kopf. »So anhänglich, mein Guter, so anhänglich.«

Schon wieder eine dieser kryptischen Bemerkungen ... Umständlich versuche ich, unter Darks Tatze hervorzukriechen. Mit Mühe schaffe ich es zum Ausgang. An eine schnelle Katzenwäsche ist nicht zu denken, wenn alle die Möglichkeit haben, mir dabei zuzusehen. Weil Dark ebenfalls aus dem Zelt kriechen will, gestaltet sich die Sache noch schwieriger.

»Lass dir helfen«, raunt Hale dem Wolf gönnerhaft zu, schnippt mit dem Finger und meine Behausung der letzten Nacht verschwindet. Einfach so. Sein Tonfall lässt darauf schließen, dass es sein größtes Bestreben ist, Dark aufzuziehen. Ich frage mich, was diese Kabbelei soll. Und woher die anderen Götter Dark wirklich kennen.

Mir ist bereits in den Sinn gekommen, dass er möglicherweise eine magische Kreatur ist, denn selbst für einen Wolf scheint er ziemlich groß zu sein. Gestern Abend habe ich Apollo versucht auszuhorchen, doch er ist mir auf sehr unbefriedigende Weise ausgewichen. Sie verbergen etwas vor mir.

Ich will Hale gerade fragen, was nun als Nächstes geschehen soll, doch Dark macht kurzen Prozess mit ihm und stößt ihn grob zur Seite, ehe er mich sanft in Richtung Sammelplatz schiebt. Apollo winkt mir sogleich begeistert zu, und auch die umwerfend aussehende Göttin Phoibe, die neben ihm steht, lächelt mich an. Außerdem sind bereits einige der anderen Mädchen anwesend, die noch leicht verschlafen wirken.

»Guten Morgen«, werfe ich in die Runde und nehme die Frucht an, die Apollo mir entgegenstreckt. Sie ist gelborange, und als ich hineinbeiße, explodieren meine Geschmacksknospen. »Das ist unglaublich«, stöhne ich. »Warum schmeckt euer Essen so viel besser als unseres?«

Phoibe zuckt grazil mit ihren Schultern. Neben ihr komme ich mir vor wie ein Trampel. Bei Tageslicht sieht sie noch schöner aus als bei Nacht. Ich will Dark ebenfalls etwas anbieten, doch er dreht nur seinen riesigen Kopf weg. Ich probiere es noch einmal, doch er weigert sich. Stirnrunzelnd betrachte ich ihn. Noch kein einziges Mal habe ich gesehen, dass er etwas zu sich nimmt.

Ich schließe die Augen und genieße die Süße in meinem Mund. Leider weiß ich nicht so recht, was ich mit dem übrig gebliebenen Kern anstellen soll. Aus irgendeinem Grund fühle ich mich beobachtet und will ihn nicht vor den anderen auf den Boden spucken. Hale, der meine missliche Lage zu erkennen scheint, hält mir seine Hand vor mein Kinn. »Gib schon her.«

Energisch schüttele ich den Kopf. Er ist ein Gott. Ich kann

unmöglich meine Essensreste in seine Hand spucken! Phoibe mustert uns belustigt, eilt mir aber nicht zu Hilfe. Hales hellgrüne Augen funkeln mich unnachgiebig an, und schließlich landet der Kern in seiner Hand. Das ist so was von peinlich. Mit einer lässigen Bewegung wirft er ihn einige Meter nach hinten, und einen Augenblick später sprießt ein großer Obstbaum aus dem Boden.

»Was ...« Mir bleibt der Mund offen stehen, so beeindruckt bin ich. Den anderen Teilnehmerinnen scheint es ähnlich zu gehen. Hale zuckt nur lässig mit den Schultern, als wäre es nicht der Rede wert – was es für ihn wahrscheinlich auch nicht ist.

Nach einer Weile stößt Prometheus mit den restlichen Mädchen zu uns. Wie immer ist er laut und zieht die Aufmerksamkeit aller auf sich. Ich versuche sofort Abstand zu gewinnen und rücke dafür sogar näher an Dream heran. Für diese geballte Ladung gute Laune bin ich so früh am Morgen nicht bereit, obwohl ich in den letzten beiden Tagen den Schlaf von einem ganzen Monat aufgeholt haben muss. Ich kenne Prometheus noch nicht lange, dennoch habe ich rasch gelernt, dass er es in vollen Zügen genießt, mich mit ins Rampenlicht zu ziehen. Er spürt offensichtlich nicht, dass ich durch sein Verhalten bei den anderen Teilnehmerinnen noch mehr in Ungnade falle und mich zu viel Aufmerksamkeit nervös macht.

Umso erfreuter bin ich, dass die ruhige Lavea sich zu mir gesellt und eine Unterhaltung beginnt. Sie stammt aus dem Land der Zukunft und des Lebens und ist als Tochter eines Bibliothekars in einer der Städte groß geworden. Ich beneide sie darum – bis sie erzählt, dass sie eigentlich gar nicht hier sein möchte, dass ihr Vater sie angemeldet hat, weil er sich für sie ein besseres Leben wünscht. An dieser Stelle kullern ihr Tränen über die Wangen und ich tätschele ihr unbeholfen den Rücken.

Mein ganzes Leben habe ich nur mit Jules, Miriam, Cato und Amanda verbracht. Und nun sind da auf einmal so viele neue Namen und Gesichter. Das ist mehr als ungewohnt, und ich weiß nicht, ob ich mich so schnell daran gewöhnen werde.

Nachdem alle etwas zu sich genommen haben, verkündet True, dass es Zeit zum Aufbruch ist. Mit einem Mal überkommt mich Aufregung, denn irgendwie fängt es jetzt erst so richtig an.

»Wohin sie uns wohl bringen werden?«, flüstere ich Lavea zu.

»Der Großteil des Turniers findet in Hales Reich statt. Im Land der Hoffnung und des Lichts«, erläutert Dream, als hätte ich meine Frage an ihn gerichtet.

»Ich hätte auch gerne einen Wolf.« Laveas Stimme ist so leise, dass ich sie kaum verstehe.

Erst da überkommt mich eine leichte Panik. Schnell wende ich mich an Hale, der mir am nächsten steht. »Was ist mit Dark? Wäre es nicht besser, wenn ich mit ihm nachreiten würde?«

Er beugt sich zu mir herüber. »Auf keinen Fall. Du warst schon nach eurer kurzen Reise vollkommen ausgelaugt. Und er ist langsamer, wenn er dich tragen muss. Das ist Zeit, die wir nicht haben. Aber sei unbesorgt, wir kümmern uns darum, dass dein Wolf wohlbehalten nachkommt.« Ein mulmiges Gefühl macht sich in mir breit, doch ich nicke schließlich. Was bleibt mir auch anderes übrig?

Ich laufe zu Dark und schmiege mich an seinen großen Körper. »Du wirst mich immer finden, oder?«, frage ich mit belegter Stimme. Er brummt, wobei sein Körper leicht vibriert. »Bis bald.« Dann wende ich mich ab und gehe zu Apollo, der mich durch den Nebel bringen wird.

Ich schaue Lavea aufmunternd an, die unsicher Dreams Hand auf ihrer Schulter beäugt. Candela steht bei Lost und sieht mit dieser Wahl ebenfalls nicht besonders glücklich aus. Ich werfe Dark einen letzten langen Blick zu. Der Gedanke, erneut von ihm getrennt zu sein, behagt mir nicht besonders.

Schließlich ist es so weit. Apollo greift nach meinem Arm, umschließt ihn komplett mit seinen Fingern, bevor ich in den endlosen Strudel aus Farben gezogen werde. Mein Herz sackt mir irgendwo in die Magengegend und ich falle endlos.

Das Erste, was ich höre, bevor ich die Augen öffne, ist das Kreischen von Vögeln. Die salzige Luft kann ich förmlich auf meiner Zunge schmecken.

»Willkommen im Land der Hoffnung und des Lichts, meinem Reich«, ertönt Hales Stimme, und dann sehe ich es: blaue, unendliche Weite, kein Ende in Sicht. Es ist wunderschön.

Die weißen Vögel kreisen über dem Wasser, einige schwimmen sogar darin. Zu meinen Füßen befindet sich Sand, der ganz fein und überhaupt nicht grobkörnig ist. Am liebsten würde ich sofort meine Stiefel abstreifen, um ihn ganz zu spüren. Dann drehe ich mich um und schnappe nach Luft. Etwa hundert Schritte entfernt erhebt sich aus dem Boden ein riesiger Palast aus Sand, der von vier hohen Türmen umsäumt wird. Geschmückt werden die hohen Fenster und die Spitzen der Türme von pastellfarbenen Muscheln in den verschiedensten Formen und Größen. Ich bin absolut sprachlos.

»Auf geht's, meine Täubchen«, trällert True und geht voran. »Sagt Hallo zu eurem neuen Zuhause für die nächsten Monate – der Sandpalast erwartet euch bereits.«

Ich sehe in Hales leuchtende Augen, die übermütig funkeln. Er scheint mit unseren Reaktionen mehr als zufrieden zu sein.

Dann setze ich mich stolpernd in Bewegung und folge den anderen. Ich kann kaum fassen, dass das alles gerade in Wirklichkeit passiert. Es ist so absolut verrückt und fern von jeder Realität. Trotzdem muss ich immer wieder an Dark denken, wo er gerade ist, und spüre ein Ziehen in meinem Herzen.

»Er wird bald eintreffen«, raunt Apollo in mein Ohr, woraufhin ich erleichtert nicke. Er zwinkert mir verschwörerisch zu, und mir wird klar, dass ich in meinem neuen Leben schon einen zweiten Verbündeten gefunden habe. Ich kann es nicht genau erklären, aber irgendwie habe ich das Gefühl, dem Gott vertrauen zu können.

Der Eingangsbereich des Palastes ist nicht weniger eindrucksvoll als die äußeren Mauern. In der Mitte befindet sich ein Seerosenteich, in dem Fische schwimmen, die ebenfalls in allen nur vorstellbaren Pastelltönen schimmern. Der große Raum ist freundlich und lichtdurchflutet aufgrund der großen Fenster. Wir versammeln uns neben dem schönen Teich, und die neuen Götter stellen sich vor uns. Apollo, Phoibe und Prometheus, welcher sich erstaunlich ruhig verhält, stehen etwas abseits – wahrscheinlich weil es nicht ihr Zuhause ist.

»Willkommen«, sagt Hale erneut. »Während des Turniers werdet ihr an diesem Ort den Großteil eurer Zeit verbringen. Aktuell seid ihr achtzehn Mädchen. Morgen Abend findet ein Maskenball statt, bei dem jeder von uns zwei von euch auswählt, um euer Mentor zu werden. Die verbleibenden sechs, die niemandem zugeteilt werden, müssen uns am nächsten Tag verlassen.« An dieser Stelle brandet unruhiges Gemurmel auf. »Bis dahin steht die Zeit zu eurer freien Verfügung. Jede von euch bekommt Donati als Wachen zugeteilt sowie eine Zofe, um euch den Aufenthalt so angenehm wie möglich zu gestalten. Das Abendbrot findet stets bei Einbruch der Dunkelheit statt. Die anderen Mahlzeiten könnt ihr gemeinsam im Damensalon einnehmen oder allein auf eurem Zimmer.« Bevor irgendeine von uns etwas fragen kann, sind sämtliche Götter verschwunden. Ich bin mir nicht sicher, ob sie unhöflich oder einfach nur schwer beschäftigt sind.

Im nächsten Moment treten aus dem Schatten eines Ganges Donati hervor. Obwohl sie keine Kapuzen oder Ähnliches tragen, wirken sie dennoch unheimlich auf mich. Zwei von ihnen steuern direkt auf mich zu und überragen mich so weit, dass ich den Kopf in den Nacken legen muss, um sie zu mustern. In der Welt der Götter komme ich mir die meiste Zeit vor wie ein Zwerg.

Die beiden bleiben direkt vor mir stehen. »Miss«, grüßt mich einer von ihnen, und ich erstarre, registriere hellblaue Augen sowie kastanienbraunes Haar. »Ich kenne dich«, rutscht es mir heraus. Es ist der Donati, den Amanda am Tag vor der Auswahl beobachtet hat. Schade, dass sie nicht hier ist.

»Das tut nichts zur Sache, Miss«, erwidert er ernst.

Der schwarze Lockenkopf, der hinter ihm steht, zwinkert mir über seine Schulter hinweg übermütig zu und grinst schelmisch mit einem angehobenen Mundwinkel. »Sei nicht so grummelig, du alter Hund. Ich bin Emmett. Und der mit den schlechten Manieren ist Heron. Er ist meistens mies drauf«, redet er munter auf mich ein.

»Sehr erfreut. Denke ich jedenfalls ... Und ich bin Flame. Nicht *Miss.*«

Nun breitet sich das Grinsen auf Emmetts gesamten Gesicht aus. »Wir werden ganz wunderbar miteinander auskommen«, prophezeit er optimistisch. »Schicke Frisur übrigens.«

Ich sehe von seinen dunklen Locken zu meinen. »Ein zweifelhaftes Kompliment.« Er zuckt sorglos mit den Schultern, und ich unterdrücke ein Grinsen. Er wirkt auf mich wie ein riesengroßes Kind.

»Wenn Ihr uns dann folgen würdet, Miss«, mischt Heron sich ein und geht voran. Er scheint wirklich kein besonders sonniges Gemüt zu haben.

Emmett und ich beeilen uns, den Anschluss nicht zu verlieren – was mir zugegebenermaßen schwerer fällt als ihm. Ein Schritt für sie bedeutet drei für mich.

Wir durchqueren den Flur, der wie alles im Sandpalast hell und großzügig wirkt. Auch hier sind die Wände von Muscheln geschmückt, und aus den Augenwinkeln registriere ich einige kunstvoll anmutende Gemälde. Wir passieren eine Treppe, die mit dunkelblauem Samt überzogen ist, steigen sie jedoch nicht hinauf. Ich habe das Gefühl, eine halbe Ewigkeit zu laufen, mehr rennend als gehend. Während ich krampfhaft versuche, meinen hechelnden Atem zu verlangsamen, muss ich mir eingestehen, dass meine Kondition wirklich erbärmlich ist. Ich hätte Amanda und Cato öfter in den Wald begleiten sollen. Wobei ich bei der Jagd vermutlich eher umgekippt und ihnen keine große Hilfe gewesen wäre.

»Wir befinden uns nun im westlichen Flügel, Miss«, informiert mich Heron. »Ihr werdet eines der Turmzimmer bewohnen.«

Ich sehe mich um und entdecke eine Wendeltreppe. Auch sie ist mit blauem Samt überzogen. Das Geländer ist mit goldenen, filigran wirkenden Verzierungen geschmückt und ich fahre ehrfürchtig mit den Fingerspitzen darüber. Als wir fast ganz oben angekommen sind, bleibe ich vor einer Doppeltür stehen und betrachte die beiden hoffnungsvoll. Nach der langen Wanderung durch den Palast wollen meine Füße keinen weiteren Schritt mehr machen.

»Ihr Zimmer, Miss«, bestätigt Heron. Seine Stimme hat immer dieselbe Tonlage. Es ist fast ein wenig beängstigend. Langsam denke ich, dass Amanda sowieso viel zu quirlig für ihn gewesen wäre. Ich bin mir nicht sicher, ob ich bei dem Gedanken an sie lächeln oder weinen soll. Sie fehlt mir.

Emmett verdreht die Augen, ohne dass Heron es mitbekommt. Mir liegen so viele Fragen auf der Zunge, die ich den beiden Donati gerne stellen würde, doch ich muss mich darauf konzentrieren, nicht die Hände auf die Knie zu stützen und mitleiderregend zu hecheln.

»Wir werden Euch in vier Stunden zum Abendmahl begleiten. Bis dahin könnt Ihr Euch einrichten und an die neue Umgebung gewöhnen. Eure Zofe erwartet Euch bereits.« Ich nicke, versuche bei dem Gedanken an eine eigene Zofe nicht zu überrascht auszusehen.

Meine Hand schon an der filigranen goldenen Klinke wende ich mich meinen beiden Leibwächtern ein letztes Mal zu: »Am Fuß der Wendeltreppe sind wir an einer Tür vorbeigekommen. Wer bewohnt die Räumlichkeiten unter mir? Eines der anderen Mädchen?«

Vielleicht bilde ich es mir ein, doch die Stimmung scheint umzuschlagen. Jedenfalls bei Emmett. Er wirkt nicht mehr so unbeschwert. Heron hingegen ist keine Gefühlsregung anzumerken.

»Der Gast ist noch nicht eingetroffen, Miss.«

Kapitel 5

Teuflische Rutschpartie

Geräuschvoll fällt die Tür hinter mir ins Schloss. Dann bin ich allein. Oder auch nicht. Irgendwo wird sich meine Zofe aufhalten. Vorsichtig setze ich einen Fuß vor den anderen. Zu meiner Rechten befinden sich ein Garderobenständer sowie eine Kommode mit einem runden Spiegel darüber. Ich schlüpfe aus meinen Stiefeln und stelle sie ordentlich neben die Tür, genauso wie meinen Rucksack. Ich vermeide einen Blick in den Spiegel, vermutlich bin ich nach der langen Reise einfach nur zerzaust und meine Locken stehen mit Sicherheit in alle Richtungen ab.

Dann trete ich durch den offenen Rundbogen in das angrenzende Zimmer. Es ist überraschend gemütlich eingerichtet. Wie alle Räumlichkeiten des Sandpalastes, ist es hell und freundlich. Die Wände sind in einem zarten Zitronengelb gestrichen. In der Mitte befindet sich ein Sofa, das mit dunkelblauem Samt überzogen ist. Links und rechts davon ein dazu passender Sessel und ein Schaukelstuhl. Sie werden von einem gläsernen Tisch getrennt, der ziemlich zerbrechlich wirkt. Bei meinem Glück wird er nicht einmal die erste Woche unbeschadet überstehen.

Ein Quietschen entfährt mir, als mein Blick weiterwandert und an den Büchern hängen bleibt, die in einem gläsernen Regal hinter dem Schaukelstuhl stehen. Ich trete näher heran und fahre sanft über die Rücken dieser Schätze. Der Geruch von altem Papier und Druckerschwärze steigt mir in die Nase. Ich schließe die Augen und sauge den Duft tief in mich ein.

»Guten Tag, Miss«, ertönt eine Stimme hinter mir, die mich zusammenzucken lässt. Ich presse eine Hand auf mein Herz. Bei allen Göttern, ständig werde ich derart erschreckt. Das kann nicht gut für die Gesundheit sein. Schnell wende ich mich der Frau zu, die in der Mitte des Raumes steht. »Verzeiht. Ich wollte mich nicht anschleichen.«

»Schon in Ordnung«, sage ich und lasse die Hand langsam sinken. »Ich bin Flame.«

»Das weiß ich, Miss«, erwidert sie lächelnd, und ich zwinge mich, sie nicht zu korrigieren. Diese Anrede scheine ich nicht mehr loszuwerden. »Mein Name ist Eleyna«, fährt sie fort. »Ich bin während des Turniers Eure zuständige Zofe.«

»Mein Aufenthalt könnte morgen Abend schon vorbei sein …«

»Das glaube ich nicht, Miss. Kommt, damit ich Euch die Räumlichkeiten zeigen kann.« Mit einem letzten sehnsüchtigen Blick zu den Büchern folge ich ihr und frage mich, woher sie das Vertrauen in mich nimmt.

Sie ist einen guten Kopf größer als ich, was nicht ungewöhnlich ist. Ihr Haar ist lang und von einem dunklen Braun. Sie hat es zu einem kompliziert aussehenden Zopf geflochten. Zudem besitzt sie einen schönen Teint, wie von der Sonne geküsst, ganz im Gegensatz zu mir. Aber vielleicht ist das einfach so, wenn man im Land der Hoffnung und des Lichts lebt. Wie selbstverständlich hakt sie sich bei mir unter.

»Nun, den Flur und den Salon habt Ihr bereits kennengelernt. Im Salon könnt Ihr entspannt lesen oder Gäste empfangen. Zum Beispiel die anderen Mädchen – oder wen auch immer Ihr möchtet.« Eleyna sieht mich neugierig von der Seite an, doch ich tue so, als würde ich es nicht bemerken. Ihre Anspielung verstehe ich sehr wohl. Sie meint, dass ich Besuch von einem der Götter empfange. Das wird nicht passieren. Außer Apollo. Oder True. Er ist zwar ein kleines Plappermaul, dennoch habe ich mich in seiner Gegenwart sofort wohlgefühlt. Hale und Dream hingegen machen mich nervös. Und Prometheus ... So richtig weiß ich nicht, wie ich ihn einordnen soll. Irgendwie schafft er es immer, die Stimmung aufzulockern. Trotzdem ist er ein schräger Vogel.

Die Zofe führt mich weiter zum Ende des Salons. In der linken Ecke befindet sich versteckt hinter einer blumenumrankten Säule eine weitere Wendeltreppe, die noch schmaler ist als die im Flur. Eleyna bedeutet mir vorzugehen, da es nebeneinander offensichtlich zu eng ist. Eine Hand auf dem Geländer setze ich einen Fuß vor den anderen. Oben angekommen schnappe ich überrascht nach Luft. Noch nie habe ich etwas vergleichbar Schönes gesehen.

Zu meiner Linken befindet sich ein riesiges Bogenfenster mit direktem Blick auf das Meer, das sich sanft hin und her zu wiegen scheint. Die Wände sind in einem hellen Blau gestrichen. Gegenüber vom Fenster befindet sich ein weißes Bett, mit hohen Streben an jeder Ecke, die einen dunkelblauen Himmel tragen. Eine riesige Decke liegt darüber, und die vielen Kissen in verschiedenen blauen und türkisfarbenen Tönen sehen unglaublich einladend aus. Als würde meine Zofe ahnen, dass ich kurz davor bin, mich einfach darauffallen zu lassen, zieht sie mich weiter. Auf der gegenüberliegenden Seite befinden sich zwei Türen. Die rechte führt zu einem Ankleidezimmer.

»Die Schneiderin nimmt gleich morgen früh die Maße für das Ballkleid und auch für jede weitere Kleidung, die Ihr während Eures Aufenthaltes benötigen werdet.« Ich kann nur stumm nicken und sie führt mich weiter zur angrenzenden Tür. »Das ist der Baderaum, Miss.«

Ich schaue mich um – und nun steht mein Mund tatsächlich offen vor Sprachlosigkeit. In der Mitte prangt eine riesige frei stehende Wanne. Aus einem Hahn plätschert Wasser hinein und der Duft von Orangenöl liegt in der Luft.

»Ich habe mir erlaubt, Euch ein warmes Bad einzulassen, Miss. Ihr seid sicher erschöpft von der langen Reise. Das muss alles sehr ungewohnt für Euch sein.« Ich nicke stumm, während sie mir alles erklärt. »Es ist ganz leicht. Der linke Hebel für heißes, der rechte für kaltes Wasser. Nach demselben Prinzip funktioniert die Dusche.«

Meine Zofe führt mich zu einem abgetrennten Bereich. Alles besteht aus hellgrauem glatt geschliffenem Stein. Als ich nach oben blicke, sehe ich eine gläserne Haube mit verschieden großen Öffnungen und Düsen.

»Das Wasser kommt hier …«

»… aus der Decke«, beende ich ihren Satz. »Das sehe ich«, sage ich matt und reibe mir über die Stirn. Mit einem Schlag ist die Müdigkeit zurück. Zum ersten Mal vermischt mit Bitterkeit.

Hier bin ich, schwelge in Luxus, während Amanda und der Rest der Welt in schmutzigem Flusswasser badet und jeden Tag mit Hunger kämpft. Schuld ist kein sehr angenehmes Gefühl. Genauso wenig wie Bedauern. Bedauern darüber, dass ich meine Freundin, die immer für mich da gewesen ist, zurückgelassen habe. In diesem Moment nehme ich mir fest vor, sie zu finden, wenn all das hier vorbei ist.

Am Rande bekomme ich mit, wie Eleyna etwas von einem Frisiertisch und frischen Handtüchern erzählt. Anschließend will sie mir beim Auskleiden helfen, doch ich lehne ab. Mit einer angedeuteten Verbeugung verlässt sie das Bad auf leisen Sohlen und schließt vorsichtig die Tür hinter sich. Dieses Mal bin ich wirklich allein.

Nachdem ich mich entkleidet habe, gleite ich mit einem Seufzen in das warme Wasser. Der angenehme Duft von Orangenöl und Kräutern hüllt mich ein. Entspannt lasse ich den Kopf nach hinten sinken und schließe die Augen, lasse mich treiben und genieße die Ruhe. In diesem Moment ist alles gut.

Als das Wasser schon kalt ist, wasche ich meine Haare und schrubbe meinen Körper mit einem Stück Seife ab. Dann steige ich aus der Wanne und wickle mich in eins der flauschigen Handtücher. Ich trete vor den Spiegel und wische mit einer Hand über die beschlagene Scheibe, damit ich besser sehen kann. Trotz der Erschöpfung, die sich durch dunkle Ringe unter meinen Augen abzeichnet, sehen meine Wangen rosig und frisch aus. Ich versuche zu lächeln, doch es gelingt nicht. Wieder verspüre ich die Leere, das schwere Sehnen im Inneren meines Herzens. Ich vermisse Dark. Wenn er bei mir ist, fühlt es sich an, als würde alles seinen Platz finden – die Unruhe, die ich sonst verspüre, ist wie weggeblasen. Ich straffe die Schultern. Jammern wird mich nicht weiterbringen. Die Götter haben versprochen, dass sie dafür sorgen, dass er nachkommt. Ich kann nur warten und hoffen, dass sie Wort halten.

Ich öffne die Tür einen Spalt und spähe nach draußen. Eleyna ist nicht zu entdecken. Vermutlich hat sie selbst gemerkt, dass mir ein wenig Privatsphäre guttut. Trotzdem hat sie mir auf dem Bett eine Hose und ein Hemd bereitgelegt. Schnell ziehe ich beides an, ehe ich die schmale Treppe hinabhusche. Unten angekommen, werde ich sofort vom Bücherregal angezogen. Und so nehme ich mir einen der dicken Wälzer heraus und mache es mir auf dem Sofa gemütlich.

»Ich sehe, Ihr habt Euch bereits gut eingewöhnt, Miss«, reißt Eleyna mich aus meinen Gedanken, und ich klappe erschrocken das Buch zu. Mit einem Blick zum Fenster registriere ich überrascht, dass sich der Tag bereits dem Ende zuneigt und der Himmel rötlich gefärbt ist. Beim Lesen vergesse ich immer die Zeit.

»Die Donati werden Euch in einer halben Stunde abholen. Ich habe ein Kleid für Euch besorgt, aber auch Eure Kleidung von der Auswahl waschen lassen. Es ist ganz Eure Entscheidung, was Ihr heute Abend tragen möchtet.«

Ich räuspere mich. Mein Hals fühlt sich rau und trocken an. Wie immer habe ich nicht daran gedacht zu trinken.

»Ich denke, ich werde meine alte Kleidung tragen«, erwidere ich schließlich, und meine Zofe nickt. »Das dachte ich mir schon. Ich habe sie oben für Euch bereitgelegt.« Sie schaut mich auffordernd an und ich sehe ebenso zurück. Irgendwann gebe ich seufzend auf, komme ihrem Wunsch nach und laufe in Richtung Treppe. Keine Ahnung, warum ich nicht einfach anbehalten kann, was ich gerade trage.

Bevor ich mich umziehe, erfrische ich mich kurz im Badezimmer und bediene etwas ungeschickt die Hähne am Waschbecken unter dem Spiegel, genau wie Eleyna es mir gezeigt hat. Danach wechsele ich die Kleidung und komme nicht umhin zu bemerken, dass sie unglaublich gut riecht. Ich kann mich nicht daran erinnern, dass ich jemals etwas getragen habe, das einen so angenehmen Duft verströmt hat. Als ich mein

Medaillon sicher unter meinem Oberteil verstaue, klopft es bereits an der Tür.

»Darf ich eintreten, Miss?«

»Ja, ich bin schon fertig.«

Eleyna öffnet die Tür und bedeutet mir, ihr zu folgen. Wir betreten das angrenzende Zimmer, das leer ist, weil meine neue Kleidung noch nicht angekommen ist. Eleyna bugsiert mich zu einem Schminkspiegel und drückt mich sanft auf den davorstehenden Stuhl.

»Ich denke nicht, dass man meine kurzen Haare kunstvoll frisieren kann«, informiere ich sie skeptisch.

»Lasst mich nur machen.« Geschickt fährt sie mit einem Kamm durch meine Locken, ohne zu ziepen. Dann flicht sie die rechte Seite und fixiert das Ende am Hinterkopf unter meinen anderen Haaren, sodass man die Spange nicht sieht. Als sie zu Puder und Kohlestift greifen will, halte ich sie jedoch ab. »Das heben wir uns vielleicht besser für morgen auf«, sage ich, halb im Scherz, halb bittend. Sie lächelt und nickt.

Mir gefällt die Frisur. Sie lässt mich selbstbewusst, fast ein wenig frech wirken. Vielleicht werde ich sie öfter tragen.

»Es ist Zeit«, erinnert mich meine Zofe, und ich nicke lächelnd, obwohl der Gedanke an ein gemeinsames Essen mit den fremden Mädchen und ein paar Gottheiten nicht gerade Vorfreude in mir auslöst. Vielmehr bereitet es mir Unbehagen, lieber würde ich den Abend auf dem Sofa in Gesellschaft eines guten Buches verbringen. Ich bin nicht besonders geschickt darin, neue Kontakte zu knüpfen. Automatisch fasse ich an mein Medaillon, was mich schlagartig beruhigt. Es fühlt sich so an, als hätte ich ein Stück Zuhause bei mir.

Noch einmal atme ich tief durch, ehe ich es wieder unter

mein Oberteil gleiten lasse und Eleynas dargebotene Hand ergreife. Dann stehe ich auf und wir verlassen die oberen Räumlichkeiten, laufen über die schmale Wendeltreppe nach unten. Bei der Tür angekommen schlüpfe ich in meine Stiefel und werfe einen letzten Blick auf meine Zofe. »Vielen Dank für deine Hilfe.«

Sie wirkt ein wenig überrascht, neigt aber den Kopf.

»Du musst nicht hier warten. Mach für heute Schluss. Wir sehen uns morgen.« Der Gedanke, dass sie hier die ganze Zeit über wartet, nur auf mich, ist mir etwas unangenehm.

»Wie Ihr wünscht, Miss.«

Ich lächele sie ein letztes Mal an, dann trete ich nach draußen. Heron und Emmett stehen auf dem Flur wie festgewachsen. »Guten Abend, Jungs«, begrüße ich die beiden.

Emmett zwinkert mir fröhlich zu, Heron hingegen schaut grimmig drein. Ich weiß nicht, wieso, doch ich mag die Donati. So besonders Furcht einflößend, wie ich gedacht habe, sind sie gar nicht. Ich meine, immerhin sind sie eigentlich Krieger, die in einer großen Schlacht an der Seite der Götter gekämpft haben. Schätze, ich habe einfach etwas anderes erwartet als die Leichtigkeit, die Emmett versprüht. Selbst Heron glaube ich ab und an schmunzeln zu sehen, wenn er sich unbeobachtet fühlt.

Sie führen mich die Treppe hinab und wieder den breiten prunkvollen Gang entlang. Ich bin so in meine Betrachtung vertieft, dass ich gar nicht bemerkte, wie meine Begleiter stehen geblieben sind. Prompt laufe ich gegen eine Wand aus Muskeln. Geistesgegenwärtig greift Emmett nach meinem Arm und verhindert so, dass ich nach hinten umfalle. Das wäre peinlich gewesen. Und absolut typisch für mich.

»Nicht so stürmisch, kleine Flamme.« Die Wand aus Muskeln ist Prometheus. Seine braunen Augen blitzen mich herausfordernd an und er wackelt komisch mit den Brauen. »Ich begleite die Lady ab hier«, informiert er meine Donati.

Obwohl mir der Gott nicht geheuer ist, muss ich bei seiner Wortwahl losprusten – als *Lady* wurde ich wahrlich noch nie bezeichnet. Gleichzeitig rufe ich mir ins Gedächtnis, wen ich da vor mir habe, und täusche schnell einen Hustenanfall vor. Einen leibhaftigen Gott zu beleidigen und dessen Zorn auf mich zu ziehen, hätte mir gerade noch gefehlt …

Emmett grinst mich an, bevor er sich mit wissendem Blick zurückzieht.

»Jawohl, Sir«, sagt Heron pflichtbewusst und folgt dann seinem Kollegen.

»Ich dachte, sie sollen mich beschützen«, stelle ich zögerlich fest, bevor ich den mir dargebotenen Arm ergreife.

»Vor wem denn? Jetzt bin ich doch da.« Genau das bereitet mir Sorge. Den Gedanken spreche ich jedoch nicht laut aus.

»Warum genau brauchen wir eigentlich Wachen?«, werde ich mutiger. »Und dann gleich zwei?« Ich meine, ich könnte es nicht mal mit einem von beiden aufnehmen.

Ohne anzuhalten, führt Prometheus mich weiter durch die Gänge, und ich komme mir albern vor, weil ich meinen Arm ziemlich weit nach oben ausstrecken muss, um überhaupt an seinen heranzukommen.

»Diese Welt ist neu für euch, und wir Götter können euch nicht die ganze Zeit über im Auge behalten. Deshalb die Donati.«

»Also sind wir nicht in Gefahr?«, bohre ich weiter nach.

»Im Palast nicht, nein«, erwidert er wenig hilfreich. Obwohl er sonst immer in Plauderlaune ist, weicht er meinen Fragen aus. Vermutlich sind die Donati und unsere Zofen vielmehr da, um uns zu überwachen – was er mir gegenüber nicht zugeben will. Oder nicht darf. Wie auch immer. Statt mir eine befriedigende Antwort zu geben, verfällt er schnell wieder in die Erzählungen über seine eigenen Abenteuer, und meine Gedanken schweifen ab.

Im Vorbeigehen bewundere ich die Gemälde, die wir passieren, und Prometheus' Stimme wird zu einem Nebengeräusch. Wir biegen einige Male ab, doch ich präge mir den Weg nicht ein. Der Sandpalast scheint riesig und verwinkelt zu sein. Ich würde vermutlich Jahre brauchen, bis ich mich allein zurechtfände.

»Warum macht ihr euch überhaupt die Mühe?«, unterbreche ich irgendwann seinen Redeschwall. Ich bin überrascht, wie leicht es mir inzwischen fällt, den Gott anzusprechen – doch alles, was ich ernte, sind hochgezogene Augenbrauen und ein irritierter Blick. Daher füge ich schnell hinzu: »Ganz normal zu gehen, meine ich. Es kostet euch nur einen Wimpernschlag, und schon seid ihr am Ort eurer Wahl.«

»Vermutlich, weil uns allen ein wenig Normalität guttut. Außerdem zieht so schon alles schnell genug an einem vorbei. Einfach so zu gehen hat etwas Entschleunigendes an sich, findest du nicht?« Ich nicke, ein wenig überrascht von der Ernsthaftigkeit seiner Worte, die nicht zu ihm passen mag. »Wir sind gleich da. Bereit?«

Ich zucke die Achseln. »Ist das eine rhetorische Frage?« Tatsächlich entlocke ich Prometheus ein Lächeln, was mich noch selbstsicherer werden lässt.

Er umfasst meine Hand, die auf seinem Arm ruht, und betritt mit mir den Saal. Er ist weniger pompös, als ich angenommen habe, fast schon gemütlich. In der Mitte befindet sich eine reich gedeckte Tafel. Der gesamte Raum wird von magischen Fackeln und Kerzen erhellt, welche die Umgebung in ein bläuliches Licht tauchen. Die anderen jungen Frauen und Götter sitzen bereits auf ihren Plätzen. Die Situation erinnert mich an die am Lagerfeuer. Beim nächsten Mal werde ich früher aufbrechen. Ich werfe Prometheus einen fragenden Blick zu. »Du hättest ruhig sagen können, dass wir uns beeilen müssen«, tadle ich ihn, woraufhin er mich mit einem anzüglichen Grinsen bedenkt.

»Hast du die Zeit mit mir denn nicht genossen?«

Schnell entwinde ich dem Gott meinen Arm und die Selbstsicherheit von eben ist wie weggeblasen. Er macht es mir nicht leicht, seine Absichten zu durchschauen. Trotzdem habe ich die Vermutung, dass seine Sprüche und die fröhliche Art manchmal nur Fassade sind, damit wir anderen nicht sehen, was sich in Wahrheit dahinter verbirgt.

Ich stelle mich auf die Zehenspitzen und erspähe einen Platz zwischen Lavea und einem rothaarigen Mädchen, dessen Name mir nicht einfallen will. Eilig setze ich mich in Bewegung und geselle mich zu ihnen. Ich murmele einen schüchternen Gruß und ärgere mich über mich selbst. Diese verschreckte und schüchterne Person wollte ich doch zurücklassen.

»Wo wir nun vollzählig sind: Greift zu«, sagt Hale und wedelt mit der Hand in Richtung Speisen.

Mit Unglauben beobachte ich, wie die Götter sich Unmengen an Essen auf die Teller schaufeln, und frage mich, wie all das in sie hineinpassen soll. Auch die Mädchen laden sich, ohne zu zögern, auf, und ich bediene mich an Kartoffeln und einer Soße, die grün ist und nicht sehr appetitlich aussieht, jedoch gut schmeckt. Viele von ihnen trinken Wein, ich greife lieber nach Wasser. Mit Alkohol habe ich keine Erfahrung – und heute ist definitiv nicht der Zeitpunkt, es auszuprobieren.

Die Gespräche sind in vollem Gange, und mir fällt auf, wie viele der anderen ein Kleid gewählt haben. Sehr freizügige Kleider, sodass ich mir mit meinem Cape prüde und zugeknöpft vorkomme. Wahrscheinlich sind sie so früh da gewesen, um sich die besten Plätze neben den Göttern zu reservieren. Ich verstehe nicht genau, was sie sagen, doch die unverkennbaren Augenaufschläge sind eigentlich nicht falsch zu deuten.

Unsicher schiebe ich eine Kartoffel auf meinem Teller umher. Das Spektakel ist mir unangenehm. Mir ist nicht klar gewesen, dass es hier noch um etwas anderes als das Turnier gehen könnte. Offenbar reizt viele der Mädchen die Möglichkeit, die Gemahlin eines Gottes zu werden. Und mit ihrem Verhalten versuchen sie offenbar, sich einen Vorteil zu verschaffen. Lavea scheint es ähnlich wie mir zu gehen, denn sie schaut betreten zur Seite, und ich bin froh, dass ich nicht die Einzige bin, die offensichtlich verklemmt ist.

»Erbärmlich, nicht wahr?«, spricht mich meine Sitznachbarin von links an. Sie rümpft angewidert die Nase, und ich strecke ihr spontan die Hand entgegen. »Ich bin Flame.«

»Freut mich. Mein Name ist Kiana.« Sie mustert mich einen Augenblick lang. »Du bist also das Wolfsmädchen«, stellt sie fest, nachdem sie einen Schluck aus dem Weinkelch getrunken hat. Ich zucke mit den Schultern und nicke gleichzeitig. »Wo ist er also, dein Wolf?«

»Man hat mir gesagt, dass er nachkommen wird.« Die Worte klingen kindisch in meinen Ohren, und auch Kiana sieht nicht überzeugt aus.

Sie ist groß und schlank und hat ihre Haare, die eher

orange als rot sind, zu einem großen Dutt aufgesteckt. Die freundlichen haselnussbraunen Augen sowie die Stupsnase und die Sommersprossen scheinen nicht so recht zu ihrem restlichen Auftreten zu passen. Ich erfahre, dass sie bereits einundzwanzig ist und aus dem Land der Vergangenheit und des Vergessens stammt. Möglicherweise hat sie deshalb eine etwas zynische Art. Trotzdem ist sie mir deutlich sympathischer als die Frauen, die sich den Göttern an den Hals werfen.

»Kommen sie sich dabei nicht lächerlich vor?«, frage ich nur so laut, dass Kiana und Lavea direkt neben mir es hören können.

»Sie tun es wegen der Entscheidung«, meldet sich das schüchterne blonde Mädchen zum ersten Mal zu Wort. »Die erste Entscheidung findet morgen Abend auf dem Ball statt, bevor das Turnier beginnt. Jeder neue Gott erwählt zwei Kandidatinnen«

»Sechs müssen gehen«, bestätigt Kiana.

»Und glaubt ihr, dass sie mit dieser Taktik Erfolg haben werden?« Beide nicken, ohne zu zögern.

Ich lasse mich zurück in den Stuhl sinken. Einige der Götter und die Mehrzahl der herausgeputzten Frauen ziehen sich auf Sitzgelegenheiten in der Ecke zurück. Wir bleiben, wo wir sind, nach einer Weile gesellt sich Apollo zu uns – immerhin ein Gott, der sich für uns zu interessieren scheint. Trotzdem nicht besonders hilfreich, da er keiner der neuen Götter ist. Kiana verwickelt ihn sofort in ein Gespräch. Ein Fach namens »Weltenkunde« scheint es ihr besonders angetan zu haben. Zu gerne würde ich Apollo nach Dark fragen, aber mir bietet sich keine Gelegenheit. Alles, was Lavea und ich tun können, ist, in Schweigen zu versinken.

Meine Augen wandern – obwohl ich es nicht will –, immer

wieder zu den anderen Frauen, die sich wie Hyänen an Prometheus, Dream und Hale heranmachen, sodass sie fast auf ihren Schößen sitzen. Lost dagegen sieht wie immer ein wenig abwesend aus. Allein vom Zusehen bin ich peinlich berührt und meine Wangen werden heiß. Als mein Blick schließlich dem von Hale begegnet, schaue ich rasch auf meine Fingernägel, als hätte er mich bei etwas Unanständigem ertappt. Wenn es hier also *darum* geht, werde ich ganz dringend Nachhilfe brauchen. Und zwar nicht in Weltenkunde, sondern in der Kunst der Verführung. Ein Gedanke, der mir wirklich Unbehagen bereitet.

Eilig erhebe ich mich, um den Speisesaal zu verlassen. Ich bin zu durcheinander, um den anderen eine gute Nacht zu wünschen – die sie wohl so oder so haben werden. Jedenfalls einige von ihnen. Im Schatten hinter der Tür warten Heron und Emmett auf mich. Erleichterung überkommt mich, als ich die beiden sehe. Ich wüsste nämlich nicht, wie ich ohne sie zu meinem Zimmer zurückfinden sollte. Dieser Palast ist der reinste Irrgarten.

Flankiert von ihren hünenhaften Gestalten, werde ich in meine Räumlichkeiten begleitet. Obwohl ich nicht getrunken habe, fühlt sich meine Haut heiß an. Viel zu heiß. Mit dem Ärmel meines Capes wische ich mir über die Stirn. Ich konzentriere mich auf meine Atmung, und als ich endlich bei meinem Turm ankomme, verabschiede ich mich hastig von den beiden Donati und schließe die Tür hinter mir.

Panisch registriere ich, dass mein Rucksack mit den Kräutern nicht mehr da ist. Wie in Trance taumele ich nach oben und finde ihn neben meinem Bett. Vermutlich hat Eleyna ihn hierhergebracht. Hektisch reiße ich ihn auf und suche die Kräuter hervor, die Jules für mich eingepackt hat. Es fühlt sich an, als würde das Blut, das durch meine Adern fließt, so heiß brennen wie Feuer. Ohne darüber nachzudenken, gebe ich eine Hand voll in meinen Mund, kaue und laufe ins Bad. Ich schöpfe Wasser in meine Hände und trinke große Schlucke daraus. Der Geschmack ist ekelhaft. So bitter, dass ich die Kräuter am liebsten sofort wieder ausspucken würde. Irgendwann schaffe ich es dennoch, sie komplett herunterzuwürgen. Erleichtert stütze ich mich mit zitternden Armen am Rand des Beckens ab. Dann halte ich mein Gesicht unter den Strahl mit kaltem Wasser und versuche mich zu beruhigen. Ich sollte dringend jemanden finden, der mir einen Nachschub an Kräutern besorgt. Ich muss an Amanda und Jules denken. Sie wüssten genau, was zu tun wäre. Doch sie sind nicht hier. Ich werfe einen letzten Blick in den Spiegel. Dann stelle ich den Hahn ab und verlasse den Baderaum. Ich werde das schaffen. So schnell lasse ich mich nicht unterkriegen.

Vor dem Bett streife ich meine Hose und das Cape ab und lasse mich anschließend auf die weiche Matratze fallen. Die Decke ziehe ich nur bis zu meiner Hüfte, mehr ertrage ich nicht. Ich konzentriere mich auf das Rauschen der Wellen und die Rufe der Vögel, bis ich es schaffe, dass meine Atmung sich endlich wieder verlangsamt und mein Herz in einem gleichmäßigen Tempo schlägt – nicht so, als wäre ich meilenweit gerannt.

Mit einem Schrei auf den Lippen fahre ich von den trügerisch weichen Kissen hoch. Die Erinnerungen an einen Traum, der sich viel zu real angefühlt hat, prasseln auf mich ein. Ich habe gebrannt. Mein ganzer Körper stand in Flammen. Der Schmerz hat sich so echt angefühlt. Mit zitternden Fingern taste ich mich ab, doch dort ist nichts. Meine Haut ist auch nicht mehr heiß oder von einem Schweißfilm überzogen. Die Kräuter haben ihren Dienst getan. Trotzdem ist mir, als würde ich jeden Moment ersticken.

Ich springe auf und laufe zum Fenster, presse meine Wange gegen das kühle Glas. Das Zimmer wirkt plötzlich nicht mehr heimelig auf mich. Es ist, als würden die Wände immer näher rücken. Ohne weiter darüber nachzudenken, laufe ich die Treppe hinunter, taste blindlings nach dem verzierten Geländer. Als keine Stufe mehr kommt, sondern das Parkett des Salons, stolpere ich nach vorn. Gerade so bekomme ich den Rahmen des Ölgemäldes zu fassen, welches an der Wand nur zwei Schritte entfernt hängt. Doch anstatt Widerstand zu leisten und mir Halt zu geben, ist da plötzlich nichts mehr, ich falle nach vorn, rutsche bäuchlings hinab in die Dunkelheit. Ich will schreien, in der Hoffnung, dass Heron oder Emmett mich hören, doch kein Laut verlässt meine Lippen, während ich immer schneller werde. Ab und an bilde ich mir ein, dass neben mir ein Licht aufleuchtet, doch das ist bei dieser Geschwindigkeit beinahe unmöglich auszumachen. Schließlich rutsche ich um eine Kurve, nach der es nicht mehr so steil hinabgeht. Langsam trudelt mein Körper aus, bis ich es schaffe, an einer großen runden Luke komplett abzubremsen. Ich atme erleichtert auf. Die Rutschpartie hat mich immerhin nicht umgebracht.

Mit wackeligen Knien richte ich mich auf und trete auf die Klappe zu. Ich zögere einen Moment. Zurück nach oben führt kein Weg. Ich traue mir nicht zu, den steilen und glatten Tunnel in die andere Richtung nach oben zu klettern. Und wenn ich rufe, hört mich hier unten sowieso niemand. Ohne weiter über Option eins und zwei nachzudenken, setze ich die dritte in die Tat um und werfe mich mit meinem ganzen Körpergewicht gegen die Luke. Mit einem hässlichen Quietschen gibt sie nach und schwingt nach außen hin auf. Abrupt springe ich zurück, um nicht gleich wieder hinzufallen. Heute ist tatsächlich kein besonders guter Tag für mich.

Ich stoße die runde Klappe weiter auf. Erstaunt stelle ich fest, dass sich darunter kein Abgrund, sondern Sand befindet. Eilig verlasse ich den unheimlichen dunklen Tunnel und trete ins Freie. Ich atme die kühle Nachtluft ein, und sofort fühlt sich meine Brust nicht mehr so eng an. Mit einem dumpfen Geräusch schließt die Luke sich wieder. Von außen kann man sie nicht erkennen, sie wirkt vielmehr wie ein fester Bestandteil der Fassade.

Ich schaue mich um und stelle fest, dass ich außerhalb der Palastmauern gelandet bin. Hinter mir ragt das imposante Gebäude fast schon bedrohlich in den dunklen Nachthimmel. Unmittelbar vor mir befindet sich ein nicht allzu hoher Wall aus Sand. Meine Neugierde siegt, und so erklimme ich den Hügel. Als ich oben ankomme, breitet sich augenblicklich das Gefühl von Freiheit in meinem Herzen aus. Zu meinen Füßen erstreckt sich ein Strand, der endlos erscheint. Und plötzlich kann mich nichts mehr aufhalten: Ich laufe los, so schnell, wie meine Beine mich tragen, und falle vor dem Meer auf die Knie. Vom Palast aus strahlt ein wenig Licht herüber und lässt die Wasseroberfläche golden glänzen. Ich beuge mich nach vorn und presse die Handflächen in den kühlen Sand, lasse die seichten Wellen an meinen Fingerspitzen lecken. Dann blicke ich hinauf zum Himmel. Nie zuvor habe ich so viele Sterne gesehen. Ist das hier wirklich die Realität? Habe ich mein altes Leben tatsächlich hinter mir gelassen?

Als mein rasender Puls sich beruhigt, lasse ich mich zurück auf meine Fersen sinken. Zu gern möchte ich ins Wasser waten und mich treiben lassen. Aber das ist vermutlich ein unbedachter, gefährlicher Gedanke. Ich weiß nicht, welche Geschöpfe in der uneinsehbaren Tiefe lauern.

»Flame?«, ertönt eine ungläubige Stimme hinter mir. Sofort springe ich auf, obwohl meine Beine protestieren. Ich sehe Hale, der mir entgegeneilt. Unsicher weiche ich einen Schritt zurück. Augenblicklich wird mir bewusst, dass ich – von meinem Slip und dem dünnen Oberteil einmal abgesehen – unbekleidet bin. Meine Hose und das Cape liegen oben im Zimmer.

»Was machst du hier? Komm weg vom Wasser.«

Seine Worte dringen zu mir durch, doch ich kann mich nicht rühren. Er kann sie sehen. Trotz der Dunkelheit kann er sie mit Sicherheit erkennen. Die hässlichen Narben, die meine rechte Hälfte bis zur Hüfte hinauf zeichnen. Ich umschlinge mich selbst mit beiden Armen.

»Ich ... irgendwie ... Es war eine Art Unfall«, bringe ich schließlich hervor. Mit einem Mal klappern meine Zähne. Ich fühle mich mehr als unwohl in dieser Situation. In wenigen Schritten ist der Gott bei mir, zieht mich vom Wasser weg. Gleichzeitig legt er mir eine Jacke über die Schultern und umfasst meinen Arm.

»Ich würde gern mit dir durch den Nebel gehen, aber ich bin für heute schon am Limit.«

Ich ignoriere den Blick seiner stechend grünen Augen und blicke stur nach vorn, während wir auf den Palast zuhalten. Am Eingang treten die Donati, die zur Wache abgestellt sind, zur Seite, und ich schelte mich für meine eigene Dummheit. Natürlich bin ich entdeckt worden, als ich wie ein Tölpel auf das Meer zugestolpert bin. Am liebsten würde ich tief im Sand versinken oder davonlaufen, aber ich kann nicht. Wohin auch? Außerdem habe ich mir geschworen, kein Feigling mehr zu sein.

Ich recke das Kinn nach vorn, ignoriere alles um mich herum. Hale führt mich, während ich aus dem Augenwinkel sehe, wie mich die anderen Götter und einige übrig gebliebene Frauen anstarren, als wir die große Halle passieren. Keiner der Anwesenden sagt ein Wort – und ich tue es auch nicht. Dieses Mal kommt mir der Weg bereits ein wenig vertrauter vor, auch wenn ich ihn allein nicht finden würde. Als wir dann ohne jegliche Vorwarnung vor Emmett stehen, reißt dieser erschrocken die Augen auf. Vermutlich ist das vor allem meinem leicht lädierten Aufzug geschuldet.

»Wie?«, bringt er hervor. Ich sehe verlegen zu Boden.

Hale schiebt den Wächter zur Seite, als wäre er ein kleiner Junge und kein hünenhafter Krieger. Sobald wir meine Räumlichkeiten betreten, schließt die Tür hinter uns mit einem unheilverkündenden Klicken. Noch immer traue ich mich nicht, in die stechend grünen Augen des Gottes der Hoffnung und des Lichts zu blicken.

»Was zum Teufel hast du dir dabei nur gedacht?«, herrscht er mich an, packt meinen Arm noch ein wenig fester.

Ich unterdrücke einen schmerzvollen Laut und zwinge mich, ihn anzusehen. »Ich wusste nicht, dass wir hier im Palast gefangen sind. Wird nicht wieder vorkommen.«

Fahrig streicht er sich durch seine verstrubbelten Haare. »Du solltest dich niemals allein draußen herumtreiben. Die Donati stehen nicht aus Spaß vor deiner Tür.«

»Verstehe«, schnaube ich gereizt, denn plötzlich komme ich mir wie eine Gefangene vor. Ich dränge mich an dem Gott vorbei und halte auf die schmale Treppe zu meinem Schlafzimmer zu. Aus dem Augenwinkel registriere ich, dass die Geheimtür hinter dem Gemälde wieder verschlossen ist. Gut so. Trotzig beschließe ich, Hale nicht darüber in Kenntnis zu setzen. Er ist selbst schuld, wenn er sich in seinen eigenen vier Wänden nicht auskennt. Ein wenig fester als nötig stampfe ich die Treppe hinauf. Ich habe nicht meine Vergangenheit hinter mir gelassen, auf dem Rücken eines Wolfes zwei Ländergrenzen passiert, um kurz darauf erneut bevormundet zu werden. Ich straffe meine Schultern noch ein wenig mehr. Diese Person bin ich nicht mehr. Ich werde es mir so oft sagen, bis ich es verinnerlicht habe.

Ich laufe direkt ins Bad und stelle mich in die Wanne. Dort bediene ich den Warmwasserhahn und spüle den Sand von meinen Füßen. Hale steht im Türrahmen und starrt mich an. Ich schaue mürrisch zurück. Die Situation ist mir nach wie vor unangenehm. Ich sollte versuchen, meine Narben vor ihm zu verstecken. Ich tue nichts dergleichen. Seelenruhig steige ich nach draußen, nehme mir eins der flauschigen weißen Handtücher und reibe meine Füße und Beine trocken. Dann lege ich es über den Rand der Wanne und gehe an Hale vorbei zurück ins Schlafzimmer. Ich schlüpfe unter die Bettdecke und kuschle mich in die Kissen. Ein Rascheln ertönt, als Hale die Vorhänge zuzieht. Kurz darauf steht er am hinteren Bettpfosten. Kein Sternenlicht dringt durch den Stoff, doch seine Augen scheinen selbst in der Dunkelheit zu leuchten.

Eine Gänsehaut breitet sich auf meinem gesamten Körper aus. Unruhig rutsche ich auf der Matratze hin und her. Jede andere Frau hätte ihn vermutlich eingeladen, sich zu ihr zu legen. Doch ich weiß, dass er nicht ist, wonach ich suche.

Kapitel 6

TÜLL UND SAPHIRE

Schwerfällig kehre ich aus meinen Träumen zurück. Ich will mich dagegen wehren, bin noch nicht bereit für diesen neuen Tag. Doch Sonnenstrahlen kitzeln hartnäckig meine Nasenspitze, und so schlage ich die Augen auf.

Ich erfasse die Situation mit einem Blick: Apollo lümmelt entspannt auf der Fensterbank und hat offenbar die Vorhänge beiseitegeschoben. Yasar befindet sich am obersten Treppengeländer und sieht aus, als wäre er jederzeit zur Flucht bereit. Meine Zofe hingegen steht unbeholfen mit verschränkten Armen vor der Brust in der Mitte des Raumes.

»Es tut mir furchtbar leid, Miss. Ich wollte sie wegschicken, aber sie hören nicht auf mich.« Ich winke ab. Im nächsten Moment schrecke ich hoch, weil True sich direkt neben mir auf der Bettkante materialisiert. Auch Eleyna macht einen Sprung zurück. Sofort steigt mir der Geruch von Pfefferminze in die Nase, als True mir eine dampfende Tasse hinhält. Er grinst mich breit an.

»Ich wollte als Erster mit dir reden, wenn du aufwachst. Was für eine Aufregung, mein kleines Flämmchen! Was hast du da nur wieder angestellt?« Aus der Entfernung glaube ich, Yasar etwas Murmeln zu hören, das ziemlich stark nach krankhafter Neugierde klingt.

»Ich weiß nicht, wovon du sprichst«, sage ich ausweichend.

Apollo schnaubt und überschlägt seine langen Beine auf

der Fensterbank. Es hat nicht den Anschein, als würde irgendjemand von ihnen demnächst wieder von hier verschwinden.

Ich stöhne und richte mich in meinen Kissen auf. »Wie groß sind die Schwierigkeiten, in denen ich stecke?«

»Nun ja«, überlegt True und setzt eine gespielt strenge Miene auf. »Du bist gleich in der ersten Nacht ausgebüxt. Das ist ein ziemlich schweres Vergehen.«

»Ausgebüxt?«, frage ich ungläubig.

»Getürmt, abgehauen, geflohen«, souffliert Prometheus, der nun ebenfalls wie aus dem Nichts aufgetaucht ist und zu meiner anderen Seite auf dem Bett Platz nimmt. Ich werfe ein Kissen nach ihm.

»Manchmal könnte man meinen, der Adler habe an deinem Gehirn gepickt, statt an deiner Leber«, stellt Apollo in Richtung des eben erschienenen Gottes trocken fest. Es ist das erste Mal, dass ich sehe, wie Yasars Mundwinkel sich leicht anheben.

»Ich wollte nicht *türmen*. Nur ein wenig frische Luft schnappen.«

»Natürlich, Täubchen«, schmollt True. »Das kaufen wir dir sofort ab. Ganz zufällig war da auch noch ein grünäugiger Gott, der dich in dein Zimmer begleitet hat.«

»Und Emmett sagt, er habe Hale nicht wieder herauskommen sehen«, wirft Prometheus aufgeregt ein. Er scheint einen Skandal zu wittern.

»Er hat mich am Strand gefunden, in mein Zimmer begleitet und dann bin ich eingeschlafen. In meinem Bett. Allein.«

»Das erklärt nicht, warum er deine Räumlichkeiten nicht verlassen hat«, nervt Prometheus weiter.

»Bei der Medusa und allen Gorgonen«, seufzt Yasar resigniert. »Er ist einfach durch den Nebel gegangen wie wir alle.«

Dankbar lächle ich ihn an. »Seht ihr, es besteht keinerlei Grund zur Aufregung.«

Ich würde gern mit dir durch den Nebel gehen, aber ich bin für heute schon am Limit, schießen mir Hales Worte durch den Kopf. Ich schlucke bei dem Gedanken, dass er vielleicht erst am frühen Morgen mein Zimmer verlassen hat. Gerade rechtzeitig, um den anderen zu entwischen.

»Könnt ihr mich jetzt bitte allein lassen? Ich erwarte die Schneiderin und muss mich frisch machen«, sage ich überraschend energisch.

Grummelnd erheben sich die Götter. Als Apollo an mir vorbeischreitet, berühre ich seinen Arm, um ihn vom Gehen abzuhalten. Eleyna scheucht die anderen mit einer gewissen Genugtuung in ihrer Miene die Treppe hinunter.

»Er wird nicht erfreut sein«, höre ich Trues Stimme beim Verlassen des Raums. »Ganz und gar nicht erfreut.« Fragend sehe ich Apollo an, der näher getreten ist, doch er weicht meinem Blick aus. Offensichtlich bin ich nicht die Einzige, die Geheimnisse hat.

Ich schiebe die Bettdecke beiseite und stehe auf. Apollo zieht scharf die Luft ein, als er die Narben im Licht des Tages sieht. Geschäftig krame ich in meinem Rucksack und ziehe den Beutel mit den Kräutern hervor. »Zu deinen Fähigkeiten gehört die Heilkunst, nicht wahr?«, frage ich und wende mich ihm zu. Seine Augen mustern mich eindringlich. Er nickt knapp. »Gut.« Ich halte ihm den Beutel entgegen.

Für einen Moment ringe ich mit mir, ob ich ihm wirklich vertrauen kann. Eine der Voraussetzungen, um am Turnier teilnehmen zu dürfen, ist, dass man keine chronischen Leiden hat. Die Hitze, die Kopfschmerzen und die Fieberanfälle ... sind genau das. Andererseits ist Apollo meine beste Option. Ich weiß nicht, wen ich sonst um Hilfe bitten sollte.

»Ich brauche Nachschub. Es ist wichtig. Niemand sonst soll davon erfahren«, sage ich eindringlich. Ich will nicht, dass die Information über meine Schwachstelle in die falschen Hände gerät. Ohne ein Wort zu sagen, nimmt er den Beutel an. Dann ist er verschwunden.

»Vielen Dank für das Gespräch«, murmle ich ärgerlich. Immerhin bin ich dieses Mal nicht zusammengezuckt. Das verbuche ich als Fortschritt.

Eleyna kommt die Treppe hinauf. »Ich werde Euch Wasser einlassen, Miss.«

Ich nicke, bin dankbar, dass sie keine Fragen stellt. Die Nachwirkungen meines Hitzeausbruchs stecken mir nach wie vor in den Knochen, weshalb ich die Unterstützung meiner Zofe dieses Mal annehme. Sie wäscht und kämmt mein Haar, und als ich aus der Wanne klettere und sie mir in den weichen Bademantel hilft, fühle ich mich sauber und geborgen.

»Danke«, sage ich, woraufhin sie lächelnd abwinkt. »Die Schneiderin erwartet uns schon unten.«

Plötzlich durchfährt mich Aufregung. Für gewöhnlich bin ich gar nicht *so* ein Mädchen. Doch der Gedanke an Kleider, die nur für mich angefertigt werden, lässt mein Herz nun doch höherschlagen.

Ich folge meiner Zofe in den Salon. Als ich die Schneiderin erblicke, werde ich von ihrem Aussehen nahezu geblendet – doch das Erste, was ich denke, ist, dass ich diese Frau kenne. Ihr Gesicht ist das Spiegelbild, welches ich in der hohen Blumenvase der Alten in meiner Heimat gesehen habe.

»D-du?«, stottere ich, bin vollkommen vor den Kopf gestoßen. Sie ist die schönste Frau, die ich je gesehen habe. Ein grünes Gewand schmiegt sich um ihren wohlgeformten Körper. Große Augen werden von langen Wimpern umrahmt und ihre braunen Locken fallen in perfekten Wellen ihren Rücken hinab. Ein leicht goldener Schimmer umgibt ihre Gestalt und lässt sie aussehen, als wäre sie nicht von dieser Welt.

»Ich … ich erkenne dich«, bringe ich nach meiner intensiven Musterung hervor.

Sie lächelt breit und entblößt dabei eine Reihe funkelnd weißer Zähne. »Ach ja?«, fragt sie zwinkernd und sieht mich dabei so unschuldig an, dass ich selbst beinahe denke, ich würde mich irren.

Eleyna sieht irritiert zwischen uns hin und her. »Miss?«

Ich ignoriere meine Zofe und trete neugierig an die schöne Frau heran, die mir bedeutet, auf einen Schemel zu steigen. Ich folge ihrem Wunsch. Doch bei ihren nächsten Worten verschlägt es mir die Sprache.

»Ich bin Aphrodite. Es freut mich, dich kennenzulernen, Flame.«

Meine Augen werden groß und ich verschlucke mich beinahe an meiner eigenen Spucke. Ich habe so viel über diese Göttin in Jules' Büchern gelesen: wie sie vor Jahrtausenden dem Meeresschaum entstieg – und auf einer Muschel an den Strand von Kythira schwamm, die geheimnisvolle Perle, welche wie sie aus dem Ozean geboren wurde, seit jenem Tag ihr Attribut. Zeus' Tochter nun mit dieser Selbstverständlichkeit gegenüberzustehen, erscheint mir beinahe unwirklich. Aphrodite fasziniert mich auch deshalb, weil sie das symbolisiert, wonach ich mich schon so lange sehne – Liebe.

»Mich … auch«, erwidere ich schließlich mit einiger Verzögerung. Plötzlich bin ich wieder befangen. Vielleicht ist meine Reaktion, sie mit offenem Mund anzustarren, unhöflich gewesen und ich hätte besser einen Knicks vollführen sollen. Aber vermutlich wäre ich bei diesem Versuch über meine eigenen Beine gestolpert.

Die Göttin der Liebe und Eleyna scheinen von meinem inneren Konflikt nichts mitzubekommen, denn sie haben sich längst der Arbeit zugewandt. Eifrig diskutieren sie über Tages- und Trainingskleidung sowie über die Abendgarderobe. Ein Maßband rollt sich neben mir in der Luft aus, ohne dass Aphrodite einen Finger rührt. Stoffe kommen und verschwinden so schnell, dass mir schwindelig wird und ich einen Punkt an der gegenüberliegenden Wand suche und fixiere.

»Schneiderst du für alle Mädchen die Kleidung?«, frage ich, als ich meiner Stimme wieder traue.

Die Göttin der Liebe wirft mir einen rügenden Blick zu. »Ich schneidere nicht, ich zaubere. Und sagen wir mal so: Ich habe die Tage nicht besonders viel zu tun. Außerdem glaube ich, dass sich hier etwas ganz Großes anbahnt.«

Ich runzle die Stirn und hoffe sehr, dass ihr letzter Satz nicht primär auf mich, sondern auf das Turnier im Allgemeinen bezogen ist.

»Bei der Unterwäsche und den Schlafgewändern können wir ein wenig freizügiger sein, was meinst du?«, sagt Aphrodite nun an meine Zofe gewandt. Diese grinst breit und nickt.

»Ähm, wozu sollte ich ein freizügiges Nachtgewand brauchen?«, mische ich mich zögerlich ein.

»Keine Sorge. Es wird ihm gefallen. Ich meine, allein deine Augen und dann dieser Körper ...«

»Dieser Körper?«, quieke ich aufgeschreckt. »Und was meinst du mit *ihm*?«

Die Göttin hält einen Moment lang inne und sieht mich interessiert an. »Du hast noch viel zu lernen, Herzchen.«

Mein Gesicht fühlt sich an, als stünde es in Flammen. Leider bin ich mir nicht sicher, ob vor Wut oder vor Scham. So langsam habe ich das Gefühl, dass jeder der Götter fließend Kryptisch spricht, was ich nicht besonders spaßig finde.

Als Aphrodite den Salon verlässt, ist bereits Mittagszeit. Sie versichert mir, dass ich meine Kleidung rechtzeitig zum Ball bekommen werde. Draußen höre ich, wie sie mit Emmett flirtet. Heron scheint grummelig zu sein, wie immer. Dann wird ihre Stimme immer leiser, bis sie ganz verklingt.

Vor lauter Aufregung verspüre ich keinen Hunger, doch Eleyna drückt mich auf das bequeme Sofa und eilt hinaus, um mein verspätetes Frühstück zu holen. In der Zeit sehe ich hinaus zu den Wellen und hänge meinen Gedanken nach. Für einen Augenblick gebe ich mich dem Traum hin, dass Dark den hellen Strand entlang auf mich zukommt. Als wären wir nie getrennt gewesen ...

Ich schrecke hoch, als meine Zofe mit lautem Klirren das Tablett vor mir abstellt. Sie nimmt im Sessel neben mir Platz und sieht mich auffordernd an. Da ich befürchte, dass sie sehr hartnäckig sein kann, greife ich nach der Schüssel mit Haferbrei und Früchten und beginne zu essen. Ich seufze, als der Geschmack von Milch, Zimt und Honig auf meiner Zunge zergeht. Eleyna und ich unterhalten uns, wodurch ich ein wenig mehr über das Land lerne, in dem ich mich befinde. Zu gerne würde ich sie fragen, was sie ist. Ob sie ein Mensch ist, so wie ich. Doch ich finde keine Formulierung, die nicht unhöflich klingen würde, weswegen ich es sein lasse.

Nach einer Weile verschwindet meine Zofe, um die Anfertigung meiner Kleidung zu überwachen, da Aphrodite sich sehr leicht ablenken ließe, wie sie es formuliert. Sie schlägt mir außerdem vor, den großen Damensalon aufzusuchen, wo sich die anderen Teilnehmerinnen aufhalten, doch ich lehne ab. Ich habe gerne meine Ruhe, ihr Geplauder würde ich am heutigen Abend schon zur Genüge ertragen müssen. Und so wähle ich einen neuen Roman aus dem gläsernen Regal, ziehe den Schaukelstuhl bis ans Fenster und lasse mich daraufsinken. Dann breite ich eine große hellblaue Decke, die ich vom Sofa mitgenommen habe, auf meinem Schoß aus und schlage das Buch auf. Ich atme den Geruch von altem Papier ein und verliere mich in den Worten der Geschichte. Tränen des Glücks rollen meine Wangen hinab. Genau in diesem Moment der frei gewählten Einsamkeit beschließe ich, dass es nichts Schöneres gibt als Tage, an denen ich nur lesen kann.

Die wenigen Stunden bis zum Ball vergehen wie im Flug, und meine Nervosität steigt. Ich mag dieses Gefühl der Unklarheit nicht. Um mich auf andere verlassen zu können, brauche ich Vertrauen, und das habe ich in die neuen Götter ganz bestimmt nicht. Deshalb fällt es mir schwer, mein Schicksal in ihre Hände zu legen – beinahe vollkommen die Kontrolle abzugeben. Auch heute Abend kann ich nicht einschätzen, was mich erwartet – wenn ich recht überlege, betrifft das Gefühl der Ungewissheit das gesamte Turnier. Ich nehme mir vor, die Antworten auf meine Fragen einzufordern, wenn sich mir das nächste Mal die Gelegenheit dazu bietet.

Meine Grübeleien werden unterbrochen, als ich von meiner Zofe nach oben gerufen werde. In der Tür zum Ankleidezimmer bleibe ich überrascht stehen. Wo vorher nur leerer Raum war, ist jetzt jeder Zentimeter mit Kleidung in den verschiedensten Farben bestückt. Aphrodite und Eleyna stehen strahlend davor, fast so, als würden sie mir ein riesiges Geschenk überreichen.

»Das ist … wow … eine Menge Zeug«, bringe ich hervor.

Die Göttin der Liebe schnalzt mit der Zunge. »*Zeug* nennst du mein Kunstwerk?«

»So meinte ich es nicht«, beeile ich mich zu sagen. »Vielen Dank. Wirklich.«

Sie scheint einigermaßen beschwichtig zu sein, denn sie klatscht tatendurstig in die Hände. »Erst das Make-up, dann das Kleid!«

Bestimmt schieben mich die beiden Frauen auf den Hocker vor dem Spiegel und beginnen ihr Werk. Zuerst pudern sie mein Gesicht und tragen leichtes Rouge auf. Als Eleyna meine Augenbrauen mit einer winzigen Bürste kämmt und mit einem Stift nachzieht, beginne ich zu kichern. Bis heute wusste ich nicht, dass man an dieser Stelle kitzelig sein kann.

»Stillhalten«, mahnt Aphrodite mich und fängt an, präzise meine Wimpern zu tuschen. Nach einer gefühlten Ewigkeit treten die beiden zur Seite, sodass ich ihr Werk begutachten kann. Meine Augen betrachten mich, als ich in den Spiegel schaue, doch ansonsten ist es, als wenn eine Fremde mir entgegenblickt.

Die fremde Frau ist schön.

»Ich …«, stammle ich. »Ich sehe aus wie jemand anderes.«

»Du siehst aus wie eine Göttin«, sagt Aphrodite überschwänglich, und Eleyna nickt zustimmend. »Ihr seht bezaubernd aus.«

Kein weiteres Wort verlässt meinen Mund, der golden geschminkt ist und somit der Farbe meines linken Auges gleicht. Bevor ich das Kleid zu Gesicht bekomme, scheucht mich meine Zofe ins Bad, damit ich mich noch einmal erleichtere. »Ihr werdet den ganzen Abend nicht gehen können, es sei denn, Ihr holt mich zu Hilfe«, behauptet sie.

Danach reicht sie mir die Unterwäsche ins Bad, die ich tragen werde. Sofern man diese als solche bezeichnen kann. Bereits beim Anziehen werde ich rot, genauso rot wie die knappe Wäsche. Dann trete ich hinaus, nur um von Eleyna wie eine Ziege hinunter in den Salon getrieben zu werden, weil ich mit dem Ungetüm von Kleid angeblich nicht die schmale Treppe hinunterkommen würde.

»Wir müssten sonst jemanden holen, der mit dir durch den Nebel geht«, mischt Aphrodite sich mit einem begeisterten Grinsen ein, und ich seufze ergeben. Damit meint sie wohl nicht sich selbst.

Erneut scheuchen sie mich auf den Schemel, weil ich laut Aussage der beiden einfach winzig klein bin, und ich muss ihnen in dieser Hinsicht leider recht geben. Während sie mir das Kleid überstreifen, achten sie äußerst streng darauf, dass ich die Augen geschlossen halte. Anschließend ist es Aphrodite, die durch den Nebel geht, um den riesigen Spiegel aus dem Ankleidezimmer in den Salon zu befördern. Ich kann über so viel Aufwand nur den Kopf schütteln. Und dann darf ich mich ansehen.

Mein Mund öffnet und schließt sich mehrmals, wie bei einem Fisch auf dem Trockenen. Die Farbe des Kleides ist Rauchblau. Bis zur Taille ist es eng anliegend, ab da fällt es wellenartig zu Boden. Es wird von goldenen linear verlaufenden Fäden durchzogen und ist mit Saphiren besetzt, die funkeln, wie Kristalle am Meeresgrund. Von der Brust bis zum Hals und über meine Arme breitet sich ein tüllartiger, halb durchscheinender Stoff aus. An jeder Stelle meines Körpers sitzt es wie angegossen.

»Du hast unglaubliche Arbeit geleistet«, hauche ich.

Die Göttin der Liebe nickt zufrieden. »Du wirst am heutigen Abend die Schönste sein«, sagt sie mit einer Gewissheit, die mich errötend die Lider niederschlagen lässt.

Aphrodite schnipst mit den Fingern, und sofort spüre ich weichen Stoff, der meine Augen umschmeichelt. Es ist eine goldene, filigran gestickte Maske. Eleyna hilft mir von dem Schemel und versucht mich zu hochhackigen Schuhen zu überreden. Ich wehre mich vehement, und schließlich schlüpfe ich in flache Sandaletten, die der Farbe der eingewebten Fäden und der Maske entsprechen. Dann ist der Moment des Aufbruchs gekommen.

»Tausend Dank«, sage ich zu Aphrodite, die mich daraufhin federleicht auf beide Wangen küsst.

»Du weißt, ich könnte dir mit einem Fingerschnipsen wunderbar lange Locken wachsen lassen«, will sie mich ein letztes Mal überreden.

Rasch lehne ich ab. »Vielleicht beim nächsten Fest. Sollte ich noch da sein ...«

»Das wirst du, Herzchen, das wirst du.« Tatsächlich scheint niemand außer mir zu denken, dass ich heute Abend nach Hause geschickt werden könnte.

Nun tritt Eleyna an mich heran. »Viel Spaß heute Abend, Miss. Versucht Freundschaften mit den Göttern und den anderen Mädchen zu knüpfen.«

Ich greife nach ihren Händen und drücke sie fest. »Du kannst dir für den restlichen Abend freinehmen. Und bitte nenn mich Flame. Es wäre mir eine Ehre, wenn du meine Freundin wärst.«

Sie drückt ebenfalls meine Hände und nickt, bevor ich sie loslasse. Dann öffnet sie mir die Tür und ich trete in den Gang hinaus. Emmett pfeift anerkennend und fängt sich dafür von Heron einen harten Stoß in die Rippen ein.

»Wir waren uns nicht sicher, ob Ihr Eure Höhle heute noch verlasst«, neckt Emmett mich.

Bei seinen Worten rümpfe ich die Nase. »Guten Abend«, sage ich so hoheitsvoll wie möglich. »Ich habe den Tag mit Lesen verbracht, nicht dass es dich etwas anginge. Und jetzt sollten wir uns beeilen. Ich möchte nicht wieder als Letzte eintreffen und von allen angestarrt werden.«

»Starren werden sie so oder so«, rutscht es Heron unbeabsichtigt heraus, denn er wendet schnell den Blick ab.

»Ihr habt unserem stummen Freund ein paar Worte entlockt«, ruft Emmett begeistert aus, während wir uns in Bewegung setzen, und nun muss ich ebenfalls grinsen. »Es gefällt mir, dass Ihr Euch nicht so hervortut wie die anderen Mädchen. Wie die Besessenen schleichen sie mit ihren Donati durch die Gänge, in der Hoffnung, einen Gott zu erwischen.« Ich kichere bei dem Gedanken an das Bild, welches mir dabei durch den Kopf schießt. »Trotzdem solltet Ihr Euch am heutigen Abend von einer etwas geselligeren Seite zeigen«, empfiehlt Heron mir, und Emmett und ich sind zu verblüfft, um darauf etwas zu erwidern. Gesellig. Pfff. Das muss er gerade sagen. Aber auch wenn er wohl nie die Leichtigkeit ausstrahlen wird, die von Emmett ausgeht, freue ich mich insgeheim, dass er gesprochen hat.

Wir passieren die Gänge und nehmen dieses Mal einen anderen Weg, sodass ich komplett die Orientierung verliere.

»Wir werden wieder zu spät kommen. Ich spüre es«, murmle ich leicht gestresst vor mich hin. Vor einer riesigen doppelflügeligen Tür bleiben wir stehen.

»Ab hier müsst Ihr allein weiter«, sagt Emmett mit einem aufmunternden Blick. Ich nicke meinen Donati knapp zu. Dann zwinge ich mich, ruhig zu atmen, und trete durch die Flügeltür an den Fuß einer breiten Treppe. Vor mir erstreckt sich der größte Saal, den ich je gesehen habe. Die Stufen werden zum Boden hin immer ausladender und sind mit dunkelblauem Samt überzogen. Ein Orchester spielt und tanzende Paare drehen sich im Licht der glitzernden Ungetüme, die an der Decke hängen und den Saal in warmes orangfarbenes Licht tauchen. Ich stocke, als ich begreife, wie voll es tatsächlich ist. Dort unten sind nicht nur die Götter, die ich bisher kennengelernt habe, und die anderen Kandidatinnen. So viele Gesichter, von Masken bedeckt, blicken zu mir auf, und ich möchte am liebsten auf dem Absatz kehrtmachen, um wieder in meinem Zimmer zu verschwinden. Doch da ist schon eine Hand an meinem Rücken, und kurz darauf schaue ich in Prometheus' Augen.

»Wer hätte gedacht, dass unsere kleine Flame den dramatischen Auftritt liebt?«

Ich schlucke angestrengt, während ich die Menge beobachte. »Wer sind diese Menschen?«

Prometheus lacht auf. »Menschen? Dort unten tummeln sich hohe wie niedere Gottheiten und andere Kreaturen, die sich die finale Turnierauswahl nicht entgehen lassen wollen. Aber keine Sorge, sie beißen nicht. Jedenfalls nicht heute.«

Ich richte mich kerzengerade auf. »Ich fürchte mich nicht.«

»Wenn du es sagst …« Dann wendet er sich den Tanzenden zu. »Bitte begrüßt mit mir Flame, eine Teilnehmerin des 181. Turniers der Götter.« Ich mache mir nicht die Mühe anzumerken, dass ich das genau genommen noch gar nicht bin, denn schließlich hat mich bisher niemand erwählt.

Schlagartig kehrt Ruhe ein. Sogar das Orchester hört auf zu spielen. Ich werfe dem Gott neben mir einen aufgebrachten Blick zu. Die Menge verschwimmt zu einer bunten Masse, als ich meinen Rücken durchstrecke, das Kinn anhebe und hinunterschreite. Dabei höre ich flüsternde Stimmen und kann ihnen trotzdem keine sinnvollen Sätze entnehmen.

Die Menge teilt sich und ein Mann, komplett in Weiß gekleidet, kommt mir entgegen. Er trägt eine dunkelgrüne Maske, hinter der sich wiederum stechend grüne Augen verbergen. Hale streckt mir seine Hand entgegen, und ich ergreife sie dankbar. Wie selbstverständlich zieht er mich mitten auf die Tanzfläche. Als wir uns zu drehen beginnen, setzt die Musik wieder ein.

»Danke«, sage ich schließlich über die Musik hinweg. »Du hast mich gerade wirklich gerettet.« Er gluckst belustigt über meinem Ohr. »Ich bin nicht besonders gut darin.«

»Gut in was?«, hakt er nach.

»Gut darin, gesellig zu sein und Konversation zu betreiben.«

»Ist mir noch gar nicht aufgefallen.« Ich trete auf seinen Fuß. Mit voller Absicht. Er lacht nur.

»Warum bist du hier, Flame? Warum hast du dich für das Turnier gemeldet?«

Überrascht von dem abrupten Themenwechsel, sehe ich zu ihm auf. Er schaut ernst auf mich herab. Kein schelmisches Funkeln erhellt seine Augen.

»Ich musste raus. Weg von zu Hause. Weg von jemandem, der mich enttäuscht hat.«

»Und was willst du jetzt? Was ist dein Ziel?« Er führt mich in eine Drehung, und ich muss mich konzentrieren, nicht zu stolpern.

»Mich nicht mehr verstecken. Mutig sein. Für die Person kämpfen, die ich irgendwann einmal sein will.«

»Und was hast du heute den ganzen Tag auf deinem Zimmer getan?« Ich schnaube. Wo er recht hat …

Beim nächsten Tanz löst True ihn ab. »Du siehst zauberhaft aus, kleines Flämmchen«, begrüßt er mich strahlend. Ich kann nicht anders, als ihn ebenfalls anzulächeln. Seine gute Laune wirkt ansteckend auf mich.

»Wie genau wird das nun ablaufen?«, frage ich verlegen. Mit True zu tanzen ist leicht und unbeschwert und langsam beginne ich, mich zu entspannen.

»Alle von uns unterhalten sich heute Abend mit jeder Kandidatin. Um zu entscheiden, wen er später wählen möchte. Aber keine Sorge, das mit uns hier ist kein Auswahlgespräch. Ich würde ihm nicht in die Quere kommen wollen.«

»Meinst du Hale?«

»Nein, ich meine jemand ganz anderes. Aber er ist noch nicht hier.«

Seine Worte verwirren mich. »Sprichst du von meinem Wolf?« Sein Grinsen wird breiter. Er genießt es sichtlich, mich in trüben Gewässern fischen zu lassen.

»Oh nein, mein kleines Flämmchen. Heute Nacht erwarten wir ganz bestimmt keinen Wolf.«

Nachdem True verschwunden ist, um mit Kiana zu sprechen, grübele ich eine Weile über seine Worte nach und komme schlussendlich zu dem Ergebnis, dass ich mir absolut keinen Reim darauf machen kann. Ich tanze noch mit Dream und Lost, die beide ähnliche Fragen stellen wie Hale. Ihnen antworte ich kühn, dass ich wegen der Bücher und des guten Essens hier sei. Mein Magen knurrt in diesem Moment tatsächlich, und ich eise mich von Lost los, um mir das Buffet anzusehen.

»Von diesen Häppchen kann man unmöglich satt werden«, murre ich. Ich scheine einen Hang zu Selbstgesprächen zu entwickeln.

»Ganz meine Rede. Drink?« Neben mir ist Prometheus aufgetaucht.

»Verfolgst du mich?«

Er übergeht meine Frage einfach. »Ich persönlich trinke ja nichts. Ich glaube, meine Leber hat sich von damals nie gänzlich erholt.« Er hat einen leidenden Gesichtsausdruck aufgesetzt, woraufhin ich ihm mitfühlend auf den Rücken klopfe.

Einen Moment später entdecke ich Apollo und winke ihn erleichtert heran. »Tanzt du mit mir?«

»Hast du nicht schon genug?«

Ich werfe einen flüchtigen Blick zu Prometheus. »Auf keinen Fall. Tatsächlich habe ich vor, die Nacht zum Tag zu machen«, rufe ich euphorisch und ziehe Apollo energisch mit mir.

»Ach ja?«, fragt er mich skeptisch. »Und es liegt wirklich nicht an unserem verquasselten Freund?«

Ich ziehe die Brauen zusammen und versuche mich an einem bestürzten Gesichtsausdruck. »Keineswegs! Das ist eine ungeheuerliche Unterstellung!« Dann brechen wir in schallendes Gelächter aus und die anderen Paare werfen uns befremdliche Blicke zu.

Nach zwei Musikstücken macht Apollo sich aus dem Staub, weil er Phoibe gesichtet hat. Vermutlich haben die zwei sich schon wieder in den Haaren. Glücklicherweise finde ich Lavea, die ebenfalls auf der Flucht ist, offenbar vor Dream. Wir ziehen uns in eine der Nischen zurück, in die bald auch Kiana zu uns stößt. Ich versuche noch ein bisschen mehr über das schüchterne blonde Mädchen zu erfahren. Doch sie erzählt nur zögerlich von sich, die Informationen sind ihr schwer zu entlocken. Erst als ich das Thema auf das Buch lenke, welches ich heute gelesen habe, fällt sie in meine Schwärmerei mit ein.

»Wie ist euer Gefühl?«, fragt Kiana schließlich.

Lavea und ich zucken mit den Schultern. »Dream hat gesagt, er wird mich wählen«, flüstert sie und lässt einen Vorhang hellblonder Haare vor ihr Gesicht fallen.

»Könnte schlimmer sein«, kommentieren Kiana und ich gleichzeitig.

In diesem Moment verstummt die Musik. Ich sehe die neuen Götter, wie sie die Treppe hinauflaufen. Derweil weisen einige Donati die Gäste an, sich in den hinteren Teil des Saales zu begeben. Ich schnappe nach Luft, als ich sehe, dass dort wie aus dem Nichts abgestufte Sitzreihen erschienen sind, die einen Halbkreis um den verbleibenden Raum bilden. Dann entdecke ich Phoibe, die auf uns zugeeilt kommt. »Es geht los«, verkündet sie aufgeregt.

Kapitel 7

DER DUNKLE GOTT

DARK

Ich warte vor der großen, schwer gebauten doppelflügeligen Tür. Eine Nacht und anderthalb Tage bin ich gerannt wie der Teufel höchstpersönlich. Nur ein Ziel, das Bild von ihr vor meinem inneren Auge. *Ihre* Augen. Das eine aschgrau, das andere golden wie ein funkelnder Bernstein. Sie hat mich komplett überrascht, umgehauen und eiskalt erwischt. Aus ihr ist eine junge Frau geworden. In einer so kurzen Zeit, jedenfalls auf meine Lebensspanne gerechnet.

Mein Atem geht schwer. Meine Kleidung ist zerrissen und staubig. Ich hätte mich auch wandeln und durch den Nebel gehen können, doch ich habe die Zeit gebraucht, um einen halbwegs klaren Kopf zu bekommen.

Fahrig wische ich mir über das Gesicht. »Reiß dich zusammen«, spreche ich zu mir selbst. Ich muss an mich halten, mich daran hindern, sie nicht sofort zu suchen und zu packen, wie der verdammte Höhlenmensch, der ich in Wahrheit bin.

»Hat dich der Wahnsinn nun fest im Griff?«, höre ich Hales nervtötende Stimme. Ihn habe ich kein bisschen vermisst. Wir hassen uns. Schon seit Jahrhunderten. »Du hast es rechtzeitig geschafft.«

»Traurig?«, frage ich ihn und richte mich lässig zu voller Größe auf. Mit Mühe unterdrücke ich ein Blecken meiner

Zähne. In meiner normalen Gestalt zu sein, fühlt sich seltsam an. Unbeholfen.

»Seht, seht! Was für ein Glück!« True tritt neben mich. Ich zucke zusammen. Meine Sinne sind erschöpft von der langen Reise. »Der dunkle Gott ist eingetroffen. Und jetzt kannst du sogar wieder sprechen«, frohlockt er mit seiner gewohnt überschwänglichen Art. Ich verdrehe die Augen.

»Jetzt lasst ihn doch erst einmal ankommen«, mischt Apollo sich ein, der eben durch den Nebel zu uns getreten ist. Er klopft mir auf den Rücken und ich nicke ihm zu. Wir sind so etwas wie Freunde. Ich vertraue nicht leicht. Der Geschmack eines vergangenen Verrats schmeckt noch immer bitter auf meiner Zunge.

Nach und nach treffen alle anderen ein. Dream, Yasar, Lost, Phoibe, Prometheus – der wie immer ekelerregend gut gelaunt ist –, und Aphrodite. Letztere habe ich schon seit einer Ewigkeit nicht mehr gesehen. Ich hoffe schwer, dass Ares sich nicht irgendwo hier herumtreibt. Er sorgt meist für Ärger und Zwietracht. Mit einem aufreizenden Lächeln schlendert die Göttin der Liebe auf mich zu.

»Oh, oh«, murmelt Apollo neben mir und weicht ein wenig zurück. »Vor ihr fürchte ich mich noch mehr als vor Phoibe, wenn sie einen ihrer Tobsuchtsanfälle hat.« Ich verkneife mir die Aussage, dass nur er dazu in der Lage ist.

Aphrodite schnippt mit ihren langen, feingliedrigen Fingern, und ein kühler Zug fährt über meinen Körper. Sie zwinkert mir zu. »Dank mir später, Süßer.« Dann ist sie verschwunden.

Ich blicke an mir herab. Ich trage Schwarz. Saubere, schwarze Kleidung. Ungeduldig richte ich den Kragen meines Hemdes. »Können wir dann?«, frage ich die anderen.

»Du bist uns eine verdammt gute Erklärung schuldig«, sagt Dream mit seiner ruhigen Stimme.

Ich zucke mit den Schultern. »Jeder von uns hat seine Geheimnisse. Du am allermeisten, wenn ich richtigliege. So ist es schon immer gewesen und so wird es auch für immer sein.«

»Er hat recht«, kommt Prometheus mir ungeahnt zu Hilfe. Einen solch sinnvollen Beitrag hätte ich ihm gar nicht zugetraut.

»Wir können die Täubchen nicht noch länger warten lassen«, stimmt True mit ein. Er wirft mir einen prüfenden Blick zu. »Wir gehen vor. Du kommst nach. Als unser ...«, an dieser Stelle lächelt er durchtrieben, »... Überraschungsgast. Ich freue mich auf ihre Reaktion.« Ich vergrabe die Hände in meinen Hosentaschen. Nicht nur er ist gespannt darauf.

Ich bleibe im Schatten der monströsen Tür zurück, während die anderen durch sie hindurchtreten. Ich atme tief ein. Keine Ahnung, wann ich das letzte Mal so unsicher gewesen bin. Vermutlich noch nie. Ich bin ein Gott, verflucht noch mal. Ich herrsche über ein komplettes Reich und verfüge über mächtige Magie. Und doch macht sie mich verwundbar. Sie ist mein Untergang, meine ganz persönliche Achillesferse. Das habe ich vom ersten Augenblick an gewusst. Trotzdem bin ich hier. Bereit, all meine Vorsätze über Bord zu werfen.

Noch einmal glätte ich mein Hemd. Zwinge mein Gesicht zu einem gleichgültigen Ausdruck. Bei allen Höllentoren, wie eroberst du das Herz eines Mädchens, welches das deine schon besitzt?

Ich kann sie bis hierher riechen. Ihr betörender Duft nach Vanille und einem Hauch Orangenöl benebelt meine Sinne. Dieser Geruch trifft mich bis ins Mark.

Erneut muss ich mich zügeln, um nicht auf der Stelle zu ihr

zu stürmen. Mit der Faust schlage ich gegen die Wand aus gehärtetem Sand. Die scharfen Seiten der Muscheln stechen in meine Haut, holen mich in die Realität zurück. Sie wird mich verabscheuen, sich vor mir fürchten und die Flucht ergreifen. Doch ich werde sie nicht aufgeben. Niemals. Ich schwöre mir, dass ich sie nicht noch einmal verlieren werde.

Dann trete ich aus dem Schatten der Flügeltür hinaus ins Licht und vertraue darauf, dass meine Beine mich tragen.

Die Jagd ist offiziell eröffnet.

FLAME

Während wir im Halbkreis vor der Treppe in einigen Metern Entfernung zu den Sitzreihen warten, beginnen meine Handinnenflächen zu schwitzen, und ich muss mich zusammenreißen, um nicht herumzuzappeln. Auch die anderen sind unruhig. Phoibe hat uns hier abgestellt, um kurz darauf ohne ein Wort der Erklärung einfach zu verschwinden. Alle wirken aufgeschreckt, und eine elektrisierende Spannung liegt in der Luft. Kiana schiebt mich vor sich, damit ich besser sehen kann. Mehrere Minuten vergehen, die sich wie Stunden anfühlen. Und dann kommen sie im Gleichschritt die Treppe hinab: Dream, Yasar, True, Hale und Lost. Dahinter folgen Phoibe, Apollo und Prometheus. Sie postieren sich rechts von der Treppe, die neuen Götter stellen sich links von uns auf.

»Das ist so was von ungerecht«, höre ich Candela hinter uns murren. Ich wende mich ihr halb zu. »True und Yasar sind schon vergeben, da bleiben nur noch vier für uns.«

»Vier?«, wiederhole ich verwirrt und blicke in Laveas Gesicht, die genauso ratlos zu sein scheint wie ich.

Ein Geräusch sowie das kollektive Lufteinziehen der anderen Mädchen lenken meinen Blick wieder nach oben, wo die Treppe beginnt. Dort steht ein Mann. Mit formvollendeter Eleganz beginnt er, die Stufen hinabzusteigen. Seine Bewegungen sind weich und fließend. Obwohl er hochgewachsen und breitschultrig ist, wirkt er athletischer als Apollo oder Hale. Zudem ist er leger gekleidet, trägt Hosen und ein Hemd, dessen oberste Knöpfe offen stehen und Einblick auf eine gut trainierte Brust gewähren. Es umgibt ihn eine Aura der Dunkelheit, und seine Kleidung sowie sein Haar sind so tiefschwarz, als wäre er die Nacht selbst. Einige längere Strähnen fallen ihm in die Stirn und kaschieren eine helle Narbe, die sich vom Haaransatz hinab zur Schläfe zieht. Sein gesamtes Auftreten, diese raubtierhafte Eleganz, strahlt Gefahr aus.

Mein Herz schlägt immer lauter und schneller und beinahe habe ich das Gefühl, es könne jede Sekunde aus meiner Brust springen. Ich weiche zurück und pralle gegen Lavea und Kiana, die mich stützen. Niemand sagt etwas, als er neben den anderen Herrschern zum Stehen kommt.

Die Erkenntnis durchfährt mich wie ein Stromschlag und mein Blut gefriert zu Eis. Und dann wird mir klar, was für eine Närrin ich tatsächlich bin. Die ganze Zeit über habe ich etwas nicht allzu Unbedeutendes übersehen. All die versteckten Hinweise, die kryptischen Andeutungen ... Es wäre wohl hilfreicher gewesen, mir Informationen über die neuen Götter zu beschaffen, als die Nase in meine Bücher über die Tier- und Pflanzenwelt zu stecken oder mich in fantastischen Geschichten und Abenteuerromanen zu verlieren. Doch dafür ist es nun zu spät, meine Unwissenheit hat sich bereits gerächt.

Dann hebt der Neuankömmling den Kopf weiter an. Er ist der Einzige, der heute Abend keine Maske trägt. Unsere Blicke verhaken sich ineinander. Es ist, als würde ich den Moment auf der Lichtung noch einmal durchleben. Bilder ziehen an mir vorbei, und ich denke, wenn ich jetzt sterben müsste, wäre es ein guter Tod, weil er bei mir ist.

Ich schüttele den Kopf, und es ist, als würde ich aus einer Trance erwachen. Seine Augen. Sie sind wie flüssiges Silber, das seine Pupillen umfließt. Meine Knie werden weich, und würden meine Freundinnen mich nicht halten, dann hätten meine Beine längst unter mir nachgegeben. Ich schnappe nach Luft, meine Lippen formen Worte, doch kein Ton kommt hervor. Es scheint unmöglich, doch trotzdem habe ich keinen Zweifel.

Vor mir steht Dark.

Er ist der Gott der Angst und der Finsternis.

Die ganze Zeit über, während ich einen inneren Kampf mit mir selbst führe, wendet er den Blick keine Sekunde von mir ab. Als gäbe es hier und jetzt nur uns beide. Trotzdem kommt er nicht näher, gibt mir die Möglichkeit, ihn aus sicherer Entfernung zu betrachten. Als er den Kopf leicht zur Seite neigt und sich mit der Zungenspitze über die Oberlippe fährt, entweicht mir ein Keuchen. In meiner Mitte braut sich eine unerträgliche Hitze zusammen, und ich presse die Oberschenkel dicht aneinander. Ein anzügliches Grinsen schleicht sich in sein Gesicht, und ich wünsche nichts sehnlicher, als dass sich ein Loch im Boden der Festhalle auftun möge, nur um mich zu verschlingen. Er kann nicht meine Gedanken lesen, da bin ich mir ganz sicher, und doch fühlt es sich an, als wenn er bis in die tiefsten Abgründe meiner Seele sieht, wo ich nichts vor ihm verbergen kann.

Ein einziges Wort verlässt seinen wohlgeformten Mund. »Flame.«

Es klingt wie ein Gebet. Sanfte Schauer rieseln meinen gesamten Körper hinab. Alles in mir schreit mich an zu fliehen, doch ich kann nicht. Der einzige Weg hinaus ist die Treppe, und dann müsste ich an ihm vorbei.

True klatscht in die Hände und unterbricht unser Starren. Sofort erröte ich und blicke zur Seite. *Alle haben es gesehen. Alle haben gesehen, wie schwach du bist*, flüstert eine gehässige Stimme in meinem Kopf. Prometheus tritt unterdessen vor und übernimmt seine gewohnte Rolle als Moderator. Ich versuche überallhin zu sehen – nur nicht zu ihm.

»Alles okay?«, flüstert Kiana mir ins Ohr, woraufhin ich nicke und gleichzeitig den Kopf schüttele. Meine Gedanken rasen und ich frage mich, warum. Warum das alles?

Verschiedenste Emotionen überrollen mich. Erleichterung, dass Dark hier ist, Unglauben, dass er ist, wer er ist, und das Gefühl von Verrat, das Gefühl, dass er mit mir gespielt hat. Ein kleiner, unbedeutender Zeitvertreib in seiner unsterblichen Lebensspanne.

Ich beiße fest auf meine Unterlippe, bis ich Blut schmecke, und zwinge mich zur Ruhe. Atme tief ein und wieder aus. Dann lausche ich Prometheus' Worten, blende alles andere aus.

»Jeder der sechs neuen Götter wird nun zwei Kandidatinnen erwählen. Es werden also zwölf Mädchen bei uns bleiben, um das Turnier zu bestreiten. Es warten sechs Aufgaben auf euch, die im Abstand von zehn Tagen stattfinden. Ihr werdet ab morgen trainiert und unterrichtet. Ihr sollt euch hier wohlfühlen und könnt euch in jeder Angelegenheit – um was auch immer es sich handelt – vertrauensvoll an euren Mentor wenden. Lasst die finale Auswahl beginnen.«

Als Erstes tritt Yasar vor uns. Er erwählt zwei Mädchen namens Moisha und Aideen. True zwinkert mir aufmunternd zu und entscheidet sich schließlich für Hestia und Fenja. Lost wird der Mentor von Ina und Aieda, zwei Mädchen, die mir zuvor überhaupt nicht aufgefallen sind. Es wundert mich, dass er sich nicht für Candela entscheidet, für die er unbestreitbar eine Schwäche hat. Dann wird Lavea von Dream erwählt, was niemanden überrascht. Außerdem stößt Naran zu seinem Team, ein Mädchen mit auffällig krausen roten Locken.

Jetzt sind nur noch Candela, Saphira, Kiana und ich übrig. Mit ersteren beiden möchte ich auf keinen Fall zusammenkommen.

In einem anderen Leben könnten Candela und Saphira wohl Schwestern sein. Beide bewegen sich mit einer amazonenhaften Leichtigkeit und Eleganz. Gleichzeitig strahlen sie Überlegenheit aus und sorgen dafür, dass ich mich klein und eingeschüchtert fühle, und sobald sich Saphiras tannengrüne Augen auf mich richten, würde ich mich am liebsten hinter der nächsten Säule verstecken. Viel mehr Sorge bereitet mir allerdings die Aussicht, von Dark erwählt und von ihm trainiert zu werden. Kiana scheint meine Unruhe zu spüren, denn sie ergreift meine Hand und lächelt mir aufmunternd zu.

Dann tritt Hale vor. Er entscheidet sich für Kiana, die ein letztes Mal meine Hand drückt und anschließend neben ihn tritt. Ich hebe den Kopf, als ich merke, wie er mich mit seinen stechend grünen Augen fixiert. »Meine zweite Kandidatin ist Flame.«

Stille. Die unangenehmste Stille, die ich je erlebt habe.

Aus Darks Kehle dringt ein tiefes Knurren. »Sie gehört zu mir«, sagt er überraschend sanft, aber bestimmt.

»Kann mir jemand einen Snack bringen?«, höre ich Trues Stimme wie aus weiter Ferne.

»Nun, das kommt zwar nicht sehr häufig vor, meine kleine

Flamme, aber da sich zwei Götter für dich interessieren, darfst du dich heute zwischen ihnen entscheiden«, kommentiert Prometheus und tritt neben mich. Dabei legt er einen Arm um meine Schultern, was ihm einen mörderischen Blick von Dark beschert. Fast scheint es, als würde das Silber seiner Augen jetzt noch schneller fließen.

»Wen wählt sie?«, werden nun Rufe aus der Menge laut.

»Licht oder Dunkelheit?«, raunt Prom mir zu.

Etwas braut sich zusammen, ein unaufhaltsamer Sturm. Ich atme tief durch. All die Lügen und Geheimnisse. Ich habe sie so satt. Meine Stimme klingt fest in meinen Ohren, sie zittert nicht, ganz anders als meine Hände, die ich im Stoff meines Kleides verstecke.

»Ich entscheide mich für Hale.«

Ich habe gedacht, er würde toben, seinem inneren Tier nachgeben und sich in einen Wolf verwandeln. Doch dem ist nicht so. Für eine Sekunde sehe ich so etwas wie Enttäuschung in Darks Blick aufflackern – die nahtlos ersetzt wird durch eine Maske aus Gleichgültigkeit und Desinteresse.

Er beobachtet mich, während ich mich zu Kiana und Hale begebe. Für ihn bleiben Candela und Saphira. Die beiden stellen sich rechts und links von ihm auf. Als Candela ihm die Hand auf den Arm legt und ihm unter dichten Wimpern hinweg einen verführerischen Blick zuwirft, ist es, als würde sich mir der Magen umdrehen. Ich schaue weg, und meine Augen begegnen denen von Apollo. Er hat das Gesicht verzogen, als leide er körperliche Schmerzen.

Mit einem Mal fühlt sich dieses schöne Kleid viel zu eng an, genauso wie meine Haut, und ich sehne mich danach, beides einfach abzulegen und eine andere zu werden. Ohne auf Prometheus zu achten, der eine weitere Ansage machen will, verfalle ich zurück in alte Muster und ergreife die Flucht. Keine Sekunde länger kann ich diese Anspannung zwischen uns ertragen. Ich höre nichts als ein durchgehendes Rauschen und das Klopfen meines Herzens, doch ich bleibe nicht stehen, haste die Stufen hinauf, die kein Ende zu nehmen scheinen. Gerade als ich denke, ich hätte es geschafft, packt eine Hand meinen Arm. Eine große, warme, männliche Hand. Bei der Berührung keuche ich auf. Sie fühlt sich rau an.

Ich werde zurückgewirbelt und an eine Brust gepresst. Eine weitere Hand legt sich an meine Hüfte und ich ziehe scharf die Luft ein. Silbrige Augen funkeln von oben auf mich herab.

»Das eben«, sagt er mit seiner sanften Stimme, sodass sich auf der Stelle alle Härchen an meinen Armen aufstellen, »das hättest du nicht tun sollen.« Sein Mund ist viel zu nah an meinem, so nah, dass wir uns denselben Atem teilen.

Ich wende mein Gesicht ab, und er streift erst mein Ohr, dann meinen Hals. Ich bin wie erstarrt. Wie ein Kaninchen in der Falle. Meine Handflächen pressen sich gegen seine Brust, wo ich spüren kann, wie sein Herz schlägt. Verräterisch schnell, genau wie meins. Es ist derselbe Takt. Es ist exakt derselbe Rhythmus, wie ich ihn von mir selbst in meinen Ohren hören kann. Das ist der Moment, in dem ich mich endlich wieder rühre.

Mit mehr Kraft, als ich mir selbst zugetraut hätte, stoße ich ihn von mir und laufe los. Laufe so schnell, als wäre mir Hades höchstpersönlich dicht auf den Fersen. Meine Sicht verschwimmt und ich registriere überrascht, dass es Tränen sind, die meine Wangen hinablaufen. Dann sind Emmett und Heron neben mir und flankieren mich.

»Steckt Ihr schon wieder in Schwierigkeiten?«, will Emmett von mir wissen, doch ich bleibe ihm eine Antwort schuldig. Mein keuchender Atem und unsere Schritte sind alles, was in den ansonsten ruhigen Korridoren zu hören ist. Alle sind noch auf dem Fest. Als wir endlich vor meiner Tür ankommen, flüchte ich mich hinein und schließe die Tür hinter mir. Dann eile ich nach oben ins Bad, werfe auch diese Tür hinter mir zu und verriegle sie. Ich weiß, dass Dark jederzeit hier auftauchen könnte, was meine Nervosität nicht gerade mindert.

Ich gehe zum Waschbecken und spritze eiskaltes Wasser in mein erhitztes Gesicht. Dann stütze ich mich mit beiden Händen am Rand ab und betrachte mich selbst im Spiegel. Es fällt mir schwer, ihn mit dem riesigen, manchmal etwas tollpatschigen Wolf in Verbindung zu bringen, der mein Zelt halb eingerissen hat, nur um mich in der Nacht zu wärmen. Denn wenn der Gott der Angst und der Finsternis eines nicht ist, dann ist es tollpatschig. Ich kann nicht glauben, dass ich am Lagerfeuer versucht habe, ihn zu füttern. Das ist ... ein neuer Grad von Peinlichkeit – selbst für meine Maßstäbe.

Meine Wangen glühen noch immer, und ein Schauer läuft mir den Rücken hinab, während ich die geballten Fäuste gegen meine Schläfen presse. Es ist mir schon wieder passiert. Ich bin naiv und blauäugig gewesen. »Du Närrin«, schimpfe ich mich selbst. »Du verdammte Närrin!«

Und dann sind da Schritte in meinem Schlafzimmer. Ich weiß instinktiv, dass es seine sind.

»Flame.« Seine Stimme ist ganz nah, bringt mich beinahe um den Verstand. Ich raufe meine Haare und rutsche mit dem Rücken an der Tür hinab, bis ich auf dem Boden sitze. Es hört sich an, als würde er auf der anderen Seite dasselbe tun.

Das alles ist zu viel für mich. Es ist unmöglich, auch nur einen klaren Gedanken zu fassen. Sein Auftreten macht mir

Angst, es gibt so vieles, das ich nicht verstehe, und doch scheint alles an ihm so vertraut. Ein Schluchzen bahnt sich tief aus meiner Kehle den Weg nach oben, doch ich dränge es mit aller Kraft zurück.

»Du bist heute Abend wunderschön, Flame.« Seine Worte klingen dieses Mal rau und belegt.

Ich drehe mich ein Stück und presse meine Hand flach gegen die Tür. Mehr als alles andere wünsche ich mir, es wäre seine Haut, die ich berühre. Mein Herz schmerzt so sehr, dass ich kaum noch Luft bekomme.

»So wunderschön wie die Meereswellen im Abendlicht der untergehenden Sonne.«

Nun schluchze ich doch auf, halte mir im selben Moment die geschlossene Faust vor die Lippen. Ich muss meine gesamte Willensstärke aufbringen, um die Tür nicht für ihn zu öffnen.

Irgendwann durchbricht Darks Stimme erneut die Stille zwischen uns. Obwohl ich versuche, wach zu bleiben, wiegen seine Worte mich sanft in den Schlaf.

Am nächsten Morgen erwache ich nicht auf kalten Fliesen, sondern in weiche Kissen geschmiegt, in meinem Bett. Schlaftrunken reibe ich über meine Augen. Dann werfe ich einen Blick unter meine Decke. Ich trage nur die knappe Unterwäsche. Erfolglos versuche ich mir einzureden, dass es Eleyna gewesen ist, doch wem mache ich hier etwas vor? Zwar bin ich mir sicher, dass Dark mich nicht angerührt hat, doch der Gedanke, dass er mich schlafend aus dem Badezimmer hierhergetragen und ausgezogen hat, lässt mir die Röte den Hals hinaufkriechen.

Sobald ich aufstehe, kommt meine Zofe die Treppe hinauf. Während sie mir die Kleidung für den heutigen Tag heraussucht, benutze ich zum ersten Mal die Dusche, stehe einfach nur da und lasse das heiße Wasser auf mich niederprasseln. Leider wäscht es nicht die Erinnerung an den gestrigen Abend fort. Da ich mich nicht noch länger vor diesem Tag verkriechen kann, trete ich irgendwann nach draußen. Ich ziehe die Trainingskleidung an, die meine Zofe für mich bereitgelegt hat. Anschließend flicht sie mir das Haar zu zwei kurzen Zöpfen. Immer noch schweigend gehen wir hinunter in den kleinen Salon, wo ich abrupt stehen bleibe, als ich sehe, wer dort auf mich wartet.

»Die Damen wollten unbedingt zu dir«, informiert mich Eleyna, die einen vorwurfsvollen Blick von mir erntet. Mir ist wirklich nicht nach Gesellschaft.

»Und ob wir das wollen«, sagt Kiana trocken, und Lavea nickt bekräftigend. »Wir haben Frühstück mitgebracht«, fügt diese schüchtern hinzu.

»Na schön«, seufze ich ergeben und zeige auf das Sofa. »Fühlt euch wie zu Hause.«

Wir nehmen Platz. Kiana greift sich sofort ein belegtes Brot von dem Tablett, welches sie mitgebracht haben. Lavea zupft mit spitzen Fingern an einem gut duftenden Gebäck herum. Ich verspüre keinen besonders großen Hunger und greife nach einem Apfel.

»Alsooo«, sagt Kiana gedehnt, als ich gerade hineinbeißen will. Ich lasse die Frucht in meiner Hand wieder sinken. »Der Gott der Angst und der Finsternis ... und du.« Es ist keine Frage, sondern eine Feststellung. Ich bin froh, dass weder Neid noch Vorwurf aus ihrer Stimme herauszuhören ist.

Ich lege den Apfel beiseite und vergrabe das Gesicht in beiden Händen. »Ich glaube, ich bin nicht bereit, jetzt schon darüber zu reden.«

Lavea nickt verständnisvoll, während Kiana die Augen verdreht. »Und du hattest wirklich keine Ahnung?«

»Nicht den blassesten Schimmer. Darauf wäre ich niemals gekommen. Diese ganze Situation ist so was von verfahren.«

»Ich bin jedenfalls froh, dass wir beide in einem Team sind.« Bei diesen Worten stößt Lavea einen abgrundtief schweren Seufzer aus.

»So schlecht ist Dream doch gar nicht«, versuche ich sie aufzumuntern.

»Er macht mich so … unruhig«, flüstert sie.

Ich lache auf. »Glaub mir, dieses Gefühl kenne ich.« Und dann stimmen die beiden in mein Gelächter mit ein. Vielleicht würde die Zeit hier gar nicht so übel werden.

Nach dem Frühstück begleiten uns Heron und Emmett in den Innenhof des Sandschlosses, der mehr ein riesiger Platz ist. Beinahe größer als das Dorf, aus dem ich komme. So fühlt es sich jedenfalls an. Dieses Mal sind wir nicht die Letzten. Dark stößt verspätet zu unserer Gruppe, mit einer kichernden Candela im Schlepptau. Eifersucht durchzuckt mich siedend heiß, und ich versuche mich durch eine Unterhaltung mit Prom ablenken zu lassen. Es gelingt mir nur mäßig.

»Damals habe ich alles für euch gegeben, Zeus überlistet und mithilfe des Stängels vom Riesenfenchel das Feuer doch noch hinab zur Erde gebracht …«

»Riesenfenchel?«, frage ich irritiert nach, während ich beobachte, wie sich nun auch Saphira bei Dark unterhakt.

»Ja, genau. Aber dann kamen Pandora und mein dummer Bruder und alles ging den Bach runter. Schlussendlich wart ihr es aber, die Menschen selbst, welche die Erde zugrunde richteten, und was haben wir nun? Wieder kein Feuer.«

»Du bist ein sehr, sehr tragischer Held«, sage ich, immer wieder zu Dark und den Mädchen schielend.

»Ich höre die Ironie aus deiner Stimme heraus, kleines Flämmchen, und ich finde es gar nicht nett.« Schmollend dreht er sich um und lässt mich stehen, vermutlich, um sich sein nächstes Opfer zu suchen, das ihm die volle Aufmerksamkeit schenkt.

»Guten Morgen, meine Täubchen«, ertönt Trues Stimme, woraufhin wir uns um ihn scharren. »Die Zeit der Leichtigkeit ist vorüber, denn heute beginnt euer Training. Das große Turnier rückt näher, die erste Aufgabe wird euch bald gestellt.« Er spricht mit einer solchen Inbrunst und Erhabenheit, wie ich sie nicht von ihm erwartet hätte. Dabei wird mir schlagartig in Erinnerung gerufen, weswegen ich eigentlich hier bin und mit wem wir es zu tun haben. Bisher hat sich alles wie ein Traum angefühlt, doch mit dem Start des Trainings ist die Schonzeit vorüber – die Götterspiele beginnen. »Am Vormittag legt ihr eure Einheiten ab, nachmittags findet Unterricht in Weltenkunde, mythische Wesen und Entwicklung der Menschheit statt«, fährt True fort, »den Unterricht habt ihr gemeinsam, das Training hingegen werdet ihr in euren Teams absolvieren.« Der Gott macht eine kunstvolle Pause, in der er den Blick bedeutungsschwer über uns gleiten lässt. »Jede von euch erhält nun ein Armband. Mit jeder erfolgreich gemeisterten Aufgabe wird euch das Symbol von einem von uns zuteil – und somit ein Stück unserer Macht.«

Ein Kribbeln durchfährt meinen Körper, unsicher schaue ich zu den anderen Mädchen – denen es wie mir zu gehen scheint. Keine traut sich, etwas zu sagen, bis sich nach einigen Momenten der Stille Moisha aus Yasars Team zu Wort meldet: »Was passiert, wenn wir eine Aufgabe nicht bewältigen können?«

»Dann muss diejenige uns verlassen«, erwidert True, und es ist das erste Mal, dass ich keine Wärme in seinen Augen entdecken kann.

»Was zur Hölle ...«, ist alles, was Kiana hervorbringt, während sie auf die Knie fällt und mit Wellen der Übelkeit zu kämpfen hat. Ich hingegen spüre die Nachwirkungen des Ortwechsels kaum, weswegen ich Zeit habe, das zarte Armband zu betrachten, dass Phoibe jeder von uns nach Trues ehrfurchtsvoller Ansprache umgelegt hat. Es sind goldene ineinander übergehende Lorbeerblätter – ich hoffe, dass sie mir Glück bringen.

Ich sehe mich um und registriere, dass wir uns an einem Strand befinden. Der Palast ist in weiter Ferne zu erahnen. Links von uns ist ein Anleger, an dem zwei Boote ankern. Ich beobachte Hale abwartend.

»Könnt ihr schwimmen?«

Kiana, die sich inzwischen wieder erholt hat, und ich nicken zögerlich. Ich bin in der Lage, mich über Wasser zu halten. Hoffentlich genügt das.

»Dann ab ins Meer mit euch. Schwimmt so weit raus, bis ich euch zurückrufe.« Kiana und ich tauschen einen skeptischen Blick. »Wenn ihr bei den Aufgaben so lange zögert, wärt ihr möglicherweise schon längst tot«, stellt Hale nüchtern fest.

Ich traue mich nicht nachzufragen, ob wir tatsächlich in voller Montur ins Wasser gehen sollen. Und so laufen wir hinein und schwimmen los. Sofort saugt sich meine Kleidung voll und erschwert das Vorankommen. Kiana kann größere Züge machen und liegt zwei Längen vor mir. Ich versuche nicht daran zu denken, wie tief das Wasser mittlerweile schon unter uns ist. Es ist das erste Mal, dass ich im Meer schwimme, und ich kann es nicht richtig genießen. Sobald Hales Pfeifen ertönt, drehe ich um, denn ich bin schon jetzt am Ende meiner Kräfte.

Als ich stehen kann und dem Ufer entgegenwate, streift mich etwas Glitschiges, sodass ich kreischend losrenne. Bei Hale angekommen strauchle ich und stolpere über meine eigenen Beine. Netterweise fängt er mich auf und stellt mich wieder aufrecht hin. Ich nicke ihm dankbar zu.

»Da ... war ... etwas ... im ... Wasser!«, teile ich ihm keuchend mit.

»Das war nur Charybdis ...«

»Char...was?« Offenbar kenne ich mich in Mythologie nur halb so gut aus, wie ich dachte.

»Ach, nur eines der gefährlichsten Meeresungeheuer überhaupt«, erklärt Hale lässig. Meine Augen werden groß, bis der grünäugige Gott in Lachen ausbricht. Ich boxe ihn in die Seite, bevor ich ebenfalls grinsen muss – vor Erleichterung.

»Nicht ... richtige ... Zeit ... für Scherze«, schnauft Kiana und lässt sich neben mir in den Sand fallen.

Hale seufzt schwer. »Ich sehe, hier liegt eine Menge Arbeit vor uns. Das war gerade mal das Aufwärmen. Zurück ins Wasser mit euch.«

Wir wiederholen diese Prozedur ganze fünf Mal. Danach fühle ich mich nicht mehr wie ein Mensch, sondern wie ein Wackelpudding. Zum krönenden Abschluss lässt er uns den Strand entlangjoggen. Dazwischen absolvieren wir Sprints und Liegestütze, bis ich am ganzen Körper zittere. Als er die Lektion für beendet erklärt, breche ich zusammen. Ich kann mir beim besten Willen nicht vorstellen, mich jemals wieder zu bewegen. Irgendwie habe ich gedacht, dass das hier mehr Spaß machen würde. Doch wenn ich eins von dieser ersten Einheit gelernt habe, dann, dass Hale ein unerbittlicher Trainer ist.

Zurück im Schloss richtet Eleyna mich wieder einigermaßen her. Ich verschlinge drei Scheiben Brot, bevor es zum Nachmittagsunterricht geht. Dieser findet im Innenhof statt, wo nun Tische und Bänke stehen. Erleichtert stelle ich fest, dass Lavea und Kiana mir einen Platz zwischen sich frei gehalten haben, und eile zu ihnen.

»Ich spüre meine Beine nicht mehr«, jammere ich, während ich mich setze. »Wo seid ihr eigentlich untergebracht?«

»Im Nordostflügel«, erwidert Lavea eifrig. »Du bist im Südwestflügel. Und dreimal darfst du raten, wer unter dir wohnt …«

Der Gast ist noch nicht eingetroffen, Miss. Herons Worte.

»Wusstest du eigentlich, dass er tatsächlich Dark heißt?«, will Kiana von mir wissen.

Ich zucke zusammen. »Nein. Nein, das wusste ich nicht.«

»Es sind eine Menge *Zufälle*, wenn du mich fragst.« Sie mustert mich mit zusammengezogenen Brauen.

»Ich hätte auch gern ein paar Antworten«, raune ich lediglich zurück, weil Yasar inzwischen vor uns steht. Er unterrichtet uns in Welten- und Götterkunde sowie im Fach mythische Wesen.

Heute dreht sich alles um die Turniere, die vor Tausenden von Jahren stattgefunden haben. Bei den Aufgaben, welche die Kandidatinnen damals bewältigen mussten, wird mir ganz anders. Auch Lavea ist ziemlich blass um die Nase. Ich kann es ihr nicht verdenken. Auf eine Begegnung mit der Hydra kann ich gut und gerne verzichten.

Aus den Gesprächen der Mädchen höre ich heraus, dass

diese sich schon länger auf das Turnier vorbereiten. Vor allem Candela prahlt, wie geschickt sie mit Messern sei. Dabei wirft sie mir einen herausfordernden Blick zu. Ich werde mich davor hüten, ihr im dunklen Korridor zu begegnen.

Der Unterricht zieht an mir vorbei und ich kann mich mehr oder weniger gut konzentrieren. Die meiste Zeit kreisen meine Gedanken um mein schönes weiches Bett, das leider noch eine Weile auf mich warten muss, was wirklich eine Schande ist. Als Yasar den Unterricht beendet, eilen die anderen Mädchen in ihre Räumlichkeiten, um sich für das gemeinsame Abendessen zurechtzumachen. Kiana, Lavea und ich hingegen schlendern plaudernd zum Speisesaal, und ich bin wirklich froh, dass sie mehr so sind wie ich. Wir drücken uns ein wenig vor der Tür herum, bis True uns entdeckt und hereinwinkt. Da es unhöflich wäre, sich wie sonst auch ans Ende der Tafel zu setzen, nehmen wir neben den Göttern Platz. Ich spüre Darks Blick, der mir genau gegenüber sitzt. Rechts von mir ist Apollo und links Lavea. Wenigstens machen meine unmittelbaren Sitzpartner mich nicht nervös.

»Wie machst du dich im Training?«, will Apollo von mir wissen und lässt ein paar Trauben in seinen weit geöffneten Mund fallen.

»Hmpf«, gebe ich unzufrieden zurück. Er lacht, woraufhin ich ihn böse anschaue.

»Dieses Thema sollten wir vielleicht meiden«, wirft Kiana lachend ein.

»Was sind deine besonderen Talente?«, hakt er trotzdem ungerührt nach, und aus dem Augenwinkel sehe ich Dark, der so tut, als würde er unserem Gespräch nicht lauschen. Ein Arm baumelt lässig über der Stuhllehne und mit der freien Hand trommelt er einen schnellen Rhythmus auf die Oberfläche des Esstisches. Er trägt ein eng anliegendes schwarzes Shirt, und ich beobachte fasziniert das Spiel seiner Muskeln, das diese leichte Bewegung auslöst. Ein Blick aus seinen silbrigen Augen und ich wäre hier und jetzt verloren.

Lavea stößt mir ihren Ellenbogen in die Rippen, sodass ich zusammenschrecke. Schnell wende ich mich Apollo zu, der mich wissend ansieht. Ich schlucke hart. Wie war noch gleich seine Frage?

»Ähm ... tatsächlich denke ich, dass Lesen und ein wenig Schreiben das Einzige sind, was ich wirklich beherrsche ...«, stottere ich vor mich hin.

»Lüge.« Die Worte kommen aus Darks Mund. Blitzschnell hat er sich auf beide Unterarme gestützt und weit zu mir nach vorn gelehnt. Ich rutsche auf meinem Stuhl zurück, doch schon steigt mir sein vertrauter Geruch in die Nase. Ich versuche flach zu atmen, winde mich auf meinem Platz.

»Und was sind *deine* besonderen Talente, alter Freund?«, will Hale wissen, der unserer Unterhaltung scheinbar ebenfalls gelauscht hat.

»Nun«, sinniert Dark und betrachtet seine überraschend gepflegt aussehenden Fingernägel. »Ich habe einige *besondere* Fähigkeiten.« An dieser Stelle fährt bereits ein Schauer meine Wirbelsäule hinab. »Unter anderem sagt man, ich sei sehr geschickt mit meinen Händen. Und was ich alles mit ihnen anstellen kann, jetzt, wo sie ganz ohne Klauen sind.«

Mein Körper steht in Flammen. Ich brenne lichterloh, auch wenn es niemand außer mir sehen kann. Apollo neben mir hüstelt leicht. Dann bemerke ich, dass nun auch die anderen Mädchen eingetroffen sind. Saphiras Ausschnitt ist so tief, dass man Angst haben muss, jeden Augenblick hineinzufallen. Ihr zinnoberrotes Haar ist zu einer kunstvollen Frisur aufgesteckt und ihre tannengrünen Augen glänzen trotz der hellen Fackel dunkel. Candela hingegen trägt ein Kleid, das einen Schlitz an der Seite hat, der beinahe bis zu ihrer Hüfte verläuft. Als sie sich neben Dark setzt, ihren Stuhl nach hinten schiebt und die Beine lasziv übereinanderschlägt, sodass der Stoff beiseite rutscht, möchte ich am liebsten schreien.

Makellose Haut.

Nicht so vernarbt und fehlerhaft wie meine eigene.

Die anderen greifen beim Essen reichlich zu, doch ich schiebe es nur krampfhaft auf meinem Teller umher. Es kann noch so köstlich duften, sobald ich es in meinen Mund schiebe und kaue, fühlt es sich an, als würde ich Sand schlucken. Schließlich gebe ich es auf und lege mein Besteck beiseite. Mit nach unten gesenktem Kopf beobachte ich, wie die anderen ihr Mahl beenden.

»Ich werde mich zurückziehen«, murmle ich Apollo und Lavea zu, dann erhebe ich mich und verlasse mit schnellen Schritten den Saal.

Als ich auf meine Donati zugehe, taucht Dark neben mir auf und zieht mich in eines der Zimmer. Ich werfe Emmett einen flehenden Blick zu, doch er zuckt nur mit den Schultern. *Er ist ein Gott, da kann dir niemand helfen*, scheinen seine Augen zu sagen. Die Tür fällt ins Schloss, und plötzlich sind wir allein. Ich flüchte mich hinter ein Klavier, das in der Mitte des Raumes steht. Dark folgt mir, und so umkreisen wir uns, nur das Instrument als Barriere zwischen uns.

»Du kannst mir nicht für immer aus dem Weg gehen.«

»Sei dir da nicht so sicher.«

»Ich bin unsterblich, habe ziemlich viel Zeit.«

»Und ich brauche ein wenig mehr davon. Das alles ... kam ziemlich überraschend.«

»Du traust mir nicht«, stellt er fest, Schmerz zuckt über sein Gesicht, »dafür aber Hale.« Ein Vorwurf.

Wir gehen weiter, lassen uns dabei keine Sekunde aus den Augen. Er holt tief Luft, fast so, als würde er sich für etwas wappnen.

»Du bist mit mir durch die tiefschwarze Nacht geritten, in Richtung eines dir unbekannten Ziels. Du hast mir von dir erzählt. Über deine Vergangenheit. Über deine Ängste und Träume.«

Seine Worte treffen mich. Auf eine verdrehte Art und Weise hat er recht. Ich *habe* Dinge ausgesprochen, über die ich normalerweise nicht einmal nachdenke. Weil ich mich dafür schäme.

»Ja«, rufe ich, kann unmöglich den aufgebrachten Ton zurückdrängen. Weil ich mich betrogen und verraten fühle und es nicht vergessen kann. »Ja, ich habe dir all das anvertraut. Weil ich davon ausgegangen bin, dass du ein gottverdammter Wolf bist!«

Der Abstand zwischen uns ist so groß, dass ich die Chance ergreife, aus dem Raum zu stürmen, dessen Wände immer näher zu rücken scheinen. Ich lasse Dark einfach stehen und schlage den Weg zu meinen Räumlichkeiten ein. Emmett versucht ein Gespräch zu beginnen, doch ich ignoriere ihn.

Für heute habe ich genug von dieser Welt.

DARK

Das habe ich wieder einmal großartig hinbekommen. Manche sagen, ich neige zu impulsiven Handlungen. Vielleicht haben sie recht. Möglicherweise muss ich dringend an meinem

Sozialverhalten arbeiten. Vielleicht war es auch ein Fehler, sie hierherzubringen. Doch nun gibt es kein Zurück. Jetzt, wo sie diese Welt erst einmal gesehen hat. In ihrer alten Heimat mögen ihre Überlebenschancen größer sein, aber ich weiß genau, wie wenig sie das will. In den letzten Tagen ist sie aufgeblüht, stärker und selbstbewusster geworden. Und wer würde in diesem Dorf schon auf sie warten? Er. Sie hat etwas Besseres verdient. Ich hätte sie nach Ende des Turniers gesucht und auch gefunden, aber dann wäre vielleicht schon alles anders. Sie hat schließlich keine Ahnung, was wir füreinander sind. Und ich weiß nicht, wie ich es ihr beibringen soll. Für mich ist es so selbstverständlich, ihr nah sein zu wollen, weil ich mich schon so lange nach ihr sehne. Doch für sie bin ich ein Fremder.

Dann noch die Geschichte mit dem Turnier. Die anderen denken, ich hätte anhand der Hinweise, die uns das Orakel gegeben hat, tatsächlich eine potenzielle Kandidatin aufgespürt. Dem ist nicht so. Sie ist auf keinen Fall diejenige, die wir suchen. Das wäre mir in all den Jahren aufgefallen. Oder schon damals. Als ich ihr diesen besonderen Teil von mir gab.

Sie zeigt keine ungewöhnlichen Fähigkeiten, auch wenn sie für mich besonders ist. Ich glaube fest daran, dass wir diese Zeit überstehen und eine gemeinsame Zukunft haben werden. Sie mag mich vielleicht für sonderbar und undurchschaubar halten, aber ich sehe genau, wie sie mich anblickt. Wie sie mit ihrer entzückenden Zungenspitze über ihre Lippen fährt, wie ihre Augen glasig werden vor Verlangen ... Ich sehe die Anzeichen so genau, weil ich ebenso empfinde. Ich weiß es nur besser zu verbergen. So war es schon immer. Mit ihr ist es ernst, aber dennoch liebe ich das Spiel, kann nicht aus meiner Haut. Weil es nichts Beängstigenderes gibt, als sich selbst zu zeigen – ungeschützt und ohne Maske.

Ich merke, dass sie versucht, mir aus dem Weg zu gehen. Obwohl ich damit gerechnet habe, macht es mich nervös. Ich gebe mein Bestes, mich zurückzunehmen, ihr den Raum zu geben, den sie braucht. Mal sehen, wie lange ich durchhalte. Geduld zählt nicht unbedingt zu den Eigenschaften, die ich gut beherrsche. Viel zu groß ist die Sehnsucht, bei ihr zu sein, sie noch besser kennenzulernen und sie nicht nur aus der Ferne zu beobachten. Ich will mehr als das.

Alles.

Mit ihr.

Seufzend starre ich an die Decke. Als könnte ich dadurch auf magische Weise bis in ihre Räumlichkeiten über mir sehen. Lächerlich. Ich weiß nicht, ob es clever war, darauf zu bestehen, dass wir allein im Südwestflügel untergebracht werden. Oder ob ich sie damit nicht noch mehr verschreckt habe. An manchen Tagen würde ich nahezu alles dafür geben, um ihre Gedanken lesen zu können.

In einer anderen Welt könnte es so viel leichter sein ... In einer anderen Welt müsste sie sich nicht vor mir verstecken, und ich könnte mit offenen Karten spielen, um ihr Vertrauen zu gewinnen. Selbst wenn ich am liebsten nur an sie und mich denken würde, so weiß ich doch, wie wichtig die Aufgabe ist, die ich gemeinsam mit den anderen erfüllen muss. Eine Schuld, die beglichen werden muss.

Kapitel 8

VIRIDI

FLAME

Der nächste Morgen kommt erbarmungslos. Die ganze Nacht habe ich mich herumgewälzt, in dem Wissen, dass Dark nur zwei Stockwerke von mir entfernt liegt.

Sie gehört zu mir.

Seine Worte laufen wie in Dauerschleife durch meinen Kopf.

Das eben. Das hättest du nicht tun sollen.

Der Klang seiner sanften Stimme macht mich wahnsinnig.

Unter anderem sagt man, ich sei sehr geschickt mit meinen Händen.

Das Gefühl, wie es ist, von ihm berührt, von ihm bei den Hüften gepackt zu werden, kann ich nicht vergessen.

Und was ich alles mit ihnen anstellen kann, jetzt, wo sie ganz ohne Klauen sind.

Es ist, als könne ich seine Hände noch immer auf mir spüren.

Warm.

Fordernd.

Du kannst mir nicht für immer aus dem Weg gehen.

Ich drehe mich auf den Bauch und vergrabe meinen Kopf in den Kissen, die mein frustriertes Aufstöhnen dämpfen.

Ich bin unsterblich, habe ziemlich viel Zeit.

Wütend schleudere ich die Decke von mir und springe aus dem Bett. »Raus. Aus. Meinem. Kopf«, zische ich aufgebracht.

Mein Magen gibt gleichzeitig ein lautes Knurren von sich, sodass ich in meine Trainingskleidung schlüpfe, und nach unten schlurfe.

»Kaffee«, stöhne ich, als ich Eleyna mit einem Tablett hantieren sehe.

»Dir auch einen schönen guten Morgen, Sonnenschein.« Apollo hängt in seiner gewohnten Lümmelhaltung quer auf dem Sofa, ich nehme im Sessel daneben Platz.

»Mir scheint, dass hier jeder ein und aus gehen kann, wie es ihm beliebt.«

Er zieht die Augenbrauen nach oben. »Aber ich bin doch nicht jedermann.« Ich schmunzele, und der Gott reicht mir eine Glasflasche mit einer grünlichen Flüssigkeit.

»Das ist kein Kaffee«, stelle ich naserümpfend fest. Dann entkorke ich das Fläschchen, schnüffele an dem Gebräu. Der Geruch kommt mir bekannt vor.

»Deine Kräuter. Ich habe die Mixtur ein wenig verändert. Es sollte ausreichen, wenn du einmal pro Woche einen Schluck davon nimmst.«

Skeptisch probiere ich und muss mich zwingen, es nicht in hohem Bogen wieder auszuspucken.

»Dir muss klar sein, dass es sich hierbei nicht um einen kulinarischen Hochgenuss handelt«, tadelt er mich.

Meine Augen tränen und ich huste leicht. »Ist mir überhaupt nicht aufgefallen.«

»Also, verrätst du mir, wer es ursprünglich für dich hergestellt hat?«

»Nein«, erwidere ich ohne Umschweife. »Du kennst ihn sowieso nicht.«

Apollo mustert mich skeptisch. »Die Welt ist kleiner, als man denkt.« Er fährt sich durch sein hellbraunes Haar und runzelt die Stirn. »Ich weiß, du tust dich schwer damit, Flame. Aber du kannst mir vertrauen. Ich bin dein Freund, wenn du mich lässt.«

Seine Worte bewegen etwas in mir, bringen mich dazu, ihnen Glauben zu schenken – auch wenn ich nach wie vor nicht einordnen kann, woher dieses Gefühl kommt. Es ist, als wären wir alte Bekannte, als wären wir uns schon einmal in einem früheren Leben begegnet. Spontan stehe ich auf und schlinge meine Arme um seine Mitte. »Danke«, murmle ich in sein Oberteil. Er riecht nach Erde und frisch gemähtem Gras. »Für alles.«

Der Gott lacht und tätschelt mir über den Kopf. »Immer gerne. Aber mach das nicht, wenn Dark in der Nähe ist. Ich hänge an meinem hübschen Gesicht.«

Ich verdrehe die Augen. »Warum kannst du nicht mein Mentor sein? Das wäre so viel leichter.«

Er schüttelt den Kopf. »So viele Strapazen. Das würde ich auf meine alten Tage nicht mehr aushalten. Dieses Turnier ist Angelegenheit der neuen Götter.«

»Aber wieso?«, hake ich nach. »Stört es euch nicht, dass sie die Erde eingenommen und unter sich aufgeteilt haben? Dass ihr gar nicht herrschen könnt?« Diese Frage brennt mir schon lange auf der Zunge, und nun ist der perfekte Zeitpunkt gekommen, sie zu stellen.

Apollo lässt sich erneut auf das Sofa fallen und bedeutet mir, es ihm gleichzutun. Ich komme seiner Aufforderung nach und setze mich zu ihm. Anschließend reicht er mir vom Tisch eine Schüssel mit Obst. »Iss«, befiehlt er mir. »Und ich erzähle.« Sobald die erste süße Frucht auf meiner Zunge zergeht, beginnt er zu sprechen.

»Dir ist bekannt, dass die neuen Götter Zeus besiegt haben?« Ich nicke, während ich kaue und schlucke. »Wir wären dazu nicht in der Lage gewesen. Niemand weiß genau, warum Zeus der stärkste Gott dieser Erde gewesen ist. Poseidon hat sich mit Okeanos zusammengetan, doch sie konnten ihn nicht besiegen, verloren bei diesem Versuch ihre Unsterblichkeit. Doch die neuen Götter konnten sich ihm entgegenstellen. Sie waren in der Lage, ihn zu stürzen ...«

»Also verfügen sie über mehr Macht als ihr?«

»Ja«, erwidert er schlicht. »Sie sind uns überlegen. Sie haben sich diesen Platz, ihre Stellung erkämpft.«

»Und damit seid ihr – die alten Götter – einverstanden? Einfach so?«, hake ich ungläubig nach. »Immerhin ist das eigentlich euer Planet.« *Unserer.*

»Nach dem Ende des heißen Krieges und der Gefangennahme von Zeus gab es Verhandlungen, die über mehrere Tage gingen. Dort wurden Zugeständnisse gemacht, aber auch Kompromisse eingegangen. Die meisten der alten Götter sind froh, dass sie von Zeus' Unterdrückung befreit worden sind und jetzt eigenständig ihr Leben führen können. Dass die neuen Götter das Ruder in die Hand genommen haben, ist für viele eine Erleichterung. Sagen wir es einmal so, der Großteil von uns ist von *fauler* Natur«, lacht Apollo auf, was auch mir ein Grinsen entlockt. Wieder ernst fährt er fort: »Die Zeit ihrer Abenteuer ist längst verstrichen und sie bevorzugen es, zurückgezogen zu leben. Ohne den heißen Krieg hätten sie sich vermutlich nicht erneut der Menschheit gezeigt, wären lieber in Vergessenheit geraten.«

Nachdenklich kaue ich an meiner Unterlippe. »Du sagtest, die meisten waren damit einverstanden. Also gab es auch welche, die dagegen gestimmt haben?«

»Einige sind nicht einverstanden mit der neuen Ordnung. Doch die Mehrheit hat entschieden«, erwidert er.

»Wäre es möglich, dass es noch einmal Krieg gibt? Zwischen den neuen und alten Göttern?«

Apollo mustert mich mit hochgezogenen Brauen. »Du stellst heute ziemlich viele Fragen, kleine Flamme.«

Ich schaue ihn weiterhin abwartend an, nach einem Augenblick des Schweigens bekomme ich meine Antwort.

»Ich denke nicht, dass wir mit einem Aufstand rechnen müssen. Durch die Hitze leben wir in Krisenzeiten, die meisten von uns vertrauen den neuen Göttern, vor allem Yasar, der die Stimme der Vernunft ist und immer einen kühlen Kopf bewahrt. Es kann aber durchaus sein, dass die Verträge eines Tages neu verhandelt werden.«

»Und wo leben die alten Götter nun?«

»Zeus hat den Olymp verschlossen und bisher ist es niemandem gelungen, ihn wieder zu öffnen. Die alten Götter haben sich deshalb einen neuen Lebensraum an einem sicheren Ort geschaffen.«

Ich stelle die leere Schale zurück auf den Tisch und falte meine Beine zu einem Schneidersitz. »Und warum bist du nicht bei ihnen? Warum seid ihr hier – du, Phoibe, Prometheus und Aphrodite?«

»Prom ist für gewöhnlich ein Einzelgänger, der den Großteil seiner Unsterblichkeit an einen Felsen gekettet verbracht hat. Wegen Zeus. Du kannst dir also vorstellen, dass er die neuen Götter mit offenen Armen empfangen hat. Aphrodite hingegen versorgt Yasar mit Informationen ... «

»Sie spioniert für ihn?«, frage ich ungläubig.

»So hätte ich das jetzt nicht unbedingt ausgedrückt«, erwidert er verlegen und steht auf.

»Ich denke, für heute hast du genug erfahren.«

»Eine letzte Frage«, sprudelt es aus mir heraus, während ich ebenfalls aufspringe. »Was sind deine Gründe? Warum bist du hier?«

Apollo stößt einen abgrundtiefen Seufzer aus und reibt sich die Schläfen. »Als die neuen Götter hier angekommen sind, kämpfte ich im heißen Krieg. Es sah auch für mich nicht sonderlich gut aus. Dark hat mir das Leben gerettet, als Zeus gerade dabei war, mich mit seinem Herrscherblitz zu grillen. Dafür werde ich immer dankbar sein. Gleichzeitig hat auch Dark keine leichte Zeit durchgemacht. Es hat eine Weile gedauert, bis er wieder mit den anderen neuen Göttern zurechtgekommen ist. Ich war für ihn da.« Er lächelt verschmitzt. »Ich bezeichne mich gern als seinen *einzigen Freund*, auch wenn er das niemals zugeben würde.«

»Du bist also nur hier wegen Dark?«, fasse ich zusammen. Ich muss an Yasar und True denken. »Bist du in ihn ... du weißt schon ... verliebt?«

Einen Moment lang schaut Apollo mich ungläubig an. Dann bricht er in schallendes Gelächter aus. »Kannst ... du ... das ... noch ... einmal ... in ... seiner ... Gegenwart ... sagen ...?«, bringt er japsend hervor, während er sich noch immer vor Lachen schüttelt.

Schmollend verschränke ich die Arme vor der Brust und warte darauf, dass er sich beruhigt. Irgendwann wischt er sich seufzend die Augen mit seinem Hemdsärmel trocken und atmet tief durch.

»Nein, zwischen Dark und mir spielt sich keine Unerwiderte-Liebe-Romanze ab. Und ich bin nicht nur wegen ihm hier. Ich bevorzuge die Gesellschaft der neuen Götter. Sie handeln, anstatt sich zu verkriechen. Ich will nicht wie der

Großteil der alten Götter vor mich hin vegetieren und mich mit vergangenen Fehden und Intrigen beschäftigen. Sie sind schrecklich anstrengend und nachtragend und ein wenig verkalkt, wenn du mich fragst ...«

»Also hast du es dir mit einigen von ihnen verscherzt«, schlussfolgere ich.

»Kleinigkeiten«, erwidert er achselzuckend.

Einen Moment lang starren wir einander an, und ich versuche, all die Informationen zu verarbeiten. »Dann möchte ich jetzt nur noch wissen, warum du *mir* hilfst«, sage ich schließlich. »Bitte.«

Auf Apollos Gesicht breitet sich ein Grinsen aus. »Bin ich danach entlassen, Eure Majestät?« Ich nicke möglichst huldvoll, während meine Mundwinkel ebenfalls zucken. In seiner Gegenwart ist alles so ... leicht.

»Ich helfe dir, weil ich dich so furchtbar unterhaltsam finde«, sagt er mit amüsiert blitzenden Augen. Offensichtlich genießt er es in vollen Zügen, mich hin und wieder aufzuziehen. »Und weil Dark, der normalerweise ein eher unangenehmer Zeitgenosse ist, etwas für dich übrighat. Du hast ihn wachgerüttelt. Und weil ich weiß ... « Er unterbricht sich und schüttelt den Kopf. »Es ist nicht an mir, dir das zu erzählen.«

»Mir was erzählen?« Unzufrieden stemme ich die Hände in die Hüften. »Los, sag schon!«, fordere ich ihn auf – doch Apollo bleibt stumm.

»Das hat meine Neugierde nicht unbedingt gestillt«, lasse ich ihn nach einer Weile wissen.

»Du solltest dich jetzt fertig machen. Sonst kommst du zu spät zum Training«, wechselt er das Thema, ohne mit der Wimper zu zucken. Der Informationsfluss Apollo ist offenbar versiegt – zumindest für den Moment.

Wenig später verlassen Apollo und ich meine Räumlichkeiten. Von Emmett und Heron ist keine Spur zu sehen.

»Die mussten sich auch mal aufs Ohr hauen«, erklärt Apollo, der meinen fragenden Gesichtsausdruck richtig gedeutet hat.

»Ich habe das Gefühl, sie schlafen so gut wie nie.«

»Wenn man unsterblich ist, kommt man mit drei bis vier Stunden pro Nacht sehr gut aus. Normalerweise wechseln sich die beiden ab, während du schläfst.«

Ich nicke nachdenklich. Unsterblichkeit ist ein so großer Begriff, und ich weiß noch immer nicht, ob ich mich tatsächlich danach sehne oder davor zurückschrecken soll.

»Wie fühlt es sich an? Von keiner Krankheit dahingerafft werden zu können? Niemals sterben zu müssen?«

»Man wiegt sich allzu schnell in Sicherheit.« Die Worte kommen nicht aus Apollos Mund. Erschrocken wirbele ich herum. Es ist Dark, der beim zweiten Treppenabsatz zu uns tritt und uns skeptisch mustert. »Er darf dich also in deinen Räumlichkeiten besuchen, ohne dass du dich den ganzen Abend im Bad verbarrikadierst?« Apollo mustert mich mit hochgezogener Augenbraue.

Ich dränge mich an den beiden vorbei und laufe weiter. »Wir sind Freunde. *Gute* Freunde.« Letzteres schiebe ich nur nach, um ihn zu ärgern.

»Dann bin ich das auch. Dein *sehr* guter Freund«, erwidert er ungerührt und hält problemlos mit mir Schritt, während ich bereits schnaufe.

Apollo lacht hinter uns. »Ihr werdet wohl niemals bloß Freunde sein. Dark weiß nicht einmal, was das bedeutet. Ach, warte mal, du ja auch nicht. Ihr passt also ganz wunderbar zusammen.«

»Auch das soll mir recht sein«, raunt Dark in mein Ohr, woraufhin ich einen Haken schlage, damit er nicht noch näher kommt. Er scheint die Fähigkeit, sich unbemerkt an andere heranzuschleichen, perfektioniert zu haben.

Den Göttern sei Dank müssen wir bei dieser Einheit nicht schwimmen. Stattdessen betreten wir einen Trainingsraum, in dem ein abgegrenzter Ring, Boxsäcke, mehrere Zielscheiben und eine Kletterwand auf uns warten. Auf der kompletten linken Hälfte ist außerdem eine Art Parcours aufgebaut.

Wir sind zusammen mit Dream und seinen Kandidatinnen in der Halle, und ich bin froh, dass es nicht Darks Gefolge ist. Hale lässt uns ein paar Runden laufen und anschließend sieben Mal klettern, bis er mit unserer Zeit zufrieden ist. Als Nächstes ist Bogenschießen an der Reihe. Zu behaupten, ich sei nicht besonders gut darin, wäre untertrieben. Die Einzige, die möglicherweise noch unsportlicher ist als ich, ist Lavea. Sie sitzt in eine Ecke gekauert, während Dream beruhigend auf sie einredet.

»Die beiden geben ein hübsches Paar ab«, sagt Kiana neben mir, und ich nicke zustimmend. »Wenn sie nicht so eine Heidenangst vor ihm hätte.«

»Tratschen könnt ihr heute Abend im Damensalon«, rügt uns Hale und lässt uns zehn Runden im Parcours absolvieren, bis ich mich nicht einmal mehr an meinen eigenen Namen erinnere.

Als Hale und Dream die Stunde schließlich für beendet erklären, lasse ich mich auf einen Hocker sinken. Ich ziehe scharf die Luft ein, während ich meinen leicht geschwollenen Fuß betrachte. Beim Sprung über einen der Balken bin ich bei der Landung umgeknickt. Kiana und Lavea sehen fragend zu mir herüber, doch ich signalisiere mit einer unwirschen Handbewegung, dass sie schon einmal vorgehen sollen. Hale kommt zu mir herüber, während die anderen den Raum verlassen, und schlingt ein kühles feuchtes Tuch um meinen Fuß, um die Schwellung zu lindern.

»Nichts Ernstes«, lautet seine Diagnose, und ich nicke mit zusammengebissenen Zähnen. Er streicht zart über meinen Unterschenkel, was mich unmittelbar zurückzucken lässt. Sofort zieht er die Hand weg.

»Ich verstehe ...« Er sieht mich zerknirscht an und setzt sich neben mich auf den Boden.

»Hale, tut mir leid, aber ...«

»Nein, mir tut es leid. Ich gebe zu, dass ich dich mag. Ich glaube, jeder hier hat dich sofort in sein Herz geschlossen.«

»Abgesehen von Candela und Saphira ...«, versuche ich die angespannte Situation zu lockern. Sein Geständnis kommt überraschend, ich bin zu perplex, um etwas Sinnvolles darauf zu antworten.

Hale sieht mich mitleidig an, bevor ein belustigtes Funkeln in seine grünen Augen tritt. »Die zählen doch gar nicht.« Erleichtert atme ich aus, offenbar scheint ihm meine Zurückweisung weniger auszumachen, als ich dachte. Er zieht das Tuch noch ein wenig fester um meinen Fuß und verknotet die Enden miteinander. »Und ich gebe zu, dass ich meine Freude daran habe, Dark zur Weißglut zu treiben.« Er holt tief Luft, als würde er zu einem Sprung ansetzen. »Ich kenne ihn schon sehr lange. Und ich kann mich nicht daran erinnern, dass er eine Frau jemals so angesehen hat.«

Tränen steigen mir in die Augen, und ich blicke schnell in eine andere Richtung. Die Hoffnung, die er mit seinen Worten in meinem Herzen sät, lässt den unsichtbaren Wall, den ich um mich errichtet habe, bröckeln. Trotzdem weiß ich nicht, ob ich nach allem, was passiert ist, überhaupt bereit bin, mich für jemanden zu öffnen. Jemanden auf diese Weise an mich heranzulassen und ihm zu vertrauen. Die Vergangenheit hat mich nicht nur misstrauisch gegenüber anderen, sondern auch gegenüber mir selbst gemacht. Scheinbar treffe ich nicht immer die besten Entscheidungen. Dieses Turnier ist ein Neuanfang. Und ich will es nicht vermasseln. Ich muss mich auf die Aufgaben konzentrieren und darf mich nicht ablenken lassen.

»Warum könnt ihr euch eigentlich nicht leiden? Du und Dark, meine ich«, frage ich schließlich, vorrangig, um meinen eigenen Gedanken zu entfliehen.

Hale steht auf und streckt mir seine Hand entgegen, ich ergreife sie und lasse mir auf die Beine helfen. Dann zuckt er arglos die Schultern, doch ich sehe, wie er sich kaum merklich verspannt. »Wir sind so unterschiedlich wie Sommer und Winter, Tag und Nacht, wie Feuer und Eis. Uns wird so schnell nichts zusammenbringen können.«

Ich kaufe es ihm nicht gänzlich ab, beschließe jedoch, nicht weiter nachzuhaken.

Natürlich bin ich mal wieder die Letzte, die zu Yasars Unterricht erscheint. In meiner verschwitzten Kleidung fühle ich mich unwohl, möglichst unauffällig schnuppere ich an meiner Achselhöhle – ich brauche dringend eine Dusche.

Die heutige Lehrstunde ist überaus spannend. Wir sprechen über die neuen Götter und ihre Gaben. So erfahren wir, dass Hale die Fähigkeit hat, das Gemüt zu beeinflussen. Yasar selbst kann mögliche Formen der Zukunft sehen. True verfügt über die Gabe der Wahrheit – wenn er eine Lüge hört, bereitet es ihm angeblich körperliche Schmerzen. Lost kann einen alles vergessen lassen, was ich persönlich am unheimlichsten finde. Und Dark kann seine Form in jedes Tier wandeln, doch am liebsten ist ihm der Wolf. Zudem verfügt er über die Gabe des Schattens und der Dunkelheit, mit der er andere erblinden lassen kann. Dream hingegen kann durch Träume gehen und sie verändern, einen alles sehen lassen, was er will. Ich hoffe schwer, dass er nicht bei mir vorbeischaut, wenn ich gerade von Dark und seinen Händen ... Schnell schüttele ich mich und verbanne den Gedanken aus meinem Kopf.

Nach dem Unterricht begleitet mich Heron zu meinem Zimmer, und ich kann endlich ein heißes Bad nehmen. Danach bin ich so entspannt, dass ich mich sogar von Eleyna zu einem fliederfarbenen Kleid mit weißer Schärpe überreden lasse, das mir bis knapp über die Knöchel reicht. Dazu trage ich silberfarbene Sandalen. Ich habe mich dazu überreden lassen, mit Kiana und Lavea den Damensalon zu besuchen, und verspüre tatsächlich eine leichte Aufregung, während ich mir mehr oder weniger erfolgreich einzureden versuche, dass ich froh darüber bin, Dark heute nicht mehr zu begegnen.

Während meine Zofe ein wenig Rouge und dezenten Lippenstift aufträgt, plaudern wir über das Training und überlegen, was mich bei der ersten Aufgabe erwarten könnte. Schließlich ist es Zeit zu gehen.

Lavea und Kiana erwarten mich bereits an der Wendeltreppe, die zu meinem Turmzimmer führt, und gemeinsam machen wir uns auf den Weg zum Salon.

»Was genau läuft da mit dir und Dream?«, will Kiana von Lavea wissen. »Er kann die Augen nicht von dir lassen.«

»Gar nichts«, erwidert diese und zieht uns, energischer, als wir es von ihr gewohnt sind, vorwärts. Mir entgeht die

Röte nicht, die langsam von ihrem schlanken Hals aus in ihr Gesicht fließt.

Ich tätschele ihren Rücken. »Nichts, wofür du dich schämen müsstest.«

Kiana neben mir kichert, und Laveas Rotton wird um eine Nuance dunkler.

»Seine geheimnisvolle Art und die violetten Augen sind wirklich ziemlich sexy«, sinniert meine rothaarige Freundin.

»Und unheimlich«, ergänzt Lavea verdrossen.

»Es ist wirklich eine Schande, dass Dark dich nicht in diesem Kleid zu sehen bekommt«, wechselt Kiana abrupt das Thema. »Allerdings ist es vielleicht auch von Vorteil, sonst hätte er dich heute Abend möglicherweise mit Haut und Haaren verspeist.« Sie sagt es in dem Moment, als wir den Salon betreten, und ihre Stimme klingt unnatürlich laut, weil alle Gespräche verstummt sind.

»Taktvoll wie immer«, murmelt Lavea leise.

Nun bin ich diejenige, die errötet. »Wir werden schon noch herausfinden, für welchen Gott sie schwärmt. Und dann sind wir am Zug«, raune ich ihr zu, was sie zum Lächeln bringt. Obwohl mir die Vorstellung einer verliebten Kiana ein wenig absurd erscheint.

Wir steuern die Musikecke an, von der wir einen guten Blick auf die restliche Einrichtung haben. Neben einer ausladenden Sitzgelegenheit gibt es ein Klavier und andere Instrumente, die mir jedoch fremd sind, sowie eine Bar, hinter der ein Mann steht und an die anderen Kandidatinnen Getränke ausschenkt.

»Furchtbare Schnapsdrosseln, wenn du mich fragst.« Kiana bindet ihr Haar zu einem lockeren Knoten.

»Wer ist der Mann?«

»Dionysos. Eine noch größere Schnapsdrossel«, antwortet Kiana prompt – und ich frage mich, woher sie das weiß und ob sie bereits seine Bekanntschaft gemacht hat.

»Du willst mir wirklich erzählen, dass dort hinten der Gott des Weines steht und ganz entspannt alkoholische Getränke ausschenkt?«, frage ich ungläubig. Kiana grinst lediglich und zuckt die Schultern.

»Verrückte Welt«, seufze ich, während Lavea auf dem Schemel Platz nimmt, der vor dem Klavier steht. Dann stimmt sie mit ihren zarten Fingern eine Melodie an, die so liebreizend ist, dass ich für eine Zeit lang alles um uns herum vergesse.

Nach einer Weile gesellt sich Naran, die sich zusammen mit Lavea Dream als Mentor teilt, zu uns. Ihre Haare sind kraus gelockt und so stechend rot, dass man sie selbst aus weiter Entfernung jederzeit erkennen kann. Die anderen Mädchen bleiben uns fern. Ich vermute, das liegt vor allem an den mörderischen Blicken, die Candela und Saphira in nicht allzu kurzen Abständen in unsere Richtung schießen. Sie mustern uns wie Raubkatzen, die heimlich ihre Krallen wetzen und nur darauf warten, sie endlich ausfahren zu können. Ich habe vollstes Verständnis für den gesunden Selbsterhaltungstrieb der anderen. Einerseits kann ich die Feindseligkeit beider Mädchen nachvollziehen, schließlich ist das hier immer noch ein Wettbewerb, andererseits bin ich froh, dass nicht alle die Einstellung von Saphira und Candela teilen und ich Kiana und Lavea gefunden habe. Ohne sie würde ich mich schrecklich einsam fühlen.

Draußen ist es bereits dunkel, als ich mich von meinen Freundinnen verabschiede und von Heron und Emmett auf mein Zimmer begleitet werde. Den ganzen Weg über halte ich – obwohl ich es eigentlich gar nicht will – nach Dark Ausschau, und als wir seine Tür passieren, will ich am liebsten stehen bleiben und lauschen, doch am heutigen Abend treffe ich ihn nicht mehr.

Auch die komplette restliche Woche bekomme ich den Gott der Angst und der Finsternis nicht mehr zu Gesicht, er meidet sogar das gemeinsame Abendessen. Mein Tagesablauf besteht nur noch aus Schlafen, Essen und Training. Ich absolviere täglich eine Einheit mehr als die anderen. Entweder morgens bei Sonnenaufgang oder nach dem Abendbrot, wenn ich Lavea und Kiana nicht in den Damensalon begleite. Hale kennt kein Erbarmen und keine Pause. Wenn ich am Ende des Tages meine schmerzenden Muskeln massiere, hasse ich ihn manchmal sogar regelrecht – trotzdem bin ich ihm unendlich dankbar. Nur durch seine Hilfe habe ich das Gefühl, dass ich nicht vollends versagen werde. Außerdem sorgt der straffe Zeitplan dafür, dass sich Dark nicht in meine Gedanken schleicht – nur nachts träume ich von ihm. Oft. Ihn nicht zu sehen, ist eine noch größere Folter, als wenn er direkt neben mir sitzt und mich mit seinen heimlichen Berührungen und neckenden Worten in den Wahnsinn treibt.

»Du bist nicht bei der Sache«, kommentiert Hale, als mein Pfeil erneut um einen halben Meter das Ziel verfehlt.

»Wie scharfsinnig«, knurre ich ihn an und strecke meinen schmerzenden Rücken. Es ist der Abend vor der ersten Aufgabe, und während die anderen vermutlich lachend bei Tisch zusammensitzen, mühe ich mich nach wie vor mit meinem störrischen Bogen ab. Ich bin müde. So unendlich müde. Und hungrig. Mein Magen grummelt zustimmend.

»Genug für heute«, sagt Hale, nachdem er mich ein letztes

Mal eingehend gemustert hat. Erleichtert lasse ich die Schultern sinken. Schweigend beginnen wir, die Trainingshalle aufzuräumen.

»Tut mir leid«, murmele ich nach einer Weile.

Er sieht mich überrascht an. »Was meinst du?«

»Ich bin keine besonders talentierte Schülerin. Aber ich weiß es sehr zu schätzen, dass du mich trotzdem nicht aufgibst.« Er lacht, und ich stupse ihm mit dem Ellenbogen in die Seite.

»Ich mag es, dass du mich auf Trab hältst«, erwidert er, und ich höre die Ehrlichkeit heraus, die in seiner Stimme mitschwingt. »Das Abendessen haben wir verpasst. Aber wir können in die Küche gehen und die Reste plündern.« Und weil ich mit knurrendem Magen sowieso keinen Schlaf finden könnte, willige ich ein. Im nächsten Moment greift Hale meinen Arm, und wir treten durch den Nebel.

Als er mich wieder loslässt, sind wir in einem großen Raum mit gewölbter Decke. In der Mitte befindet sich ein riesiger Tisch mit allerlei Utensilien darauf, die kreuz und quer verteilt sind. An den Wänden entlang stehen ungleiche Schränke und Tische, auf denen sich Platten und Teller türmen. Zudem gibt es einen Kamin, in dem ein bläuliches Feuer lodert. Hale steuert umgehend auf die vielen Töpfe am Herd zu, hebt nacheinander die Deckel an und schnuppert am Inhalt. Zögerlich nähere ich mich und spähe ebenfalls hinein.

»Was hältst du von Eintopf?«, fragt er mich, und ich zucke zusammen. Hier unten ist es furchtbar still. Ich erwarte jeden Moment eine dickliche Köchin, die mit erhobenem Suppenlöffel auf uns zustürmt, um uns aus ihrem Revier zu vertreiben.

»Und du bist sicher, dass wir hier sein dürfen?«

Er grinst mich schief an. »Flame, ich bin der Herr des Hauses. Aber wenn du den Nervenkitzel brauchst, dann können wir auch gerne so tun, als würden wir etwas Verbotenes machen.« Ich schubse ihn, woraufhin er gespielt erschrocken zurücktaumelt. »Das Training hat dich ganz schön stark gemacht. Ich muss mich wirklich zurückhalten.«

»Hör auf, mich zu veralbern, und kümmere dich lieber um das Essen.«

»Ist das nicht eigentlich Frauensache?« Als ich einen erbosten Schritt auf ihn zumache, hebt er schnell die Hände und entfacht auf einer der Platten schwache Flammen. »Klein, aber gefährlich«, murmelt er und versucht einen ängstlichen Gesichtsausdruck aufzusetzen.

»Wirklich praktisch, euer magisches Feuer. Zu Hause müssen wir erst ein tiefes Loch buddeln, um unsere Speisen kochen zu können.«

Sofort ist Hale wieder ernst. »Uns ist bewusst, dass das keine optimale Lösung ist. Aber auch was wir nutzen, ist kein wirkliches Feuer. Es dient nur zum Erwärmen oder als Lichtquelle. Echte Feuermagie besitzt niemand, der hier auf Erden weilt.«

»Was meinst du damit?«

»Das Feuer ist eine Gabe des Hades und seiner Kinder.«

»Es gibt Nachfahren von Hades?« Viel weiß ich nicht über den König der Unterwelt, doch in allen Büchern, die ich bisher gelesen habe, wurde er meist als düster und gefährlich dargestellt.

»Nein.« Seine Antwort kommt schnell. Zu schnell. Und er sieht mir dabei nicht in die Augen.

»Also darf Hades nicht an die Oberfläche? Niemals?«

»Niemals«, bestätigt Hale. »Niemand, der über die wahre Magie des Feuers verfügt, darf das.«

Ich sehe ihm deutlich an, dass er über dieses Thema nicht mit mir sprechen möchte. Das Ganze kommt mir seltsam vor. Ja, Hades ist mit seiner Feuermagie eine Gefahr. Aber dennoch ... er ist ein Gott. Und ich kann mir nicht vorstellen, dass man ihn daran hindern könnte, in die Oberwelt zu gelangen, wenn er es wirklich wollte. Außerdem ist er der Einzige, der von den großen Drei übrig geblieben ist. Daher wundert es mich, dass er bis jetzt keinerlei Ansprüche auf die Erde erhoben hat. Ich frage mich, ob ihm die Hölle wirklich genügt.

Nachdem Hale den Eintopf für warm genug befunden hat, schöpft er ihn mit einer Kelle zu gleichen Teilen in zwei Schüsseln. Wir setzen uns nebeneinander auf die hohen Stühle an den großen Tisch. Meine Beine baumeln dabei albern in der Luft, während seine Füße entspannt auf dem Boden ruhen. Wir essen in einträchtigem Schweigen, nur ab und an hört man das Kratzen unserer Löffel auf dem Porzellan. Nicht gerade unauffällig beobachte ich Hale, der gerade ein letztes Stück Kartoffel aus seiner Schüssel klaubt. Er wirkt so ... gewöhnlich, und in diesem Moment kann ich mir kaum vorstellen, dass er ein Gott ist, der von einem fernen Planeten stammt.

»Warum habt ihr damals eure Heimat verlassen?«, frage ich, als er aufgegessen hat. Geräuschvoll schiebt er die Schüssel von sich und lehnt sich in seinem Stuhl zurück.

»Ich weiß nicht, ob du diese Geschichte von mir hören solltest.«

Ich bin es leid, ständig mit dieser Ausrede abgespeist zu werden. Es gibt mir das Gefühl, dass mich niemand so richtig ernst nimmt.

»Sie betrifft euch alle, oder nicht? Also finde ich, dass du sie mir erzählen kannst«, sage ich deshalb.

Hale betrachtet mich von der Seite, und ich wende mich ihm ganz zu. Zuerst denke ich, dass er mich zu Bett schicken wird, doch dann beginnt er zu erzählen. Erst mit stockender Stimme, die zunehmend entschlossener klingt.

»Der Planet, von dem wir kommen, nennt sich Viridi. Es war einmal ein recht idyllischer Ort im Universum, das ihr Menschen als *Weltall* bezeichnet. Alles war voller Leben und Glück und Farben. Viridi war früher in sechs Reiche aufgeteilt.«

»So wie heute die Erde?«

»Genau. Wir wurden vor etwa vierhundertfünfzig Jahren geboren, wobei True der Älteste und Lost der Jüngste von uns allen ist.« Er sieht mich skeptisch an, aber ich bedeute ihm fortzufahren. Ich habe immer gewusst, dass sie schon sehr lange am Leben sind, doch diese Zahl zu hören, verschlägt mir die Sprache.

»Wir sind die Söhne der Herrscher der sechs Reiche. Sobald wir in der Lage waren, durch den Nebel zu gehen, besuchten wir einander. Man kann also sagen, dass wir schnell Freundschaft schlossen. Durch unseren Rang war die Auswahl außerdem nicht besonders groß. Wir stellten allerlei Unsinn an, doch irgendwann war es an der Zeit, Verantwortung zu übernehmen. Unsere Eltern wurden müde, und nun waren wir an der Reihe, über Viridi zu herrschen.«

»Was genau unterscheidet euch von unseren Göttern? Ich finde, dass ihr beispielsweise Apollo oder Phoibe unglaublich ähnelt. Aber das kann nicht sein, schließlich seid ihr von einem ganz anderen Planeten.«

Schmunzelnd reibt Hale sich über sein Kinn, an dem ein leichter Bartschatten zu sehen ist. »Laut Yasar besagen die alten Schriften, dass die ersten Kinder der Urgötter sich im Universum auf den verschiedensten Planeten verteilt haben. Es ist also durchaus möglich, dass wir mit den Göttern dieser Erde verwandt sind. Trotzdem gibt es Unterschiede zwischen uns.

Auf unserem Heimatplaneten werden wir nicht als Götter, sondern als *Deum Viventem* bezeichnet. Die Götter auf dieser Erde verfügen über eine spezifische Gabe. Bei Apollo ist es beispielsweise die Heilung. Wir haben ebenfalls eine besondere Gabe, bei mir ist es die Fähigkeit, die Gefühle anderer zu beeinflussen. Darüber hinaus verfügen wir über ein gewisses Maß allgemeiner Magie und können uns die Elemente zunutze machen – dazu ist von den Gottheiten auf der Erde einzig und allein Zeus in der Lage. Das ist der Grund, weshalb wir ihn ersetzen können. Weshalb es uns trotz der aktuellen Umstände möglich ist, die Vegetation bis zu einem gewissen Grad aufrechtzuerhalten.«

»Und als ihr damals eingetroffen seid, da habt ihr sofort nach dem Krieg die Herrschaft an euch genommen?« Natürlich habe ich durch Apollo einige Dinge in Erfahrung bringen können, dennoch interessiert es mich, die Geschehnisse aus Hales Sicht zu hören.

»Ganz so schnell ging es nicht. Während der Reise konnten wir unsere Kraftreserven auftanken, und als wir ankamen, waren wir dazu fähig, auf der richtigen Seite zu kämpfen. In gewisser Weise haben wir versucht, Widergutmachung zu leisten, was uns in unserer Heimat damals nicht gelang. Nach dem Ende des Krieges und dem Beginn des Wiederaufbaus gab es einige Versammlungen, auf denen die Mehrheit dafür stimmte, uns die Regierung zu überlassen.«

»Das klingt nicht so glamourös, wie ich es mir immer vorgestellt habe.«

»Nein, nicht wirklich.«

»Kannst du mir noch mehr von Viridi erzählen?«

»Du bist ziemlich neugierig, kleine Flamme.«

»Du warst an der Stelle stehen geblieben, als ihr Verantwortung übernehmen solltet«, übergehe ich seine Aussage schlicht. Hale seufzt ergeben, bevor er endlich mit der Geschichte fortfährt.

»Alle waren in freudiger Erwartung. Doch kurz vor der Planetenparade, einer der größten Festlichkeiten auf Viridi, kam die Beziehung zwischen Yasar und True ans Tageslicht. Gleichgeschlechtliche Verbindungen zwischen Herrschern waren strengstens untersagt, weil kein Nachwuchs gezeugt werden kann. Es wäre untertrieben zu behaupten, dass ihre Familien schlecht reagiert haben. Sie verstießen die beiden und nahmen ihnen ihre Titel. Dream gewährte ihnen in dieser Zeit Unterschlupf. Trues Eltern besaßen keine weiteren Kinder, doch Yasar hatte eine jüngere Schwester mit dem Namen Ziva. Sie war schon immer schwierig, aber man hatte ihr bis dahin keine große Beachtung geschenkt und ihre Wutausbrüche als vorübergehende Phase abgetan. Yasar war seit jeher von sanftem Gemüt und zurückhaltend. Im Gegensatz zu ihm war seine Schwester aufbrausend, egoistisch und selbstverherrlichend. Sie sollte ursprünglich an irgendeinen armen Teufel auf dem Lande verheiratet werden, wo sie keinen Schaden anrichten kann. Doch dazu kam es leider nie. Die Eltern von Yasar und True ernannten sie aus der Enttäuschung heraus zur Herrscherin über das Land der Zukunft und des Lebens, dem größten Gebiet von Viridi, sowie über das Land der Wahrheit und der Wirklichkeit. Diese Entscheidung sollte unser aller Untergang sein.«

Eine Gänsehaut breitet sich auf meinen Armen aus. »Aber wieso? Ihr wart doch trotz allem in der Überzahl.«

Er schüttelt den Kopf. »Eines Tages verliebte sich Ziva in Dark.« Ich schlucke schwer und frage mich, ob ich diese Geschichte wirklich hören möchte, aber da fährt Hale bereits fort. »Ehrlich gesagt, bin ich mir nicht sicher, ob Ziva überhaupt in der Lage ist zu lieben, vielmehr wollte sie ihn besitzen. Sie war fasziniert von seiner Macht. Von seiner Stärke und Dunkelheit. Wir alle rieten Dark dazu, sich nicht mit ihr einzulassen, doch seine Familie, insbesondere sein Vater, war begeistert von dem Gedanken, ihr Sohn könne bald über drei Reiche herrschen. Und so verlobte sich Dark mit Ziva. Im Nachhinein denke ich, hat er uns allen damit einen Gefallen getan. Für ein paar Monate war sie besänftigt, weil sie bekommen hatte, was sie wollte.«

Mir ist schlecht, und ich bereue, dass ich die ganze Schüssel mit Eintopf gegessen habe. Der Gedanke, dass Dark eine andere Frau heiraten würde, schnürt mir die Kehle zu.

»Es war keine Verbindung aus Liebe. Er hat sie nie geliebt«, sagt Hale ernst, als er meinen Gesichtsausdruck bemerkt. »In dieser Zeit hatten wir anderen wenig mit Dark zu tun. Er schien sich zu verändern, wurde immer verschlossener. Wir sahen ihn nur zu offiziellen Anlässen, unsere Freundschaft schien vergessen. Er distanzierte sich und war nur noch mit ihr zusammen. Doch eines Abends, drei Wochen vor der Hochzeit, trat er durch den Nebel zu mir. Und erzählte mir die ganze Wahrheit. Dass er der Verbindung nicht nur zugestimmt hatte, weil seine Familie es von ihm verlangte, sondern auch, weil er über Zivas Pläne Bescheid wusste. Sie war verbittert, so lange im Schatten ihres Bruders gestanden zu haben. Die neu erlangte Macht war ihr nicht genug. Ziva wollte die Herrscherin über alle Reiche werden. Zu diesem Zweck suchte sie den *Nigrum Silvam* auf, einen Wald, in dem eigentlich die Toten weilen. Wir haben nie erfahren – oder vielleicht hat Dark es uns auch nur verschwiegen –, wie sie dort die dunklen Kräfte erlangen konnte, die sie dazu befähigten, dass ihr ganze Armeen folgten.« Er schließt für einen Moment die Augen, als würde die Erinnerung ihm Schmerzen bereiten, ehe er weiterspricht. »Dark hat die ganze Zeit über versucht, sie aufzuhalten und ihre Pläne zu durchkreuzen, doch es ist ihm nicht gelungen. Sie hatte neben ihrer eigenen schwarzen Magie bereits Kreaturen auf ihre Seite gezogen, die uns um Längen überlegen waren. Ich rief True, Yasar, Dream und Lost dazu, und gemeinsam begannen wir nach einer Lösung zu suchen. Von da an trafen wir uns jede Nacht, suchten Verbündete und mobilisierten unsere Truppen.« Hale unterbricht sich erneut, ringt mit sich, ehe er seine Lippen wieder öffnet. »Am Tag vor der Hochzeit wollten wir Ziva stürzen. Wir dachten, dass wir das Überraschungsmoment auf unserer Seite hätten. Doch dazu sollte es nie kommen. Denn Dark hat einen Fehler begangen – er hat seinem Vater vertraut.

Und dieser hat uns alle verraten.

Hat uns alle verkauft, für ein Stückchen der Macht, das sie ihm für seine treuen Dienste zugesichert hat. Sie kamen in der Nacht, bevor wir zuschlagen wollten. Es war ein blutiger und ungleicher Kampf. Wir waren noch nicht bereit. Und es waren zu wenige, die sich ihr entgegenstellen wollten, zu wenige, die ihre Grausamkeit nicht lähmte. Wir verloren diese Schlacht. Dark war schwer verletzt« – Hale blickt mich sorgenvoll an, ich verspanne mich am ganzen Körper, nicht wissend, ob ich die nächsten Worte hören will –, »auf ihn hatte sie die schlimmsten Monster angesetzt, ihr Rachedurst für seine Taten schien grenzenlos. Dark wollte bleiben und lieber kämpfend sterben, als seine Heimat zu verlassen. Er wehrte sich, doch ich beeinflusste seine Gefühle, so lange, bis er aufgab, und nahm ihn mit zur Erde. Er hatte schon genug getan, genug geopfert. Wir hätten an diesem Ort keine Zukunft gehabt. Seit diesem Tage hasst er mich. Weil ich es war, der ihm diese Entscheidung damals abnahm.« Er schluckt schwer, und ich drücke seine Hand, froh darüber, dass er mir die Wahrheit erzählt hat. »Seit zweihundert Jahren hat er kaum ein Wort mit mir gewechselt. Er sieht nicht ein, dass es ein sinnloser Tod gewesen wäre«, sagt er bitter. »Wir wären alle umsonst gestorben und hätten nichts ändern, niemanden retten können.«

»Ich danke dir, dass du ihn mitgebracht hast. Dass ihr alle hergekommen seid, zu dem Zeitpunkt, als auch hier Chaos herrschte.«

Er schnaubt. »Ja, da hatte das Ganze wohl auch eine positive Seite. So konnten wir wenigstens ein bisschen helfen.« Er räuspert sich. »Aber alles Weitere ist wirklich eine Geschichte für ein anderes Mal. Morgen ist schließlich ein wichtiger Tag für dich.«

Mir schwirren tausend Dinge durch den Kopf, die bevorstehende erste Aufgabe macht es nur noch schlimmer. Bevor ich protestieren kann, greift Hale meinen Arm, und einen Wimpernschlag später stehen wir in meinem kleinen Salon.

»Ich habe noch eine Frage«, sprudelt es aus mir hervor, ehe Hale sich wieder vor meinen Augen auflösen kann. »Wie seid ihr damals zur Erde gereist? Seid ihr auch durch den Nebel gegangen?«

Ein Grinsen tritt auf sein Gesicht. »Diese Entfernung würden selbst wir nicht schaffen.«

»Wie dann?«

»Mithilfe der Pegalux. Eine Kreuzung aus dem Pegasus und Lichtwesen. Durch sie ist es möglich, zwischen den Welten zu reisen.« Ungläubig starre ich ihn an. Ich bin mir nicht sicher, ob er mich veralbert. Hale tritt an die große Fensterfront, und ich geselle mich zu ihm.

»Und war es Zufall, dass ihr ausgerechnet auf der Erde gelandet seid?«

»Wir wollten Viridi einfach hinter uns lassen. Schon als man True und Yasar enterbt hatte, begann Letzterer die Flucht zu planen. Anfangs nur für sich und seinen Partner, später für uns alle. Er recherchierte wochenlang und entschied sich schließlich für die Erde, weil sie am weitesten von Viridi entfernt ist, den Lebensbedingungen jedoch am meisten ähnelt. Natürlich wusste er zu diesem Zeitpunkt nichts von der Hitze und dem Krieg.«

»Hast du es jemals bereut, hierhergekommen zu sein?«, frage ich nach einer Weile.

»Es gibt Tage, an denen mir meine alte Heimat fehlt.« Ich drücke seine Hand, und gemeinsam sehen wir zu den Sternen hinauf, die am nachtschwarzen Himmel funkeln.

»Dann gibt es also noch mehr Welten wie Viridi und unsere Erde?«

Der Gott neben mir nickt bedächtig, dann fixiert er mich mit seinen grünen Augen, die in der Dunkelheit leuchten. »Es gibt eine Menge Leben dort draußen.«

Kapitel 9

DIE WAHRHEIT IST DER KATZE TOD

»Du verbringst ziemlich viel Zeit mit Hale.« Kianas aufgekratzte Stimme klingt an diesem Morgen viel zu laut in meinen Ohren. Ich gähne ausgiebig.

»Er hilft mir lediglich bei den zusätzlichen Trainingseinheiten. Damit ich mich nicht blamiere«, erwidere ich und beiße in einen saftigen Apfel.

Obwohl Kiana und Lavea größere Räumlichkeiten als ich bewohnen, kommen sie am liebsten in mein Turmzimmer. Ich kann es ihnen nicht verdenken. Noch nie habe ich mich irgendwo so wohl gefühlt wie in diesem kleinen Reich. Heute bin ich jedoch nicht in Plauderlaune, weil ich so unsagbar müde bin. Drei Stunden Schlaf vor der ersten Aufgabe sind möglicherweise keine besonders gute Idee gewesen. Ich reibe mir über die Augen, versuche die bleierne Schwere zu vertreiben, die tief in meinen Gliedern sitzt. Lavea und Kiana diskutieren darüber, was uns wohl erwarten wird, doch ich höre ihnen nur mit halbem Ohr zu. Nach allem, was ich gestern erfahren habe, kommen mir meine Probleme unglaublich unwichtig und klein vor. Das, was Hale, True, Yasar, Lost, Dream und Dark bereits erlebt haben, klingt wie ein Abenteuer aus den alten Romanen, die ich so gern verschlinge – obwohl es im Gegensatz dazu grausame Wahrheit ist.

Ich seufze, beobachte durch das Fenster, wie die Sonne aufgeht und die Welt in warmes Licht taucht. Ich frage mich, was

Dark und mich verbindet. Ob es die Tatsache ist, dass wir tief im Herzen beide schon immer einsam waren. Vermutlich ist es weniger schmerzhaft, seine Eltern gar nicht erst kennenzulernen, als von ihnen verraten zu werden.

Es klopft an meine Tür und Emmett streckt den Kopf herein. »Zeit zum Aufbruch, Ladys«, sagt er und zwinkert uns zu. Zu meiner eigenen Überraschung kichert Kiana und wirft ihre Haare zurück.

Dann machen wir uns auf den Weg. Wir treten durch die großen Flügeltüren des Palastes ins Freie. Mir stockt der Atem, als ich das gläserne Kolosseum erblicke, das sich aus dem Meer erhebt, und obwohl es uns zuvor gelungen ist, uns gegenseitig abzulenken, ist die Nervosität nun deutlich spürbar. Meine Handinnenflächen sind nass, und ich muss meine Zähne fest zusammenpressen, damit sie nicht klappern. Mir wird erst jetzt so richtig bewusst, dass heute der Tag ist, an dem das Spektakel beginnt.

Der Steg, der uns zum Kolosseum führen soll, ist ebenfalls aus Glas, und fast kommt es mir vor, als würden wir direkt auf dem Wasser gehen. Ich schlucke, als ich bemerke, dass alle Ränge voll belegt sind.

»Wer sind diese Leute?«, spricht Lavea meine Gedanken laut aus.

»Die Unsterblichkeit kann unheimlich langweilig sein«, sagt Apollo trocken, der unmittelbar vor uns aufgetaucht ist. Er wendet sich uns allen zu. Es weht ein leichter Wind, der seine Haare in alle Richtungen abstehen lässt. »Eure erste Aufgabe wird von True gestellt. Sie besteht darin, die Wahrheit zu sagen.«

Candela hinter mir gibt ein gespieltes Gähnen von sich. Natürlich ist sie kein bisschen aufgeregt. Oder sie weiß es gut zu verstecken. Ich verdrehe die Augen, weil sie und ihre Art mir einfach nur auf die Nerven gehen. Apollo fährt fort, ohne sie weiter zu beachten.

»Jeder der neuen Götter wird euch eine Frage stellen, die ihr wahrheitsgemäß beantworten müsst. Wenn ihr lügt, was True spüren wird, landet ihr im Kolosseum und müsst gegen eines der Ungeheuer antreten, über die Yasar so gern in seinem Unterricht spricht. Ihr erhaltet den Anhänger und kommt weiter, wenn ihr alle Fragen wahrheitsgemäß beantwortet oder in der Arena gewinnt. Andernfalls, nun ja … wird es wohl nicht so gut für euch ausgehen.«

Bei seinen Worten wird mir flau im Magen und ich tausche einen besorgten Blick mit Lavea. Mehr gibt es offenbar nicht zu sagen, denn anschließend werden wir nacheinander von Prometheus, Phoibe, Aphrodite und Apollo in ein separates Abteil des Kolosseums gebracht. Über den Rängen ist eine Plattform, auf der die sechs neuen Götter thronen. Vor ihnen befindet sich ein einziger Stuhl, der offensichtlich für die jeweilige Kandidatin gedacht ist. Plötzlich steht Prom in der Mitte der Arena und begrüßt das Publikum.

Ich beobachte die anderen Mädchen, die offenbar alle unterschiedlich mit der Situation umgehen. Während Candela gelassen ein Messer in der Hand zwirbelt, kaut Saphira auf ihrer Unterlippe, Ina hingegen läuft wie getrieben in dem kleinen Abteil auf und ab, und Hestia wiegt sich auf ihrem Stuhl hin und her und murmelt leise Worte.

»Was für eine Irrenanstalt«, murrt Kiana neben mir, ich gebe ihr im Stillen recht.

Als Erstes ist Naran aus Dreams Team an der Reihe, und es ist Phoibe, die sie auf die gläserne Plattform bringt. Gebannt starren wir hinauf. Man kann die Fragen, welche die Götter stellen, nicht hören, doch immer, wenn die Antwort der Wahrheit entspricht, wird die gesamte Umgebung in grünes Licht getaucht. Auch Lavea und Kiana bestehen sämtliche Fragen. Leider werden sie anschließend nicht zurück in das Abteil geführt. So geht es immer weiter – bis bei Moisha plötzlich alles in rotes Licht getaucht wird.

Saphira und ich, die als Einzige noch übrig sind, springen auf und hasten zu der verglasten Wand, um hinabblicken zu können. Moisha liegt am Boden des Kolosseums. Ihr Knie steht in einem unnatürlichen Winkel ab, der Anblick bereitet mir Übelkeit. Ich frage mich, wie man gegen ein Ungeheuer kämpfen soll, wenn allein der Sturz aus dieser Höhe einen beinahe umbringt. Dann erzittert die Luft, und im nächsten Moment materialisiert sich ein Mann vor ihr. Nein, kein Mann, jedenfalls nicht gänzlich, denn sein Kopf ist der eines Stieres.

»Minotaurus«, keucht Saphira neben mir.

Ich klammere mich an das Geländer und beobachte, wie Moisha vor ihm zurückrobbt. Erschrocken schaue ich zu den neuen Göttern. Als ich aber feststelle, dass diese ganz entspannt dort oben auf ihrer Plattform in ausreichender Entfernung zu dem Minotaurus sitzen, kocht Wut in mir hoch. Keiner von ihnen rührt auch nur einen Finger, um ihr zu helfen – und das, obwohl ihnen der Minotaurus selbst aus nächster Nähe wohl nichts anhaben könnte. Für das menschliche Mädchen dort unten sieht es allerdings weniger gut aus. Saphira und ich tauschen einen Blick, unsere Augen sind weit aufgerissen. Zum ersten Mal scheinen wir denselben Wunsch zu teilen. Den Wunsch, dass Moisha überlebt.

Endlich ist sie auf den Beinen. Humpelnd versucht sie, die Wand zu erreichen, an der die Waffen hängen. Sie schnappt sich einen Langspeer und wirft ihn mit einem wütenden Aufschrei nach dem Minotaurus – und trifft. Die Menge ist auf den Beinen und tobt. Ganz langsam, als wäre nichts gewesen, schnappt das Mischwesen den Speer, bricht ihn ab und wirft ihn achtlos beiseite. Neben mir zieht Saphira zischend die Luft ein. Ich schlucke angestrengt, schmecke die saure Galle, die sich ihren Weg nach oben bahnt, und erkenne selbst von hier aus, wie Panik in Moishas Augen aufflackert. Mein Innerstes zieht sich schmerzhaft zusammen, doch ich zwinge mich trotzdem hinzusehen. Erneut will sie sich der Wand mit den Waffen zuwenden. Doch sie ist nicht schnell genug. Mit unnatürlicher Geschwindigkeit rast das Ungeheuer auf sie zu, wirft sie um und durchbohrt ihren Oberkörper mit seinen Hörnern. Das alles geschieht in so kurzer Zeit, dass ich es gar nicht verarbeiten kann. Als das Blut wie eine Fontäne aus ihr herausspritzt, wende ich schließlich doch den Blick ab, während Übelkeit mich in Wellen überrollt und ich versuche, tief und langsam zu atmen, damit ich mich nicht übergeben muss. Viele sehen Moisha zu, doch niemand ist bei ihr, als das Leben aus ihr herausfließt und der Tod sie empfängt. Es ist grausam, und ich weiß nicht, wie ich damit umgehen soll. Mit so einer Situation habe ich keine Erfahrung. Ich fühle mich taub, merke kaum, wie Saphira als Nächstes zur Plattform gebracht wird. Nur das Licht nehme ich wahr. Grün. Sechs Mal. Dann hockt Apollo plötzlich vor mir.

»Es ist Zeit, kleine Flamme.«

Ich nicke und erhebe mich. Meine Beine zittern kaum. Mein Atem geht nicht mehr hektisch. Ich habe keine Angst, obwohl ich das vielleicht sollte. Gleichgültigkeit breitet sich in mir aus. Weil ich weiß, dass es kein Entkommen mehr gibt. Für einen Rückzieher ist es längst zu spät. Es ist das erste Mal, dass ich denke, dass Cato vielleicht recht gehabt hat. Dass ich all dem hier nicht gewachsen bin.

Das kleine Abteil verschwimmt vor meinen Augen, dann sehe ich wieder scharf. Ich sitze auf dem Stuhl, drei Schritt entfernt von mir sind Yasar, True, Lost, Hale, Dream und Dark. Mein Mentor lächelt mich an, ich schaue kühl zurück. Noch immer sehe ich die rote Lache, die sich um Moishas zierlichen Körper ausbreitet. Ich schlucke, versuche die Bilder zu vertreiben, um mich auf die bevorstehenden Fragen zu konzentrieren.

»Nun«, sagt Yasar in die unangenehme Stille hinein. »Meine Frage an dich: Bist du vor diesem Turnier jemals einem Gott begegnet?«

Ich schaue ihn verwirrt an. Ich überlege, drehe und wende seine Worte. »Nicht, dass es mir bewusst gewesen wäre oder ich mich daran erinnern könnte«, antworte ich, während mir das Herz bis zum Hals schlägt. Meine Umgebung wird in grünes Licht getaucht. Ich unterdrücke ein erleichtertes Seufzen.

»Wer sind deine Eltern?«, will True als nächstes Wissen.

»Ich weiß es nicht. Ich habe sie nie kennengelernt.«

»Wahrheit«, sagt er und nickt Lost zu. »Was war dein schmerzhaftester Verlust?« Er betrachtet mich neugierig, als würde er es wirklich wissen wollen.

»Meine Freunde in der Heimat. Amanda und Jules. Und Cato. Vielleicht sogar Miriam.« Bei meinen Worten versteift Dark sich auf seinem Platz. Ich versuche eine gleichgültige Miene zu bewahren, in der eigentlich er der Meister ist. Wieder flammt grünes Licht auf.

»Was fürchtest du am meisten?«, lautet Hales Frage an mich.

»Feuer«, erwidere ich knapp.

»Nicht den Tod?«, fragt True ungläubig.

Ich schnaube. »Es ist sinnlos, etwas zu fürchten, das für uns Menschen unausweichlich ist.«

Grünes Licht.

»Interessant«, murmelt Dream.

Mein Blick wandert zum Gott der Fantasie und der Träume. Ich halte dem Starren seiner verwirrenden amethystfarbenen Augen stand, weigere mich, als Erstes wegzusehen.

»Was ist dein sehnlichster Wunsch?«

Ich muss nicht lange überlegen. »Die Freiheit und den Mut zu haben, selbst über mein Leben entscheiden zu können. Und ... und geliebt zu werden.«

Erneut grünes Licht.

Langsam entspannen sich meine verkrampften Muskeln. Nun ist Dark an der Reihe. Ihm gebührt die letzte Frage. Seine langen Finger trommeln einen mir unbekannten Rhythmus auf den Tisch vor ihm. Er versucht meinen Blick einzufangen, doch ich schaue immer wieder beiseite. Ein Kichern ertönt aus Trues Richtung.

»*Liebst* du mich?«, fragt Dark schließlich. Seine Stimme vibriert wie ein Schnurren.

Schlagartig liegt die ungeteilte Aufmerksamkeit der anderen fünf auf ihm und mir.

Ich kann nicht glauben, dass er das getan hat. Auch Yasar und Dream blicken mehr als entgeistert drein. Diese Frage ist offenbar nicht abgesprochen gewesen. Dann sehe ich Dark an. Er schaut zurück. Herausfordernd. Wut keimt in meinem Inneren auf. Eine ganze Woche ignoriert er mich. Und nun will er eine Antwort von mir erpressen, weil er weiß, dass ich nicht lügen kann? Er will, dass ich ihm meine Liebe gestehe? Einfach so, in dieser Situation? Nach dieser kurzen Zeit?

Halt suchend greife ich nach den Armstützen meines Stuhles. Und höre die Worte, die wie von selbst aus meinem Mund kommen. Ich kann es nicht verhindern, kann sie nicht zurückdrängen.

»Stell mir eine andere Frage. Oder schick mich hinab zu einem der Monster.«

Trues Grinsen erstarrt in seinem Gesicht. Hale schnappt nach Luft. Dark springt von seinem Platz auf. Dann kippe ich vornüber und falle.

Mein Körper übernimmt die Kontrolle, während mein Gehirn sich in einer Art Schockstarre befindet. Noch im Sturz wende ich mich wie eine Schlange, halte den Kopf hoch, federe meinen Aufprall ab und rolle über meine Schulter in den Stand. Ich bin überrascht von mir selbst. Die Extrastunden mit Hale scheinen zu etwas gut gewesen zu sein. Zeitgleich erinnere ich mich, was mit Moisha geschehen ist. Von ihrem Körper und ihrem Blut fehlt jede Spur.

Ich habe keine Zeit zu verlieren. Ohne zu zögern, laufe ich zu den Waffen und reiße ein Kurzschwert sowie einen Bogen mit Pfeilen und einen Köcher von der Wand. Das Schwert stecke ich durch die Schlaufe in meinem Gürtel, den Köcher hänge ich mir über die pochende Schulter. Dann nehme ich einen Pfeil und spanne ihn an der Sehne des Bogens. Das alles geschieht im Bruchteil von Sekunden.

Plötzlich erzittert die Luft wie zuvor bei Moisha. Der Boden vibriert, und ich muss meinen Stand stabilisieren, damit ich nicht auf die Knie falle. Wie in weiter Ferne höre ich Prometheus' Stimme und das Grölen der Menge von den Zuschauerrängen. Der Nebel lichtet sich. Vor mir steht ein riesiger dreiköpfiger Hund. Kerberos. Frischgebacken aus der Hölle, wenn man von den Dampfschwaden ausgeht, die seinen Leib verlassen. Ich erkenne ihn von einer der Abbildungen aus Jules' Büchern. Die Mähne um seine drei Köpfe besteht aus unzähligen Schlangen, die sich winden und zischeln. Er peitscht mit seinem Schweif, der ebenfalls einer Schlange gleicht. Das ist ekelhaft. Hat er nichts Wichtigeres zu erledigen? Zum Beispiel die Pforte zur Unterwelt zu bewachen?

Er macht einen drohenden Schritt auf mich zu, und ich lasse den ersten Pfeil auf ihn zusausen. Er trifft genau zwischen das Augenpaar seines mittleren Kopfes. Ich warte nicht auf sein wütendes Brüllen, sondern drehe mich um und renne los. In einer Ecke klaffen durch ein Loch im Glasboden glitschige Steine, die sich offenbar vom Grund des Meeres bis hier hoch erheben. Ich habe sie fast erreicht, als eine riesige Tatze mich beiseitestößt. Von irgendwo rechts oben ertönt ein erstickter Aufschrei, der nach Lavea klingt. Ich überschlage mich zweimal, dann komme ich wieder auf die Füße. In leicht geduckter Haltung stehe ich Kerberos gegenüber. Dann greife ich an.

Ich rufe mir die Schritte ins Gedächtnis, die Hale mir gezeigt hat. Ich befreie mich vom Gewicht des Bogens und des Köchers und verteile mit dem Schwert Hiebe gegen seinen mächtigen Körper. Dabei winde ich mich geschickt zwischen seinen drei Köpfen hin und her. Wo er grob und schwerfällig ist, bin ich flink und wendig, und genau das ist der Vorteil, den ich mir zunutze mache. Bald schon muss ich allerdings feststellen, dass die Frage vielmehr lautet, wer zuerst ermüdet. Zudem traue ich mich nicht, einen der Köpfe abzuschlagen, weil ich von der Hydra gelesen habe, dass die ihren nachwachsen. Woher soll ich also wissen, ob das nicht auch bei ihm der Fall ist?

Ich bin so sehr mit den Köpfen beschäftigt, dass ich den

schlangenartigen Schweif nicht kommen sehe, der mich schließlich zu Boden fegt. Ich keuche auf, als ich in das Maul der Schlange und auf die spitzen Zähne blicke. Ihre Zunge fährt blitzschnell hervor, leckt meinen Hals. In diesem Moment bin ich wie erstarrt. Kein Laut verlässt meinen Mund. Kerberos wendet seinen massigen Leib. Als ich mich erheben will, stößt mich sein linker Kopf, den ich nun vor mir habe, sogleich zurück auf den Boden. Ganz langsam neigt er sich zu mir herab. Mit der rechten Hand packe ich den Knauf des Kurzschwertes. Wenn er doch nur noch ein wenig näher käme ... Seine Nüstern beben. Er schnüffelt an mir.

Irritiert hebe ich die Brauen, packe das Schwert noch fester und halte es vor mich. Ich sehe in seine schwarzen, großen Augen, in denen sich meine eigenen spiegeln. In meinen Iriden tanzen rotorange Flammen. Ich blinzele.

Einmal.

Zweimal.

Sie verschwinden nicht. Ich beuge mich vor – und im nächsten Moment wirft sich das Ungeheuer mit seiner Brust auf die Spitze meines Schwertes. Es heult auf, und ich rechne damit, von seinem Gewicht erdrückt zu werden. Fest presse ich die Augenlider zusammen. Doch nichts dergleichen geschieht.

Ich öffne sie wieder. Vor mir ist dichter Nebel, der sich langsam lichtet. Kerberos ist verschwunden. Und hat mich nicht mitgenommen. Klappernd lasse ich die Waffen fallen und sinke zurück auf den Boden. Als Nächstes sehe ich Darks Gesicht, dicht über mich gebeugt. »Bist du von allen guten Göttern verlassen?«

Dann wird die Welt schwarz um mich herum.

Ich spüre, wie kühles Wasser auf meinen Mund träufelt, und fahre mit der Zunge über meine Lippen. Sie fühlen sich trocken und spröde an. Nur mit Mühe schaffe ich es, meine verquollenen Augen aufzuschlagen. Als Erstes nehme ich Apollos besorgte Miene wahr. Seine Stirn ist von tiefen Furchen durchzogen.

»Ich bin also tatsächlich nicht im Tartaros gelandet«, krächze ich. Apollo verzieht halbherzig den Mund über meinen misslungenen Scherz.

Mein Rachen fühlt sich an, als hätte ich Asche geschluckt. Mir ist unerträglich heiß. Der Gott befühlt meine Stirn und greift dann in die Schublade meines Nachtschrankes. Er holt die bauchige Flasche hervor, entkorkt sie und hält sie mir auffordernd entgegen. Ich trinke zwei Schlucke und schüttele mich, als sich der bittere Geschmack entfaltet.

»Ist er tot? Kerberos?«

»Nein, so leicht ist der nicht totzukriegen. Er ist wieder in der Unterwelt.«

Ich nicke langsam, lasse mich zurück in die weichen Kissen sinken und starre hinaus. Vor mir liegt trügerisch still und friedlich das azurblaue Meer, auf dessen Oberfläche die Sonne tanzt.

Eine meiner widerspenstigen Locken fällt mir in die Stirn, doch ich bin zu schwach, ein weiteres Mal den Arm zu heben. Ich fühle mich, als wäre eine Herde Kentauren über mich hinweggetrampelt.

Ich blinzle ein paar Tränen weg, als ich an Moisha denke. Sie würde sich vermutlich wünschen, überhaupt noch irgendetwas fühlen zu können. Doch sie ist fort. Und wird niemals zurückkehren.

»Ich habe versucht, sie wieder zusammenzuflicken«, sagt

Apollo, als hätte er meine Gedanken gelesen. »Aber der Minotaurus hat eine Arterie getroffen. Sie ist binnen weniger Minuten verblutet. Es tut mir leid.«

Er sucht meinen Blick, aber ich weiche ihm aus, beobachte stattdessen die weißen Vögel, die über das Meer gleiten. Und ich wünschte, ich könnte ihnen folgen und einfach so davonsegeln. »Ich habe in der letzten Woche wohl wegen deiner, Hales und Trues Freundlichkeit vergessen, dass ihr seid wie alle Götter. Gleichgültig gegenüber jeglichem menschlichen Leben.«

Apollo setzt sich auf den Boden neben meinem Bett und lehnt sich gegen meinen Nachtschrank, der daraufhin gefährlich ins Wanken gerät. »Alle Teilnehmerinnen wissen, worauf sie sich eingelassen haben. Niemand hat je gesagt, dass dies hier ein Spiel wäre. Unsterblichkeit ist nichts, was man einfach geschenkt bekommt. Das ewige Leben ist aus Blut und Schweiß und Verrat geschmiedet.«

»Ich frage mich, was ich hier überhaupt tue.« Ich ziehe die Knie an und umschlinge sie mit beiden Armen. Ich war auf der Suche nach Freiheit, und auf einmal findet mein Leben wieder in einem Käfig statt.

Dieses Mal lächelt Apollo. Ein ehrliches Lächeln, bei dem sich auf seiner rechten Wange ein Grübchen zeigt. »Es besser machen als wir.«

Ich atme tief durch und schließe für einen kurzen Moment die Augen. Ich frage mich, wie er – nach allem, was heute passiert ist – so optimistisch sein kann. Und vor allem beschäftigt mich die Ungewissheit, welche Grausamkeiten uns in den nächsten Aufgaben erwarten. Anfangs habe ich das Turnier als Möglichkeit angesehen, mich selbst zu beweisen. Doch wenn ich hier sterbe, ist alles umsonst gewesen.

Von unten ertönt ein Klopfen, dann Schritte, und schließlich höre ich, wie die Tür aufgerissen wird. Ich werfe dem Gott neben mir einen fragenden Blick zu. Er zuckt mit den Schultern. »Du bist derzeit sehr gefragt, kleiner Ninja.«

Ich stöhne und sinke mit der Stirn auf meine Knie. Mittlerweile bin ich mir nicht mehr sicher, ob es tatsächlich meine Augen waren, die sich in denen von Kerberos gespiegelt haben. Aber ich weiß ziemlich genau, dass ich nicht zugestoßen, sondern er sich freiwillig auf mein Schwert gestürzt hat. Ich kann mir nur nicht erklären, wieso. Für alle anderen muss es ausgesehen haben, als hätte ich ihn tatsächlich besiegt. Den Höllenhund. Bei allen Göttern. Ich weiß weniger denn je, wem ich tatsächlich vertrauen kann. Amanda hatte recht. Nichts ist, wie es scheint.

Dann lausche ich wieder den Worten, die von unten hoch in mein Schlafzimmer dringen. Es ist Darks samtweiche Stimme, die ich heraushören kann. Augenblicklich balle ich die Hände zu Fäusten.

»Du wirst jetzt nicht zu ihr gehen. Sie will dich nicht sehen«, giftet Kiana ihn an, und in diesem Moment bin ich dankbar für meine herrische Freundin.

Ich lasse mich auf die Seite fallen und rolle mich zu einer kleinen Kugel zusammen. Die Tür schlägt zu, dann kehrt Stille ein.

»Du solltest ihn anhören. Später. Er ist nicht besonders gut in Gefühlsdingen.«

Ich schaue Apollo vorwurfsvoll an. »Das ist mir ja noch gar nicht aufgefallen.«

»Warum hast du nicht einfach geantwortet? Es wäre allemal besser gewesen, als im Kolosseum zu landen.«

Ich schüttele den Kopf. »Diese drei Worte sind kostbar und

besonders. Man sollte sie nur verwenden, wenn man sich ihrer ganz sicher ist.« *Und sie sich eingestehen will,* füge ich in Gedanken hinzu. »Außerdem ... Ich hatte nicht das Gefühl, dass er die Frage ernst meint. Vermutlich wollte er mich bloß vorführen und mein Unbehagen in vollen Zügen genießen.«

Apollo zieht überrascht eine Augenbraue nach oben. »Du hättest auch einfach sagen können, dass du ihn nicht liebst.«

Ich drehe mich auf die andere Seite und erkläre das Gespräch somit für beendet. Wem mache ich hier etwas vor? Wenn ich Nein gesagt hätte, dann wäre ich mit ziemlich großer Wahrscheinlichkeit ebenfalls in der Arena gelandet. So konnte ich mir immerhin meinen Stolz bewahren. Und den anderen Mädchen und mir selbst beweisen, dass ich keine zerbrechliche Puppe bin.

Als ich das nächste Mal erwache, bin ich allein. Die Vorhänge sind zugezogen, weshalb ich davon ausgehe, dass Nacht ist. Schläfrig hebe ich meine Beine über die Bettkante und suche mit den Füßen nach meinen flauschigen Pantoffeln. Sobald ich sie gefunden habe, schlüpfe ich hinein und laufe zum Bad. Durch mein rechtes Auge habe ich keinerlei Schwierigkeiten, mich in der Dunkelheit zurechtzufinden. Ich benutze erst die Toilette und lasse mir dann ein Bad ein. Wahllos kippe ich den Inhalt von vier Flaschen hinein und entledige mich anschließend meiner Kleidung. Dann steige ich vorsichtig über den Rand der Wanne und lasse mich langsam ins Wasser gleiten. Manchmal fällt es mir schwer zu begreifen, dass mich keine kahlen Höhlenwände, sondern all diese Annehmlichkeiten umgeben, von denen ich früher nicht einmal zu träumen gewagt hätte.

Mehrmals tauche ich unter und wasche mein Haar. Mehr

oder weniger erfolgreich versuche ich, mit meinen Händen die Knoten zu entfernen. Danach lasse ich mich treiben und gebe mir die größte Mühe, nicht an Dark zu denken. An das herausfordernde Funkeln in seinen Augen, als er mir die Frage stellte. An die Bestürzung in seinem Blick, als er nach Kerberos' Angriff neben mir kniete. Ich werde nicht schlau aus ihm und seinem Verhalten mir gegenüber. Erneut tauche ich unter das schaumige Wasser, um all meine Sorgen fortzuspülen. Wenn es doch nur so einfach wäre ...

Als das Bad bereits erkaltet ist, klettere ich aus der Wanne und trockne mich ab. Anschließend gehe ich hinüber in das Ankleidezimmer und wähle einen schwarzen eng anliegenden Trainingsanzug aus, ehe ich die weichen Wildlederstiefel anziehe und sie fest zuschnüre. Unten angekommen, schaue ich sehnsüchtig zu dem alten Schaukelstuhl und den Büchern, doch ich zwinge mich weiterzugehen. Lesen kann ich für den Rest meines Lebens. Wenn all das hier vorbei ist. Ich öffne die Tür und stehe Heron gegenüber, der einen überraschten Laut ausstößt.

»Ich freue mich auch, dich wiederzusehen. Begleitest du mich zur Trainingshalle?«

»Es ist mitten in der Nacht«, brummt er, und ich schenke ihm mein lieblichstes Lächeln. »Du bist doch sowieso wach«, erwidere ich unbeirrt und laufe vor. Mittlerweile finde ich den Weg allein. Sogar ohne dabei außer Atem zu kommen. Natürlich folgt der Donati mir trotzdem. Schweigsam, wie immer. Ich genieße die Ruhe und die Tatsache, dass der gesamte Palast schläft. Es ist eine der schönsten Stunden.

Auch wenn ich mich im Dunkeln zurechtfinde, bin ich froh, dass die magischen Fackeln entzündet sind, als ich die Halle betrete. Heron postiert sich vor dem Eingang. Ich binde mein oberes Haar zu einem kleinen Knoten zusammen, damit es mir nicht in die Stirn fällt. Dann beginne ich, mich warm zu laufen. Runde um Runde drehe ich in schneller werdendem Tempo und fühle mich dabei zunehmend befreiter. Sobald meine Muskeln gelockert sind, absolviere ich fünf Mal den Parcours. Ich klettere, springe, falle und wende mich so geschickt, als hätte ich mein Leben lang nichts anderes gemacht. Nach dem Hindernislauf erledige ich noch einige Kraftübungen an den Geräten. Als ein Klatschen ertönt, lasse ich die Klimmzugstange los und wende mich dem Geräusch zu. In der Mitte des Raumes stehen Hale, Kiana, Candela, Saphira und Dark. Letzterer mustert mich so intensiv, dass ich mich sofort wieder befangen fühle. Großartig.

»Wie lange treibt sie das schon?«, will Kiana wissen.

»Seit vier Stunden hüpft sie darin herum wie ein Eichhörnchen auf göttlichem Nektar«, brummelt Heron von der Tür aus.

Ich verdrehe die Augen und wische meine Hände an dem durchgeschwitzten Trainingsanzug ab. Obwohl ich es nicht will, wandert mein Blick erneut zu Dark. Seine Augen verdunkeln sich, und ich schlucke hart, verfluche mich dafür, dass ich nichts unter diesem teuflisch engen Anzug trage. Rasch verschränke ich die Arme vor der Brust, und ein Grinsen stiehlt sich in sein Gesicht.

Hale tritt auf mich zu und fasst mich am Ellenbogen. Er zieht mich an den anderen vorbei nach draußen. »Ich glaube, es ist mal wieder Zeit für ein Schwimmtraining. Mir scheint, die Abkühlung würde dir guttun, Flame«, sagt er, dabei entgeht mir nicht sein vorwurfsvoller Unterton. Ich ignoriere seine Anmerkung und die Tatsache, dass mein Magen ziemlich unangenehm zu knurren beginnt.

»Wie lange habe ich geschlafen?«, wende ich mich an Kiana.

»Drei Tage, Dornröschen. Wir mussten Dark mehrmals davon abhalten, in dein Turmzimmer zu kommen, um dich wach zu küssen«, frohlockt sie.

Ich reiße erstaunt die Augen auf. »Drei Tage?!«

Hale nickt bestätigend. »Du solltest es ihm nicht zu leicht machen.« Ich sehe ihn böse an und verschränke die Arme noch etwas enger.

Mittlerweile haben wir den Strand erreicht und laufen in Richtung Meer. Ich mache mich von Hale los und wate in das stille Nass. Als das Wasser mir bis zu den Hüften reicht, beginne ich zu schwimmen. Kiana holt mich dieses Mal nicht so leicht ein. Immer wieder wirft sie mir fragende Blicke von der Seite zu, doch ich mache einen kräftigen Zug nach dem anderen. Als unser Mentor pfeift, drehen wir um, und so geht es immer weiter, bis die Sonne hoch am Himmel steht. Ich starre zu ihr hinauf, bis schwarze Flecken vor meinem Sichtfeld tanzen, und wünsche mir nichts sehnlicher, als einmal im Leben Schnee zu sehen.

Als Hale uns endlich entlässt, kämpfen wir uns erleichtert ans Ufer. Obwohl ich erschöpft bin, breche ich dieses Mal nicht zusammen. Der Gott reicht Kiana und mir ein Handtuch, von dem ich nicht weiß, woher er es auf einmal hat, und wir wickeln uns darin ein. Kiana geht vor, weil sie mit Aideen eine Verabredung zum Mittagessen hat, während mein Mentor und ich am Strand zurückbleiben. Eine Weile stehen wir einträchtig nebeneinander und beobachten die leichten Wellen, die über das weite Meer schaukeln.

»Du hast dich gut geschlagen im gläsernen Kolosseum«,

sagt Hale unvermittelt. Bei seinen Worten wird mir warm ums Herz.

»Danke. Ohne deine Hilfe hätte ich es nicht geschafft.«

Er wendet sich mir zu und mustert mich. »Doch, ich denke schon. Du bist zu so viel mehr in der Lage, als du dir selbst zutraust.«

»Wir werden sehen«, erwidere ich schlicht. Dann reiche ich ihm die Hand und er ergreift sie, fast so, als würde ich uns durch den Nebel tragen und nicht andersherum. Er setzt mich in meinem Zimmer ab und verschwindet dann in den Salon, damit ich mich für den Nachmittagsunterricht zurechtmachen kann. Rasch tausche ich den nassen Trainingsanzug gegen eine luftige Hose und ein zu großes Leinenhemd.

Als ich nach unten komme, lässt Hale sich gerade von Eleyna mit Sandwich und Tee bedienen. Es kommt mir vor, als hätte ich meine Zofe seit einer halben Ewigkeit nicht mehr gesehen. Sie stellt die Kanne auf dem Tisch ab, und ich schließe sie freudig in meine Arme.

»Du hast mir einen ganz schönen Schrecken eingejagt, Flame«, sagt sie in mein Ohr, wobei ich ihren vertrauten Duft nach Pfingstrosen einatme. »Und dann haben sie mich auch noch freigestellt, weil sie sich selbst um dich kümmern wollten.« Man hört deutlich das Missfallen in ihrer Stimme, und ich gluckse belustigt.

»Du hast mir auch gefehlt.«

Nach einer letzten Umarmung setze ich mich zu Hale und beiße ebenfalls in ein Sandwich. Ich seufze zufrieden, und es folgen noch ein zweites und ein drittes sowie ein großes Glas Orangensaft. Anschließend bringt mich Hale mit einem einzigen Wimpernschlag in den Innenhof zu meinem Unterricht. Ich nehme meinen gewohnten Platz zwischen Lavea und Kiana ein. Lavea drückt leicht meine Schulter und lächelt mir schüchtern zu. Ich erwidere es und schließe sie in meine Arme, während Kiana neben mir Würgegeräusche von sich gibt.

Zu unserer Überraschung ist es Lost, der heute den Unterricht hält. Wie üblich ist er ruhig und in sich gekehrt, und Candela vergnügt sich damit, ihn mit Zwischenfragen aus der Fassung zu bringen. Ich bin mir nicht sicher, ob ihr einfach langweilig ist, sie ihn hasst oder ihn insgeheim sogar mag. Seine dunklen braunen Augen huschen immer wieder zu ihr, als würde er auf die nächste Attacke warten. Irgendwann stößt Saphira ihr mit dem Ellenbogen fest in die Rippen, damit sie endlich Ruhe gibt.

Etwas entspannter fährt Lost fort, über die Moiren zu sprechen, die das Thema der heutigen Stunde sind. Lavea kritzelt fleißig mit, während Kiana Galgenbaum mit sich selbst spielt und ich einfach nur den Worten des Gottes lausche. Die Moiren sind drei Göttinnen, manche sagen, sie seien Töchter der Nacht, doch in Wahrheit wurden sie von Zeus und der Titanin Themis gezeugt. Ich frage mich, ob es eine genaue Liste gibt, die aufzeigt, mit wie vielen Frauen der Göttervater im Bett gewesen ist. Doch vermutlich würde nicht einmal ein unsterbliches Leben ausreichen, um alle herauszufinden und aufzuschreiben.

Die Schicksalsgöttinnen können überall auftauchen, auf der Erde und auch im Hades. Deshalb umgibt sie sowohl eine Aura der Unterwelt als auch des Himmels. Sie gelten als Furcht einflößend, und ich bin nicht besonders scharf darauf, ihnen jemals zu begegnen. Es heißt, dass sie jedem Menschen ein individuelles Schicksal zuteilen, eine Rolle, die er zu erfüllen hat. Jede der drei verübt dabei eine eigene Aufgabe. Die eine spannt den Lebensfaden, die nächste misst ihn ab und die letzte schneidet ihn wieder durch. Allein die Vorstellung, dass sich drei seltsame Weiber an meinem Lebensfaden zu schaffen machen, bereitet mir Unbehagen. Interessant finde ich jedoch, als Lost erklärt, dass das Schicksal nicht als in Stein gemeißelt betrachtet wird, sondern vielmehr als Rahmen, innerhalb dessen sich der Mensch bis zu einem gewissen Grad frei entfalten kann.

»Wie großzügig«, sagt Candela blasiert und fährt damit fort, ihre Nägel zu feilen. Dabei kippelt sie elegant auf ihrem Stuhl. An ihrer Stelle wäre ich längst umgefallen. Lost errötet bis hin zu seinem Haaransatz, fast tut er mir ein wenig leid. Er stottert noch eine Weile herum und wirft der rothaarigen temperamentvollen Frau sehnsüchtige Blicke zu, wenn er denkt, dass gerade niemand hinsieht. Ich bin beinahe erleichtert, als er die Stunde beendet und wir nicht länger gezwungen sind, Candela und ihm bei ihrem Katz-und-Maus-Spiel zuzusehen.

»Ich kann nicht glauben, dass es nur noch sechs volle Tage bis zur nächsten Aufgabe sein sollen«, sagt Lavea, als wir auf dem Weg zum Speisesaal sind.

»Bitte erinnere mich nicht daran«, seufzt Kiana.

»Na ja, schlimmer als der Höllenhund kann es wohl kaum werden«, erwidere ich trocken. Beide schauen mich ungläubig an.

»Ich glaube, dass es dort draußen ein ziemlich breites Repertoire an Ungeheuern gibt, die uns gerne als Snack verschlingen möchten«, wirft Saphira uns im Vorbeigehen zu. Niemand widerspricht ihr.

Kapitel 10

BRENNENDER KÄFIG

Zwei Abende später sitzen Lavea, Kiana, Candela, Saphira, Aideen und ich auf der kuscheligen Sofaecke im Damensalon. Wie es zur Vergrößerung unserer Gruppe gekommen ist, kann ich mir selbst nicht genau erklären. Aideen wurde nach dem Verlust ihrer Freundin Moisha irgendwie von Kiana adoptiert. Saphira und ich verstehen uns seit unserem Moment der Einigkeit im gläsernen Kolosseum recht gut, und Candela ist eben einfach Candela. Wir haben einen vorläufigen Waffenstillstand mit ihr geschlossen.

Ich spiele gedankenverloren an der kleinen goldenen Feder, die nun mein Armband ziert. Auch die anderen Mädchen tragen das Symbol von True als Zeichen, dass sie seine Aufgabe bestanden haben. Da sie ihren Anhänger direkt nach Erfüllung der Aufgabe erhalten haben, hat True mir die Feder separat – um genau zu sein vorgestern nach dem Abendessen – in einer gespielt feierlichen Geste überreicht. Genau wie Prometheus mag er es offensichtlich, mich ab und an in Verlegenheit zu bringen. Natürlich habe ich ihn gefragt, ob ich damit rechnen muss, dass sich demnächst Superkräfte bei mir entfalten. »Ich kann euch meine Gabe darbieten, es ist jedoch eine andere Sache, ob ihr im Einzelnen dafür empfänglich seid«, hatte er lediglich kryptisch erwidert und mir zugezwinkert.

»Was hat Dark eigentlich so Schlimmes gefragt, auf das

du keine Antwort geben wolltest?«, will Candela unverblümt wissen. Ich sehe sie überrascht an, sie schaut herausfordernd zurück. Lavea neben mir errötet leicht, offensichtlich ist ihr etwas herausgerutscht. Ich hatte mich zwar nur ihr und Kiana anvertraut, aber um ehrlich zu sein, wundert es mich, dass seine Frage noch nicht zu allen durchgedrungen ist. Normalerweise funktioniert der Buschfunk innerhalb des Palastes ganz ausgezeichnet.

»Er wollte von mir wissen, ob ich ihn liebe«, sage ich so gelassen wie möglich und beiße in einen Apfelschnitz, den ich mir aus der Obstschale genommen habe. Aideen verschluckt sich prompt an ihrem sprudelnden Wein.

»Uuund?«, fragt Saphira interessiert und schlägt grazil die Beine übereinander. Ich zucke mit den Schultern und kaue weiter, während ich etwas murmele, das nicht einmal ich selbst verstehen kann.

Candela rümpft ihre Nase. »Ich habe kein Wort verstanden.« Erst jetzt fällt mir auf, dass sie und Saphira seit dem Vorfall im gläsernen Kolosseum nicht mehr versucht haben, Darks Aufmerksamkeit zu erregen.

»Wie geht es mit euch weiter?«, hakt Saphira nach, als ich immer noch nicht antworte.

»Ihr beide könntet in Aphrodites Fußstapfen treten«, murrt Kiana, und ich verstecke mein Grinsen hinter einem weiteren Apfelschnitz.

»Er wollte zu dir hinabkommen, weißt du?«, fährt Candela ungerührt fort. »Gleich nachdem du gefallen warst. Wir haben es alle gesehen. Er war außer sich. Hale, Dream und Lost mussten ihre ganze Kraft aufwenden, um ihn zurückzuhalten.«

Ich schlucke und fahre mit einer Hand durch meine widerspenstigen Locken. »Das … habe ich nicht mitbekommen.«

Saphira nickt und nippt nun ebenfalls an ihrem Getränk. »Wir dachten, du solltest es wissen.«

»Damit du ein wenig netter zu ihm bist. Der Arme ist schon ganz verzweifelt«, ergänzt Candela.

»Meiner Meinung nach solltest du lieber die Finger von ihm lassen …«, mischt Kiana sich ein. Ihr eiskalter Blick sagt mir, dass sie bisher keinerlei gute Erfahrung mit Männern gemacht hat – und ich besser nicht danach fragen sollte. Daran halte ich mich. Lavea und Aideen hingegen kichern albern, und ich reibe mir resigniert über die Stirn.

»Ich werde eure Ratschläge berücksichtigen.« Ich beschließe, für den Rest des Abends alle Fragen zu Dark und mir zu meiden.

Die nächsten Tage fliegen regelrecht an mir vorbei, ich denke häufig an Moisha, obwohl ich sie kaum kannte. Trotzdem versuche ich, nicht allzu oft darüber nachzugrübeln, wen es als Nächstes von uns treffen wird. Den Gott der Angst und der Finsternis meide ich weiterhin, dennoch raubt sein Bild in meinem Kopf mir häufiger den Schlaf, als ich vor den anderen zugeben würde. Das Training ist wie immer eine gute Ablenkung. Ich habe mich verbessert, trotzdem lasse ich keine einzige zusätzliche Einheit mit Hale aus. Er ist so sicher, dass ich gewinnen kann, und seine Überzeugung spornt mich an. Es tut gut, jemanden zu haben, der an mich glaubt, auch wenn ich selbst es nicht tue.

Am Morgen der zweiten Aufgabe sitzen wir in Candelas Gemächern – die diese Bezeichnung wirklich verdienen – beisammen und nehmen das Frühstück ein. Die Aufregung raubt uns allen den Appetit, doch ich versuche trotzdem, ein wenig Obst und Tee herunterzubekommen. Kiana neben mir betrachtet angewidert die pinke Einrichtung. Es ist tatsächlich ein wenig erdrückend. Die Möbel sowie die Wände sind in den verschiedensten rosa Tönen gestrichen, und der Boden wird von einem lavendelfarbigen flauschigen Teppich bedeckt. Candela selbst thront auf ihrem mauvefarbenen Himmelbett wie eine Königin, ihre roten Haare bilden einen extremen Kontrast zu der restlichen Einrichtung. Wir dürfen die Zimmer gestalten, wie wir wollen, doch ich habe bei meinem darauf verzichtet, weil mir schon alles so gefallen hat, wie ich es vorgefunden habe.

»Ich würde schwer krank werden, wenn ich hier wohnen und schlafen müsste«, flüstert Aideen, und Lavea stimmt ihr hinter vorgehaltener Hand zu.

»Das habe ich gehört«, ruft Candela in ihre Richtung, woraufhin sie eine Schnute zieht.

»Wir meinen es nicht böse, Eli«, ruft Aideen zurück und schüttelt ihr rostrotes Haar.

Kiana verschluckt sich, als sie den Spitznamen hört. »Das klingt viel zu liebenswürdig für diese Hexe«, raunt sie mir zu. Ich stupse sie mit dem Ellenbogen an, um sie zum Schweigen zu bringen. Eine beleidigte Candela kann ziemlich übellaunig werden. Und darauf ist keiner von uns sonderlich erpicht. Die Stimmung ist gut und ausgelassen, aber nur so lange, bis Candelas Donati an die Tür klopft und uns darauf hinweist, dass es Zeit zum Aufbruch ist. Im Gänsemarsch folgen wir ihm nach draußen.

Ich bin überrascht, dass sie uns nur in den Innenhof bringen. Die linke Hälfte wird durch einen marineblauen Vorhang vom restlichen Bereich abgetrennt, in dem Sitzgelegenheiten aufgebaut worden sind. Die Aufgabe findet offensichtlich unter Ausschluss der Öffentlichkeit statt. Es ist Dark, der heute zu uns spricht. Mein Blick wandert über seine muskulösen Beine, den wohlgeformten Oberkörper und sein markantes männliches Gesicht. Ein solches Aussehen sollte verboten werden. Alles an ihm ist darauf ausgerichtet, dass man ihm verfällt. Und ich … ich tappe möglicherweise direkt in seine Falle.

»Wenn Flame sich sattgesehen hat, können wir anfangen«, sagt er mit einem süffisanten Grinsen. Augenblicklich spannt sich mein Körper an, Hitze steigt in mein Gesicht. Saphira neben mir zischt leise und legt einen Arm um mich. Warum ist er nur so? Bereitet es ihm Freude, mich vor den anderen bloßzustellen, oder denkt er sich wirklich nichts dabei?

»Die heutige Aufgabe wird von Yasar gestellt. Ihr werdet nacheinander hinter den Vorhang treten und diese bewältigen. Wir anderen warten davor.« Dark wendet sich wieder mir zu. »Du darfst anfangen. Es geht heute in umgekehrter Reihenfolge wie beim letzten Mal.«

Ich nicke knapp, drehe mich um und laufe zum Vorhang. Vermutlich gleicht es eher einer Flucht. Einer Flucht vor ihm. Sein Blick brennt sich in meinen Rücken, doch ich ignoriere ihn. Als ich in den abgetrennten Bereich trete, wird es schlagartig ruhig, weswegen ich mich entspanne. Yasar sitzt auf einem Stuhl, neben dem sich eine Liege befindet.

»Hallo«, begrüße ich ihn mit kratziger Stimme. Ich räuspere mich und schlinge beide Arme um meinen Körper.

»Guten Morgen, Flame. Setz dich.« Ich gehe zu der Liege, und er hilft mir hoch. Sein blondes schulterlanges Haar ist verstrubbelt, als hätte er es seit einer Weile nicht gekämmt. Nachdem ich eine angenehme Position gefunden habe, lässt er sich zurücksinken und streicht zwei Strähnen hinter sein Ohr. Wie immer strahlt er Ruhe und Gelassenheit aus. In seiner Nähe kann man eigentlich gar nicht anders, als sich wohlzufühlen. Er ist definitiv der Kopf der neuen Götter und auch der Vernünftigste. Trotzdem habe ich Angst vor dem, was mich gleich erwartet.

»Ich will dich nicht länger auf die Folter spannen«, kommen die erlösenden Worte aus Yasars Mund. »Die heutige Aufgabe ist nicht gefährlich für dich. Ich werde für kurze Zeit meine Gabe auf dich übertragen. In dieser Zeit wirst du Szenen aus deiner Zukunft sehen. Diese Ausschnitte, die du in deinem Kopf erleben wirst, können eintreten, wenn du bei uns bleibst. Möglicherweise werden dir all die Dinge passieren, die du siehst, vielleicht tritt aber auch keins dieser Szenarien ein. Der Blick in die Zukunft ist keine wissenschaftlich messbare Sache. Wenn du aus dem sehenden Zustand zurückkehrst, musst du mir jedoch mitteilen, ob du bei uns bleiben oder uns verlassen wirst.«

»Kannst du sehen, was ich erlebe?« Die Vorstellung behagt mir nicht.

»Es ist nur für dein inneres Auge bestimmt.«

Ich nicke langsam. »In Ordnung.«

»Es wäre besser, wenn du dich jetzt hinlegst.«

Ich gehorche. Dann schließe ich die Augen. Ich spüre Yasars Hand in meiner. »Bereit?«, fragt er mich. Bevor ich erneut nicken kann, bin ich schon fort.

Das Erste, was ich spüre, ist die unerträgliche Hitze. Mein Körper fühlt sich langsam und schwer an, als würde er nicht mir gehören. Ich knie auf dem Boden. Meine Hand- und Fußgelenke liegen in Ketten. Ich huste, als ich den Rauch einatme, der von unten zu mir hinaufsteigt. Soweit es die Fesseln zulassen, robbe ich nach vorn, klammere mich mit meinen Fingern an die Eisen-

stäbe. Sofort zucke ich zurück, betrachte fluchend die Verbrennungen, die sie hinterlassen haben. Noch einmal wage ich mich nach vorn, spähe hinab, ohne die Stäbe zu berühren. Unter mir lodern Flammen. Hohe rot-orangene Flammen züngeln munter vor sich hin, versuchen mich zu erreichen. Ich bekomme Panik, als ich registriere, dass unter mir echtes Feuer ist. Ich lasse mich auf die Fersen sinken, krieche zurück und wimmere. Ich verabscheue mich für meine Schwäche, doch die Angst hat mich fest im Griff. Trotzdem suche ich nach einem Ausweg. Ich blicke hinauf, aber alles, was ich sehen kann, ist die Schwärze über und die rote Glut unter mir. Ich bin gefangen. Gefangen in diesem Käfig wie ein kleines Vöglein. Die Luft um mich herum wird immer heißer. Ich will atmen, muss mich beruhigen, doch ich kann nicht. Da ist kein Sauerstoff, der meine Lunge besänftigt. Ich ersticke. Quälend langsam. Dann verliere ich das Bewusstsein.

Keuchend hole ich Luft. Ein strahlend blauer Himmel ist über mir. Meine Hände klammern sich an graues Gestein. Unter mir befindet sich ein tosender Fluss.

»Nicht loslassen!«, brüllt Candela mir zu. Ihr Oberkörper ist über einen Abhang gelehnt, und sie streckt mir ihre Hand entgegen. Etwas Nasses fällt auf mein Gesicht. Ich sehe zu ihr hinauf, ihre feinen Gesichtszüge sind schmerzverzerrt. Sie weint. Trotzdem reckt sie auffordernd ihre Hand in meine Richtung. Ich strecke meine ebenfalls der ihren entgegen. Einmal rutsche ich ab, doch dann packt sie mein Handgelenk, und ich versuche mit den Füßen Halt zu finden. An meinem linken Arm fließt Blut hinab, meine Haut ist aufgescheuert von dem spitzen Gestein, doch ich lasse nicht los. Ich bin nicht bereit, dem Tod heute gegenüberzutreten. Unter Aufwendung aller Kraft, die ich noch mobilisieren kann, ziehe ich mich nach oben und bete,

dass meine Freundin mich nicht loslässt. Mit einem letzten Ruck zieht sie meinen geschundenen Leib über die Felskante. Wir fallen übereinander und bleiben schließlich erschöpft auf dem Rücken liegen.

»Dürfen. Keine. Pause. Machen«, keucht Candela neben mir. Ich nicke, stehe auf und ziehe sie mit mir hoch. Noch einmal blicke ich hinab. Sehe den Weg, den ich bereits geschafft habe. Dann erregt etwas anderes meine Aufmerksamkeit. Am Ufer, zwischen den Bergen und dem reißenden Fluss, liegt eine Frau. Ich kann ihr Gesicht nicht sehen, doch ich erkenne ihr zinnoberrotes glattes Haar. Candela und ich klammern uns aneinander fest. Aus meinem Mund dringt ein wehklagender Laut.

Ich laufe durch die Dunkelheit, so schnell mich meine Beine tragen können. Mehrmals stolpere ich über Wurzeln und umherliegende Steine. Meine Angst treibt mich an, die Angst, dass er fort ist, ohne dass ich Lebewohl sagen kann. Ein Schluchzen entfährt mir, doch ich bleibe nicht stehen, treibe meine Muskeln zu Höchstleistungen an, obwohl sie vehement protestieren.

»Dark! Dark!« Ich brülle mir die Seele aus dem Leib. Immer wieder sein Name auf meinen Lippen. Tränen verschleiern meine Sicht. Ich stolpere weiter vorwärts, bis der Wald sich lichtet. An einem Felsvorsprung wartet er auf mich.

»Du hättest nicht kommen dürfen«, tadelt er mich.

Er ist nicht allein. Neben ihm steht das schönste Geschöpf, das ich jemals gesehen habe. Es ist ein Pferd mit großen Schwingen. Sein Körper ist hell und durchscheinend weiß, während die Flügel mit schimmernden Schuppen bedeckt sind. Dann ist Dark bei mir und schließt mich in seine Arme. Ich umschlinge ihn, als er mich hochhebt, und drücke mein Gesicht in die kleine Kuhle zwischen Schulter und Halsbeuge. Gierig sauge ich seinen vertrauten

Duft nach Wald und Kiefernnadeln ein, während mir ein weiteres Schluchzen entfährt.

»Verlass mich nicht«, flehe ich, und er packt mich noch fester, als würde auch er mich nicht loslassen wollen. Er ist alles, was ich habe. Das Einzige, was wirklich gut an meinem neuen Leben ist.

Ich zittere am ganzen Leib, als er irgendwann sanft meine Arme von seinem Hals löst und mich vorsichtig absetzt. Er drückt seine Lippen auf meine Stirn, und ich schließe die Augen. Mein Herz zerreißt in tausend Stücke, als er sich umdreht und auf das wunderschöne Geschöpf steigt. Unsere Blicke treffen sich ein letztes Mal.

»Ich muss nach Viridi zurückkehren.«

Als der Pegalux abhebt und ich ihm nachsehe, versuche ich tapfer zu sein. Doch sobald sie nur noch ein kleines Leuchten neben dem Mond und vielen Sternen sind, bricht meine Welt in sich zusammen wie ein fragiles Kartenhaus.

Mein Herz und meine Seele, mein ganzer Körper, sind ein einziger Schmerz, als ich mit einem Schrei auf den Lippen hochfahre. Yasars Augen sind groß, während er mich bei den Schultern packt. »Du bist wieder zurück«, redet er beruhigend auf mich ein. »Komm nicht näher«, ruft er jemandem hinter sich zu.

Dark.

Er steht dort, den Vorhang halb beiseitegerissen. Sein Gesicht kreidebleich. Selbst aus dieser Entfernung kann ich sehen, wie besorgt auch die anderen sind.

»Was hast du ihr gezeigt?«, verlangt Dark zu wissen.

Yasar richtet sich langsam auf und wendet sich ihm zu. »Ich habe ihr gar nichts gezeigt. Sie scheint lediglich sehr empfänglich für meine Gabe zu sein, wenn sie alles so intensiv erlebt.«

Ich versuche aufzustehen, doch meine Beine fühlen sich an, als wären jegliche Knochen und Muskeln aus ihnen verschwunden. In wenigen Schritten ist der Gott der Angst und der Finsternis bei mir. Sanft schiebt er seine Arme unter meine Schultern und Kniekehlen und hebt mich hoch.

Yasar stellt sich uns in den Weg. »Eine letzte Frage an Flame«, sagt er und sucht meinen Blick. »Willst du bei uns bleiben oder uns verlassen?«

Vielleicht wäre es besser, wenn ich ginge. Es wäre der leichte Weg. Vermutlich würde mir eine Menge Schmerz erspart bleiben. Doch ich kann nicht davonlaufen und mich verstecken. Nicht schon wieder. Ich will wachsen und nicht vertrocknen wie diese bedauernswerte Blume, von der Amanda gesprochen hat. Yasar hat gesagt, dass vielleicht nichts von dem, was ich gesehen habe, eintreffen muss. Ich hoffe, dass er recht behält.

Ich atme tief durch, umfasse das kühle Material meiner Schmetterlingskette, die wie immer um meinen Hals liegt, und nehme all meinen Mut zusammen. »Ich bleibe.« Meine Stimme klingt fest.

Dann strecke ich dem Gott der Zukunft und des Lebens mein Handgelenk entgegen, und er befestigt sein Symbol, ein silbernes Auge, an meinem Lorbeerband. Mit letzter Kraft schlinge ich meine Arme um Darks Hals und presse mein Gesicht an ihn, wie mein Ich in der Vision. Ich ignoriere die schockierten Blicke der anderen, konzentriere mich nur auf seine schönen Augen. In nicht allzu ferner Zukunft scheint er alles für mich zu sein. Ich will keine Sekunde mehr verschenken. Ich will herausfinden, wer er wirklich ist. Ich möchte den Mann kennenlernen, der sich hinter dieser selbstgefälligen Fassade verbirgt.

Dark geht mit mir durch den Nebel und erschreckt Eleyna fast zu Tode, als er neben meinem Bett auftaucht. Mit einem Aufschrei springt sie zurück, sodass ihr der Staubwedel aus der Hand fällt. Er entschuldigt sich bei ihr und entlässt sie für den restlichen Tag – genau wie Heron und Emmett. Sobald wir allein sind, trägt Dark mich ins Bad und setzt mich auf dem Rand der Wanne ab. Er lässt mir Wasser ein, und erst jetzt merke ich, dass mein ganzer Körper mit Schweiß bedeckt ist. Dark kontrolliert die Temperatur, geht dann nach draußen und schließt leise die Tür hinter sich. Ich entkleide mich und steige in die Wanne. Weil ich weiß, dass er nebenan auf mich wartet, lasse ich mir nicht allzu viel Zeit. Rasch trockne ich mich ab und schlüpfe in das zu große Shirt und den Slip, die auf wundersame Weise den Weg herein gefunden haben. Dann betrete ich mein Schlafzimmer. Dark liegt auf meinem Bett, als würde es ihm gehören, und das bringt mich dann doch zum Lächeln. »Immerhin hast du die Stiefel ausgezogen.«

»Entgegen den Gerüchten, die so über mich kursieren, habe ich sehr gute Manieren.« Er zwinkert mir zu und schlägt die Bettdecke zurück, damit ich mich zu ihm legen kann. Ich zögere einen Moment, doch dann folge ich seiner Aufforderung.

Meine Atmung beschleunigt sich, als er mich an sich zieht und die Decke um mich schlingt. Er legt ein Bein über und den rechten Arm unter mich. Sein linker Arm umschlingt meinen Oberkörper und unsere Hände verschränken sich miteinander. Ich will mich zu ihm umdrehen, doch er hält mich fest, sodass ich mich nicht wenden kann.

»Schlaf«, raunt er in mein Ohr.

Ich dränge mich mit dem Hintern an ihn, unsere Körper nur getrennt durch seine Hose, die Tagesdecke und meinen dünnen Slip. Er flucht, und ich erröte.

»Ich versuche gerade das Richtige zu tun, worin ich nicht besonders gut bin.«

»Oh.«

»Ja, oh.« Er lacht rau auf.

Ich denke kurz nach. »Und was ist mit besagten guten Manieren, die du gerade noch erwähnt hast?«

Mit der Nasenspitze streicht er über meine Ohrmuschel, und ich erschauere, vergesse, was ich noch hatte sagen wollen.

»Ich will –«, setze ich irgendwann an, doch er unterbricht mich.

»Nicht heute, kleines Monster.«

»Kleines Monster«, nicht »kleine Flamme«, wie die anderen mich nennen. Es gefällt mir.

Bedächtig küsst er meinen Hals, und als er sanft hineinbeißt, winde ich mich unter der Decke. Er quält mich noch ein wenig, bis er beginnt, träge und beruhigend durch mein Haar zu streichen. Seine Berührungen hüllen mich ein, in einen Kokon aus Dunkelheit, und lassen mich sanft ins Land der Träume gleiten.

Wir verbringen den ganzen restlichen Tag im Bett. Die Aufgabe hat mich körperlich und geistig erschöpft, Dark spürt es, ohne dass ich mich erklären muss. Zum Abend hin knurrt mein Magen, sodass wir vom Bett auf das Sofa umziehen. Dark verschwindet kurz und kehrt zwei Wimpernschläge darauf mit Essen aus der Küche zurück. Gerade als wir es uns richtig gemütlich gemacht haben, klopft es an der Tür. Ohne auf unsere Antwort zu warten, schwingt sie auf – und Lost, True, Yasar, Hale, Dream, Apollo, Lavea, Kiana, Aideen, Saphira und Candela drängen sich in meinen kleinen Salon.

»Du dachtest doch nicht etwa, dass du sie die ganze Zeit

für dich allein haben darfst«, sagt Saphira zu Dark und lässt sich neben mich auf das weiche Sofa fallen.

Prometheus kommt als Nachzügler herein. Auf der einen Hand balanciert er ein Tablett mit Häppchen, mit der anderen deutet er anklagend auf den Arm, den Dark besitzergreifend um meine Schultern gelegt hat. Dann wandert sein Blick zu meinen nackten Schenkeln. »Unten ohne!«, ruft er schockiert aus. Candela verdreht die Augen und Apollo wirft seine Jacke auf meinen Schoß, die ich schnell über meinen Beinen ausbreite.

»Einfach so in aller Öffentlichkeit –«, beginnt Prom empört, obwohl er selbst alles andere als ein Heiliger ist, während das Tablett in seiner Hand bedrohlich wackelt. Dream nimmt es ihm schnell ab, und wir atmen erleichtert auf.

»Ach, zum Teufel mit der Öffentlichkeit«, kommt es von Yasar, der auf dem Sessel rechts von uns Platz genommen hat.

True strahlt seinen Partner begeistert an. »Genau, zum Teufel damit!« Dann stürzt er sich auf ihn und gibt ihm einen langen intensiven Kuss. Als sich die beiden voneinander lösen, hat Yasars Gesicht ungefähr die Farbe von Candelas Haaren angenommen. Ihre Beziehung ist zwar kein Geheimnis, aber trotzdem gehen sie meist zurückhaltend damit um.

»Stört euch nicht an uns«, sagt Saphira, die gerade einen Kirschkern in ihre Handfläche spuckt, und auch Lavea lächelt die beiden ganz verzückt an. True grinst zurück, während Yasar unbeholfen seinen Arm streichelt.

Dream räuspert sich und stellt das Tablett in die Mitte des Tisches. »Wer hat Hunger?« Sofort kommt wieder Leben in unsere kleine Runde, und bald wird mein Wohnzimmer von dem Geschnatter verschiedener Stimmen erfüllt.

Später teile ich mir satt und rundum glücklich mit Kiana

den Schaukelstuhl, während Lavea und Aideen zu unseren Füßen sitzen. Die anderen sind beim Sofa geblieben, trinken, lachen und essen die verbliebenen Reste. Über die Köpfe der Mädchen hinweg treffen sich Darks und mein Blick. Immer wieder sehen wir uns an, verständigen uns stumm, dass es dem jeweils anderen gut geht. Ich weiß, dass wir reden müssen, doch in diesem Moment genieße ich trotzdem, dass wir Gesellschaft haben. Auch die schüchterne Lavea schaut auffallend oft in Dreams Richtung.

»Geh zu ihm«, fordert Aideen sie auf, und ich nicke zustimmend. Lavea errötet und schüttelt den Kopf.

»Ein andermal vielleicht.« Sie lächelt zaghaft. »Das ist der bisher schönste Abend seit unserer Ankunft.«

Ich lehne meine Schläfe an Kianas Schulter. »Weil es sich wie zu Hause anfühlt.«

Drei Tage danach drehe ich mit einem dümmlichen Grinsen im Gesicht meine Runden in der Trainingshalle. Mittlerweile bringt mich nichts mehr so leicht außer Atem. Selbst Saphira und Candela haben Mühe, mit mir Schritt zu halten, obwohl sie mich um mehr als einen Kopf überragen und die deutlich längeren Beine haben.

»Wie ist das Zusammenleben mit Dark?«, erkundigt Saphira sich beiläufig.

Ich werfe einen Blick über die Schulter, auch wenn uns der Gott auf die Entfernung mit Sicherheit nicht hören kann. »Wir leben nicht zusammen«, erwidere ich schließlich.

Candela rollt mit den Augen. »Ihr teilt das Bett miteinander.«

»Er übernachtet bei mir. Aber es ist nichts passiert«, verteidige ich mich. Die beiden schauen mich ungläubig an.

»Nicht mal *ein* Kuss?« Ich schüttele den Kopf.

»Aber du willst es?«, bohrt Saphira nach.

Ich erröte. »Ja.«

»Tja, dann«, sagt sie gedehnt, »werden wir ein wenig nachhelfen. Ich hätte nicht gedacht, dass der Mann über so viel Selbstbeherrschung verfügt.« Ich runzele die Stirn, während Candela zustimmend grunzt. Vermutlich ist sie gedanklich längst wieder bei Lost, aber das würde sie niemals zugeben, und ich traue mich auch ehrlich gesagt nicht, sie direkt darauf anzusprechen. Mittlerweile bin ich mir sogar ziemlich sicher, dass sie ihn mag. Obwohl sie eine sonderbare Art hat, das zu zeigen. Ich meine, warum sonst sollte sie so stark auf ihn reagieren?

Wir alle zucken ertappt zusammen, als Hale uns schließlich mit den Worten, dass das hier keine Plauderstunde sei, auseinanderscheucht. Das restliche Training verbringe ich mit Kiana beim Bogenschießen und Messerwerfen. Letzteres zählt noch immer nicht zu meinen Stärken, doch ich gebe mein Bestes. Im Nachmittagsunterricht nehmen wir die Erinnyen – die Göttinnen der Rache –, sowie die Harpyien durch.

»Warum können wir nie über nette Wesen sprechen«, flüstert Lavea neben mir. Ich zucke mit den Schultern.

»Die gibt es nicht«, erwidert Kiana, woraufhin ich sie vorwurfsvoll ansehe, als Lavea erbleicht. »Ist doch so«, murrt sie nur.

Ich lasse meinen Blick durch die Sitzreihen vor uns schweifen. Fenja und Aieda haben uns nach der zweiten Aufgabe freiwillig verlassen. Sie mussten das Armband zurückgeben und wurden anschließend von Lost in ihre Heimat gebracht. Immerhin sind sie unversehrt. Es muss seltsam für sie sein, nach der Zeit im Palast. Cato, Amanda, Jules, Miri und die

Erinnerung an unsere gemeinsame Zeit schleichen sich oft in meinen Kopf. Trotzdem kommt mir mein vergangenes Leben so unendlich weit entfernt vor. Beinahe so, als wäre es kein Teil mehr von mir. Als hätte ich mich allein in dieser kurzen Zeitspanne schon viel zu sehr verändert. Ich könnte mir nicht vorstellen, zurückzukehren und einfach dort weiterzumachen, wo ich aufgehört habe.

Mit den anderen Mädchen habe ich nicht darüber gesprochen, was sie in ihren Visionen gesehen haben. Aber Saphira hat mir gesagt, dass es nicht gewesen sei wie bei mir, nicht so real. Laut den anderen habe ich mehrmals Darks Namen geschrien, ihn angefleht, nicht zu gehen, während ich mich in dem Trancezustand befand. Nach wie vor breitet sich ein Unwohlsein in mir aus, wenn ich an die Bilder zurückdenke, die mich nachts manchmal aus dem Schlaf reißen. Immer wenn ich Saphira betrachte, hoffe ich, dass niemals eintreten wird, was ich an jenem Vormittag gesehen habe.

Glücklicherweise unterbricht Lost meine düsteren Gedanken, als er den Unterricht beendet. Candela überredet uns, mit zu ihr zu kommen, damit wir uns gemeinsam zurechtmachen können. Für heute Abend haben True und Prometheus einen kleinen Empfang und ein *Interview* geplant. Ich bin mir nicht sicher, was ich mir darunter vorstellen kann, aber die anderen Mädchen sind schon vollkommen aus dem Häuschen. Zu unserer aller Freude wird das Ganze vor Ort spontan in Saphiras Gemächer verlegt, die in sanften Türkistönen gestrichen sind, was eine echte Wohltat für unser aller Augen ist.

Aphrodite, die es sich wohl auferlegt hat, meine gute Fee zu sein, kommt ebenfalls vorbei und bringt mir ein waldgrünes Kleid. Die Träger und der Saum sind von silbrigen Stickereien verziert und lassen mich unwillkürlich an Dark denken.

Am Rücken ist es tief ausgeschnitten und der Stoff fließt bis zu den Knien eng hinab, von wo er sich auffächert. Die anderen zwingen mich geradezu, die Unterwäsche wegzulassen. »Allein wegen der hässlichen Abdrücke«, kommentiert Candela fachmännisch, und ich gebe mich nach einigen Protestversuchen geschlagen.

»Du wirst ihm heute Abend sehr gefallen«, sagt die Göttin der Liebe und klatscht erfreut in die Hände. Dann huscht sie weiter zu Lavea, und ich bin froh, dass sie ein neues Opfer gefunden zu haben scheint. »Du und Dream, Schätzchen?«, will sie von ihr wissen und zieht sie mit sich ins Bad.

»Diese Männer haben euer Gehirn vernebelt«, stellt Kiana trocken fest, Aideen nickt zustimmend. Ich kann nichts dazu sagen, weil Eleyna sich gerade an meinem Gesicht zu schaffen macht. Meinen Einwand »nicht zu viel« tut sie mit einer wedelnden Handbewegung ab. Und dann sind wir endlich fertig.

Lavea trägt ein Kleid von reinem Weiß, welches seidig ihre Figur umfließt. Sie ist die Schönste von uns allen, weil sie es nicht weiß. Ich gehe zu ihr und hake mich bei ihr unter.

»Ich bin aufgeregt«, lässt sie mich wissen und zupft an ihren Trägern herum.

»Du magst ihn. Und er mag dich. Es sollte nicht allzu schwer sein.«

»Meinst du wirklich? Dass er mich mag?«

Ich drücke leicht ihren Arm. »Wie könnte er nicht? Du hast ein Herz aus Gold. Sei stolz und sei mutig und versteck dich nicht.«

Kapitel 11

AB MIT DEM KOPF

Ich halte überrascht die Luft an, als ich mit Lavea und den anderen Mädchen an meiner Seite nach draußen in die kühle Nachtluft trete. Am Strand ist ein Buffet aufgebaut. Leise Musik ertönt von einem Klavier. Die Umgebung wird von magischen Fackeln in ein behagliches Licht getaucht.

»Vielleicht hat Prom ja doch Geschmack«, flüstert Kiana hinter mir, was mich und die anderen Mädchen leise kichern lässt.

»Guten Abend, meine Lieben«, begrüßt der Titan uns nur einen Augenblick später.

»Wenn man vom Teufel spricht«, murmelt Candela.

»Wünsch dir das lieber nicht«, kommt es von Hale, der ebenfalls durch den Nebel zu uns tritt. Es folgen ihm die anderen Götter. Als Dark seinen Blick über mein Kleid schweifen lässt, fließt das Silber um seine Pupillen noch ein wenig schneller, und ich wünschte, wir wären allein.

»Am heutigen Abend haben wir eine kleine Überraschung für euch vorbereitet. Esst und trinkt zudem, so viel ihr wollt. Ich werde nachher reihum gehen und einige Interviews führen. Unser Freund Hermes, der demnächst zu uns stößt, wird diese durch seine Kräfte im ganzen Land auf Leinwänden übertragen.«

Saphira schnappt überrascht nach Luft und überprüft ihre Frisur, die natürlich tadellos sitzt. Hestia und Ina sehen nicht besonders erfreut aus. Ich lächle ihnen aufmunternd zu, doch sie erwidern es nicht. Die meiste Zeit bleiben sie für sich und tuscheln, als wären die Dinge, die sie zu bereden haben, streng geheim. Ich spüre förmlich, wie Kiana neben mir die Augen verdreht, und zucke lediglich mit den Schultern. Im nächsten Moment legt sich Darks warme Hand an meinen nackten Rücken, und ich vergesse für einen kurzen Moment zu atmen. Er führt mich etwas abseits von den anderen zu einem der Stehtische.

»Kann er das wirklich? Diese Übertragung?‹ Sofort frage ich mich, ob Cato und die anderen mich sehen werden. Es ist ein schöner und seltsamer Gedanke zugleich. Was sie von all dem hier halten würden?

Dark weiß sofort, was ich meine. »Er ist der Götterbote.«

»Natürlich«, sage ich und verstecke mein Grinsen hinter einem Glas, das Dark mir mitgebracht hat. »In eurer Welt ist so etwas ganz normal. Ich muss mich noch daran gewöhnen.«

Er streckt die Hand aus und fährt mir sanft übers Gesicht. »Es kann auch deine Welt sein. Du musst es nur zulassen.«

»Du meinst, ich muss gewinnen.«

Nun beugt er sich ganz zu mir herunter. Er wickelt sich eine meiner Locken um den Finger und knabbert zärtlich an meinem Ohr. Ich keuche auf und kontrolliere, ob uns irgendwer beobachtet, doch sein Körper schirmt den meinen gänzlich ab. »Nicht wenn du beschließt, dass du mich für immer willst.« Seine Worte lassen mich erstarren.

»Bei der letzten Aufgabe –«, beginne ich stockend und meine Stimme versagt. Vorsichtig greift er nach meinem Kinn und hebt es an, damit ich ihm in die Augen sehe. Mit aller Kraft dränge ich die Tränen zurück. »Da …«, ich schlucke ein Schluchzen hinunter, »da hast du mich verlassen. Ohne dich noch einmal umzudrehen. Und es tat weh. So unglaublich weh.« Er flucht und zieht mich an sich, während ich mein Gesicht an ihn presse und mit meinem Puder sein Hemd ruiniere. »Ich verstehe es selbst nicht. Das, was zwischen uns ist. Es ist neu und zart und fühlt sich noch so zerbrechlich an. Aber ich weiß trotzdem ganz gewiss, dass ich dich nicht verlieren will.«

In beruhigenden Kreisen fährt er über meinen Rücken, bis mein Zittern abebbt. »Ich verdiene dich nicht – aber ich bin egoistisch.« Er stockt, ebenso wie ich vor wenigen Minuten. »Ich weiß, dass ich dir eine Menge Antworten schulde. Bitte hab noch ein wenig länger Geduld mit mir.« An der Art, wie er die Worte hervorbringt, merke ich, dass er nicht oft um etwas bittet.

Ich wende ihm meinen Blick zu und er küsst meine Nasenspitze, was mich zum Lächeln bringt.

»Solange die Geheimnisse nicht für immer sind«, sage ich schließlich.

Er schüttelt den Kopf. »Wenn das Turnier vorbei ist, werde ich dir alles sagen.«

»Versprich es.«

Er legt seine rechte Hand auf die linke Brust und schlägt einen feierlichen Tonfall an. »Bei allem, was mir lieb und teuer ist, kleines Monster.« Danach lehne ich mich wieder an ihn und genieße seine Wärme, seine alles erfüllende Nähe.

»Es ist Zeit für die große Überraschung«, ruft True, und ich trete hinter Dark hervor, damit ich besser sehen kann.

Aus dem Eingang des Palastes kommt eine kleine Schar Menschen geströmt, ich werfe Dark einen fragenden Blick zu. Dann stößt Lavea einen Schrei aus und fällt einem älteren Mann in die Arme, der hager gewachsen ist und eine große

Brille auf seiner Nase trägt. Er wirkt ein wenig zurückhaltend und unbeholfen.

»Ihr Vater?«, frage ich mit großen Augen.

»Die Familien sind heute zu Besuch.« Mein Herz macht einen Sprung. Sofort will ich losstürmen, doch Dark zieht mich mit meinem Rücken an seine Brust. »Flame, es tut mir leid, aber wir konnten deine Freunde nicht finden. Sie sind nicht mehr im Dorf.«

Kälte breitet sich in mir aus. »Amanda?«

Dark schüttelt den Kopf. »Auch sie war nicht da. Aber ich gebe dir mein Wort, wenn das hier vorbei ist, werden wir sie gemeinsam finden. Alles wird gut.«

Gerade noch bin ich glücklich gewesen, doch nun breitet sich Traurigkeit in mir aus. Und Sorge. Wir haben noch nie an einem anderen Ort gelebt. Ich wüsste nicht, wohin sie gehen sollten. Und vor allem – warum? Irgendetwas muss vorgefallen sein.

»Ich weiß, dass die Situation nicht leicht für dich ist. Aber denk daran, dass sie auf sich selbst aufpassen können. Sie sind Jäger. Ihnen stößt so leicht nichts zu«, sagt Dark, fast so, als hätte ich ihm meine Bedenken laut mitgeteilt. »Und du hast mich. Ich gehe nicht weg. Niemals«, verspricht er mir. Und ich klammere mich an seinen Worten fest, lasse mich von ihm halten, vielleicht sogar für immer.

»Hallihallo, ihr Turteltäubchen«, trällert True, was uns erschrocken auseinanderfahren lässt. Auf dem Fuße folgen ihm Prom und ein Mann mit aschblondem Haar.

»Hermes«, stellt er sich vor, und ich reiche ihm zögerlich die Hand. Seine Iriden und auch die Pupillen strahlen komplett in Weiß, was wirklich unheimlich aussieht.

»Wie funktioniert das mit der Übertragung?«, will ich von

ihm wissen, weil mir nichts anderes einfällt. Er deutet wortlos auf seine Augen. »Ähm, okay. Also perfektionierst du den starren Blick, während Prom und True die Fragen stellen?« Dark beginnt zu glucksen und täuscht dann einen Hustenanfall vor.

»Ich sehe, seine Fiesheit hat auf dich abgefärbt«, sagt Prometheus naserümpfend.

»Tut mir leid. Ich bin bereit«, erwidere ich etwas versöhnlicher und nicke den beiden zu. Prom zückt daraufhin Papier und Stift und beginnt eifrig zu schreiben.

»Also, liebe Flame, wir möchten dich kurz vorstellen. Sag doch bitte ein paar Worte zu dir.« Er deutet auf Hermes. Zögerlich wende ich mich ihm zu.

»Hi. Ehm, ich bin Flame, neunzehn Jahre alt und als Teilnehmerin des Turniers hier.« Ich komme mir ziemlich albern dabei vor.

»Was alle brennend interessiert, ist deine Beziehung zu dem dunklen Gott neben dir. Zufällig stammt ihr aus derselben Gegend.«

»Ja, zufällig«, mischt Dark sich ein.

»Ich komme aus einem kleinen Dorf, das zwischen dem Land der Wahrheit und der Wirklichkeit und dem Land der Angst und der Finsternis liegt. Aber wir sind uns erst zur Auswahl begegnet«, ergänze ich schnell. Auffordernd schaue ich Dark an, doch er bekräftigt meine letzte Aussage nicht. Dann fällt mein Blick auf True, der ihn interessiert mustert. Erst jetzt wird mir klar, dass er vielleicht nichts dazu sagt, weil der andere Gott Lüge und Wahrheit spüren kann. Ich schlucke, wende mich wieder Prometheus zu.

»Man munkelt, dass du das dritte Auge besitzt. Immerhin hast du ihn intuitiv beim richtigen Namen genannt.«

»Dark ist so ein düsterer Zeitgenosse, es ist nicht besonders schwer, darauf zu kommen«, mischt Apollo sich ein, der neben uns aufgetaucht ist. Ich lächle ihm dankbar zu.

»Warum trägst du eigentlich nicht deine Flügelschuhe?«, frage ich Hermes, während Prometheus aufgebracht »Cut« schreit.

»Ein grässliches Klischee, das ich einfach nicht loswerde.« Der Götterbote betrachtet bekümmert seine Stiefel.

»Wozu schreibst du den ganzen Kram überhaupt mit?«, hakt Dark bei Prom nach. Ich unterdrücke ein Grinsen. Angriff ist die beste Verteidigung.

»Ich nutze sie für meine persönlichen Recherchezwecke«, erwidert er beleidigt. »Nicht dass dich das etwas anginge.« Dann dreht er sich um und marschiert davon. Er grummelt dabei etwas von unkreativem Pack, und Hermes dackelt ihm hinterher.

»Nun muss ich den ganzen Abend seine schlechte Laune ertragen«, sagt True an uns gewandt und verschwindet ebenfalls. Ich atme erleichtert auf.

»Prometheus ist ein komischer Vogel«, sagt Apollo.

»Aber nützlich«, erwidert Dark ungerührt.

Anschließend plaudern wir noch ein wenig mit den anderen. Außerdem erfahre ich, dass Hermes allen Aufgaben beiwohnt, auch wenn wir ihn nicht sehen können. Ich bin mir nicht sicher, wie ich das finde. Und ich lerne Laveas Vater und die Familien von Aideen und Saphira kennen. Kiana hat keinen Besuch bekommen und ist zeitig zu Bett gegangen. Ich fühle mich ein wenig schuldig, weil ich mich von Dark habe trösten lassen, während meine Freundin mit der Situation allein zurechtkommen musste.

Als es bereits nach Mitternacht ist, bringt Dark mich in

mein Schlafzimmer. Wir stehen am leicht geöffneten Fenster, durch das die Klänge des Klavierspiels vom Wind bis zu uns nach oben getragen werden. Mit einem Mal bin ich aufgeregt. Wir sind schon zuvor allein gewesen, aber etwas zwischen uns hat sich verändert. Ich bin froh, dass ich ihm von meiner Vision bei der zweiten Aufgabe erzählt habe. Dark tritt näher an mich heran, umfasst meine Hand mit seiner.

»Die Räume der anderen sind größer. Hochherrschaftlich wie das Leben, welches ihnen in Aussicht steht«, sagt er mit einem ironischen Lächeln. »Ich dachte, dir würde dieses hier besser gefallen. Dass es sich mehr nach einem *Zuhause* für dich anfühlt.« Ich schlucke und nicke, meine Mundwinkel heben sich leicht an.

Ganz langsam fährt Dark mit der Rückseite seines Zeigefingers über meinen Arm, hinauf zu meinem Schulterblatt, dann hinüber zu meinem Nacken und streicht schließlich eine meiner widerspenstigen Locken hinter mein Ohr. Sein Atem streift mich am Hals und ich erschauere. Jedes Aufeinandertreffen zwischen uns gleicht einem Tanz. Einer geht vor, der andere zurück, doch manchmal, da bewegen wir uns aufeinander zu. Wie in diesem Moment.

Zwischen unseren Mündern liegt kaum noch Abstand. Mit halb geschlossenen Lidern blicke ich zu ihm auf. Und mir wird klar, dass ich noch nie etwas so sehr wollte. Dass ich noch nie in meinem Leben so tiefes Begehren empfunden habe wie für ihn. Doch das ist nicht alles. Da ist so viel mehr, das uns verbindet. In ihm sehe ich die Finsternis, die ich so tief in meinem Inneren vor allen anderen verborgen halte. Vor allen anderen, außer ihm. Als seine Lippen endlich auf meine treffen, ist es wie eine Erlösung für mich. Schon so lange sehne ich mich danach. Nach ihm. Er schmeckt genau, wie ich es mir vorgestellt habe, und doch ganz anders.

Ein raues Knurren verlässt seinen Mund, und er zieht mich näher an sich, hält mich fest, als wolle er alles, was er am Meer zu mir gesagt hat, wahr werden lassen. Ich weise ihn nicht zurück. Ich bin verloren. Oder vielleicht auch nicht. Denn ich gehöre ihm, doch er gehört auch mir. Seine Hände erkunden meinen nackten Rücken, während er den Kuss vertieft. Ich dränge mich ihm entgegen. Er fährt noch weiter hinab, dann ist seine Hand unter meinem Kleid, umfasst meinen Hintern – und erstarrt.

»Flame?« Seine Stimme klingt rau und männlich, ist erfüllt von Begehren.

»Ich ... also ...«, stottere ich, doch dann straffe ich die Schultern. »Möglicherweise habe ich sie heute ... vergessen.« Er sieht mich ungläubig an, und ich erwidere seinen Blick, halte ihm stand, selbst wenn die fehlende Unterwäsche Hitze in mein Gesicht treibt.

»Vergessen?«

»Na ja, vielleicht auch *absichtlich* vergessen.« Als mich die anderen Mädchen vorhin dazu ermutigt haben, hat es sich tatsächlich wie eine gute Idee angefühlt. Mittlerweile bin ich mir da allerdings nicht mehr so sicher ...

Dark schnaubt. Von einer Sekunde auf die andere hebt er mich hoch und trägt mich zum Bett. Sanft legt er mich ab und ist dann über mir. Ich genieße sein Gewicht und spreize meine Beine. Ein Stöhnen entfährt mir, als er meinen Mund mit einem stürmischen Kuss erobert und mir spielerisch auf die Unterlippe beißt. Dann wandert er langsam hinab, streicht sanft die Träger meines Kleides nach unten. Ich zerfließe in seinen Händen und fühle mich wie berauscht von seinen Berührungen, von unseren rasenden Herzen, die im selben Takt schlagen. In diesem Moment will ich ihm alles von mir geben. Will alles mit ihm zum ersten Mal erleben.

Als ich mit zitternden Händen versuche, seinen Gürtel zu öffnen, hält er in seinen Bewegungen inne. Er nimmt mein Gesicht in beide Hände. »Bist du ... Ich meine – warst du vorher schon mit einem Mann so zusammen?«

Ich erröte, versuche seinem Blick auszuweichen, aber er lässt mich nicht. »Nein«, höre ich schließlich meine Stimme wie aus weiter Ferne.

»Wir sollten es langsamer angehen lassen.« Dark küsst mich sanft auf die Lippen. »Du sollst es später nicht bereuen. Ich will dich nicht zu sehr von dem Turnier ablenken. Und es gibt Dinge ...« Er fährt sich mit einer fahrigen Geste durch sein zerzaustes Haar. »Dinge, die du nicht weißt.«

Er rollt sich von mir herunter und steht auf, geht um das Bett herum und streift die Sandaletten von meinen Füßen. Dann zieht er die Decke über mich, und ich klammere mich daran fest. Ich liege da wie betäubt. Er setzt sich auf die Bettkante, und innerlich verfluche ich ihn. Ihn und seine schönen Hände, seinen geschickten Mund, aus dem weitere lockende Worte kommen, die nur darauf ausgerichtet sind, mich abzulenken.

Als ich am nächsten Morgen erwache, bin ich allein. Irgendwie bin ich froh darüber. Ich fühle mich entblößt. Ich habe mich Dark förmlich aufgedrängt, und er hat mich zurückgewiesen. Als ich aus dem Bett krieche, ist mein Körper mindestens so gerädert wie nach der Begegnung mit Kerberos. Ich gehe ins Bad und drehe die Dusche eiskalt auf. Nachdem ich mich abgetrocknet und meine Trainingskleidung angezogen habe, nehme ich einen letzten Schluck von Apollos Trank. Die Hitze in meiner Mitte verschwindet trotzdem nicht. Fluchend trampele ich die Treppe nach unten und hadere dabei mit mir selbst.

Eleyna erwartet mich mit einem frisch gedeckten Frühstückstisch. Als sie meine mürrische Miene bemerkt, schnappt sie sich den zweiten Teller und versteckt ihn hinter ihrem Rücken. Ihren fragenden Blick ignorierend, stürze ich ein Glas Orangensaft hinunter und greife nach einem Apfel. »Ich habe keinen Appetit. Aber lass es einfach stehen, vielleicht esse ich es nach dem Training.«

Sie mustert mich besorgt, sagt aber nichts, als ich durch die Tür trete. Dann lasse ich mich von Emmett zu Hale bringen. Kiana und er stehen bereits draußen am Wasser. Offenbar ist wieder Zeit für ein kleines Schwimmtraining. Am Himmel ziehen zum ersten Mal seit meiner Ankunft Wolken auf, was zu meiner heutigen Laune passt. Ich frage mich, was Dark vor mir zurückhält. Es muss schon etwas Größeres sein, jedenfalls seinem Verhalten nach zu urteilen. Das Ende des Turniers kommt mir weit entfernt vor, und es schmerzt mich, dass er so viel von mir weiß, aber ich beinahe nichts von ihm. Ich habe ihm von meiner Vergangenheit erzählt, aber er mir nicht von seiner. Sogar Hale vertraut mir mehr als er. Vielleicht liegt es an seiner Zeit mit Ziva. Man könnte es ihm nicht verdenken, wenn dieser Abschnitt seines Lebens ihn misstrauisch gemacht hat. Trotzdem wünsche ich mir nichts sehnlicher, als dass ich diejenige bin, der er sich gänzlich offenbart. Vor der er nichts zurückhalten muss. Dass er sich bei mir genauso geborgen fühlt, wie ich mich bei ihm. Und ich kann nur hoffen, dass ich dem gewachsen bin, was er mir irgendwann erzählen wird. Ich muss mich in Geduld üben, denn Zeit ist alles, was wir haben, und gleichzeitig auch nicht.

»Alles okay?«, fragt Hale mich, als ich neben den beiden zum Stehen komme.

»Klar«, erwidere ich knapp.

»Ihr werdet euch ein paar Runden warm schwimmen, anschließend beginnen wir mit euren ersten Tauchübungen. So sollt ihr lernen, für längere Zeit die Luft anzuhalten.« Kaum dass er den Satz beendet hat, scheucht er uns ins Wasser und wir kraulen los. Ich merke Kiana an, dass sie mir Fragen stellen will, aber sie kann bei diesem Tempo unmöglich den Mund öffnen, ohne dass Wasser hineinschwappt, worüber ich mehr als froh bin.

Nach dem Aufwärmen kommt Hale zum ersten Mal selbst zu uns ins Wasser. Er erklärt uns, wie wir am besten unseren Brustkorb dehnen, und übt mit uns verschiedene Atemtechniken, um möglichst lange die Luft anhalten zu können. Dann schwimmen wir zu einer tieferen Stelle und müssen hinab zum Meeresboden tauchen, dort ausharren und auf sein Zeichen hin wieder an die Oberfläche kommen. Auch wenn ich nicht so recht weiß, wann wir diese Fähigkeiten gebrauchen können, bereitet mir das Training im Wasser die meiste Freude. Hier fühle ich mich schwerelos und frei. Ich vergesse alles andere um mich herum.

Irgendwann ist es leider an der Zeit, dieses sichere Terrain zu verlassen. Beim Nachmittagsunterricht passe ich nicht auf, sondern schließe mich Kiana an und spiele mit ihr Galgenmännchen, was uns tadelnde Blicke von Lavea einbringt. Zum Abendessen im Speisesaal treffe ich zum ersten Mal seit letzter Nacht auf Dark. Als er neben mir Platz nimmt, kann ich ihn kaum ansehen. Ich denke an das, was wir gestern Nacht getan haben. Die Geräusche, die meinen Mund verlassen haben und rückblickend so gar nicht zu mir passen wollen, treiben mir die Röte ins Gesicht. Dann spüre ich seine Hand, die sich beruhigend auf meinen Oberschenkel legt. »Hör auf zu zappeln«, flüstert er mir zu, sodass nur ich ihn hören kann. Ich schaue ihn böse an, und er lächelt schelmisch. Dabei wird mir heiß und kalt zugleich, weil ich das Versprechen darin erkennen kann. Doch ich will nicht die Einzige sein, die er mit seinen Spielchen auf die Folter spannt. Daher greife nun ich unter den Tisch und lege meine Hand in seinen Schoß. Langsam fahre ich mit den Fingern weiter nach oben. Er lässt seine Gabel sinken und ballt seine Hand zur Faust. Kurz vergewissere ich mich, dass die anderen in ihre Gespräche vertieft sind und nicht auf uns achten. Ich weiß nicht, woher ich die Kühnheit nehme. Mein Mund wird trocken, und sein Blick verschleiert sich. Er leckt sich über die Lippen, und ich weiß, dass er mehr will. Mit einem lieblichen Lächeln in seine Richtung setze ich mich wieder aufrecht hin. Er schaut mich vollkommen perplex an.

»Nicht so gierig«, raune ich ihm zu. Dann tue ich mir eine große Portion Schokoladenpudding auf meinen Teller. Dieser Tag erscheint mir gar nicht mehr so übel.

Als ich den Saal verlassen will, verstellt Apollo mir den Weg. »Hallo, kleine Flamme.«

»Hallo«, erwidere ich müde. Der wenige Schlaf von letzter Nacht macht sich bemerkbar. Sogar Hale habe ich für das zweite Training abgesagt.

Galant bietet Apollo mir seinen Arm an, unter dem anderen klemmt eine Glasflasche, die mit einer durchsichtigen Flüssigkeit gefüllt ist. Etwas misstrauisch hake ich mich bei ihm unter. Er sieht aus, als hätte er Unfug im Sinn. Ich drehe mich prüfend zu Dark um, der sich angeregt mit Lost unterhält. Es freut mich, dass er wieder ein wenig auf die anderen zugeht.

»Ich finde, wir haben schon lange kein gutes Gespräch mehr geführt. Das Universum dreht sich nicht nur um deinen dunklen Gott«, macht Apollo mich wieder auf sich aufmerksam. »Ein wenig Ablenkung wird dir guttun. Bereit für einen kleinen Ausflug?«

Bevor ich nicken oder den Kopf schütteln kann, verschwimmt meine Umgebung in tausend Farben. Als ich wieder klar sehe, stehen wir auf einem großen Balkon. Obwohl die Dunkelheit bereits hereingebrochen ist, herrscht vor uns reges Treiben. Dort sind Leute auf den Straßen. Sie feiern und trinken ausgelassen zu fröhlicher Musik.

»Ist das in der Welt der Menschen?«, frage ich ihn ungläubig.

Er nickt. »Wir befinden uns in einer Stadt mitten im Land der Zukunft und des Lebens. Hier wohnen Menschen, Götter und magische Wesen friedlich beisammen.« Er rückt mir den Stuhl zurecht und ich setze mich.

»Ich wusste nicht, dass es so einen Ort gibt.« Verblüfft betrachte ich das Treiben unter uns. Apollo zaubert aus seinen Hosentaschen zwei kleine Gläser hervor. Er befüllt sie mit der durchsichtigen Flüssigkeit und reicht mir ein Glas. Ich nehme es entgegen.

»Das riecht gefährlich.« Trotzdem stoße ich mit ihm an und trinke den Inhalt in einem Zug. Die Flüssigkeit brennt, als sie meine Kehle hinabfließt, und ich unterdrücke ein Husten. Wir schweigen eine Weile, trinken noch ein Glas, sodass mir in der Magengegend wohlig warm wird.

»Ich habe dich hergebracht, weil du uns anderen gegenüber distanzierter warst seit Moishas Tod.«

Ich denke daran, wie Dark mir die Träger meines Kleides abstreift und kichere. Fragend sieht Apollo mich an, doch ich bedeute ihm fortzufahren.

»Seit dem Krieg haben die neuen Götter viel Gutes bewirkt und uns eine neue Denkweise aufgezeigt. Man kann nicht alles von heute auf morgen ändern. Aber kleine Schritte können ebenfalls zu einem großen Ergebnis führen.«

Ich lasse seine Worte auf mich wirken, während ich das Glas zwischen meinen Fingern drehe. »Alle hier scheinen so sorglos zu sein. Ich verstehe das nicht.«

Apollo lehnt sich in seinem Stuhl zurück und schlägt die Beine übereinander. »Es existieren Kluften«, gibt er nachdenklich zu. »Die gab es schon immer. Wir tun unser Bestes, um sie zu verringern. Es ist sicher nicht leicht gewesen, dass du an einem so ärmlichen Ort aufwachsen musstest ...«

»Ich glaube, so schlecht hatte ich es gar nicht. Manchmal haben wir Hunger gelitten, aber verglichen mit anderen habe ich vermutlich noch Glück gehabt.«

Mein Freund blickt mich skeptisch an. »Ich habe deine Narben gesehen, Flame. Niemand mit solchen Narben besitzt eine einfache Lebensgeschichte. Überhaupt ist mir noch niemand begegnet, der stark ist und eine leichte Vergangenheit hatte. Mach dich nicht kleiner, als du bist.« Ich zucke mit den Schultern und schenke mir selbst von der Flüssigkeit nach. Apollo hindert mich nicht daran.

»Ich hasse es, dass ich mich nicht erinnern kann. An die Zeit, bevor Cato mich fand und aufnahm«, sage ich unvermittelt.

»Irgendwann wird sich alles fügen und an den rechten Platz rücken«, verspricht er mir.

»Du redest genauso kryptisch wie Dark.«

»Er hat seine Gründe. Wir alle haben unsere Gründe.«

»Warum aber dieses Turnier? Was versprecht ihr euch davon?«

»Ich wünschte, ich könnte es dir sagen, kleine Flamme. Aber dann würde man mich einen Kopf kürzer machen.«

Ich murre und leere das Glas in einem Zug. »Also sind alle Götter in Wahrheit gutherzige Wohltäter?«

Apollos Augen verhärten sich. »Nein, das sind sie nicht. Aber davon habe ich dir ja bereits erzählt. Dass nicht alle mit der aktuellen Ordnung einverstanden sind.«

Ich nicke knapp. Er stößt einen tiefen Seufzer aus. »Was ich dir sagen will: Du kannst uns vertrauen. Mir und Dark und den anderen fünf Clowns. Und Phoibe und Aphrodite, sogar dem Spinner Prometheus. Aber bei Fremden musst du wachsam sein.« Apollos Worte klingen ungewohnt ernst und eindringlich.

»In Ordnung«, sage ich schließlich. Dennoch ist mein Misstrauen geweckt. Irgendetwas verbergen die Götter vor uns Kandidatinnen – und ich werde herausfinden, was es ist.

Apollo erhebt sich schwungvoll, als würde er spüren, dass meine Stimmung sich verschlechtert hat. Er streckt mir die Hand entgegen. »Eigentlich habe ich dich heute Abend aus purem Eigennutz entführt. Ich wollte endlich mal wieder Spaß haben. Im Palast herrscht unterschwellig so eine angespannte Stimmung, die mir graue Haare wachsen lässt. Außerdem war die Veranstaltung gestern Abend einfach nur spießig. Ich wollte dir beweisen, dass wir auch richtig feiern können.«

Ich lächele leicht und ergreife seine Hand. »Ich bin dabei.«

Im nächsten Moment befinden wir uns mitten in der

Menge. Unter den Girlanden und unzähligen bunten Lichtern. Ehe ich mich versehe, wirbelt mich eine Frau mit hellgrüner Haut im Kreis herum. Mein Kopf ist etwas benebelt, trotzdem fühle ich mich großartig. Ich beginne wild zu tanzen, schwinge meine Hüften im Takt der Musik und jauchze meine Freude in die Welt hinaus. Die Menschen und Wesen um mich herum geben mir das Gefühl von Einigkeit und Hoffnung. Ich sehe in Apollos strahlendes Gesicht, während wir übermütig auf und ab hüpfen und dabei die Hände in die Luft recken. Das Leben steckt voller Überraschungen, und jedes Abenteuer ist nur eine Entscheidung von mir entfernt.

Wir hören erst auf zu tanzen, als bereits der Morgen graut. Ich habe keine Worte, um diese Nacht zu beschreiben. Ich glaube, dass ich noch nie in meinem Leben so viel Spaß gehabt habe.

»Zeit heimzukehren, Kleines«, sagt Apollo schließlich, und ich bin fast ein wenig traurig. Dann treten wir gemeinsam durch den Nebel. Mittlerweile ist es für mich wie Atem holen.

»Oh, oh«, sagt mein Freund, als wir am Meer landen, mit den Knöcheln halb im Wasser. »Ich bin wohl nicht mehr ganz so zielgenau, wie ich dachte.«

Ich kichere. Bei ihm untergehakt wanke ich in Richtung Sandpalast. Auf halber Strecke kommt Dark uns entgegengelaufen.

»Oh, oh«, sage nun ich und ziehe den Kopf ein. Er baut sich drohend vor uns auf.

»Wo zum Teufel wart ihr?« Schraubstockartig packt er meinen Arm, sieht mich eindringlich an. »Ich konnte dich nicht finden, dich nicht spüren!«

»'tschuldigung«, nuschle ich und schaue betreten zu Boden. Einen Augenblick später sind wir in meinem Zimmer. Apollo folgt uns auf dem Fuße.

Auf einmal bin ich unendlich müde. Meine Beine geben unter mir nach, und dann werde ich hochgehoben. Kurz darauf spüre ich die weiche Matratze unter mir. Noch nie hat sich etwas so gut angefühlt.

»Sooooo schööööön«, brabble ich. Ich versuche mich aufzurichten, kippe jedoch sofort wieder nach hinten. »Bin ich im Himmel?«

»Wie viel hat sie getrunken?«, knurrt Dark gefährlich ruhig.

»Ungefähr so viel wie ich«, gibt Apollo ungerührt zurück.

Es ertönt ein dumpfer Schlag und ein Aufjaulen. Meine Augen sind schon fest geschlossen. Ich habe das Gefühl zu schweben.

»Ich helfe ihr nur, ihre rebellische Phase auszuleben. Die kann sie doch nicht einfach auslassen, bevor du mit ihr die Ewigkeit verbringst.«

Ewigkeit? Das klingt ziemlich lang. Aber ich denke, mit Dark und meinen neu gewonnenen Freunden ließe sie sich gut aushalten.

Mein Mund ist staubtrocken und mein Kopf dröhnt.

»Wasser«, jammere ich und fasse mir an die Stirn.

Die Matratze neben mir senkt sich leicht, und ich schlage meine Lider auf. Nur verschwommen sehe ich Darks Augen, die mich vorwurfsvoll anfunkeln. Ich stöhne und ziehe mir die Bettdecke über das Gesicht. Er ist ganz und gar nicht amüsiert über meinen kleinen Ausflug. Mit einem Ruck wird mir die Decke wieder weggenommen.

»Es ist bereits Nachmittag. Du verpasst gerade die zweite Unterrichtshälfte.«

»Mir egal.«

Er schnaubt. Dann hilft er mir, mich aufzurichten, und hält mir ein Glas mit Wasser unter die Nase. Ich trinke in großen Schlucken. Sofort fühle ich mich besser. Trotzdem will ich mich zurück in die Kissen sinken lassen. Der Tag ist sowieso gelaufen. Doch da habe ich meine Rechnung ohne Dark gemacht.

»Aufstehen.« Sein Ton duldet keine Widerworte.

Als ich trotzdem nicht reagiere, hebt er mich in einem Schwung hoch und trägt mich ins Bad. Er setzt mich unter die Dusche und dreht das Wasser auf. Kalt. Eiskalt. Mit ein wenig Verzögerung springe ich kreischend auf.

»Du bist ja wahnsinnig«, brülle ich ihn an. Dann nehme ich den Duschkopf und spritze ihn ebenfalls nass. Kurze Zeit später befinden wir uns in einer kriegerischen Wasserschlacht, bis wir irgendwann beide keuchend am Boden liegen. Sein Arm ist um meine Hüfte geschlungen, und es könnte schön sein, wenn mir nicht so bitterkalt wäre. Sein Gesicht ist dicht vor meinem, unsere Nasenspitzen berühren sich fast.

»Du bist nicht an diesen Palast gefesselt, kleines Monster. Aber wenn ihr das nächste Mal einen Ausflug plant, dann sag mir Bescheid oder nimm mich mit.« Seine Lippen streifen flüchtig meine, dann hilft er mir hoch und wickelt uns in Handtücher. Seine Schultern wirken verkrampft, als er versucht, mich warm zu rubbeln.

»Tut mir leid. Wirklich.«

Er lässt das Handtuch sinken. »Ich will nicht sein wie Cato, dich einengen und dir alles vorschreiben. Und ich will nicht, dass es schiefläuft, weil alles so schnell geht.«

Ich lege eine Hand an seine Wange, zwinge ihn, mich anzusehen. Seine Augen sind so schön. »Du bist kein bisschen wie er. Und wenn es sich richtig anfühlt, warum dann warten? Es kann auch schiefgehen, wenn man sich viel Zeit lässt.«

Er lächelt, verschränkt unsere Hände miteinander. »Manchmal denke ich, du bist die Ältere von uns beiden.«

»Na, hör mal«, sage ich empört und knuffe ihm in die Seite. »Ich bin erst neunzehn. Du hast ungefähr vierhundert Jahre mehr auf dem Buckel als ich.«

»Lass uns nicht über Zahlen sprechen«, raunt er. Und dann küsst er mich endlich richtig.

Viel zu schnell lösen wir uns wieder voneinander – wobei es ohnehin nicht besonders sinnlich ist, wenn die Zähne aufeinanderklappern.

»Du bist übrigens schuld, wenn ich krank werde«, informiere ich ihn, während ich rüber ins Ankleidezimmer gehe und mich mühsam aus der nassen Kleidung schäle. Dark erscheint im Türrahmen, und ich wende schnell den Blick ab. Auch seine Kleidung klebt eng am Körper und lässt eindrucksvoll seine Muskeln hervortreten. Gleich fange ich an zu sabbern. Wäre das sehr peinlich?

»Ich gehe mich ebenfalls umziehen. Wir treffen uns in zehn Minuten in der Trainingshalle. Du musst den Alkohol ausschwitzen.« Bevor ich protestieren kann, ist er fort. Dieses ständige Auftauchen und wieder Verschwinden ist wirklich anstrengend. Auch wenn ich gestehen muss, dass ich ein wenig neidisch auf diese Fähigkeit bin.

Resigniert stopfe ich die gemütliche Kleidung, die ich zuerst gegriffen habe, zurück in meinen Schrank. Dann schlüpfe ich in eine Hose und ein Shirt und laufe nach unten. Von Eleyna fehlt schon wieder jede Spur. Ich vermute, dass Dark ihr erneut freigegeben hat. Ich öffne die Tür und stehe Emmett gegenüber, der sich lässig gegen das Geländer lehnt.

»Da ist ja unsere Ausreißerin. Lange nicht gesehen.«

Ich boxe ihm in die Rippen, und er stöhnt gespielt auf. »Ich muss zur Trainingshalle.« Wir setzen uns in Bewegung, während er mich neugierig mustert.

»Es schwirren immer so viel Götter um dich herum, dass wir eigentlich gar nichts mehr zu tun haben.«

Ich grinse ihn an. »Da hat ja jemand die Höflichkeitsfloskeln abgelegt.« Emmett zwinkert mir verschwörerisch zu. »Wenn Heron nicht in der Nähe ist ...«

»Meine Lippen sind versiegelt«, erwidere ich vergnügt. »Was machst du eigentlich in deiner freien Zeit? Hast du eine Familie?«

Er schüttelt den Kopf. »Hat sich noch nicht ergeben. Hier stehen auch nicht besonders viele Frauen zur Auswahl.«

Ich tätschele seinen Arm. »Keine Sorge. Ich werde die Augen für dich mit offen halten.«

Er lacht und drückt mich kurz an sich. »Ich hab dich gern, Flame.«

»Ich dich auch«, erwidere ich grinsend. Kurz überlege ich, denn es gibt eine Frage, die mich schon seit einer Weile beschäftigt. Doch dann falle ich einfach mit der Tür ins Haus. »Wie kam es dazu, dass du ein Donati geworden bist?«

»Ich habe im heißen Krieg an der Seite der neuen Götter gekämpft.«

Ich verdrehe die Augen. »So viel weiß ich auch schon.«

»Meine Geschichte ist nicht schön. Kaum ein Donati hat eine gute Vergangenheit. Die meisten von uns waren Waisen, und als wir alt genug waren, wurden wir zu Jägern und

Kriegern, um zu überleben, weil wir zu denjenigen gehören, die einfach nichts zu verlieren haben.«

»Aber jetzt stehen dir doch alle Möglichkeiten offen. Du musst sie nur nutzen«, sage ich vorsichtig.

»Eine alte Haut lässt sich manchmal schwerer abstreifen, als man denkt«, ist alles, was er erwidert, ehe er mich in die Trainingshalle schiebt, wo Dark mich bereits erwartet.

»Wir beginnen heute mit Nahkampftechniken. Damit so was wie mit Kerberos nicht noch einmal passiert«, unterbricht der Gott unser Gespräch, das ich gerne weitergeführt hätte. Emmett hingegen scheint erleichtert.

»Muss ich dich daran erinnern, dass ich ohne deine dämliche Frage nicht in der Arena gelandet wäre? Und dass ich außerdem gewonnen habe?«, wende ich mich nun Dark zu.

»Ja, aber wie.«

Ich verdrehe die Augen und gehe vor ihm in Position. »Sag mir, was ich machen soll.«

Schon nach kurzer Zeit frage ich mich, ob Hale uns in seinen Trainingseinheiten geschont hat. Mit Dark zu kämpfen ist ganz anders. Er ist schnell, gefährlich, präzise und lässt sich nicht in die Karten schauen. Ich bin klatschnass geschwitzt und meine Lunge fühlt sich an, als wäre sie kurz davor zu zerbersten. Meine Muskeln brennen und ich spüre jeden einzelnen Knochen in meinem Körper. Ich dachte, ich wäre gut in Form, doch offenbar habe ich mich getäuscht.

»Wenn du mich berühren willst, musst du es einfach nur sagen«, keuche ich, als ich mich erneut mit dem Rücken auf dem Boden wiederfinde.

»Aufstehen«, erwidert Dark erbarmungslos. Es scheint heute sein Lieblingswort zu sein.

Ich stehe mit Kiana und Hale am Wasser. Das Nahkampftraining mit Dark ist zwei Tage her, und trotzdem tut jede Bewegung weh. Ich kann nicht einmal ohne Schmerzen auf der Toilette sitzen, doch das behalte ich für mich.

»Ich habe am Meeresboden für euch vier mittelgroße Truhen versteckt. Ihr sollt danach tauchen. Eine davon enthält ein Geschenk. Wer es findet, darf es behalten.«

»Hast du einen kleinen Tipp für uns, wo wir suchen sollen?«, fragt Kiana verschlafen und unterdrückt ein Gähnen.

»Ihr müsst etwa fünf Meter in nordöstliche Richtung schwimmen«, erwidert er knapp.

Ich binde mein oberes Haar zu einem kleinen Dutt. Dann laufen Kiana und ich Seite an Seite ins Meer. Ich nehme einige kräftige Züge und durchbreche dann die Oberfläche. Ich bin nicht besonders scharf auf das Geschenk, aber ich werde mich dennoch anstrengen.

Kiana ist mir um zwei Längen voraus und beginnt bereits zu tauchen. Ich schwimme noch etwas weiter, weil mir die Entfernung zum Ufer zu gering erscheint. Dann nehme ich drei kurze und zwei lange Atemzüge, wie Hale es uns beigebracht hat, und begebe mich anschließend ebenfalls in die Tiefe. Beim Hinabtauchen mache ich immer wieder einen Druckausgleich, dabei halte ich nach den Truhen Ausschau. Ich hangele mich an Steinen entlang, die auf dem Grund liegen, doch ich kann nichts finden. Nach einer Weile ist der Meeresboden so aufgewirbelt, dass ich zurück nach oben schwimme. Sobald mein Kopf wieder über Wasser ist, schnappe ich gierig nach Luft. Hale sonnt sich entspannt am Ufer, von Kiana ist nichts zu sehen. Ich dehne meine Brust, soweit es möglich ist, nehme noch einen tiefen Atemzug und tauche mit dem Oberkörper zuerst wieder hinab.

Auf halbem Weg zum Grund nehme ich aus dem Augenwinkel eine Bewegung wahr. Zeitgleich werde ich von einer Druckwelle zur Seite geschleudert. Als die Wasserblasen sich lichten, erkenne ich es. Ein riesiger Drachenschwanz schlägt in meine Richtung, und ich lasse mich schnell weiter nach unten sinken. Er ist mindestens drei Meter lang und verfügt über gefährlich aussehende Stacheln. Mein Blick gleitet weiter, und ich stelle erschrocken fest, dass der Schwanz in einem Oberkörper endet. In dem Oberkörper einer Frau mit langer schwarzer Haarmähne. Sie nähert sich Kiana, die nicht in unsere Richtung sieht, weil sie damit beschäftigt ist, den Boden nach der verdammten Truhe abzusuchen. Ich will ihren Namen rufen, doch unter Wasser redet es sich schlecht. Die Frau streckt ihre krallenartigen Hände nach meiner nichts ahnenden Freundin aus. Das ist der Moment, in dem ich mich mit den Füßen nach oben abstoße. Aus Panik schlucke ich Wasser, doch es kümmert mich nicht. Ein viel zu salziger Geschmack breitet sich auf meiner Zunge aus. Keuchend durchbreche ich die Oberfläche.

»Hale«, brülle ich. »Hale!« Sofort ist er auf den Beinen. »Kiana. Monster«, bringe ich hervor, als er sich bereits in die Wellen stürzt. Ich nehme einen letzten Zug, auch wenn meine Lunge bereits brennt. Ich muss einen klaren Kopf bewahren!

Ohne zu zögern tauche ich erneut ab. Dabei zerre ich den Dolch hervor, welchen ich mittlerweile immer in der Innenseite meines Anzuges trage. Dark hat darauf bestanden, und nun danke ich ihm dafür im Stillen. So schnell ich kann, halte ich auf meine Freundin und das Ungeheuer zu. Aus einer Wunde an ihrem Unterschenkel quillt Blut, trotzdem versucht sie, sich mit einem spitzen Stein zu wehren. Als ich sie erreiche, jage ich, ohne groß darüber nachzudenken, dem

Monster mein Messer in den lederartigen Schwanz. Fauchend dreht sich der Frauenoberkörper zu mir herum. Dabei entblößt sie eine Reihe spitzer Zähne. Doch das Unheimlichste an ihr sind ihre Augen. Sie sind komplett schwarz. Angst ergreift von mir Besitz. Ich will zurückweichen. Doch da packt sie mich schon, schleudert mich mit ungeheurer Kraft hinab auf den Boden. Mein Hinterkopf schlägt gegen etwas Hartes, während meine Halswirbelsäule ein ungutes Geräusch von sich gibt. Für einen kurzen Moment sehe ich nichts als Sterne.

Dann ist Hale zur Stelle. Er lockt sie von uns weg, was mir die Zeit verschafft, mich wieder aufzurappeln. Hale bewegt sich wesentlich geschickter als wir und kämpft mit einer Peitsche, die sirrend durch das Wasser fährt. Sein blondes Haar umschwebt seinen Kopf und verleiht ihm das Aussehen eines Racheengels. Er treibt sie immer weiter, führt einen gekonnten Hieb nach dem anderen aus. Für einen Augenblick macht es den Eindruck, als würde er tatsächlich die Oberhand gewinnen.

Ich stoße einen stummen Schrei aus, als sie ihn mithilfe ihres Drachenschwanzes gegen einen Felsen drängt und ihm mit ihren klauenartigen Händen die Luft abdrückt. Ich suche nach Kiana, doch ich kann sie nirgends entdecken. Noch einmal durchstoße ich die Wasseroberfläche, um Luft zu holen. Und dann sehe ich meine Freundin, die in Richtung Ufer schwimmt. Fassungslos blicke ich ihr nach. Zähneknirschend packe ich den Dolch in meiner rechten Hand fester. Ich werde Hale helfen. Er hat dasselbe für uns getan.

Als ich erneut hinabtauche und mich dem Mischwesen nähere, habe ich das Gefühl, das Adrenalin in meinen Adern rauschen zu hören. Adrenalin und Feuer, das für die Hitze verantwortlich ist, die nun in meinem Inneren lodert.

Ich blicke auf die Waffe in meiner Hand. Sie glüht rot und ich spüre ihre Wärme, obwohl das eigentlich nicht möglich ist. Auch die Adern, die an der Innenseite meines Unterarms gut sichtbar sind, haben keine blaue Farbe. Ich schlucke, zwinge mich, nicht darüber nachzudenken. Stattdessen nähere ich mich in wachsamen Zügen der Drachenfrau. Sie achtet nicht auf mich, konzentriert sich ganz darauf, Hale zu quälen, weil sie denkt, dass ich bereits erledigt bin. Doch da hat sie sich getäuscht.

Ich schwimme ihren Rücken hinauf, bis ich an ihrem Oberkörper angekommen bin. Sie wiegt sich in Sicherheit, dreht sich kein einziges Mal um. Hales Augen weiten sich erschrocken, als er mich erblickt. Gezielt lege ich meinen Unterarm um ihren entblößten Hals und schneide ihr in einer fließenden Bewegung mit dem glühenden Dolch die Kehle durch. Ich weiche zurück, als das Blau des Meeres sich rot färbt und sie in sich zusammensackt, wie eine Puppe, bei der man die Fäden durchgeschnitten hat.

Hale reagiert schnell, lässt seine Peitsche auf sie niedersausen und trennt den Kopf komplett ab. Langsam, durch den Widerstand des Wassers, schwebt er neben uns zu Boden. Erleichtert registriere ich, dass keine weiteren nachwachsen. Ihr langer Schwanz zuckt wild umher, doch nach einer Weile kehrt Ruhe ein. Sanft gleitet er zum Grund des Meeres, legt sich friedlich neben den abgetrennten Kopf seiner Herrin. Ihr linker Arm steht senkrecht ab, die krallenartigen Finger sind anklagend auf uns gerichtet, doch ich empfinde kein Mitleid für die Kreatur, die uns töten wollte.

Hale berührt mich vorsichtig an der Schulter. Ich wende mich ihm zu, sehe in sein besorgtes Gesicht. Und dann begehe ich einen Fehler. Ich hole Luft. Doch es ist kein Sauerstoff, der in meine Lunge strömt. Ich weiß, dass ich den Mund schließen sollte, doch unaufhaltsam dringt immer mehr Wasser in mich ein. Es hat den metallischen Beigeschmack vom Blut des Ungeheuers. So endet es also, denke ich, bevor ich das Bewusstsein verliere.

Kapitel 12

ALLES AUF NULL

Tatsächlich sollten die Moiren an diesem Tage meinen Lebensfaden nicht durchtrennen. Statt Ruhe und Frieden zu erlangen, wie es dem Ungeheuer am Grunde des Meeres gewährt wurde, verspüre ich nichts als brennende, alles verzehrende Hitze. Unerträglich und unbarmherzig rauscht sie durch mich hindurch, setzt alles in meinem Inneren in Brand. Gleichzeitig kämpfe ich gegen einen Mantel aus Dunkelheit, der bleiern und schwer über mir liegt. Leider vermag selbst dieser nicht, das unablässige Glühen in mir abzukühlen. Einige Male versuche ich, mich darunter hervorzukämpfen, weil ich diese Stimme höre. Es ist die Stimme des Mannes, dem mein Herz gehört. Ich täte nichts lieber, als seinen drängenden Rufen zu folgen. Doch immer, wenn ich denke, ich hätte es fast geschafft, kehrt die unendliche Schwärze zurück und verschlingt mein ganzes Sein.

Ich weiß nicht, wie viel Zeit vergangen ist, als die Dunkelheit endlich von mir abfällt. Stunden, Tage oder Wochen. Alles scheint möglich zu sein. Helles Licht blendet mich, als ich blinzelnd die Augen öffne.

»Die Zeit läuft uns davon«, dringt Hales Stimme vom Salon in mein Schlafzimmer. »Das Meer ist anderswo zu aufgeheizt, sonst wäre sie niemals bis in mein Land geschwommen. Das Wasser wird knapp, die Hitze nimmt uns alles. Ich weiß nicht, wie lange wir so noch standhalten können.«

»Bisher habe ich von keinem der Mädchen Anzeichen wahrgenommen, die uns Gewissheit verschaffen könnten«, erwidert Lost.

»Sie wird auf unsere Gaben reagieren. Wir müssen Geduld haben und die Aufgaben vorantreiben.« Das hat Yasar gesagt. Doch mein Geist ist träge, ich erfasse den Sinn der Worte nicht. Eine Weile herrscht Schweigen.

»Ich frage mich, was Dark im Schilde führt. Ob er Flame wirklich mag. Oder ob er in Wahrheit nur denkt, dass sie es ist, und uns an der Nase herumführt«, spricht nun Dream. Ich versteife mich, halte die Luft an.

»Ich glaube nicht, dass sie es ist«, mischt True sich nun ein. »Er hat es uns versichert. Außerdem ist sie zu unwissend. Zu sanftmütig.«

Lost schnaubt. »Sie hat Kerberos und Skylla erstochen. Und ist mit dem Leben davongekommen.«

»Du fantasierst«, sagt Apollo gelangweilt. »Wenn sie es wäre, dann wären ihre Wunden schneller verheilt.« Es folgt zustimmendes Gemurmel.

Wo ist Dark? Ich will mich aufrichten, doch ein scharfes Stechen durchzuckt meine linke Seite und ich sinke keuchend zurück. Sofort taucht Apollo neben mir auf.

»Du bist wach, kleine Flamme.« Er klingt ehrlich erfreut. »Bist du schon lange wieder bei Bewusstsein?« Ich zögere. Er stellt die Frage beiläufig, doch sein Blick ist wachsam. »Nein«, erwidere ich arglos. »Ich muss mich auf die Seite gerollt haben ... und der Schmerz hat mich geweckt.« Er wendet sich halb von mir ab, doch ich sehe trotzdem, dass er erleichtert die Luft ausstößt. Was zum Teufel geht hier vor sich?

Apollo nimmt zwei Gläser von meinem Nachttisch. Das eine enthält eine gelbliche, das andere eine rötliche Flüssigkeit. Unwillkürlich muss ich an das Blut des Ungeheuers denken. Mir wird übel, kalter Schweiß bildet sich auf meiner Stirn. Ich will atmen, doch ich bekomme keine Luft. Ich bin wieder unter Wasser. Ich ersticke quälend langsam. Mein Sichtfeld verschwimmt, dann werde ich an den Schultern gepackt. Ein Paar leuchtend grüner Augen taucht vor mir auf. Hale. Er umfasst mein Handgelenk, und mit einem Mal beruhige ich mich. Weshalb habe ich mich aufgeregt? Ich weiß es gar nicht mehr. Alles ist gut. Meine Atmung verlangsamt sich.

»Dark?«, frage ich sehnsüchtig. Jemand wischt mir mit einem kühlen Lappen über die Stirn.

»Er ist nicht weit weg. Er wird hier sein, wenn du wieder aufwachst.« Ein unangenehmes Ziehen breitet sich in mir aus. *Lüge*, fährt es mir durch den Kopf, und dann gleite ich davon.

Ich bin die Luft selbst, eine Brise, ein Hauch von Nichts. Ich bin da und gleichzeitig auch nicht. Beinahe schwerelos durchstreife ich einen der Korridore des Sandpalastes. Mein Körper fühlt sich seltsam an, als würde er nicht mir gehören. Ich versuche an mir hinabzublicken, doch es gelingt mir nicht. Plötzlich vernehme ich Schritte. Hastige, unbeherrschte Schritte. Dann ein Klopfen. Laut und aufgebracht. Weißes Haar, welches in starkem Kontrast zu den dämmrigen Lichtverhältnissen im Flur steht.

»Lavea!«, höre ich Dreams Stimme. »Bitte mach auf. Lass uns darüber reden.« Durch die Tür klingt ein herzzerreißendes Schluchzen. »Ich werde sie aufbrechen!« Er wirkt tatsächlich so, als würde er seine Worte ernst meinen.

»Wag es nicht«, ruft Lavea erbost. »Wag es ja nicht.«

»Bitte«, fleht Dream erneut.

»Du hast dir mein Vertrauen erschlichen! Du hast mich be-

nutzt! Du hast mir das Gefühl gegeben, dir wichtig zu sein!« Ihre Stimme ist laut und anklagend.

Dream lehnt seinen Kopf gegen die Tür. »Lass mich rein. Alles wird gut.«

»Nein! Du hast keine Ehre in dir. Du hast mich verraten. Und sie. Du hast meine Freundin verraten, und nun ist sie fort!«

Dream fährt sich aufgebracht durch sein Haar. »Das war niemals unsere Absicht.«

Nun wird die Tür doch aufgerissen. Der Gott der Fantasie und der Träume stolpert erschrocken zurück, als die zierliche Frau auf ihn zustürmt und ihn mit aller Kraft vor die Brust stößt. »Dann hol sie zurück! Hol sie sofort zurück!«

Einen hektischen Atemzug später sitze ich senkrecht im Bett. Unversehens bin ich auf den Beinen, renne ins Bad. Vor der Kloschüssel gehe ich auf die Knie, würge, doch es kommt nichts. Keuchend richte ich mich auf, spritze mir über dem Waschbecken eiskaltes Wasser ins Gesicht und stütze mich mit beiden Händen auf dem kühlen Rand ab. Er gibt mir Halt. Ich blicke in den Spiegel. Ich sehe müde aus. Tiefe Schatten liegen unter meinen Augen. Nur meine linke Iris leuchtet hell wie ein Bernstein im Sonnenlicht. Ein Klappern lenkt meine Aufmerksamkeit auf das Armband, welches ich am rechten Handgelenk trage. Ich streiche über die Feder, betrachte das Auge. Die Anhänger scheinen mich zu verhöhnen. *Sie wird auf unsere Gaben reagieren*, höre ich Yasars Stimme in meinem Kopf.

Ich sinke zwischen der Badewanne und dem Waschbecken zusammen, umschlinge meine Knie und kauere mich ganz eng zusammen. Nach und nach gehe ich alles durch, was zwischen Dark, den neuen Göttern und mir passiert ist. Jedes Wort, jedes freundliche Lächeln, jede Berührung ... Eine

Welle der Panik überrollt mich. Was, wenn alles nur gespielt gewesen ist? Was, wenn ich mich schon wieder viel zu viel von einem Mann abhängig gemacht habe? Wenn das wahr ist, dann wird es mich zerstören. Es wird kein leichter Schmerz sein, wie der, als ich Cato hinter mir ließ. Dieser Schmerz wird mein Herz in tausend Stücke zerreißen.

Ich habe mir schon lange nicht mehr erlaubt, meinen Gefühlen freien Lauf zu lassen. Kurze Zeit später strömen Tränen über mein Gesicht. Doch es ist in Ordnung. Es ist niemand hier, der sie sehen könnte. Meine Wange auf die kalten Fliesen gedrückt, akzeptiere ich es für diesen Augenblick, schwach zu sein.

Als ich nur noch getrocknetes Salz auf meinen Wangen spüre und meine Haut unangenehm über den Knochen spannt, stehe ich auf. Erneut wasche ich mein Gesicht und rubble es anschließend trocken. Da ich mich nicht erinnern kann, wann ich das letzte Mal gebadet habe, steige ich unter die Dusche. Dort entdecke ich eine Narbe, die eine Handbreit über meinem linken Hüftknochen liegt. Sie sieht frisch aus. Offenbar hat mich das Ungeheuer, Skylla, wie die anderen es nannten, doch erwischt. Ich seufze. Auf eine Narbe mehr oder weniger kommt es vermutlich auch nicht mehr an.

Ich trockne mich ab und kehre ins Schlafzimmer zurück. Die Sonne ist bereits aufgegangen. Ich könnte mich sofort wieder in die Laken kuscheln. Dort wäre ich sicher und geborgen. Doch es wäre eine Lüge und auch nicht von Dauer. Die neuen Götter wollen spielen? Das kann ich auch. Ich werde mich auf das Turnier konzentrieren und herausfinden, was hier vor sich geht. Ich werde mich nicht verstecken oder klein beigeben.

Dann ist da noch Dark. Wo steckt er überhaupt? Hätte er nicht hier sein müssen, wenn ich aufwache? Hätte er mich nicht die ganze Zeit über halten müssen, wenn ich ihm so viel bedeute, wie er mir weiszumachen versucht?

Mit einem Mal kocht die Hitze erneut in mir hoch. Ich hole die bauchige Flasche aus der Schublade und trinke zwei Schlucke. Es wird wohl nicht schaden. Im Ankleidezimmer fällt mir auf, dass ich nur noch einen Trainingsanzug besitze. Die anderen sind nicht mehr zu gebrauchen. Mechanisch ziehe ich mich an, lege mein Medaillon um, das am Bettpfosten hängt, und schlüpfe in meine Stiefel. Polternd laufe ich die Treppe hinunter. Es ist ungewöhnlich still. Ich öffne die Tür. Weder Heron noch Emmett stehen davor. Misstrauisch mache ich mich auf den Weg zum Speisesaal, der leer ist. Es ist zu ruhig. Fast kommt es mir so vor, als wäre ich allein im Palast. Zögerlich laufe ich weiter zur Trainingshalle.

Erleichtert atme ich auf, als ich Dream, Lavea, Naran und Aideen erblicke. Es ertönt ein Aufschrei, dann wirft Lavea sich mir in die Arme. Ich drücke sie an mich, doch der Gedanke an die Vision von Dream und ihr macht es mir nicht leicht. Ich muss dringend lernen, das, was ich im Traum sehe, von der aktuellen Wirklichkeit zu unterscheiden.

»Wir dachten, dass du noch ein wenig länger schlafen würdest«, merkt Dream an, der sich zu uns gesellt hat.

»Ich habe ausreichend geruht«, erwidere ich so unbeschwert wie möglich. »Meine Zofe und die Donati sind wie vom Erdboden verschluckt. Wo sind denn alle?«

»Sie werden anderswo gerade dringender gebraucht. Der Palast ist trotzdem ausreichend geschützt, und mittlerweile findet ihr euch in den Gängen allein zurecht.«

»Wie geht es dir?«, fragt Lavea und streicht mir mitfühlend über den Arm. »Das muss furchtbar gewesen sein.«

Ich zucke mit den Schultern. »Es ist alles in Ordnung.« Glücklicherweise schmerzen meine eigenen Lügen mich nicht. »Was ist mit Hale und Kiana?«

»Um Hale brauchst du dir keine Sorgen zu machen«, gluckst Dream. »Und Kiana ist mit einer kleinen Schramme davongekommen.«

»Sie hat Hilfe für euch geholt«, bekräftigt Lavea.

Ich unterdrücke ein Schnauben. Sie ist vielmehr geflohen. Wir hätten längst tot sein können, schließlich kann sie sich nicht durch den Nebel bewegen. Ich verurteile sie dafür, dass sie in dem Moment größter Not ihrer Angst nachgegeben hat, um ihre eigene Haut zu retten. Dieses Verhalten passt nicht zu der taffen Frau, die sie sonst vorgibt zu sein.

»Was ist mit der dritten Aufgabe?«, frage ich schließlich.

Dream verschränkt die Arme vor der Brust. »Sie sollte vor acht Tagen stattfinden.«

Acht Tage bin ich außer Gefecht gesetzt gewesen? Es kam mir nicht so lange vor. »Das tut mir leid. Wann ist der neue Termin?«

»Wenn du wirklich genesen bist, dann morgen.« Ich schlucke. Schon so bald.

»Einverstanden«, sage ich trotzdem, so selbstsicher wie möglich. Ich will nicht, dass die anderen Schwäche in mir erkennen. Dann beginne ich, mich warm zu laufen.

»Flame«, ruft Dream hinter mir her. Überrascht drehe ich mich zu ihm um. »Willst du gar nicht wissen, wo Dark ist?«

Ich überlege. »Nein«, ist alles, was ich sage. Meine aufkeimenden Gefühle unterdrücke ich in Gleichgültigkeit. Es ist schön, so leicht. Viel besser, als Sorge, Verrat, Angst oder Schmerz zu spüren.

Ich absolviere den Parcours. Zwölf Mal. Ich gönne mir keine Pause. Als ich beim Bogenschießen auf allen Scheiben ins Schwarze treffe, schauen Aideen und Naran mich an, als hätten sie mich nie zuvor wirklich gesehen. Die Starke und Unbeugsame zu sein, ist eine Maske, die mir zu gefallen beginnt.

Der Unterricht am Nachmittag entfällt, weil die anderen noch nicht zurück sind. Von Lavea erfahre ich schließlich, dass sie eine Art Trainingslager für die Fortgeschritteneren veranstalten, aber heute Abend zurückkehren sollen. Wir verbringen die restliche Zeit in gemütlicher Kleidung auf Laveas Bett und lesen in stillem Einvernehmen in ihren kostbaren Büchern. Sie vertieft sich in eine Liebesgeschichte, während ich dem Abenteuerroman den Vorzug gebe.

Mehr als einmal überlege ich, ihr anzuvertrauen, was ich belauscht habe. Doch dann verwerfe ich den Gedanken wieder. Weil ich mittlerweile nicht mehr einschätzen kann, wem ich überhaupt vertrauen soll. Vielleicht werde ich auch paranoid, schließlich ist Dark bei dem Gespräch gar nicht dabei gewesen. Und er hat selbst gesagt, dass es Dinge gibt, die ich nicht weiß. Die große Frage, die mich jedoch nach wie vor beschäftigt, ist, warum er nicht hier ist. Ich bin verletzt worden. Er hätte der Erste sein sollen, den ich bei meinem Erwachen sehe. Ich glaube, seine Stimme gehört zu haben, während ich bewusstlos war. Aber letztendlich ist er nicht da gewesen. Er hat mich allein gelassen.

Als die Sonne tief am Himmel steht, kommt Kiana ins Zimmer gestürmt. Sie zieht mich in eine feste Umarmung. »Ich habe gehört, dass du wieder auf den Beinen bist. Du hast uns einen schönen Schrecken eingejagt.«

Ich lächle schmal. »Nun, jetzt geht es mir blendend. Wie war der Ausflug?«

Kiana strahlt mich an. »Einfach großartig. Wir hatten viel Spaß.«

Ich zwinge mich dazu, ein abfälliges Schnauben zu unterdrücken. Auch Saphira und Candela stoßen zu uns und scheinen sich offenkundig zu freuen, dass ich wieder auf den Beinen bin. Hoffnungsvoll behalte ich die Tür im Blick, doch Dark kommt nicht herein. Ich versuche das ungute Gefühl abzuschütteln, das sich in mir breitmacht, was mir nicht so recht gelingen will.

Nachdem alle Neuigkeiten ausgetauscht worden sind, machen wir uns auf den Weg in den Speisesaal. Ich setze mich an meinen gewohnten Platz. Ich bin tatsächlich ein wenig aufgeregt, als Dark schließlich durch die Flügeltür tritt. Obwohl ich es nicht will, keimt Hoffnung in mir auf. Ich bin froh, ihn zu sehen. Das Unwohlsein, welches ich immer verspüre, wenn er nicht in meiner Nähe ist, verfliegt. Mit großen Schritten durchmisst er den Raum. Ich schlucke, weil er so selbstsicher wirkt. Dunkel und stark und unerschrocken. Seine Gesichtszüge sind scharf und kantig. Ein unglaubliches Sehnen erfasst mich. Ich will so sehr, dass er mich in die Arme schließt. Er hat mir gefehlt. Ich suche seinen Blick, doch er schaut stur geradeaus, gesellt sich zu True und Yasar. Nicht zu mir – wie sonst immer. Schließlich setzt Saphira sich neben mich. Sie schaut stirnrunzelnd von mir zu ihm, sagt aber nichts.

Die Enttäuschung, die durch meinen Körper rauscht, lässt mich beinahe aufstöhnen. Meine Finger umklammern Messer und Gabel so fest, dass es schmerzt. Als ich auch Apollos besorgte Miene bemerke, zwinge ich mir erneut die Maske der Gleichgültigkeit auf und lausche mit halbem Ohr den Gesprächen der anderen. Meine Kehle ist wie zugeschnürt und ich bekomme kaum einen Bissen hinunter. Die Zeit vergeht schleppend. Ich speise nicht allein, und doch fühle ich mich so einsam wie schon lange nicht mehr. Zum Ende hin wird uns gesagt, wann wir uns morgen für die dritte Aufgabe versammeln sollen. Dann sind wir endlich entlassen.

»Willst du heute bei mir übernachten?«, raunt Saphira mir zu, als wir den Saal verlassen. Der Gedanke, dass Dark mich heute Nacht aufsuchen könnte, behagt mir nicht mehr. Oder ist es vielmehr die Tatsache, dass ich wach liegen würde und enttäuscht wäre, gerade weil er nicht auftaucht?

Ich drehe mich um, und unsere Blicke kreuzen sich zum ersten Mal, seitdem ich aufgewacht bin. Das Silber seiner Iriden ist hart wie Stahl. Ein Schauer läuft mir den Rücken hinab. Ich wende mich Saphira zu und nehme ihr Angebot an.

Zuerst gehen wir in den Südwestflügel, damit ich ein paar von meinen Sachen holen kann. Dabei schweigen wir, worüber ich mehr als froh bin. Als wir schließlich in ihren Gemächern ankommen, fühle ich mich, als hätte ich eine tagelange Wanderung hinter mir.

»Dieser Palast ist unnötig groß«, bestätigt Saphira meinen Gedanken. »Hier könnte eine ganze Stadt untergebracht werden.«

Das bringt mich sogar zum Lachen, und ich fühle mich schlagartig befreiter. »Ich hätte nicht gedacht, dass wir irgendwann einmal so gut miteinander auskommen.« Sie mustert mich mit schräg gelegtem Kopf. Mit ihren tannengrünen Augen und dem zinnoberroten Haar sieht sie aus wie eine Elfe.

»Ich auch nicht. Du kannst mich übrigens Phia nennen.«

»Einverstanden. Aber ich bleibe Flame.«

»Das dachte ich mir schon. Obwohl ›Amy‹ wirklich gut zu dir passen würde.« Ich verziehe das Gesicht und sie winkt ab. »Schon gut.«

Wir machen es uns auf ihrem Bett bequem, das deutlich breiter ist als mein eigenes. Ich schaue an die Decke, bestaune die schönen Malereien, die das Meer und bunte Fische zeigen.

Phia dreht sich zu mir, winkelt den Arm an und stützt ihr Kinn auf der Hand ab. »Also, was ist passiert zwischen Dark und dir? Welche Laus ist ihm über die Leber gelaufen?«

Ich stoße die Luft aus und rolle mich ebenfalls auf die Seite. »Ehrlich gesagt, weiß ich es nicht. Überhaupt weiß ich langsam so gar nichts mehr. Meinen Gefühlen ist nicht zu trauen.« Mit einem Mal habe ich das Bedürfnis, jemandem mein Herz auszuschütten. Es überrascht mich selbst, dass Phia diejenige ist, mit der ich reden möchte. »Vor dem Zusammenstoß mit Skylla lief es gut, dachte ich zumindest. Wir sind uns nähergekommen, und ich glaube, er hat sich mir zumindest ein kleines bisschen geöffnet. Aber dann wache ich auf und er ist nicht da. Ich habe die anderen Götter belauscht. Sie haben komisches Zeug geredet. Ich hatte die ganze Zeit so ein seltsames Gefühl. Und dann die Begegnung vorhin im Speisesaal. Er hat mich vollkommen ignoriert. Er war ... wie ausgewechselt.« Frustriert balle ich die Hand zur Faust. »Es gibt so vieles, das ich nicht verstehe. Allein unser Kennenlernen. Ich meine, er war in Wolfsgestalt, aber trotzdem war da diese Verbindung zwischen uns. Fast so, als würden unsere Körper sich kennen. Sich aneinander *erinnern*. Trotzdem bin ich mir sicher, dass ich ihm nie zuvor begegnet bin.«

»Zwischen euch sprühen die Funken. Das sieht selbst ein Blinder.«

»Aber reicht das? Ich meine, ich sehne mich nach ihm, seit ich ihn das erste Mal getroffen habe. Er ist ständig in meinem Kopf, manchmal verdränge ich den Gedanken an ihn, aber eigentlich ist er immer da. Ich brauche ihn, doch gleichzeitig treibt er mich in den Wahnsinn. Er hat so viele Geheimnisse. Er verschweigt mir gewisse Dinge, das hat er selbst zugegeben. Aber viel größer ist meine Angst, dass er mich bereits angelogen hat.«

Phia tätschelt beruhigend meine Hand. »Ich glaube dir, dass Dark einen eher schwierigen Charakter hat. Ich muss zugeben, dass ich dich bewundere, weil du dich traust, mit ihm allein zu sein. Er ist unbestritten der attraktivste Mann, den wir alle je gesehen haben, aber er strömt auch Gefahr und Dunkelheit aus.«

»Ich fürchte mich nicht vor ihm.«

Sie lächelt. »Ich weiß. Und ich bin mir sicher, dass alles gut werden wird, früher oder später. Der Weg wird vermutlich nicht leicht sein, bis ihr endgültig zueinanderfindet. Du kannst dich sehr glücklich schätzen, dass du jemanden gefunden hast, für den du all das empfindest. Manche Menschen suchen ihr gesamtes Leben danach und finden es nie.«

Ich kuschele mich mit der Wange tiefer ins Kissen. »Du hast recht. Aber muss es immer so kompliziert sein?«

»Das Leben und vor allem die Liebe sind nie leicht.«

»Das Schicksal will wohl, dass man sich sein Glück verdient.«

Phia gähnt ausgiebig. »So ungefähr.«

Bereits im Morgengrauen werden wir geweckt. Da wir nicht dazu angewiesen werden, Trainingskleidung zu tragen, entscheide ich mich für eine kurze Hose und ein knappes, schlichtes weißes Shirt. Obwohl wir früh eingeschlafen sind, fühle ich mich müde und träge. Nachdem wir uns halbwegs zurechtgemacht haben, bringt Phoibe uns zu einem Raum, der Losts Arbeitszimmer zu sein scheint. Wir stellen uns in einer Reihe auf und werden nacheinander hineingerufen. Candela und Kiana haben es bereits hinter sich und sind anschließend nicht wieder herausgekommen. Ob das ein gutes oder eher schlechtes Zeichen ist, weiß ich nicht.

Ich wische mir die schwitzigen Handinnenflächen an meiner Hose ab und tausche einen nervösen Blick mit Lavea. Dann ist niemand mehr vor mir und die Tür geht auf. Zögernd trete ich ein. Lost steht in der Mitte des Raumes und winkt mich zu sich. Das Zimmer ist karg möbliert. Es hängen keine Gemälde wie im Flur oder Damensalon an der Wand.

Ich versteife mich, als ich bemerke, dass wir nicht allein sind. Dark lehnt lässig mit dem Hintern an einem Schreibtisch, der mit vergilbtem Pergament übersät ist. Sein Gesicht zeigt keine Regung, als er mich anblickt. Ich schlucke hart und wende mich wieder Lost zu.

»Dark wird dich gleich zu dem Ort bringen, an dem die dritte Aufgabe stattfindet. Aber vorher muss ich noch eine Sache erledigen.« Verwirrt sehe ich ihn an, als er näher tritt und die Hand nach mir ausstreckt. »Tut mir leid, Flame. Das kann jetzt kurz wehtun.« Mit großen Augen schaue ich ihm entgegen. Dann berührt er mit zwei Fingerspitzen meine rechte Schläfe. Ein stechender Schmerz fährt durch meinen Kopf. Mir wird schwindelig – und dann falle ich.

Die Welt hört nicht auf, sich zu drehen. Der Boden, auf dem ich liege, ist kalt und nass. Jemand drückt seine Stiefelspitze in meine Seite und ich keuche erschrocken auf. Ich reibe mir über die Augen und öffne sie blinzelnd.

»Aufstehen.«

Ich blicke zu dem Mann auf, der in befehlshaberischem Ton zu mir gesprochen hat. Mein Herz macht einen Satz. Er ist wunderschön. Nicht einmal die lange Narbe, die vom Haaransatz bis zur Schläfe verläuft, kann sein Gesicht entstellen. Sie macht es nur noch anziehender. Dann sind da seine Augen. Wie flüssiges Silber. Sie halten mich fest, es gibt kein Entkommen. Er ist groß, viel größer als ich. Sein Haar glänzt wie schwarze Seide. Ich kann nicht wegschauen.

»Hast du dich sattgesehen?«

Erschrocken zucke ich zusammen. Wie lange habe ich ihn angestarrt? Schnell rapple ich mich auf. »Entschuldige. Ich bin … Ich bin …« Ein dumpfes Pochen macht sich in meinem Schädel breit. »Was ist passiert?«

Der Mann verschränkt die Arme vor seiner Brust. »Du musst etwas finden. Es ist von unschätzbarem Wert. Du hast zwei Tage Zeit. Sonst gibt es kein Zurück.«

Ich mache einen Schritt von ihm weg. »Ist das ein Scherz? Was geht hier vor sich?«

Er mustert mich langsam von meinen Füßen über meine Wanden bis hoch zu meinen Hüften. »Ich kann dir nicht helfen. Viel Glück.« Bei seinen letzten Worten treffen sich unsere Blicke. Das Silber seiner Augen scheint beinahe zu brodeln.

Die Brust wird mir eng und ich stütze mich an einem Baumstumpf ab. Ich fasse mir an die Stirn. Ich fühle eine alles ausfüllende Leere. Doch da ist noch etwas anderes. Etwas, das seine Augen ausgelöst haben. Ich schaue wieder auf, unsere Blicke verhaken sich erneut ineinander. Dann wendet er sich zum Gehen. Die Worte verlassen meinen Mund, ohne dass ich ihre Bedeutung kenne. Als wolle mein Unterbewusstsein verhindern, dass er verschwindet. Was vollkommen absurd ist. Er ist absolut unhöflich und ein Fremder noch dazu. »Du bist Dark. Du bist Dark, und ich –«

Sein Kopf ruckt zu mir herum. In seinem Gesicht steht Unglaube geschrieben. Einen Wimpernschlag später ist er weg. Ich stolpere einige Schritte nach hinten. Er ist fort, genauso wie die Worte, die meinen Mund verlassen wollten. Zurück bleibt nur der Kopfschmerz.

Langsam nehme ich meine Umgebung in Augenschein. Ich werde von hohen Bäumen umringt. Sie ragen bis weit in den Himmel, und ihre Äste sind mit so vielen Blättern bewachsen, dass ich kaum erkennen kann, was über ihnen ist. Der Boden ist kalt und nass. Stellenweise ist er mit Moos und Wurzeln überzogen. Alles ist ruhig. Kein Geräusch dringt an mein Ohr. Eine Welle von Panik bahnt sich an, aber ich zwinge sie mit aller Macht zurück. Ich muss etwas finden. Die Zeit steht nicht still, während ich hier verharre. Mein Gehirn fühlt sich an, als wäre es mit Watte gefüllt. Ich massiere meine Schläfen, versuche die Benommenheit zu vertreiben. Dann laufe ich los. Immer wieder sage ich seinen Namen.

Dark.

Er schmeckt verheißungsvoll auf meiner Zunge.

Es ist das Einzige, dessen ich mir ganz sicher bin.

Ich laufe stundenlang, ohne Rast zu machen. Ich scheine eine gute Kondition zu haben, auch wenn ich nicht weiß, woher sie kommt. Die Umgebung sieht an jeder Stelle so gleich aus, dass es mich beinahe in den Wahnsinn treibt. Ich treffe kein einziges Tier, keine andere Menschenseele. Ich laufe immer weiter und ärgere mich über meine unpraktische Kleidung. Die Hose hat bereits die Innenseite meiner Schenkel aufgescheuert und die Schuhe sind vom Schlamm des Waldbodens durchtränkt. Trotzdem lasse ich mich nicht kleinkriegen, laufe immer weiter. Und irgendwann höre ich ein Geräusch. Wasserrauschen.

Erleichtert folge ich dem Plätschern, kämpfe mich durch dichtes Geäst und gelange schließlich an einen Bach. Erst jetzt bemerke ich, dass ich ziemlich durstig bin. Meine Kehle ist trocken und das Schlucken fällt mir schwer. Am Ufer lasse ich mich auf die Knie sinken. Es ist mir egal, dass ich dabei noch schmutziger werde. Erleichtert schöpfe ich mir Wasser ins Gesicht. Dann trinke ich hastig. Ich weiß, dass es verunreinigt sein könnte, doch auch das schert mich nicht. Ob ich mich nun vergifte oder verdurste, macht schlussendlich keinen Unterschied. Jedenfalls schmeckt und riecht es sauber und beruhigt meinen gereizten Hals.

Als die Wasseroberfläche sich wieder geglättet hat, schauen mir zwei ungleiche Augen entgegen: Das eine ist golden, das andere grau. Erschaudernd fahre ich zurück. Mit angespannten Schultern drehe ich mich um, blicke in alle Richtungen. Hier ist niemand außer mir. Wieder beuge ich mich zu der verspiegelten Oberfläche, bis meine Nasenspitze beinahe das Wasser berührt. Die Augen gehören einer Person. Mir. Ich bin das Mädchen mit den ungleichfarbigen Iriden.

Meine Fingernägel krallen sich in den schlammigen Sand des Flusses. Mein eigenes Abbild ist mir unheimlich. Doch es hilft nicht, sich weiter anzustarren. Es bringt mich dem unbekannten Ziel nicht näher. Seufzend richte ich mich auf, ignoriere meinen protestierenden Körper. *Dark*, wiederhole ich seinen Namen wie ein Mantra. Er ist es, der mich davor bewahrt, mich meiner Angst hinzugeben. Und so haste ich weiter. Ich durchquere meine persönliche Hölle, doch ich bleibe nicht stehen. Als die Dunkelheit einsetzt, beginne ich, nach einer Schlafmöglichkeit Ausschau zu halten. Schließlich klettere ich auf einen Baum und lasse mich auf einem Ast nieder, der breit und stabil genug ist, um mich zu halten. Ich würde mich gerne festbinden, habe aber kein Seil. Und so rutsche ich ganz dicht an den Hauptstamm und postiere mich zwischen zwei Astgabeln.

Ich werfe einen Blick hinab. Es ist hoch genug, kein Tier könnte mich erreichen. Und auch niedrig genug, dass ein Sturz auf den Boden mich nicht umbringen würde. Hoffe ich zumindest. Ich ahne, dass das Einschätzen von Abständen nicht gerade meine Stärke ist. Meine Erschöpfung ist größer als die Stimme der Vernunft in meinem Kopf. Und so schließe ich die Augen, ignoriere das Knurren meines Magens und versuche ein wenig zu ruhen.

Ein Stein trifft mich hart an der Stirn. Instinktiv krümme ich mich zusammen. Keine gute Idee. Ich kippe zur Seite und mein Herz rutscht mir in die Hose. Meine linke Schulter knackt unheilvoll, als ich auf dem Boden aufschlage. Wäre ich nicht im Halbschlaf gewesen, hätte ich den Sturz wohl besser abfangen können.

Ich will aufstehen, doch eine Hand stößt mich gegen die Brust. Ich stolpere einige Schritte, dann geben meine Beine unter mir nach. Als ich ein zweites Mal unsanft auf dem Rücken lande, wird alle Luft aus meiner Lunge gepresst. Zischend greife ich mir an meine verletzte Schulter. Einen Moment später kniet eine Frau über mir. Sie hat rostrotes Haar. Es steht zerzaust von ihrem Kopf ab. Ihre Augen sind blassblau und in ihnen funkelt der Wahnsinn. Etwas anderes kann ich kaum erkennen, weil die Umgebung in dichten Nebel getaucht ist. Innerlich verfluche ich meine Unachtsamkeit. Die Frau sieht aus, als wäre sie zu allem bereit. Statt zu schlafen, hätte ich mir besser eine Waffe angefertigt. Ich spüre etwas Feuchtes, das meine Wange hinabläuft. Ich wische mit der Hand darüber. Blut.

»Noch eine Bewegung und du bist tot«, zischt die Fremde mich an. Dann spüre ich die kühle Klinge an meinen Hals. Schmerzhaft langsam drückt sie sich in mein Fleisch.

Sie ist verrückt, vollkommen irre, schießt es mir durch den Kopf.

»Wir sind alle verloren«, schnarrt sie und erhöht den Druck.

Nicht so. Nicht durch ihre Hand, ist alles, was ich denken kann. Ihre Beine sind schraubstockartig um mich geschlungen. Ich winde mich, doch die Klinge schneidet nur tiefer. Nun habe ich Angst. Meine Glieder werden taub, sodass ich kaum noch Schmerzen spüre. Trotz der Aussichtslosigkeit meiner Situation, will ich mich nicht geschlagen geben.

Gerade, als ich ihre Hand, in der sie das Messer hält, packen will, durchbricht ein Sirren die Stille. Ich erstarre mitten in der Bewegung. Dieses Geräusch kommt mir bekannt vor. Wenn ich nur wüsste, woher. Eine Sekunde später stößt die Frau einen wütenden Laut aus und bäumt sich über mir auf. Und dann sehe ich die Ursache für ihren Ausruf: Ihr Oberkörper wurde von einem Pfeil durchbohrt. Er ging genau durch ihr Herz. Die Spitze des Pfeils stoppt nur wenige Zentimeter vor meinem Gesicht. Im nächsten Moment bricht die Fremde röchelnd über mir zusammen. Geistesgegenwärtig halte ich sie an den Schultern hoch und schubse sie von mir. Dass der Pfeil mich ebenfalls durchbohrt, hätte mir gerade noch gefehlt.

Zitternd stehe ich auf und trockne meine blutverschmierten Hände an dem Oberteil der Verrückten ab. Dann entwende ich ihr das Messer und reinige es, so gut es geht. Was für eine Sauerei. Ich hebe den Blick, als eine weitere Frau zu mir tritt. Sie sieht aus wie eine Amazone, mit ihren langen Beinen und dem schönen glatten Haar. Ein Bogen hängt lässig über ihrer Schulter. Erleichtert registriere ich, dass sie keinen Pfeil auf mich richtet. Wir unterziehen uns gegenseitig einer intensiven Musterung.

»Danke«, sage ich schließlich. »Das war wirklich knapp.«

»Gern geschehen. Sie hat vorhin bereits ein anderes Mädchen erwischt. Ihr war nicht mehr zu helfen.« Ein Schauer läuft mir den Rücken hinab. Die Schützin streckt mir ihre Hand entgegen. »Ich weiß nicht, wer ich bin.«

»Gut, ich auch nicht«, erwidere ich schmunzelnd, als ich sie ergreife. Diese Situation ist vollkommen absurd – dennoch beruhigt es mich, dass ich nicht die Einzige bin, die sich völlig ahnungslos durch diese Wälder bewegt.

Die Frau zuckt mit den Schultern, und ohne uns abzusprechen, setzen wir den Weg gemeinsam fort. Wir passieren einen weiteren Fluss, wo ich notdürftig das Blut abwasche und wir von dem Wasser trinken. Leider haben wir keine Behälter, um es für die Reise abzufüllen. Meine Schulter schmerzt bei jeder Erschütterung, und so kommen wir nicht besonders schnell voran. Von meiner neu gewonnenen Gefährtin erfahre ich, dass auch sie von einem Mann hergebracht worden ist, allerdings soll er blondes Haar und grüne Augen gehabt haben. Ansonsten hat sie dieselben kryptischen Anweisungen erhalten wie ich und kann sich nicht daran erinnern, was war, bevor sie im Wald aufgewacht ist. Der Tag neigt sich dem Ende zu und langsam werden wir nervös. *Sonst gibt es kein Zurück,* hat er gesagt. Ich will mir nicht ausmalen, was das bedeutet.

Wir laufen immer weiter, sprechen unsere Zweifel nicht laut aus, weil sie sonst zu real werden würden. Es dämmert bereits, als wir an einer Höhle vorbeikommen. Zuerst denke ich, dass meine Sinne mir einen Streich spielen, doch dann bleibt auch meine Gefährtin stehen. Wimmern erklingt aus der Höhle, gefolgt von einem Schluchzen. Man kann nichts sehen, weil ein großer Stein den Eingang versperrt.

»Hilfe«, klingt eine hohe weinerliche Stimme durch das Gestein zu uns hindurch.

»Kinder«, sage ich. »Wir müssen ihnen helfen.«

»Uns bleiben nur noch wenige Stunden«, widerspricht sie mir und zwirbelt eine Haarsträhne um ihren Finger. »Die Zeit, die wir benötigen, um diesen Stein wegzuschieben, ist Zeit, die wir nicht haben.«

»Trotzdem können wir sie nicht ihrem Schicksal überlassen«, halte ich dagegen.

Wir liefern uns ein Blickduell, bis sie schließlich seufzend zu der Höhle schaut. »Verflucht sei deine Großherzigkeit.«

Eine Weile versuchen wir erfolglos, den Stein beiseite zu rollen, indem wir uns mit unserem gesamten Gewicht dagegenwerfen. Wir probieren, ihn aus allen möglichen Positionen heraus zu verschieben. Mittlerweile sind wir schweißgebadet und ich spüre meine Arme kaum noch. Meine Schulter ist ein einziger stechender Schmerz. Doch ich bin stur. Verdammt stur. Und so wende ich weiterhin alle Kraft auf, die ich habe. Die Zeit ist unser ärgster Feind, auch wenn wir nicht wissen, was mit uns geschieht, wenn dieser Tag verstreicht.

Der Wald wird immer dunkler und das Weinen der Kinder immer verzweifelter. Keines unserer Worte schafft es, sie zu beruhigen. Gerade, als wir uns mutlos und keuchend gegen den Felsbrocken lehnen, fällt mein Blick auf einen kräftigen abgebrochenen Ast, der ein paar Fuß vor mir auf dem Boden liegt. Und dann habe ich eine Idee. Gemeinsam heben wir den großen Ast an und tragen ihn zu der Höhle. Ich fasse vorne an und meine Gefährtin hinten. Ich ramme die Spitze in den Boden und schiebe ihn langsam unter den riesigen Stein. Dann wandere ich an ihm ein Stück zurück und drücke nach. Auf mein Zeichen beginnen wir zu hebeln und zu schieben. Mit unserem ganzen Gewicht hängen wir uns an das Stück Holz. Und in dem Moment, als ich glaube, dass meine Schulter kurz davor ist durchzubrechen, setzt sich der Stein in Bewegung, rollt einfach den Abhang links des Weges hinab. Vollkommen erstarrt schauen wir ihm hinterher, ungläubig darüber, dass wir es tatsächlich geschafft haben.

Mit einem Lächeln auf dem Gesicht wende ich mich dem Eingang der Höhle zu. Doch bevor ich einen Blick ins Innere werfen kann, versperrt ein Mann mir die Sicht. Verwirrt schaue ich zu ihm auf. Ihn habe ich nicht kommen sehen. Blitzartig schießt seine Hand nach vorne und berührt meine Schläfe. Dann versinke ich in Schwindel und Schmerz.

Kapitel 13

LAND DER TRÄUME

Ich befinde mich im freien Fall, während all meine Erinnerungen zurückkehren. Mein Körper kämpft dagegen an, doch mein erschöpfter Geist wird dazu gezwungen, alles wieder zusammenzufügen. Und dann bemerke ich, dass ich gar nicht falle. Unter mir spüre ich eine weiche Matratze. Scharf einatmend fahre ich hoch, greife gleichzeitig nach meinem dröhnenden Kopf.

»Immer sachte«, höre ich eine ruhige Stimme zu mir sagen. Apollo. Es ist wie ein Déjà-vu. Er klappt meinen Mund auf und fordert mich zum Trinken auf. Die Flüssigkeit schmeckt süß und salzig zugleich. Ich huste und wische mir mit dem rechten Arm über den Mund. Der linke steckt in einer Schlinge.

»Ich nehme alles zurück«, dringt nun die Stimme einer Frau an mein Ohr. Ich blicke auf und sehe Phia an meinem Bettende stehen. Lässig stützt sie sich auf der Kante ab. Ihre tannengrünen Augen funkeln munter. »Gelobt sei deine Großherzigkeit.«

Ich stöhne und lege mich mit Apollos Hilfe wieder hin. »Die Kinder …«, murmle ich erschöpft.

Phia kommt um das Bett herumgelaufen und nimmt neben mir Platz. »Es war eine Illusion. Ein Zauber.« Ich schaue sie entgeistert an, sie zuckt lediglich mit den Schultern. »Herzlichen Glückwunsch. Du hast die dritte Aufgabe gemeistert. *Wir* haben sie gemeistert.« Sie tippt auf mein Armband, an welchem nun ein weiterer Anhänger in Form eines Schlüssels baumelt. Anschließend beugt sie sich zu mir herunter und flüstert, damit nur ich sie verstehen kann: »Diese Arschlöcher wollten wohl unseren moralischen Kompass testen. Über den du offenbar verfügst und ich nicht. Aber wir sind quitt. Immerhin habe ich die durchgeknallte Hestia für dich erledigt. Sie und Ina sind raus. Alle anderen sind mehr oder weniger unversehrt.« Ich nicke benommen, und Phia drückt meine Hand. »Wir sind ein gutes Team.«

Wir unterhalten uns noch eine Weile, und obwohl mein Kopf nach wie vor pocht, bin ich froh über ihre Gesellschaft. Sie ist ganz unbemerkt zu einer meiner engsten Vertrauten geworden. Als Hale über die Treppe in mein Schlafzimmer kommt, verabschiedet sie sich von mir. Wortlos geht sie am Gott der Hoffnung und des Lichts vorbei, der ihr ein wenig zu lange hinterherstarrt.

»Ein hübscher Hintern, nicht wahr?«, sage ich ungerührt.

Er setzt sich zu mir, und fast glaube ich zu erkennen, wie sich eine leichte Röte auf seinen Wangen ausbreitet. »Wie geht es unserer Patientin?«

Ich verdrehe die Augen. »Ich registriere sehr wohl, dass du versuchst, vom Thema abzulenken, und lasse es dir heute ausnahmsweise durchgehen. Aber nur, weil ich in wirklich keiner so guten Verfassung bin.« Er sieht mich weiterhin abwartend an, und mir wird klar, dass ich seine Frage nicht beantwortet habe. »Erinnerst du dich, was ich dir am Abend des Maskenballs erzählt habe?«

Er runzelt die Stirn. »Dass du endlich mutig sein willst?«

»Genau. Ich würde die Aussage gern zurücknehmen. Ich meinte natürlich nicht *so* mutig.«

Für einen Moment blickt er verdattert drein. Dann legt er

den Kopf in den Nacken und beginnt schallend zu lachen. »Ich glaube, du bist das lustigste Menschenmädchen, welches mir jemals begegnet ist.«

Ich seufze schwer. »Nicht freiwillig, das kannst du mir glauben.«

Die anderen sind längst auf ihre Zimmer zurückgekehrt, ich hingegen komme nicht zur Ruhe, obwohl der Schleier der Dunkelheit sich bereits vor einigen Stunden über das gesamte Reich gelegt hat. Einzig und allein eine magische Fackel spendet etwas Licht. Ich bin froh darüber, denn in letzter Zeit hatte ich mehr als genug Finsternis in meinem Leben. Jemand muss mich nach der Aufgabe gewaschen und in saubere Kleidung gesteckt haben, wofür ich dankbar bin. Der metallische Geruch von Blut ist trotzdem allgegenwärtig.

Da ich so großen Hunger verspüre, dass mein Magen schmerzt, kann ich unmöglich wieder einschlafen. Vorsichtig schwinge ich meine Beine über die Bettkante und stehe auf. Sicherheitshalber halte ich mich am Bettpfosten fest. Als ich mir sicher bin, dass mein Kreislauf nicht schlappmacht, lasse ich los. Dann ziehe ich mir den goldenen Morgenmantel über, der mir bis zu den Knien reicht, und verknote die Schnüre zu etwas, das eigentlich eine Schleife darstellen soll. Anschließend greife ich nach der Fackel und laufe die Treppe hinab. Der Gang liegt ruhig und verlassen vor mir, als ich durch die Tür trete. Mir fehlen Herons in sich gekehrte Art und Emmetts verschmitztes Lächeln sowie seine frechen Sprüche. Ich hoffe von ganzem Herzen, dass es den beiden gut geht. Genauso wie Eleyna und Amanda und Jules. Ich musste schon viel zu oft Abschied nehmen.

Begleitet von der Stille der Nacht, streife ich durch den Palast. Ich genieße die Ruhe und die Einsamkeit. Früher habe ich sie gefürchtet, doch nun heiße ich sie willkommen wie eine alte Freundin. Es scheint mir in diesem Augenblick nichts Schöneres zu geben, als friedlich meinen eigenen Gedanken nachzuhängen. Übermütig absolviere ich ein paar alberne Tanzschritte, drehe mich um die eigene Achse und streiche sacht mit den Fingerspitzen über die verzierten Rahmen der Gemälde, welche die Korridore säumen. Schließlich erreiche ich die Kellertreppe, die hinab zur Küche führt. Zwei Stufen auf einmal nehmend, haste ich hinunter. Mit wehendem Morgenmantel tanze ich durch die Küche und summe eine schiefe Melodie. Obwohl ich in letzter Zeit so einiges durchmachen musste, fühle ich mich jetzt, in diesem Moment, so lebendig wie schon lange nicht mehr.

Als ich schließlich ganz außer Atem bin, durchforste ich die Vorratsschränke. Ich entscheide mich für Brot und eine exotisch aussehende Frucht. Vollkommen vertieft schneide ich alles in Scheiben und richte es auf einem Teller an. Dabei summe ich weiter vor mich hin, während ich versuche, den Schmerz zu ignorieren, der sich in meiner lädierten Schulter ausbreitet. Gerade will ich die hübsch angerichtete Platte anheben, als ich unerwartet mit einem Ruck gegen die Arbeitsplatte gedrückt werde, sodass ich alles fallen lasse. Eine Sekunde später spüre ich etwas Kaltes an meinem Hals. Panik steigt in mir hoch, und die Situation katapultiert mich zurück in den Wald. Ein Zittern durchfährt meinen Körper. *Bitte nicht schon wieder ...*

»Du solltest bei Nacht nicht allein durch die Gänge streifen«, raunt eine mehr als vertraute Stimme mir zu.

Als ich ihn erkenne, bin ich erleichtert und wütend zugleich. »Ist *das* wirklich das Erste, was du mir sagen willst, nachdem du mich tagelang ignoriert hast?«

Dark lacht. »Tut mir leid, aber es dreht sich nicht immer alles nur um dich, kleines Monster.«

Zorn kocht in mir hoch, und ich knirsche mit den Zähnen. »Darum geht es mir nicht, das weißt du ganz genau. Man sollte sich um diejenigen kümmern, die einem am Herzen liegen. Vor allem, wenn sie verletzt sind.« Ein Kloß bildet sich in meinem Hals, und ich blinzele angestrengt. Sein Griff ist nach wie vor fest und unnachgiebig. »Du hast also keine Erklärung für mich?«, hake ich nach.

»Nein.«

Enttäuscht kneife ich die Augen zusammen und atme tief durch. »Lass mich los.«

»Befrei dich«, befiehlt er mir. Ich hasse es, dass er so ruhig und beherrscht ist. Dass meine Nähe ihn nicht durcheinanderbringt. Dass er mich tagelang allein gelassen hat, ohne dass es ihm etwas auszumachen scheint.

Dementsprechend bin ich aufgebracht genug, um seiner Forderung zu gehorchen. Mit aller Kraft stoße ich seinen Arm von mir, ducke und wende mich, bevor ich aushole und ihm in den Magen boxe.

»Was ist mit all den Worten, die du mir am Strand zugeraunt hast? Waren sie alle gelogen?«, fahre ich ihn an, ehe ich beiseitespringe, mich abrolle und anschließend wieder auf die Füße komme. Meine Schulter pocht, doch ich teile weiterhin Schläge aus. Ich erwische ihn mit der Faust am Kinn, was mich vermutlich mehr schmerzt als ihn. Trotzdem höre ich nicht auf. Als er sich seitlich von mir befindet, mache ich eine Drehung um meine eigene Achse und versuche, ihn mit meinem Bein wegzukicken. Meine Ausführung ist sensationell und ich bin ziemlich beeindruckt von mir selbst. Jedenfalls bis zu dem Moment, wo Dark mich mitten in der Luft stoppt, mein Fußgelenk umfasst und ich mit dem Oberkörper auf dem Steinboden aufschlage. Ich keuche, dränge den Schmerzenslaut zurück, der meiner Kehle entweichen will. Diese Genugtuung werde ich ihm nicht geben.

Langsam lässt er meinen Fuß los, und ich krieche von ihm weg, bis ich mich am großen Tisch hochziehen kann. Dabei lasse ich ihn keine Sekunde aus den Augen. Er mustert mich, seine Iriden wirken fast gänzlich schwarz in dem schummrigen Licht. Jetzt verstehe ich, warum er der Gott der Angst und der Finsternis ist. Es umgibt ihn eine Aura der Grausamkeit, die noch nie so präsent gewesen ist wie in diesem Moment.

»Du bist einfach nur krank«, bringe ich hervor. Dann drehe ich mich um und laufe los. Ich komme nicht weit. Sofort steht Dark vor mir, packt mich an den Schenkeln und hebt mich auf den Tisch. Ich bin wie erstarrt. Seine großen starken Hände spüre ich überdeutlich an meiner Hüfte.

»Nimm deine dreckigen Finger von mir«, knurre ich aufgebracht.

»Nein.«

Angestachelt von seiner Dreistigkeit will ich ihn von mir stoßen, doch er bewegt sich keinen Zentimeter. Fluchend gebe ich auf. Zögerlich nimmt er eine Hand von mir und greift in seine rechte Hosentasche. Ich ziehe überrascht die Luft ein, als ich sehe, was er hervorholt.

»Mein Medaillon.« Ich fasse mir an den Hals, greife ins Leere.

»Du hast es bei der Rauferei mit Hestia verloren.«

Ich schaue ihn ungläubig an. »Und woher weißt du, dass mir die Kette etwas bedeutet?«

Er zuckt scheinbar arglos mit den Schultern. »Du trägst sie so gut wie immer, spielst ständig an ihr herum. Legst deine Hand darauf, selbst wenn sie unter deinem Shirt verborgen ist«, zählt er gelangweilt auf. »Darf ich?«

Immer noch vollkommen überrumpelt, drehe ich mich, sodass er mir die Kette um den Hals legen und die Enden verschließen kann. Als ich mich ihm erneut zuwende, ist sein Gesicht ganz nah bei meinem. Es ist mir unmöglich, vor ihm zurückzuweichen. Obwohl ich ihm nicht traue. Ich verstehe das Spiel nicht, in dem er so gut zu sein scheint. Ich weiß nicht, ob es echte Gefühle sind, die hinter der Fassade stecken. Innerlich verfluche ich das Gespräch mit Apollo und all die anderen Wortfetzen, die ich belauscht habe. Sie sind der Grund, warum ich alles noch mehr infrage stelle. Was ist echt und was ist Täuschung bei diesem Turnier? Darks Hände an meinen Hüften, sein Atem auf meiner Haut, seine Stimme in meinem Kopf. Es fühlt sich wahrhaftig an, doch in Wirklichkeit ist all das vielleicht nichts weiter als schöner Schein. Dient womöglich nur dazu, mich zu lenken, um ein höheres Ziel zu erreichen.

»Was ist das zwischen uns?«, frage ich in die Stille hinein.

Seine Finger zeichnen sanfte Kreise über meinen Körper, sein Blick ist abwesend. Ich greife nach seinem Handgelenk, damit er aufhört.

»Du hast mich allein gelassen. Schon zwei Mal. Nach dem Kampf gegen Skylla … und gestern. Ohne Gedächtnis. In einem Wald, in dem Gott weiß was lauern kann.« Er sieht mich weiterhin abwartend an. Ich schnaube. »Was wäre, wenn ich es nicht geschafft hätte?«

Er streicht eine Locke hinter mein Ohr. »Dir wäre nichts

geschehen. Du hättest ein neues Leben begonnen. Ganz von vorn.« *Ohne mich.* Er sagt es nicht. Aber ich höre es trotzdem so laut und deutlich, als hätte er es laut ausgesprochen.

Ich frage mich, ob ich mein Gedächtnis dann tatsächlich verloren hätte. Und ob er wirklich eingegriffen hätte, um mich zu retten, wenn dort nicht Phias Pfeil gewesen wäre.

»Ich hätte dich nicht vergessen. Selbst wenn ich nicht weiß, wer ich bin, wenn ich mich selbst verliere, würde ich dich trotzdem finden. Ich habe deinen Namen, dein Gesicht und deine Augen während der gesamten Zeit im Wald in meinem Kopf behalten. Du warst meine Rettungsleine. Du hast dafür gesorgt, dass ich nicht den Verstand verliere, wie Hestia. Und wenn ich eines weiß, dann, dass egal wie oft sich unsere Wege noch trennen mögen: Ich *werde* dich immer finden.« Die Worte schweben zwischen uns. Ein Versprechen. Im nächsten Augenblick ist Dark verschwunden und bleibt mir eine Antwort schuldig. Feigling.

Ich brauche einige Zeit, um mich zu sammeln. Dann rutsche ich von der Tischplatte. Mein Magen fühlt sich flau an, der Appetit ist mit vergangen. Ich lege ein Stück Käse auf eine Scheibe Brot und nehme es mit. Die Kellertreppe ist genauso unheimlich wie auf dem Hinweg, deshalb renne ich die Stufen hinauf. Während ich die noch immer leeren Korridore durchquere, kaue ich auf dem Stück Brot herum, das langweilig und fade schmeckt. Zurück in meinem Zimmer putze ich meine Zähne und kuschle mich anschließend in die weichen Kissen. Meine Gedanken drehen sich wie ein wildes Karussell, und egal wie sehr ich mich bemühe, ich schaffe es nicht, zur Ruhe zu kommen. Obwohl ich allein bin, kommt es mir vor, als könnte ich Darks Hand fühlen, die mich vorsichtig streichelt, seine Lippen spüren, die sanft meine Stirn küssen, und seine Stimme hören, die rau in mein Ohr flüstert: *Ich werde dich auch immer finden.*

Was für ein schöner Traum.

Wir haben uns im Innenhof versammelt, auf dem sonst der Nachmittagsunterricht stattfindet. Es ist das erste Mal, dass ich die anderen Mädchen nach der dritten Aufgabe wiedertreffe. Kiana, Candela, Saphira, Aideen und Naran wirken gefasst. Nur Lavea sieht sich immer wieder mit einem gehetzten Ausdruck in den Augen um. Dream steht lediglich drei Schritte entfernt. Er scheint jederzeit bereit, sie zu beschützen, vor was auch immer. Ich frage mich, was ihr in dem Wald widerfahren ist.

»Guten Morgen, meine Täubchen«, ergreift True das Wort.

Aus dem Augenwinkel sehe ich, wie Dark näher an mich herantritt. Ich schaue weiterhin stur geradeaus.

»Alle, die heute hier stehen, haben die dritte Aufgabe gemeistert. Da nun sozusagen schon Halbzeit ist, haben wir uns für euch ein kleines Geschenk überlegt.« Candela und Kiana tauschen einen neugierigen Blick. »Wir werden für ein paar Tage verreisen. Geht in eure Gemächer und packt eure Sachen. Wir treffen uns in einer Stunde wieder hier.« Er klatscht freudig in die Hände, und fast ist es, als hätte er den Startschuss für etwas Großes gegeben. Angesteckt von seiner Euphorie, eilen wir nach draußen. Vielleicht ist es aber auch Hale gewesen, der unsere Stimmung gehoben hat, wer weiß das schon.

Während die anderen gemeinsam in eine Richtung müssen, laufe ich allein zu meinem Turmzimmer. Zwar habe ich Freundinnen gefunden, dennoch gehöre ich manchmal nicht dazu, passe nicht so recht in die Gruppe hinein. Etwas an mir ist anders. Wenn ich Dark sehe, dann erkenne ich einen Teil von mir selbst in ihm. Dann fühle ich mich weniger einsam. Ich denke an Phias Worte. Daran, dass sie glaubt, dass wir füreinander bestimmt sind. Es spendet mir Trost und macht mir gleichzeitig Angst. Er hat in letzter Zeit Fehler begangen. Und wenn ich bei Verstand wäre, würde ich ihm vielleicht nicht vergeben. Doch die Liebe spielt nach ihren eigenen Regeln.

Mittlerweile bin ich in meinem Ankleidezimmer angekommen. Nachdem ich eine Weile gesucht habe, finde ich eine Reisetasche. Ich vermisse meine Zofe, ihre Gesellschaft und unsere Gespräche. Es war schön, jemanden zu haben, der nicht direkt in das Turnier involviert gewesen ist.

Wahllos werfe ich Kleidung und Hygieneartikel in die Tasche. Schimpfend versuche ich, den Reißverschluss zu schließen, ohne dass der Stoff reißt. Auch wenn ich die Schlinge um meinen Arm nicht mehr trage, ist er trotzdem nicht richtig einsatzfähig. Letztendlich schaffe ich es, obwohl ich nach der leichten Anstrengung bereits schweißgebadet bin. Die Tasche wirkt außerdem, als könne sie jeden Moment platzen.

Als ich mir sicher bin, dass ich nichts vergessen habe, schultere ich meinen kleinen braunen Rucksack, nehme einen letzten Schluck von meinem Trank und hänge mir die Reisetasche über meine unverletzte Seite. Dann verlasse ich das Zimmer und kehre zurück in den Innenhof.

Während wir auf Candela und Phia warten – was niemanden wirklich verwundert –, geselle ich mich zu Apollo und verhindere somit, dass er Phoibe weiterärgert, die sich erleichtert entfernt.

»Was ist das mit euch?« Er zuckt arglos mit den Schultern, ich lasse jedoch nicht locker. »Du magst sie«, stelle ich fest.

»Nein, sie nervt mich ganz fürchterlich.«

Ich grinse wissend. »So ist das meistens.«

Schließlich trudelt erst Phia und dann Candela ein. Letztere zieht zwei Koffer hinter sich her. Außerdem trägt sie klackernde Absatzschuhe, in denen ich mir mit großer Wahrscheinlichkeit beide Beine brechen würde. Zielsicher kommt sie auf uns zu und sieht dabei – wie sollte es anders sein – selbst aus wie eine Göttin. Jedenfalls, bis sie sich mit einer der Rollen vom Koffer in die Hacken fährt. Im nächsten Moment ist Lost zur Stelle. Er materialisiert sich neben ihr und schlingt seinen Arm von vorne um sie. Als sie aufrecht steht, blickt sie zu ihm hoch. Und sieht ihn vermutlich zum ersten Mal richtig an. Ohne Spott und ohne Hohn. Dann nimmt Apollo meine Hand und wir treten durch den Nebel.

»Willkommen in Dreams Reich«, sagt Apollo, als ich die Augen öffne und eine Wiese sehe. Sie ist von einem satten strahlenden Grün und erinnert mich an die Farbe von Hales Augen. Ich drehe mich um die eigene Achse, nehme all diese bunten Töne in mir auf. Man hört das Zirpen von Grillen und das Zwitschern von Vögeln.

»Das ist einfach ... unglaublich!« Ich strahle übers ganze Gesicht.

Kurz darauf tauchen die anderen neben uns auf. Auch sie scheinen sprachlos zu sein. Lavea schaut immer wieder mit geöffnetem Mund zwischen Dream und dem Ort hin und her, der sein Zuhause ist. Als er ihr seinen Arm anbietet, gehen die beiden voran und wir anderen folgen ihnen. Ich spüre Darks Präsenz in meinem Rücken, doch ich drehe mich nicht zu ihm um. Ich will nicht, dass dieser Moment durch irgendetwas überschattet wird.

Wir überqueren einen Hügel, und dann sehen wir ihn – Dreams Palast. Er ist gebaut aus verschlungenen Ästen und bestückt mit grünen Blättern und Blumenranken in sanften Blautönen. Es gibt keine Türme wie bei Hales Sandpalast. Stattdessen führen Leitern zu den umliegenden Baumkronen, die alle miteinander verbunden zu sein scheinen. Dort oben sind kleine Häuser gebaut, die sich ganz sacht im Wind wiegen. Es ist eine riesige Siedlung. Ich habe noch nie etwas Vergleichbares gesehen. Kleine Flüsse teilen das Gras. Ihr Wasser ist türkis und die Oberfläche glitzert und funkelt, als lägen die kostbarsten Edelsteine am Grund. Kleine moosbewachsene Brücken führen darüber, auch ihre Geländer sind von Blumen umrankt. Etwas kitzelt mich an meinem Arm, lenkt meine Aufmerksamkeit auf sich. Ein Schmetterling hat sich darauf niedergelassen. Seine Flügel schillern in allen Farben des Regenbogens.

Dankbar lasse ich zu, dass Apollo mir meine Tasche abnimmt. Als ich auf einer der moosbewachsenen Brücken wegrutsche, greift er mir unter den linken Arm. Ich ignoriere den Schmerz, der dabei durch meine Schulter fährt, kann von dieser unglaublichen Umgebung nicht genug bekommen. Schließlich treten wir durch den Rundbogen in das Innere von Dreams Zuhause. Es ist wirklich vollkommen anders als Hales. Man hat vielmehr das Gefühl, durch ein Portal in einen Zauberwald zu gelangen. Es gibt keinen festen Boden, alles ist mit Gras und Moos bewachsen.

Wir bekommen eine kurze Führung, doch im Gegensatz zum Sandpalast ist die Raumaufteilung schlicht gehalten. Efeuranken trennen drei Teile ab. Der linke ist für Gäste, der mittlere ein großer Empfangssaal und der rechte für Dream und die anderen Gottheiten. Schließlich werden wir in unseren Bereich gebracht, damit wir uns einrichten können. Weiße Zelte hängen in unterschiedlichen Abständen von der Decke herab. Sie werden ebenfalls von Blumenranken gehalten.

»Wo sollen wir schlafen?«, fragt Kiana. Sie klingt etwas gereizt. Ihrem rauen Wesen gefällt es in diesem märchenartigen Land vermutlich weniger gut.

»Dort oben«, erwidert unser Gastgeber gelassen.

»Und wie sollen wir da hochkommen?«, fragt Aideen. Sie ist bleich, und ich glaube mich zu erinnern, dass sie einmal gesagt hat, dass sie unter Höhenangst leidet.

»Ihr müsst es euch bildhaft vorstellen und es nur genug wollen«, erwidert Dream kryptisch.

Ungläubig blicke ich zu Hale, der neben mir aufgetaucht ist. Er zwinkert mir frech zu. »Das hier ist das Land der Fantasie und der Träume. Hier könnt ihr alles sein, was ihr sein wollt. Es gibt keine Grenzen. Fast nichts, das an einem Ort wie diesem nicht möglich wäre.« Wärme breitet sich in mir aus. *Wahrheit,* schießt es mir durch den Kopf. Das Band um mein Handgelenk fühlt sich in diesem Moment schwerer an, als es eigentlich ist. Drei Anhänger, die mich von einem unsterblichen Leben trennen. Das allein zu denken, erscheint beinahe absurd.

Ich schaue hinauf zu dem weißen Zelt, das dem Himmel am nächsten ist. Ich stelle mir vor, wie ich es dorthin schaffe. Ich stelle mir vor, wie es sich anfühlt, einfach zu verschwinden. Es ist, als würden meine Augen die Entfernung verringern. Alles andere verschwimmt in meinem Sichtfeld. Eigentlich bin ich bereits oben. Nichts ist unmöglich in dieser Welt, denke ich. Ich halte die Luft an, als ein Ruck durch meinen Körper fährt. In meinem Inneren tobt ein Sturm, dann werde ich von ihm davongefegt. Das alles dauert nicht mehr als ein paar Sekunden. Als ich die Augen öffne, schwanke ich und lande unsanft auf meinem Hintern.

Ich rechne beinahe damit, in die lachenden Gesichter der anderen zu sehen. Doch ich bin allein. Ich sitze auf einem Teppich, neben mir steht ein schneeweißes Bett. Langsam lege ich den Kopf in den Nacken. Über mir befindet sich die Decke des spitz zulaufenden Zeltes. Kurz darauf bin ich auf den Füßen und recke jauchzend die Faust in die Luft – und breche in Gelächter aus. Ich schlage den Eingang des Zeltes beiseite und schaue nach unten. Ungläubige Gesichter starren mir entgegen. Vermutlich denken sie, ich sei verrückt geworden. Ich konzentriere mich auf Apollo und schließe die Augen. Einen Wimpernschlag später bin ich wieder am Boden. Ich lande zwischen ihm und Hale, was die beiden erschrocken auseinanderspringen lässt. Lächelnd nehme ich dem Gott meine Tasche ab.

»Beeindruckend, kleine Flamme«, sagt True nachdenklich.

Während die Götter den anderen Mädchen erklären, wie man am besten durch den Nebel geht, verschwinde ich erneut in mein Zelt und beginne die Schubladen einzuräumen. Es ist nicht viel Platz, aber wirklich gemütlich. Ich fühle mich sofort wohl. Als ein Aufschrei ertönt, stecke ich den Kopf nach draußen. Etwa zwei Meter entfernt hängt Naran an der Blumenranke, die Zelt und Decke verbindet. Sie hat das Ziel offenbar ein wenig verfehlt. Sofort ist Dream bei ihr, um zu helfen. Ich unterdrücke ein Grinsen und kehre in mein eigenes Reich zurück. Seufzend ziehe ich meine Schuhe aus und lasse mich auf das Bett fallen.

»Wir treffen uns in zwei Stunden im großen Saal. Ruht euch bis dahin aus«, höre ich Yasar von unten rufen.

Ich quietsche erschrocken auf, als Lavea neben mir auftaucht. Ihre Augen leuchten begeistert. Sie kichert übermütig und lässt sich neben mich fallen. »Das ist der absolute Wahnsinn!«

»So langsam sollte uns nichts mehr überraschen«, stimme ich lachend in ihre Freude mit ein.

Sie nickt zustimmend, doch das Strahlen, das sie umgibt, lässt nicht nach. Es ist, als würde die Aura des Landes der Fantasie und der Träume die schüchterne junge Frau aufleben lassen.

Wir kuscheln uns in die weichen Laken und ziehen die Beine an, damit wir beide Platz finden.

»Ich traue der Sache nicht so richtig. Ein Urlaub, einfach so?«

Lavea zuckt mit den Schultern. »Mir soll alles recht sein. Solange sie nicht wieder auf die Idee kommen, unser Gedächtnis zu löschen.«

Auf meinen Armen breitet sich eine Gänsehaut aus. »Das ist keine Erfahrung, die ich noch einmal machen möchte.«

Meine Freundin schiebt die Hände unter ihr Gesicht und sieht mich aus ihren hellblauen Augen an. »Kann ich dir etwas erzählen? Du darfst es aber niemandem verraten.«

»Deine Geheimnisse sind bei mir gut aufgehoben. Versprochen«, erwidere ich ernst.

»Ich ... Mir ging es nach der letzten Aufgabe nicht gut. Und Dream ist für mich da gewesen. Ich glaube, er hat diesen Ausflug für mich organisiert. Um mir eine Freude zu machen.«

»Das ist sehr aufmerksam von ihm. Es ist gut, dass er auf dich achtgibt.«

Verlegen knibbelt sie an ihren Fingernägeln herum. »Er hat mich geküsst«, flüstert sie schließlich und errötet.

»Es überrascht mich, dass er das nicht schon viel früher getan hat«, necke ich sie. »Und? Wie war es?«

Lavea kichert erneut. »Er ist ein guter Küsser.«

Ich knuffe sie lächelnd in die Seite. »Ich freue mich sehr für dich.«

Sie blickt mich dankbar an und greift nach meiner Hand. »Ich bin so froh, dass ich dich kennengelernt habe.«

Ich erwidere leicht ihren Händedruck. »Das bin ich auch.« Doch weil ich ihr nicht sagen kann, was ich in der Vision gesehen habe, fühle ich mich wie eine Verräterin. Von ganzem Herzen wünsche ich ihr, dass ihr Glück mit Dream von Dauer ist. Gedankenverloren drehe ich an dem Armband mit den Symbolen der Götter.

»Hast du Veränderungen bemerkt?«, frage ich nach einer Weile. »Seit wir die hier tragen, meine ich.«

Langsam schüttelt sie den Kopf. »Bisher nicht, nein. Du?«

Ich rolle mich zurück auf den Rücken und reibe mir übers Gesicht. »Ich denke schon, dass dort manchmal etwas ist.« Sofort überkommt mich das ungute Gefühl, zu viel verraten zu haben. »Bitte behalte das für dich.«

Es hätte mich beruhigt, wenn sie mir bestätigt hätte, dass auch sie seltsame Visionen und Träume hat oder Wahrheit von Lüge unterscheiden kann. Vielleicht würde ich mir dann weniger verrückt vorkommen.

»Deine Geheimnisse sind bei mir gut aufgehoben. Versprochen«, wiederholt sie meine Worte von vorhin.

Ich seufze schwer. Ich wünschte, ich könnte den Mut aufbringen, mich ihr gänzlich anzuvertrauen. Schließlich belasse ich es bei einem einfachen »Danke«.

Durch den Nebel zu gehen ist aufregend. Verdammt aufregend sogar. Lavea und ich sind wirklich gut darin, während die anderen noch Hilfe benötigen.

»Es spielt sich zuerst im Kopf ab«, erklärt Dream, als wir gemeinsam beim Essen sitzen. Bei seinen Worten sieht Kiana so aus, als würde sie ihn gleich mit ihrem Obst bewerfen. Prom, der sich bisher erstaunlich ruhig verhalten hat, schenkt der Banane vor sich einen unglücklichen Blick, bevor sie im nächsten Moment zu einem Stück Schokoladenkuchen wird.

»Wie hast du das hinbekommen?«, kreischt Aideen aufgeregt, und nun sind alle vollauf damit beschäftigt, ihr Essen in ein anderes zu verwandeln.

»Wie genau funktioniert das hier?«, raune ich Apollo zu. »Kann man an diesem Ort tatsächlich zu allem werden, was man will? Alles erschaffen, was man sich vorstellt?«

Mein Freund ist sichtlich erheitert, das erkenne ich an seinem Gesichtsausdruck. »Es ist ein wenig komplizierter. Dream gibt nur gerne an. Ja, er kann sein Land so gestalten, wie er möchte. Das kann übrigens jeder der sechs neuen Götter. Und da dieses Land aus Träumen gemacht ist, können fantasievolle Menschen hier viele Möglichkeiten ausschöpfen. Man muss nur empfänglich dafür sein. Dennoch ist es für dich und mich hier nicht möglich, etwas aus dem Nichts zu erschaffen. Die Dinge lassen sich formen und verändern, mehr aber nicht.« Schon wieder dieses Wort. *Empfänglich.* Beinahe habe ich das Gefühl, es würde mich verfolgen. Es löst aus irgendeinem Grund Unbehagen in mir aus.

Den Rest der Zeit schweige ich. Als sich die Runde auflöst, gehen wir Mädchen mit Hale und Dream auf Entdeckungstour. Ich zwinge mich dazu, Dark keinen allzu sehnsüchtigen Blick zuzuwerfen, als er mit Lost in eine andere Richtung verschwindet.

Jeder Ort im Land der Träume ist atemberaubend. Die Farben sind so satt und intensiv und alle Geräusche sind wie

Musik in meinen Ohren. Seit wir hier sind, kommt es mir vor, als wären wir in einer anderen Welt. Es ist exotisch und neu und gleichzeitig verspielt. Ich glaube nicht, dass ich für immer bleiben könnte, weil ich sonst den Bezug zur Realität verlieren würde, doch für diesen Moment werde ich die Zeit genießen. Und ich werde versuchen, nicht allzu viel zu grübeln, denn das ist wohl noch immer meine größte Schwäche.

Während die anderen in einem Teich planschen, hocke ich im Schneidersitz auf einem glatten hellblauen Stein. Seit der Begegnung mit Skylla fürchte ich mich vor allem, was größer oder tiefer als eine Badewanne ist. Bisher habe ich über dieses Problem mit niemandem gesprochen. Ich hoffe nur, dass mir eine zukünftige Aufgabe, die mit Wasser zu tun hat, erspart bleibt. Vor mir befindet sich Dream, dem offensichtlich ebenfalls nicht nach einer Abkühlung zumute ist. Er lehnt mit dem Rücken gegen den Stein, auf dem ich sitze, und lässt Lavea dabei keine Sekunde aus den Augen. Ihr Haar schimmert fast weiß im Licht der Sonne und ihr fröhliches Lachen ist so liebreizend, dass mir das Herz aufgeht.

»Sie sieht aus, als wäre sie eine von euch«, rutscht es mir heraus.

Ruckartig dreht Dream sich zu mir um. »Wie meinst du das?« Seine harsche Frage irritiert mich.

»Na ja, ich denke, es ist dir bereits aufgefallen: ihre Schönheit, die aufblitzt, wenn sie sich frei und unbeobachtet fühlt. An diesem Ort, zwischen euch, sieht es aus, als gehöre sie tatsächlich dazu.«

Er mustert mich noch einen Moment, nickt dann langsam. »Ich wusste von Anfang an, dass sie etwas Besonderes ist. Die anderen hielten sie für schwach. Aber in ihr steckt so viel mehr, als sie sich eingestehen will.«

Ich denke an die Vision, an Dreams Verzweiflung. Ich sehe den Gott vor mir und Laveas wutverzerrte Miene. »Du solltest ihr offen und ehrlich zeigen, wie du zu ihr stehst. Manchmal, wenn es zu viele Geheimnisse gibt, kann sämtliches Vertrauen verloren gehen.«

»Ich bin ehrlich zu ihr.«

»Vielleicht aber nicht so ehrlich, wie du es sein solltest. Was auch immer du tun wirst, ich werde es dir nicht übel nehmen. Ich weiß, dass du alles geben würdest, um sie zu schützen. Und das ist gut. Aber denk immer daran, dass *sie* es letztendlich ist, bei der du um Vergebung bitten musst.« Verwirrt schließe ich den Mund. Ruckartig stehe ich auf. »Bin gleich wieder da«, murmele ich und eile davon.

Ich bin wütend auf mich selbst. Die Worte sind mir einfach so herausgerutscht. Dream ist nicht dumm. Vielleicht denkt er, ich sei einfach nur aufmerksam, vielleicht merkt er aber auch, dass sich mehr dahinter verbirgt. Trotzdem bin ich froh, dass ich gesagt habe, was mich beschäftigt. Ich will das Beste für meine Freundin.

Das Gespräch mit Dream rückt immer weiter in den Hintergrund, als ich die grünen Wiesen entlanglaufe, über kleine Flussläufe springe und die frische angenehme Luft einatme. Es tut gut, wieder allein zu sein. Nicht unter ständiger Beobachtung. Ohne dass man sich Gedanken darüber machen muss, wie dies oder jenes auf die anderen wirken mag. Irgendwann bleibe ich stehen und lasse mich in das Gras sinken. Es fühlt sich weich und einladend an. Ich lege mich auf den Rücken und betrachte den strahlend blauen Himmel, an dem keine Wolke zu sehen ist.

Kapitel 14

SCHÖNER SCHEIN

DARK

Als ich mit Lost zurück ins Land der Fantasie und der Träume gelange, dämmert es erst, während es an dem Ort, von dem wir kommen, bereits Nacht gewesen ist. Die Zeit vergeht hier langsamer als anderswo. Wir werden vom Zirpen der Grillen empfangen, was wohl idyllisch wirken soll, doch mich treibt es in den Wahnsinn. Diese scheinheilige Umgebung macht mich krank.

Nichts läuft wie geplant. Der Zustand der Erde hat sich schneller verschlechtert, die Hitze im Kern dringt immer stärker an die Oberfläche. Wo wir leben, hält unsere Magie die Katastrophen fern, doch für die einfachen Menschen in unseren Ländern sieht es nicht gut aus. Die Wärme ist kaum auszuhalten, das Vieh stirbt weg, das Wasser ist knapp und Krankheiten breiten sich aus. Wir sind dabei, drei große Evakuierungslager zu errichten, die wir mithilfe unserer gemeinsamen Kräfte reinhalten wollen. Alle verfügbaren Helfer wurden in die Lager geschickt. Demnächst soll mit der Evakuierung begonnen werden. Uns rennt die Zeit davon.

Obwohl ich es nicht will, drängt sich ihr wilder Lockenschopf vor mein inneres Auge. Ich fluche und ignoriere den fragenden Blick, den Lost mir zuwirft.

An jenem Tag im Wald kam ich nur, um Abschied zu nehmen. Sie ein letztes Mal zu sehen – wenn auch nur aus der Ferne. Doch dann war *er* dort. Allein mit ihr. Vielleicht wäre ich in der Lage gewesen loszulassen, wäre da nicht ihr Zögern gewesen. Ihre Zweifel. Und als sie vor ihm zurückgewichen ist, da konnte ich mich dem Drang nicht widersetzen, musste endlich aus meiner eigenen Dunkelheit treten und mich ihr zeigen.

Ich habe mich dazu entschieden, sie nicht zurückzulassen, und dem unbändigen Drängen in mir nachgegeben. Meine Bedürfnisse und mein Sehnen nicht zurückgestellt. Ich habe gelogen. Damit sie mit mir kommen kann. Die Auswahl der Mädchen für das Turnier beruht nicht allein auf dem Urteil der Sphinx. Sie alle wurden nach jahrelanger Beobachtung ausgesucht. Durch Hinweise, die wir von der Seherin und ihren Priesterinnen erhalten haben, wurde ein Suchschema erstellt. Doch von ihrem Namen mal abgesehen, passt Flame überhaupt nicht hinein.

Ich habe sie nicht gesucht, und dennoch hat sie mich gefunden. Und obwohl ich derjenige war, der sie vor dem Tode bewahrte, so war sie es doch, die mich gerettet hat. Im Gegensatz zu den anderen fünf Göttern habe ich meinen Job nicht erledigt.

Verdammt. Diese schwachsinnige Idee mit dem Turnier stammt natürlich von Yasar und Dream. True war sofort begeistert, weil er das Spektakel liebt. Und dann ist da noch Lost ... Tja, der Kerl lässt sich nicht so leicht in die Karten schauen. Jedenfalls dachte ich: Wie schwer kann das schon werden? Ich sorge dafür, dass sie mich kennenlernt, finde das Mädchen, das wir brauchen, rette nebenbei gemeinsam mit den anderen die Erde, sodass Flame und ich letztendlich alle Zeit der Welt für uns haben.

Seit unserer ersten Begegnung, an die sie sich nicht erinnern kann, habe ich den Fokus für meine eigentlichen Ziele verloren. Obwohl wir unseren Planeten verlassen haben, ja beinahe geflohen sind wie Feiglinge, war uns doch immer klar, dass wir unser Volk, besser gesagt, diejenigen, die auf unserer Seite gekämpft haben, nicht im Stich lassen können. Nicht für immer. Wir wollten einen neuen Planeten erobern, ein neues Herrschaftsgebiet errichten, um unser Volk eines Tages nachholen zu können. Ein Leben – in dem wir alle frei von unseren Eltern sind, die uns eher verraten würden, als uns den Rücken zu stärken. Wir sind nicht dazu geboren und erzogen worden, einfach so klein beizugeben.

Schon einige Zeit vor unserem Aufbruch hat Yasar die Erde ausfindig gemacht. Dass bei unserer Ankunft Krieg herrschen würde – damit hat niemand gerechnet. Doch wir haben gekämpft, uns ganz nach oben gearbeitet. Trotzdem hält uns die Hitze davon ab, diejenigen nachzuholen, die uns stets treu zur Seite gestanden haben. Zweihundert Jahren warten sie bereits – oder vielleicht haben sie längst aufgegeben. Wir tun jeden Tag unser Bestes, und seit die Seherin die Prophezeiung über die Tochter der Hölle gesprochen hat, sind wir beinahe wie elektrisiert. Endlich sind wir unserem Ziel nahe. Endlich wird die Möglichkeit, unsere Schuld zu begleichen, greifbar.

Ich bin genauso euphorisch wie die anderen gewesen, unseren Plan endlich in die Tat umzusetzen. Das richtige Mädchen zu finden, kam mir beinahe wie ein lächerlich kleines Hindernis vor. Zu leicht.

Bis wir im Sandpalast angekommen sind.

All die Jahre, die ich über Flame gewacht habe, bin ich mir sicher gewesen, nie ein menschlicheres Wesen gesehen zu haben als sie. Anfangs war ich erstaunt darüber, wie schnell sie gelernt hat. Hielt sie für talentiert. War beinahe ein wenig stolz. Doch dann erwachte mein Misstrauen. Und bald wurden auch die anderen auf sie aufmerksam. Es ist genau das passiert, was ich um jeden Preis vermeiden wollte. Spätestens als Kerberos sich in ihre Klinge warf, schlichen sich immer mehr Zweifel in meine Gedanken. Trotzdem werde ich weich und nachgiebig in ihrer Gegenwart. Ihr zarter Körper, der sich an mich schmiegt. Die Laute, die ihren Mund verlassen, wenn ich sie berühre. Ich bin nicht zurechnungsfähig, wenn wir zusammen sind. Die Mauer, die ich über die Jahrhunderte hinweg um mich herum errichtet habe, bekommt Risse, und ich fürchte mich vor dem Moment, in dem sie gänzlich einstürzt. Ich habe an uns geglaubt, doch dann kam der Tag – der Tag, an dem Hale diese törichte Idee hatte …

Mir hat es die ganze Zeit über nicht gefallen, sie im offenen Meer trainieren zu lassen. Doch ich dachte, er hätte es im Griff. Irrtum. Ich wusste, dass etwas nicht in Ordnung war. Ich spürte das Ziehen in meiner Brust, noch bevor Kiana uns erreichte. So trat ich durch den Nebel. Skylla war bereits tot. Und als ich Flames schlaffen bewusstlosen Körper neben Hale treiben sah, dachte ich, dass auch ich einen quälenden Tod sterben würde. Ich habe sie und Hale gepackt und an Land gebracht. Dann nahm ich sie mit in ihr Turmzimmer.

Sie erbrach literweise Salzwasser, erlangte dabei nicht gänzlich das Bewusstsein. Noch nie habe ich solch eine nackte Angst verspürt wie in diesem Moment. Aber sobald ich unseren stetigen Herzschlag hörte und ihren Atem wahrnahm, als ich mich zu ihr hinabbeugte, habe ich mich beruhigt. Ich nahm ihr Handgelenk, um ihren Puls zu fühlen, und erstarrte, als ich es sah –

Ihre Adern! Leuchtend rot und golden schienen sie durch

ihre Haut. Und sie glühte, als tobte ein Feuer in ihr. In dem Moment gestand ich mir zum ersten Mal ein, dass ich verblendet gewesen bin. Dass ich nicht bemerkt habe, was direkt vor meinen Augen lag.

Mir fiel keine andere Lösung ein, als Apollo zu rufen. Niemanden sonst ließ ich zu ihr. Der Gott schien nicht überrascht zu sein. Nachdem er ihre Temperatur gesenkt hatte, gestand er mir, dass er schon länger Vermutungen hatte. Wegen einem Trank, den er für sie zubereiten musste, und der Hitze, die offensichtlich in ihr wohnt, die manchmal sogar gegen ihren eigenen Körper kämpft. Am liebsten hätte ich ihn geschüttelt, und das war noch das Harmloseste, das mir in den Sinn kam. Er blieb entspannt, während ich ihm Vorwürfe machte. Obwohl ich weiß, dass es auch meine Schuld gewesen ist. Dass ich zu oft weggesehen und Tatsachen verdrängt habe.

»Hätte es etwas geändert?«, hatte der Idiot seelenruhig gefragt. »Du bist ihr doch ohnehin schon verfallen.«

Das war der Augenblick, in dem ich ging. Sie einfach mit ihm zurückließ. Ich beschloss, mich von ihr fernzuhalten. Denn wenn sie diejenige ist, die wir suchen, dann gehört sie nicht nur mir. Dann ist sie zu mehr bestimmt, als mit mir zusammen zu sein. Und vielleicht ist sie gar nicht so unbedarft, möglicherweise weiß sie sich sehr gut zu verstellen. Mir wird übel, wenn ich daran denke, dass sie die Zuneigung und Hilfsbedürftigkeit nur gespielt hat. Dass Hades selbst sie möglicherweise geschickt hat. Sie lange darauf vorbereitet hat, unsere Pläne zu durchkreuzen. Es ist zu ruhig um ihn und die Unterwelt. Poseidon ist tot, Zeus gefangen. Das hier wäre seine Chance, wie ein Phoenix aus der Asche aufzuerstehen. Nicht mehr der Bruder zu sein, der das kleinste Stück vom Kuchen abbekommen hatte. Doch immer, wenn ich mit

Flame zusammen bin, denke ich, dass sie viel zu engelsgleich ist, um seine Tochter zu sein.

Noch mehr als der Verdacht eines Verrats schmerzt es mich allerdings, dass sie mit Apollo redet, ihm Fragen stellt, sich ihm mehr anvertraut als mir. Manchmal wünsche ich mir, ich hätte mich ihr nie in meiner wahren Gestalt gezeigt. Weil sie mich als Wolf mehr schätzte, Nähe und Vertrautheit zulassen konnte. Und ich wäre verdammt gerne jemand, den sie um sich haben will und nicht ständig von sich stößt. Durch mein Verhalten in den letzten Tagen habe ich versucht, ihr wahres Wesen hervorzulocken, doch alles, was ich in ihren Augen sehe, wenn ich mich so benehme, ist unbändige Enttäuschung. Selbst wenn sie es nicht weiß, so quält ihre Verletztheit mich mehr als sie. Und sollte sie tatsächlich nichts von alledem wissen, muss ich sie beschützen.

Die anderen kommen uns von ihrem Ausflug entgegen. Offensichtlich waren sie baden. Die Haare der Mädchen sind nass, und selbst Lavea, die sonst so still und zurückgezogen ist, lacht ausgelassen. Mein Blick schweift über die Menge. Ich stocke. »Wo ist sie?«, frage ich Hale. Meine Stimme klingt gepresst, wütend.

Er sieht erst mich an, dann schaut er sich um. Seine Augen weiten sich, als es ihm dämmert. »Sie wollte nicht ins Wasser. Sie saß mit Dream am Ufer. Dort habe ich sie zuletzt gesehen.«

Ein tiefes Knurren steigt meine Kehle empor, und die Wandlung überkommt mich. Knochen brechen und setzen sich wieder zusammen. Krallen und Zähne schneiden durch mein Fleisch. Plötzlich bin ich wieder ein Wolf. Es ist schon eine Weile her, dass ich es zuließ. Die anderen weichen vor mir zurück. Nur Apollo nicht. Seine Stirn wird von Sorgenfalten durchzogen. »Finde sie.«

Dann setze ich mich in Bewegung, springe in einem Satz über die anderen hinweg und folge der Richtung, aus der sie gekommen sind. Ich halte nur ab und zu an, um sicherzugehen, dass ich ihrer Fährte weiterhin folge. Die Dunkelheit hat das Land nun beinahe komplett in Schwärze getaucht. Mir macht es nichts aus, im Gegensatz zu ihr ... *Du hast mich allein gelassen.* Der Klang ihrer Worte in meinem Kopf bringt mich beinahe um. Ich will nicht, dass sie es noch einmal durchlebt. Es wäre vernünftiger, einen der anderen nach ihr suchen zu lassen. Doch ich kann nicht. Will nicht noch einmal diesen vorwurfsvollen Ausdruck ihrer Augen zu spüren bekommen.

Aufmerksam mustere ich die Umgebung, während meine Tatzen in einem donnernden Rhythmus auf den Boden schlagen. Dream sagt, sein Land sei sicher. Doch was bedeutet das schon? Hale dachte wohl dasselbe, als er die Mädchen ins Meer schickte. Es graut mich vor dem, was ich vielleicht finde. Immer wieder treibe ich mich an, zwinge diesen kräftigen Körper, in dem ich mich befinde, schneller zu laufen. Schließlich bleibe ich stehen, stoße ein Heulen aus, in der Hoffnung auf eine Antwort. Nichts. Nichts als Stille umgibt mich. Gerade will ich weiterhetzen, als mich ihr Geruch trifft. Ihr bezaubernder Duft, den ich in dieser Gestalt noch intensiver wahrnehme. Vanille und Orange. Süß und fruchtig zugleich. Die vier Beine gehören nicht mehr mir, als sie sich erneut in Bewegung setzen. Ich folge instinktiv ihrem lautlosen Ruf. Und dann sehe ich sie, zusammengerollt an einem Bachlauf. Für einen Moment bin ich wie erstarrt. Das Herz schlägt mir bis zum Hals. Aber ich rieche kein Blut.

Ich nähere mich, erkenne, wie ihr Oberkörper sich hebt

und senkt. Ich will mich wandeln, doch ich kann nicht. Meine Urinstinkte haben mich fest im Griff. Langsam und bedacht neige ich meinen Kopf zu ihr hinab. Schnuppere an ihr und lecke mit meiner Zunge über ihren Hals bis hinauf zu ihrem Ohr. Bei allen Höllentoren, was ist nur los mit mir?

Gemurmelte Laute verlassen ihre wunderschönen Lippen. Ich kann nicht anders, als mich neben sie zu legen. Sie wälzt sich zu mir, dann schlägt sie die Augen auf. Diese außergewöhnlichen Augen, die ich nie vergessen konnte. Alles an ihr wirkt anziehend auf mich. Ich bin machtlos dagegen. Sie lächelt schlaftrunken.

»Du hast mich gefunden.«

Ich knurre zustimmend. Dann schmiegt sie sich in mein Fell. Mein Körper wirkt riesig im Gegensatz zu ihrem. Ich strecke eine Tatze über ihr aus und lege meinen Kopf dicht neben ihren. Es fühlt sich richtig an. Trotzdem bleibt die Frage offen, ob die junge Frau, die sich in diesem Moment an mich klammert, eine Lügnerin ist.

Ich wache auf, weil sie sich neben mir regt. Es ist so vertraut, wie sie sich noch näher an mich schmiegt. Zu vertraut. Ich schließe die Lider, will nicht, dass dieser Moment vorbeigeht. Doch wir müssen bald aufbrechen, bevor sich die anderen zu sehr sorgen. Allein dass ich daran denke, zeigt, wie sehr ich mich verändert habe. Ein Schnauben entfährt mir, und nun ist mein kleines Monster ebenfalls wach.

Ich sollte sie von hier fortbringen. Das sollte ich wirklich. Ich sollte uns einen Pegalux schnappen und diese Erde, die vermutlich sowieso dem Untergang geweiht ist, hinter uns lassen. Ich würde alles und jeden opfern, um dieses Mädchen zu retten. Weil mein Kopf vernebelt ist. Von ihrem Lachen, ihren funkelnden Augen, ihrem Geruch. Ich bin nicht mehr ich. Das größere Wohl ist mir scheißegal. Ich will nur sie retten. Meine alten Verpflichtungen vergessen, obwohl ich weiß, dass es falsch ist.

Als sie zu mir aufblickt, so unschuldig und verschlafen, kann ich einfach nicht glauben, dass *er* sie geschickt hat. Und doch werde ich das Misstrauen nicht los. Ich bin hin- und hergerissen, weiß einfach nicht weiter. Ich erinnere mich, als wäre es gestern gewesen. Die Umstände, unter denen ich sie damals fand. Wie ich ihr einen Teil von mir gab. Einem hilflosen Menschenmädchen.

Doch als ich das erste Mal in ihre Augen sah ... wusste ich, dass ich sie nicht sterbend zurücklassen konnte. Zweihundert Jahre lang war alles in mir taub. Und dann plötzlich ... im Angesicht ihres Todes, fühlte ich mich so lebendig wie nie zuvor. Als würde mein Innerstes mit Wärme und Zuversicht gefüllt. An diesem Tag begann meine Welt sich wieder zu drehen. Um sie. Um uns. Um eine Zukunft, von der ich dachte, dass ich sie niemals wollen würde.

Die Möglichkeit, dass all das von langer Hand geplant gewesen ist ... Aber würde er wirklich so weit gehen? Das Leben seiner eigenen Tochter riskieren? Kennt ein Gott wie Hades Grenzen? Gibt es Dinge, vor denen selbst er zurückschrecken würde?

In diesem Moment fährt ihre kleine Hand sanft über das Fell an meinem Kinn und holt mich zurück in das Hier und Jetzt. Ihr Blick ist hellwach. »Willst du dich nicht zurückwandeln?«

Ich bewege den Kopf von rechts nach links. Ich bin noch immer zu aufgewühlt. Sie seufzt. Das Praktische an meinem Wolfsdasein ist, dass ich nicht reden muss. Trotzdem hätte ich nichts dagegen, wenn sie wieder von sich erzählt. Ich lausche gern ihrer Stimme und ihren Worten. Noch nie war ich so neugierig, wollte alles über jemanden erfahren. Mit ihr ist so vieles anders.

Ich darf ihr nicht vertrauen, beschwöre ich meine Worte der letzten Tage. Selbst der Gedanke schmeckt bitter auf meiner Zunge.

Ihr Magen knurrt laut und sie errötet. »Ist schon eine Weile her …«

Ich richte mich halb auf und bedeute ihr mit einem Kopfnicken, dass sie aufsteigen soll. Niemand ist hier, der ihr helfen könnte. Als sie sich mit den Füßen gegen meine Rippen stemmt und mit ihren kleinen Fingern an meinem Fell zerrt, merke ich, dass sie ganz miserabel im Klettern ist. Vielleicht würde ich Hale darüber informieren. Schließlich ist er dafür verantwortlich, dass sie gut in allem ist, was sie für die Aufgaben gebrauchen kann.

Ich schubse mit meiner Schnauze leicht gegen ihren niedlichen Hintern, was sie auf meinen Rücken befördert. Sie quietscht erschrocken auf und zwickt mich. Es soll vermutlich wehtun, fühlt sich allerdings an, als würde eine Ameise über meine Haut krabbeln. Ich grinse und entblöße meine spitzen Zähne. Dann mache ich mich auf den Weg. Flame quietscht erneut, dieses Mal nicht aus Empörung, sondern vor Vergnügen. Ich laufe immer schneller, und sie lacht ausgelassen, als ich einen weiten Satz über einen der Flüsse mache. Ihre Beine klammern sich fest an meinen Leib. Vermutlich wird sie morgen vor Muskelkater kaum laufen können. Gleichzeitig bin ich ein wenig besorgt, weil sie weder gegessen noch getrunken hat, doch sie beklagt sich nicht. Ich frage mich, wie um alles in der Welt sie sich gestern so weit entfernen konnte.

Schließlich erreichen wir das Herz von Dreams Reich. Apollo und Hale erwarten uns bereits, und als Letzterer Flame von meinem Rücken hilft, will ich am liebsten in seine schön gebräunte Hand beißen. In Wolfsgestalt fällt es mir schwer, mich zu kontrollieren. Sie will noch einmal über mein Fell streichen, doch ich weiche einen Schritt zurück. Traurigkeit blitzt in ihren Augen auf, ehe sie die Schultern strafft, sich umdreht und davonläuft. Erst als sie den mit Efeu umrankten Eingang betritt, wandele ich mich zurück. Hale sieht mich stirnrunzelnd an, aber ich weiche seinem Blick aus. Dann treten die anderen durch den Nebel zu uns.

Prom zwinkert mir zu. »Wie ich sehe, sind alle Schäfchen wieder im Stall.«

»Hey, das ist mein Spruch«, beschwert Apollo sich.

Ich bin von gottverdammten Idioten umgeben.

Ich meide Flame noch immer. Sie weiß es. Ich weiß es. Alle wissen es. Doch das ist mir egal. Heute ist bereits der fünfte Tag im Land der Fantasie und der Träume. Ich kann es kaum erwarten, von hier wegzukommen. Am Morgen und Vormittag wird trainiert, während die Mädchen über ihren Nachmittag frei verfügen können. Lost und ich verschwinden regelmäßig in die Lager, um den Aufbau voranzutreiben. Wir bleiben nur so lange, weil Dream seiner Auserwählten gefallen möchte. Seit wir hier sind, schenkt sie ihm so viel Aufmerksamkeit, dass er ganz aus dem Häuschen ist. Sie ist etwas labil in meinen Augen, doch alle anderen sind ganz verzückt von ihr. Glücklicherweise ist heute der letzte Abend, denn noch länger könnte ich diesen ekelhaft schönen Ort nicht ertragen.

Die ganze Nacht habe ich über der Prophezeiung gebrütet, weshalb ich unausgeschlafen und mürrisch bin. »Du wirst nicht mit einer Peitsche kämpfen«, fahre ich Saphira an, die gerade ihr Schwert eintauschen will.

»Aber Hale hat Skylla mit einer Peitsche getötet«, beginnt sie streitlustig, während ich sie zurück zum Übungsplatz scheuche.

»Flame hat Skylla mit einem Dolch die Kehle durchgeschnitten. Die Peitsche war überflüssig«, halte ich dagegen. Natürlich diskutiert sie weiter mit mir, doch ich gebe nicht nach.

Ich bin erleichtert, als das Training schließlich vorbei ist, denn dieser schnatternde Haufen bereitet mir Kopfschmerzen. Und das kleine Monster trägt so knappe Hosen, als wolle sie mich absichtlich reizen. Auch meine Selbstbeherrschung kennt Grenzen, doch darüber scheint sie sich nicht zu sorgen.

Aus dem Augenwinkel sehe ich Dream, der neben mich tritt und mir auf die Schulter klopft. »Was würde ich für einen Blick in deinen Kopf oder in deine Träume geben«, sinniert er, und ich verdrehe die Augen. »Das wird niemals passieren.« Mein Geist ist stets abgeschirmt. Ich bin immer auf der Hut. Ich mustere ihn. Seine Aufmerksamkeit richtet sich – wie sollte es anders sein – auf Lavea. Er sieht nicht besonders erfreut aus.

Nun bin ich es, der ihm auf die Schulter klopft. Ich gebe mich kühl, gleichgültig. Ich verhalte mich, wie man es von mir beinahe schon erwartet. »Heute Abend bist du dran. Zeit für ein weiteres Spiel.«

Kapitel 15

HERZENSWUNSCH

FLAME

Es ist der letzte Abend im Land der Fantasie und der Träume. Ich werde diesen Ort vermissen, bin aber auch froh, bald wieder ein Schlafzimmer und einen Baderaum für mich allein zu haben. Früher war ich es gewohnt, vierundzwanzig Stunden mit anderen zusammen zu sein und alles zu teilen. Doch das hat sich geändert. Ich genieße diese Art von Freiraum und die Zeit mit mir selbst mehr, als ich es je für möglich gehalten hätte.

Heute nehmen wir das Abendessen draußen ein. Wir sitzen auf steinernen Bänken unter dem funkelnden Sternenhimmel. Es ist schön. Friedlich. Die Stimmen der anderen blende ich größtenteils aus. Immer wieder schweift mein Blick zu Dark ab. Ich will es gar nicht, es geschieht einfach. Wie bei zwei Magneten. Es tut mir nicht gut, so sehr mit ihm verbunden zu sein. Ich fühle mich, als sei ich krank, wenn er mich konsequent auf Abstand hält. Ich mustere seinen starken Körper, die markanten Gesichtszüge, sein seidiges Haar, das im Licht der Sterne schwarzblau schimmert. Es tut weh. Ablehnung tut so verdammt weh. Seit der Nacht im Freien geht er mir aus dem Weg. Schon wieder. Oder immer noch? Er redet nicht mit mir. Kein Wort. Wenn ich ihm entgegenkomme, dreht er um oder geht durch den Nebel. Ich weiß nicht, wie lange ich das noch aushalte. An einem Abend flüstert er mir schöne Worte ins Ohr, macht mir Versprechungen, sagt, dass er das mit uns richtig anzugehen versucht. Und dann ist auf einmal alles anders. Ich weiß nicht, was ich falsch gemacht habe. Immer wieder gehe ich den Tag durch, als ich gegen Skylla gekämpft habe. Und auch jedes Wort, was ich jemals davor zu ihm gesagt habe. Ich gehe alles durch, jede Berührung, jeden Kuss. Ich kann nicht herausfinden, was geschehen ist. Auf das Gespräch, welches ich nach dem Aufwachen belauscht habe, kann ich mir keinen Reim machen. Natürlich ist hier irgendetwas faul. Nur was? Ich suche nach einem höheren Grund, aber am Ende bin ich für Dark vielleicht nur ein kurzer Zeitvertreib gewesen. Ein Spiel, dessen er überdrüssig geworden ist.

Es ist meine eigene Schuld. Ich habe mich blindlings in das, was auch immer zwischen uns war, hineingestürzt. Ich habe nicht richtig nachgedacht. Doch nun ist es zu spät. Niemals hätte ich es für möglich gehalten, dass man zu jemandem in so kurzer Zeit so starke Gefühle aufbauen kann. Aber hatte ich überhaupt eine andere Wahl? Sein Aussehen, seine Art zu sprechen, selbst sein Geruch – alles an ihm schreit nach Versuchung. Er ist unsterblich, und ich bin nichts. Ich bin für ihn vermutlich wie ein kleiner Wurm für einen großen Vogel. Ein winziger Happen für zwischendurch, der kaum sättigt. Trotzdem ist es passiert, und ich muss mit den Konsequenzen leben.

Die anderen sind währenddessen voller Leben, gestikulieren wild und lachen. Ich dagegen sitze einfach nur da, wie eine Hülle, frage mich immer wieder, wie ich hier hineingeraten konnte. Warum ich nicht in der Lage gewesen bin, dem vorzeitig ein Ende zu setzen. Bei Yasars Prüfung hätte ich dazu die Möglichkeit gehabt. Stattdessen habe ich mich für *ihn* entschieden. Und was habe ich nun davon? Schmerz.

Als Naran die Gruppe verlässt, folge ich ihr. Ich wollte nicht als Erste aufstehen, weil es vielleicht unhöflich gewesen wäre. Ich schüttele den Kopf über mich selbst. Als ob das eine Rolle spielt. Sobald ich durch den Torbogen getreten bin, erscheint Apollo neben mir. Ich erschrecke mich nicht mehr.

»Du siehst traurig aus.« Eine Feststellung, keine Frage.

»Wen kümmert das schon.«

Er mustert mich forschend. »Mich. Es interessiert mich. Du bist mir wichtig.«

Ich zucke mit den Schultern. »Dann sag mir, was mit ihm los ist.« Der Gott runzelt die Stirn, dabei weiß er ganz genau, wen ich meine. »Was habe ich falsch gemacht, dass er mich so ignoriert?«

Unbehaglich vergräbt er die Hände in den Hosentaschen. »Ich wünschte, ich könnte offen mit dir sprechen«, sagt er schließlich. »Aber ich kann nicht. Diese eine Sache kann ich dir nicht erklären.«

Wütend bleibe ich stehen und packe ihn am Arm. »Und warum nicht? Weil mein menschlicher Geist zu träge und klein ist?«

»Flame ...« Er schließt die Augen und reibt sich über das Gesicht.

Entnervt lasse ich ihn los, während ich mich rückwärtsgehend von ihm entferne. »Ihr Götter seid so selbstgefällig. Ihr denkt immer, ihr wärt im Recht. Dass ihr meilenweit über uns steht und uns deshalb alles verheimlichen könnt. Als wären wir nicht gut genug, um auf einer Stufe mit euch zu stehen. Dieses Turnier ist eine einzige Farce. All das macht mich einfach nur krank. *Ihr* macht mich krank.« Apollos erschrockenes Gesicht ist das Letzte, was ich sehe, bevor ich durch den Nebel trete.

Dann bin ich in dem weißen Zelt. Meine Zuflucht. Er soll mir bloß nicht folgen. Ich brächte es fertig, ihn in die Tiefe zu stoßen. Immerhin ist Wut besser als diese Leere, diese Aussichtslosigkeit. Jedes Gefühl ist besser als Verzweiflung.

»Guten Morgen.«

Der Duft von Kiefernnadeln steigt mir in die Nase. Ich schlage die Augen auf. Zwei silberne Iriden funkeln mich an. Dark. Er beugt sich zu mir hinab, unsere Lippen berühren sich. Verschlafen blinzle ich.

»Guten Morgen«, erwidere ich mit rauer Stimme.

Er schiebt seine starken Hände unter meine Schulterblätter, und ich schlinge meine Arme um seinen Hals. Ich seufze wohlig, während er eine Spur sanfter Küsse auf meiner Haut hinterlässt und an meinem Ohrläppchen knabbert. Es gibt nichts Schöneres, als so geweckt zu werden. Seit drei Jahren habe ich nun dieses Glück. Ich kichere und umklammere seine Hüfte mit meinen Beinen.

»Wir dürfen das nicht tun.«

»Mir fällt kein Grund ein, wieso nicht«, knurrt er und vergräbt sein Gesicht in meiner Halsbeuge.

»Du weißt, dass Phia gleich hereinstürmen wird.«

Stöhnend rollt er sich von mir herunter. »Wir könnten immer noch absagen.«

Ich knuffe ihn spielerisch in die Seite. »Das kommt überhaupt nicht infrage.«

»Wieso nicht? Lass uns einfach durchbrennen«, sagt er und grinst mich verführerisch an.

Nun bin ich diejenige, die auf ihm sitzt. Sanft wiege ich meine

Hüfte auf seinem Schoß, und er packt meine Oberschenkel. Ich beuge mich zu ihm und gebe ihm einen sanften Kuss. »Wir werden das heute durchziehen. Denn ich wünsche mir nichts sehnlicher, als deine Frau zu werden. Und ich möchte all unsere Freunde dabeihaben.«

»Und später?«

»Später werde ich dich dafür belohnen, dass du so brav gewesen bist.« Er brummt. Zustimmend, hoffe ich. Von der Tür ertönt ein Klopfen.

»Ich weiß, dass Dark bei dir ist! Obwohl ich es ausdrücklich verboten habe. Das bringt Unglück, Leute. Ich komme rein in drei ... zwei ...«

»Schon gut!«, ruft Dark und schiebt mich sanft von sich. Er steht auf, während die Tür auffliegt.

»Oh mein Gott«, quietscht Phia und hält sich die Augen zu.

»Er hat doch etwas an«, rufe ich lachend.

»Nicht genug.«

»Ich habe ihr gesagt, dass sie nicht reinplatzen soll. Ihr kennt sie ja.« Hinter meiner Freundin lugt Hale durch die offene Tür. Ich winke ihm zu.

»Jetzt raus hier! Wir haben viel zu tun!« Immer noch die Augen zukneifend, scheucht Phia Dark nach draußen.

»Großer Tag heute, Mann«, höre ich Hale sagen, bevor die Tür ins Schloss fällt.

Sofort ist Phia bei mir und nimmt mich in den Arm. Ich drücke meine Freundin fest an mich. »Ich kann nicht glauben, dass es tatsächlich passiert!« Sie ist mindestens so aufgeregt wie ich und zerquetscht mich beinahe.

»Ihr habt es euch verdient. Ihr habt alles Glück dieser Welt verdient.« Wir schluchzen beide auf, und dann müssen wir doch lachen.

»Mit dem Heulen müssen wir noch warten«, seufze ich und stehe auf. »Wo hast du die anderen gelassen?«

»Sie kommen gleich. Keine Sorge. Ich dachte, ich schaue zuerst rein, um nachzusehen, in welcher Verfassung du bist.«

»Nun, ich bin bereit. Ich bin schon so lange hierfür bereit«, rufe ich übermütig und werfe mein Haar zurück, das mir weit bis über die Schultern reicht.

»Das sehe ich«, sagt Phia grinsend.

Dann gehe ich ins Bad, wo ich mich frisch mache, bevor meine Freundin mich auf einen Stuhl drückt, um mir Make-up aufzutragen. »Du hast die reinste Porzellanhaut, die ich jemals gesehen habe, deswegen werden wir es ganz dezent machen«, murmelt sie fachmännisch.

»Dezent?«, kreischt Candela aufgebracht, die gerade durch die Tür getreten ist. »Es ist ihre Hochzeit! An diesem Tag muss sie herausstechen wie ein funkelnder Edelstein!« Sie greift sich theatralisch an die Brust und wird im nächsten Moment von Kiana beiseitegeschoben. »Ich kann sie jederzeit rausschmeißen, du musst es nur sagen.«

»Das geht schon in Ordnung«, sage ich lachend und schließe Kiana in die Arme. Hinter ihr folgen Lavea und Eleyna. »Ich bin so froh, dass ihr heute meine Brautjungfern seid.«

Eleyna beginnt mich zu frisieren, während Phia meine Augenbrauen zupft.

»Das ist doch selbstverständlich«, sagt Lavea mit ihrer sanften Stimme und streicht sich über ihren gerundeten Bauch. Dream und sie erwarten ihr erstes Kind, und ich freue mich für die beiden. »Wir haben alle bekommen, was wir uns gewünscht haben«, schmunzelt Lavea, als hätte sie meine Gedanken gelesen.

Wir warten hinter der Ecke vor dem Gang, den ich in wenigen Minuten hinabschreiten werde. Ich versuche tief Luft zu holen, doch es geht nicht. Candela hat darauf bestanden, die Schnürung des Kleides bis zum Anschlag festzuziehen. Jetzt verfluche ich sie dafür. Als ob Dark meine schmale Taille interessiert.

»Ich gebe dir Rückendeckung, falls du doch noch abhauen willst«, raunt Kiana mir verschwörerisch zu. Sie in diesem blassrosa Kleid zu sehen, ist wirklich mehr als ungewohnt.

»Nein«, sage ich lachend und drücke sie kurz an mich. »Ich gehe jetzt da raus und heirate die Liebe meines Lebens.«

»Nun gut, dann ist dir nicht mehr zu helfen«, murrt sie, wobei sich ein Lächeln auf ihre Lippen stiehlt. Phia wuselt derweil um mich herum, und Lavea zieht noch einmal meine Schleppe glatt.

Als es Zeit ist, stellen die fünf sich vor mir auf, und dann ertönt die Musik. Es sind die zärtlichsten Klavierklänge, die ich jemals gehört habe. Heron nickt uns zu, und ich hake mich bei Apollo unter, der neben mir aufgetaucht ist. Er gibt mir einen Kuss auf die Wange.

»Ich freue mich für euch. Du kannst dir gar nicht vorstellen, wie sehr.«

»Danke, dass du mich hineinführst.«

Er lächelt auf mich hinab. »Es ist mir eine Ehre.« Und dann laufen wir los.

Vor mir liegt ein langer Gang. Weiße und blaue Blütenblätter zieren den Boden. Ich registriere, wie die Gäste aufstehen. Aber ich habe nur Augen für ihn. Es ist nicht das erste Mal, dass ich ihn in einem Anzug sehe, doch es fühlt sich so an. Und als er das Gesicht hebt und unsere Blicke sich treffen, kann ich endlich wieder atmen. Apollo zwingt mich, langsamer zu gehen, doch ich würde am liebsten loslaufen und mich in Darks Arme werfen. Keine einzige Sekunde lassen wir einander aus den Augen. Dann sind wir endlich da. Apollo legt meine Hand in Darks, der sanft mit seinen Fingern über meine fährt.

»Alles in Ordnung?«

Ich nicke, sprechen kann ich noch nicht. Er ist so schön. Aber nicht nur das. Wir waren schon immer miteinander verbunden. Und ab dem heutigen Tag werden wir nie wieder getrennt voneinander sein.

Dann beginnt Phoibe zu sprechen. Sie ist diejenige, die uns traut. Doch ich lausche ihren Worten kaum. Es gibt nur ihn und mich und unsere gemeinsame Zukunft. Noch nie in meinem ganzen Leben habe ich solches Glück verspürt. Dark räuspert sich und sieht mich auffordernd an.

»Was?«, flüstere ich ihm zu.

»Du musst es sagen. Die drei Worte. Es sei denn, du hast es dir anders überlegt? Wir können immer noch durchbrennen.« Die Art, wie seine Augen blitzen und wie er schelmisch die Mundwinkel verzieht, zeigt mir, dass er zu jeder Schandtat bereit ist.

»Vergiss es«, sage ich mit gesenkter Stimme.

»Willst du, Flame, Dark zu deinem Gefährten nehmen, heute und bis in alle Ewigkeit?«, wiederholt Phoibe ihre Worte für mich. Ich glaube True leise kichern zu hören.

»Ja, ich will«, quietsche ich wenig damenhaft und lasse mir von Dark den feinen goldenen Ring auf den Finger schieben. Ein Sonnenstrahl trifft den kleinen Stein und lässt ihn funkeln.

»Willst du, Dark, die hier anwesende Flame zu deiner Gefährtin nehmen, sie lieben und ehren, heute und bis in alle Ewigkeit?« Er fängt meinen Blick ein. Seine Augen verdunkeln sich, und ich erröte.

»Ja, ich will.« Seine Stimme klingt viel fester als meine. Und dann schiebe ich ihm seinen Ring an den Finger.

»Ihr dürft euch jetzt küssen«, sagt Phoibe, woraufhin alle Anwesenden in Jubel ausbrechen. Natürlich pfeift Prom am lautesten.

Meine Lippen treffen auf die von Dark. Mein Gefährte. Der Mann, der mich ganz gemacht hat. Der Mann, der mich jeden Tag glücklicher werden lässt. Mit ihm werde ich den Rest meines Lebens verbringen. Er schmeckt nach Minze und Zitrone, und als seine Zunge sanft die meine umspielt, verliere ich mich selbst auf eine Art und Weise, die ich nicht beschreiben kann. Ich weiß, dass er mich immer auffangen wird, wenn ich falle. Dass er mich immer ermutigen wird, wenn ich kurz davor bin, aufzugeben. Und dass er mich immer unterstützen wird, egal wie absurd meine Vorhaben auch sein werden. Endlich weiß ich, wie wunderschön es ist. Wie unbeschreiblich es sich anfühlt, zu Hause zu sein.

Als wir uns voneinander lösen, werden wir mit Gratulationen und Glückwünschen überhäuft. Eine Umarmung folgt der nächsten, Dark weicht dabei kein einziges Mal von meiner Seite. Jetzt kann ich mir auch die Zeit nehmen, die Dekoration zu bewundern. Grüner Farn und weiße Rosen schmücken die Sitzreihen und den Traubogen. Echte Fackeln und Kerzen tauchen die Umgebung in ein warmes Licht. Heute haben wir keine Angst mehr vor dem Feuer, weil die Erde geheilt ist.

Später tanzen wir ausgelassen im Schein des Feuers und unter dem klaren Sternenhimmel. Ich wirble an Darks Hand um mich selbst, während die Musik in unseren Ohren klingt. Er lächelt so breit, wie ich es noch nie zuvor bei ihm gesehen habe. Schwungvoll zieht er mich an sich, und wir wiegen uns im Takt.

»Es ist perfekt«, hauche ich und schmiege mich dichter an ihn.

»Du bist perfekt.« Ich schüttele lächelnd den Kopf. »Ich will endlich mit dir allein sein.«

Ich nicke zustimmend, und dann treten wir durch den Nebel in unser Heim. Wir landen direkt vor dem Spiegel, vor dem ich mich noch vor wenigen Stunden zurecht gemacht habe.

»Du gehörst mir«, sage ich und umfasse Darks Arm, der um meine Brust geschlungen ist. Er steht hinter mir und beginnt mein Kleid aufzuschnüren.

»Und du gehörst mir.«

Sein Atem kitzelt meinen Nacken, eine wohlige Gänsehaut breitet sich auf meinem Körper aus. Ganz langsam streift er einen Ärmel meines Kleides von meiner Schulter. Meine Haut bedeckt er weiterhin mit Küssen. »Ich würde gerne an heute Morgen anknüpfen.«

Ich lächle, während er auf die andere Seite meiner Schulter gleitet und das Kleid gänzlich zu Boden fällt. Seine Finger zeichnen feine Linien über meine Brüste und meinen Bauch. Die süße Qual lässt mich meinen Körper enger an ihn drängen. Er stöhnt in mein Ohr, und nun will ich nicht mehr warten: »Ich liebe dich.«

Sein Druck verstärkt sich, und ich lasse den Kopf in den Nacken fallen. »Ich liebe dich mehr, Prinzessin.«

Ich halte inne. »Prinzessin? Das sagst du doch sonst nie zu mir.«

»Ach nein? Wie nenne ich dich denn dann?«

Ich runzle die Stirn. »Kleines Monster. Ich war schon immer dein kleines Monster.«

Dark beginnt zu lachen und streichelt leicht meinen Unterarm. »Hast du zu viel von dem harten Zeug getrunken, das Prom reingeschmuggelt hat?«

Ein seltsames Gefühl überkommt mich. Ich betrachte uns in dem halbdunklen Zimmer im Spiegel. Eine Gänsehaut breitet sich auf meinem nackten Körper aus, doch dieses Mal nicht vor Wohlbehagen. Ich weiß nicht, was es ist, doch irgendetwas ist ganz und gar nicht in Ordnung. Etwas ist falsch. Ein flaues Gefühl ergreift Besitz von mir. Dark beginnt erneut meinen Hals zu küssen, doch ich streife seine Hände ab und drehe mich zu ihm um.

»Nicht, bitte.«

In seinen Augen blitzt Enttäuschung auf. Meine Gedanken und Erinnerungen sind so verworren, so verschwommen. Ich liebe ihn und ich will nur mit ihm zusammen sein. Aber nicht so. All das ist viel zu schön, um wahr zu sein. Als wäre es meiner sehnlichsten Fantasie entsprungen.

Ich nehme sein Gesicht in beide Hände und sehe ihn eindringlich an. »Das hier ist nicht real.«

Ich schmecke Salz auf meiner Zunge, und als ich mir über die Wangen wische, sind meine Handinnenflächen nass.

»Flame?« Phia klingt besorgt. »Flame, kannst du uns hören?«

Ich schlage die Lider auf. Für einen kurzen Augenblick weiß ich nicht, wo ich bin. Dann erfasse ich meine Umgebung. Ich befinde mich in einem Zelt. In einem Zelt im Land der Fantasie und der Träume. Ich schlucke. Phia kniet neben meinem Bett, hinter ihr stehen Apollo, Hale und Dark. Meine Augen weiten sich vor Überraschung. Mithilfe meiner Freundin richte ich mich auf. Das T-Shirt, welches ich zum Schlafen angezogen habe, klebt an meinem Körper. Ich schwitze, doch gleichzeitig ist mir eiskalt. Es ist mir peinlich, dass sie mich in einem solchen Zustand sehen.

»Habe ich geträumt?« Meine Stimme klingt rau. Und traurig. Ich kann Dark nicht weiter ansehen.

»Nein. Also schon irgendwie. Ach, ich weiß es doch auch nicht.« Aufgebracht fährt Phia durch ihr Haar, und Hale legt eine Hand auf ihre Schulter.

Schließlich ergreift Apollo das Wort: »Es war die vierte Aufgabe. Du hast sie bestanden. Auch wenn es knapp gewesen ist. Dream hätte dir noch bis heute Abend Zeit gegeben, dann hätte er dich geholt.«

Die anderen starren mich an, warten auf meine Reaktion, doch nach allem, was ich bei diesem Turnier überlebt habe, kann man mich kaum noch überraschen. In diesem Augenblick fühle ich mich ausgelaugt und leer.

»Ich wäre jetzt gern allein«, bringe ich gepresst hervor. Phia schaut mich enttäuscht an. »Du kannst bleiben.« Wenige Sekunden später sind die anderen verschwunden. Ich hätte mit mehr Widerstand gerechnet.

»Willst du dich waschen?«, fragt meine Freundin. Ich schüttele den Kopf. Dann stehe ich auf und krame aus einer der Schubladen ein neues Oberteil heraus. Das verschwitzte werfe ich achtlos zu Boden, während ich das trockene überziehe. Ich krabbele zurück ins Bett und halte die Decke hoch, damit Phia sich zu mir legen kann.

»Willst du darüber reden?«, fragt Phia vorsichtig. Ich sehe in ihre tannengrünen Augen, die vor Besorgnis ganz dunkel sind.

»Ich bin schwach«, sage ich schließlich mit rauer Stimme. »Immer bist du es, die an meinem Krankenbett steht.«

»Das ist nicht wahr, Flame. Und das weißt du auch.«

Mein Hals brennt, fühlt sich furchtbar eng an. Ich will ihr alles erzählen, aber ich schäme mich. Dafür, dass ich so für jemanden empfinde, der es nicht erwidert. Dass ich Träume habe, die niemals in Erfüllung gehen werden. Da ist keine Hoffnung mehr in mir.

»Es ... Es hat sich so real angefühlt, weißt du?«, schluchze ich schließlich. »Ich wünschte so sehr, es wäre wahr.«

DARK

»Es ... Es hat sich so real angefühlt, weißt du?«

Ich stehe im Schatten unter Flames Zelt wie ein Spanner. Was hat diese Frau nur mit mir gemacht? Ich weiß, dass ich die beiden nicht belauschen sollte. Doch es fühlt sich an, als wären meine Beine am Boden festgewachsen.

»Ich wünschte so sehr, es wäre wahr.«

Ich höre, wie ihre Stimme bricht. Genauso wie mein Herz. Jedenfalls das, was noch davon übrig ist. Saphira murmelt immer wieder beruhigende Worte. Eifersucht durchzuckt mich wie ein stechender Schmerz. Früher bin ich nie eifersüchtig gewesen. Die einzige Person, um die ich mich geschert habe, war ich selbst. Aber nun ... nun ist alles anders. In diesem Moment wünsche ich nichts sehnlicher, als dass ich derjenige wäre, dem sie ihr Herz ausschüttet. Der ihr Halt gibt, sie tröstet und wieder aufbaut. Ich will diese Person für sie sein.

Nach einer Weile werden ihre Schluchzer immer leiser, bis sie irgendwann ganz verklingen. Dann höre ich die ruhigen Atemzüge der beiden Frauen, die eingeschlafen sind.

»Du siehst scheiße aus, Mann.« True und Yasar sind neben mir aufgetaucht. Ich starre weiter vor mich hin. Mir ist nicht nach Reden zumute. Da True sich unglücklicherweise nicht so leicht abschütteln lässt, tritt er dichter an mich heran. Sein Partner ist da anders. Er verfügt über etwas mehr Feingefühl.

»Wir passen auf sie auf, wenn du mit Dream sprechen möchtest«, sagt Yasar leise. Ich überlege kurz und nicke schließlich knapp. Meine Glieder sind steif, weil ich stundenlang reglos verharrt habe.

»Wie lange war sie fort?«, will True von mir wissen.

»Zwei Tage.«

»Dream hätte sie geholt, wenn sie bis heute Abend nicht von allein zurückgefunden hätte.«

Ich stoße ein zynisches Lachen aus. »Du weißt so gut wie ich, dass es nicht so einfach ist. Der menschliche Geist ist leicht in die Irre zu führen. Holt man sie nicht zurück, schlafen sie für immer. Zeigt man ihnen den Weg, verkraften sie es vielleicht nicht, dass sie nicht bekommen haben, was sie sich am sehnlichsten wünschen. Allein die kleine Kostprobe kann sie in den Wahnsinn treiben, wenn sie erwachen und merken, dass all das nicht echt gewesen ist.« Ich habe das Gefühl, dass selbst Trues Sommersprossen blass geworden sind. Keiner von beiden sagt noch etwas zu mir, als ich den Schlafsaal verlasse.

Ich finde Hale, Lost und Dream im Hauptbereich des Palasts. Sobald ich den Gott der Fantasie und der Träume sehe, will ich ihn am liebsten windelweich prügeln. Hale tritt halb zwischen uns, meine Hand ist bereits zur Faust geballt.

»Du hättest dir keine andere verdammte Aufgabe ausdenken können, oder?«

Dream schlägt seelenruhig die Füße übereinander. »Flame und die anderen Mädchen mussten schon weitaus schwerere Hürden bewältigen. Und die beiden folgenden Aufgaben werden mit Sicherheit auch kein Zuckerschlecken. Du wirst sie ebenfalls nicht schonen dürfen.«

Ein tiefes Grollen entweicht meiner Kehle, und die anderen zucken zusammen. Gut so. Sie vergessen manchmal, dass ich derjenige unter uns bin, der zu Grausamkeit neigt. Ab und an muss ich sie daran erinnern.

Langsam lockere ich meine Finger und entspanne meine Schultern. »Ich will es wissen«, sage ich schließlich. Ruhig und bedacht. »Was war ihr Herzenswunsch? Ihre sehnlichste Fantasie?«

Dream schnaubt. »Wenn du da nicht von allein daraufkommst …«

»Sag es mir.«

Auf das, was er erwidert, bin ich nicht vorbereitet. Es zieht mir den Boden unter den Füßen weg und ich vergesse zu atmen. »Du. Alles was sie will, ist ein Leben mit dir.«

Kapitel 16

GEHEIMNISSE

FLAME

Wir haben uns alle vor Dreams Zuhause versammelt. Ich bin nicht traurig darüber. Ich freue mich auf den Sandpalast: auf das Turmzimmer, die weißen Vögel, die am blauen Himmel kreisen, und auf das türkisfarbene Meer, in dem ich mich nicht mehr zu baden traue. Gedankenverloren spiele ich mit dem neuen Anhänger, der mein Armband ziert. Ein silberner Stern. Alle sind schweigsam an diesem Morgen. Immer wieder schweifen die Blicke zu Naran, die in Apollos Armen liegt. Sie hat diese Aufgabe nicht geschafft, und nun ist es an der Zeit, Abschied zu nehmen, bevor sie zu ihrer Familie zurückkehrt.

Doch sie wird vermutlich nie wieder dieselbe sein. Sie konnte den Traum nicht von allein unterbrechen. Dream musste sie holen, und nun ist sie ... *Ihr ist nicht mehr zu helfen,* wie Kiana es mitleidslos ausgedrückt hat. Lavea steht neben ihrer Freundin und hält ihre Hand. Es ist, als befände sie sich an ihrem Totenbett, was in gewisser Weise zutrifft. Sie ist wach und gleichzeitig auch nicht. Ihre Augen sind in die Ferne gerichtet, ihre Körperteile hängen schlaff hinab, und unzusammenhängende Worte verlassen ihren Mund, während ein Speichelfaden ihr Kinn hinabrinnt.

Die anderen Mädchen schauen beschämt weg, doch ich nicht. Ich finde, dass wir es ihr schuldig sind. Wir schulden es ihr hinzusehen. Jede von uns hätte dieses Schicksal ereilen können. Wir alle hätten im gläsernen Kolosseum von einer Bestie zerfleischt werden können. Wir alle hätten im Wald dem Wahnsinn verfallen können. Und wir alle könnten gefangen sein. Gefangen in unserer eigenen Fantasie, nicht bereit, die Realität wieder anzunehmen.

Ich trete an Naran heran und streiche ihr die Haare zurück. Vorsichtig küsse ich sie auf die Stirn, und sie brabbelt etwas, das ich nicht verstehen kann.

»Auf Wiedersehen«, flüstere ich, bevor Lavea sie in die Arme schließt.

Als Apollo mit ihr durch den Nebel tritt, denke ich im Stillen, wie seltsam es doch ist, dass man einen Lebensabschnitt mit manchen Menschen verbringt, mit ihnen durch gemeinsame Erlebnisse zusammenwächst und sie dann nie wiedersieht. Hale hält mir seine Hand hin, und ich ergreife sie. Kiana nimmt seine andere. Die Welt verschwimmt vor meinen Augen, und ich bin froh, endlich durch den Nebel zu treten.

Ich rieche und schmecke den salzigen Duft des Meeres und höre die Rufe der Vögel, noch bevor ich die Augen aufschlage. Erleichtert atme ich auf, als ich den Sandpalast, bestückt mit den pastellfarbenen Muscheln, vor mir sehe. Diesen Anblick habe ich vermisst. In den letzten Wochen habe ich mich hier mehr zu Hause gefühlt als an jenem Ort, an welchem ich zuvor so viele Jahre gelebt habe.

Ich begleite Lavea auf ihr Zimmer, wo wir es uns auf dem Sofa gemütlich machen. Für heute steht nichts weiter auf der Tagesordnung, sodass wir in Ruhe unseren trüben Gedanken nachhängen können.

»Dein Verlust tut mir sehr leid«, sage ich schließlich und

streiche ihr tröstend über den Rücken. Sie nickt nur, ihre Augen sind rot gerändert und verquollen. Die glückliche junge Frau, die sie noch vor wenigen Tagen gewesen ist, scheint es nicht mehr zu geben.

Wütend knüllt sie ein Taschentuch zusammen und wirft es fort. »Ich hasse sie! Vor allem hasse ich *ihn*! Was wollte er mit dieser Aufgabe bezwecken? Was sollten wir damit beweisen?«

»Dass wir unseren Geist in der Gewalt haben, nehme ich an. Dass wir stark sind und man uns nicht so leicht täuschen kann.«

»Sie war ein guter Mensch. Das hat sie nicht verdient, sich nicht gewünscht für ihr Leben.« Schluchzend vergräbt sie ihr Gesicht in meinem Schoß, und mir bleibt nichts anderes übrig, als sie zu halten. »Nun ist sie verloren. Für immer.«

Beruhigend fahre ich ihr durchs Haar, zwinge mich, stark zu sein, für sie. »Auf die eine oder andere Art sind wir doch alle verloren.«

DARK

Ich streife durch die dunklen Gänge. Meine Gedanken drehen sich um sie. Wie immer. Was für eine verfahrene Situation! Verdammt, Dream wird ganz sicher nicht gelogen haben, was ihren Herzenswunsch betrifft. Und doch ... Ich kann sie nicht durchschauen. Entweder ist sie eine Meisterin der Manipulation oder sie ist mir tatsächlich verfallen. Genau wie ich ihr. Jemandem *verfallen* sein. Meinem früheren Ich wäre allein bei diesem Gedanken schlecht geworden.

Sie treibt mich in den Wahnsinn.

So viele Möglichkeiten.

So wenige Antworten.

Die Hände tief in den Taschen vergraben, laufe ich um die Ecke. Und plötzlich steht sie dort. Innerlich seufze ich abgrundtief, äußerlich nehme ich eine lauernde Haltung ein. »Hallo, kleines Monster. Wir scheinen beide eine Vorliebe für nächtliche Spaziergänge zu haben.«

Sie schnaubt, drängt sich an mir vorbei. Als ihr Duft nach Vanille in meine Nase steigt, will ich sie am liebsten packen, doch ich lasse meine Hände, wo sie sind. Sie wirft ihre Haare in den Nacken und beschleunigt ihre Schritte. Es sieht albern aus bei ihren kurzen Haaren, aber irgendwie auch süß. Vermutlich hat sie sich das von Saphira abgeschaut. Die Gute bringt Hale ziemlich ins Schwitzen.

Ich hefte mich an Flames Fersen. »Was hast du um diese Uhrzeit hier verloren?« Mich überkommt das Verlangen, ihre Hand zu nehmen. Jeden einzelnen ihrer zarten Finger mit Küssen zu bedecken ... Ich schüttele den Kopf. Diese Frau hat eindeutig etwas an meinem Gehirn verstellt.

Sie dreht sich halb zu mir um. Ihr bernsteinfarbenes Auge funkelt in der Dunkelheit. »Du redest wieder mit mir.«

»Offensichtlich.«

Sie bleibt so abrupt stehen, dass ich beinahe gegen sie laufe. Ihr Zeigefinger bohrt sich in meine Brust. »Du! Was glaubst du überhaupt, wer du bist? Du kannst nicht all diese Dinge tun ... Und dann einfach zu mir kommen, wenn es dir wieder beliebt!«

»Mir beliebt?« Ich muss ein Lachen unterdrücken. Sie sieht aus, als wolle sie jeden Moment auf mich losgehen. Nicht, dass ich etwas dagegen hätte.

Sie bohrt mit ihrem Finger noch ein wenig tiefer. »Du hast mir all diese Hoffnungen gemacht. Dann lässt du mich fallen, als wäre nichts gewesen, nur um mich anschließend zu suchen, mit mir die Nacht im Wald zu verbringen, aber kein Wort zu reden. Du ignorierst mich seit Wochen! Also, was ist echt und was nicht? Ist das nur ein bescheuertes Spiel für dich? Ein Zeitvertreib, damit es nicht langweilig wird?«

»Ich glaube, es ist nicht abschließend geklärt, wer hier mit wem spielt«, sage ich. Sie ist eindeutig sehr verärgert. Das mag ich. Ist das krank? Es gefällt mir mehr, sie in dieser Laune zu sehen, als wenn sie Trübsal bläst.

Gespielt nachdenklich streicht sie sich übers Kinn. Ihre Gehirnzellen rattern sichtlich. »Wenn ich dieses Turnier gewinne, dann darf ich einen von euch zum Gemahl nehmen. So lauten doch die Regeln, nicht wahr? Wie würde es dir also gefallen, wenn ich Hale zum Mann nehme? Oder auch Apollo? Geht das? Wir verstehen uns recht gut, weißt du.« Sie ist tatsächlich ein kleines Monster.

Heiße Eifersucht rast durch meinen Körper, und im nächsten Moment drücke ich sie gegen die Wand. »Sag. So. Etwas. Nie. Wieder«, flüstere ich in ihr Ohr.

Sie erschauert bei meinen Worten. Sanft fahre ich über ihre Arme, kann mein Verlangen kaum zügeln, wenn ich ihr so nah bin. Meine Selbstbeherrschung beginnt zu bröckeln. Ich will nur noch ein Mal spüren, wie sie sich an mich schmiegt. Will nur noch ein Mal fühlen, wie ihre Lippen sich für meine Zunge öffnen. Will nur noch ein Mal wissen, wie sie schmeckt. Will nur noch ein Mal hören, wie sie ...

Stopp! Ich sollte das nicht tun. Es wird kein gutes Ende nehmen.

Wie ein Geschenk halte ich ihr Gesicht in meinen Händen, vorsichtig neige ich ihren Kopf nach hinten. Ihr Blick ist verschleiert. In diesem Moment weiß ich, dass sie es auch will. Es ist eine ganz üble Idee.

Ich küsse sie trotzdem.

Großartig.

FLAME

Als seine Lippen auf die meinen treffen, setzen unsere Herzschläge für einen Moment aus. Nur um im nächsten Augenblick viel zu schnell weiterzustolpern. Ich kann es genau hören. Ein weiteres Rätsel. Das hier. Wir beide. Es fühlt sich gut und richtig an. Doch dann denke ich daran, wie es sein wird, wenn wir uns morgen begegnen. Bei Tageslicht. Wie ich erneut zerbreche, weil er mich ignoriert. Ich kratze mein letztes bisschen Selbstachtung zusammen und stoße ihn von mir. Überraschung blitzt in seinen Augen auf. Dann drehe ich mich um und laufe davon. Zugegeben, viel mehr sprinte ich den langen Korridor entlang, mache nicht Halt, ehe ich vor meinem Turmzimmer angekommen bin. Eilig trete ich ein, schließe die Tür hinter mir und schiebe die kleine Kommode davor. Es ist albern. Es würde ihn nicht aufhalten, wenn er wollte. Trotzdem fühle ich mich so besser. Alle meine Instinkte sind auf Flucht eingestellt. Es ist grausam zu wissen, dass es kein Entkommen gibt, außer wenn er es mir erlaubt. Mit einem Mal ist mir heiß. Viel zu heiß.

Ich betrete über die schmale Treppe mein Schlafzimmer und ziehe fahrig das Schubfach meines Nachttisches auf. Die bauchige Flasche ist meine Rettung: Gierig trinke ich zwei große Schlucke. Erst dann merke ich, dass sie aufgefüllt worden ist. Ich sende ein Stoßgebet zu Apollo, bevor ich die Flasche verschließe und mich komplett angezogen auf mein Bett fallen lasse. Ich atme tief ein, strecke Arme und Beine von mir. Endlich zu Hause.

Am nächsten Tag ist unsere Schonfrist vorüber. Hale scheucht Kiana und mich quer durch die Trainingshalle, lässt uns mehrmals den Parcours durchlaufen und trainiert uns anschließend im Nahkampf. Zum wiederholten Male finde ich mich auf dem Boden liegend wieder. Kiana streckt mir auffordernd die Hand entgegen und hilft mir dabei aufzustehen.

»Du bist heute wirklich mies.«

Ich nicke zustimmend. Noch immer kreisen meine Gedanken um gestern Abend. Seine Lippen auf meinen. Ich vermisse ihn. So sehr, dass es schmerzt.

Hale schüttelt mich leicht an den Schultern. »Du musst dich konzentrieren, Flame! Nur noch zwei Aufgaben. Lass dich jetzt nicht gehen. Jedes Training zählt.« Ich seufze schwer. »Noch mal«, kommandiert Hale, und so geht es in die nächste Runde. Ich habe nicht mitgezählt, wie oft ich heute schon hingefallen bin. Ich weiß nur, dass ich mich jedes Mal gezwungen habe, wieder aufzustehen.

Als mein ganzer Körper mit blauen Flecken übersät ist, lässt Hale uns endlich auslaufen. Jeder Schritt tut weh, jedoch nicht so sehr wie der Gedanke an Dark.

»Ich wusste gleich, dass er dir das Herz brechen wird. So ist es immer.« Kiana hat leicht reden. Ich mag sie, sie ist meine Freundin, aber trotzdem ist sie eine Eiskönigin. Ich frage mich, wann sie so verbittert geworden ist. Dieses Turnier verändert uns. Vielleicht sogar noch mehr, als wir uns zum jetzigen Zeitpunkt vorstellen können.

»Hinterher ist man meistens schlauer«, erwidere ich knapp,

und damit erkläre ich dieses Thema für beendet. Vielleicht würde ich mit jemand anderem darüber reden. Mit jemandem, der versteht. Ohne mich zu verurteilen.

Ich fühle mich wie gerädert und schlurfe lustlos aus der Halle. Vor dem Nachmittagsunterricht werde ich mich duschen müssen. Mit hängenden Schultern laufe ich den Korridor hinunter und suhle mich ein wenig in Selbstmitleid. Nichts ahnend setze ich einen Fuß vor den anderen, als ich an meinem Oberteil gepackt und in eine Nische gezerrt werde. Mit großen Augen starre ich Lavea an, die mir ihre Hand auf den Mund presst. Sie hält ihren Zeigefinger vor die Lippen. Ich nicke und signalisiere ihr, dass ich verstanden habe. Dann nimmt sie ihre Hand weg. Erst jetzt höre ich die Schritte. Eilige Schritte von mehreren Personen. Gefolgt von ihren Stimmen. Lavea zieht mich noch tiefer in den Schatten.

»Ihr wart wieder bei der Seherin?« Mein Herz macht einen Sprung. Es ist Darks Stimme, die das fragt. »Was hat sie gesagt?«

»Das hier ist nicht der richtige Ort, um darüber zu sprechen«, erwidert Apollo leise. »Wir reden in Dreams Arbeitszimmer. Dort werden die Schriften aufbewahrt. Alle anderen sind schon auf dem Weg dorthin.« Kurz darauf treten die beiden durch den Nebel, und wir sind wieder allein.

Ich atme auf und merke, dass ich während des gesamten Gesprächs die Luft angehalten habe. Fragend sehe ich Lavea an, die beinahe meine Hand zerquetscht.

»Was zum Teufel ist hier eigentlich los?«

Kopfschüttelnd tritt sie an mir vorbei und lugt aus unserem Versteck hinaus. Wir schweigen, während sie mich in Richtung ihrer Unterbringung zieht. Als ihre Tür hinter uns ins Schloss fällt, entspanne ich mich. Ich nehme auf dem Sofa

Platz, während sie sich im Sessel gegenüber von mir niederlässt. Mit hochgezogenen Brauen mustere ich sie abwartend. Ich fühle mich noch immer ein wenig überrumpelt. Schließlich beginnt sie zu sprechen.

»In diesem Palast vergisst man die wahre Welt dort draußen. Es ist so leicht, in diesem Luxus zu schwelgen. So leicht zu vergessen, dass dort draußen Hitze herrscht und die Menschen nicht genug Wasser haben.« Ihr Blick gleitet von mir ab, richtet sich in die Ferne und auf das Meer. »Aber es ist nur eine Frage der Zeit, bis auch dieses Paradies den Flammen zum Opfer fällt, die wieder ausbrechen werden. Wenn wir nichts dagegen unternehmen.« Ich schlucke. »Es sind nicht meine Worte. Sondern die von Dark.« Ich sehe sie überrascht an. »Ich bin vielleicht nicht gut im Training. Im Schwimmen und Kämpfen und im Bogenschießen. Aber ich bin schlau. Und ziemlich gut im Lauschen. Man übersieht mich leicht.«

»Das stimmt nicht. Dass man dich übersieht, meine ich«, werfe ich stirnrunzelnd ein. »Und jeder, der Augen und Ohren im Kopf hat, merkt, dass hier etwas nicht mit rechten Dingen zugeht«, füge ich hinzu, ehe ich erneut verstumme, darauf warte, dass Lavea weiterspricht.

»Man bekommt einiges mit, wenn man sich so unsichtbar machen kann wie ich. Ich habe viele Worte gehört, die nicht für mich bestimmt waren. Aber heute zum ersten Mal etwas, das uns wirklich weiterbringen kann.«

»Und das wäre?«

Sie sieht mich ungläubig an. »Die Prophezeiung. Wir müssen erfahren, worum es in ihr geht.«

»Warte, welche Prophezeiung?«, frage ich.

»Du hast Dark und Apollo doch gehört. Es gibt eine Prophezeiung, und wir müssen erfahren, von was sie handelt.

Um herauszufinden, was hier tatsächlich läuft. Sie wollen etwas vor uns verbergen. Den wahren Grund, warum dieses Turnier stattfindet.«

Ich ziehe meine Beine an, damit sie ebenfalls auf dem Sessel Platz finden, und stütze mein Kinn auf der Handinnenfläche ab. Irgendwie hätte ich nicht gedacht, dass es ausgerechnet Lavea ist, die im Palast herumschnüffelt. Ich meine, sie ist dermaßen schüchtern und schreckhaft ... Ich habe einfach nicht damit gerechnet.

»Also, was sagst du dazu?«, unterbricht sie meine Gedanken.

»Ich bin ein wenig überrascht«, gebe ich zu. »Nicht wegen dem Turnier. Ich hatte auch ... na ja, keine Beweise, aber ein komisches Gefühl. Dass sie uns nicht alles erzählen. Dass dieses Turnier möglicherweise einem anderen Zweck dient als nur der Belustigung der Götter und den Festlichkeiten der Jahrtausendwende.«

»Weshalb bist du dann überrascht?«, hakt sie nach.

Ich räuspere mich und sehe sie entschuldigend an. »Wegen deinen Ermittlungen.«

»Du hättest es mir nicht zugetraut«, stellt sie nüchtern fest.

»So meine ich es nicht«, gebe ich seufzend zurück. »Ich weiß, dass du schlau bist und einen wachen Verstand hast. Für gewöhnlich bist du aber dennoch eher –«

»Ängstlich?«, schlägt sie vor. Ich nicke. »Damit kann ich leben.« Lavea verdreht die Augen, lächelt dabei jedoch. »Also, was ist? Bist du dabei? Gehen wir der Sache gemeinsam auf den Grund?«

Einen Augenblick zögere ich. Wenn wir beim Herumschnüffeln entdeckt werden, dann werden wir mit Sicherheit Ärger bekommen. Andererseits muss man manchmal etwas riskieren, wenn man Antworten will.

»Du kannst auf mich zählen«, sage ich deshalb. »Wir sind ein Team.«

»Dann ist es also abgemacht.« Schwungvoll erhebt sie sich. »Wir sollten jetzt los. Bevor wir zu spät zum Nachmittagsunterricht kommen. Wir treffen uns heute Abend kurz vor Sonnenuntergang bei dir. Sorg dafür, dass Candela und Saphira auch da sind.« Ich stehe ebenfalls auf. Zögerlich beiße ich mir auf die Lippe, während meine Freundin ein paar Sachen zusammenklaubt, die sie für den Unterricht braucht.

»Du wirkst verändert«, merke ich vorsichtig an. Nicht nur ihre Art, sondern auch ihre Haltung. Sie geht aufrechter, macht sich nicht mehr klein. Das Schicksal von Naran scheint sich mehr auf sie ausgewirkt zu haben, als ich ursprünglich angenommen habe.

Sie zuckt mit ihren Schultern. »Jeder Mensch hat ein zweites Gesicht. Und das hier ist meines.«

Ich bin froh, als ich abends mein Zimmer betrete. Der Nachmittagsunterricht verlief schleppend, beim Abendessen habe ich mich mehr als unbehaglich gefühlt. Dark und ich, die versuchten dem jeweils anderen keine Beachtung zu schenken, Lavea, die ganz offensichtlich mit Dream grollte, Lost der immer wieder ungeschickte Annäherungsversuche bei Candela startete, True, der peinliche Witze darüber machte, und Hale, Yasar und Phia, die einzigen drei, die sich in dieser Runde zivilisiert benahmen. Kiana und Aideen waren müde und sind deshalb eher zu Bett gegangen. Ich wünschte, ich hätte das Gleiche getan. Aber wegen unserer geplanten Krisensitzung wird daraus wohl nichts werden.

Rasch lege ich die Decken auf meinem Sofa zusammen und klopfe die Polster ein wenig ab. Dann breite ich eine Pergamentrolle aus, falls wir etwas notieren wollen. Unschlüssig stehe ich da, weiß nicht, mit was ich mich als Nächstes beschäftigen soll – als es auch schon klopft. Candela, Saphira und Lavea treten ein, und ich schließe die Tür hinter ihnen.

»Ich muss zugeben, ihr zwei habt meine Neugierde geweckt«, sagt Candela, während wir es uns bequem machen.

»Also, was gibt es so Dringendes?«, hakt Phia nach.

Lavea faltet die Hände im Schoß und beginnt zu erzählen: von unserem Verdacht, dass dieses Turnier einem höheren Zweck dient, von den Gesprächen, die sie belauscht hat, und von der Prophezeiung, die wir unbedingt in unsere Hände bringen müssen, um mehr zu erfahren.

Candela lehnt sich seufzend zurück. »Ich würde gern sagen, dass mich deine Offenbarungen überraschen, aber das tun sie nicht.«

Phia nickt zustimmend. »Was ist mit Kiana und Aideen? Warum sind sie nicht hier?«

Ich werfe Lavea einen Seitenblick zu. In letzter Zeit hat Kiana sich mehr und mehr von uns distanziert. Vielleicht sind wir ihr mit unserem Gerede über Dark und Dream zunehmend auf die Nerven gegangen. Ich weiß es nicht. Irgendwie ist es ganz von allein passiert, dass wir uns stattdessen Candela und Phia angenähert haben. Außerdem ist mein Vertrauen gegenüber Kiana angeknackst, seit sie Hale und mich im Wasser zurückgelassen hat, um ihre eigene Haut zu retten. Es war wie ein stummes Einverständnis, sie nicht einzuweihen, und zu Aideen haben wir sowieso keine enge Bindung.

»Je kleiner der Kreis, desto geringer das Risiko«, erwidert Lavea schlicht und ohne ins Detail zu gehen. Ich sehe

Kampfgeist in ihren Augen aufblitzen, als sie sich nach vorn beugt und uns eindringlich mustert. »Wir werden uns nicht weiter benutzen lassen. Ich will endlich wissen, was hier vor sich geht.«

»Und mich interessiert vor allem, was Dark für ein Spiel mit mir spielt. Ich bin auf jeden Fall dabei«, füge ich hinzu.

»Ihr könnt auf mich zählen«, stimmt Candela überraschenderweise zu, und auch Phia nickt nach einer Weile. »Es wäre auch zu schön gewesen, um wahr zu sein, wenn nicht noch mehr dahinterstecken würde.«

»Also, wie gehen wir vor?«, fragt Candela und reibt sich tatendurstig die Hände. Wir alle sehen Lavea an.

»Ich habe schon einen groben Plan zurechtgelegt. Wir müssen die anderen Götter ablenken und in dieser Zeit in Dreams Arbeitszimmer eindringen, wo laut unseren Informationen die Abschrift der Prophezeiung aufbewahrt wird.«

»Okay, und wie werden wir sie ablenken?«, hake ich nach.

»Nun, ich werde mich um Dream, True und Yasar kümmern. Ich kann dafür sorgen, dass er keinen Verdacht schöpft. Candela, du wirst Lost um den Finger wickeln und Phia wird Hale davon abhalten, sich in der Nähe des Arbeitszimmers aufzuhalten.«

»Das mit Lost bekomme ich hin. Aber was ist mit Dark? Und Apollo?«, fragt Candela naserümpfend.

»Dark ist aktuell meistens unterwegs. Gemeinsam mit Apollo und Prometheus. Sie überwachen die Brände und die Evakuierungslager.«

»Was für Brände?«, mischt Phia sich ein.

»Das Feuer ist wieder ausgebrochen. In den Gebieten, in denen die Sterblichen leben. Bisher ist es überschaubar, aber wer weiß, wie lange noch«, erklärt Lavea.

Ich schlucke. Das klingt nicht gut. »Und was wird meine Aufgabe sein?«

»Du bist diejenige, die in sein Arbeitszimmer eindringt.«

Das Herz sackt mir in die Hose. Das hätte ich mir eigentlich denken können.

»Du kannst mindestens so gut lesen und schreiben wie ich. Du wirst die Prophezeiung finden und abschreiben, und niemand wird merken, dass du überhaupt dort warst, weil du klein und flink bist«, begründet Lavea.

Die Vorstellung, diese Aufgabe zu übernehmen, behagt mir nicht. Dennoch will ich keinen Rückzieher machen. Ich will endlich Klarheit. »Na schön«, sage ich deshalb, bevor ich es mir anders überlegen kann. »Wann wollen wir die Sache angehen? So bald wie möglich, oder?«

»Wir brauchen etwas Zeit, um alles vorzubereiten«, sagt Lavea nachdenklich. »Wir dürfen nicht riskieren, erwischt zu werden.«

Ich nicke zustimmend, dabei fällt mir etwas ein: »True hat mir gegenüber einen Ball erwähnt – vor der letzten Aufgabe. Es soll so enden, wie es begonnen hat ... Ihr kennt ihn ja. Also, wäre so eine Veranstaltung nicht das perfekte Ablenkungsmanöver? Sie werden an diesem Abend ziemlich beschäftigt sein.«

»Das ist eine großartige Idee!«, sagt Phia, und auch Candela gibt ein zustimmendes Geräusch von sich.

»Dann ist es also beschlossen«, sagt Lavea. »Wir ziehen das wirklich durch.«

Wir reden so lange, bis sich draußen die Finsternis über das Land der Hoffnung und des Lichts gelegt hat, bevor sich die drei von mir verabschieden, um in ihre Gemächer zu huschen.

»Was hat dich eigentlich dazu gebracht, so misstrauisch zu werden?«, will Candela von Lavea wissen, als sie bereits vor meiner Tür stehen. »Warum hast du angefangen, all diese Nachforschungen anzustellen?«

Sie zuckt beiläufig mit den Schultern. »Ich bin in einer Bibliothek groß geworden. Meine einzigen Freunde waren Bücher. Mein Vater hat mich zudem viele Sprachen gelehrt.« Sie zwirbelt eine Haarsträhne um ihren Zeigefinger, bevor sie weiterspricht. »Alle unsere Namen bedeuten ›Feuer‹.«

Kapitel 17

MAKELLOS

PERSEPHONE

Einst war ich eine Göttin, die den Frühling liebte. Ich genoss alles, was hell war und mir Freude schenkte: warme Sonnenstrahlen, die auf meiner Nasenspitze tanzten, den intensiven Duft von bunten Blütenblättern, die meine Sinne betörten, den Geschmack von reifen Früchten, die süß auf meiner Zunge zergingen, den Anblick von grünem Gras und dem blauen Himmel, der mir Geschichten von endloser Weite und Freiheit erzählte. Ich hatte einst alles. Und dann – ganz plötzlich – nichts.

Ich wurde geraubt, meiner Heimat entrissen, vom König der Unterwelt. Nur wegen meiner Schönheit. Weil er sich nach Licht sehnte – in seiner Dunkelheit. Für ihn war ich die Sonne selbst, mit meinem weizenblonden Haar, meiner goldenen Haut. Nur in meinen Augen, die grau sind wie die Schatten seines Reiches, erkannte er sich selbst wieder. Ich flehte ihn an, mich gehen zu lassen. Zurück zu meinen Blumen und Pflanzen, die meine Heimat waren.

Anstatt mich ziehen zu lassen, schenkte er mir einen Garten. Ich fürchtete ihn und gleichzeitig war er so sinnlich, so geheimnisvoll. Ganz anders als alles, was ich bisher kannte. Er verführte mich. Und ich gab mich ihm hin. Ließ zu, dass er meine Lippen so rot färbte wie den Granatapfel selbst, mir die verfluchten Kerne auf die Zunge legte und dabei zusah, wie ich jeden einzelnen von ihnen schluckte.

Erst später lernte ich, dass ich niemals in der Lage sein würde, das Monster zu zähmen, das hinter seiner betörenden Hülle lauerte. Ich ging in seine Falle, die geräuschlos hinter mir zuschnappte. Und fortan lebte ich in einem Käfig. Dem schönen Käfig, den er für mich erschaffen hatte. Doch wenn ich nur einen Blick nach draußen warf – sah ich nichts als Dämmerung.

Dämmerung und Tod, weiße Knochen, während ich gezwungen war, den Klagelauten der Verdammten zu lauschen. Ich sah nicht mehr endlose Weite und Hoffnung, sondern Verlust und Leere und Einsamkeit, die bald mein Herz, meine gesamte Seele ausfüllten, bis kein Platz mehr war für die Freuden, die mich zuvor am Leben hielten.

Ich gab mich meiner Trauer und meinem Selbstmitleid hin, ging gänzlich darin auf. Hades sah mir eine Weile dabei zu, doch als er merkte, dass ich mich nicht erholen würde, all seine Versuche, mich aus diesem Zustand aufzuwecken, fehlschlugen, gab er mir eine Aufgabe. Es ist das einzig Gute, was er je für mich getan hat. Das Einzige, wofür ich immer dankbar sein werde. Plötzlich gab es einen Grund, jeden Morgen aufzustehen. Etwas, nach dem ich mich sehnte und für das ich kämpfen wollte. Etwas, das mir Wärme und Zuversicht schenkte.

Und bald erwuchs daraus ein weiteres Geheimnis. Ich war nicht mehr naiv, wusste, dass kein Glück für immer ist. Und dennoch ... vielleicht konnte ich es genau deshalb so sehr genießen. An manchen Tagen wünsche ich mir, es hätte dort geendet. Ich wäre gern mit einem Lächeln auf den Lippen gestorben. Stattdessen sollte es noch viel weiter gehen.

Ich gebar eine Tochter. Eine Erbin. Hades war zufrieden, auch wenn er einen Jungen bevorzugt hätte. Das kleine Mädchen sorgte dafür, dass sein Vertrauen in mich wuchs. Er gewährte mir mehr Freiheiten. Und ich genoss mein Geheimnis noch ein wenig länger. Auch wenn ich dabei nie vergessen konnte, dass mein Leben ein Wettlauf war – ein Wettlauf gegen die Zeit.

Schlussendlich waren es verschiedenfarbige Iriden, die mich verrieten.

An dem Tag, an dem mein Wunder mich verließ, zerbrach ich das erste Mal. Ein weiteres Mal, als Tartaros das kleine Mädchen auf Kerberos' Rücken setzte, während ich zurückbleiben musste. Und all das nur wegen der Versuchung. Wegen der verlockenden Kerne einer sinnlichen Frucht.

Ich habe den König der Unterwelt hintergangen – ihn verraten – und musste meinen Preis dafür bezahlen. *Er* sorgte dafür, dass ich bezahle. Doch ich tat es gern. Damit er ihr nicht folgte. Hades entfesselte das Monster, ließ es gänzlich frei. Er zeigte mir, dass alles vergänglich ist – selbst in der Unsterblichkeit.

Heute erscheinen mir meine einstigen Freuden lächerlich. Heute bin ich nicht mehr schön. Heute ist mein Gesicht von Narben übersät. Sie sind hässlich und wulstig und rot. Erinnern mich an den Granatapfel, und wenn ich sie ansehe, dann ist es, als könnte ich ihn auf der Zunge schmecken. Die Süße bereitet mir Übelkeit. An manchen Tagen Schmerzen. Niemals endende Folter. Wenn ich meine Augen schließe, ist Hades über mich gebeugt. Mit der rot glühenden Klinge seines Dolches. Dann durchdringt das Geräusch meiner Schreie meinen Kopf. Ich fühle, wie er mich schneidet. Ich spüre, wie es brennt, wenn er magisches Salz und

Sand in meine Wunden reibt. Immer wieder. Stundenlang. Tagelang. Für die Ewigkeit.

Und wenn man all meine Narben tatsächlich sehen könnte, dann wäre keine Stelle meiner Haut mehr makellos.

Zwei Hände schütteln mich kräftig an den Schultern, sorgen dafür, dass ich zurückkomme, in die Gegenwart, erlösen mich von der grausamen Welt in meinen Gedanken, die für sehr lange Zeit meine Realität gewesen ist.

»Die Wachen sind fort«, flüstert Hekate mir zu. »Nur noch ein kleines Stück.«

Es kommt mir noch immer vor wie ein Traum. Die Freiheit zum Greifen nah. Die Göttin der Zauberei, die mich nach Jahrhunderten von der dunklen Magie befreien konnte, die mich an diesen Ort gebunden hat. Sie verschränkt ihre Hände, formt damit eine Stufe, und ich stelle mich mit dem Fuß darauf, drücke mich ab und greife nach dem ersten hervorstehenden Stein.

Hekate denkt, dass ich sie liebe. Deshalb hat sie mich gerettet. Und weil sie trotz ihrer manchmal schroffen Art ein gutes Herz besitzt.

So wie einst auch ich.

Hekate weiß nicht, dass alles in mir schon vor langer Zeit erst verkümmert und dann abgestorben ist. Sie ahnt nicht, dass ich nie wieder werde lieben können. Ich bin noch immer in der Lage zu unterscheiden – zwischen richtig und falsch. Wie eine Art verblasste Erinnerung. Aber wahre Gefühle ... nein.

Die Haut an meinen Händen ist viel zu weich, ich spüre, wie sich die ersten Blasen bilden. Dennoch klettere ich unermüdlich weiter, und Hekate ist da, um mich zu stützen, wenn meine Atmung von der Anstrengung immer keuchender geht. Irgendwann fährt ein kühler Hauch über meine Fingerspitzen. Luft.

Mit einem letzten Ruck ziehe ich mich nach oben, durch die enge Felsspalte und dann – Freiheit. Keine Dämmerung. Die Weite des Himmels über mir. Ich lege den Kopf in den Nacken und stoße einen wilden Schrei aus. Dann nehme ich einen tiefen Atemzug.

Ein und aus.

Ein und aus.

Hekate ist nun direkt neben mir, schiebt ihre Hand in meine, um diesen Moment mit mir zu teilen. Trotzdem fühle ich mich allein.

»Wir sollten uns beeilen«, sagt sie nach einer Weile vorsichtig. »Wir müssen den Wald und die Schutzzauber hinter uns lassen, damit wir durch den Nebel gehen können.«

Ich nicke langsam, meine Augen starr gen Himmel gerichtet.

»Du willst noch immer zum Sandpalast?«, hakt sie nach.

»Nur ein kleiner Zwischenstopp«, erwidere ich. Ich will Hades nicht auf ihre Fährte locken. Eigentlich hatte ich mein kleines Mädchen woanders erwartet. Der Sohn des Okeanos war mir noch einen Gefallen schuldig. Auch ihm werde ich einen Besuch abstatten.

Als ich von der Frau erfuhr, die Kerberos im Kampf verschont hatte, wusste ich, dass mein Plan eine andere Richtung eingeschlagen hat. Sie ist eine Teilnehmerin des Turniers. Befindet sich an einem Ort, an dem sie nie hätte sein sollen. Doch alles ist besser als die Unterwelt.

Ich will sie nur einmal sehen. Was aus dem Mädchen geworden ist, das durch eine Prophezeiung schon bei der Geburt zum Tode verurteilt wurde. Ihre Herkunft Ursache und Heilung zugleich.

Ich habe ihr damals Zeit verschafft. Das war alles, was ich tun konnte. Nun ist sie erwachsen. Und ich habe schon zu viel geopfert. Wenn ich noch einen weiteren Teil gebe – möge er noch so klein sein –, werde ich mich selbst verlieren, weil dann nichts mehr von mir übrig ist. Ich habe keine ehrenwerten Absichten. Ich werde sie noch einmal sehen, um die verblasste Erinnerung zu stillen, an das, was ich einst für sie empfand. Und dann werde ich so viel Entfernung wie möglich zwischen mich und die Unterwelt bringen. Mein eigenes Leben zum ersten Mal seit einer Ewigkeit an erste Stelle setzen.

FLAME

Ich sitze in der Badewanne und schrubbe mit einem Schwamm über meine bereits saubere Haut. Es hat eine beruhigende Wirkung auf mich. Immer wieder muss ich an die Brände denken. Dass wir hier in den sicheren Palastmauern sitzen, bereitet mir ein schlechtes Gewissen. Ich möchte helfen, weiß aber nicht wie. Seufzend lege ich den Schwamm beiseite und beginne mir den Schaum vom Körper zu spülen. Dann steige ich aus der Wanne und trockne mich ab. Die Mädchen sind schon eine Weile fort und es muss mitten in der Nacht sein. Trotzdem verspüre ich keine Müdigkeit, will noch nicht ins Bett. Ich bin viel zu aufgekratzt. Und ich möchte mir nicht vorstellen, was geschieht, wenn wir erwischt werden.

Vorsichtig kämme ich mein widerspenstiges Haar, das mir bereits bis zu den Schultern reicht. Ich lege die Bürste ab und ziehe mir Slip und Hemd an. Eines von Dark, das ich ihm nicht zurückgegeben habe. Es trägt nach wie vor seinen Duft. Bisher habe ich meine Gedanken an die Hochzeit erfolgreich verdrängen können, aber nun überrollt mich die Flut der Erinnerungen. Es ist eine schnelle Abfolge von Bildern: ich in dem weißen Kleid, Phias Lachen, während sie mir die Lippen bemalt, Darks Augen, immer wieder seine Augen, die sich weiten, als ich den Gang entlang auf ihn zugeschritten komme ...

Ein lautes Klicken unterbricht meinen Gedankenstrom. Ich kenne dieses Geräusch. Es stammt von dem Gemälde, das den Tunnel versteckt. Doch niemand weiß von ihm, außer mir. Oder?

Die Mädchen würden durch die Tür kommen, die neuen Götter durch den Nebel. Ein ungutes Gefühl breitet sich in mir aus.

Hektisch horche ich auf. Nun ertönt ein Knarzen von der Treppe, die vom Wohnzimmer in mein Schlafzimmer führt. Eiskalte Angst kriecht mir über den Rücken bis zum Nacken hinauf, wo sie sich festbeißt und mich nicht mehr loslässt. Ich schlage eine Hand vor den Mund, drehe mich um die eigene Achse, finde allerdings kein Versteck, in dem ich mich verkriechen könnte. Jetzt sind da Schritte, keine schweren, sondern federleichte, aber sie kommen trotzdem auf mich zu.

In Ermangelung einer besseren Waffe, greife ich nach dem spitzen Ende meines Stielkammes und stelle mich neben die Tür. Mein Herz wummert verräterisch schnell und ich halte mir noch immer mit einer Hand den Mund zu, um meine laute Atmung zu verdecken, als die Klinke sich langsam nach unten drückt. Wie in Zeitlupe beobachte ich, wie sie sich immer weiter hinabsenkt. Langsam schwingt die Tür auf. Als die Gestalt den ersten Schritt ins Bad macht, springe ich sie an, das spitze Ende des Kammes gezückt. Ich bin schnell. Aber offenbar nicht schnell genug. Mein Arm wird gepackt und so verdreht, dass ich meine provisorische Waffe fallen lassen muss.

Nicht gut.

»Gar nicht schlecht«, sagt eine fremde Stimme dicht an meinem Ohr. Es ist die Stimme einer Frau. »Wirst du artig sein, wenn ich dich loslasse?«, will sie von mir wissen.

Ich nicke knapp. Jetzt wäre ein guter Zeitpunkt, die Verteidigungstechniken anzuwenden, die mir beigebracht worden sind, aber die Frau scheint nicht daran interessiert zu sein, mir wehzutun. Dann werde ich losgelassen, und ich drehe mich rasch um. Sie sieht jung aus. Vielleicht Ende zwanzig. Sie ist schön, auch wenn ihr Gesicht von vielen Narben bedeckt ist. Die Frau ist nicht viel größer als ich, nur einen halben Kopf. Ihr Haar ist weizenblond und ihre Augen grau. Ich blinzle. Für eine so kleine Person hat sie überraschend viel Kraft.

»Du bist Flame, nicht wahr?« Ein merkwürdiges Funkeln tritt in ihre Augen, das ich nicht deuten kann.

Ich nicke zögerlich und recke das Kinn. »Und du?«

Die Frau mustert mich noch immer mit einem intensiven Blick, der mir eine Gänsehaut bereitet, während die Kälte in meinem Nacken brennt und mir gleichzeitig der Schweiß ausbricht.

»Mein Name tut nichts zur Sache. Können wir uns setzen?«, erwidert sie schließlich.

Ich verziehe misstrauisch die Mundwinkel, zeige aber auf mein Bett. Sie nimmt Platz, und ich bleibe in einigem Abstand von ihr entfernt stehen. Überrascht registriere ich, dass ihre Hände zittern, doch man erkennt es nur, wenn man ganz genau hinsieht. Immer wieder dreht sie sich zu der Wendeltreppe um, als würde sie jemanden erwarten. Ihre Finger wandern zu ihrem Gesicht, und als sie eine der wulstigen Narben berührt, zuckt sie zurück.

»Woher weißt du von dem Tunnel?«, frage ich in die unangenehme Stille hinein. Wer zum Teufel ist diese Frau?

»Man weiß einiges, wenn man so lange lebt«, erwidert sie. In diesem Moment frage ich mich, ob sie vielleicht ein wenig verrückt ist. Außerdem ist mir nie in den Sinn gekommen, dass jemand anderes außer mir auf die Idee käme, ihn zu benutzen. Oder überhaupt davon weiß.

»Und machst du das öfter? Irgendwo einbrechen und Leute zu Tode erschrecken?«, hake ich nach, während ich fieberhaft überlege, wie ich der Situation entkommen kann. Es fühlt sich nicht mehr so an, als wäre ich unmittelbar in Gefahr oder als würde die Frau mir schaden wollen, aber dennoch ...

»Ich bin nur auf der Durchreise«, unterbricht sie meine Gedanken. »Es tut mir leid, wenn ich dich erschreckt habe. Das war nicht meine Absicht.« Sie starrt in die Ferne, während sie unbewusst eine ihrer Narben entlangfährt. »Ich muss mich noch daran gewöhnen, draußen zu sein. Den Himmel, den Mond und die Sterne sehen zu können.«

Ich runzele die Stirn. Sie muss sich erst wieder daran gewöhnen, draußen zu sein? Ich kann mir auf ihre Worte keinen Reim machen. Sie ist wirklich sonderbar.

»Du bist eine Göttin, oder?« Ich kneife die Augen zusammen und mustere sie eingehend. Eigentlich sieht sie gewöhnlich aus. Aber kein Sterblicher würde einfach so hinter diese Mauern gelangen. »Wieso bist du nicht durch den Nebel gegangen?«, bohre ich weiter.

»Der Gott der Hoffnung und des Lichts hätte davon erfahren. Niemand kann durch göttliche Kraft herein- oder hinausgelangen, ohne dass er es mitbekommt. Und er weiß, wer davon zu seinen Vertrauten gehört und wer nicht.«

»Dann bist du also keine Verbündete der neuen Götter?«, überlege ich, als ich sie derart über Hale sprechen höre.

»Nein«, erwidert sie sanft. »Nein, das bin ich wohl nicht. Nicht mit meiner Herkunft.«

»Okay.« Ich schlucke. Unsicherheit macht sich in mir breit. Vermutlich würde mich niemand hören, wenn ich um Hilfe rufen würde. »Warum bist du hier? Wir kennen einander nicht.« *Oder doch?*

Ihre Miene verzieht sich. Ich kann es nicht richtig deuten. Trauer, Wut, Angst? Dann hat sie sich wieder im Griff. Sie streicht den schwarzen Rock glatt, den sie trägt.

»Stimmt es, dass du«, sie leckt sich über die Lippen, »im gläsernen Kolosseum gegen Kerberos gekämpft hast?«

Ich runzele die Stirn. Damit habe ich nicht gerechnet. Ich räuspere mich. »Ja, das war ich.«

»Und er hat dein Leben verschont, nicht wahr?«

»Ich habe ihn besiegt«, erwidere ich kühl. Es bereitet mir Unbehagen, dass diese Fremde von etwas weiß, das ich bisher niemandem anvertraut habe.

»Sicher«, erwidert sie gedehnt. »Du musst sehr vorsichtig –« Ein Klopfen unterbricht sie. »Erwartest du Besuch?«

»Keinen, der sich angemeldet hätte«, sage ich ironisch.

Sofort ist sie auf den Beinen und eilt die Treppe hinab. Ich folge ihr. Fast bin ich traurig, dass uns jemand unterbricht. Ich kann mir selbst nicht erklären, wieso. Gerade wollte ich sie doch noch loswerden.

Geschickt klappt sie das Gemälde auf. Das Klopfen wird nun dringlicher. Noch einmal dreht die fremde Frau sich zu mir. Für einen kurzen Augenblick denke ich, dass sie mich umarmen will, doch dann macht sie einen Schritt zurück. Ich bin wie zur Salzsäule erstarrt.

»Kehre niemals heim«, flüstert sie mir zu, ehe der dunkle Gang sie verschluckt.

Rasch verschließe ich den Tunnel hinter ihr und lehne mich gegen das Gemälde. Als ich mich einigermaßen beruhigt habe, setze ich mich in Bewegung. Im selben Moment wird die Tür aufgestoßen und Apollo steht im Rahmen. »Ich wollte dir gerade öffnen.«

Mit großen Schritten kommt er in mein Zimmer und sucht mit den Augen die Umgebung ab. »Ich habe einen Kontrollrundgang gemacht und dachte, ich hätte hier Stimmen gehört.«

»Nein«, erwidere ich möglichst arglos. Keine Ahnung, wieso ich will, dass die Frau entkommt. »Hier bin nur ich.«

PERSEPHONE

Ich lausche noch einen Moment, bis die Stimmen verklungen sind, ehe ich den düsteren Schacht hinunterrutsche. Mein Herz hämmert wild, und das Blut rauscht in meinen Ohren. Ich habe mich schon lange nicht mehr so lebendig gefühlt. Unten angekommen, stoße ich die Luke auf und klettere hinaus. Mit einem dumpfen Geräusch schließe ich sie hinter mir und schlage die Kapuze meines Mantels hoch. Es ist seltsam gewesen, Flame zu treffen. Fremd. Sie hat mich nicht erkannt. Als hätte sie mich noch nie zuvor gesehen. Ich habe die Narben an ihren Beinen bemerkt. Verbrannte Haut. Die Zeit, in der wir getrennt gewesen sind, hat uns beide verändert. Doch sie trägt noch immer das Medaillon. Der Anblick hat etwas in mir ausgelöst ... Eine *gute* Erinnerung. An etwas, das wir beide verloren haben.

Kehre niemals heim. Der einzige Rat, den ich ihr gegeben habe. Obwohl sie bei den neuen Göttern ist, sieht sie gesund aus. Wohl genährt. Keine Sorgenfalten, die ihre Stirn zerfurchen. Ich weiß, dass sie ihren Weg gehen wird. Dass sie zu einer starken Frau herangewachsen ist, die sich selbst behaupten kann. Es nimmt eine Last von meinen Schultern, von der ich nicht geahnt habe, dass sie überhaupt da gewesen ist. Dennoch ist mir klar, dass Flame ihrer Bestimmung nicht entkommen kann. Dass sie ihr durch das Turnier geradewegs in die Arme läuft.

Eine gute Mutter würde versuchen, ihre Tochter zu retten. Diesen Anspruch habe ich schon vor langer Zeit hinter mir gelassen.

Und ich glaube, dass ich ihr am meisten helfe, wenn ich schleunigst von hier verschwinde. Hades wird mein Fehlen mittlerweile bemerkt haben. An meiner Seite wäre sie alles andere als in Sicherheit. Meine Macht reicht nicht aus, um sie vor dem König der Unterwelt zu beschützen. Die neuen Götter allerdings ...

DARK

Die letzten Stunden habe ich in einem der Evakuierungslager verbracht. Nun schlendere ich am Strand entlang, versuche, den Kopf freizubekommen, ehe ich in den Palast zurückkehre. Ich starre auf das Meer hinaus und lausche dem Rauschen der Wellen, als ein Geräusch meine Aufmerksamkeit erregt.

Ich drehe mich in die Richtung, aus der es kommt, und nähere mich dem abfallenden Sandwall, der den Palast umgibt. Eine Luke schwingt auf. Normalerweise hätte ich sie nicht bemerkt, da sie die Farbe der Mauer trägt und geschickt mit Muscheln kaschiert wird. Wer schleicht um diese Zeit hier herum? Ich blicke hinauf. Der Turm. »Kleines Monster«, knurre ich, verharre trotzdem an Ort und Stelle. Was hat sie mitten in der Nacht hier draußen zu suchen? Schleicht sie sich öfter raus? Ich kneife die Augen zusammen, doch es ist kein schwarzer Lockenkopf, den ich aus dieser Entfernung erkennen kann. Stattdessen ist es weizenblondes Haar, welches im Mondlicht hell schimmert. Sofort trete ich durch den Nebel.

Für einen Moment wirkt die Göttin, die vor mir steht, überrascht. Doch dann lehnt sie sich lächelnd gegen die Luke. »Sei gegrüßt, Gott der Angst und der Finsternis.«

Ich ziehe die Brauen zusammen. Wir sind uns erst einmal begegnet, und das war bei den Verhandlungen vor zweihundert Jahren. Normalerweise lässt Hades nicht zu, dass sie die Unterwelt verlässt. Und es wundert mich, dass sie sich noch an mich erinnern kann. »Was willst du hier?«

Sie verdreht die Augen. »Das werde ich dir nicht verraten. Liefere mich deinen Brüdern aus oder lass mich gehen.«

»Du würdest dich also nicht gegen uns zur Wehr setzen?«, frage ich ungläubig. Ich überlege, ob sie nur versucht, auf Zeit zu spielen und in einem Moment der Unachtsamkeit ihre Macht auf mich loslassen wird. Wobei ich nicht einmal weiß, ob sie überhaupt besondere Fähigkeiten besitzt. Außer ihrem grünen Daumen, der während der Zeit in der Unterwelt mit großer Wahrscheinlichkeit schwarz angelaufen ist und nun alles verkümmern lässt.

Ich schaue erneut hinauf zum Turmzimmer, wo noch

immer Licht brennt. Während ich äußerlich versuche, entspannt zu bleiben, arbeitet mein Gehirn auf Hochtouren. Sie hat Flame besucht. Wenn ich mir nicht vorher sicher gewesen bin, so gibt es jetzt keine Zweifel mehr. Zwischen den beiden gibt es eine Verbindung.

»Interessant«, sagt Persephone, die irgendetwas in meinem Blick zu lesen scheint. »Wie nahe steht ihr euch?«

Ich beiße meine Zähne fest zusammen und zwinge mein Gesicht zur Regungslosigkeit. Währenddessen verziehen sich ihre Mundwinkel zu einem Lächeln. »Wer hätte das gedacht? Der Gott der Finsternis hat ein weiches Herz.«

Ich schweige beharrlich. Warum fühlt es sich plötzlich so an, als hätte sie den Spieß mühelos umgedreht?

»Du kennst die Prophezeiung?«, hakt sie nach.

Ich nicke und fühle mich gleichzeitig wie ein Verräter. Ich hätte sie längst zu den anderen bringen sollen. Ich könnte sie mit meiner Dunkelheit mühelos überwältigen.

»Und bist du bereit, ihr Leben zu opfern? Für die Rettung dieser Welt? Für das größere Wohl?«

Ihre Worte bohren sich in mein Fleisch wie Messerstiche. Als hätten wir eine Wahl …

»Was weißt du schon von unserem Kampf«, erwidere ich gepresst.

Sie neigt den Kopf leicht zur Seite und verschränkt die Arme vor der Brust. »Ich weiß zum Beispiel, dass du denkst, dass du ihr nicht trauen kannst. Dass *er* sie geschickt hat, um ein falsches Spiel mit euch zu spielen. Doch ich sage dir, bei aller Ehre, die ich noch in mir habe: Sie ist rein. Sie trifft keine Schuld.« Sie tritt dicht an mich heran. »Liebst du sie?«

Ich zucke zusammen. *Ja*, will ich schreien, doch ich tue es nicht.

»Dann überlasse sie nicht ihrem Schicksal. Du kennst es?«

Ich lüge, schüttele den Kopf, während all die Wahrheit auf mich einströmt, der ich zuvor nicht gänzlich bereit war, ins Auge zu blicken. Ich bin wie erstarrt, will nicht, dass sie weiterspricht. Sie tut es trotzdem.

»Ihr Schicksal ist es, bei lebendigem Leibe zu brennen.«

Kapitel 18

ASCHE UND STAUB

FLAME

Es ist der Morgen der fünften Aufgabe. Darks Aufgabe. Ich bin aufgeregt und ängstlich zugleich, wenn ich daran denke. Die letzten Tage sind wie im Flug vergangen. Im Palast herrscht geschäftiges Treiben. Niedere Gottheiten und andere Geschöpfe gehen ein und aus, den Grund kennen wir nicht. Neben den vielen Trainingseinheiten sitzen Lavea, Candela, Phia und ich in jeder freien Minute beisammen, wälzen Bücher und schmieden unseren Plan. Kiana und Aideen verbringen immer mehr Zeit unter sich. Ich glaube, die beiden fühlen sich ausgeschlossen. Das tut mir leid, doch momentan müssen wir uns auf wichtigere Dinge konzentrieren. Der Ball rückt näher, und wir dürfen nicht riskieren, dass etwas schiefgeht. Immer wieder denke ich an die Frau mit dem weizenblonden Haar. Gern würde ich herausfinden, welche Göttin sie ist. Doch was dann? Ich weiß es nicht. Ich weiß so vieles nicht. Die letzten Nächte habe ich kaum Schlaf bekommen, und mein Gehirn fühlt sich an, als wäre es aus Watte.

Ich gähne herzhaft, während ich den Korridor zum Innenhof entlanglaufe. Ich trage einen neuen schwarzen Trainingsanzug, der sich wie eine zweite Haut an mich schmiegt. Die Sporteinheiten haben sich ausgezahlt. Mein Körper ist nun drahtig statt knochig, und das fühlt sich gut an.

Es wundert mich nicht, dass ich die Erste bin, und so nehme ich auf einer der Bänke Platz und halte mein Gesicht in die Sonne.

»Hallo, meine Schöne.« Ich schlage die Augen auf und wende mich meinem neuen Sitznachbarn zu. Ich will etwas erwidern, etwas Unfreundliches vermutlich, weil der Schlafmangel mich reizbar gemacht hat, doch die Worte bleiben mir in der Kehle stecken.

Der Mann vor mir hat karamellfarbene Haut, und sein Haar, das ihm wie zufällig in die Stirn fällt, ist von einem satten Braunton. Seine Augen sind strahlend blau, sein Lächeln unglaublich weiß und einladend. Ich schlucke. Begierde wallt in mir auf. Ich will diesen Mann. Er ist so vollkommen makellos. Eine Hand legt sich auf meinen Oberschenkel. Ich beuge mich näher zu ihm. Er riecht gut. Frisch, nach Zitrone und Rosmarin. Nun kommt er mir ebenfalls entgegen. Unsere Lippen sind nur noch wenige Zentimeter voneinander entfernt. Ich schließe die Lider. Doch unsere Münder sollen einander niemals finden. Stattdessen ertönt ein dumpfer Schlag. Ich blinzele.

Der schöne Mann liegt am Boden. Dark ist über ihm. Er sieht wütend aus. *Sehr* wütend. Jetzt, wo ich genauer darüber nachdenke, erscheint es mir absurd, dass ich den Fremden küssen wollte. Ich kann mir nicht erklären, was ich mir dabei gedacht habe.

»Verschwinde, Eros. Du hast hier nichts zu suchen«, knurrt Dark. Oh, nein. Der Gott der Liebeslust. Ich schüttele den Kopf.

Eros rappelt sich auf, und im nächsten Moment verschluckt ihn der Nebel. Dark kommt zu mir und geht vor mir auf die Knie. »Alles in Ordnung, kleines Monster?«

Ich nicke. Vielleicht sollte es mich stören, dass mich beinahe ein wildfremder Gott geküsst hätte, doch das tut es nicht.

»Wie konntest du das zulassen?«, fragt er gepresst. »Du musst aufmerksamer sein.«

Ich zucke mit den Schultern. »Er wäre eine nette Abwechslung zu dir gewesen.« Seine Augen sind jetzt nur noch schmale Schlitze. »Ich bin müde. Mein Leben ist ein einziges Chaos. In den letzten Wochen ist so viel passiert ... Und irgendwie fühle ich nichts außer diese Taubheit. Aber da gibt es Schlimmeres, wie wir beide nur zu gut wissen.«

Dark sieht mich ungläubig an, als hätte er eine Fremde vor sich. Es schert mich nicht, und das ist gut. Entspannt lehne ich mich nach hinten und lasse mich wieder von den Sonnenstrahlen streicheln. Nach einer Weile steht er auf und geht. Noch immer fühle ich nichts dabei. Keinen einzigen Stich, kein Ziehen, kein Bedauern, keine Enttäuschung. Es ist, als hätte die Taubheit alle möglichen Emotionen und Empfindungen einfach fortgeschickt.

Nacheinander trudeln die anderen ein, und so versammeln wir uns in der Mitte des Hofes. Als wir still und aufmerksam sind, beginnt Dark zu sprechen.

»Die heutige Aufgabe wird von mir gestellt. Ihr müsst euch dafür an einen Ort begeben, an welchem eure größten Ängste auf euch warten. Ihr müsst ein längst verlassenes Land durchqueren und euch gegen all eure inneren Schrecken behaupten, um zu bestehen.«

»Sehr informativ«, raunt Kiana mir sarkastisch zu, und ich nicke abwesend. Immerhin werden wir dieses Mal etwas vorgewarnt. Nett.

»Wir werden durch den Nebel treten und euch an unterschiedlichen Ausgangspunkten absetzen. Von dort aus werdet ihr euch nach Westen durchschlagen, bis ihr das Land der Zukunft und des Lebens erreicht – wo wir euch erwarten.«

Als Erstes verschwindet Dark mit Candela und Phia, es folgt Lost mit Aideen, Dream mit Lavea und Hale mit Kiana. Dann sind nur noch Apollo und ich übrig.

»Wo genau liegt der Ort, an den ihr uns bringt?«

»Zwischen dem Land der Vergangenheit und des Vergessens und Darks Reich. Mehr darf ich dir aber wirklich nicht verraten.« Auffordernd hält er mir die Hand hin, und als ich sie ergreife, lösen wir uns auf.

»Du hast Zeit bis zum Morgengrauen, um den vereinbarten Treffpunkt zu erreichen. Folge dem markierten Pfad in westliche Richtung, dann kann dir nichts passieren.«

Ich schließe Apollo kurz in meine Arme. »Danke, für alles.«

Der Gott verdreht die Augen. Er scheint mich zu durchschauen. »Du wirst auch diese Aufgabe bewältigen, kleine Flamme. Das hier ist kein Abschied.«

Ich lächele zaghaft, während der Nebel ihn einhüllt. »Denk immer daran, es ist alles nur in deinem Kopf.« Dann ist er ganz verschwunden und lässt mich mit der Gänsehaut, die sich auf meinen Armen ausgebreitet hat, zurück.

Erst jetzt bemerke ich, wie still es ist. In Hales Land hört man das stetige Aufschlagen der Wellen und die Rufe der Vögel. Doch hier ist nichts. Ich sehe mich um. Die Landschaft ist schwarz und grau, so weit ich sehen kann. Überall nichts als verbrannte Erde. Keine Geräusche, kein Leben. Nur ich. Und die anderen Mädchen, irgendwo dort draußen. Es ist kein guter Ort, das spüre ich sofort.

Seufzend drehe ich mich um mich selbst und mache dann den Weg aus, der nach Westen führt. Der Stein, der am Rand liegt, ist mit einem schwarzen Kreuz gekennzeichnet. Ich vermute, dass das die Markierung ist, von der Apollo gesprochen hat. Ich will keine Zeit verlieren und laufe daher umgehend los. Ich wähle ein gemäßigtes Tempo, denn es ist heiß, und wenn ich umkippe, weil ich dehydriert bin, könnte ich auch gleich aufgeben. Unter meinen Füßen wirbelt die Asche auf und setzt sich auf dem Stoff meines Anzuges fest. Ich frage mich, aus welchem Grund sich dieser Ort nie ganz erholt hat.

Genau wie bei Losts Aufgabe im Wald sieht alles gleich aus, wenn auch um einiges trostloser, und wären in gewissen Abständen nicht die Markierungen, würde ich denken, dass ich nicht vorankomme. Nach einer Weile habe ich jegliches Zeitgefühl verloren. Selbst der Himmel über mir ist grau. So verdammt hoffnungslos. Durch das harte Training in den letzten Wochen verspüre ich keine Erschöpfung, aber meine Kehle ist bereits trocken und ich habe Durst. Im Gegensatz zum Wald ist hier kein Bach, der Wasser führt, und das ist ganz und gar nicht gut.

Mein Körper funktioniert einfach, bewegt sich wie von selbst fort. Langsam beginnt die Einsamkeit an mir zu nagen. In dieser grässlichen Landschaft nur mit meinen Gedanken allein zu sein, ist keine sehr angenehme Erfahrung. *Nicht aufgeben*, sage ich mir immer wieder im Stillen, wiederhole es wie ein Mantra. Und wie bei der dritten Aufgabe erscheint unablässig Darks Gesicht vor meinem inneren Auge. Ich will ihn wiedersehen. Es ärgert mich, dass er selbst hier in diesem Nichts so viel Macht über mich hat.

Irgendwann lege ich doch eine kurze Rast ein. Die aufgewirbelte Asche erschwert mir die Sicht, und der Anzug klebt an meinem Körper. Alles um mich herum ist trocken und heiß. Luft zu holen, fühlt sich nicht wie atmen an. Mein Brustkorb hebt und senkt sich viel zu schnell, und da weiß ich, dass ich unmittelbar vor einer Panikattacke stehe. Ich kauere mich auf dem schwarzen Boden zusammen und versuche mich zu beruhigen. Langsam zu atmen, damit mir nicht schwindelig wird.

Du bist nichts. Du hättest bei Cato bleiben sollen. Dark wird dich niemals lieben. Du hast keine Zukunft mit ihm. Wozu noch weiter gehen? Hier ist es schön. Ruhig und friedlich. Sterben ist leicht. Es tut gar nicht weh. Einfach einschlafen. Nie mehr aufwachen.

Langsam lege ich mich hin, bette den Kopf auf meine verschränkten Hände.

Niemand wird an dich denken. Er schon gar nicht. Du bist ganz allein. Für immer.

Ich wimmere.

Schließ die Augen. Es wird nicht lange dauern. Und dann wird da nichts mehr sein. Kein Schmerz und keine Einsamkeit.

Ich sehe Bilder: mich selbst, wie ich vor Cato zurückweiche; Amanda und Jules, die sich wegdrehen und gehen; Dark, der mich abweist; mich selbst, wie ich schluchzend im Badezimmer liege, weil es für uns keine Hoffnung mehr gibt.

Siehst du die Wahrheit? Es gibt keinen Grund, für den es sich zu kämpfen lohnt. All die Mühen der letzten Wochen waren umsonst. Du wirst niemals irgendwohin gehören.

Ich schnappe nach Luft, Aschepartikel dringen in meinen Mund. Als wollten sie mich ersticken. Hustend richte ich mich auf, klopfe mir auf die Brust und ringe nach Atem.

»Was zur Hölle«, bringe ich keuchend davor.

Es ist alles nur in deinem Kopf. Apollos Warnung.

Schockiert schüttele ich mich, als könnte ich all die schlimmen Worte auf diese Weise loswerden. Was absurd ist.

»Reiß dich zusammen, Flame«, sage ich laut. »Du wirst jetzt weitergehen. Und nicht auf diese bekloppte Stimme hören.«

Ich suche nach der nächsten Markierung, stehe auf und laufe weiter. Noch immer fühle ich mich benommen. Vermutlich verliere ich nun endgültig den Verstand. Stimmen zu hören und Selbstgespräche zu führen, sind auf jeden Fall kein allzu gutes Zeichen.

Durch die Asche und den Staub kratzt meine Kehle inzwischen noch mehr als vorher. Ich brauche Wasser, doch bis zum Morgengrauen, wenn ich das Ziel erreiche, werde ich keines bekommen. Jeden weiteren Gedanken an ein mögliches Scheitern verbiete ich mir. Zielstrebig setze ich einen Fuß vor den anderen. Ich werde mich und dieses neue Leben niemals aufgeben. Egal was kommt.

Ich stampfe so sehr auf, dass noch mehr Staub aufwirbelt, aber es kümmert mich nicht. Ich marschiere immer weiter, bis die Dunkelheit mich einhüllt. Offenbar gibt es hier lediglich diese beiden Farben: Schwarz und Grau. Ohne einsetzende Dämmerung hat sich der Himmel schlagartig verdunkelt, sodass ich die Hand vor Augen kaum noch sehen kann. Es ist ein Risiko, in der Dunkelheit weiterzumarschieren, doch wenn ich es nicht tue, werde ich es nicht rechtzeitig schaffen.

Beim nächsten Stein mit Markierung lasse ich mich auf den Boden sinken. Auf Händen und Knien krabbele ich den Weg entlang, hangele mich tastend von einem Stein zum nächsten, erfühle die Kennzeichnung, damit ich mich nicht verirre. Zum ersten Mal bekomme ich eine Ahnung davon, wie es sein mag, blind zu sein. Die heiße Erde und die Asche brennen sich allmählich durch den Stoff meines Anzuges. Der Schmerz breitet sich quälend langsam an meinen Handinnenflächen, meinen Knien und Schienbeinen aus. Hoch konzentriert krabbele ich vorwärts. Ich bin schon so weit gekommen. *Nicht mehr lange,* sage ich mir immer wieder.

Gerade fühle ich nach der nächsten Markierung, als ein gellender Schrei ertönt. Ich zucke zurück und verliere für einen kurzen Moment das Gleichgewicht. Noch ein Schrei erklingt. Gequält.

»Flame, Flame! Wir brauchen deine Hilfe.«

Ich kenne diese Stimmen. Es sind die von Amanda und Jules. Ich schlucke schwer. Ich weiß, dass das nicht echt ist. Und doch muss ich mich zusammenreißen, um den Pfad nicht zu verlassen. Also setze ich meinen Weg zähneknirschend fort.

»Lass uns nicht zurück«, rufen sie immer wieder.

Schon jetzt ist mir klar, dass ich ihre Schreie niemals vergessen werde. Realität und Traum. Täuschung und Wirklichkeit. Die Grenzen verschwimmen immer mehr miteinander. Obwohl ich müde bin und durstig und am Ende meiner Kräfte, mache ich keine weitere Rast. Die Stimmen werden zunehmend klagender, doch ich schotte mich dagegen ab. Versuche das Gefühl der Taubheit heraufzubeschwören, welches ich gestern verspürt hatte. Gestern. Wie lange das schon her ist. Heute ist schon morgen. Morgen ist heute schon gestern. Ergibt das überhaupt einen Sinn? Meine eigenen Gedanken jagen mir Furcht ein. Sie sind so verworren. Meine Lider werden schwerer.

So leicht. So leicht. Einschlafen und nie wieder aufwachen. Ruhe und Frieden.

Ich winde mich, halte mir die Ohren zu. »Aufhören!«, rufe ich laut. Und als ich erneut aufblicke, ist die Umgebung nicht mehr ganz so dunkel. Sofort bin ich auf den Beinen. *Nicht mehr weit,* sage ich mir im Stillen.

Immer und immer wieder.

Ich orientiere mich an der nächsten Markierung. Eigentlich will ich rennen, doch es geht nicht. Ich fühle mich ausgelaugt. Und so schleppe ich mich weiter. Die Stimme in meinem Kopf ist ein ständiger Begleiter. Am Rande des Weges liegen Knochen. Menschliche Knochen. Ich weiß nicht, ob das echt ist. Viel zu langsam setze ich einen Fuß vor den anderen. Und dann sehe ich etwas aus den Augenwinkeln, das keine Knochen sind. Es ist Phias Körper. Die Gliedmaßen verdreht.

Ein Röcheln entfährt mir. Fast setze ich einen Fuß außerhalb des vorgeschriebenen Weges. Nur im letzten Moment kann ich mich stoppen. Alles, was mir hier begegnet, sind meine größten Ängste. Ich darf mich nicht täuschen lassen. Und so gehe ich weiter. Bald ist Phias Körper nicht mehr der einzige, den ich passiere. Ich laufe an den Leichen all meiner Freunde vorbei. Dann erkenne ich Dark unter ihnen. Er liegt in einer Blutlache, die Kehle aufgeschlitzt. Sein Blick ist starr und leer. Seine schönen silbrigen Iriden fließen nicht mehr.

Ich falle auf die Knie, vergrabe mein Gesicht in beiden Händen. Ich will zu ihm. Aber ich darf nicht. Ich will schluchzen, doch es kommt wieder nur ein Röcheln aus meinem Mund. Auf meiner Zunge liegt der Geschmack von Asche und Staub. Mein Rachen fühlt sich an, als hätte ich Sand gegessen. Ich schaue ein letztes Mal zu Dark. Dann erhebe ich mich. Meine Beine zittern, doch sie tragen mich Ich lasse die Angst und den Schrecken nicht Herr über mich werden. Ich schleppe mich weiter. Ich drehe mich nicht um, auch wenn mein Herz bricht.

Immer und immer wieder.

Irgendwann beginne ich, die Markierungen zu zählen. Es verdrängt die böse Stimme in meinem Kopf, jedoch nicht die unsichtbare Last auf meinen Schultern.

Plötzlich ertönt ein Rufen. Ich winde mich, will nicht wissen, was als Nächstes auf mich zukommt – bis ich schließlich aufsehe. Dort steht Apollo. In vielleicht dreißig Metern Entfernung. Und True, Yasar, Hale, Lost und Dark. Gesund und lebendig. Tränen beginnen zu fließen, und dann renne ich los. Ich will mich in Apollos Arme werfen, doch kurz bevor ich ihn erreiche, stößt aus dem Nichts eine Feuerwand vor mir in die Luft. Ich bremse ab, stolpere zurück. Die züngelnden Flammen scheinen mich zu verhöhnen. Feuer. Meine größte Angst, seit ich denken kann. Panisch laufe ich auf und ab, aber es bietet sich keine Lücke an, durch die ich hindurchschlüpfen könnte. Die Feuerwand strahlt eine unglaubliche Hitze aus. Ich kann es nicht ertragen. Es ist zu viel. Es ist genug. Ich bin am Ende. Ich schlucke, greife mit der Hand nach vorn. Stechender Schmerz durchzuckt mich, und ich stöhne erschrocken auf. Ich kann nicht. Ich kann mich dem nicht stellen. Ich raufe meine Haare, ziehe daran. *Nur in meinem Kopf. Nur in meinem Kopf.* Mit einem letzten verzweifelten Aufschrei mobilisiere ich all meine verbleibende Kraft, stürze los und werfe mich in die Feuerwand.

Und dann brenne ich.

Brenne so sehr, wie an dem Tag, an den ich mich nicht erinnern kann.

Brenne so sehr, wie an dem Tag, an dem Cato mich fand.

DARK

Ich werde niemals ihren Schrei vergessen, als sie dachte, sie würde sich ins Feuer stürzen. Ihre Angst vor den Flammen ist echt und will so gar nicht zu ihrer Herkunft passen. Noch immer denke ich, dass das Schicksal mich strafen will, weil ich mein Herz an jemanden gehängt habe, der genauso verloren ist wie ich.

Sanft streiche ich ihr Haar zurück. Ihr Gesicht ist vollständig mit Asche und Ruß beschmiert und ihre Augen sind gerötet. Ansonsten ist sie unversehrt. Körperlich.

»Es tut mir leid«, flüstere ich immer wieder, während ich sie in meinen Armen wiege.

»Von uns allen bist du der größte Bastard«, hatte True zu mir gesagt, bevor ich mit Flame durch den Nebel getreten bin.

Die anderen Mädchen sind noch nicht zurück. Flame war die Erste. Die Stärkste. Ich bin stolz auf sie. Und wütend auf mich selbst. Nun sitze ich hier mit ihr auf den Fliesen und wünsche mir so sehr, dass sie endlich die Augen aufschlägt. *Ich* habe ihr das angetan. Es ist alles meine Schuld.

Ich halte ihren Oberkörper fest an mich gedrückt, während ich mit der rechten Hand nach dem Wasserhahn der Badewanne greife. Ich schöpfe etwas ab und benetze damit ihre trockenen Lippen. Sie rührt sich nicht. Noch einmal überprüfe ich ihren Puls und ihre Atmung. Alles in Ordnung. Erleichtert lockere ich meine verspannten Schultern. Gerne würde ich sie einfach ins Bett tragen, doch dann wäre alles rußig und schwarz.

Vorsichtig lege ich sie ab und beginne damit, ihr den Trainingsanzug vom Körper zu streifen. Sanft befreie ich ihre Arme und Beine. Dann reguliere ich erneut die Wassertemperatur und gebe etwas von dem gut riechenden Orangenöl dazu. Schließlich hebe ich sie in die Wanne und reinige mit dem Schwamm ihren Körper. Ich arbeite schnell, aber trotzdem gründlich – so habe ich mir nicht vorgestellt, sie zum ersten Mal nackt zu sehen.

Natürlich hätte ich Hilfe von Phoibe oder Eleyna holen können. Doch die beiden werden in den Evakuierungslagern dringender gebraucht. Und wenn ich ganz ehrlich bin: Ich will derjenige sein, der das für sie tut. Ich will derjenige sein, der für sie da ist. Und ich will sie für mich allein. Vielleicht klingt das falsch. Aber es ist trotzdem wahr. Es ist wahr, dass ich dieses Mädchen liebe und mir alles andere egal zu werden beginnt.

Als ihre Haut wieder rosig und nicht mehr grau ist, breite ich ein Handtuch neben der Wanne aus. Dann hebe ich ihren kleinen Körper behutsam aus dem Wasser und trockne sie ab, ehe ich den weichen Bademantel hole und sie darin einwickle. Anschließend trage ich sie zum Bett, schlage die Decke zurück und lege sie darunter. Ich gehe auf die andere Seite und lege mich zu ihr. Angespannt stoße ich den Atem aus, während ich ihre geschlossenen Lider betrachte. Vielleicht wäre es doch besser, Apollo einmal nach ihr sehen zu lassen.

Sanft streiche ich einige Locken aus ihrer Stirn. Verdammt. Sie sieht so menschlich aus, wie sie da liegt. So unschuldig. Die letzte Nacht hat alles geändert. Ich weiß sehr wohl, was mein Problem ist. Ich bin nicht gut darin, zu vertrauen und andere an mich heranzulassen. Aber ich will mich bessern. Für sie. Noch nie hat jemand so etwas in mir ausgelöst.

»Wir werden herausfinden, wer du wirklich bist. Gemeinsam.«

Es ist ein Versprechen.

Als ich die Augen öffne und in Apollos grinsendes Gesicht sehe, wird mir klar, dass ich unbeabsichtigt eingeschlafen bin. Großartiger Beschützer. Ich schüttle den Kopf, um die Müdigkeit loszuwerden. Der Gott hält eine Karaffe mit Wasser in seiner linken und ein leeres Glas in seiner rechten Hand. »Sie muss etwas trinken.« Mist. Ich nicke zustimmend, richte ihren Oberkörper vorsichtig auf und stütze ihren Kopf.

Als Apollo ihr die Flüssigkeit an die Lippen hält, fangen ihre Lider an zu flattern. Vor Begeisterung würde ich am liebsten die Faust in die Luft recken. Das sähe albern aus. Echt. Dann schlägt sie ihre Augen gänzlich auf. Noch nie habe ich solch eine tiefe Erleichterung empfunden. Ihre zarten Finger umschließen das Glas, aus dem sie in gierigen Schlucken trinkt.

»Langsamer«, sage ich und halte stützend weiterhin meine Hand an ihren Rücken.

Nach dem dritten Glas lässt sie sich erschöpft zurück in die Kissen sinken. Sie sieht so müde aus. Ich schiebe meinen Arm unter ihren Nacken und bette ihren Kopf an meine Brust. Apollo mustert mich nach wie vor mit einem wissenden Grinsen. Mit einer eindeutigen Handbewegung mache ich ihm klar, dass er uns allein lassen soll. Überraschenderweise gehorcht er ohne Widerworte.

Als Flame ihren Arm um meine Hüfte schlingt, will ich vor Dankbarkeit am liebsten Aufstöhnen. Ihre Berührungen lösen eine Flut von Emotionen in mir aus, die ich nicht in Worte fassen kann.

»Warum bist du hier?«

Sanft streichele ich sie weiter. »Lass uns später darüber reden.«

»Das sagst du immer.«

»Es tut mir leid.«

Ihre Atemzüge werden gleichmäßiger, und dann ist sie wieder eingeschlafen. Dieses Mal wache ich wirklich über sie, während ihr Brustkorb sich langsam hebt und senkt. Ich habe einiges wiedergutzumachen.

Als die Abenddämmerung einsetzt, wecke ich sie. »Fühlst du dich gut genug, um unten mit den anderen zu essen?« Sie streckt und reckt sich und schnurrt dabei wie ein kleines Kätzchen. Vermutlich ist sie immer noch nicht ganz bei sich.

»Ich mag nicht aufstehen«, murrt sie schließlich und sieht dabei so zerknautscht aus, dass ich sie am liebsten küssen würde. Schließlich rappelt sie sich auf. Neben dem Bett bleibt sie stehen und blickt von dem Bademantel zu mir.

»Du warst ziemlich schmutzig. Ich habe gar nicht hingeschaut, ehrlich.« Versucht habe ich es auf jeden Fall. Aber was ich gesehen habe, hat mir gefallen. Sehr sogar. In meiner unteren Körperregion beginnt sich etwas zu regen. Ich zerre ein wenig an der Decke, und sie schaut stirnrunzelnd zu mir hinab. Und ich ... bei allen Göttern, ich werde rot.

Als sie im Ankleidezimmer verschwindet, bin ich beinahe erleichtert. Seufzend strecke ich mich der Länge nach aus. Ich verwandle mich in ihrer Gegenwart zu einem Weichei. Peinlich.

Als Flame herauskommt, stehe ich am Fenster und mustere das ruhige Meer. Sie trägt eine weite Hose und ein dunkelblaues Shirt.

»Du siehst sehr hübsch aus, kleines Monster«, sage ich, während sie vor mir die Treppe hinabeilt. Sehr geistreich von mir ...

»Klar, in diesem Schlabberoutfit.«

»Ich weiß ja, was darunter ist.« Manchmal ist mein Mund schneller als mein Kopf. Sie boxt mich in die Seite, sobald wir durch die Tür treten. Ich habe es wohl verdient.

Am Eingang des Speisesaals halten Apollo und Hale mich zurück. Äußerst widerwillig lasse ich Flame allein zu den anderen gehen. »Was?«, knurre ich die beiden an, dabei verliere ich sie für keine Sekunde aus den Augen.

»Wir wollten mit dir über die Aufgabe sprechen. Aideen hat es nicht geschafft.« Und als wäre ich schwer von Begriff, sagt Hale überdeutlich: »Sie ist tot.«

Ich trete zu den beiden in den Schatten der Flügeltür. »Ihr wollt mich auf den Arm nehmen, oder?« Mir war bewusst, dass meine Aufgabe die Mädchen an ihre Grenzen bringen würde. Aber dass eine von ihnen dabei stirbt ... das habe ich nicht gewollt. Und weil ich eine wirklich schlechte Person bin, bedauere ich nicht das arme Mädchen, sondern denke zuerst daran, wie Flame reagieren wird, wenn sie davon erfährt. Sie hat ohnehin keine allzu hohe Meinung von mir. »Wie?«, verlange ich zu wissen.

»Herzstillstand. Sie hat sich im wahrsten Sinne des Wortes zu Tode geängstigt.« Apollo lächelt ironisch.

»Bei allen Höllentoren«, murmle ich und fahre mir durchs Haar.

Hale zuckt mit den Schultern. »Es mag grausam klingen, aber ich bin fast froh, dass es sie getroffen hat. Bei allen anderen hätte es mir mehr ausgemacht.«

True taucht neben uns auf und klinkt sich in das Gespräch

ein, als hätte er die ganze Zeit über zugehört: »Trotzdem sind noch zu viele übrig.«

Es macht mich wütend, dass er über sie spricht, als wären sie eine Ware.

»Noch fünf Mädchen und nur noch eine Aufgabe.«

»Und wir haben keinen blassen Schimmer, welches der Mädchen wir suchen. Dream brütet Tag und Nacht über dieser Prophezeiung«, fügt Hale hinzu.

Ich presse die Lippen zu einem schmalen Strich zusammen, zwinge mich zu schweigen, ehe ich etwas Dummes sagen kann.

»Yasar hat für heute Nacht eine Krisensitzung einberufen. Und wir denken zudem darüber nach, eine siebte Aufgabe auszurichten. Eine, bei der *sie* gezwungen ist, ihr wahres Ich zu offenbaren«, sagt True.

»Und worum soll es bei der Aufgabe gehen?« Ich will es eigentlich gar nicht wissen.

Hale mustert mich ungläubig. »Um Feuer, natürlich. Um echtes Feuer.«

Ich mustere ihn eindringlich. »Und was, wenn es Saphira ist?« Er erbleicht merklich, sagt aber nichts dazu. Dieses Turnier hat uns allen Schwächen auferlegt. Und Phia ist seine.

»Wir müssen uns unterhalten«, raune ich Apollo kurz darauf zu, als wir zu den verbleibenden Mädchen in den Speisesaal stoßen.

Er nickt in Flames Richtung. »Bist du wieder zur Vernunft gekommen?«

Ich kneife mir in die Nasenwurzel und versuche mich zu konzentrieren. »Vielleicht ... ich glaube ...« Verdammter Mist, was ist nur los mit mir? »Ich muss ihr helfen.« Die Worte stolpern ein wenig unbeholfen aus meinem Mund, doch es tut gut, sie endlich laut auszusprechen.

»Einsicht ist der erste Weg zur Besserung, mein Freund!«, stichelt er, obwohl seine Augen dabei sehr ernst bleiben. »Sie ist ein gutes Mädchen. Das habe ich dir die ganze Zeit gesagt. Und glaub mir, sie hat keine Ahnung.«

»Du wirst es weiterhin für dich behalten?«

Er zwinkert mir zu. »Du kannst dich auf mich verlassen.«

»Gut«, antworte ich einsilbig, bevor ich zu Flame dackele wie der verdammte Schoßhund, für den mich bald alle halten werden. Apollos Blick folgt mir spöttisch. Ich zeige ihm den Mittelfinger und marschiere weiter.

Während des Essens kreisen meine Gedanken darum, wie ich Flames Zuneigung am besten zurückgewinnen kann. Würde sie das überhaupt wollen? Ich befinde mich in einer ungünstigen Lage. Erst jetzt wird mir bewusst, dass ich ihr Vertrauen vielleicht für immer verspielt habe. Und während ich so überlege, wird mir klar, dass ich sie gar nicht fortbringen muss, sollte sie *freiwillig* gehen. Vielleicht ist es sogar genau richtig, wenn sie Hass für mich empfindet und keine Chance mehr in einer gemeinsamen Zukunft sieht. Wenn sie denkt, dass es zu Ende ist, bevor es überhaupt richtig begonnen hat.

Kapitel 19

INDIGOBLAU

FLAME

Während des gesamten Abendessens habe ich Darks Blick auf mir gespürt. Er verhält sich seltsam. Was zum Hades stimmt nicht mit ihm? An einem Tag bin ich ihm egal, am nächsten hütet er mich wie einen Schatz. Das ist nicht normal. Sein plötzliches Interesse macht mich sogar wütend. Ich kann nicht abstreiten, dass seine Nähe mir gefällt, dass mein Herz schneller schlägt und meine Knie weich werden, wenn ich zu tief in seine Augen sehe oder seine Hände mich berühren. Aber ich versuche, mich zusammenzureißen. Versuche, meine Gefühle zurückzudrängen. Ich will mich nie wieder so hilflos, allein gelassen, so furchtbar verloren fühlen.

Zu Beginn hat er all das in mir ausgelöst, was ich mir unter Liebe und Zuneigung vorgestellt habe. Alles, was mir sonst niemand geben zu können scheint. Doch es war nicht von Dauer. Es war so kurz und danach so schmerzhaft, dass es die Mühe nicht wert gewesen ist. Ich hatte viel Zeit zum Nachdenken und bin zu dem Schluss gekommen, dass er mir nicht guttut. Niemand, der einen solchen Schmerz spüren lässt, ist gut für das eigene Seelenwohl. Ich muss meinen eigenen Weg gehen. Ohne abhängig zu sein von jemand anderem. Ich dachte, ich bräuchte einen Gefährten, aber mittlerweile denke ich, dass es am besten ist, in sich selbst zu vertrauen.

Langsam streife ich durch die Gänge, betrachte in Ruhe die Gemälde, die im Licht der Fackeln geheimnisvoll wirken. Vorhin haben wir noch einmal unseren Plan durchgesprochen für den morgigen Abend, an welchem der Ball stattfindet. Die Stimmung war gedrückt wegen Aideens Tod. Es macht mich traurig, dass ich sie nie wiedersehen werde. Dennoch denke ich, dass das Schicksal mit ihr gnädiger war als mit Naran. Doch insgesamt bin ich nie mehr derart schockiert gewesen wie bei Moishas Tod in der ersten Aufgabe, der mich so unvorbereitet traf. Und ich frage mich, zu was für eine Art Mensch mich dieses Turnier gemacht hat. Vermutlich zu einem, der die Chance hat, lebend hier herauszukommen. Die alte Flame, die naive, leichtgläubige mit einem weichen Herzen, kommt nur noch selten zum Vorschein. Die kühle und abgebrühte neue Version meiner selbst verschafft sich mit jeder überstandenen Woche mehr Platz in meinem Inneren.

Der Spaziergang erzielt die erwünschte Wirkung: Irgendwann werde ich müde und es treibt mich zurück in mein Turmzimmer. Nachdem ich mich fertig gemacht habe, lege ich mich ins Bett und starre an die Decke. Auch wenn ich es nur ungern zugebe, so schlafe ich doch wie ein Baby, wenn Dark bei mir ist. Das Bett wirkt viel zu groß ohne ihn. Kahl und kalt und einsam. Ich finde nicht die richtige Position, wälze mich stundenlang hin und her, bis ich vollkommen verschwitzt bin und meine Haare unangenehm im Nacken kleben.

»Ich will nicht gehen, Mommy.« Die Stimme des kleinen Mädchens klingt nicht weinerlich, aber bittend. Die beiden befinden

sich in einem pompösen Zimmer. Die Wände und der Boden sind mit dunkelrotem Samt überzogen, und an der Decke hängen goldene Kronleuchter. Ich will an mir hinabblicken, doch es geht nicht. Es ist, als wäre nur mein Geist hier.

Ich sehe mich um, beobachte die wehenden Vorhänge, den Balkon, dessen Geländer aus Knochen geformt ist, und den schwarzen Fluss, dessen Oberfläche in der Dämmerung glänzt.

»Ich wollte verhindern, dass du gehen musst. Ich wollte kein Leben auf der Flucht für dich. Aber nun hat er es rausgefunden – es ist meine Schuld, dass du jetzt mit diesen Konsequenzen leben musst. Doch ich weiß, dass du stark genug bist, um es zu schaffen«, redet die Mutter eindringlich auf das Mädchen ein, während sie die schwarze Jacke zuzieht und die Ärmel hochkrempelt.

»Ich mag nicht fortgehen. Nicht ohne dich«, erwidert das Mädchen.

Eine Träne läuft der Frau über ihr Gesicht und sie drückt die Kleine an sich. »Ich bin an diesen Ort gebunden. Du nicht. DU kannst frei sein. Du bist stark und mutig, vergiss das nie.«

Einen Moment zögert das Mädchen, fast so, als wolle es widersprechen. Doch schließlich lässt es die Schultern nach unten sacken und nickt.

»In Ordnung.« Mutter und Tochter umarmen sich, doch als ein tiefer Gong ertönt, fahren die beiden auseinander.

»Es ist Zeit. Du musst alles ganz genau so machen, wie wir es besprochen haben.« Rasch hilft die Mutter ihr mit den Armen in die Schlaufen eines braunen Rucksackes und sie verlassen den Raum. Mit einem leisen Klicken schließt sich die Tür hinter ihnen. Dann laufen sie los.

Sie halten einander an den Händen, zu ihrer Linken befindet sich ein tiefer Abgrund, aus welchem Flammen lodern. Ich schwebe neben ihnen her, schaue von schräg oben zu ihnen hinab. Gequälte Schreie und Wehklagen hallen von den Wänden wider. Mehrmals biegen sie ab, verstecken sich in Nischen, als Wachen vorbeipatrouillieren.

Schließlich gelangen sie nach draußen, eilen die Stufen des Palastes hinab, ihre dunklen Kapuzen tief ins Gesicht gezogen. Die Mutter hebt das Mädchen hoch, als sie die Kaimauer erreichen, und springt von dort auf eine der vorbeifahrenden Gondeln, die vollkommen geräuschlos über den Fluss gleiten. Ich schwebe nach wie vor über ihnen, frage mich, wohin ihre Reise geht. Besser gesagt, die der Tochter, denn die Mutter bleibt wohl zurück.

Beide entspannen sich, sobald der Palast nicht mehr in Sichtweite ist, und ich behalte skeptisch die Gondel im Blick, die sich nun immer weiter nach unten zu bewegen scheint, als würde an diesem Ort alles auf unterschiedlichen Ebenen liegen. Irgendwann erreichen wir eine Gabelung, und die Mutter hebt das Mädchen hoch, ehe sie mit einem eleganten Satz auf ein anderes Gefährt überspringt. Der Fluss ist nicht länger schwarz, er zischt und spuckt Feuer, als wenn er lebendig wäre.

Die Umgebung wird stetig dunkler, während wir uns auf immer tiefere Ebenen begeben, doch Mutter und Tochter schenken dem Weg keine besondere Beachtung, fast so, als hätten sie diese Strecke schon hunderte Male gemeinsam zurückgelegt. Schließlich fährt die Gondel in eine schwarze Höhle ein, die aussieht wie Vulkangestein. Ein hochgewachsener Mann erwartet sie am Ende, greift nach dem Mädchen und hebt es hinaus, bevor er auch der Mutter die Hand reicht.

»Ihr seid spät dran«, sagt er, ehe er mit der Handfläche über den Felsen hinter sich fährt und sich wie aus dem Nichts ein Gang auftut. »Er wartet am Eingang der Schlucht auf euch. Beeilt euch.

Ich kann euch Zeit verschaffen, aber sie werden sich nicht ewig von mir aufhalten lassen.«

»Danke, Cashel. Für alles«, flüstert die Mutter, bevor sie den Arm ihrer Tochter umfasst und beide loslaufen. Keine von ihnen blickt zurück, sie werden immer schneller, begleitet von dunklen Rhythmen und Trommelschlägen.

Ich habe kein Zeitgefühl, während ich die beiden begleite, doch nach einer Weile erreichen sie einen Felsvorsprung, an dem sie ein alter Mann erwartet. Er hat einen langen weißen Bart, eine auffällige Hakennase und eine leicht gebeugte Haltung. Vertraut küsst er die Wange der Frau und wuschelt dem Mädchen in einer gutmütigen Geste durchs Haar. Dann hüllt Nebel uns ein.

Als ich wieder sehen kann, befinden wir uns an einem kleinen See, der – genau wie der Fluss – den Anschein macht, als bestünde er aus flüssigem Feuer. Davor steht ein Baum, der vollkommen schwarz ist, selbst seine Blätter. Fasziniert nehme ich die neue Umgebung in mich auf. Doch dann stößt noch jemand zu uns – ein riesiges Tier tritt aus dem Schatten der Höhlen, die sich im Vulkangestein befinden. Ein Hund mit drei Köpfen. Ich will eine Warnung ausrufen, doch kein Laut ertönt.

»Hallo Kerbi«, ruft das Mädchen begeistert und berührt den mittleren seiner Köpfe, streichelt ihn ohne jegliche Berührungsängste. Der Höllenhund gibt eine Art Schnurren von sich, und besäße ich einen Körper, dann wäre er von einer Gänsehaut übersät.

Während das Mädchen ihn weiter krault, schaut es nach oben, an die gewölbte Decke, die in weiter Ferne liegt. Beinahe wirkt es, als würde sie nach etwas Ausschau halten, als würde sie etwas sehen, das mir verborgen bleibt. Mit einem Seufzen richtet sie den Blick wieder nach vorn, ein sehnsüchtiger Ausdruck in ihren Augen.

»Sie muss jetzt aufbrechen«, sagt der alte Mann, und nachdem Mutter und Tochter sich noch einmal umarmt haben, hebt er das Mädchen auf den Rücken des Höllenhundes.

»Du weißt, wo du sie hinbringen sollst. Beschütze sie mit deinem Leben«, flüstert die Mutter ihm zu.

Plötzlich ertönt ein weit entferntes, aber dennoch lautes Pfeifen, und die Haltung der drei Anwesenden versteift sich. Ein letztes Mal drückt sie die Hand ihrer Tochter, die wiederum etwas, das eng an ihrem Hals anliegt, umklammert.

Der alte Mann tritt an den See aus flüssigem Feuer heran und pflückt ein Blatt von einem Ast des schwarzen Baumes. Wie in Zeitlupe segelt es hinab, löst sich in einzelne Partikel aus Asche auf, welche auf dem Teich eine spiegelartige Oberfläche heraufbeschwören. Sobald ein weiteres Pfeifen ertönt, presst das Mädchen ihre Fersen gegen die Flanken des Höllenhundes und greift in sein dichtes Fell, ehe dieser in zwei Sätzen Anlauf nimmt und den Spiegel durchbricht. Tausend Scherben wirbeln durch die Luft, doch kein Geräusch ertönt, als der See die beiden in einem Atemzug verschluckt.

Es herrscht tiefschwarze Nacht. Ein Halbmond steht hoch am Himmel und taucht den Höllenhund und seine Reiterin in silbriges Licht. Es herrscht eine gespenstische Stille, die nur durch das Aufschlagen der schweren Pfoten durchbrochen wird. Der Rucksack des Mädchens hüpft bei jedem Satz auf und ab, doch sie gibt ihre kerzengerade Haltung nicht auf, blickt kein einziges Mal zurück, wie sie es ihrer Mutter versprochen hat. Sie machen keine Rast, fliegen beinahe durch den trockenen Wald.

Nach langer Zeit, als der Höllenhund sein Tempo drosselt, ertönt ein Geräusch. Ein Aufschlagen von Hufen, das Wiehern eines Pferdes. Drei schwarze Rösser folgen den beiden, aus ihren

Nüstern kommt Feuer, ihre Hufe sprühen Funken und ihre Augen sind glutrot. Das Mädchen dreht sich um, und ein Schrei entfährt ihr, sobald sie ihre Verfolger erblickt. Ein brennender Pfeil trifft Kerberos in der Flanke und ein schmerzerfüllter Laut verlässt seine Münder. Er springt über einen vertrockneten Flusslauf, rennt im Zickzack zwischen den Bäumen hindurch, und schließlich, als er merkt, dass er keine Chance mehr hat, dreht sich einer seiner Köpfe zu dem Mädchen um, packt sie im Nacken, wie einen Welpen, und setzt sie im Eingang einer Höhle ab. Sie will protestieren, doch er schubst sie einfach hinein. Dann dreht er sich um und beginnt die Reiter auf eine falsche Fährte zu locken.

Als in weiter Ferne die gequälten Laute des Tieres ertönen, weint das Mädchen zum ersten Mal. Sie weiß, sie sollte stark sein, wie es besprochen war. Sie sollte weiterziehen. Doch sie ist müde von der Reise. Und so rollt sie sich in der hintersten Ecke der Höhle zusammen und schließt die Augen, in der Hoffnung, es wäre nur ein böser Traum. Doch es ist alles wahr.

Während sie schläft, bemerkt sie nicht den brennenden Pfeil, der in einem der Bäume steckt, und auch nicht das Feuer, welches sich langsam ausbreitet. Wieder versuche ich zu rufen, sie zu wecken, aber das Feuer kommt immer näher, bis es sie ganz erreicht hat. Die Kleine will Luft holen, stattdessen dringen nur Rauch und Qualm in ihren Mund. Große Flammen schlagen im Inneren der Höhle hoch bis zur Decke. Sie lecken an der rechten Seite des Mädchens, bis hinauf zur Hüfte.

Ich will nicht mehr zusehen, will einfach nur, dass es aufhört. Und als der Schmerz endgültig zu ihr durchdringt, beginnt sie zu schreien. So lange, bis es ihr das Bewusstsein raubt.

Wir befinden uns auf einer Lichtung. Ein Mann kniet neben dem geschundenen Körper des Mädchens. Ich kann ihn nur von hinten sehen. Er ist groß gewachsen. Sein Haar ist schwarz. In der Ferne kann man die Rauchschwaden des Feuers erkennen. Aus einem Wasserschlauch tröpfelt er ihr vorsichtig Flüssigkeit in den Mund. Sie regt sich kaum. Er flucht ausgiebig. Dann legt er den Schlauch beiseite und zückt ein Messer. Erleichtert sehe ich, dass er ihr die verbrannte Kleidung vom Leib schneidet. Ich frage mich, warum es ihm so wichtig ist, dass sie lebt. Ich denke nicht, dass sie sich je zuvor begegnet sind. Er setzt seine Arbeit fort, und dann erkenne ich die rote verunstaltete Haut des Mädchens. Obwohl ich keinen Körper habe, ist mir furchtbar kalt.

Aus dem Nichts tritt ein weiterer Mann zu den beiden. Seine Haare sind von einem hellen Braun. Er kniet nieder und beginnt eine Salbe auf das Bein des Mädchens zu reiben. »Sie wird einige Narben zurückbehalten. Ich kann es nicht vollständig heilen.« Sanft bedeckt er die gesalbten Stellen mit Blättern.

»Das wird das geringste Problem sein, fürchte ich.«

Irgendwoher kenne ich die Stimmen. Die Art, wie sich ihre Körper bewegen. Sie sind beide so groß, dass die Kleine neben ihnen wie eine Puppe wirkt.

Ich bin froh, dass sie sich um sie kümmern. Trotzdem klingt die Stimme des Schwarzhaarigen besorgt. »Ihr Puls ist so schwach, ihr Herz schlägt kaum noch. Ich denke nicht, dass sie den morgigen Tag erleben wird.«

Ich stehe auf einem hohen Schemel in meinem kleinen Empfangssalon. Aphrodite schwirrt wie eine summende Biene um mich herum. Sie ist so wunderschön wie eh und je. Ursprünglich hatte ich geplant, das Kleid vom letzten Mal wieder anzuziehen. Als ich das erzähle, fällt sie aus allen Wolken. »Ein Kleidungsstück zweimal tragen«, murmelt sie empört, während sie an meinen Haaren zupft.

»Untersteh dich«, mahne ich sie. Ich weiß genau, was sie vorhat, und ich werde nicht zulassen, dass sie mich einer kompletten Schönheitsverwandlung unterzieht.

»Wäre auch albern. Du bist hübsch genug.«

Ich verdrehe die Augen, bin mir nicht sicher, ob das tatsächlich ein Kompliment gewesen ist. »Wo ist Eleyna?« Vielleicht würde ich von ihr Antworten bekommen, die nicht so kryptisch sind wie die der neuen Götter.

»Ihre Hilfe wird anderswo benötigt.«

Ich seufze. Ich kann schlecht sagen, dass ich von den Evakuierungslagern weiß.

»Aber ich soll dir Grüße von ihr ausrichten. Es geht ihr wunderbar.«

Ich lächele zurückhaltend. Mir fehlt die Gesellschaft meiner Zofe. »Grüße sie von mir zurück, wenn du sie das nächste Mal siehst.«

»Mache ich. Und jetzt: Augen zu!« Wie herrisch sie doch ist.

Ich reibe mir über die Schläfe und atme tief durch. Die letzte Nacht ist grauenhaft gewesen. Ich hatte diese Vision oder auch einen Traum, da bin ich mir mittlerweile nicht mehr so sicher. Meine Erinnerung daran ist verschwommen, was normalerweise nie so ist. Verrückt, dass ich so etwas wie Visionen schon als »normal« bezeichne. Was immer das gestern Nacht war, es ist fast so, als würde mein Verstand sich mit aller Macht gegen die Bilder wehren. Je mehr ich darüber nachdenke, desto stechender wird der Schmerz in meinem Kopf.

»Arme hoch«, erhalte ich die nächste Anweisung. Brav strecke ich sie nach oben, auch wenn ich mir dabei albern vorkomme. Schwerer Stoff gleitet über meine Arme, dann über meinen Kopf und umhüllt schließlich meinen gesamten Körper. »Luft anhalten!« Und weil Widerstand bei Aphrodite sowieso zwecklos ist, gehorche ich auch dieses Mal.

Ich merke, wie sie die Schnürung an meinem Rücken zu fest bindet, doch ich beklage mich nicht. Dann legt sich ein leichtes Gewicht auf meine oberen Haare, und die Göttin zupft ein wenig den Rock meines Kleides zurecht.

»Jetzt darfst du die Augen aufmachen, kleines Flämmchen.«

Als ich in den Spiegel blicke, verschlägt es mir für einen Moment den Atem. »Ich sehe so ... so erwachsen aus«, bringe ich mühsam hervor. Und elegant. Was ich nun wirklich nicht bin.

Das Kleid ist wunderschön. Der indigoblaue Stoff, der von silbernen Glitzerpartikeln besetzt ist, funkelt und glänzt in dem gedimmten Licht. Es hat einen V-Ausschnitt, der bis zwischen meine Brüste reicht. Die Schultern sind frei, die doppellagigen Ärmel liegen darunter und rahmen den Ausschnitt ein. Unterhalb meiner Taille fällt der geschwungene Rock in Falten bauschig zu Boden. Auf meinem Kopf liegt ein Diadem, das in allen erdenklichen Farben schimmert.

»Vielen Dank. Es sieht großartig aus«, sage ich zu Aphrodite und meine es auch so. Sie ist eine wahre Künstlerin.

DARK

Mein Atem stockt, als Flame den Ballsaal betritt. Das Blau des Kleides hebt ihren blassen Teint hervor, sie sieht aus wie eine Göttin, während sie die Treppe hinabschreitet. Der bauschige Stoff wirkt fast so, als wäre er lebendig, und umschmeichelt ihre zierliche Figur. Nicht nur mir fällt es auf. Reihenweise Köpfe drehen sich zu ihr um. Am liebsten würde ich sie über meine Schulter werfen und zurück auf ihr Zimmer tragen. *Alles meins,* denke ich, wie ein Höhlenmensch. Stöhnend lege ich den Kopf in den Nacken. Das ist so was von Aphrodites Werk.

Als Flame die vorletzte Stufe erreicht, sind wir in etwa gleich groß. Ich trete vor, um ihr meinen Arm anzubieten. Sie strahlt mich an, und – verdammt – mein Herz springt gleich aus der Brust. Sobald ihre zarten Finger meinen Oberarm umfassen und wir Seite an Seite gehen, bin ich der glücklichste Mann der Welt. Die anderen schauen beiseite, als wir sie passieren. Gut so.

Ich führe Flame in einer Drehung auf die Tanzfläche. Sanft nehme ich ihr Handgelenk und greife anschließend in meine Hosentasche. Dann befestige ich den schwarzen Halbmond an ihrem Band. »Zum Bestehen meiner Aufgabe. Ich bin froh, dass du noch da bist.«

Bevor sie protestieren kann, ziehe ich sie an mich, platziere ihre Hände auf meinen Schultern und meine eigenen auf ihren Hüften. Ich beuge mich zu ihr hinab, streife mit meinem Mund ganz vorsichtig ihren Hals, während wir uns im Takt der Klavierklänge wiegen. Keine Ahnung, was sie mit mir macht. Aber wenn ich sie sehe, neige ich dazu, alle Pläne über Bord zur werfen.

»Ich habe dir nicht verziehen«, informiert sie mich, und mein Innerstes krampft sich schmerzhaft zusammen. Aber ist das nicht genau das, was ich wollte?

»Nur dieser eine Tanz«, raune ich.

Ihre Augen schimmern im Licht der Fackeln. Das goldene leuchtet wie der hellste Tag, das andere ist dunkelgrau wie die einbrechende Nacht. Ihre frechen Locken umrahmen ihr herzförmiges Gesicht, laden mich förmlich dazu ein, sie um meinen Finger zu wickeln. Und dann ihr Geruch ... ihr himmlischer Geruch nach Vanille und Orangenöl berauscht mich förmlich. Ich bin süchtig nach ihr. Ihrem Lächeln und allem, was zu dieser wunderschönen Frau gehört. Ich ziehe sie noch näher an mich heran – bin selbst überrascht, dass sie mich nicht wegschiebt, nach allem, was ich getan habe.

Das zweite Lied beginnt, dann das dritte, das vierte, und irgendwann höre ich auf zu zählen. Wir wechseln kein Wort miteinander, doch unsere Körper sprechen eine ganz eigene Sprache. Erst, als die Musik aufhört zu spielen, lösen wir uns voneinander.

True schwingt eine alberne Rede über die verbleibenden Kandidatinnen und über die letzte Aufgabe, die in einigen Tagen ansteht. Ich höre nicht zu. Sehe nur die bildschöne Frau an meiner Seite. Sobald der Toast ausgesprochen ist und alle ihre Gläser erheben, treffen sich unsere Blicke, und schon habe ich das Gefühl, wir wären ganz allein auf dieser gottverdammten Welt. Ich will gerade wieder nach ihrem Arm greifen, da weicht sie von mir zurück. Abweisend.

»Es war ... nett mit dir. Aber ich möchte heute Nacht auch noch mit anderen Männern tanzen. Wenn du mich also entschuldigst ...« Darauf dreht sie sich um und will verschwinden.

Ich trete durch den Nebel und stehe im nächsten Augenblick direkt vor ihr, versperre ihr den Weg. »Das soll wohl ein Scherz sein.« Meine Stimme klingt gepresst.

Wütend funkelt sie mich an. »Ich gehöre dir nicht. Du denkst, dass du irgendeinen kranken Anspruch auf mich hast, doch dem ist nicht so. Vielleicht warst du die letzten beiden Tage freundlich zu mir, doch woher soll ich wissen, wie lange die Phase dieses Mal anhält? Es genügt mir nicht, Dark. Es genügt mir noch lange nicht!« Als sie sich erneut von mir abwendet, halte ich sie nicht auf.

Apollo taucht neben mir auf und klopft mir auf die Schulter. »Das war übel, Mann. Aber als dein Freund muss ich dir leider sagen, dass du es nicht besser verdient hast.« Er hält mir ein Glas hin. Allein der Geruch vernebelt mir die Sinne.

»Den Quatsch mit der rebellischen Phase hast du ihr eingeredet.« Dann kippe ich den Inhalt in einem Zug herunter, sodass meine Kehle brennt.

FLAME

Ich bin spät dran. Dass ich die Zeit komplett vergessen habe, ist mir erst klar geworden, als Lavea mich mit vorwurfsvollen Blicken gestraft hat, während True seine Rede hielt. Ich laufe einige Male durch die Menge, bis ich mir ganz sicher bin, dass Dark mir nicht folgt. In unserem Plan haben wir nicht bedacht, dass er am Abend des Balls nicht unterwegs sein wird. Und wie hätte ich wissen sollen, dass er auf einmal wieder an meinem Wohlergehen interessiert ist? Zugegeben, ich habe mich gefreut, als er am Ende der Treppe auf mich gewartet hat. Er hat diese unglaubliche Wirkung auf mich ... Als wären wir zwei Magnete, die sich automatisch anziehen, wenn sie in die Nähe des anderen kommen. Noch immer kann ich die Berührung seiner Hände auf meinen Hüften spüren. Ich sollte stärker sein, doch wenn es um ihn geht, kann ich mich nur schlecht wehren.

An der Treppe treffe ich auf Phia, die gemeinsam mit Hale und einem Gott, den ich nicht kenne, in ein Gespräch vertieft ist. Ich streife sie im Vorbeigehen, und sie drückt einen kleinen Gegenstand in meine Hand, den ich gleich darauf im Saum meines Kleides verstecke. Dann eile ich die Treppe hinauf, versuche nicht so auszusehen als hätte ich etwas ausgeheckt. Die Party ist in vollem Gange, niemand achtet auf mich. Ich biege links um die Ecke, treffe noch einige Paare, die sich hemmungslos knutschend in den Nischen drängen. Ich verdrehe die Augen, überprüfe mit einem letzten Schulterblick, dass ich nicht verfolgt werde, und ziehe einen Zettel aus meinem Ausschnitt. Da meine Absätze viel zu laut auf dem Boden klappern, streife ich mir kurzerhand die Schuhe ab und laufe barfuß weiter. Anschließend falte ich den Zettel auseinander, der Laveas Anweisungen enthält, wie ich zu Dreams Arbeitszimmer gelange.

Je weiter ich mich von den Feierlichkeiten entferne, desto dunkler wird es, bis irgendwann keine der Fackeln mit magischem Feuer mehr brennt. Ich wage es jedoch nicht zurückzugehen, um eine aus der Halterung zu nehmen. So verlasse ich mich auf mein rechtes Auge, welches die Dunkelheit nicht stört. Einige Male muss ich stehen bleiben, um mich zu orientieren, damit ich mich nicht in den schummrigen Gängen verlaufe. Mehrmals schrecke ich zurück, weil ich ein seltsames Geräusch gehört habe. Doch als ich endlich vor der richtigen Tür stehe, atme ich erleichtert auf. Rasch stecke ich den Schlüssel in das Schloss und drehe ihn, bis die Tür mit einem Knarzen aufschwingt. Ich würde lügen, wenn ich behaupten würde, mich nicht zu gruseln.

Vorsichtig schließe ich die Tür hinter mir und sehe mich im Raum um. Ich beschließe, mir als Erstes den Schreibtisch vorzunehmen und mich dann durch die Bücherregale zu arbeiten. Mir ist nicht ganz wohl dabei, Dreams Unterlagen zu durchstöbern, und ich komme mir wie ein Eindringling vor. Doch dann reiße ich mich zusammen und beginne mit meiner Arbeit. Ich sehe die Schriften durch, die auf dem Schreibtisch liegen, und schaue auch in den Schubladen nach. Ich werde nicht fündig. Danach durchsuche ich systematisch sein Bücherregal, blättere alle Seiten durch und stöbere sogar hinter den Gemälden. Keine Spur von einer Prophezeiung. Mit in die Hüfte gestemmten Händen stehe ich nach gefühlten Stunden in der Mitte des Raumes. Frustriert drehe ich mich um mich selbst, frage mich, was ich übersehen habe. Vielleicht hat Lavea sich geirrt, und was wir suchen, ist gar nicht hier.

Auch wenn es höchst unwahrscheinlich ist, dass Dream ausgerechnet am heutigen Abend in sein Arbeitszimmer muss, steigt das Risiko, erwischt zu werden, je länger ich hier bin. Noch einmal durchsuche ich den Schreibtisch, gehe in die Hocke und fahre mit der Hand über die Rückseite. Die Enttäuschung wächst, während ich die Fächer erneut aufziehe. Ich nehme den gesamten Inhalt heraus und klopfe den Boden der rechten Schublade ab. Nichts. Ich wiederhole das Prozedere auch bei der linken. Und plötzlich, als mein Knöchel auf das Holz trifft, merke ich einen Unterschied. Es klingt hohl.

Aufgeregt fahre ich mit beiden Fingern über die Fläche, bis ich hinten eine leichte Einkerbung finde. Mithilfe eines Brieföffners heble ich die Platte hinaus. Es ist tatsächlich ein doppelter Boden. Ich greife in das Versteck und hole eine Pergamentrolle hervor. Mit klopfendem Herzen stehe ich auf und gehe zum Fenster, welches vom Licht des Mondes erhellt wird, und beginne zu lesen:

Die Erde brennt,
alles Leben verglüht,
am wärmsten Punkt
allein Hoffnung erblüht:
Wenn die Tochter der Hölle
ihre Macht erkennt
und die Hitze der Welt
in sich ertränkt.

Ich schlucke schwer. Ein stechender Schmerz fährt durch meinen Kopf, und ich sinke mit dem Rücken zur Wand auf den Boden, ehe eine neue Vision auf mich einprasselt. Doch nun bin ich nicht mehr nur Zuschauer.

Es tut weh. So furchtbar weh. Ich brenne. »Mommy«, flüstere ich. Doch sie ist nicht hier, um mich zu beschützen. Ich bin alt genug, um mir selbst zu helfen.

Es gefällt mir nicht, dass ich Mommy enttäuschen muss. Und ihn. Weil ich nicht schnell genug gewesen bin. Weil ich zurückgeblickt habe. Deshalb habe ich es nicht geschafft.

Krampfhaft umklammere ich das Schmetterlingsmedaillon, doch auch die kühle und glatte Oberfläche des Turmalins kann mich nicht beruhigen, vermag es nicht, den Schmerz zu betäuben. Mit einem Klicken öffnet sich das Scharnier und mit dem Daumen fahre ich über die zart eingearbeitete Membran der Flügel. Eine einzelne Träne rollt meine Wange hinab. Nun muss ich für immer eine Raupe bleiben.

Ich bin nicht mehr unter der Erde, und trotzdem hat das Feuer mich gefunden. Die Flammen, die ich so sehr fürchte. Und als die Hitze beginnt sich in mein Fleisch zu fressen, da kann ich nicht mehr stark und mutig sein, wie ich es Mommy versprochen habe.

Denn als es zischt und mir der verbrannte Gestank meiner eigenen Haut in die Nase steigt, fange ich an zu schreien.

Meine Stimme ist bereits heiser, als ich einen neuen Geruch wahrnehme. Es ist ein herber Duft, der mich an Kiefernnadeln erinnert. Und dann merke ich, dass es nicht mehr so sehr wehtut. Nicht so, als wenn ich jeden Moment zurückkehren müsste, in die Unterwelt. Für einen Augenblick denke ich, dass der Tod mich nicht heute schon holt.

Etwas Nasses benetzt meine spröden Lippen. Meine Kehle ist so ausgedörrt, dass ich nicht schlucken kann. Jemand flucht ausgiebig. Ein Mann. Es klingt rau und aufgebracht. Er redet mit mir. Seine Stimme ist schön. Ein sicherer Hafen. Dann spüre ich, wie etwas Kühles meine geschundene Haut berührt, bevor der Schmerz von Taubheit abgelöst wird. Und noch etwas anderem.

Plötzlich ist mir furchtbar kalt. Die Kälte kommt aus meinem tiefsten Inneren. Meine Zähne klappern unkontrolliert aufeinander. Eine große Hand reibt meinen Körper, und obwohl sie warm ist, springt es nicht auf mich über. Ich bin so müde. Ich will schlafen.

»... Herz schlägt kaum noch. Ich denke nicht, dass sie den morgigen Tag erleben wird«, höre ich eine weitere männliche Stimme wie aus weiter Ferne. »Wir können bei ihr bleiben, bis es zu Ende geht.« Auch diese ist mir fremd. Ich weiß nur, dass sie mitleidig klingt. Er empfindet Mitleid, dass ich sterben muss.

Sie sind sehr nett. Es ist gut, dass ich nicht allein sterben muss. Ich fürchte den Tod nicht. Man gewöhnt sich an ihn, weil er dort, wo ich herkomme, ein ständiger Begleiter ist. Ich habe früh gelernt, dass es deutlich Schlimmeres gibt als ein schnelles Ende.

Die Männer diskutieren noch immer.

»Du bist der Gott der Heilung. Kannst du gar nichts für sie tun?«

»Dark ... Sie hat so wenig Lebensenergie in sich. Ihr Herz ist bereits zu schwach.«

Ein Knurren ertönt. Langsam werde ich unruhig, doch ich kann mich nicht bewegen, meine Lider bringen nicht mehr als ein Flattern zustande. Ich will nicht, dass sie streiten.

»Dann soll sie eben meines haben.«

Ich nehme einen keuchenden Atemzug, während ich gleichzeitig nach dem Schmetterlingsmedaillon greife. *Ich* bin das Mädchen auf der Flucht. Es ist *mein* Körper. Darks Hände. Apollos mitleidige Stimme. Sie waren da, an jenem Tag. Meine Narben stammen nicht von dem heißen Erdkrater, aus dem Cato mich zog. Nicht er – sondern sie haben mich gerettet.

Zitternd schlinge ich beide Arme um mich. Hat mein Unterbewusstsein sich die ganze Zeit an Dark erinnert? Habe ich ihn deshalb intuitiv bei seinem richtigen Namen genannt? Weil ich ihn schon einmal ... gehört hatte? Weil sein Geruch nach Wald und Schnee und Kiefernnadeln sich unwiderruflich in mein Gedächtnis eingebrannt hatte?

Ein weiteres Mal hole ich hektisch Luft, während ich in meinem Kopf alles noch einmal erlebe. Den Ort, den ich gesehen habe, heute Nacht ... die Unterwelt. Ein Fluss aus tiefschwarzer Nacht und ein See aus lebendigem Feuer. Das soll meine Heimat sein? Und was soll das heißen, dass ich *seines* haben kann? Immer, wenn ich mit Dark zusammen gewesen bin, habe ich deutlich seinen Herzschlag gehört. Er war stets im selben Takt wie der meine.

Ich fasse mir an die Brust. Meine Gedanken rasen. Mein Leben ist wie ein riesiges Puzzle, dessen einzelne Teile ich nicht zusammenfügen kann, sodass es ein großes Ganzes ergibt. Zu viele Stücke, die noch fehlen. Ich erhebe mich, will nicht länger zusammengekauert dasitzen. Ich habe mir meine Erinnerungen verdient. Ich werde sie ertragen. Die Wahrheit. Mentale Stärke ist fast wichtiger als körperliche, das haben mir die letzten beiden Aufgaben gezeigt. Ist es möglich, dass ich Darks Herz in mir trage? Oder zumindest einen Teil davon? Ich schlucke. Diese Anziehung zwischen uns … der Fakt, dass ich mich immer so gefühlt habe, als wäre ich auf der Suche, bis ich ihn traf.

Mit zitternden Händen lese ich erneut die Prophezeiung. *Tochter der Hölle, Tochter der Hölle, Tochter der Hölle,* läuft es wie in einer Endlosschleife durch meinen Kopf. Was, wenn Dark erfährt, dass er sein Herz dem Spross des Teufels geschenkt hat?

Kapitel 20

LIEBE UND VERRAT

Ich sitze am Boden von Dreams Arbeitszimmer, während ich versuche, meine Gedanken um das zu wickeln, was ich gerade erfahren habe. In meinem Kopf wütet ein Sturm, über den ich nicht Herr werden kann. Der bauschige Stoff meines indigoblauen Kleides hüllt mich ein, fast kommt es mir vor, als wäre ich wieder im Meer, als wären es Wellen, die mich in diesem Moment umfließen, mich unsanft hin und her schaukeln. Mir wird so schwindelig, dass ich die Augen schließe und meine geballten Fäuste gegen meine Lider presse. Ich weiß, dass ich mich zusammenreißen muss. Dass ich aufstehen und dieses Zimmer verlassen muss, bevor meine Glückssträhne vorbei ist und mich jemand entdeckt. *Glück*. Davon kann man in meiner Situation wohl kaum noch sprechen ...

Wie ferngesteuert taste ich nach dem Tisch, ziehe mich an ihm nach oben. Ein Holzsplitter gräbt sich in die Haut meiner Handinnenfläche. Ich zische wütend, als ich den Schmerz spüre und sehe, wie Blutstropfen hervorquellen. Schwankend komme ich zum Stehen und schneide mithilfe meines Dolches etwas vom unteren Saum meines Kleides ab, wickele den Stofffetzen um meine Hand und verbinde die Enden miteinander. Anschließend ziehe ich den Knoten mit meinen Zähnen fest, ehe ich die Waffe wieder in der dafür vorgesehenen Halterung an meinem Oberschenkel verschwinden lasse.

Ich trete ans Fenster und öffne es, halte mein Gesicht in die kühle Luft der Nacht, die meine Sinne klärt und die bleierne Schwere vertreibt, die sich auf meine Schultern gelegt hat. Nachdem ich einige tiefe Atemzüge genommen habe, schiebe ich die herausgezogenen Bücher wieder an ihren angestammten Platz, räume die Schubladen ein und verstaue die Prophezeiung in dem Geheimfach. Als ich mich umsehe, wirkt alles so, wie ich es vorgefunden habe. Lavea hatte mich zwar damit beauftragt, dass ich die Zeilen abschreiben soll, doch ich denke nicht, dass ich jemals in der Lage sein werde, sie zu vergessen. Jeder einzelne Buchstabe hat sich unwiderruflich in mein Gedächtnis eingebrannt. Genau wie die Narben an meinem Körper sind nun auch diese Worte ein Teil von mir.

Wenn die Tochter der Hölle
ihre Macht erkennt
und die Hitze der Welt
in sich ertränkt.

Das Armband aus goldenen Lorbeeren klimpert, als ich nach dem Schlüssel greife. Mein Blick fällt auf die Anhänger, die mich in diesem Moment beinahe zu verhöhnen scheinen. Feder, Auge, Schlüssel, Stern und Halbmond. All das Gerede davon, dass man für die Gaben empfänglich sein muss. Und ich ... ich bin es. Dieses Turnier ... wird veranstaltet wegen mir. Ich bin das Mädchen, nach dem die neuen Götter suchen. Ich bin das Mädchen, das Angst vor Feuer und Hitze und einem Flammentod hat. Und dennoch soll meine Geschichte in der Unterwelt begonnen haben?

Kehre niemals heim. Die Warnung einer Fremden. Aber wohin soll ich gehen? Wie soll ich hierbleiben, nach allem, was ich gerade herausgefunden habe? Was bedeutet es, dass ich die Hitze der Welt in mir ertränken soll? Ist es überhaupt möglich, so etwas zu überleben? Und wenn ich die Tochter der Hölle bin, sind Hades und Persephone dann meine Eltern? Dann wäre die Frau, die ich in den Rückblenden gesehen habe, die Königin der Unterwelt. Ich frage mich, ob Hades gefährlich ist. Ob er Mutter und mir schaden wollte. Warum sonst wollte sie, dass ich fliehe? Vor wem, wenn nicht vor ihm? Wäre er sonst nicht da gewesen, um seine Tochter zu verabschieden?

Als ich verletzt war, dachte ich daran, dass ich Mutter enttäuscht habe. Und *ihn*. Doch wer ist er? Es erschien mir nicht so, als würde ich damit Vater meinen. Vielleicht Cashel oder den alten Mann? Sie haben Mutter und mir offensichtlich geholfen. Doch irgendwie erscheint mir das nicht wie die Lösung. Und dann ist da noch das Medaillon. Es war kein Abschiedsgeschenk, denn ich habe es schon vorher getragen.

Cato musste mir mehrmals von dem Tag erzählen, als er mich in dem Erdkrater fand. Neben meiner verbrannten Kleidung, dem zerschlissenen Rucksack war dieses Medaillon das einzig Wertvolle, was ich bei mir trug. Der einzige Gegenstand, an den ich je mein Herz gehängt habe. Automatisch wandert meine Hand zu dem Anhänger, den ich immer berühre, wenn ich Halt suche, einsam bin oder ein Stück Zuhause fühlen will. Den ich bei mir trage – an jedem Tag in jedem Jahr. Ich bin so nah dran gewesen herauszufinden, wer ihn mir gegeben hat. *So nah*.

Meine eigene Erinnerung ist lückenhaft und beschädigt, fast kommt es mir vor, als würde mein eigenes Gedächtnis mir die Zunge rausstrecken, als wäre mein größter Gegner immer noch ich selbst. Enttäuschung durchflutet meinen gesamten Körper, und ich beginne erneut zu zittern, frage mich, ob ich jemals alle Teile finden werde, die zu mir gehören. Oder ob ich irgendwann aufgeben werde, weil ich es nicht mehr schaffe, die kläglichen Überreste zusammenzuhalten, dass ich die Person, die ich wirklich bin, vielleicht niemals finden werde.

Plötzlich ertönen Stimmen, reißen mich aus meinen trübsinnigen Gedanken, und sofort bin ich in Alarmbereitschaft. Obwohl ich Angst habe, bin ich ihnen beinahe dankbar. Meine Finger schließen sich um den Schlüssel, und ich hebe meine Schuhe auf, die achtlos auf dem Boden liegen. Gerade will ich zum Fenster laufen, um es wieder zu verriegeln, als die Schritte und Stimmen immer lauter werden. Mist. Hektisch suche ich nach einem Ausweg. Das Arbeitszimmer ist nicht besonders groß. Es gibt keine Vorhänge und auch keinen Schrank, in dem ich mich verstecken könnte. Bis zur letzten Sekunde bete ich, dass sie weiterlaufen. Doch stattdessen kommen die Schritte genau vor dieser Tür zum Stehen.

Innerlich fluchend öffne ich beide Fensterläden und schaue nach unten. Wegen des angehäuften Sandwalls, der den Palast umschließt, ist es von diesem Zimmer aus nicht allzu hoch. Außerdem ist die Fassade etwa einen Meter unter dem Fenster etwas erhaben und mit einer Bordüre aus riesigen Muscheln besetzt. Möglicherweise könnte ich darauf ausharren. Es ist eine absolute Kurzschlusshandlung, als ich den Schlüssel zurück auf den Schreibtisch neben eine Teetasse lege, meine Schuhe nach draußen werfe und erst das eine und dann das andere Bein über den Sims schwinge. Von der Tür aus ertönt ein Rascheln.

»Sag mir bitte, dass du nicht schon wieder deine Schlüssel verlegt hast.« Es ist Yasar, der gesprochen hat.

Mit beiden Armen klammere ich mich am Sims fest, während ich mit meinen Füßen Halt suche.

»Das ist nicht meine Schuld«, murrt Dream. »Prom kann es einfach nicht lassen, mir Streiche zu spielen. Ständig versteckt er meine Sachen.«

Ich beiße mir auf die Unterlippe, als eine spitze Muschel in meinen Fuß schneidet, doch ich gebe keinen Laut von mir. Endlich finde ich eine Stelle, auf der ich stehen kann, und ziehe – so leise wie möglich – die beiden Fenster zu. Erleichtert höre ich, wie sie mit einem sanften Klicken einrasten. Ich hoffe, dass den beiden nicht auffällt, dass der Riegel von innen nicht vorgeschoben ist.

»Siehst du, du hast überhaupt nicht abgeschlossen.« Yasars Stimme klingt gedämpft, während die Tür mit einem Quietschen aufgestoßen wird. »Ich frage mich, was in letzter Zeit in deinem Kopf los ist.«

»Große blaue Augen, Haare, so hell wie der Vollmond dort draußen.« Es ist Hale, der diese Worte mit sarkastischem Unterton einwirft. Sie sind sogar zu dritt. Großartig. Scheinbar ist es den Mädchen nicht gelungen, die neuen Götter länger abzulenken.

In diesem Moment mache ich den Fehler, nach unten zu blicken. Warum zum Teufel habe ich vorhin noch mal gedacht, dass es nicht so hoch aussieht? Jetzt gerade finde ich es verdammt hoch. Schritte nähern sich, und rasch ziehe ich meine Hände zurück, halte nur noch mit meinen Füßen, die sich jetzt schon vollkommen wund anfühlen, die Balance.

»Dein Fenster ist auch nicht richtig verschlossen«, schimpft Yasar.

»Ist ja nicht so, als würde jemand an der Palastfassade emporklettern«, gibt Dream genervt zurück.

Mit einem Knall wird der Riegel vorgeschoben, und ich zucke heftig zusammen. Keuchend stoße ich meinen angehaltenen Atem aus, ehe ich mir eine Hand vor den Mund schlage und dabei beinahe das Gleichgewicht verliere. Doch meine Sorge ist unnötig, denn auch ich kann nun nicht mehr hören, was drinnen besprochen wird.

Einige Minuten verharre ich reglos, warte darauf, dass einer von ihnen doch noch seinen Kopf aus dem Fenster steckt und mich entdeckt. Es wundert mich, dass sie überhaupt nicht misstrauisch geworden sind. Von Yasar hätte ich mehr Wachsamkeit erwartet. Andererseits wiegen sie sich in ihrer Position vermutlich in vollkommener Sicherheit, und Dream schien wirklich durch den Wind zu sein. Es ärgert mich, dass ich ihr Gespräch nicht mehr verstehe und nicht einmal erahnen kann, worüber sie reden. Wenn ich ein Versteck im Arbeitszimmer gefunden hätte, dann hätte ich genau jetzt – in diesem Moment – möglicherweise eine Menge Antworten bekommen.

Frustriert schaue ich erneut in die Tiefe. Ich weiß, dass ich den Sprung schaffen kann. Immerhin habe ich den unfreiwilligen Sturz im Kolosseum überlebt, und das war deutlich höher. Trotzdem ist es etwas anderes, wenn man Zeit zum Nachdenken hat und sich bewusst dafür entscheidet.

Ich atme tief durch und raffe mit einer Hand mein monströses Kleid zusammen. Irgendwie schaffe ich es, den biegsamen Reifrock umzudrehen und möglichst viel von dem bauschigen Stoff damit einzufangen. Ich blicke ein letztes Mal nach unten, und mir wird ein wenig schlecht. Doch ich kann nicht ewig hier ausharren. Meine Füße schmerzen, und meine Beine zittern von der Anstrengung, die Balance zu halten. Vorsichtig tänzele ich auf den Muscheln noch ein Stück zur

Seite, dorthin, wo der Sandwall am höchsten erscheint. Ich gehe leicht in die Knie, drücke mich von der Fassade ab – und dann springe ich. Dabei schließe ich für einen kurzen Moment die Augen, ehe ich sie panisch wieder aufreiße, weil mir klar wird, dass es in Hinblick auf eine sichere Landung kein besonders cleveres Vorgehen ist.

Sobald meine Fußspitzen den Boden berühren, rolle ich mich genauso ab, wie ich es gelernt habe, und finde mich schwer atmend auf allen vieren wieder. Rasch robbe ich in den Schatten, während mein Herz viel zu schnell schlägt, und schaue nach oben. Erneut warte ich darauf, dass sich das Fenster von Dreams Arbeitszimmer öffnet. Als es vollkommen still bleibt, sacke ich leise fluchend zusammen, stütze meine Stirn auf meinen Handinnenflächen ab. Dabei landet versehentlich eine Ladung Sand in meinem Mund.

Nicht unbedingt meine Vorstellung von einem leckeren Dessert.

Ich laufe am Meer entlang, nur begleitet vom Schein des Mondes und dem Licht der Sterne, die mir in diesem Augenblick Gesellschaft leisten. Nach allem, was ich in den letzten Stunden erfahren habe, konnte ich nicht sofort zurückkehren. Mittlerweile habe ich mich sogar ziemlich weit vom Palast entfernt. Ich weiß nicht einmal, ob das überhaupt erlaubt ist. Ich hoffe, dass mein Fehlen nicht auffällt oder dass Lavea, Phia und Candela in Sorge sind. Wenn sie mich jetzt, in diesem lädierten Zustand sehen könnten, dann wären sie es ganz bestimmt. Doch ich brauche diesen Moment einfach für mich. Ich muss meine Gedanken sortieren. Mir über einiges klar werden.

Ich schrecke zusammen, als die Wellen plötzlich an meinen Füßen lecken. Rasch trete ich einige Schritte zurück, das Meer – vor allem bei Nacht – ist mir unheimlich. Das Salzwasser brennt auf meiner geschundenen Haut, und ich weiß, dass es kein Spaß sein wird, später die Wunden von dem Sand zu reinigen.

Der Palast ist inzwischen nur noch in der Ferne zu erkennen, und ich bin allein mit den Geräuschen der See. Ich richte meinen Blick wieder nach vorn und entdecke einen Steg und zwei Boote. Hierher hat Hale uns bei unserem ersten Schwimmtraining gebracht. Seufzend lasse ich mich auf das morsche Holz sinken, achte darauf, dass ich das Wasser nicht berühre.

Es wäre so leicht, einfach weiterzugehen, nicht mehr zurückzublicken. Aber ist das die richtige Lösung? So viele Dinge ungeklärt hinter mir lassen? Wenn ich Hals über Kopf aufbreche ... vermutlich würde ich nicht sonderlich weit kommen. Außerdem: Als ich meine alte Heimat, Cato und die anderen verlassen habe, da habe ich den Drang dazu verspürt. Aber jetzt ... alles in mir schreit mich an zu bleiben. Ich frage mich, ob ich auf dieser Reise etwas von meinem gesunden Selbsterhaltungstrieb eingebüßt habe. Ich erkenne mich kaum wieder.

Trotzdem kann ich nicht weitermachen wie bisher. Es wäre leichtsinnig. Ich ziehe die Knie an, umschlinge sie mit beiden Armen, während ein grober Plan Gestalt annimmt. Es gibt einiges, das ich beachten muss, sobald ich den Palast betrete, um nicht von den Wölfen gefressen zu werden. Ein Schauer rinnt mein Rückgrat hinab, als ich an *ihn* denke. Ich beiße auf die Innenseite meiner Wange, zwinge mich zur Konzentration und gehe die Regeln durch, die ich mir in diesem Moment selbst auferlege.

Erstens, ich darf auf keinen Fall Aufmerksamkeit erregen. Vor den anderen muss ich mich verhalten wie immer, damit sie keinen Verdacht schöpfen. Zweitens, ich muss mir darüber klar werden, ob ich jemandem hier vertrauen kann – oder mich nur auf mich selbst verlassen. Drittens, ich muss mich entscheiden: fliehen oder bleiben? Viertens, wenn ich mich für die Flucht entscheide, wie kann ich den Sandpalast verlassen? Wir sind umgeben von Sand und Wasser. Ich kenne mich nicht gut aus in diesem Land. Fünftens, wohin gehe ich im Falle einer Flucht? Sechstens, was kann ich über die Unterwelt in Erfahrung bringen? Ich muss herausfinden, was meine Herkunft für meine Zukunft bedeutet.

Je länger ich nachdenke, desto sicherer werde ich mir, dass ein Fluchtplan sinnvoll ist, schließlich weiß man nie, was passiert. Immer wieder wandert mein Blick zu den Booten. Ich stütze mich auf den Händen ab, um aufzustehen, fluche dabei, weil ich den Splitter vergessen habe, der sich in diesem Moment noch tiefer in meine Haut gräbt. Der Stoff, den ich um die Stelle gewickelt habe, ist rot gefärbt. Es muss ein ziemlich großer Splitter sein. Vermutlich war das Klettern auch nicht gerade hilfreich.

Vorsichtig laufe ich den Steg entlang, nähere mich den Booten, während ich dafür bete, dass das marode Holz nicht unter mir nachgibt. Obwohl ich schmutzig bin und bestimmt nach Angst rieche, ist mir ausnahmsweise nicht nach einem Bad.

Als ich beim Anleger ankomme, stelle ich mich auf die Zehenspitzen, linse in die Boote hinein. Sie sind zwar schon älter und ich kann Fischernetze an ihren Seiten entdecken, doch zumindest sieht es nicht so aus, als hätten sie ein Leck. Kurz überlege ich, eines zu betreten, ziehe mich dann aber doch zurück. Ein anderes Mal. Ich werde wiederkommen und eine Tasche mit Vorräten und Kleidung herbringen. Außerdem muss ich eine Karte besorgen. Und vielleicht einen Kompass? Jules hat mir vor einigen Jahren gezeigt, wie man beides zu lesen hat. Ich hoffe, dass ich es nicht vergessen habe. In meinem Inneren erwächst zögerlich so etwas wie Hoffnung. Es fühlt sich gut an, einen Plan zu haben. Als hätte ich Kontrolle darüber, wie es weitergehen soll.

Nachdem ich eine Weile auf das Meer hinausgestarrt habe, hebe ich meine Schuhe auf und mache mich auf den Rückweg zum Palast. Je näher ich komme, desto lauter wird die Musik, also scheint die Feier noch im vollen Gange zu sein. Das ist gut. Es erhöht die Chance, dass niemandem mein Fehlen aufgefallen ist. Andererseits steigert sich dadurch aber auch die Wahrscheinlichkeit, dass ich gesehen werde.

Als ich die ersten Feiernden entdecke, die auf den Stufen des Palastes frische Luft schnappen, bleibe ich stehen und reinige mir vorsichtig Hände und Füße im flachen Wasser, obwohl das eigentlich das Letzte ist, was ich tun möchte. Dann schlüpfe ich zurück in die Schuhe, ignoriere den Schmerz, welchen die übrig gebliebenen Sandkörner verursachen, die nun noch mehr an meiner sowieso schon geschundenen Haut reiben. Anschließend kontrolliere ich den Sitz meines Kleides, streiche mir noch einmal über die Haare, die wie immer ihren eigenen Willen haben, und setze dann meinen Weg fort. Während ich die Stufen erklimme, achte ich darauf, dass der Stoff über meine Füße fällt. Dabei lächele ich den Anwesenden möglichst unbeschwert zu, obwohl ich viel lieber grimmig die Lippen aufeinanderpressen würde. Dementsprechend sieht es vermutlich ziemlich verkniffen aus. Aber die meisten sind garantiert zu beschwipst, um es zu bemerken.

In großen Schritten durchquere ich den Eingangsbereich

und will gerade in den Korridor abbiegen, der in den Südwestflügel führt, als ich seine Anwesenheit spüre. Ich kann mir selbst nicht erklären, woran ich es bemerke, doch automatisch spanne ich mich an. Dann trifft mich der Geruch von Schnee und Kiefernnadeln, und ich weiß, dass ich in der Klemme stecke. Sein Atem streicht meinen Hals wie in einer Liebkosung, als er mich von hinten überholt und sich vor mir aufbaut.

»Hat es dir ein Tanz gleich so sehr angetan, dass du mit demjenigen nach draußen verschwinden musstest?« Er mustert mich von oben bis unten. »Wobei ich sagen muss, dass es im Sand immer etwas ... ungemütlich ist. Meist ist man danach einige Tage lang wund. Da kann man nur hoffen, dass es dich bei der Bewältigung der letzten Aufgabe nicht allzu sehr einschränken wird.«

Ich beiße mit meinen Zähnen so fest aufeinander, dass sie ein ungutes Knirschen von sich geben. Weil ich meinen eigenen Worten in diesem Augenblick nicht traue, verbiete ich mir, den Mund zu öffnen. Denkt er wirklich, dass ich für eine schnelle Nummer nach draußen verschwunden bin? Ernsthaft? Oder spricht sein verletzter Stolz aus ihm, weil ich ihn vorhin habe stehen lassen? Womöglich sogar Eifersucht?

Darks Gesichtszüge sind angespannt, und ein Muskel an seinem Kiefer zuckt. Dann leert er das Glas, welches er in der rechten Hand gehalten hat, in einem Zug. Fasziniert folge ich den Bewegungen seines Halses, ehe er mich wieder mit seinem intensiven Blick fixiert. Er steht in der Dunkelheit des Korridors und ich direkt an der Grenze vom Eingangsbereich, der schwach in das Licht der Fackeln gehüllt ist.

»Weißt du«, beginne ich schließlich, »du kannst nicht ewig so weitermachen – irgendwann wirst du dich entscheiden müssen.«

»Wie meinst du das?«, fragt Dark.

Hinter meinem Rücken balle ich die Hände zu Fäusten, spüre kaum noch den Schmerz meiner geschundenen Füße, weil alle meine Sinne auf ihn ausgerichtet sind. »Du spielst heiß und kalt mit mir. An einem Tag willst du mich um dich haben. Am nächsten stößt du mich schon wieder weg. Und ich hasse es, morgens die Augen aufzuschlagen und nicht zu wissen, welcher Dark mich heute erwarten wird – die Version von dir, die zwar Geheimnisse vor mir hat, mir aber dennoch das Gefühl gibt, vollständig zu sein, dass wir eine Chance miteinander haben, die mein Herz höherschlagen lässt, und nach der ich mich mit jeder Faser meiner Seele verzehre. Oder muss ich dem Dark gegenübertreten, der so tut, als wäre all das zwischen uns eine Lüge? Der mich in einem Wald voller Gefahren aussetzt und mir, ohne zu zögern, den Rücken zukehrt?« Ich atme schwer, habe bereits mehr gesagt, als ich eigentlich wollte. Doch ich bin nicht in der Lage, mich zu bremsen. »Also sag mir, wie lange es noch so weitergehen wird. Denn wenn das erst der Anfang ist, dann kann ich dir sagen, dass ich es jetzt schon leid bin.« Ich sehe ihn an und spüre, wie meine Nase verräterisch kitzelt. »Ich bin jetzt schon furchtbar müde«, flüstere ich.

Möglicherweise habe ich gerade einen mittelschweren Nervenzusammenbruch. Dark streckt die Hand nach mir aus, doch ich weiche vor ihm zurück.

»Du wirst mich gehen lassen und mir nicht folgen.« Meine Stimme zittert leicht. »Und erst wieder mit mir sprechen, wenn du mir eine Antwort auf meine Frage geben kannst.« Ohne ihm noch einmal ins Gesicht zu sehen, dränge ich mich an ihm vorbei und verfalle in einen Laufschritt.

Ich habe jedes Wort ernst gemeint. Und dennoch ist es auch

Ablenkung gewesen. Wenn ich Dark mehr Zeit gegeben und seine Eifersucht sich langsam gelegt hätte, dann wäre ihm aufgefallen, dass etwas ganz anderes nicht mit mir stimmt. Er hätte Fragen gestellt und vermutlich nicht lockergelassen. Das habe ich verhindert. Die neuen Götter haben uns gezeigt, wie man Pfeil und Bogen benutzt, wie man mit einem Schwert mitten ins Herz trifft, mit einem Messer kein Ziel verfehlt und mit einem Dolch die Kehle des Gegners durchtrennt. Und dennoch habe ich heute gelernt, dass man auch mit anderen Waffen kämpfen kann – mit denen einer Frau.

Wir befinden uns im Damensalon und spielen Karten. Es sind nur noch wenige Tage bis zur letzten Aufgabe, und ich habe mich dazu entschieden, nicht davonzulaufen. Ich bleibe. Vorerst jedenfalls. Was nicht bedeutet, dass ich nicht an einem Fluchtplan arbeite. Und ich hoffe inständig, dass ich in der Zwischenzeit nicht entlarvt werde. Ich möchte mir nicht ausmalen, was passiert, wenn sie herausfinden, dass ich diejenige bin, die sie suchen.

Ich weiß, dass ich an einem sehr steilen Abgrund balanciere. Ich habe keineswegs vergessen, dass es um Leben und Tod geht. Und dennoch … Vermutlich ist es meine Neugierde, die dafür sorgt, dass ich bleibe. Vielleicht auch der Fakt, dass ich schon so weit gekommen bin. Dass es sich wie Aufgeben anfühlen würde, jetzt zu verschwinden. So nah am Ziel. Den Antworten, die ich suche, ganz dicht auf den Fersen.

Dark habe ich seit unserem Zusammenstoß kaum noch zu Gesicht bekommen. An jenem Abend habe ich es ohne weitere Vorfälle in mein Turmzimmer geschafft. Lavea, Phia und Candela anzulügen war ein größeres Problem, und mich plagen Gewissensbisse, weil ich behauptet habe, dass ich die

Prophezeiung nicht finden konnte. Erstere hat noch einige Male versucht, mit mir darüber zu reden, wie wir anders an die Aufzeichnung herankommen können, doch ich habe abgeblockt. Keine Ahnung, ob sie mir die Aussage, dass es manchmal schöner ist, nicht alles zu wissen, tatsächlich abgekauft hat.

In der Gesellschaft meiner Freundinnen habe ich mich sonst immer sehr wohlgefühlt. Bis sich alles verändert hat. Zuvor ist es immer so gewesen, als würden wir dasselbe Schicksal teilen. Nun kommt es mir stattdessen so vor, als müsste ich ganz allein gegen den Rest der Welt antreten. Das ist hart. Und einsam. Als wäre ich durch eine unsichtbare Mauer von den anderen abgetrennt.

Ich beobachte Phia, wie sie die Karten neu mischt. Es hat beinahe etwas Symbolisches an sich. Man kann sich hier nie sicher sein. Denn wenn man am wenigsten damit rechnet, hat man plötzlich ein vollkommen anderes Blatt in der Hand. Ich nehme einen Schluck aus meinem Glas und lasse meinen Blick durch den halbleeren Raum schweifen. Vor meinem inneren Auge sehe ich all die Mädchen, die einmal hier waren und nun nicht mehr. Schon seltsam, wie schnell die Zeit vergangen ist. Auf einmal fliegt die Tür auf, und True und Prom kommen herein.

»Ihr wisst schon, dass der *Damen*salon für Damen gedacht ist?«, begrüße ich die beiden.

Prom zuckt mit den Schultern. »Ist das alles, was ich von dir zu hören bekomme, kleines Flämmchen? Nachdem wir uns so lange nicht gesehen haben?« Er wackelt mit den Augenbrauen und blickt mich herausfordernd an. Ich kann nicht verhindern, dass sich ein Grinsen in meinem Gesicht ausbreitet. Er ist nach wie vor ein komischer Vogel, aber ich habe ihn gern. Prom hält mir seine Hand hin, und ich schlage kopfschüttelnd ein.

»Wo treibst du dich immer herum?«, frage ich.

»Hier und da. Jemand wie ich wird eben mit verantwortungsvollen Aufgaben betraut. Ich kann mich nicht nur um euch kümmern.«

»Das heißt aber auch, dass du von Yasar umhergeschickt wirst und es dir nicht aussuchen kannst, wo du dich aufhältst.«

Der Gott lässt sich über die Lehne des Sofas neben mich auf das Polster fallen und verschränkt die Arme hinter seinem Kopf. »Nett, dass du dir so viele Gedanken um mich machst, kleines Flämmchen. Ich fühle mich sehr geschmeichelt. Ja, wirklich. Aber keine Sorge, ich bin ganz und gar mein eigener Herr. Und ehrlich gesagt mache ich eigentlich immer genau das Gegenteil von dem, was man mir sagt oder was von mir erwartet wird. Das ist meine Spezialität. Ich bin hier, weil ich hier sein will. Mitten im Geschehen. Und wenn ich die Nase voll von euch hätte, dann würde ich einfach abhauen.«

»Das ist ein interessanter Lebensstil«, erwidere ich.

Prom zuckt bescheiden mit den Schultern. »So bin ich eben. Außerordentlich interessant. Und gut aussehend. Wahnsinnig geheimnisvoll. Ein frecher Vagabund.« Er zwinkert Kiana zu, die sich auf meiner anderen Seite niedergelassen hat und bei seinen Worten die Augen verdreht. Bis jetzt habe ich es geschafft, mich zurückzuhalten, doch nun sprudelt das Lachen nur so aus mir heraus. Es klingt ein wenig unbeholfen und eingerostet, fühlt sich aber überraschend gut an. Prom nickt zufrieden, ehe er die Beine überschlägt, die Lider schließt und dabei herzhaft gähnt, den Mund so weit aufreißend wie der Höllenhund.

»Hat sich nicht verändert, der alte Angeber«, raunt Kiana mir zu, während wir sein Schauspiel weiterhin beobachten.

»Tut mir leid, dass wir in den letzten beiden Wochen so wenig Zeit miteinander verbringen konnten«, sage ich nach einer Weile an meine Freundin gerichtet.

»Du weißt, dass ich zurechtkomme. Ich brauche niemanden außer mir selbst«, erwidert sie ohne Umschweife und auf ihre gewohnt schroffe Art. Ich drücke ihre Hand und lasse es darauf beruhen.

Anschließend werden die Karten ausgegeben, und wir spielen zwei Runden, bevor sich Phia und Candela ins Bett verabschieden. Bald darauf folgen Lavea, Kiana und True. Ich habe absichtlich so lange gewartet, weil ich keine Lust hatte, dass Lavea mir folgt und wieder über die Prophezeiung reden will. Sie kann ziemlich hartnäckig sein. Schweigend sitze ich neben Prometheus, aus dessen Mund leise Schnarcher kommen. Er sieht erschöpft aus. Ich nehme eine der gefalteten Decken und breite sie über ihm aus, ehe ich mich auf einem der Sessel zusammenrolle und die magische Fackel fixiere, die bläuliche Schatten und Formen an die Wand wirft.

DARK

Apollo, Prom, Lost und ich landen in einer Stadt irgendwo im Land der Vergangenheit und des Vergessens. Hier breiten sich die Flammen am schnellsten aus. Alles, was ich sehe, sind brennende Häuser und schreiende Menschen, die chaotisch hin und her laufen. Einige Männer schleppen Löschwasser, aber es ist ein aussichtsloser Kampf. Graue Rauchschwaden winden sich in Richtung Himmel, der von dunklen Wolken geschmückt ist, die uns keinen Regen schenken und uns von dort oben zu verhöhnen scheinen.

»Bringt zuerst die Frauen und Kinder in die Lager«, ruft Lost und beginnt zu husten, als er den Qualm einatmet.

Kurzerhand schneide ich ein Stück von meinem Hemd ab und binde es mir von den Mund. Dann fange ich mit der Arbeit an. Ich bringe so viele wie möglich in Sicherheit. Unermüdlich trete ich durch den Nebel, bis ich mich vor Erschöpfung kaum noch auf den Beinen halten kann. Schluchten bilden sich und Risse fressen sich durch den Boden, spalten die Erde, fast so, als wolle Hades uns einladen, sein persönliches Abendmahl zu werden. Meine Augen tränen und meine Lunge brennt, doch saubere Luft ist etwas, das man hier vergeblich sucht.

Eine Frau mit einem schreienden Kind auf dem Arm brüllt mich hysterisch an, weil ich ihren Mann nicht finden kann. Ihre Trauer stürmt wie ein Tornado auf mich ein. Ich bin nicht gut in diesen Dingen und übergebe sie in Phoibes beruhigende Hände. Nachdem die Bewohner evakuiert sind, beginnen wir mit der Schadensbegrenzung, damit das Feuer sich nicht noch weiter ausbreitet. Apollo bringt sogar einige Tiere ins Lager. Eine Kuh zu transportieren, ist kein besonders großer Spaß, aber schließlich helfe ich ihm dabei. Niemand macht sich Gedanken darüber, was die Tiere fressen sollen. Es ist schon schwer genug, ausreichend Nahrung für die Menschen aufzutreiben. Das Feuer zerstört die Felder und das Getreide, und bis auf dem verbrannten Boden wieder etwas wachsen kann, wird noch einige Zeit vergehen.

Erst mitten in der Nacht kehren wir erschöpft zurück ins Land der Hoffnung und des Lichts. Doch Yasar gönnt uns keine Ruhe, sondern beruft umgehend eine Krisensitzung ein.

Ich frage mich, was das bringen soll, denn die Situation ist unverändert. Ich kann mich nicht daran erinnern, wann ich zuletzt richtig geschlafen habe.

FLAME

»Du musst ins Wasser gehen.«

»Ich kann nicht«, erwidere ich stur. Seit ungefähr einer Stunde führen Hale und ich dieses Gespräch. Ich habe die ungute Vermutung, dass es bei der letzten Aufgabe, die morgen stattfindet, um Wasser gehen wird. Mir fällt kein weiterer Grund ein, weshalb Hale sonst so vehement darauf bestehen sollte, dass ich hineingehe. Seit dem Aufeinandertreffen mit dem Ungeheuer Skylla habe ich mich nicht mehr getraut. Mehr als Hände und Füße im flachen Wasser ist einfach nicht drin. Bei allem, was größer als eine Badewanne ist, bekomme ich Angstzustände. Mir bricht kalter Schweiß aus, ich beginne unkontrolliert zu zittern und kriege kaum noch Luft. Es ist nicht so, dass ich es meinem Mentor absichtlich schwer mache. Doch ich habe einfach das Gefühl, dass er das Ausmaß meiner Furcht nicht begreifen kann.

Ich blicke zum Himmel, während Hale weiter auf mich einredet. Heute ist kein sonniger Tag. Das Grau des Himmels spiegelt in etwa die Stimmung meines Gemüts wider. Hoffnungslos.

Letzte Nacht habe ich den Tunnel benutzt und mich zu den Booten geschlichen. Wie geplant habe ich dort Kleidung und eine Karte, die ich mir aus Yasars Arbeitszimmer *geliehen* habe, deponiert. Einen Kompass konnte ich bisher nicht auftreiben, und Essen und Trinken würde ich zu einem späteren Zeitpunkt aus der Küche besorgen müssen. Über die Unterwelt konnte ich aufgrund der vielen Trainingseinheiten und des Unterrichts noch nichts in Erfahrung bringen. Einmal habe ich mit dem Gedanken gespielt, Apollo ein paar Fragen zu stellen, diese Idee jedoch recht schnell wieder verworfen. Denn Regel Nummer eins lautet schließlich, dass ich keine Aufmerksamkeit erregen darf. Damit erledigt sich eigentlich auch Punkt zwei. In den letzten Tagen habe ich beschlossen, niemandem zu vertrauen – vielleicht nicht einmal mir selbst. Wenn es um Dark geht, jedenfalls …

Kiana kommt in diesem Moment zurück ans Ufer geschwommen. Sie hat keinerlei Berührungsängste und tut so, als wäre all das hier ein Riesenbadespaß. Ich schnaube. Es gibt so viele Ungeheuer dort draußen, ich will nicht wissen, was in den Tiefen des Meeres noch alles lauert.

»Nur bis zum Knöchel«, fordert Hale, und alles in mir sträubt sich gegen seine Anweisung.

Dennoch wate ich vorsichtig nach vorn. *Ich schaffe das.* Meine Kehle ist wie zugeschnürt. Es gelingt mir nicht wirklich, mir selbst gut zuzureden. Stattdessen komme ich mir noch alberner vor. Auf einmal werde ich am Fuß gepackt und mit einem kräftigen Ruck ins Wasser gezogen. Ich kreische auf, als ich das Gleichgewicht verliere und falle. Kurz darauf sitze ich bis zur Taille im Meer.

»Und, war das so schwer?«, fragt Kiana grinsend.

Tränen der Wut sammeln sich in meinen Augen. »Bist du von allen guten Göttern verlassen?«, schreie ich panisch. Ich will aufstehen, doch es fühlt sich an, als hätten sich sämtliche Knochen und Muskeln meines Körpers in Luft aufgelöst.

»Was wird das hier?«, höre ich eine vertraute, sanfte Stimme in meinem Rücken. Ich bin nach wie vor wie gelähmt.

»Flame hat Angst vor dem Wasser«, schnarrt Kiana. Bilde ich es mir nur ein, oder klingt sie ein wenig schadenfroh? *Empathieloses Miststück,* denke ich gereizt.

»Dark, wir haben alles –«, beginnt Hale, doch etwas lässt ihn innehalten. Meine Umgebung beginnt zu verschwimmen, und ich atme hektischer.

»Verschwindet«, sagt Dark barsch, und auf einmal ist er bei mir. Sein schönes Gesicht direkt vor meinem. Seine Stirn wird von sorgenvollen Falten zerfurcht. Er sieht müde aus. Ich will sie glatt streichen, doch mein Arm lässt sich nicht heben. Er nimmt meine Hände in seine und beginnt sie langsam mit den Daumen zu streicheln. Und dann wird die Welt um uns herum ganz still. Nur seinen Herzschlag höre ich. Und meinen. Im selben Takt. Ich schließe die Augen. Meine Atmung wird wieder langsamer, ruhiger.

»Ich wusste nicht, dass du dich so sehr vor dem Wasser fürchtest«, durchbricht er nach einer Weile unser Schweigen.

Ein raues Lachen entfährt mir. »Ist das nicht lustig? Wasser *und* Feuer.« Ich schaue in seine silbrigen Iriden. Viel zu schön.

»Ich kann dich auf dein Zimmer bringen.« Ich ziehe seinen Vorschlag in Erwägung. Es wäre der bequemere Weg. Doch dann überrasche ich mich selbst, indem ich den Kopf schüttele.

»Ich … kannst du mit mir tiefer gehen?«

Er mustert mich intensiv und nickt schließlich. Er steht auf und hebt mich mühelos hoch. Ich schlinge meine Arme um seinen Hals und meine Beine um seine Hüften, als wäre ich ein Klammeräffchen. Anschließend läuft er ins Meer hinein. Er ist groß, deswegen dauert es eine Weile, bis meine Beine das kühle Nass berühren. Als das Wasser mir bis zur Taille reicht, erstarre ich. Dark bemerkt es sofort und hält an. Ich vergrabe mein Gesicht in seiner Halsbeuge und sauge seinen Duft ein wie die Ertrinkende, die ich in diesem Augenblick bin.

»Weiter«, flüstere ich, nachdem ich mich einigermaßen gesammelt habe. Wenn ich morgen nicht versagen will, muss ich mich jetzt überwinden.

Er folgt meinem Wunsch, macht einen Schritt nach dem anderen. Seine Haltung ist angespannt und sein Griff um meinen Körper fest. Ich beginne wieder zu zittern, und er fährt sanft über meinen Rücken. Meine Augen sind fest zusammengekniffen. Als ich bis zur Brust im Wasser bin, kann ich nur noch daran denken, dass ich so schnell wie möglich wieder heraus will. Mir wird klar, dass Dark bei dieser Tiefe stehen kann, ich aber längst nicht mehr. Ich dränge mich noch enger an ihn.

»Nicht loslassen«, bitte ich wie ein kleines Kind.

»Wenn du schwimmen willst, dann musst du aber.«

Erneut schüttele ich den Kopf. »Ich schaff das nicht.«

»Ich bin direkt neben dir«, sagt er sanft. »Dir kann nichts passieren. Ich kann dich jederzeit ans Ufer bringen.«

»Versprochen?«

»Natürlich.«

Zögerlich löse ich mich von ihm. Er betrachtet mich eingehend. Ich muss ein furchtbares Bild abgeben. Gerötete Nase und Augen, wie ein verheultes Gesicht eben aussieht. Aber er sagt nichts dazu.

Plötzlich muss ich an unseren Streit am Abend der Feier denken, dabei wird mir schwer ums Herz. Die Erinnerung sorgt jedoch auch dafür, dass ich mich ein wenig weiter von ihm entferne, einige ungelenke Bewegungen mache und endlich zu schwimmen anfange. Meine linke Hand hält seine dennoch weiterhin umklammert, und ich bin froh, dass er sie nicht wegzieht. Mit jedem Zug werde ich sicherer. Ich verdränge meine Angst, so gut es geht. Stattdessen konzentriere ich mich auf meine Atmung und darauf, wie gut sich Darks Nähe anfühlt, wenn wir nicht streiten, misstrauisch sind oder etwas vor dem jeweils anderen zu verbergen versuchen.

Wir umrunden einmal die Boje und schwimmen dann zurück. Als etwas Glitschiges meinen Unterschenkel streift, gerate ich kurz in Panik, doch als Dark eine Alge herausfischt, beruhige ich mich sogleich. Der Strand, der in einigen Metern Entfernung liegt, ist ganz verlassen. Vermutlich werde ich zu spät zum Nachmittagsunterricht erscheinen, aber es kümmert mich nicht. Es erscheint mir sowieso vollkommen sinnlos. Warum uns etwas beibringen, wenn die Siegerin möglicherweise sowieso den Flammen geopfert werden soll ... Vermutlich ist es Yasar, der uns nicht dumm sterben lassen will. Unter anderen Umständen hätte mich dieser Gedanke womöglich erheitert.

Dark kann viel früher wieder stehen als ich. Als ich an ihm vorbeischwimmen will, zieht er mich an sich. Eine Hand liegt an meinem unteren Rücken, die andere zwischen meinen Schulterblättern. Erst jetzt wird mir bewusst, dass ich nichts weiter trage, als einen Badeslip und ein eng anliegendes Shirt.

»Ich glaube, wir müssen ein wenig länger hierbleiben.«

Ich schaue ihn mit gerunzelter Stirn an. »Wieso?«

»Damit du dich noch mehr mit dem Wasser anfreundest ... Ihr müsst wieder vertraut miteinander werden.«

»*Nur* mit dem Wasser?«

Ein diabolisches Lächeln stiehlt sich auf sein Gesicht. »Vielleicht müssen wir die Negativerfahrung mit einem positiven Erlebnis überschreiben.«

Plötzlich wird mir heiß. »Was genau kann ich mir darunter vorstellen?«

Dark antwortet nicht. Er zeigt es mir.

Unsere Münder kollidieren miteinander, und es ist kein sanfter Kuss. Er ist hungrig, und ich bin es auch. So lange habe ich mir verboten, auf diese Weise an ihn zu denken. Ich habe mich selbst belogen, mir selbst etwas vorgemacht. Denn tief in meinem Inneren habe ich mich die ganze Zeit über nach ihm verzehrt. Seine Finger streichen zart über meinen Rippenbogen, und als ich ihm auf die Unterlippe beiße und daran sauge, entfährt ihm ein so urtümliches Knurren, dass sich eine unbeschreibliche Hitze in meiner Mitte zusammenbraut. Er umfasst meine Taille, und ich fahre wie getrieben mit meinen Fingern durch sein Haar. Wir küssen uns so wild, dass unsere Zähne aufeinanderschlagen, doch es ist genau das, was wir beide wollen: unserer über Wochen angestauten Begierde nachzugeben.

Ich seufze auf, dann hebt er mich höher, und ich stütze mich mit meinen Händen auf seinen starken Schultern ab. Ich presse mich eng an ihn, genieße diese Nähe und stöhne auf, als er mit beiden Händen meinen Hintern packt und beginnt einen Rhythmus vorzugeben, der dafür sorgt, dass kleine Schauer meinen Körper auf süße Weise quälen. Unsere Lippen treffen sich erneut, und ich verliere mich im Spiel unserer Zungen. Und auch wenn wir beide kaum bekleidet sind, fühlt sich der Stoff, der uns voneinander trennt, nach zu viel an.

»Dark ...«, keuche ich, doch als er meinen Hals küsst, rollt mein Kopf zurück, und ich vergesse die Worte, die meinen Mund verlassen wollten.

Seine Hände wandern hinab, und ich dränge mich ihm fordernd entgegen, während er mich dort streichelt, wo ich noch nie zuvor berührt worden bin. Stürmische Wellen lassen meinen Körper erschauern, aber er ist mein sicherer Hafen, er sorgt dafür, dass die Strömung mich nicht fortreißt – ich nicht untergehe. Ich küsse ihn ein letztes Mal, ehe ich meine Stirn erschöpft gegen seine Schulter sinken lasse. Beinahe kommt es mir vor, als hätte ich alle Knochen und Muskeln verloren. Und seltsamerweise gefällt mir das.

Ich merke, dass er sich in Bewegung setzt und mit mir auf den Armen das Wasser verlässt, doch ich bin zu träge, um aufzublicken. Als wir den Strand erreichen, geht er mit mir durch den Nebel.

Wir liegen im Bett und sehen einander an. Ich bin ziemlich euphorisch gewesen, als wir gestern unsere nasse Kleidung losgeworden sind. Leider hat Dark darauf bestanden, dass ich mir sofort trockene anziehe. Er will mir noch mehr Zeit geben, was irgendwie ja auch ganz süß ist. Ich möchte allerdings nicht allzu lange warten, denn obwohl ich in diesem Moment hier neben ihm vollkommen glücklich und losgelöst bin, so weiß ich doch, dass ich mich nicht in Sicherheit wiegen darf. Nichts davon für immer ist.

Ich spüre, dass Dark auf meiner Seite ist. Er und Apollo haben mir das Leben gerettet und so viel für mich getan – das weiß ich nun und bin dankbar dafür. Und doch spukt weiterhin in meinem Hinterkopf herum, dass er die Wahrheit irgendwann erfahren wird. Er wird erfahren, wer ich wirklich bin. Und davor habe ich Angst. Vor seiner Reaktion. Davor, dass er sich abwendet. Mich möglicherweise sogar ausliefert und unsere gemeinsame Zeit vorbei ist. Oder was auch immer dann mit mir geschehen wird. Ich habe es mir bisher nicht in allen Einzelheiten ausgemalt.

»Du grübelst schon wieder.« Seine Stimme klingt wunderschön verschlafen. Ich darf mich nicht daran gewöhnen.

»Gar nicht«, lüge ich und rolle mich zu ihm.

Sanft streicht er mein Haar zurück. Die Geste hat etwas so Vertrautes, dass meine Brust sich schmerzhaft zusammenkrampft. Er zieht mich dichter an sich, und ich schmiege mein Gesicht an seinen Hals und atme seinen herben Duft ein.

»Bist du mit der heutigen Version von mir zufrieden?«, neckt er mich.

Ich erröte leicht, während ich gleichzeitig die Nase rümpfe und unsicher bin, was ich darauf erwidern soll. Wo ist meine Schlagfertigkeit, wenn ich sie brauche?

Er winkelt seinen Arm an und stützt seine Wange auf der Hand ab, ehe er mein Shirt leicht nach oben zieht und beginnt, verschlungene Kreise auf meinen Bauch zu zeichnen. »Es tut mir leid, dass ich manchmal so bin ... wie ich eben bin. Dass ich manchmal griesgrämig war und schroff und ab und an sogar ziemlich unmöglich. Du hattest recht mit den Dingen, die du mir an den Kopf geworfen hast.« Nun sieht er mich direkt an, und die einfallende Morgensonne lässt das Silber seiner Augen hell erstrahlen. »Und auch wenn ich dir hier und heute nicht alle meine Karten zeigen kann, will ich trotzdem, dass du weißt ... « Er unterbricht sich selbst und stößt angestrengt den angehaltenen Atem aus. »Das hier ist alles andere als leicht für mich ... *Ich* bin alles andere als leicht. Und dennoch ... was ich für dich empfinde ... Ich will, dass wir es schaffen. Ich schwöre dir, dass ich alles tun werde, um dich zu beschützen.« Er drückt einen zarten Kuss auf meine Lippen. »Ich werde mir dein Vertrauen verdienen.« Er schenkt mir ein sinnliches Lächeln, während mein Magen einen Looping schlägt. »Das war ein Versprechen«, raunt er mir zu, und seine Tonlage sorgt dafür, dass ich meine Beine zusammenpresse und mein Gesicht in seiner Armbeuge verstecke. Sogar dort riecht er gut.

»Das fände ich schön«, wispere ich schließlich. »Dir zu vertrauen.« Dann schmiege ich mich noch enger an ihn, vergesse die Welt um uns herum. All die Geheimnisse, die Intrigen, wer wir sind oder woher wir kommen.

Ich wünschte, es könnte für immer so bleiben.

Wir kuscheln noch eine Weile, bevor ich mich aufrichte und dazu zwinge, das Unvermeidliche zu sagen. »Wir müssen aufstehen.«

»Wir könnten sagen, du fühlst dich nicht gut.«

Ein Lächeln stiehlt sich auf meine Lippen. »Du hast einen schlechten Einfluss auf mich. Und außerdem wurde schon mal eine Aufgabe wegen mir verschoben«, erinnere ich ihn.

»Wen kümmert's«, erwidert er und klingt dabei so ernst, dass mein Blick sofort zu ihm schnellt. »Wen kümmert das alles hier?«

Ich schlucke. *Sag es ihm. Sag es ihm jetzt.* Denn wie soll er sich mein Vertrauen verdienen, wenn ich ihm gar keine Chance gebe? Wenn ich nicht offen mit ihm spreche und alles für mich behalte? Wie soll das jemals funktionieren, wenn auch er mir nicht seine Karten zeigt ... Trotzdem schweige ich, während ich mich hinabbeuge, um ihn zu küssen.

Und dann denke ich für eine ganze Weile nichts mehr. Es tut so gut, von ihm gehalten zu werden, mich selbst in unseren Berührungen zu verlieren und dabei keine Angst zu haben. Umso schwerer fällt es mir, mich endgültig von ihm zu lösen, damit ich mich fertig machen kann.

Während ich unter Darks Protesten in das angrenzende Zimmer laufe, um in einen Trainingsanzug zu schlüpfen, denke ich an die letzten Aufgaben zurück. Es kommt mir fast so vor, als wäre es erst gestern gewesen, dass ich ins gläserne Kolosseum gebracht worden bin. Seitdem sind zwei Monate vergangen. Eine relativ kurze Zeitspanne, in der unglaublich viel passiert ist. Aus irgendeinem Grund fühle ich mich ein wenig wehmütig.

Ich gehe zurück zu Dark, der mittlerweile auf der Kante meines Bettes sitzt. Er zieht mich zwischen seine Beine und legt seine Hände auf meine Hüfte. Als hätte er es schon tausendmal gemacht ... Ich bin froh, dass ich nicht alt und runzlig werde, während er genauso bleibt, wie er jetzt ist. Es könnte so gut sein. Wir könnten das alles für immer haben. Wären da nicht die Prophezeiung und die vielen Geheimnisse, die uns mit sehr großer Wahrscheinlichkeit in die Quere kommen werden.

Sanft lehnt er seine Stirn gegen meine, und ich schlinge meine Arme um ihn, drücke ihn ganz fest an mich.

»Wir müssen noch einiges bereden«, sagt er mit belegter Stimme, doch ich schüttele den Kopf.

»Wir müssen los.«

Widerwillig nickt er, haucht einen letzten Kuss auf meine Lippen, bevor meine Hand in seiner liegt und der Nebel uns einhüllt.

Die anderen warten bereits im Innenhof. Auf Apollos Gesicht breitet sich ein Lächeln aus, das von einem Ohr zum anderen reicht. Erst jetzt fällt mir auf, dass Dark meine Hand nicht losgelassen hat. Schnell will ich mich einen Schritt von ihm entfernen, doch stattdessen zieht er mich enger zu sich. Zuerst erröte ich unter den Blicken der anderen, bis ich merke, wie unendlich erleichtert und glücklich ich darüber bin. Gleichzeitig bin ich aufgeregt, es liegt diese elektrisierende Spannung in der Luft, die uns vor jeder Aufgabe umgibt.

Hale räuspert sich vernehmlich. »Da wir nun vollzählig sind, möchte ich einige Worte zu der bevorstehenden Aufgabe sagen. Wie fast immer werden wir euch durch den Nebel zum Ort des Geschehens bringen. Ihr müsst dort einen Fluss durchschwimmen und einen Berg erklimmen. Am höchsten Punkt befindet sich eine Steinschale mit Anhängern für eure Armbänder. Schafft ihr es, euch mein Symbol zu holen, habt ihr diese Aufgabe bestanden.«

Und dann? Wie wird die Gewinnerin festgestellt? Es wundert mich, dass er nichts dazu sagt, da es immerhin die letzte Prüfung ist. Ich sehe in die Gesichter der anderen Götter und entdecke – nichts, keine Regung. Mein Misstrauen ist erneut geweckt. Sie machen nicht den Eindruck, als wäre es bald vorbei.

»Dann los«, sagt Yasar und reißt mich aus meinen Gedanken.

Die anderen verschwinden vor unseren Augen, bis nur noch Dark und ich im Innenhof stehen. Fragend blicke ich ihn an, doch er legt nur eine Hand an mein Kinn und neigt meinen Kopf zurück, um mich zu küssen. Ich öffne meine Lippen für ihn und stöhne sehnsuchtsvoll auf, während er mit den Fingern durch meine Locken fährt. Das hier ist nicht genug. Was ist, wenn bei dieser Aufgabe etwas schiefgeht? Wenn sie entdecken, wer ich bin? Welche Seite wird er dann wählen?

Ein flaues Gefühl breitet sich in meinem Magen aus, und ich kralle meine Finger in sein Shirt. Viel zu schnell löst er sich wieder von mir, um den anderen zu folgen.

Ich höre das Rauschen von Wasser, noch bevor ich die Augen öffne. Es ist windig und überhaupt nicht warm, was sehr ungewöhnlich ist. Wir stehen auf einem glatt geschliffenen Stein, der einen Meter über dem Fluss – der eher an einen See erinnert – herausragt. Hermes ist ebenfalls anwesend, seine Augen sind genauso unheimlich wie bei unserer ersten Begegnung. Er hat mir nicht gefehlt. Und es nervt mich, dass der Kampf um unser Überleben anderen zur Unterhaltung dient.

»Ihr könnt eine Waffe wählen, bevor wir anfangen«, sagt Hale und schreitet mit einer großen Kiste herum. Phia und ich wählen Pfeil und Bogen, die anderen drei Messer und Dolche. Anschließend stellen wir uns nebeneinander ans Ende des Steins. Ich wische meine schweißnassen Hände am Anzug ab und atme tief durch. Ich bin kein bisschen bereit.

Hale legt die Hände an seinen Mund. »Auf meinen Pfiff in drei ...zwei ... eins ...« Ein schrilles Pfeifen ertönt, und dann springen die anderen Mädchen ins Wasser. Ich selbst bin wie erstarrt, gelähmt von meiner Angst, und beobachte wie paralysiert die wogenden Wellen.

»Du schaffst das«, raunt Dark mir zu und holt mich mit seinen Worten zurück. Ehe ich es mir anders überlegen kann, springe ich. Nicht mit einem eleganten Kopfsprung wie die anderen, aber immerhin. Als ich auftauche, atme ich hektisch, habe das Gefühl, keine Luft zu bekommen. Ungelenk paddele ich hin und her, fast so, als wäre ich nie zuvor in meinem Leben geschwommen. Ich sehe hinauf zu Dark. Sein Blick ist ruhig und konzentriert. Und da weiß ich, dass ich mich zusammenreißen muss – für ihn. Für meine Zukunft. Unsere. Vielleicht. Ich darf nicht versagen.

Mit viel zu laut klopfendem Herzen beginne ich, mich in kräftigen Zügen fortzubewegen. Die anderen sind weit vor mir. Von der Steinplattform aus wirkte die Entfernung zum Berg nicht so groß, doch nun, wo ich im Wasser bin, kommt er mir meilenweit weg vor. Beim Schwimmen versuche ich mich zu entspannen. Das hier ist nicht das offene Meer. Was für Ungeheuer sollen schon in einem Fluss lauern? Als ich merke, dass ich immer unruhiger werde, denke ich an Darks Hände, seinen Geruch, an alles, was er mit mir anstellt. Diese Ablenkung funktioniert erstaunlich gut. Das Wasser ist glasklar, und ich kann bis zum Grund sehen, was ebenfalls meine Angst vertreibt.

Nachdem ich die Hälfte der Strecke zurückgelegt habe, frage ich mich, wozu wir die Waffen mitnehmen sollten. Mittlerweile zerrt das Gewicht des Bogens und des Köchers mit den Pfeilen merklich an meinen Kräften. Meine Arme fühlen sich bleischwer an, meine Schultern schmerzen. Die anderen Mädchen sind inzwischen gar nicht mehr so weit entfernt, auch sie sind erschöpft. Außer Kiana und mir ist niemand von den anderen im Training so viel geschwommen. Ich bemerke, dass Candela sich immer weiter zurückfallen lässt.

»Was machst du da?«, rufe ich ihr zu, als sie auf einmal nach rechts abdriftet. Die anderen drehen sich zwar um, machen jedoch keinerlei Anstalten, ihr zu folgen. Ich rufe erneut ihren Namen, aber sie zeigt keine Reaktion. »Bei der Medusa und allen Gorgonen«, schimpfe ich vor mich hin, bevor ich ihr hinterherschwimme. Ich fluche schon wie die Götter.

Noch mehr Wind zieht auf, sodass das Wasser zunehmend ungemütlicher wird. Als eine große Welle in meinen Mund schwappt, muss ich husten und bin froh, dass es nicht salzig schmeckt. Erst jetzt erkenne ich die Grotte, auf die Candela zuhält. Und dann höre ich den Gesang. Tieftraurig und doch so wunderschön. Ich schlucke. Mir ist klar, von wem dieser

Gesang kommt. Sirenen. Obwohl meine Muskeln brennen, treibe ich mich selbst dazu an, noch schneller zu schwimmen.

Als Candela in der Grotte verschwindet, macht sich Panik in mir breit. Die Strömung des Wassers arbeitet gegen mich, aber schließlich erreiche auch ich die Höhle. Der Gesang hüllt mich ein, dennoch bleibt mein Kopf klar. Ich tauche durch den schmalen Eingang, und dann habe ich Candela eingeholt. Hastig reibe ich über meine Augen, damit ich besser sehen kann. Anschließend greife ich nach der Hand meiner Freundin, damit sie innehält.

»Stopp«, sage ich laut und deutlich.

Candelas Blick ist glasig, sie scheint mich gar nicht zu hören. Ich schaue mich in der Grotte um. Sie ist halbrund, in einiger Entfernung ist eine Steinebene, und die komplette Höhlendecke ist mit blauen und weißen Kristallen besetzt. Ich kann niemanden entdecken. Es ist, als wären wir allein. Trotzdem höre ich den Gesang.

Ich packe meine Freundin bei den Schultern und schüttle sie sanft, aber bestimmt. »Du musst mir gut zuhören, Candela.« Ich packe ihr Kinn und drehe ihren Kopf zu mir. »Wir müssen hier so schnell wie möglich raus!« Noch immer keine Reaktion.

Plötzlich kommt mir eine Idee, und ich halte ihre Ohren zu. Kurz darauf wird ihr Blick wieder klar und ihre Augen groß.

S-I-R-E-N-E-N, forme ich immer wieder lautlos mit dem Mund, bis sie versteht und nickt. Ihre sonst so sonnengeküsste Haut ist kalkweiß. Ich nehme ein Messer aus ihrer Gürtelschlaufe und trenne zwei winzige Stücke Stoff meines Ärmels ab. Dann rolle ich sie zu Kugeln und reiche sie ihr. Candela ergreift sie und steckt sie in ihre Ohrmuscheln. Ich gebe ihr das Messer zurück, deute mit einem unguten Gefühl in der Magengegend zum Ausgang, und sie nickt erneut. Nebeneinander schwimmen wir auf die Öffnung zu. Ich kann bereits das Licht des Tages erkennen, als ohne Vorwarnung ein Kopf aus dem Wasser schnellt, nur wenige Zentimeter von meinem Gesicht entfernt. Ein spitzer Schrei entfährt mir, und ich rudere zurück. Gelbgrüne Augen, zu Schlitzen verengt, und gebleckte spitze Zähne befinden sich mir gegenüber.

»Ich dachte, Sirenen wären wahnsinnig attraktiv«, stottert Candela neben mir mit zitternder Stimme.

»Das will sie bestimmt nicht hören«, murmle ich.

Seitlich von uns dringt eine große Schwanzflosse an die Oberfläche. Sie ist weiß und blau, wie die Decke der Grotte. Ich blicke über die Schulter. Wir werden von drei Sirenen umringt. Nicht gut.

»Wir wollen keinen Ärger mit euch. Wir haben uns nur verschwommen. Wirklich keine große Sache. Wenn ihr uns einfach vorbei–«

Die Sirene vor mir unterbricht mich mit einem gackernden Lachen. »Duummmmesss Määädchensss.«

Wenn diese Situation nicht so unheimlich und gruselig wäre, hätte ich vielleicht über ihr zischelndes Lispeln lachen können.

»Ihhhhr gehöörrrt jetzzzzt unssserem Herren.«

»Ehm, tja, wer ist denn euer Herr?« Ich höre selbst, wie unsinnig das in meinen Ohren klingt. Doch wir müssen auf Zeit spielen, bis uns ein Plan einfällt. Langsam streckt die Sirene eine bleiche Hand nach mir aus, und ich weiche weiter zurück.

»Der Gott diiiessesss Flusssesss. Acheloossssss. Er isssst hungrigsss.«

»Wir schmecken nicht gut. Kaum etwas dran an uns«, gehe ich weiter auf sie ein. Erneut bleckt sie ihre Zähne. Sie ist keine besonders geduldige Zuhörerin.

»Ihr kommt jetzzzzt mit unsssss und –«

Alles geht unglaublich schnell. In einem Moment ist Candela noch neben mir, im nächsten stößt sie der Sirene ihren Dolch mitten ins Herz – falls sie eines hat. Auch ich muss schnell handeln, habe keine Zeit zu überlegen. Reflexartig ziehe ich meinen Bogen und einen Pfeil hervor und schieße auf die Sirene links von mir. Ich treffe genau zwischen ihre Augen. Ich muss das Überraschungsmoment auf meiner Seite gehabt haben, ansonsten hätte sie mich mühelos überwältigen können. Als ich am Knöchel gepackt werde, wird mir klar, dass ich der dritten Sirene besser nicht den Rücken zugewandt hätte. Dann bin ich unter Wasser. Ihr grausames Gesicht ist direkt vor mir, während ihre spinnenlangen Finger meine Kehle umfassen und zudrücken. Ich lasse meinen Bogen los, greife nach ihren Handgelenken und versuche sie loszuwerden. Keine Chance. Dieses Wesen ist so stark wie ein Bär. Aus ihrem Mund ertönt nun wieder Gesang. Es klingt wie eine Totenklage. Ihr Blick hält meinen gefangen, sie ergötzt sich an meinem Leid. Mir mangelt es an Sauerstoff, und ich kann kaum noch denken. Mit einer Hand will ich noch immer die ihre abschütteln. Mit der anderen greife ich hinter mich und probiere, einen Pfeil von unten aus meinem Köcher zu ziehen, damit sie keinen Verdacht schöpft. Erleichtert bekomme ich einen zu fassen, als Candela hinter der Sirene auftaucht und mit dem Messer in ihren Rücken sticht. Sofort lässt sie von mir ab und wendet sich meiner Freundin zu. Der Dolch steckt in ihrem Rücken, scheint jedoch nicht lang genug, um bis zu ihrem Herzen zu reichen. Blut quillt hervor, was die Sirene offenbar nicht weiter stört. Wütendes Zischen ertönt, als sie auf Candela zuschnellt.

Mit allerletzter Kraft hebe ich den Bogen wieder auf, reiße den Pfeil aus meinem Köcher und ziele zwischen Wirbelsäule und Schulterblatt, bevor ich ihn durch sie hindurchjage. Während sie zu Boden schwebt, ziehe ich den Dolch wieder heraus und schwimme zur Oberfläche, wobei ich den Bogen erneut verliere. Japsend ringe ich nach Luft, halte mich an einem Vorsprung aus Kristallen fest, was mit zitternden Fingern gar nicht so leicht ist.

»Das war verdammt knapp«, ist das Erste, was Candela sagt, als sie ebenfalls die Wasseroberfläche durchbricht, zu mir schwimmt und dabei den provisorischen Ohrschutz herausnimmt. Ich huste und will etwas erwidern, aber meine Stimme ist weg. Ich zucke hilflos mit den Schultern.

Meine Freundin kommt näher und betrachtet meinen Hals. »Das sieht echt übel aus, Flame.«

Wie aufbauend … Ich verdrehe die Augen, und sie lacht.

»Ich hoffe, dass nicht noch mehr von ihnen in der Tiefe lauern.« Ich nicke zustimmend. »Wir sollten zusehen, dass wir hier rauskommen.«

Ich würde gern eine Pause machen, doch ich weiß, dass dafür keine Zeit ist. Auch hier kann ich bis zum Grund sehen, bis zu den Leibern der Sirenen, die in einem grotesken Kreis liegen, als hätte sie jemand dort angeordnet. Genau in der Mitte von ihnen liegt mein Bogen, doch ich kann mich nicht überwinden, noch einmal hinabzutauchen. Candela ist meinem Blick gefolgt.

»Ich hole ihn dir«, sagt sie entschlossen, und ehe ich sie aufhalten kann, ist sie unter Wasser. Wie erstarrt schaue ich ihr hinterher, und als sie unten ist, denke ich fast, dass sich jeden Moment einer der spinnenartigen Finger nach ihr ausstrecken wird.

Angespannt halte ich die Luft an, bis sie wieder auftaucht und mir den Bogen auf den Rücken schnallt. Erst dann kann ich wieder atmen. Zum Dank drücke ich ihre Hand, und dann schwimmen wir endlich aus dieser grässlichen Höhle hinaus ins Freie. Wir scheinen den Flussgott Acheloos tatsächlich erzürnt zu haben, denn große Wellen toben um uns herum, werfen uns hin und her.

»Unter Wasser«, ruft Candela mir über das Tosen hinweg zu. Obwohl es mir widerstrebt, weiß ich, dass sie recht hat. Und deshalb tauche ich unter, entgehe so den aufgebrachten Wellen.

Fast synchron schwimmen wir nebeneinander her. Tauchen nur ab und zu auf, um uns zu orientieren und Luft zu holen. Nach einer halben Ewigkeit erreichen wir endlich das Ufer, welches an dem felsenartigen Berg liegt. Sobald wir uns aus dem Fluss an Land gezogen haben, erstirbt der Sturm, die Wasseroberfläche glättet sich und die grauen Wolken am Himmel ziehen fort.

»Echt jetzt?«, knurrt Candela, und ich gebe ein zustimmendes Geräusch von mir.

Schwer atmend liege ich auf dem Bauch, mein Brustkorb hebt und senkt sich unkontrolliert. Meine Freundin rappelt sich als Erste von uns beiden auf und streckt mir auffordernd eine Hand entgegen. Ich ergreife sie und lasse mich von ihr hochziehen. Unsere Zähne klappern aufeinander, und ich reibe mir über die Arme. Ich halte eine Hand über die Augen und sehe hinauf. Dieser Berg ist verdammt hoch. Die Körper der anderen sind auf diese Entfernung nichts weiter als kleine Flecke. Sie halten direkt auf die Spitze zu.

Allein der Gedanke an diese Höhe lässt mich noch mehr erzittern.

Ich stupse Candela an und deute nach links oben. Dort befindet sich eindeutig der niedrigste Fels vor der ansteigenden Fläche des Berges.

»Du willst bis zu diesem Punkt klettern und dann zu Fuß weitergehen?«, deutet sie meine Idee richtig.

Ich nicke eifrig. Meine Stimme versagt noch immer ihren Dienst.

»In Ordnung.«

Und so machen wir uns an den Aufstieg. Ich bin noch nie zuvor geklettert, außer in der Trainingshalle – und das ist kein besonders guter Vergleich. Es macht mich nervös, dass wir nicht abgesichert sind. Wenn wir fallen, kann uns nichts mehr retten. Ich greife nach dem nächsten hervorstehenden Stein, ziehe mich mühsam daran hoch. Schon mehrmals bin ich abgerutscht. Meine nackten Füße und meine Handinnenflächen sind wund und blutig. Candela scheint um einiges fitter zu sein als ich, der kleine Ausflug zu den Sirenen hat ihr nicht so sehr zugesetzt wie mir. Meine Muskeln brennen und meine Schläfen pochen. Trotzdem höre ich nicht auf zu klettern.

»Nur noch den letzten Meter«, höre ich Candela rufen.

Ich schaue zu ihr nach oben. Ihr Kopf lugt über die Kante, und sie lächelt. Rechts von mir ertönt ein Aufschrei, der mich zusammenzucken lässt. Als ein dumpfer Aufschlag folgt, verliere ich mit meinen Füßen den Halt. Meine Arme zittern wie verrückt, als sie schlagartig mein ganzes Gewicht tragen müssen. Zappelnd suche ich nach einer Einkerbung oder einem Vorsprung, auf dem ich meinen Fuß absetzen kann.

»Links von dir«, höre ich nun wieder Candelas Stimme.

Sie klingt erstickt, und ein Kloß bildet sich in meinem Hals. Jetzt bloß nicht in Panik geraten.

Ich folge ihren Anweisungen und finde tatsächlich einen Steinvorsprung. Aufseufzend ziehe ich mich weiter nach oben. Dann packt mich meine Freundin und zieht mich mit so viel Schwung über die Kante, dass wir übereinanderkullern. Ich schaffe es, rechtzeitig zu stoppen, bevor es auf der anderen Seite wieder hinuntergeht.

»Wer ist es?«, krächze ich, meine Stimme ist kaum zu hören.

Candelas Gesicht ist tränenverschmiert, und sie schüttelt den Kopf. Ich komme wackelig auf die Beine und gehe langsam zum Abhang. Ich weiß, was mich erwartet, will es aber nicht sehen. Dort liegt der verdrehte Körper einer Frau. Das Gesicht wird von ihrem Haar verdeckt. Ihrem zinnoberroten Haar. Ein Schmerzenslaut entfährt meiner Kehle, und ich klammere mich an Candela. Wir halten einander. Es ist beinahe wie in meiner Vision. Ich verfluche diese Gabe aus tiefstem Herzen. Wer will schon das Unglück voraussehen, das einen selbst und diejenigen, die einem nahestehen, erwartet?

Einen Moment später erscheint Hale neben Phia und kniet nieder.

»Vielleicht wird alles gut«, flüstere ich.

»Wir müssen weiter«, sagt Candela mit brüchiger Stimme.

Unter Aufbringung aller verbleibenden Willenskraft, setze ich mich erneut in Bewegung. Wir halten uns an den Händen, um uns weniger allein zu fühlen.

»Wir schaffen das«, sagt meine Freundin immer wieder. »Wir schaffen es lebend hier raus.«

Mittlerweile verspüre ich großen Durst und ärgere mich, dass ich nicht aus dem Fluss getrunken habe. Meinem lädierten Hals hätte es gutgetan. Ich schaue noch einige Male an einem Felsvorsprung hinauf, doch von Kiana und Lavea fehlt jede Spur. Stur setzen wir einen Fuß vor den anderen. Wo vorhin grünes Gras gewesen ist, gibt es nun nur noch Geröll und Steine, sodass wir einige Male wegrutschen. Schweiß läuft mir die Stirn hinab, mein lockiges Haar klebt mir im Nacken, und fast wünsche ich den Sturm und den grauen Himmel zurück. Erbarmungslos scheint die Sonne auf unsere Köpfe, und an den Stellen, die nicht von unseren Trainingsanzügen bedeckt werden, ist unsere Haut bereits gerötet. Plötzlich sinkt Candela neben mir auf die Knie. Sofort bin ich bei ihr.

»Was ist los?«, frage ich. Vorsichtig befühle ich ihre Stirn. Sie glüht. Vermutlich hat sie einen Sonnenstich. Hier oben gibt es keinen Schatten.

»Geht gleich wieder«, erwidert sie, während sie sich mit den Händen über ihr Gesicht fährt.

Ich will mich gerade zu ihr setzen, als ein gackerndes Kreischen ertönt. Es ist eindeutig nicht menschlich. Ich suche die Umgebung und den Himmel ab, und dann erkenne ich die Ursache des Geräuschs. Riesige Vögel halten am Himmel auf uns zu. Vier Stück an der Zahl. Sie sind groß, das kann ich selbst aus dieser Entfernung sehen.

Candela neben mir hebt den Kopf. »Was zur Hölle?!«

Sie sind nun direkt über uns. Zwei von ihnen fliegen zur Bergspitze, vermutlich, um sich Kiana und Lavea vorzunehmen. Die anderen beiden stürzen zu uns hinab. Wie paralysiert schauen wir ihnen entgegen. Erst im letzten Moment springen wir beiseite und rollen uns ab. Unsere Reaktionen sind aufgrund der kräftezehrenden Reise eindeutig verzögert.

Als die beiden Vögel uns um Haaresbreite verfehlen und einen Bogen fliegen, sehe ich die großen Klauen und den riesigen Schnabel. Beides ist aus Eisen. Ein Schauer läuft mir den Rücken hinab.

»Ich glaube, es sind Stymphalische Vögel«, ruft Candela mir zu. »Der Legende nach wurden sie von Herakles erledigt.«

»Offenbar nicht alle«, krächze ich zurück.

Als sie erneut auf uns zufliegen, schnappe ich Pfeil und Bogen von meinem Rücken. Sobald sie dicht genug sind, lasse ich los. Mein Pfeil hat mitten ins Herz getroffen. Kurz darauf verliert der Vogel jegliche Spannung und fällt mit einem lauten Knall vor mir zu Boden.

»Flame!«, kreischt Candela, und ich wirble zu ihr herum. Verflucht! Das sieht nicht gut aus. Der andere Vogel ist direkt über ihr. Erst aus der Nähe kann ich erkennen, dass auch seine Rückenfedern aus Eisen sind. Schnell greife ich nach meinem Pfeil und spanne ihn. Es zerreißt mir fast das Herz, als der Vogel seine Klauen durch die Kleidung in die Schultern meiner Freundin gräbt und sie mit sich in die Lüfte hebt. Ich ziele und lasse los. Ich erwische das Ungeheuer, aber mein Pfeil schafft es nicht, das Eisen zu durchdringen.

Unsere Blicke treffen sich, und Candela lächelt zaghaft, als wolle sie mir sagen, dass es in Ordnung sei. Wütend reiße ich den nächsten Pfeil aus dem Köcher, ziele nun auf den Kopf, doch durch die riesigen Schwingen ist das Vogelungeheuer schon viel zu weit weg. Ich kann nicht riskieren zu schießen und am Ende meine Freundin zu treffen. Und was würde es nützen, wenn das Untier mit ihr gemeinsam abstürzt?

»Hilfe«, versuche ich zu schreien, doch meine Stimme ist und bleibt nicht mehr als ein klägliches Wispern. »Nein«, flüstere ich immer wieder, bis Candela und der Vogel nur noch ein winziger Punkt am Himmel sind. Ich sehe ihnen nach und fühle mich wie eine Versagerin, weil ich sie nicht retten konnte. Ich schicke einen Fluch zu allen Göttern, die mich hören mögen.

Mir ist danach, auf die Knie zu sinken, mit den Fäusten den Boden zu bearbeiten, doch stattdessen gehe ich weiter. Gehe einfach weiter, als wäre nicht gerade eine Freundin vom Felsen gestürzt und die andere von einem Vogelungeheuer geraubt worden. Ich tue so, als wäre es etwas ganz Alltägliches, von Sirenen betört zu werden und sie anschließend zu töten.

Nach einer Weile beginne ich zu rennen. Versuche, den Kopf frei zu bekommen von all den Schreckensbildern, die mich nie loslassen werden, solange ich lebe. Ich dränge den Schmerz zurück, in die hinterste Ecke meines Seins, damit ich nicht zusammenbreche. Immer schneller laufe ich, blicke nicht nach links oder rechts, nur nach vorn. Ich habe mir schon einige Male gewünscht, die Zeit zurückdrehen zu können, anders zu handeln, mehr zu lieben, weniger zu zweifeln. Doch die traurige Wahrheit ist, dass mich kein Weg jemals zurückführen wird.

Irgendwann kommt die Spitze des Berges in Sicht. Ein Kreuz steht am höchsten Punkt, darunter eine Steinschale. Keuchend halte ich darauf zu. Es erscheint mir so surreal, dass ich es bis hierher geschafft habe. Plötzlich bin ich voller Energie. In wenigen Schritten erreiche ich die Schale. Kurz zögere ich. Darin sind fünf Anhänger. Fünf für jede von uns. Ich schlucke hart, als ich hineingreife. Vorsichtig nehme ich eine der goldenen Sonnen, die überraschend kühl in meiner Hand liegt.

»Flame!« Ich wirbele herum. Kiana kommt auf mich zugehastet.

»Du lebst!«, bringe ich mühsam hervor, und meine Stimme bricht. »Den Göttern sei Dank!« Tränen laufen mir über die Wangen, als ich ihr entgegenrenne. Ich will sie in meine Arme schließen, damit ich weiß, dass sie wirklich da ist.

»Ich bin so froh, dass du es geschafft hast«, sagt Kiana, als ich vor ihr zum Stehen komme. *Lüge,* durchfährt es mich. Dann versenkt sie die Klinge ihres Dolches in meinem Bauch.

Kapitel 21

ALLES LEBEN VERGLÜHT

True ist bei mir, als ich aufwache. »Wie fühlst du dich, Flämmchen?«

Elend, denke ich. »Bitte sag mir, dass ich geträumt habe.«

Der Gott der Wahrheit und der Wirklichkeit sieht mich mitfühlend an. »Die letzte Aufgabe hat unvorhergesehenes Chaos heraufbeschworen.«

Ich schnaube. »Damit hättet ihr rechnen müssen, wenn ihr uns Sirenen, einen Flussgott und Vogelungeheuer auf den Hals jagt.« Ganz langsam werde ich wieder klarer im Kopf. Ich schlage die Decke zurück und schaue auf meinen Bauch. Eine weiße Bandage ist um meinen Unterkörper gewickelt.

»Du hattest Glück. Es wurden keine lebenswichtigen Organe verletzt. Aber sie hat eine Arterie getroffen, weshalb du ziemlich viel Blut verloren hast. Apollo war rechtzeitig da und hat dich geheilt.« In diesem Punkt hatte ich wohl mehr Glück als Moisha. Dann fällt mir ein, dass ich ja irgendwie unsterblich bin. Kann mich so eine Bauchwunde dann überhaupt erledigen?

Ich schlucke, als ich an Kiana denke. »Warum?«, bringe ich nur hervor.

»Das ist die große Frage, nicht wahr?«

»Ich kann nicht glauben, dass sie das getan hat.«

»Sie ist in einem der Verliese im Kellergewölbe.«

»Ich wusste nicht, dass es hier so etwas gibt.« Ich will nach den anderen Mädchen fragen, aber ich traue mich nicht.

True scheint meine Gedanken zu lesen. »Lavea ist wohlauf. Sie und du, ihr habt die Prüfung beide bestanden. Was uns vor ein kleines Problem stellt ... Deshalb werden wir in sieben Tagen – bis dahin solltest du wieder fit sein – eine Finalrunde zwischen euch beiden veranstalten.«

Ich bemühe mich um einen neutralen Gesichtsausdruck. Ich denke nicht, dass ich bis dahin noch hier sein werde. Schon so oft bin ich bei diesem Turnier knapp dem Tod entronnen. Und wozu? Damit sie mich, wenn sie am Ende die Wahrheit über mich herausfinden, dennoch zur Schlachtbank führen?

Alles in mir sträubt sich dagegen. Ich habe nicht so hart gekämpft, nur um mein Leben so schnell wieder wegzuwerfen. Ich habe gelernt, stark zu sein und nicht klein beizugeben. Und trotzdem frage ich mich, ob Weglaufen mich zu einem Feigling macht. Zu etwas, das ich doch eigentlich nie wieder sein wollte. Natürlich wünsche ich mir, ich könnte mich auf True und die anderen verlassen. Offen mit ihnen reden und endlich Klarheit erlangen. Aber es geht nicht. Ich kann nicht aus meiner Haut.

Es ist Dark, der immer in meinem Kopf ist. Seine Versprechungen. Seine Berührungen. Und wie ich mich fühle, wenn ich bei ihm bin. Ich weiß nicht, ob ich in der Lage wäre, ihn wirklich hinter mir zu lassen ...

Sieben Tage ... Bis dahin muss ich mich entscheiden, ob ich ihm einen Vertrauensvorschuss gebe und ihm meine Karten zeige. Oder ob ich meine Sachen packe und bei Nacht verschwinde. Einfach über das Meer davonsegle, wie die Wasservögel, die ich an manchen Tagen beneidet habe.

Ich vermisse Amanda, und die Tatsache, dass ich ihren Aufenthaltsort nicht kenne, verunsichert mich. Doch selbst wenn ich keine Zweifel darüber hätte, dass sie noch in unserem Dorf ist, glaube ich nicht, dass ich sofort an diesen Ort zurückkehren könnte. Erstens, weil die neuen Götter mich dort sofort vermuten würden. Und zweitens, weil ich Cato diese Genugtuung niemals schenken könnte. Niemals könnte ich zu ihm zurückkriechen. Niemals könnte ich mich in seinen Schatten stellen, mich hinter ihm verstecken – so wie früher.

Meine Heimat und mein altes Leben erscheinen mir wie ein Paar Schuhe, aus denen ich herausgewachsen bin. Wenn ich also aufbreche ... dann werde ich meinen eigenen Weg finden. Ohne mich dabei von anderen lenken zu lassen. Nur meine eigenen Regeln. Auch wenn diese Prophezeiung immer in meinem Nacken sitzen wird. Früher oder später werde ich mich mit ihr auseinandersetzen müssen. Denn sollte ich tatsächlich die Einzige sein, die fähig ist, die Erde von der Hitze zu befreien ... Es ist eine Verantwortung, deren Ausmaß ich zu diesem Zeitpunkt nicht begreifen kann. Ich seufze tief. Vielleicht ist Abstand genau das, was ich brauche.

»Was ist mit Phia?«, frage ich, als mir klar wird, dass ich schon viel zu lange geschwiegen habe.

True zuckt zusammen, rutscht auf seinem Stuhl hin und her und zeigt mir damit, dass auch er mit seinen Gedanken ganz woanders gewesen ist. »Apollo hat sie größtenteils wieder zusammengeflickt. Derzeit befindet sie sich in einem magischen Schlaf. Hale ist bei ihr. Es wird sich innerhalb der nächsten Tage entscheiden, ob sie es schafft.«

»Und Candela?« Ich wage es kaum, ihren Namen auszusprechen.

Mein Gegenüber stößt angespannt die Luft aus. »Lost ist außer sich. Wer hätte gedacht, dass all die bösen Buben sich verlieben ...« Er zwinkert mir zu. »Sie suchen nach ihr. Aber ... niemand weiß, ob sie noch lebt.«

Tränen steigen mir in die Augen. »Ich hätte ihr helfen müssen. Es ist meine Schuld.«

Er steht auf und setzt sich zu mir ans Bett. Dann nimmt er meine Hand und drückt sie fest. »Das ist lächerlich, kleine Flamme. Du hast dich mehr als gut geschlagen. Und wenn ich dir einen gut gemeinten Ratschlag geben darf: Etwas, das ich sehr früh lernen musste, ist, dass man nicht jeden retten kann. Es steht nicht alles in unserer Macht.«

»Es ist trotzdem nicht fair«, erwidere ich. Lavea, Candela und Phia sind zu meinem engsten Kreis geworden. Ich wünsche mir, dass sie es alle heil hier herausschaffen. Und sobald die neuen Götter nach meinem Verschwinden entdecken, dass ich diejenige bin, die sie brauchen, werden sie hoffentlich von meinen Freundinnen ablassen. Es wäre schön, wenn sie mich begleiten könnten. Aber ... ich will sie nicht in diese Sache mit hineinziehen. Sie haben noch die Chance auf eine halbwegs normale Zukunft. Und die will ich ihnen unter keinen Umständen nehmen. »Wo ist Dark?«, frage ich nach einer Weile.

»Er kümmert sich um Kiana.«

Die Erinnerung an das Ende von Hales Aufgabe prasselt auf mich ein. Kianas verzerrte Gesichtszüge – so vollkommen verändert. Das heiße Metall, das ohne Widerstand mein Fleisch durchschneidet. Ein Schauer läuft mir über den Rücken, während ich angestrengt nach Luft schnappe und gleichzeitig versuche, die Panik zurückzudrängen. »Ich kann nicht glauben, wie sehr ich mich in ihr getäuscht habe.«

Als ich durch die Tür von Phias Schlafzimmer trete und Hale neben ihrem Bett sitzen sehe, fühle ich mich wie ein Eindringling. »Darf ich reinkommen?«, flüstere ich, obwohl es dafür bereits zu spät ist.

Hale nickt mir nur zu, und ich nehme auf der anderen Seite des Bettes Platz. Zögerlich greife ich nach Phias Hand. Ihr zinnoberrotes Haar ist um sie herum ausgebreitet wie ein Fächer. Jemand hat ihr Gesicht gesäubert, trotzdem sind ihre Abschürfungen überdeutlich zu erkennen. Bis zu den Schultern ist sie von einer dunkelblauen Decke verhüllt, sodass ich die anderen Verletzungen nicht sehen kann. Doch eine leuchtend rote Narbe verläuft quer über den Hals und verschwindet unter der Decke. Ich schlucke, dränge die aufsteigenden Tränen zurück. Ich werfe einen Blick zu Hale, der ebenfalls ihre Hand hält.

»Apollo hat sein Bestes gegeben«, sagt er schließlich mit belegter Stimme. »Aber die Narben werden wohl für immer bleiben.«

»Das zeigt nur, wie stark sie ist. Sie wird wieder gesund, weil sie eine Kämpferin ist.«

»Das bist du auch.« Er lächelt mich zaghaft an. »Ich bin froh, dass du hier bist.« Ich nicke, und wir verfallen erneut in Schweigen.

Hale mustert Phia so intensiv, als müsse sie allein durch seine Willenskraft wieder genesen. »Ich hätte es bemerken müssen.«

Ich runzle die Stirn über seinen schroffen Ton.

»Ich habe sie trainiert. Ich habe so viel Zeit mit ihr verbracht und trotzdem nicht bemerkt, was für ein Biest sie ist. Was für eine Gefahr sie ist.«

»Ich könnte dasselbe sagen. Aber was nützt das schon? Es bringt niemanden zurück und macht niemanden gesund.«

Er nickt langsam. »Phia ist nicht von allein gefallen, weißt du?«

Ich ziehe scharf die Luft ein.

»Sie hatte ebenfalls Stichverletzungen. Kiana muss sie erst attackiert und dann geschubst haben. Davon gehen wir jedenfalls aus.«

»Wieso habt ihr nicht früher eingegriffen?«

»Ich weiß es nicht. Ich habe sie gefunden und war schockiert, wie gelähmt vor Angst. Wir haben einfach zu spät reagiert. Yasar und Dark haben Kiana von dir runtergezerrt, nachdem sie das erste Mal auf dich eingestochen hatte.«

Und da ist es wieder, das mulmige Gefühl in meiner Magengrube. Auf meiner Zunge breitet sich ein bitterer Geschmack aus. Das Gefühl des Verrats habe ich in letzter Zeit viel zu oft zu spüren bekommen.

DARK

Die Luft ist klamm, es liegt ein modriger Geruch in der Luft, der mich ganz krank macht. Yasar und ich stehen Schulter an Schulter vor den Gitterstäben. Auf der Pritsche dahinter liegt die Frau, die Flame beinahe getötet hat. Mein Kiefer mahlt ununterbrochen, und ich muss mich beherrschen, mich nicht zu wandeln und ihre Kehle zu zerfetzen. Zugegeben, ich würde es tun, wenn ich mit ihr allein wäre. Yasar ist so widerlich geduldig, handelt immer absolut besonnen. Das kann ich in diesem Augenblick nicht gebrauchen. Ich will nicht wissen, warum sie es getan hat, was ihre Motive sind. Ich will nur, dass diese Frau stirbt.

»Nuuuun«, sagt sie gedehnt, als wäre das hier ein fröhlicher Plausch unter Freunden. Beim Klang ihrer Stimme würde ich ihr am liebsten den Hals umdrehen. »Wie lange wollt ihr dort noch stehen und mich anstarren?«

Bis du komplett zermürbt bist, denke ich.

»Wir haben ein paar Fragen an dich«, erwidert Yasar gelassen.

Sie lehnt sich entspannt zurück und schlägt die Beine übereinander. »Nur zu. Keine falsche Scheu.«

»Warum wolltest du die anderen Mädchen töten?«

Sie leckt sich über die Lippen, sodass ich glaube, mich jeden Moment übergeben zu müssen. »Ich langweile mich so schnell. Und außerdem: Es kann nur eine Gewinnerin geben. Niemand hat gesagt, dass wir uns nicht gegenseitig aus dem Rennen befördern dürfen.«

Ich schnaube ungläubig. Für gewöhnlich habe ich ein gutes Gespür, aber da sich meine Gedanken die meiste Zeit um Flame gedreht haben, ist mir vollkommen entgangen, dass Kiana offensichtlich eine Psychopathin ist. »Warum erst jetzt? Warum hast du vorher keinen Versuch gestartet?«

Sie zuckt gleichgültig mit den Schultern. »Zu viele. Ich habe erst die natürliche Auslese abgewartet. Haben euch die Stymphalischen Vögel gefallen?«

Ich erstarre.

»Tja, ich weiß, Eigenlob stinkt, aber die kamen von mir. Der liebe Hale hatte damit nichts zu tun. Von ihm waren lediglich diese albernen Sirenen.«

Ich stoße einen stummen Fluch aus. »Weißt du darüber Bescheid, wo sie Candela hingebracht haben?«

»Vielleicht.« Ihr Gesicht verzieht sich zu einer grinsenden Fratze. »Leider muss ich zugeben, dass die Biester nicht besonders schlau sind. Eigentlich sollten sie Flame mitnehmen.«

Ihre Aussage lässt meine Sicherungen endgültig durchbrennen, doch Yasar hält mich zurück. »Warum?« Dass er so ruhig bleibt, macht mich bloß wütender.

Plötzlich erhebt sie sich, kommt auf uns zu und steht schließlich nur noch wenige Zentimeter von den Gitterstäben entfernt. »Ich bin ziemlich enttäuscht. Erkennt ihr mich denn gar nicht?« Sie tritt noch ein wenig näher.

Ich beobachte sie aus zu Schlitzen verengten Augen, bereit, jederzeit einzugreifen. Langsam beginnt sich ihr Gesicht zu verformen: Der Kopf wird schmaler, die Nase kleiner, das Kinn spitzer, ihre Haare wachsen, aus Rot wird ein dunkles Blond. Auch ihre Iriden sind nicht mehr braun, sondern von einem wässrigen blau. Ich stolpere zurück.

»Hallo, Bruderherz«, grüßt sie Yasar. Dann wendet sie sich mir zu. »Geliebter.« Bedächtig legt sie eine Hand um die Gitterstäbe. »Bekomme ich zur Begrüßung gar keinen Kuss? Ich habe eine solch beschwerliche Reise auf mich genommen, nur um bei dir zu sein.« Scheu schlägt sie die Augen nieder, doch ihr gehässiges Grinsen kann sie nicht verstecken.

Vor uns steht die Person, von der ich gehofft habe, sie nie wieder sehen zu müssen. Ziva.

»Was willst du hier?«, frage ich barsch. Yasar neben mir ist kreidebleich.

Nachdenklich sieht sie zu mir auf. »Ich bin nicht mehr so unbeherrscht wie damals, weißt du. Im Gegensatz zu dir nehme ich mir alle Zeit der Welt für meine Rache. Einer der Vorzüge des unsterblichen Lebens.«

Wütend knirsche ich mit den Zähnen. »Deine Rache wirst du nicht bekommen. Du wirst dieses Verlies nie mehr verlassen.«

Jetzt kichert sie wie ein kleines Mädchen. »Oh, ich denke doch. Ich habe einiges dazugelernt. Und ich hatte einen guten Lehrer.« Sie wirft mir einen vielsagenden Blick zu. »Als Zeichen meines guten Willens werde ich euch sagen, wo das Nest der Stymphalischen Vögel ist. Aber ganz ehrlich, ich glaube nicht, dass das Prinzesschen noch lebt.«

»Wo?« Es ist das erste Wort, das Yasar seit ihrer Verwandlung spricht.

»Wenigstens von dir hätte ich eine etwas herzlichere Begrüßung erwartet, aber gut. Das Nest befindet sich im Gebirge im Osten vom Land der Wahrheit und der Wirklichkeit.« Sie geht zurück zur Pritsche und legt sich wieder darauf. Ziva gähnt herzhaft und stützt dann ihren Kopf auf ihrer Hand ab. »In der Zwischenzeit mache ich es mir hier bequem. Lass mich nicht zu lange warten, Liebster.«

Dream zuckt zusammen, als ich in seinem Arbeitszimmer auftauche. Wie immer ist er über einen Stapel Bücher und Unterlagen gebeugt. Wenige Sekunden später erscheint Yasar mit True und Lost im Schlepptau. Ich schätze mal, dass Hale Saphiras Krankenbett nicht verlassen wollte. Eigentlich hatte ich das Wort »Sterbebett« im Sinn, streiche es aber umgehend.

In der Kurzfassung schildern Yasar und ich abwechselnd, was geschehen ist. Sobald ich Candelas Aufenthaltsort ausgesprochen habe, verschwindet Lost ohne ein weiteres Wort.

Fluchend blickt Dream auf die Stelle, wo er eben noch stand. »Ich schlage vor, dass wir ihm so schnell wie möglich folgen, damit er sich nicht auch noch umbringt.«

Ich nicke zustimmend. »Jemand muss Apollo und Prom aus den Evakuierungslagern holen. Wir brauchen beide, damit sie Ziva bewachen.«

»Das kann ich übernehmen«, sagt True eifrig. »Ich kann nicht glauben, dass die alte Schnepfe wirklich hier ist.«

Ich wende mich Yasar und Dream zu. »Wir anderen sollten Lost helfen, Candela zurückzuholen, danach sehen wir weiter.« Anschließend verschwindet True.

»In zehn Minuten im Innenhof«, sagt Yasar, dann trete ich durch den Nebel in mein Zimmer.

Ich brauche eine Weile, bis ich meine Kampfausrüstung gefunden habe. Sie ist an den wichtigen Stellen gepanzert, so kann mich keines der Biester zerfleischen. Ich lege meinen Waffengürtel um und stecke fünf Dolche und ein längeres Messer ein. Anschließend schnalle ich mir einen Köcher mit Pfeilen auf den Rücken, deren Spitzen mit Gift getränkt sind, und hänge mir den Bogen über die Schulter. Ich fühle mich schuldig, dass ich bisher nicht bei Flame gewesen habe. Als ich das Messer in ihrem Bauch stecken sah … Götter! Das viele Blut. Ich sollte daran gewöhnt sein, denn schließlich ist diese Welt so. Und ich wusste, was ich ihr antue, wenn ich sie an diesem Turnier teilnehmen lasse. Und doch bringt mich die Angst um sie jedes Mal beinahe um.

Ich kontrolliere, dass ich nichts vergessen habe, und einen Wimpernschlag später stehe ich im Innenhof. Zu meiner Überraschung sind nicht nur Dream und Yasar, sondern auch Lost da.

»Ich bin nicht komplett lebensmüde«, erwidert er mürrisch,

als er meinen Blick bemerkt. »Ich habe das Nest gefunden und bin zurückgekehrt, um Waffen zu holen.«

»Und Verstärkung«, stichelt Dream. Wenn es hier um Lavea ginge, wäre er sicher nicht so gelassen.

Lost ignoriert ihn. »Ihr vergeudet wertvolle Zeit. Haltet euch an mir fest, damit ich euch leiten kann.«

Es widerstrebt mir, mit den anderen Händchen zu halten. Als Yasar mich auffordernd ansieht, nehme ich dennoch seine Hand. Ich komme mir lächerlich vor. Ein letztes Mal taucht Flame in meinen Gedanken auf, die sicher stolz auf mich wäre, weil ich mich so sozial verhalte. Und dann sind wir fort. Als ich die Augen wieder öffne, stehen wir auf einem hohen Felsen. Sofort beginne ich zu schwitzen. Die Luft ist drückend. Um uns herum sind halbtote Bäume und vertrocknetes Laub. Dennoch kein ungewöhnliches Bild – für diese Welt. Trues Reich ist von allen das vielseitigste, denn hier findet man neben den Bergen und Wäldern auch Wüstenlandschaften und den Ozean.

Lost deutet auf ein Loch in der Erde. »Dort unten.«

Dream rümpft angewidert die Nase. »Die Mistviecher müssen die Hitze wohl lieben.«

Ich nehme den Bogen von meiner Schulter. »Das kannst du laut sagen.«

Ohne auf die anderen zu warten, sammele ich meine Macht und springe hinab. Das Nest ist tunnelartig und es gehen mehrere Höhlen ab. Als ich auf einem Vorsprung lande, ertönt ein Kreischen, und ich stehe dem ersten Mistvieh gegenüber. Bevor es auch nur eine Kralle rühren kann, schieße ich ihm meinen Giftpfeil direkt zwischen die Augen. Und so geht es immer weiter. Wir schlagen uns nach und nach durch den Tunnel und die Höhlen.

Als meine Pfeile zur Neige gehen, lasse ich meine Dunkelheit auf sie los. Ich mache die Vogelungeheuer blind. Das mögen sie nicht.

»Ich habe sie. Ich habe Candela!«, ruft Dream irgendwann.

Wir könnten jetzt gehen, aber ich töte sie trotzdem alle. Ich will die Biester nie wiedersehen, schon gar nicht in der Nähe von Flame.

Fast gleichzeitig landen wir vor dem Sandpalast. Nun ist es Lost, der Candela auf dem Arm trägt. Yasar verschwindet sofort wieder, vermutlich um Apollo abzulösen, damit er sie heilen kann. Falls es nicht schon zu spät ist. Sie wurde übel zugerichtet. Ihre gesamte Schulterpartie ist zerfleischt, dort wo die Biester sie mit ihren Klauen gepackt haben. Lost wirkt verzweifelt.

»Du solltest sie in deine Gemächer bringen«, sage ich zu ihm, woraufhin er mechanisch nickt. Dann gehen wir durch den Nebel.

Ich breite ein Laken über Losts Bett aus, bevor er Candela sanft ablegt. Er scheint sich in einer Art Schockzustand zu befinden, seine Hände zittern unkontrolliert. Kurz darauf taucht Apollo auf. Seine Augen weiten sich, als er das Ausmaß der Wunden sieht. Vorsichtig lässt er seine ausgestreckten Hände über sie gleiten, verharrt über Candelas Herzen. Ich schlucke. Es erinnert mich an jenen Tag, vor so vielen Jahren …

»Ich warte draußen«, murmele ich und gehe vor die Tür. Ich atme tief durch, bis mein Herzschlag sich wieder beruhigt hat.

Es scheint eine Ewigkeit zu dauern, bis Apollo endlich durch die Tür kommt und sagt, dass sie es schaffen wird. Es fühlt sich an, als würde man mir eine schwere Last von den Schultern nehmen.

Wortlos machen wir uns auf den Weg zu Dreams Arbeitszimmer. Wir haben eine Menge zu besprechen.

»Ziva ist ja ein echtes Goldstück«, sagt er nach einer Weile. Ich verdrehe die Augen. »Du musst in der alten Heimat wirklich einen verdorbenen Geschmack gehabt haben.« Ich verkneife mir die Antwort, dass es vielmehr so gewesen ist, dass ich keine Wahl hatte. Eigentlich möchte ich nie wieder an damals erinnert werden. Es war die dunkelste Zeit in meinem Leben, und ich konnte den Schrecken der Erlebnisse sehr lange nicht abschütteln. »Und kaum zu glauben, dass sie die Schwester des frommen Yasars ist.«

Ich unterdrücke ein Lachen. »Ja, das ist wirklich nur schwer vorstellbar.« Mit dem Fuß kicke ich eine Muschel weg, die sich von der Wand gelöst hat. »Ich bin dafür, dass wir alle nötigen Informationen aus ihr herausholen und sie dann so schnell wie möglich beseitigen.«

»Ich weiß nicht, ob Yasar damit einverstanden sein wird.«

»Das ist mir egal. Glaub mir, du willst nicht, dass Ziva auf diese Welt losgelassen wird.«

»Was hältst du von der siebten Aufgabe?«

Ich zucke mit den Schultern. »Ich werde Flame fortbringen.« Apollo nickt nachdenklich. »Ich werde sie fortbringen und mit den anderen verhandeln. Ich will eine andere Lösung finden. Mir ist klar, dass die Erde geheilt werden muss, weil wir sonst alle untergehen. Und deshalb muss ich einen Weg finden, wie Flame die Prophezeiung überleben kann.«

»Und du meinst, die anderen werden sich dazu überreden lassen? Noch länger zu warten?«

Ich schnaube verächtlich. »Das schert mich nicht. Ich habe

noch nie um Erlaubnis gefragt. Und seien wir ehrlich: Glaubst du, dass Dream Lavea so einfach opfern würde?«

»Ich bin mir da nicht so sicher. Manchmal finde ich ihn ein bisschen unheimlich«, gibt Apollo zu.

FLAME

Irgendwann verabschiede ich mich von Hale und lasse ihn mit Phia allein. Ich laufe den Flur hinab und klopfe an Laveas Zimmertür, doch sie öffnet nicht. Also wandere ich nachdenklich umher, bis ich durch meine Träumereien vollkommen die Orientierung verliere. Mist. In diesem Bereich des Palastes bin ich nie zuvor gewesen. Eine besonders prachtvolle Tür erregt meine Aufmerksamkeit, sie ist bemalt, mit blauen Wellen und weißem Schaum. Zögerlich drehe ich den Knauf. Es ist nicht abgeschlossen. Dann stoße ich sie auf, und was ich sehe, lässt meinen Mund weit offen stehen. Eine Bibliothek. Der Geruch, der mir entgegenströmt, ist alt und wissend und wunderschön. Nur wenig Sonnenlicht dringt durch die kleinen Fenster und verleiht dem Raum etwas Geheimnisvolles. Leise schließe ich die Tür hinter mir, fast so, als wolle ich die Bücher nicht stören.

Sechs lange Reihen erstrecken sich vor mir. Es gibt einige Sitzgelegenheiten und eine riesige Empore mit muschelbesetztem Geländer. Gemälde schmücken die Wände, und in der hinteren Ecke steht eine Schreibmaschine. Eine echte Schreibmaschine! Und so endlos viele Bücher. Ich glaube, ich bin in meinem persönlichen Himmel. Zögerlich streife ich durch die Reihen, fahre mit den Fingern sachte über die alten Lederbände, sauge den Duft von Pergament und Tinte in mich ein. Die Bücher sind in alphabetischer Reihenfolge sortiert. Schließlich bleibe ich an einem Buch mit schwarzem Umschlag hängen. Der Titel springt mir sofort ins Auge. *Geschichte der Unterwelt. Wesen und Götter des Todes.*

Ich schlucke. Und denke an Regel Nummer sechs: Ich muss herausfinden, was meine Herkunft für meine Zukunft bedeutet.

Ich gehe zurück zum Eingang, wo ich eine Leiter gesehen habe, die ich kaum anheben kann. Ächzend packe ich sie und wuchte sie zum Regal. Als ich sicher bin, dass sie einen guten Stand hat, klettere ich hinauf und ziehe das Buch heraus. Es liegt schwer in meiner Hand. Vielleicht ist es Einbildung, aber fast glaube ich, den Geruch von Tod und Verwesung wahrnehmen zu können. *Mach dich nicht lächerlich,* ermahne ich mich selbst. Dann gehe ich die Treppe zur Empore hinauf und lasse mich auf ein samtgrünes Sofa fallen. Von hier oben sieht die Bibliothek noch beeindruckender aus.

Aus irgendeinem Grund habe ich das Gefühl, etwas Verbotenes zu tun. Ich ringe noch eine Weile mit mir. Zögerlich hebe ich das schwere Buch und schlage es auf. Dann beginne ich zu lesen:

Die Unterwelt ist das Reich des Gottes Hades, nach dem dieser Ort benannt ist. Ihm wurde die Unterwelt zugeteilt, während sein Bruder Zeus über den Himmel herrscht und Poseidon über die Meere.

Ich schüttele den Kopf. Es scheint kein sehr aktuelles Buch zu sein.

Der Eingang zur Unterwelt befindet sich in einer Felsspalte am Ende der Welt. Dort wacht Kerberos, der dreiköpfige Hund, und sorgt dafür, dass kein Lebender die Unterwelt betritt und kein Toter den Hades verlässt.

Fünf Flüsse durchziehen den Hades und trennen ihn von der Oberwelt. Der bekannteste ist der Styx, der den Hades neun Mal umfließt und auch »Wasser des Grauens« genannt wird. Sein Wasser ist giftig, doch den Legenden nach soll es auch unverwundbar machen. Der Kokytos ist der Fluss des Wehklagens, wenn die Toten aus ihm trinken, werden sie sich des Verlustes ihres Lebens bewusst, und ihr Klagen, das man ständig in der Unterwelt hört, zerreißt die Luft. Außerdem gibt es den Acheron, den schwarzen Fluss. Ebenso wie der Styx gilt er als Totenfluss, über den Charon die toten Seelen in den Hades bringt. Der Pyriphlegethon führt kein Wasser, sondern ist angefüllt von niemals erlöschenden Flammen und kochendem Blut. Der fünfte Fluss ist Lethe, der des Vergessens. Wer von seinem Wasser trinkt, verliert all seine Erinnerungen. Meist trinken die Seelen aus ihm, um die Leiden aus ihrem menschlichen Leben zu vergessen.

Jene, die den Zorn der Götter auf sich ziehen, werden in das tiefste Loch des Hades verbannt, den Tartaros. Es ist ein Ort von unvorstellbarem Grauen und ewigen Qualen. Er gilt als tiefster und dunkelster Ort der Welt.

Niemand kann dem Hades entkommen, es sei denn, er wird von den Göttern unsterblich gemacht.

Ich lehne mich zurück und versuche, die Gänsehaut zu ignorieren, die sich auf meinen Armen gebildet hat. Ich hoffe sehr, dass ich den Tartaros niemals selbst zu Gesicht bekommen werde.

Ich überspringe einige Seiten, bis ich auf ein Kapitel zum Herrscher der Unterwelt stoße.

Hades ist der Sohn von Kronos und Rhea. Er ist so gefürchtet, dass kaum jemand es wagt, seinen wahren Namen auszusprechen. Die Hölle wurde ihm durch ein Los zugeteilt, doch er beschuldigt seine Brüder bis heute, dass sie ihn hinters Licht geführt haben. Sein düsteres Reich, in dem er unerbittlich über die Toten herrscht, verlässt er sehr selten. Weder Bitten noch Betteln können sein schwarzes Herz erweichen. Dementsprechend konnte keine Göttin dazu gebracht werden, ihr Dasein an seiner Seite an diesem grausamen Ort zu fristen.

Daher beschloss Hades, sich seine Frau mit Gewalt anzueignen, und raubte Persephone, die Tochter von Demeter, der Göttin der Fruchtbarkeit. Als Persephone verschwand, irrte Demeter umher, befahl den Pflanzen, nicht mehr zu wachsen, sodass eine Hungerkatastrophe drohte. Schließlich konnte sie durch die Hilfe von Zeus einen Kompromiss aushandeln. So musste Persephone fortan ein Drittel des Jahres in der Unterwelt bleiben, den Rest des Jahres darf sie bei ihrer Mutter verbringen.

Mit zitternden Fingern blättere ich weiter. Nun, diese Abmachung, den Großteil des Jahres auf der Erde zu verbringen, wurde wohl irgendwann hinfällig.

Ich atme tief durch und widme mich dem Abschnitt über meine Mutter. Wie seltsam das klingt ...

Persephone ging aus der Verbindung zwischen Zeus und Demeter hervor. Oft wurde sie auch »Kore« genannt, das Mädchen des Frühlings. Die meiste Zeit spielte sie auf einer Wiese in Begleitung von Nymphen, die stets bei ihr waren. Eines Tages brach aus dieser Wiese eine Narzisse hervor, deren Anblick sie derart verzückte, dass sie diese pflücken wollte. Im selben Augenblick tat sich die Erde auf und Hades kam hervor. Er packte sie und entführte sie in die Unterwelt.

Demeter war so außer sich, dass Zeus den Götterboten Hermes zu seinem Bruder schickte, um zu vermitteln. Nur äußerst widerwillig stimmte Hades zu, das Mädchen zurückzugeben. Doch bevor er Persephone gehen ließ, zwang er sie, ein paar Kerne des Granatapfels aus dem Garten zu sich zu nehmen, den er eigens für sie angelegt hatte. Als Demeter ihre Tochter zurückbekam, beichtete diese ihr, dass sie eine Speise aus der Unterwelt gekostet hatte.

Niemand, der das tut, kann auf Dauer in der Oberwelt bleiben. Vier Monate eines Jahres muss Persephone von nun an in der Unterwelt bei Hades leben. In dieser Zeit ist Demeter in Trauer und auf der Erde herrscht Winter. In den acht Monaten, in denen Mutter und Tochter vereint sind, herrscht Frühling, der das Land aufblühen lässt.

Meine Augen wandern auf die rechte Seite, und ich betrachte die Zeichnung von Persephone. Sie steht auf einer Blumenwiese und trägt ein hellblaues Gewand. Ihre weizenblonden Haare fallen ihr in Locken, die meinen ganz ähnlich sind, bis zur Taille hinab. Obwohl ihre Augen grau sind, strahlen sie und sind voller Leben. Ich finde es komplett widersprüchlich, dass sie gleichzeitig Königin der Unterwelt und Göttin des Frühlings ist. Hades ist nicht abgebildet. Unfassbar, dass er die Tochter seines Bruders zur Gemahlin genommen hat. Das ist abartig. Aber die Götter scheinen das nicht so eng zu sehen.

Seufzend schlage ich das Buch zu und schließe die Augen. Ich kann nicht glauben, dass ich an dem Ort, über den all die Grausamkeiten in diesem Buch stehen, tatsächlich aufgewachsen sein soll. Ich winkele die Knie an und lege mir eines der Sofakissen zurecht. Dann schiebe ich das Buch darunter, verstecke es wie einen Schatz und lege mich hin. Nur kurz ruhen, denke ich, bevor ich in den Schlaf dämmere.

DARK

Die Besprechung in Dreams Arbeitszimmer hat eine halbe Ewigkeit gedauert. Überwiegend ging es um Ziva, die Lage in den Evakuierungslagern und um die letzte Aufgabe – um das Mädchen, das wir suchen. Meinen Einwurf, dass es vielleicht keine von beiden ist, haben sie abgeschmettert. Die jahrelangen Beobachtungen umsonst ... Kein Gott gibt gerne zu, versagt zu haben. Es liegt nicht in unserer Natur. Trotzdem erheitert es mich, dass die anderen die Mädchen gezielt ausfindig gemacht haben und ich *sie* gefunden habe, ohne zu suchen. Noch immer wäre es mir lieber, dass sie nicht diejenige ist, die sie nun einmal ist. Ergibt das einen Sinn? Trotzdem bin ich heute gut gestimmt, voller Hoffnung, dass mir eine Lösung einfallen wird. Ich weiß, dass sie leben wird. Aktuell kann ich sie leider nicht finden, was mir langsam Sorge bereitet. Alle Donati wurden in die Evakuierungslager gebracht, weshalb die Mädchen sich nun selbst schützen müssen, wenn wir nicht in der Nähe sind. Die zwei Monate Training haben ziemliche Kampfmaschinen aus ihnen gemacht, aber trotzdem.

Ich bleibe stehen und reibe mir über die Stirn. Wo steckt sie bloß wieder? Ich war in ihrem Zimmer, am Strand, bei Lavea, bei Hale, der wie paralysiert an Phias Bett sitzt, bei Lost, der das gleiche Bild darbietet, in der Trainingshalle und sogar in der Küche. Ziellos gehe ich weiter durch den Nebel, einige Wege auch zu Fuß, bis mir ihr Duft in die Nase steigt, nach dem ich mich so sehr verzehre. Ich überlasse mich den Instinkten meines inneren Wolfes, der mich vor die Tür der Bibliothek führt. Ich schnaube belustigt. Es wundert mich fast, dass sie diesen Raum nicht schon früher entdeckt hat. Ich trete ein, und sofort schlägt mir der Geruch von altem Pergament und Geheimnissen entgegen. Obwohl ich selbst kein großer Leser bin, fühle ich mich wohl an diesem Ort.

Mein Blick sucht die Umgebung ab, bis ich ihren kleinen Körper auf dem Sofa der Empore entdecke. Sie hat sich zusammengerollt wie ein Kätzchen, und ihr Oberkörper hebt und senkt sich friedlich und gleichmäßig. Einen Wimpernschlag später bin ich neben ihr, lasse mich vor ihr auf die Knie sinken. Ich will sie wecken, mit meinen Lippen die ihren streifen, doch sie sieht so sorglos aus, dass ich sie schlafen lasse. Ich setze mich auf den Boden vor das Kopfende und sehe ihr zu. Ich weiß, dass ich langsam mit ihr reden muss. Wie immer läuft mir die Zeit davon. Aber ich habe keine Ahnung, wie ich es ihr beibringen soll, ohne sie zu verschrecken. Ich denke nicht, dass sie Bescheid weiß, sonst hätte Persephone mich nicht so eindringlich gebeten, sie zu schützen.

Fast habe ich Mitleid mit der Königin der Unterwelt. Seit dem heißen Krieg lässt Hades sie nicht mehr in die Oberwelt, und ich frage mich, wie sie es geschafft hat, ihm zu entwischen. Unser Verhältnis zu ihm ist angespannt. Es besteht kaum Kontakt. Beim heißen Krieg ist Hades nach außen hin neutral geblieben, hat sich weder auf die Seite von Zeus noch auf die von Poseidon gestellt. Und so ließen wir ihm sein Reich und seine Verpflichtungen. Wir mischten uns nicht ein, denn niemand von uns war besonders erpicht darauf, sich mit den Toten auseinanderzusetzen.

Niemand hat Hades Beachtung geschenkt, bis zu dem Tag, als die Seherin die Prophezeiung sprach. Wir schickten Hermes hinab, doch er kam mit der Botschaft zurück, Persephone und Hades hätten kein Kind. Auf dem Rückweg von der Versammlung jagte ich in Wolfsgestalt durch den Wald, um den Kopf frei zu bekommen – als ich *sie* fand. Und in dem Moment, als ich ihr in die Augen sah, selbst als das Leben schon aus ihnen herausfloss, war ich ihr unwiderruflich verfallen. Seitdem glaube ich an das Schicksal, und daran, dass irgendwann alles so kommt, wie es kommen muss.

Ich muss ebenfalls eingenickt sein, denn eine kleine Hand stupst mich vorsichtig an, und ich blicke in Flames Gesicht. Vorsichtig haucht sie einen Kuss auf meine Nasenspitze. Dann runzelt sie die Stirn. »Wieso bist du voller Blut?«

Ich sehe an mir hinab. Offensichtlich habe ich vergessen, mich umzuziehen. »Nur ein bisschen Vogelungeheuerschleim.« Meine Aussage scheint sie nicht unbedingt zu beruhigen.

Sofort setzt sie sich aufrecht hin. »Wie meinst du das?«

»Nun ja, wir haben Candela zurückgeholt.« Tränen steigen ihr in die Augen, und sofort bin ich bei ihr und lege tröstend den Arm um sie. »Hey, kein Grund, sich aufzuregen. Sie wird schon wieder.«

Sie schnieft ungläubig. »Das sagst du jetzt so. Ich mag Phia und Candela, und ich fühle mich ...« Ein Schluchzen unterbricht ihren Satz.

»Was?«, hake ich nach, ziehe sie noch dichter an mich.

»Ich fühle mich schuldig, weil es mir gut geht. Weil ich nie ernsthafte Schäden von etwas davongetragen habe.«

Ich seufze. Das ist so typisch für sie. Ich nehme ihr Gesicht in meine Hände, damit sie mich ansehen muss. »Du hast genauso viel erlitten wie sie, wenn nicht sogar mehr. Du hast dich in dieser kurzen Zeit so sehr weiterentwickelt, hast dich all deinen Ängsten gestellt und sie besiegt. Du verdienst es, hier zu sein, mit all den Anhängern und mit einem Stück unserer Macht.«

Ihr Schluchzen verwandelt sich in einen ausgewachsenen Schluckauf, weshalb ich nicht mehr ernst bleiben kann.

»Das ist nicht ... hicks ... komisch ... hicks.«

»Ich lausche gern deinen Sorgen und Problemen, kleines Monster.«

Sie verdreht die Augen. »Auch wenn sie dir ... hicks ... sonderbar erscheinen?«

»Ich gewöhne mich langsam daran.« Und dann reden wir nicht mehr, weil ich sie endlich Küsse. Vor Schreck verflüchtigt sich auch sogleich ihr Schluckauf.

Kapitel 22

OLYMP 2.0

Verwirrt blinzele ich. Amanda und ich sitzen in dem Fluss, in dem wir uns jeden Morgen baden, doch heute ist das Wasser nicht bräunlich oder gar schmutzig. Stattdessen ist es golden, die immer höher wandernde Sonne lässt rubinrote und saphirblaue Partikel darin tanzen. Mein Körper fühlt sich beinahe schwerelos an. Ich blicke hinab auf meine Haut, die nicht länger blass ist, sondern strahlend schimmert, in einem gesunden Ton. Erst jetzt sehe ich den gläsernen Kelch, den Amanda in ihrer rechten Hand hält. Sie taucht ihn ein, fängt etwas von diesem sonderbaren Zauber darin ein.

Unsere Blicke treffen sich, als sie ihn mir auffordernd entgegenhält. »Für dieses Mehr, von dem du sprachst.«

Noch einmal drehe ich mich um, suche den Waldrand ab, wo ich in einiger Entfernung die Umrisse des schwarzen Wolfes ausmachen kann.

Wie von selbst erhebt sich meine Hand aus der fremdartigen Flüssigkeit, bis meine Finger kurz darauf den Kelch umfassen. Ich schließe meine Augen, als das kühle Glas meine Lippen berührt.

Und dann trinke ich flüssiges Gold.

Als ich die Augen aufschlage und das Meer durch das Fenster sehe, weiß ich, dass ich wieder eine Vision hatte. Ich werfe einen vorwurfsvollen Blick zu dem Armband, das auf meinem Nachttisch liegt. Ich habe es probehalber abgenommen, einfach, weil ich meine Ruhe haben wollte. Es hat nicht funktioniert. Offensichtlich.

Seufzend reibe ich mir über die Stirn. Dark hat sich gestern wie der perfekte Gentleman benommen, mich zu meinem Zimmer gebracht und mir eine Gute Nacht gewünscht. Nach dem Kuss war ich jedoch so aufgeregt, dass ich eine halbe Ewigkeit nicht einschlafen konnte. Außerdem hat er mir auf dem Weg erzählt, dass wir – Lavea und ich – als Zeichen ihrer Anerkennung mit zum Olymp genommen werden. Ich würde lügen, wenn ich behaupten würde, ich sei deswegen nicht aufgeregt. Ich meine, der Olymp ... das ist eine ziemlich große Sache. Glaube ich jedenfalls. Dieses Mal bete ich tatsächlich, dass Aphrodite mir ein Kleid vorbeibringen wird.

»Wenn du mich hören kannst«, spreche ich laut, meine Stimme klingt seltsam in dem leeren Raum. »Ich würde heute Abend gerne Rot tragen.«

Ich bin mir nicht sicher, ob ich über mich selbst lachen oder eher besorgt den Kopf schütteln soll. Der Aufenthalt hier hat nicht zur Verbesserung meiner geistigen Gesundheit beigetragen.

Ich beschließe, mich anzuziehen und nach Candela zu sehen. Ich bin unglaublich erleichtert, dass die Götter meine Freundin gefunden haben. Andererseits habe ich Angst vor dem Zustand, in dem sie sich möglicherweise befindet. Eilig ziehe ich mich an und mache mich dann auf den Weg in den Nordostflügel. Ich biege gerade links in den Korridor ein, als Dark aus dem Nichts vor mir erscheint. Ich greife mir ans Herz und fluche laut.

»Warum so schreckhaft, kleines Monster?«

»Was machst du hier?«

»Ich wollte dich abholen. Aber du warst schon weg. Zum Glück habe ich dich trotzdem noch aufspüren können.«

»Tja, herzlichen Glückwunsch.« Keine Ahnung, warum ich so schnippisch reagiere. Ich laufe weiter, aber er hält natürlich mühelos Schritt.

»Sei mir nicht böse. Ich weiß eben gern, wo du bist.«

»Okay, das klingt jetzt überhaupt nicht unheimlich.«

Er nimmt meinen Arm und zieht mich an seine Brust. Sofort beginnt mein Herz, das sich gerade erst beruhigt hatte, wieder schneller zu schlagen.

»Wenn ich mich nicht täusche, bist du auf dem Weg zu Candela.«

Ich nicke mechanisch, kann den Blick nicht von seinen vollen Lippen abwenden.

»Sie ist aber nicht in ihrem Zimmer. Sondern bei Lost. Ich könnte dich hinbringen, wenn du mich ganz nett darum bittest.« Bei seinem anzüglichen Ton kriecht Hitze in meine Wangen. Oh Mann, würde das jemals anders sein?

»Na gut: bitte. Bitte, mächtiger Gott über Angst und Finsternis, bring mich zu meiner verwundeten Freundin.«

Er sieht mich mit zusammengezogenen Brauen an. »Das war echt mies.« Dann beugt er sich zu mir herunter, um mir ins Ohr zu flüstern. »Aber vielleicht kannst du es heute Abend wiedergutmachen.«

DARK

Ich warte vor der Tür, während Flame bei ihrer Freundin ist. Lost ist verschwunden, vermutlich, um das erste Mal seit drei Tagen zu duschen. Er sieht aus, als hätte ihn eine

Herde Kentauren überrannt. Ich wäre letzte Nacht gern bei Flame geblieben. Stattdessen habe ich mich mit Apollo getroffen und einen Fluchtplan ausgearbeitet. Mein Entschluss steht fest: Diese Nacht würde ich gemeinsam mit ihr genießen und sie in der nächsten fortbringen. Der einzige Streitpunkt zwischen Apollo und mir ist, ob ich sie begleite oder nicht. Er ist der Ansicht, dass ich das Vertrauen der anderen verspiele, wenn ich mit ihr gehe. Außerdem meint er, dass Dream Flame sowieso im Verdacht hätte. Das macht mich wütend und lässt meinen Beschützerinstinkt auf Hochtouren laufen. Ich werde nicht zulassen, dass sie mir weggenommen wird.

Apollo ist auch der Ansicht, dass wir Flame in die Obhut seiner Zwillingsschwester Artemis geben sollten. Ich bin ihr erst einmal begegnet, und sie war ziemlich frostig. Angeblich ist sie Männern nicht gerade freundlich gesonnen. Meine größte Angst wäre wohl, Flame nie wieder von ihr zurückzubekommen. Andererseits ist es keine allzu schlechte Idee. Schließlich ist Artemis eine ausgezeichnete Jägerin und weiß, wie man unter dem Radar bleibt. Niemand würde auf die Idee kommen, Flame bei ihr zu suchen, bis ich alles geregelt hätte. In letzter Zeit musste ich mir über so vieles Gedanken machen, dass ich das Gefühl habe, alle Flüsse der Unterwelt würden durch meinen Kopf rauschen.

Als Flame zurückkommt, ist sie ein wenig blass. Zugegeben, das ist sie immer, aber heute noch ein wenig mehr als sonst. Auch ihre Lippen sind blau angelaufen, als würde sie trotz der Hitze frieren. Ich stoße überrascht die Luft aus, als sie mir in die Arme fällt.

»Sie ist wach. Sie wird genesen«, murmelt sie irgendwo an meiner Brust.

»Das sind gute Neuigkeiten«, sage ich und streiche ihr sanft übers Haar.

Sie löst sich von mir und nickt schwach. »Fehlt nur noch Phia.«

Ich nehme ihre Hand. Es fühlt sich richtig an. Nie hätte ich gedacht, dass solche kleinen Gesten mir einmal so viel bedeuten würden. »Sie kommt schon wieder auf die Beine.« In meinen Ohren klinge ich tatsächlich optimistisch. »Bist du hungrig?«

»Wie ein Wolf.«

Ich lache. »Dann komm.«

Ich bin überrascht, die anderen vorzufinden, als wir durch den Nebel in die Küche treten. Lavea fällt Flame mit einem Quietschen um den Hals, und die beiden umarmen sich. Dream, Yasar, True und Apollo sind ebenfalls da. Es stellt sich heraus, dass sie gerade Frühstück zubereitet haben, was uns sehr gelegen kommt. Und so setzen wir uns an den langen Tisch und beginnen zu speisen. Wir plaudern ungezwungen, und die anderen lassen sich überhaupt nicht anmerken, dass sie in naher Zukunft vorhaben, Lavea oder Flame in Flammen aufgehen zu lassen.

Yasar zählt den Mädchen die Regeln auf, wie sie sich auf dem Olymp zu verhalten haben.

»Werden alle Götter dort sein?«, fragt Lavea voller Aufregung in der Stimme.

True nickt zustimmend. »Auf jeden Fall die wichtigen. Sie freuen sich darauf, euch kennenzulernen.«

Flame sieht weniger begeistert aus als Lavea, und ich drücke unter dem Tisch ihre Hand. Sie lächelt mich zaghaft an, was mir beinahe das Herz zerreißt.

Irgendwann löst sich die Runde auf. Ich bin froh darüber,

Flame endlich wieder für mich allein zu haben, ich will, dass ihre nächsten Stunden so unbeschwert wie möglich sind – bei allem, was ihr bevorsteht. Wir besorgen ihr ein Buch aus der Bibliothek und verbringen den ganzen Tag auf dem Sofa in ihrem kleinen Turmzimmer. Dabei reden wir über belanglose Dinge. Fast so, als wären wir beide ganz normal. In letzter Zeit ertappe ich mich oft dabei, wie ich mir wünsche, einfach ein sterblicher Mann zu sein, der eine wunderschöne sterbliche Frau begehrt.

FLAME

Der Tag ist wie im Flug vergangen. Ich bin überrascht, wie normal Dark und ich zusammen sein können. Wie ein gewöhnliches Paar. Für einige Stunden konnte ich tatsächlich alles um uns herum vergessen. Nun stehe ich allein im Bad und versuche Herrin über meine widerspenstigen Locken zu werden. Mein dezentes Make-up habe ich gut hinbekommen. Die Frisur ist es, die mich in den Wahnsinn treibt.

Ich denke daran, dass ich diesen Palast verlassen werde. Dass ich heute Nacht vielleicht das letzte Mal hier schlafen werde. Ich habe mich immer noch nicht entschieden, ob ich mit Dark darüber reden kann oder nicht. Ich bin so zwiegespalten, wie noch nie zuvor in meinem Leben. Eine Hitzewelle rollt über mich hinweg, und ich renne zu meinem Nachttisch und stürze einige Schlucke von Apollos Trank hinunter. Die innere Hitze überkommt mich mittlerweile immer überraschender, heftiger und schmerzhafter.

Ich frage mich, ob der Gott der Heilkunst über mich Bescheid weiß. Aber warum hätte er den neuen Göttern nicht davon berichten sollen? Schließlich ist es auch seine Welt, die auf den Abgrund zusteuert.

Ich seufze schwer und lasse mich aufs Bett sinken, während ich gedankenverloren mein Medaillon zwischen den Fingern drehe. Ich freue mich auf heute Abend, und dennoch liegt das Gefühl von Abschied in der Luft. Mein Fluchtplan hat in den letzten Tagen Gestalt angenommen. Wenn es so weit ist, werde ich den Tunnel nutzen, um mich aus dem Palast zu schleichen. Über den Strand werde ich zu den Booten laufen. Ich bin noch einmal in die Bibliothek zurückgekehrt, weil ich in einer der Glasvitrinen einen alten Kompass entdeckt habe. Ich hoffe, dass ihn niemand vermissen wird. Mittlerweile gibt es auch ein konkretes Ziel für meine Reise. Als ich mir Yasars Karte genauer angeschaut habe, bin ich immer wieder über Delphi gestolpert. Der eingezeichnete Tempel, in dem die Seherin lebt. Sie hat die Prophezeiung gesprochen. Und ich bin mir sicher, dass sie Antworten hat auf meine Fragen hat. Falls ich es zu ihr schaffe. Und mich nicht heillos verirre. Trotzdem versuche ich, optimistisch an die Sache heranzugehen und nicht darüber nachzudenken, wie sehr mein Herz bei dem Gedanken schmerzt, Dark, Apollo und meine Freundinnen zurückzulassen. Dennoch werde ich diesen Abend mit ihm genießen. Ich werde mir diese Freude nicht nehmen lassen.

»Ich habe nichts zum Anziehen. Ich werde furchtbar aussehen«, sage ich und vergrabe frustriert mein Gesicht in den Händen.

»Nicht, wenn ich es verhindern kann.«

Erschrocken wirbele ich herum. »Dich schickt der Himmel!«, rufe ich aus und falle Aphrodite um den Hals. Sie sieht wie immer umwerfend aus. Lässig schnipst sie mit dem Finger, und ein dunkelrotes Kleid erscheint auf meinem Bett. Mir stockt der Atem, dann drücke ich sie noch einmal an mich. »Du bist meine gute Fee.«

»Ich weiß, kleines Flämmchen. Und jetzt: hopp, hopp. Wir müssen deine Lockenmähne bändigen.«

Wir führen die übliche Diskussion, ob sie meine Haare wachsen lassen darf oder nicht. Ich gewinne mit dem Argument, dass sie ohnehin schon deutlich länger sind als bei unserer ersten Begegnung. Anschließend trägt sie ein wenig Rouge auf meine Wangen und rote Farbe auf meine Lippen, bevor sie mir in das Kleid hilft. Und ehe ich sie in eine weitere Unterhaltung verwickeln kann, ist sie auch schon wieder verschwunden. Vermutlich um sich selbst hübsch zu machen – obwohl sie das keineswegs nötig hat.

Dann stehe ich allein vor dem Spiegel. In meine Haare sind goldene Perlen geflochten, die im Licht der magischen Fackeln schimmern. Das Kleid ist ebenfalls wunderschön. Die langen Ärmel sind spitzenbesetzt und zeigen wilde, in sich verschlungene Muster. Die Spitze setzt sich fort bis zur Hüfte, von wo aus der Rock geschmeidig zu Boden fällt. Auf der linken Seite verläuft ein raffinierter Schlitz bis hoch zu meinem Oberschenkel. Zum ersten Mal gefalle ich mir tatsächlich so, wie ich bin.

Ich starre die junge Frau an, die mir entgegenblickt. In den letzten Monaten habe ich viel über mich gelernt. Ich bin mehrmals gestolpert, gefallen und wieder aufgestanden. Ich habe Abschied genommen und komplett von vorn begonnen. Ich habe immer seltener zurück – und immer öfter nach vorn geschaut. Ich habe mich meinen Ängsten gestellt und gelernt, mich selbst zu verteidigen. Ich habe Hass und Verrat, aber auch Liebe und Freundschaft erfahren. Und ich habe herausgefunden, dass ich zu so viel mehr in der Lage bin, als ich mir je zugetraut hätte. Heute gehe ich als die Person, die ich tief im Inneren schon immer gewesen bin, auch wenn es niemand außer mir weiß.

Mein bernsteingoldenes Auge funkelt mir aus dem Spiegel entgegen, und nun lodert eine Flamme statt der schwarzen Pupille darin. Doch ich weiche nicht zurück und ich fürchte mich auch nicht. Denn ich bin der Spross des Teufels, die Prinzessin der Unterwelt, Tochter der Hölle. All diese Namen treffen wohl zu, und trotzdem weiß ich, dass die Herkunft nicht ausmacht, wer ich bin und wer ich sein möchte. Ich recke das Kinn vor und die Flamme erlischt. Ich entscheide.

Als Dark in meinem Zimmer auftaucht, habe ich mich immer noch keinen Zentimeter vom Spiegel entfernt. Er stellt sich neben mich und legt seine Hand um meine Hüfte. Er sieht sehr gut aus in seinem dunklen Anzug. Er hat sich sogar sein Haar zurückgekämmt, und ich muss an mich halten, um nicht sofort über die silbrige Narbe zu fahren, die ihm etwas Verwegenes verleiht.

Trotz seines äußeren Erscheinungsbildes ist mir mittlerweile klar, dass ich ihm nicht deshalb verfallen bin. Denn in Wahrheit ist es das Gefühl, das er in mir auslöst, wenn er bei mir ist. Das schiefe Lächeln und seine neckenden Worte. Seine anzüglichen Bemerkungen, die manchmal nerven und mich gleichzeitig reizen. Die Art wie er mich versucht zu beschützen und sich selbst ermahnt, mir dennoch genug Freiraum zu lassen. Seine rauen Hände und seine Lippen, die mich liebkosen und wohlige Schauer meinen Rücken hinunterjagen. All das sind Gründe, weswegen ich ihm gehöre. Es ist nicht dasselbe wie bei Cato, bei dem mich diese Vorstellung eingeengt und mir Angst gemacht hat. Dieses Mal ist es anders. Dieses Mal ist es genau das, was ich will und brauche. Und trotzdem nicht haben kann. Jedenfalls vorerst nicht. Mit diesem Gedanken will ich mich wohl selbst beruhigen.

Dark hält mir seinen Arm hin, und ich hake mich unter. Unsere Blicke treffen sich. Ich bin das lodernde Feuer und er die tiefschwarze Nacht. Sanft küsst er mich auf die Stirn. »Bereit für den Olymp, kleines Monster?«

»Nur, weil du bei mir bist«, erwidere ich lächelnd, bevor wir verschwinden.

Als ich die Augen wieder öffne, befinden wir uns in einem langen Gang. Ungläubig drehe ich mich um die eigene Achse. »Sind wir hier –«

»Unter Wasser?«, beendet er meinen Satz. »Ja, das ist richtig.«

Staunend betrachte ich meine Umgebung. »Ihr steht wohl auf Glas, nicht wahr?« Der Gang, dessen Decke nach oben gewölbt ist, besteht komplett aus Glas, genau wie das Kolosseum.

»Erwischt.«

Ich folge Dark, der nun vorangeht. Neugierig blicke ich mich weiter um, betrachte die bunten Fische und die Korallen. Schließlich mündet der Gang in einem großen Saal mit einer riesigen gläsernen Kuppel, endlos hoch und weit.

»Ich dachte immer, der Olymp sei auf einem Berg.«

Dark malt kleine Kreise auf meinen Handrücken, und sofort bekomme ich eine Gänsehaut. »Das war er auch. Doch Zeus hat ihn vor dem heißen Krieg verschlossen, und seitdem hat es niemand geschafft, ihn zu öffnen. Außerdem bietet es einige Vorteile, unter Wasser zu sein.«

»Wegen dem Feuer?« Sofort ist mir ein wenig mulmig zumute.

»Genau. Und wegen Chaos. Das Einzige, was Chaos fürchtet, ist das Wasser.«

»Aber es ist eingesperrt, oder? Gemeinsam mit Zeus?«

Dark nickt knapp, und ich merke, dass er nicht über dieses Thema reden will oder vielleicht auch nicht kann.

»Wie funktioniert das hier unten mit dem Atmen?«

Er deutet auf die Bäume, die am Rand des Glases wachsen. »Sie produzieren den Sauerstoff hier unten. Aber zugegeben, ein klein wenig Magie ist auch im Spiel.«

Ich drücke seufzend seine Hand. »Ich kann nicht glauben, dass ich hier bin.«

Er lacht und stellt sich vor mich, breitet dabei albern seine Arme aus. »Willkommen im Olymp 2.0.«

»Da seid ihr ja endlich«, ruft Apollo und kommt auf uns zu. Er hat sich ebenfalls zurechtgemacht. Er küsst mich auf beide Wangen, was Dark ein Grollen entlockt. Ich knuffe ihm spielerisch in die Seite, woraufhin er verstummt. Apollo zieht mich zu Lavea, Dream, True und Yasar. Lost und Hale sind bei Phia und Candela geblieben, und ich bin froh, dass sie auf die Mädchen aufpassen. Anschließend erscheint Prometheus, der sich auf eine Plattform stellt und eine peinliche Rede über das Turnier hält. Dann müssen Lavea und ich auf die Bühne und ebenfalls ein paar Worte sagen. Ich bin mir nicht sicher, wer von uns beiden röter anläuft. Danach nimmt Apollo mich wieder in Beschlag, und ich bin mehr als dankbar, der Aufmerksamkeit entkommen zu können.

Ich lasse meinen Blick schweifen, sauge alles in mich auf. Es sieht aus wie ein eigenes Biotop unter Wasser. Neben der leisen Musik sind sogar die Geräusche von Vögeln zu hören. Es gibt einen Pavillon und einen Teich, auf dem blaue und rosafarbene Seerosen schwimmen. Unzählige Leuchtkäfer spenden ausreichend Licht und erinnern mich an die erste Nacht, die ich mit Dark verbracht habe. Silberne Girlanden sind zwischen den Bäumen gespannt, als wären wir tatsächlich auf einer ganz gewöhnlichen Party. Aus der Ferne erkenne ich, dass weitere Gänge von dem Hauptbereich abgehen. Zu gern würde ich erkunden, wohin sie führen. Apollo stellt mich einigen Göttern vor, und wir plaudern ein wenig mit ihnen.

Eine kleine Frau mit kurzem blond gelocktem Haar kommt auf uns zu. »Du bist wirklich ganz entzückend, Liebes. Eigentlich sollte das Turnier noch öffentlicher stattfinden, aber dann kam uns das Feuer in die Quere. Hihi.« Sie tätschelt unkoordiniert meinen Arm und läuft anschließend einfach weiter. Ich sehe ihr mit hochgezogenen Augenbrauen nach.

»Die gute Hera trinkt ein wenig zu viel, seitdem das mit ihr und Zeus endgültig vorbei ist.«

»Das war *Hera*?« Meine Stimme überschlägt sich fast.

»Jep«, erwidert Apollo gelassen, als wäre nichts Ungewöhnliches dabei. »Und dort hinten ist meine Zwillingsschwester Artemis. Aber ihr werdet euch noch früh genug kennenlernen.«

»Ehm, okay?« Ich recke meinen Hals und betrachte die Göttin mit den haselnussbrauen Haaren, die von Frauen mit hellgrüner Haut umringt wird.

»Das sind ihre Nymphen, mit denen sie durch die Wälder streift. Oder jedenfalls durch das, was von ihnen übrig geblieben ist.«

Ich nicke langsam. Er führt mich weiter, lässt immer wieder Namen fallen und erzählt kleine Geschichten dazu.

»Die dort hinten, die so aussieht, als würde sie jeden Moment jemanden abstechen wollen, ist Athene. Sie geht nicht so gern unter Leute.«

»Dann werden wir sie besser nicht in ein Gespräch verwickeln?«

Er lacht schallend. »Nein, das würde ich dir nicht raten.«

Von der anderen Seite winkt Aphrodite mir zu. Sie trägt ein smaragdgrünes Kleid und sieht einfach umwerfend aus.

»Der Kerl neben ihr ist Ares. Mit dem sollte man sich ebenfalls nicht anlegen«, informiert Apollo mich.

Ares sieht grimmig aus. Seine Arme sind von Narben übersät, und er wirkt so, als würde er jeden zu Kleinholz verarbeiten, der Aphrodite zu nahe kommt. Außerdem treffe ich auf Hermes, Hestia und Hebe, über die Apollo jedoch nichts Spannendes zu erzählen hat. Während uns der Gott Getränke besorgt, steigt mir auf einmal der Duft von Zitrone und Rosmarin in die Nase.

Eros.

»Oh, nein«, ermahne ich ihn. »Denk nicht einmal daran.« Doch dann ist Dark auch schon bei mir und führt mich von ihm weg. »Du hast mich keine Sekunde lang aus den Augen gelassen, oder?«

Er zieht mich zwischen zwei Bäume und umfasst meine Hüften. »Tanz mit mir.«

Ich lege meine Hände auf seine Schultern. »Ich hätte dich nicht für jemanden gehalten, der gerne das Tanzbein schwingt.«

Seine Augen schimmern im Licht der Leuchtkäfer, Schmetterlinge flattern wie verrückt in meinem Bauch. »Mit dir tue ich alles gern.«

»Schleimer«, flüstere ich.

Er zieht mich enger an sich heran. »Schuldig.«

Wir wiegen uns im Takt der Musik. Irgendwann lege ich meinen Kopf an seine Brust. Es fühlt sich so an, als wären wir ganz allein an diesem Ort.

»Frag mich noch einmal«, flüstere ich.

Er hebt mein Kinn an. »Was meinst du?«

»Das, was du am Tag der ersten Aufgabe von mir wissen wolltest. Frag mich noch einmal.«

Seine Augen werden groß. »Liebst du mich, kleines Monster?«

Ich stelle mich auf die Zehenspitzen, streife mit den Lippen sein Ohr. »Ja.«

Epilog

TOCHTER DER HÖLLE

Sobald wir in meinem Zimmer sind, fallen wir übereinander her. Fast erscheint es mir, als wüsste Dark, dass ich heute Abschied nehme. Geschickt öffnet er die Häkchen an meinem Rücken, und im nächsten Moment fällt mein Kleid zu Boden. Zwischen den Küssen zerre ich etwas ungeschickt an seinem Hemd und bin froh, dass er mir schließlich hilft. Er stöhnt, als er mich hochhebt und meine Taille umfasst. Während er mich zum Bett trägt, verteile ich federleichte Küsse auf seinem Hals, sauge an der empfindsamsten Stelle, sodass eine Gänsehaut entsteht. Als er mich auf die weiche Decke legt und sich rechts und links neben meinem Kopf auf den Unterarmen abstützt, fühle ich mich sicher und geborgen. Sanft streicht er eine meiner Locken zurück, ehe er mich erst zärtlich und dann fordernd küsst. Unsere Hände erforschen einander, und ich ziehe scharf die Luft ein, als er spielerisch in meine Schulter beißt und die Hitze in mir Funken sprüht. Kurz darauf spreizt er mit seinem Knie meine Schenkel, wandert quälend langsam mit seinen Lippen abwärts. Blitze jagen durch mich hindurch, während Schauer meinen Rücken hinabrieseln und meine Beine zucken, als er mich berührt.

Es ist, als würden sich tausend neue Nervenstränge ihren Weg durch meinen Körper bahnen. Ich bin wie berauscht, fahre mit den Fingern durch sein seidiges Haar, wölbe mich ihm entgegen, weil ich nicht genug bekommen kann. Zum ersten Mal seit einer halben Ewigkeit denke ich nicht an meine Herkunft, meine Bestimmung oder an das Turnier. In diesem Augenblick, der nur uns beiden gehört, bin ich wirklich frei.

Dark hält mich, während die letzten Wellen der Lust verklingen, zieht mich noch enger in seine Arme, hüllt mich ein in seinen vertrauten Geruch von Wald und Schnee und Kiefernnadeln. Doch als meine Finger zum Bund seiner Hose gleiten, ich sie ihm gänzlich abstreifen will, umfasst er meine Handgelenke und presst seine Lippen auf meinen rasenden Puls.

»Wir haben keine Eile. Und da ist noch so viel, was ich dir vorher zeigen muss.« Er klingt neckend. Glücklich. Genau wie ich – noch vor wenigen Sekunden. Denn plötzlich ist die bleierne Schwere zurück.

Seufzend lehne ich mein Gesicht an seine Brust. »Nicht genug Zeit«, will ich flüstern, doch die Müdigkeit legt sich wie ein Schleier über meine Sinne und meinen Geist. Ich sollte ihm all die Dinge sagen, die ich herausgefunden und ihm verheimlicht habe. Doch ich tue es nicht. Ich wähle den einfachen Weg und schlafe ein.

Ich weiß, dass ich nicht lauschen sollte, aber ich tue es trotzdem. Durch die verschlossene Tür dringen die Stimmen von Dark und Apollo. Es hört sich nach einer sehr hitzigen Diskussion an. Es wäre besser, wenn ich einfach weiterginge. Es ist nicht meine Angelegenheit, was die beiden zu besprechen haben. Andererseits wittere ich inzwischen fast überall ein dunkles Geheimnis, sodass ich nicht anders kann, als stehen zu bleiben.

Verstohlen suche ich mit den Augen den Korridor ab. Es ist niemand hier außer mir. Obwohl ich es nicht will, drücke ich mich in die Nische neben der Tür. Eigentlich wollte ich mir nur eine Kleinigkeit aus der Küche holen, weil mich der nächtliche Hunger geweckt hat.

»Du musst dich endlich entscheiden. Entweder du rettest sie oder lieferst sie aus.«

»Eine Hälfte meines Herzens schlägt in ihrer Brust, falls du es vergessen hast«, erwidert Dark gereizt.

Apollo stößt angespannt die Luft aus. »Und nun? Willst du es zurück, weil du herausgefunden hast, dass sie die Tochter der Hölle ist?«

Im ersten Moment bin ich wie erstarrt. Dann entferne ich mich langsam von der Tür. Als ich an der Ecke angelangt bin, beginne ich zu rennen. In meinem Zimmer angekommen, nehme ich als Erstes einen Schluck von Apollos Trank gegen die aufsteigende Hitze und gehe dann ins Bad, um kaltes Wasser über mein Gesicht und meine Hände laufen zu lassen. Meine Adern leuchten rot durch die dünne Haut an meinen Unterarmen. Ich schlucke schwer.

Schritte ertönen von der Treppe, und ich zucke zusammen. Schnell trockne ich mich ab und linse hinaus. Es ist Dark. Er kommt zu mir und drängt mich gegen das kalte Waschbecken. Ich rechne damit, dass er toben wird, weil ich gelauscht habe. Stattdessen küsst er mich, und mir fällt ein Stein vom Herzen, weil er mich offensichtlich nicht bemerkt hat.

Schon bald hüllt seine Dunkelheit uns ein, und obwohl der Kuss wild ist, habe ich keine Angst, denn ich vertraue ihm. Ich vertraue ihm mit jedem Teil von mir. Ich schmiege mich an ihn, und ein leichtes Stöhnen entfährt ihm, als er meinen Mund mit seiner Zunge öffnet, vorsichtig eindringt und mit seiner Spitze die meine umspielt. Ich stelle mich mit den nackten Füßen auf seine Schuhe und verschränke die Hände hinter seinem Nacken, um ihm noch näher zu sein. Ich will nicht, dass er mich von sich stößt. Alles, was ich will, ist Zeit, nur ein klitzekleines bisschen mehr von diesem bisher nicht gekannten Glück. Und während wir einander umklammern, fast so, als könne auch er es nicht ertragen, mich gehen zu lassen, bekomme ich eine Vorstellung davon, wie es sich anfühlen mag, unsterblich zu sein. Unsterblich verliebt zu sein.

Als er sich schließlich von mir löst, einen Schritt zurücktritt und die Arme sinken lässt, verliere ich diese beschützende Dunkelheit, in der ich mich eben noch zu Hause gefühlt habe. Kälte umfängt mich stattdessen, kriecht meinen Leib hinauf, als aus seinen silberfarbenen Augen harter, glänzender Stahl wird. Er öffnet den Mund, und ich will nichts sehnlicher tun, als meine Hand daraufzupressen, die Worte daran hindern, herauszukommen.

»Nein«, flüstere ich erstickt, weiß schon, was kommen wird.

Eine Träne löst sich aus meinem Augenwinkel, rollt langsam meine Wange zum Mundwinkel herab, sodass ich Salz statt ihm auf meiner Zunge schmecke. Er weiß es. Er weiß, wer ich bin, dass das Blut der Unterwelt durch meine Adern fließt. Er weiß, dass ich es ihm verheimlicht habe.

Er schaut auf meine Adern, die verräterisch glühen und mich mein Erbe verfluchen lassen. Ich atme ein letztes Mal seinen Duft ein, meine Sicht nun verschleiert von all diesen verdammten Tränen, weil er mein Herz weich gemacht hat und es jetzt ganz und gar ihm gehört.

Als er sich zu meinem Ohr hinunterbeugt, will ich mich abwenden, doch er lässt mich nicht. »Ich gebe dir einen Vorsprung, kleines Monster. Vergeude ihn nicht.«

Ein erstickter Laut, wie der eines verwundeten Tieres, entfährt mir. Und dann raunt er dieses Wort, dieses eine verfluchte Wort, das mir den Todesstoß versetzt und vor dem ich mich am meisten fürchte: »Lauf!«

Ich fahre aus dem Schlaf, und Darks Arm, der eben noch um meine Hüfte geschlungen war, rutscht herunter. Die ganze Zeit habe ich mich gefragt, wie er reagieren würde. Jetzt weiß ich es.

Meine Atmung geht viel zu hektisch. Ich presse mir eine Hand auf den Mund, zwinge mich zur Ruhe. Dann setze ich leise meine Füße auf den Boden, husche ins Ankleidezimmer und streife mir ein Hemd und eine Hose über. Mein Rucksack, den ich schon vor Wochen gepackt habe, steht neben dem Schrank. Er ist mittlerweile mein persönliches Symbol für Abschied geworden. Automatisch greife ich nach meinem Medaillon, doch in diesem Moment kann es mir keine Wärme schenken. Tief in meinem Inneren wusste ich die ganze Zeit, dass das hier keine Zukunft haben kann. Dass irgendetwas dazwischenkommen und alles kaputt machen würde. Ich hätte nur nicht damit gerechnet, dass es meinetwegen passiert.

Jede Bewegung kommt mir vor, als wäre sie ferngesteuert, als wäre das hier überhaupt nicht mein Körper. Ich habe meine Flucht so oft im Kopf durchgespielt, und dennoch hat ein kleiner Teil in mir immer gehofft, dass ich diesen Schritt niemals gehen muss.

Mein Blick fällt auf das Armband an meinem Handgelenk. Ich überlege, es hierzulassen, weil ich mir wie eine Diebin vorkomme, die sich bei Nacht hinausschleicht. Doch dann lasse ich es, wo es ist, und schlüpfe in die Schlaufen des Rucksackes. Ich gehe zum Bett und schaue ein letztes Mal zu Dark. So sehr sehne ich mich danach, ihn noch einmal küssen. Aber ich darf nicht riskieren, dass er aufwacht. Meine Augen beginnen zu brennen, und ich wende mich ab. Wenn ich jetzt nicht gehe, werde ich es nie übers Herz bringen.

Auf leisen Sohlen verlasse ich den Turm. Es ärgert mich, dass ich die Vorräte nicht schon früher besorgt habe und einen Umweg in die Küche machen muss, nicht gleich durch den Tunnel verschwinden kann. Ich weiß, dass sich damit die Wahrscheinlichkeit, erwischt zu werden, erhöht. Weil ich aber nicht einschätzen kann, wie lange ich auf dem Boot unterwegs sein werde, und keine Lust habe, auf halber Strecke verhungern oder verdursten zu müssen, bleibt mir schlichtweg nichts anderes übrig.

Schreckhaft durchquere ich die dunklen Korridore, bis ich an der unheimlichen Treppe stehe, die mich in die Küche führt. Ich versuche mich zu entspannen und renne dieses Mal nicht die Stufen hinab. Unten angekommen suche ich einen Stoffbeutel und befülle ihn mit Brot und getrockneten Früchten. Auf der Suche nach einem Wasserschlauch erstarre ich mitten in der Bewegung. Mittlerweile erkenne ich das Geräusch des Durch-den-Nebel-Gehens. Es ist wie ein sanfter Lufthauch, ein kurzes Rauschen – gefolgt von Schritten. Dark ist also aufgewacht. Ich richte mich auf, drücke die Schultern durch. Ich würde ihm sagen, dass mich die Lust auf einen nächtlichen Snack überkommen hat. Unauffällig gebe ich meinem Rucksack einen Tritt und befördere ihn unter den Vorratsschrank.

»Auch hungrig geworden?«, frage ich gespielt fröhlich und drehe mich um.

Vor mir steht nicht Dark. Es ist ein anderer Mann. Ich sehe gleich, dass er ein Gott ist. Seine Haare sind pechschwarz und seine Augen … Ich stolpere zurück und stoße mit der

Hüfte schmerzhaft gegen die steinerne Platte. Seine Augen sind leuchtend rot.

»Du musst Flame sein.«

Der Fremde kommt näher, während ich hektisch nach einem Ausweg suche, den es nicht gibt. Ich sitze in der Falle. Das Rot seiner Iriden beginnt noch mehr zu glühen, als wären sie in freudiger Erwartung.

Es ertönt ein Aufprall und Stühle werden umgeworfen, als Yasar, True, Apollo und Dream durch den Nebel zu uns treten. In ihren Blicken steht pures Entsetzen und Unglaube geschrieben. Zitternd wende ich mich erneut dem Fremden zu. Einladend bietet er mir seine Hand an. Es tanzen gelbe und orangene Feuerfunken darin. Langsam strecke ich meine Finger aus. In der Ferne höre ich das gequälte Jaulen eines Wolfes.

»Die Hölle sucht schon nach dir«, wispert er, fixiert mich mit seinem intensiven Blick, und ich realisiere, dass es kein Entkommen mehr gibt. Alle meine Vorhaben, meine Pläne, lösen sich auf und zerfallen vor meinem inneren Auge zu Staub, fast so, als wären sie niemals da gewesen.

Wie eine Traumwandlerin überwinde ich den Abstand zwischen uns, angetrieben von einer unsichtbaren Macht, die mich beständig zu ihm lockt und die niemand außer mir zu spüren scheint. Erleichtert atme ich auf, als das Drängen nachlässt und ich ihn endlich berühren kann, doch dann durchfährt mich ein Schmerz, mit dem ich nicht gerechnet habe. Dumpf und fordernd dringt er in meinen Kopf, in meinen gesamten Körper, der von einer pulsierenden Energie erfasst wird, der ich beinahe nicht standhalten kann. Ein Zischen ertönt, während ich helle Blitze tanzen sehe und instinktiv zurückzucke.

Zu spät.

Anstatt zu entkommen, werde ich in einen neuen, unberechenbaren Strudel aus Farben gezogen. Schon wieder Aufbruch – keine Heimkehr.

Zu Beginn dieser Reise erzählte ich euch, dass ich an Schicksal glaube. Daran, dass eines Tages alles so kommt, wie es kommen muss, wenn man nur stark und mutig und beharrlich ist. Doch in diesem Moment, in dem ich der Angst nicht herausfordernd mein Kinn entgegenrecken kann, wird mir klar, dass ich gerade deshalb nie wirklich eine Wahl hatte.

Dass niemand gegen eben dieses Schicksal aufbegehren kann. Dass möglicherweise keine Entscheidung, die ich in den letzten Wochen getroffen habe, eine Stimme besitzt, die es jemals schaffen wird, gehört zu werden. Dass ich selbst nichts weiter als eine Puppe bin, an der andere die Strippen ziehen.

Und dass es nie in meiner Hand lag, ob ich leben – oder brennen werde.

Playlist

Demons – Imagine Dragons
Flames – David Guetta & Sia
Flames – R3HAB, ZAYN & Jungleboi
Play with fire – Nico Santos
Freaking Me Out – Ava Max
Call You Mine – The Chainsmokers
Paris – The Chainsmokers
Something Just Like This – The Chainsmokers & Coldplay
One Thing Right – Marshmellow & Kane Brown
In my Bones – Sunnery James & Ryan Marciano
Lose Control – Meduza, Becky Hill & GOODBOYS
Scared to be lonely – Martin Garrix & Dua Lipa
Ride it – Regard

Danksagung

Ich habe einen seltsamen Spleen. Wenn ich für gewöhnlich Bücher lese, freue ich mich immer am meisten auf die Danksagung am Ende. Ich finde, dort kann man erkennen, wie viel Herzblut, Schweiß, Zweifel und vielleicht auch Tränen sich hinter der Entstehungsgeschichte eines Romans verbergen. Manchmal lässt das Geschriebene durchblicken, wie die Gefühlswelt des Autors aussieht, und das finde ich unheimlich spannend. Nun, da es an der Zeit ist, selbst Danke zu sagen, ist mein Kopf wie leer gefegt, und ich kann kaum glauben, dass Band 1 schon fertig ist. Trotzdem werde ich mein Bestes geben, also los geht's:

Liebste Elisa, danke, dass du von Anfang an dabei gewesen bist. Du warst die Erste, mit der ich über dieses Projekt gesprochen habe. Ohne dich gäbe es all diese Zeilen nicht. Sanny, danke, dass du immer ein offenes Ohr für mich hast und so viel Licht und Freude in mein Leben bringst. Danke, Papa, dass du mich bei diesem Abenteuer so sehr unterstützt hast. Danke, Rieke, dass du mich noch immer lieb hast, obwohl ich die nervigste kleine Schwester war, die man sich nur vorstellen kann. Danke, Mama, beste Buchhändlerin der Welt, dass du vor so vielen Jahren meine Leidenschaft für Bücher geweckt hast. Ein besonderer Dank geht natürlich an Dennis, meinen Mann, weil du immer für mich da bist und mir den Rücken stärkst. Danke, dass du mich ermutigst, wenn ich Zweifel habe, an mich glaubst, wenn niemand sonst es tut, mit mir lachst, wenn ich schlechte Scherze mache und mit unerschütterlicher Ernsthaftigkeit all meinen Geschichten und

Träumen lauschst, egal wie verrückt diese auch klingen mögen. Für immer mit dir ist nicht lang genug. Ich liebe dich.

Zum Schluss möchte ich mich unbekannterweise bei *Imagine Dragons* für ihren Song *Demons* bedanken, aus dem ich meine komplette anfängliche Inspiration geschöpft habe. Ich habe das Lied tausend Mal gehört, weil es mich so sehr gefesselt hat. Und irgendwann war da nicht mehr nur die Musik in meinem Kopf, sondern auch Flames Stimme, die Darks und ihre Geschichte erzählt. Das war der Moment, in dem ich es wusste. Nicht, dass es dort draußen irgendjemanden gibt, der all das hören oder lesen möchte. Aber ich wusste ganz genau, dass ich endlich wieder schreiben werde. Aus diesem Grund sage ich aus tiefstem Herzen DANKE.

15. Januar 2020

Nachtrag

Seit ich das Ende unter den ersten Band gesetzt habe, ist schon etwas Zeit vergangen. Und so richtig kann ich noch gar nicht glauben, dass Flames und Darks Geschichte nun tatsächlich veröffentlicht wird. Seit ich die Zusage bekommen habe, fühlt es sich an, als wäre mein Leben ein sehr schöner, aber dennoch total verrückter Traum. Es gibt deshalb ein paar Dinge, die unbedingt noch gesagt werden müssen:

Tausend Dank an das gesamte Team von Loomlight und vor allem an meine Lektorin Ute, die Flame und Dark einen Platz in ihrem Herzen geschenkt und mir als Autorin eine Chance gegeben hat. Den Tag, an dem ich vollkommen überraschend deine E-Mail erhalten habe, werde ich nie vergessen. Danke, dass du mein unordentliches Manuskript nicht sofort wieder beiseitegelegt, sondern in eine so ansehnliche Form gebracht hast, die tatsächlich gelesen werden kann. Deine Anmerkungen und Denkanstöße haben dafür gesorgt, die bestmögliche Version der Geschichte hervorzubringen, und glücklicherweise sind wir uns beide einig darüber, dass Prom noch viel mehr Sendezeit verdient hat. Ich finde keine Worte, um auszudrücken, wie viel es mir bedeutet, dass du die Welt, für die mein Herz seit Monaten brennt, wirklich gesehen hast.

Für immer – danke.

Mit Dank für die freundliche Abdruckgenehmigung für die Liedzeile auf S. 5 aus:
DEMONS
Musik & Text: Alexander Junior Grant, Daniel Sermon, Daniel Reynolds, Benjamin McKee

Dzeik, Henriette:
Flame
Feuermond und Aschenacht
ISBN 978 3 522 50751 6

Umschlaggestaltung: Giessel Design
unter Verwendung von Bildern von Aleshyn_Andrei/Shutterstock.com; KOBRIN PHOTO/Shutterstock.com; COLOA Studio/Shutterstock.com; letovsegda/Shutterstock.com; tomertu/Shutterstock.com; Angelatriks/Shutterstock.com; Natalia Bakulina/Shutterstock.com
Druck und Bindung: CPI buchbücher.de GmbH